桂堂述学

俞元桂 ◎ 著

人民出版社

责任编辑:詹素娟　周文婷
装帧设计:东方天地

图书在版编目(CIP)数据

桂堂述学/俞元桂 著. —北京:人民出版社,2017.10
ISBN 978－7－01－018383－1

Ⅰ.①桂…　Ⅱ.①俞…　Ⅲ.①散文-文学研究-中国-当代　Ⅳ.①I207.67

中国版本图书馆 CIP 数据核字(2017)第 250839 号

桂 堂 述 学
GUITANG SHUXUE

俞元桂　著

人民出版社 出版发行
(100706　北京市东城区隆福寺街 99 号)

北京中科印刷有限公司印刷　新华书店经销

2017 年 10 月第 1 版　2017 年 10 月北京第 1 次印刷
开本:710 毫米×1000 毫米 1/16　印张:42.75
字数:580 千字

ISBN 978－7－01－018383－1　定价:168.00 元

邮购地址 100706　北京市东城区隆福寺街 99 号
人民东方图书销售中心　电话 (010)65250042　65289539

国立中山大学研究院毕业照

（1946 年 6 月）

第八章　漢唐千年間戰爭詩歌風格的發展

我研究漢唐千年間戰爭詩歌風格之後，覺得這千年間詩風格的發展，有相當顯明的線索，這風格演變的成果，相照是時代變遷，社會政治經濟的變化，及文學本身的進化綜合所使然。

一時代的變動：

自漢代起，高祖得天下，經過一段盛世之後，又是一段盛世，外戚擅權，西漢末則有農民的暴動，先武取得天下之後，三國鼎立，是一番劇烈的內爭，漢代的強盛時代，對匈奴，卷西域、南越等的戰事，都有極大的勝利，漢代裹脅內，盲竄內亂甚，官的衝突，西域、南越等的戰事，不過是托宇觀者的態度，是東晉有八王之亂，尚有規復的決心，南朝對北朝訊有許多戰役，繼之自漢代起，三國的內戰，西晉有八王之亂，東晉有權臣之亂，南朝對北朝訊有許多戰役，中原便淪入敵手，是東晉有北伐，尚常有北伐，但常有北伐

國立中山大學研究院碩士學位考試論文稿紙

序

陶渊明《读山海经》首篇《孟夏草木长》,有句云:"既耕亦已种,时还读我书。"极见诗人恬淡闲适的读书之乐,颇为后学所称赏。

弢庵陈氏宝琛先生,晚清逊帝溥仪之师,福建闽县(今福州)人。光绪十一年(1885)遭贬返乡,三十三年(1907)创办福建优级师范学堂,是即我校福建师范大学之主要前身也。陈氏在乡,修葺祖屋,曾构五楼,其一曰"还读楼",义本陶句。斯楼娴雅临江,居螺洲陈府群筑之幽深处,花木掩映,藏书颇富,主人暇时披览其中,其陶陶然悦乐之情足可想见矣。

我校自肇建以降,凡百有十载,秉承弢庵先生"化民成俗其必由学,温故知新可以为师"的教育宗旨,倡导读书致用,修德淑世,滋培多士,迭出英才,为华夏文教所作贡献可谓卓越焉。仅就中文专业言之,于今文学院一级学科八个博士点的教学科研成果,易学、古代文学、现代文学、语言学、文艺学等学术领域的诸多前沿性创获,学界同仁颇常称许之。然万事之成,必有本原。推考我校中文学科的发展历史,百年之间,有弢庵先生及董作宾、叶圣陶、郭绍虞、陈遵统、严叔夏、章靳以、胡山源诸先生(曾任教亦我校前身之协和大学)的先后引领,继而有黄寿祺、黄曾樾、钱履周、包树棠、洪心衡、俞元桂、张贻惠、潘懋鼎、陈祥耀、穆克宏等先生的长期执教,终乃蔚为蒸蒸日上的学术气象。知者或云:光前裕后、继往开来的学统文脉,其此之谓欤?

　　兹编名曰《还读文存》，即取弢庵"还读楼"暨陶令"时还读我书"之意，辑录我校创建以来，从事中文教学与科研的老师宿儒的代表性著作而成之。一则纪念为我校奉献出学术心血的杰出学者，二则激励今天的学人企踵贤哲而继成薪火相传的学术伟业。所辑作品，有诗文，有专论。如弢庵陈宝琛《沧趣楼文录》，彦堂董作宾《平庐文选》，易园陈遵统《晚清民初文学史》《中国学术概论》，普贤严叔夏《叔夏遗稿》，荫亭黄曾樾《陈石遗先生谈艺录》《埃及钩沉》，笠山包树棠《汀州艺文志》《史记会注考证校读》，六庵黄寿祺《群经要略》《易学群书平议》，桂堂俞元桂《桂堂述学》，张贻惠《古汉语语法》，潘懋鼎《中国语原及其文化》，陈祥耀《喆盦文丛》等书，皆不愧为饱学之士冥思独运的精粹创作，也足以展示我校百多年来众多优秀学者富有特色的治学风采。

　　所谓"既耕亦已种"者，从广义观之，可以理解为隐退躬耕之时，也可以引申为正务修毕之际；那么，"时还读我书"，则是不分年龄少长，不论在职与否，皆需时时创造条件、乐而读书治学也。六庵教授晚年诗有"退闲补读十年书"之句，昔时耄耋老人尚且如此用力进德修业，何况今日的年轻学人呢？

　　因此，《还读文存》的编辑刊行，不仅在于回顾过去，更在于鞭策将来。

　　陆游《书事》诗云："功名在子何殊我？惟恨无人快着鞭。"在学术传承途程上，认真学习和继承光大我们优良的学术传统，步武前修，扬鞭进取，当为我辈后学义不容辞的责任。值此《文存》即将编成之日，我们热切期盼着明天的学术曙光。

汪文顶

写于福建师范大学

公元 2016 年夏正丙申立秋后五日

目　录

上
编

文文山先生蒙难中之文学作品

文山先生生于宋理宗嘉熙元年，二十岁时即以进士第一名及第；考官王应麟奏谓："忠肝贯金石，古谊若龟鉴，臣敢以得人贺。"但自后上书直谏，屡忤当道，于是罢官家居。恭帝既立，诏天下勤王救国，先生奉诏涕泣，聚众数万人往赴国难。其友止之曰："今大兵三道鼓行破郊畿，薄内地，君以乌合万余赴之，是何异驱群羊而搏猛虎。"先生曰："吾亦知其然也，第国家养育庶三百余年，一旦有急，征天下兵无一人一骑入关者，吾深恨于此，故不自量力，而以身徇之，庶天下之忠臣义士，将有以闻风而起者。义胜者谋立，人众者功济，如此则社稷犹可保也。"盖先生在其少壮时，已立报国之志，虽当日奸臣柄政，仍弹劾无所避忌，至于国家危急，挺身犯难，斳以忠义之心，激动天下，共起而兴宋室，其始终一贯之精神，诚足为吾侪之观鉴，其慷慨陈词，强毅壮烈，以视畏缩贻误国事者，有霄壤之别矣。

德祐二年二月十九日，先生以资政殿学士行至敌营，抗辞争辩，闻者震惊，而敌亦未敢轻之。不幸吕师孟构恶于前，贾余庆献谄于后，致羁留不得还，国事遂不可收拾。先生自度不得脱，则直前诟虏帅失信，数吕师孟叔侄为逆，但欲求死，不复顾利害。未几，贾余庆以祈请使诣北，迫之并往，至京口，得间，奔真州，以敌之虚实告东西二阃，约以连兵大举中兴，机会庶几在此；维杨帅下逐客之令，是以变姓名，诡踪迹，草行露宿，惟日与敌骑相出没于长淮间，后得舟避渚州，出北海，然后渡江入苏州洋，辗转至永嘉，路上遭遇无数之艰难困苦,濒死数次,无日而非可死,然终得不死。虽其境界危恶,层见叠出,然愈挫而其志愈坚,愈败而其心愈励,洵足以扬虞族之光,而折凶顽之气矣。彼在敌人势力之下,甘作傀儡,独何人哉。

先生在患难之间,以诗自纪所遭,其辞气俱壮,千载之下,读之犹凛凛有生气。有《指南录》诗集四卷,自使敌营留关外为一卷,发关外历吴门,昆陵,渡瓜州,复还京口为一卷,脱京口,趋真州,扬州,高邮,泰州,通州为一卷,自海道至永嘉来三山为一卷,味其诗意,已有生无以救国难,而死犹为厉以击贼之志也。

其在使敌营时有纪事诗云:

枭獍何堪共劝酬,衣冠涂炭可胜羞,袖中若有击贼笏,便使凶渠面血流。

麟笔严于首恶书,我将口舌击奸谀,虽非周勃安刘手,不愧当年产禄诛。

于泰州途中有即事诗一首,读之即知其奔走王事,鞠躬尽瘁矣。诗云:

痛哭辞京阙,微行访海门,久无鸡可听,新有虱堪扪,白发应多长,苍头少有存,但令身未死,随力报乾坤。

又题李龙眠画之汉苏武《忠节图》,其诗浩气奋发,使人慷慨激烈,益坚报国之心焉。诗曰:

忽报忠图纪岁华,东风吹泪落天涯,苏卿更有归时国,老相兼无去后家,烈士丧元心不易,达人知命事何嗟,生平爱览忠臣传,不为吾身亦陷车。

独伴羝羊海上游,相逢血泪向天流,忠真已向生前定,老节须从死后休,不死未论生可喜,虽生何恨死堪忧,甘心卖国人何处,曾识苏公义胆不。

漠漠愁云海戍迷,十年何事望京师,李陵罪在偷生日,苏武功成未死时,铁石心存无镜变,君臣义重与天期,纵饶夜久胡尘黑,百炼丹心涅不缁。

后益王殂，卫王继立，加先生少保信国公，军中疫且起，其母死。景炎三年十一月，进趋潮阳，十二月元师张弘范兵济潮阳，先生方饭五坡岭，弘范兵突至，众不及战，皆顿首伏草莽；先生仓皇出走，千户王惟义执之，先生吞脑子不死。至潮阳，见弘范，左右命之拜；不拜。弘范遂以客礼见之，与俱入崖山，使为书招世杰，先生曰："吾不能救父母，乃教人叛父母可乎。"索之，乃书所作《过零丁洋》诗与之，其末有云："人生自古谁无死，留取丹心照汗青。"弘范笑而置之。崖山破，弘范曰："国亡丞相忠孝尽矣，能改心以事宋者事元，将不失为宰相也。"先生泫然出涕曰："国亡不能救，为人臣者死有余罪，况敢逃其死而二其心乎。"弘范义之，使人送先生至京师，在道八日不食，不死。后元世祖召问之曰："汝何愿。"先生对曰："天祥受宋恩为宰相，安事二姓，愿赐一死足矣。"临刑殊从容，其衣带中有赞曰："孔曰成仁，孟曰取义，惟其义尽，所以仁至，读圣贤书，所学何事，而今而后，庶几无愧。"死时年四十七。

　　以先生之惨淡经营，图救国家之危，而措之磐石之上，使得尽如其志，则宋或可免于亡。乃内有弄权之相，外无御敌之将，一先生亦何为。夫贾似道能秉忠尽节，不以国事为儿戏，则济之以先生之忠，蒙古亦安得逞。观先生为敌所执，慷慨陈词，不为利诱，不为势胁，师孟等亦炎黄之胄，不能洞明大义，甘为仇敌爪牙，不知引以为耻。人之贤不肖，相去当何如哉。我国抗战以还，如文先生者，亦为数不少，而为吕师孟者，亦大有其人。吾愿为先生者，抱始终一贯之精神，为吕师孟者，亦当勇于改过，以图祖国之复兴，以视仰敌人之鼻息，而受万年之指摘者，有天渊之别也。

　　先生自祥兴元年被执之后，又有《指南后录》三卷，以广州至金陵为第一卷，八月二十四日发建康为第二卷始，自次年庚辰元日始为第三卷，虽为敌所俘，犹念念不忘故国，读其诗，真令人血泪俱下，有诗曰：

　　　　书生曾拥碧油幢，耻与群儿共竖降，汉节几回登快阁，楚囚今度过澄江，丹心不改君王谊，清泪难忘父母邦，惟有乡人知我瘦，下帷绝粒坐蓬窗。

又有《发吉州》诗曰：

　　　　己卯六月初一日，苍然亭下楚囚立！山河颠倒纷雨泣，己卯七夕此何夕,煌煌斗牛剑光湿,戈铤彗云雷电击,三百余年火为德,须臾风雨天地黑,皇纲解纽地为折,妾妇偷生自为贼,英雄扼腕怒须赤,贯日血忠死穷北,首阳风流落南国,正气未亡人未息,青原万丈光赫赫,大江东去日夜白。

先生坐幽燕狱中,无所事之,日诵杜诗,因其五言集为绝句,久之得二百,其自序曰:"凡吾意所欲言者,子美先为代言之,日玩之不置,觉为吾诗,忘其为子美诗也;乃知子美非能自为诗,诗句自是人情性中语,烦子美道耳。"其集句如误国权臣指似道之丧邦,诗曰:

> 苍生倚大臣(《送韦中丞之晋》),北风破南极(《北风》),开边一何多(《前出塞》),至死难塞责(《吴侍郎江上宅》)。

又《杂感》诗曰:

> 仰看八尺躯(《别张建封》),不要悬黄金(《苏公源明》),青青岁寒柏(《枯枝》),乃知君子心(《张九龄》)。

先生在狱中诸诗,以《正气歌》为最,因其为脍炙人口之作,故不录。通观先生之诗文,足以知其志事,盖先生以堂堂大宋,文明古国,决无降服于夷狄之理,惟有决心一战,则众志成城,尚有一线之希望!夫宋之所以终亡国,由于苟安姑息,自太祖太宗开国时而已然,当辽金未入主中原之时,年年纳之以岁币,事之如上国,但求以金钱易暂时之安,藉此粉饰太平,卒敌愈轻我,一发之时,其祸乃不可制!至于南宋之末,乃存亡间不容发之时,使天下尽如先生,则跳梁之虏度必稍戢,盖惟倾国以应敌,乃能收最后之胜利也!今日抗战建国,吾人将如何惩前毖后,唤醒全民,共念先生起兵之言,共学先生报国之节,国事固可为也。

夫天下有难移之心,无不可救之国,华族经两度亡而复兴之经验,成败之理,已自彰彰足为吾侪之资鉴,深思而熟考之,则民族之自由独立,可计日而待也。

五言诗发生时期之辨伪

　　我国之五言诗,普通以为起于前汉枚乘、李陵、苏武等之作。即发生于景帝武帝时。徐师曾之《文体明辨》曰:"逮汉苏李,始以成篇。嗣是汪洋于汉魏,汗漫于晋宋,至于陈宋而古调绝矣。"而梁钟嵘《诗品》,唐释皎然《诗式》,亦作如是观。但其诗诚佳,而吾人诵之,不能不以为伪,兹分述于下:

　　(一)五言诗非发生于景武时代,因枚乘苏李之诗为伪作。

　　徐陵选《玉台新咏》,其卷一有枚乘《杂诗九首》。有:一,西北有高楼;二,东城高且长;三,行行重行行;四,涉江采芙蓉;五,青青河畔草;六,兰若生春阳;七,庭中有奇树;八,迢迢牵牛星;九,明月何皎皎。梁萧统之《文选》,其卷二十九有"李少卿与苏武诗三首"及"苏子卿古诗四首"。李陵之诗为:一,良时不再至;二,嘉会难再至;三,携手上河梁。苏武之诗有:一,骨肉缘枝叶;二,黄鹄一远别;三,结发为夫妻;四,烛烛晨明月。以上诸诗,徐陵、萧统皆信为枚乘、李陵、苏武之作,并为五言古诗之最先者。

　　但关于枚乘之作,《玉台新咏》亦与《文选》不同。除"兰若生春阳"为《文选》未录外,其余八首,《文选》均列于"无名氏古诗十九首"之中。兹比较之如下:

　　《玉台》枚乘诗　　　　《文选》无名氏古诗

一,西北有高楼　　　古诗第五

二,东城高且长　　　古诗第十二

三,行行重行行　　　古诗第一

四,涉江采芙蓉　　　古诗第六

五,青青河畔草　　　古诗第二

六,兰若生春阳　　　缺

七,庭中有奇树　　　古诗第九

八,迢迢牵牛星　　　古诗第十一

九,明月何皎皎　　　古诗第十九

于同时代之编述者,对于作者为谁氏,所言已有不同,胡适说:"萧统还不敢说是谁人作的,徐陵生于萧统之后,却敢武断是枚乘的诗,这不是很可疑的吗?"顾炎武《日知录》曰:"孝惠盈,枚乘诗有'盈盈一水间,脉脉不得语。'在武昭之世,而不避讳,可知为后人拟作,而不于西京。"

关于李陵之诗,《汉书·艺文志》不载。而刘勰曰:"至成帝品录,三百余篇,朝章国采,亦云周备,而辞人遗翰,莫见五言,所以李陵、班婕好见疑于后代也。"此语最宜加意。《汉书·艺文志》选录诗歌为详尽,自高帝歌诗二篇以至李夫人及幸贵人歌诗三篇等凡28家314篇,无不毕录。李陵有如许佳作,《艺文志》断无不收集之理。又李陵传中,亦有其歌:"径万里兮度沙漠,为君将兮奋匈奴。路穷绝兮矢刃摧,士众灭兮名已隤。老母已死,虽欲报恩将安归!'"所谓李陵别苏武诗,盖即此也。然良时不再至三诗,诚极缠绵悱恻之致,决非传中所谓"置酒贺武曰:'异域之人一别长绝!'因起舞而歌,泣下数行,遂与武诀。"之李陵所能措手!

其次,关于《汉书·苏武传》及《诗赋略》均未提及苏武之五言诗,又《诗品》列论西汉五言诗,已有不少伪作,尚无苏武之名,故苏轼答刘沔书曰:"李陵苏武赠别长安,而诗有江汉之语,……而统不悟。"又东坡《志林》曰:"刘子玄辨《文选》所载李陵与苏武书,非西汉文,齐梁间文士拟作者也。吾因悟李陵与苏武赠答五言,亦后人所拟。"又有武答李陵诗一首,见《古文苑》及《艺文类聚》;别李陵诗一首,见《初学记》。则更显其为伪托。

（二）由五言诗发达之趋势观之，而知其非景武时之作。

凡一种文学之发达，均逐渐成就。今就史传之可据者，自汉初至成帝时，其与五言有关之歌辞，寥寥可数。兹列举于下：

一、《戚夫人春歌》（吕后时代）

子为王，母为虏，终日舂薄暮，常与死为伍；相离三千里，当谁使告女。

二、《李延年歌》（武帝时代）

北方有佳人，绝世而独立，一顾倾人城，再顾倾人国；宁不知倾城与倾国，佳人难再得。

三、《华容夫人歌》（武帝时代）

发纷纷兮寘渠，骨藉藉兮忘居，母求死子兮，妻求死夫，裴回两渠间兮，君子将安居。

四、《黄爵谣》（成帝时代）

邪径败良田，谗口乱善人；桂树华不实，黄爵巢其颠；昔为人所羡，今为人所怜。（《汉书·五行志二》）

五、《为尹赏歌》（成帝时代）

安所求子死，桓东少年场；生时谅不谨，枯骨后何葬。（《汉书·尹赏传》）

六、《凉州歌》（光武时代）

游子常苦贫，力子天所富。宁见乳虎穴，不入冀府寺。（《后汉书》）

由此可知此时五言诗之语句，甚为素朴。后乃渐至精练，若于枚乘、苏武、李陵有此种之五言诗，则至少在前汉之末，当有灿烂之成就，方合于进化之原则，且于当时民间虽有三言、四言，及作为琴歌之七言，而无五言。可知其开始，未必在景帝、武帝之时代。

（三）前汉之五言诗，几于全部可疑。

前汉之五言诗，其中除上所称枚乘苏李之诗外，又有：一，古诗十九首中，除去称为枚乘之作及称为后汉人之作之残余之诗；二，武帝时司马相如妻卓文君之《白头吟》；三，成帝时班婕妤之《怨歌行》等。兹分述之如下：

其一，从古诗十九首中，将徐陵称为枚乘作之九首中除去"兰若生春阳"实为八首，所余为十一首，此十一首中，如：

"青青陵上柏"　　　　　李善谓或系东汉之作

"冉冉孤生竹"　　　　　刘勰谓系东汉傅毅之作

"驱车上东门"　　　　　李善谓或系东汉之作

除此三首谓为后汉所作外，古诗第四首"今日良宴会"，第七"明月皎夜光"，第十一"回车驾言迈"，第十四"去者日以疏"，第十五"生年不满百"，第十六"凛凛岁云暮"，第十七"孟冬寒气至"，第十八"客从远方来"之八首不明为何时所作。

然第七"明月皎夜光"之前段，有"玉衡指孟冬"之句，后有"秋蝉鸣树间"之句。清阎若璩谓："汉古诗'明月皎夜光'一篇，'玉衡指孟冬'，汉以十月为岁首，此孟冬乃建申之月，指改时而言。下文'秋蝉鸣树间'，为明实候，故不以改者而言。"在诗中冬初与秋晚，于气候上为相接，并无矛盾。不能断其为太初以前之诗。又李善注曰："汉书曰，'高祖十月至霸上，故以十月为岁首。'汉之孟冬，今之七月矣。"然高祖之制至武帝又改，故信古之人曰："此其太初以前之诗乎？"疑古之人亦只曰："冬字当作秋。"然张庚解曰："《史记·天官书》'斗杓指夕，衡指夜，魁指晨……尧时仲秋，夕杓指西，衡指仲冬。'此言衡指孟冬，则是杓指申，为孟秋之七月也。"又"促织鸣东壁"之促织，其名不见于《尔雅》《方言》等，时称之为蜻蛚或蟋蟀。至汉末纬书始见促织之名，故此诗当作于汉末也。

"青青陵上柏"诗有"游戏宛与洛"语，洛故为周时都会。但"王侯多第宅"，周世王侯固不言第宅，且"两宫""双阙"亦似东京语。

《北堂书抄》卷一百十引"今日良宴会"诗中"弹筝奋逸响，新声妙入神"二句，以为曹植诗。虽未必植作，然时代亦当在汉末，乃能与植诗相混。又朱彝尊书《玉台新咏》后曰："生年不满百，则西门行古辞也。……剪裁长短句作五言，移易其后，杂糅置十九首中。"

"四五蟾兔缺"诗，月中有兔始于《楚辞·天问》，月中蟾始于《淮南子·精神训》，而蟾兔并居月中则始见张衡《灵宪》。汉末《纬书》（春秋元命苞）及《石阙》（少室神道石阙铭及开毋庙石阙铭）中，亦多以二物象月。此诗当亦汉末之作。

由此可推以上诸诗非西汉时之作矣。

其二,《白头吟》,乃《玉台新咏》所收之古乐府六首中之一,其辞如下:

> 皑如山上雪,皎若云间月;闻君有两意,故来相决绝。今日斗酒会,明旦沟水头;蹀躞御沟上,沟水东西流。凄凄复凄凄,嫁娶不须啼,愿得一心人,白头不相离。竹竿何袅袅,鱼尾何簁簁,男儿重意气,何用钱刀为。

传者谓司马相如欲聘茂陵人之女为妾,其妻卓文君作《白头吟》自绝。但观全首诗意,如末四句糟糠之妻怨其夫将纳富室女而出己之状,与文君当时事实似有未合,故疑之。

其三,《怨歌行》,《文选》之班婕妤之《怨歌行》,其辞曰:

> 新裂齐纨素,皎洁如霜雪,裁成合欢扇,团团似月明,出入君怀袖,动摇微风发;常恐秋节至,凉风夺炎热,弃捐箧笥中,恩情中道绝。

其足令吾侪怀疑者,观于《汉书·外戚传》,有"婕妤退处东宫,作赋自伤悼;其辞曰……"而未言此诗,且班固为班婕妤之侄孙,当无不见《怨歌行》之理。崔述于《考信提要》中曰:"班婕妤有团扇诗,……班固不知也,而萧统知之!故《汉书》不载其一字,而其诗载于《昭明文选》中也!"是谓固果未见是诗也,然欤否欤?

又刘勰于《文心雕龙·明诗》中曰:"……至成帝品录,三百余篇,朝章国采,亦云周备,而辞人遗翰,莫见五言,所以李陵、班婕妤见疑于后代也。"

故上述诸五言诗,其确为所称前汉诸氏之作与否,良有疑问。似属后人伪作也。

(四)最早之可靠五言诗。

最早又最可靠之五言诗,为《汉书·五行志》所载之汉成帝时之童谣:"邪径败良田,谗口乱善人。桂树华不实,黄爵巢其颠。昔为人所羡,今为人所怜。"此诗甚幼稚,可见离草创时代不远。在此草创时代,似尚在民间流传为民歌,为童谣,虽偶被史家所采取,却未为文人所认识也。

吾侪识欲究其起源,当远诸于古代之乐府。但最早之乐府如《郊庙歌》、《燕射歌》与《舞曲》,几无五言之成分。次为外国输入之《乐府》如《鼓吹曲》与《横吹曲》等,颇杂有不少之五言诗句,如《上陵》《有所思》《战城南》《君马黄》等。再次为民间采取之乐府,如《相和歌》、《清商曲》与《杂曲》等,五言之句最多,方有纯粹之作品。东汉五言诗人之可考者有应亨,班固,蔡邕,秦嘉,郦炎,赵壹,高彪,蔡琰八人。总之,五言诗一面由乐府而滋长,一面由诗人之试作,历二三百年之久,至东汉末始成,自此之后,五言诗统一诗坛者,垂五百年,而古代之自由诗绝迹矣。

——《协大艺文》第 11 期(1940 年 6 月)

明诗派别论^①

一 明诗在中国诗坛之地位

  诗始于唐虞,至周分为六诗,六诗者,风雅颂赋比兴也。周之诗以四言为原则,行之数百年,汉魏之后,古诗浸盛,梁陈以下,偶俪渐兴,唐兴,沈宋之流,更加精练,此后诗人辈出,分道扬镳,造成有唐诗坛之盛。宋诗虽未能越唐诗之藩篱,而其格律整炼,描写工致,无唐人粗率之病,诚足以自矜创制,先启后人,唐宋并称,非虚誉也。金之末造,文章衰敝,元好问出始无愧于唐宋之作者,蒙古入中原,上下百余年间,以诗称者,惟杨载、虞集、揭傒斯、范梈诸家而已。

  明代承胡马兵戈之后,中原受异族之统治垂百载,明太祖朱元璋起自

---

① 编者注:本文系作者于 1942 年 5 月写就的《福建协和大学》中文系毕业论文,指导教师陈易园教授。

匹夫,洵中华民族之英杰,尝礼前朝遗老,使之讲明道德,修治文教,胜元之后,即大收图籍,致之南京,诏求四方遗书,置收书监丞,寻改为翰林典籍使掌之,事至善也。然太祖为人,峻厉寡恩,以沈猜刻薄之资,屡兴大狱,骈诛功臣,因胡惟庸而杀李长吉以下三万人,因蓝玉而诛傅友德以下一万五千人,诗人高启腰斩于市,孙蕡横被诛戮,张羽、徐贲亦不得其死,其摧残文士可知,至其奖励文教,大半用以网罗学者,科举取士一尚八股文,渐使士林不振,传注之外无思想,依傍以外无文章,惟伺息有司,以邀一时之宠禄,遂使三百年文化,局促小规模中,一代文学有如铸型,直唐诗、宋词、元曲之剩水残山,中国文学史中最消沉之时代也。

《明史·文苑传》曰:"明初文学之士,承元季虞、柳、黄、吴之后,师友讲贯,学有本原,宋濂、王祎、方孝孺以文雄,高、杨、张、徐、刘基、袁凯以诗著,其他胜代遗逸,风流标映,不可指数,盖蔚然称盛。永宣以还,作者递兴,皆冲融演迤,不事钩棘,而气体渐弱。弘正之间,李东阳出入宋元,溯流唐代,擅声馆阁,而李梦阳、何景明倡言复古,文自西京、诗自中唐而下,一切吐弃,操觚谈艺之士,翕然宗之,明之诗人于兹一变。迨嘉靖时,王慎中、唐顺之辈,文宗欧曾,诗仿初唐,李攀龙、王世贞辈,文主秦汉,诗规盛唐,王李之持论大率与梦阳景明相倡和也。归有光颇后出,以司马、欧阳自命,力排李何王李,而徐渭、汤显祖、袁宏道、钟惺之属,亦各争鸣一时,于是宗李何王李者稍衰,至启祯时,钱谦益、艾南英准北宋之矩矱,张溥、陈子龙撷东汉之芳华,又一变矣。有明一代,文士卓卓表见者,其源流大抵如此。"

有明一代之文学既如此,其诗亦率以摹仿为能事,无创造之精神,虚矫肤廓,浅陋已极,是明诗之在中国诗坛,二百余年间,忽而盛唐,忽而晚唐,前七子倡之于前,后七子和之于后,而其本不脱宗唐,徒袭面貌,不得神理,以高启之才,尚称不及,况不逮于高启者乎。

黄黎洲曰:"明初以来,铁崖、缶鸣、眉庵之余论未泯,北地起而尽行抹杀,以少陵为独得,拨置神理,袭其语言事料而像之,少陵之所谓诗律,细者一变为粗材,历下、太仓相继而起,遂使天下之为诗者,名为宗唐,实祢何而祧李,祖李而祖王,然学问稍有本原者,莫不厌之,百年以来,水落石出,而卧子犹吹之寒火,顾见绌于艾千子,阳距而阴从,自后诗文稍刊其脂粉,而为学未成,天下不以名家许之,其间公安竟陵欲变之以晚唐,虞山求少陵于排比之际,皆其形似,可谓不善学唐矣。"

夫有唐之诗,灿烂辉光,空前绝后,文学之事,穷则变,变则通,是故汉赋、唐诗、宋词、元曲,皆已臻极盛之境,盛极难继,其明诗不振之原因欤。以诗而论,明代之后,清人能诗者虽多,而卓然有立者甚少;民国以还,新诗体出,杂然无章,今之为诗者,已凤毛麟角,欲溯源于有明以上之盛,殆不可得矣,可慨也夫!

二 明诗之派别与其因果关系

王世贞《艺苑卮言》云:"胜国之季业诗者,道园以典丽为贵,廉夫以奇崛见推,迨于明兴,虞氏多助,大约立赤帜者二家而已;才情之美,无过季迪,声气之雄,次及伯温。当是时,孟载、景文、子高辈,实为之羽翼。而谈者尚以元习短之,谓辞微于宋,所乏老苍,格不及唐,仪窥季晚。然是二三君子,工力深重,风调谐美,不得中行,犹称殆庶,翩翩乎一时之选也。乐代熙朝,风不在下,斥沉思于字外,撷流景于目前,志逞则滔滔大篇,尚裁则寂寂数语,武陵人之不知有晋,夜郎王之汉孰与大,非虚语也。其后成弘之际,颇有俊民,稍见一斑,号为巨擘。然趣不及古,中道便止,搜不入深,遇境随就,即事分题,一唯拙速,和章累押,无患才多。北地矫之,信阳嗣起,昌谷上翼,庭实下毗,敦古昉自建安,挦华止于三谢,长歌取裁李杜,近体定轨开元,一扫叔季之风,遂窥正始之途。天地再辟,日月为朗,讵不嫩哉!然而正变云扰,剽拟雷同,信阳之舍筏,不免良箴,北地之效颦,宁无私议?以故嘉靖之季,尚辞者,酝风云而成月露,存理者,扶感遇而夺咏怀,喜华者,敷藻于景龙,畏深者,信情于元和,亦自斐然,不妨名世。第感遇无文,月露无质,景龙之境既狭,元和之蹊太广,浸淫诸派,涸为下流。中兴之功,则济南为大矣。今天下人握夜光,途遵上乘,然不免邯郸之步,无复合浦之还,则以深造之力微,自得之趣寡。……然则情景妙合,风格自上,不为古役,不堕蹊径者,最也。随质成分,随分成诣,门户既立,声实可观者,次也。或名为闰继,实则盗魁,外堪皮相,中乃肤立,以此言家,久必败矣。"上之所述,可窥有明诗派之一斑,第其忽秦忽楚,事有必至,理有固然也。

以时代言,有明三百年间,自太祖至永乐之初,大乱方定,而开国之始,气象高宏,虽承胜代遗风,然一洗元末之纤秾缛丽。陈田《明诗纪事》序云:"明初诗家各抒心得,隽肯名篇,自在流出,无前后七子相矜相轧之习,是故高启有'重臣分陕去台端,实从威仪尽汉宫'之作,以比虞集之'不须更上新亭望,大不如前洒泪时',不胜有盛衰之感焉。"

永乐之后,至成化八十余年间,天下渐定,国威远震,在朝如杨士奇、杨荣、杨溥三元老,以其久于台阁,所作诗皆平和宽博,海内宗之,风靡一时,称台阁体。虽雍容闲雅,然庸碌肤廓,讴歌升平,万章一律,势如死水一泓已也。按三杨年皆七八十,历事成仁宣英四朝,比于唐之房杜姚宋。其诗摹拟魏晋,此三老宠任之隆,勋业之高,德望之大,自足风靡天下,而当永乐摧残文士之后,力戒嚣张兀傲之气,士子之柔媚者,翕然效之,且久在台阁,朝廷之高文典策,多出其手,遂一变开国峥嵘磊砢之风,而为儒雅雍容之度也。

弘治之后,外夷入寇,阉宦专权,太平之景象已去,此雍容平易之作风,流被天下既久,奄奄无生气,物极必反,李东阳出,以深厚雄浑之体,一洗啴缓冗沓之习,台阁之末流,为之一振。诗主盛唐,尤宗老杜,而格律谨严,此时人士,生于乱世,自不能无雄健之思,而发之于诗,乃不能作太平之语,于是李梦阳、何景明辈,振臂一呼,以诗必盛唐相号召,天下风靡,盖厌宋之迂腐,元之近纤,而欲出雄壮之音,以救其弊,乃时势之使然也。

复古之风既靡天下,至嘉靖初,声势仍盛,而有识之士,不随风会而转移。陈田《明诗纪事》序云:"城中高髻,里妇捧心,下士趋风,有识走避。"是时如高叔嗣、华察辈,其诗皆能自立门户,清新可喜。但嘉靖之季,李攀龙、王世贞辈,再倡复古,前后七子,相隔数十年,而此唱彼和,声应气求,如出一辙,声势几驾前七子之上。万历之际,积弱已甚,东林有党锢之祸,满清有南下之势,于此残灯无焰之秋,承嘉靖之流风,固已萎靡不振,而其间公安变以清真,竟陵易以幽峭,然一失浅率,一失僻涩,均不免矫枉过正,盖此时政局不安,凡百动荡,其影响于诗坛者,有如此也。

天启之后,外忧内患,接踵而起,士大夫或怵于国事,或激于声气,于是《繁霜》《板荡》《麦秀》《黍离》,哀感凄怆,悲歌慷慨,而社稷则已危矣。

有明一代之诗,颠倒于门户抢攘之中,喜声调,尚性灵,入者主之,出者奴之,入者附之,出者汗之,施及末流,其争益激,其学益乖,而国亦益不振矣。故有如是之时代,衍而成如是之诗派也。

　　中国文学流传外国,以唐为最盛,其后沉寂,至明复盛,南京国子监多日本高丽琉球暹罗之留学生,洪武初年,有日本诗僧绝海至中国,著《蕉坚稿》一卷,其中如"京口云开春树绿,海门潮落夕阳红"(多景楼),"宝盂午食龙宫饭,铁锡朝寻鳌背山"(赠笑山侍司还土州省亲),皆佳句也。且高丽有崔瀣彦选《东人之文》二十五卷,书目见《明诗综》,国人吴明济从征高丽,集新罗至朝鲜名人集一百家,辑《朝鲜诗选》一书,当日吾国之诗衣被外国,其盛况有若此者。

三　明初诗派

　　胡应麟《诗薮》云:"国初越诗派昉于刘伯温,吴诗派昉于高季迪,闽诗派昉于林子羽(鸿),岭南诗派昉于孙仲衍(贲),江右诗派昉于刘子高(崧),五家才力咸足雄据一方,先驱当代。"按明初诗派,异其地而殊其体,各自名家,风格亦异趣也。

　　吴诗派:明初大诗人高启,出自吴中,一时吴中遂为诗人渊薮,有高启、杨基、张羽、徐贲、王行、高逊志、唐肃、宋克、余尧臣、吕敏、陈则辈十人,称北郭十友。十友之中,高启推为巨擘。高启之诗,有《江馆》《青邱》《吹台》《凤台》《南楼》《槎轩》《姑苏》杂咏诸集,凡二千余首,自选之《缶鸣集》有九百余首。《四库全书提要》:"高启天才高逸,在明一代诗人之上,凡摹拟古调,无不逼真,惟行世太早,殒折太速,未能熔铸变化,自为一家,故备有古人之体,而反不能名启为何体。"清汪端云:"青邱诗众长咸备,学无常师,才气豪健,而不剑拔弩张,辞句秀逸,而不字雕句绘,俊亮高节,醇雅之旨,施于山林、江湖、台阁、边塞,无所不宜。"

　　杨基之五古冲逸峭拔,近体亦秀藻清润,风度翛然,其病沾染元习,体近纤巧,有《眉庵集》十二卷。张羽近体诗清遒澹逸,佩实衔华,虽高雅不及高启,俊爽不如杨基,要足自名一家,有《静居集》四卷。徐贲气格稍弱，然才调娴雅，绝无俗韵，有《北郭集》十卷。《四库提要》云："法律谨严，字句熨帖，长篇短叶，并首尾温丽，于三家别具一格。"王行之诗清刚俊爽，有《半野集》十四卷。高逊志有《青庵遗稿》。唐肃有《丹崖集》八卷。余尧臣有《菜苨集》。吕敏有《无碍居士集》。长洲宋克，昆山陈则诸人，其诗皆婉丽纤秾，不脱元季之遗风。吴诗派舍季迪之外，尚未能一变元风，直追大雅也。

闽派亦称晋安派，其开山祖为林鸿，惟其先驱则有张以宁及蓝氏兄弟。张以宁有《翠屏集》四卷，诗格兼唐宋诸体，而无元末纤缛之习。钱谦益云："国初诗派，西江则刘槎翁，闽中则张翠屏，槎翁以雅立标宗，翠屏以雄丽树帜。"蓝氏兄弟，蓝仁有《蓝山集》六卷，蓝智有《蓝涧集》六卷。朱彝尊《静志居诗话》云："二蓝体格，专法盛唐，间入中晚，盖十子之先，闽中诗派，实其昆友倡之。"按二氏之诗，和粹冲逸，既正体裁，复灭蹊径，洵足多也。

闽中十子，为林鸿、王恭、王偁、高棅、陈亮、郑定、王褒、唐泰、周玄、黄玄十人，以鸿为之冠，王恭、王偁、高棅次之。林鸿有《鸣盛集》四卷，其论诗称汉魏，气骨虽雄，而菁华不足，晋祖玄虚，宋尚条畅，齐梁以下，但务春华，而少秋实，惟唐作者，可谓大成，然贞观尚沿故习，神龙渐变常调，开元天宝之间，声律大备，学者当以是为楷式，故其诗以盛唐为归，绳趋尺步，惟春容大雅，有能得其神理者。王恭著有《白云樵唱》二卷，《草泽狂歌》五卷，虽整炼不及林鸿，而田园之作，多缥缈之音。王偁著有《虚舟集》五卷，其诗温厚和平。高棅著有《啸台集》二十卷，《木天清气集》十四卷，尝选唐诗论之，分正始、正宗、大家、名家、羽翼、接武、正变、余响、旁流，凡九品。其旨归于开元天宝之间，为《唐诗品汇》九十卷，《唐诗拾遗》十卷，其诗摹唐太甚，致兴味索然。陈亮有《储玉斋集》，其诗以冲澹见长。郑定有《澹斋集》。王褒有《养静集》。唐泰有《善鸣集》。周玄有《宜秋集》，与黄玄皆为林鸿弟子。朱彝尊《静志居诗话》谓其字续句凑。总之闽派之诗，一以盛唐为轨，不脱摹拟蹊径，驯至末流，为世诟病。钱谦益云："自闽诗一派，盛行永天之际六十余载，柔音漫节，卑靡成风，风雅道衰，谁职其咎，自是厥后，弘正之衣冠老杜，嘉隆之瞽笑盛唐，转变滋多，受病则一。"是谓闽诗派为摹拟盛唐之作俑者也。

粤派亦称岭南诗派,昉自孙蕡,著有《西庵集》九卷,其诗亦以盛唐为轨,而林鸿以风格胜,孙蕡以才情胜。朱彝尊称其歌行,尤琳琅可诵,微嫌繁缛耳。粤派之中,有所谓南园五先生者,孙蕡、黄哲、王佐、李德、赵介是也。

黄哲有《雪篷集》,其诗五言源本六朝,七言亦具备唐音。王佐著有《听雨轩》《瀛洲》等集,其句意沉着。李德有《易庵集》,其作诗好効李长吉,然恬澹去长吉尚远。赵介有《临清集》,其诗尚清新可诵。

西江派亦称江右诗派,其开山祖为刘崧,著有《槎翁集》十卷。清汪端云:"妍静疏爽,如新篁摇风,幽花抱露,又如空山听雨,曲涧鸣泉,盖取材中唐、南宋,而不流于佻浅,洵一时雅宗也。"朱彝尊《静居志诗话》云:"体弱局于方程,不能展拓。"

越派昉于刘基,基早年受知于虞集,集谓其:"发情感于正,存忧患于忠厚之言,是不可及,若其体裁音韵,无愧盛唐。"沈德潜《明诗别裁》推之为一代之冠。惟才情之美,无过季迪,声气之雄,次及伯温。刘基以五言古为最佳也。清汪端云:"五言古,元季多近纤靡,刘文成起而振之,醇古遒炼,抗行杜陵。"

王世贞《艺苑卮言》云:"高季迪(启)如射雕胡儿,伉健急利,往往命中,又如燕姬靓妆,巧笑便辟。刘伯温(基)如刘宋好武诸王,事力既称,服艺华整,见王谢衣冠子弟,不免低眉。——刘子高(崧)如雨中素馨,虽复嫣然,不作寒梅老树风骨。杨孟载(基)如西湖柳枝,绰约近人,情至之语,风雅扫地。……徐幼文(贲)张来仪(羽)如乡士女,有质有情,而乏体度。……孙仲衍(蕡)如豪富儿入少年场,轻脱自好。林子羽(鸿)如小乘中作论师,生天则可,成佛甚遥。……"王氏于明代诗人俱有作譬,中亦有独到之处。综观明初诗派,吴派以高启才力最为富健,差似太白,学唐而不为唐所囿,惜乎天不假年。其余杨基、张羽、徐贲才思不相上下,均有元末遗风。闽派首开宗奉盛唐之风,临摹维谨。粤派亦为拟古,江西派则不拘一格,尤不脱靡丽之习。越派刘基,苍遒沉着,声气最雄,高振唐音。沈德潜称其独标高格,时欲追逐韩杜,故超然独胜,允为一代之冠。沈氏论诗主格律,其推刘氏,盖以其能变纤靡之风也。

明初诗派之外,有卓然成家者,袁凯字景文,有《海叟集》四卷,《集外诗》一卷。何景明称:"我朝名家集,多不称鄙意,独《海叟》较长。"李东阳云:"袁凯学杜,不但字面句法,并其题目亦效之,开卷骤视,宛若旧本,然细味之,求其流出肺腑,卓尔自立者,指不能一再屈也。"何李之论,各有所偏,清王士禛《香祖笔记》:"明初诗人,共推季迪为冠,而大复独以海叟为冠,空同许为知言,今观其诗,古诗学魏晋,近体学杜,皆具体而微耳。逐跻之青邱之上,未免失伦,惟其天才,本自秀洁,短古及律诗,时出俊语,然五古乏警策,近体更颓唐,比之孙蕡、林鸿尚无愧色。"

此外诗人,有宋讷、詹同、胡翰、刘永之诸人,其诗皆可称,兹从略焉。

四　台阁体

自永乐以后,至成化末年(1403—1487),八十余年间,海内太平无事,而诗体趋于雍容平易,有承平之风,斯为台阁体最盛之时也。其始创者为杨士奇、杨荣、杨溥诸人,并以文雅见任,当时风靡天下,称台阁体。

杨士奇(1365—1444),名寓,以字行,泰和人,累官翰林编修,兵部尚书少师,有《东里集》九十七卷,别集四卷,其诗平正不尚藻辞,不矜丽句,如同蔡尚远、尤文度、朱仲体、杨仲举、蔡用严游东山诗云:

> 步出城东门,逍遥望云嶻,累月怀佳游,兹晨遂登践,梵宇绕层阿,飞楼凌绝巘,方塘涌湛碧,乔林茂敷衍,繁翳幽莫通,丰茸纷不剪,攀磴穷高跻,缘径屡回转,是时微雨收,轻霞澹舒卷,遥睇素横川,俯视绿盈畎,陟降体自便,顾眄心已缅,况接旷士言,复偕释子辩,析空理弗昧,达喧抱愈展,何因此间栖,永全浮虑遣。

杨荣字勉仁,建文二年进士,成祖即位,进文渊阁大学士,备受恩遇,正统五年卒,年七十。性警敏,有才识,处国家大事,毅然不可夺,其诗不及士奇,而出溥之右,有《文敏集》。

杨溥字宏济,为人有雅操,与杨荣同举进士,为翰林编修,晋翰林学士,宣宗英宗之世,与士奇及荣共典机要,正统十一年卒,年七十五。

三杨俱通儒术,达事机,历事成祖仁宗宣宗英宗四朝,同心戮力,朝无失政,民无艰食,中外人士,翕然称德,实明代之太平宰相也。久在馆阁,高文典策,多出其手,相率以博大昌明,雍容闲雅,讴歌太平,斯则时代必然之现象也。乃后之效颦者,渐习肤廓冗沓,精气都亡,兴象不属,惟曾郭二子,稍存别趣。

郭登字元登,幼英敏,及长博文强记,善议论,好谈兵,景泰初,以都督金事守大同,以破敌功封定襄伯。保定涂中偶成诗云:

> 白璧何从摘旧瑕,才开罗网向天涯,寒窗儿女灯前泪,客路风霜梦里家,岂有酖人羊叔子,可怜忧国贾长沙,独醒空和骚人咏,满耳斜阳噪晚鸦。

此诗高振唐音为全明之所罕见也。

曾棨,永丰人,字子启,永乐殿试第一,授修撰。帝爱其才,历官少詹事,工书法,馆阁中诸大制作,多出其手。有《西墅集》。维杨怀古诗云:

> 唐陵城里昔繁华,炀帝行宫接紫霞,玉树歌残犹有曲,锦帆归去已无家,楼台处处迷芳草,风雨年年怨落花,最是多情汴堤柳,春来依旧带栖鸦。

王世贞《艺苑卮言》云:"曾子启如封节度募兵东征,鲜华杂沓,精骑殊少。"然于台阁流派中,盖其铮铮者乎。

五 茶陵诗派

成化之后,台阁体之流弊益甚,啴缓冗沓,陈陈相因,中盛晚唐,与宋元各调,杂然并呈,李东阳崛起,以深厚雄浑之体,一洗啴缓冗沓之习,高才绝识,独步一时,天下翕然宗之,称茶陵诗派,台阁之末流,为之一振,而为复古之先驱焉。

李东阳(1447—1516),字宾之,号西涯,茶陵人,幼有神童之称,十八岁进士登第,选为庶吉士,授编修,累迁侍读学士,历官礼部尚书文渊阁大学士,其诗雅驯清澈,格律严整,得唐人风致,拟古乐府别出身裁,七言古诗驰骋于少陵东坡之间,七律清丽流逸,气度雍容,风骨遒健,不愧一代正宗。

东阳论诗,首重格调,字面当清,音韵当谐,熟读细参,为其诗法。东阳论宋诗之弊,为不善学唐云:"唐人不言诗法,诗法多出宋,而宋人之诗无所得,所谓法者,不过一字一句,对偶雕琢之工,而天真兴致,则未able与道。其高者失之捕风捉影,而卑者黏皮带骨。至于江西诗派极矣。惟严沧浪所论,超离尘俗,真若有所得,反覆譬说,未尝有失。"又云:"长篇须有节奏,有操纵正变,唐诗类多委曲可喜之处。惟杜子美顿挫起伏,变化不测,可愕可骇,盖其音响与格律相称,回视诸作,皆在下风,然学者不先得唐调,未可遽为杜学也。"按东阳以格调为一切声容意兴体制之妙悟,故极斥摹拟,其作风力求自然匀稳,不有意求古。常云:"诗太拙则近于文,太巧则近于词,宋之拙者皆文也,元之巧者皆词也。"又云:"作诗必使老妪听解固不可,然必使士大夫读而不能解,亦何故耶?"是东阳之居心,已欲力振台阁之衰,故重于声容体制,而轻神理意脉,不为倔奇可骇之辞,而法度森严,意味隽永,有古作者之风。永乐以还,诗坛窳败,东阳如老鹤一鸣,喧啾俱寂。九日渡江诗云:

> 秋风江口听鸣榔,远客归心正渺茫,万古乾坤此江水,百年风日几重阳,烟中树色浮瓜步,城上山形绕建康,直过真州更东下,夜深灯火宿维扬。

出东阳门下,传茶陵诗派者,有石珤、邵宝、顾清、罗玘、鲁铎、何孟春辈,而石邵顾三人尤得东阳衣钵。

石珤字邦彦,槁城人,成化末年进士,累官文渊阁大学士,有《熊峰集》十卷,长歌颇有师风。邵宝字国宝,无锡人,成化二十年进士,官至南礼部尚书,学者称为二泉先生,有《春容堂集》,其诗法东阳之矩度,颇有神似。顾清字士廉,华亭人,弘治五年进士,官有南礼部侍郎,以尚书致仕,有《东江家藏集》四十二卷,其诗清新婉丽,天趣盎然。罗玘字景鸣,南城人,有《圭峰集》三十卷,《四库提要》称其振奇侧古,必自己出,非摹拟者之可比。鲁铎字振之,景陵人,有《文恪集》十卷,其诗朴质有风趣,如老树著花,亦饶姿致。何孟春字子元,郴州人,有《燕泉集》十卷,才力稍弱,句调平易。

茶陵诗派之羽翼者,有杨一清、吴宽、马中锡、吴俨诸人。杨一清字应宁,安宁人,成化八年进士,世宗朝,累官华盖殿大学士,有《石淙类稿》四十五卷,诗二十卷。其诗安和典丽,朱彝尊《静志居诗话》称其高出东阳,实非笃论。吴宽字原博号匏庵,长洲人,成化八年进士,累官礼部尚书,有《家藏集》七十七卷,其诗和平恬雅,有鸣銮佩玉之风。黄宗羲《明文案》序:"成弘之际,西涯雄长于北,匏庵、震泽发明于南,从之者多有师承。"(按震泽指王鏊以制义名)马中锡字天禄,故城人,成化十一年进士,累官兵部侍郎,有《东田集》,其诗句浑成,有明珠走盘弹丸脱手之妙。吴俨字克温,宜兴人,成化二十三年进士,累官礼部尚书,有《吴文肃公摘稿》四卷,其诗近于雕琢。《四库提要》云:"当何李未出之前,犹守明初旧调,无钩棘涂饰之习,其才其学虽皆不及东阳,而文章局度舂容,诗格亦复娴雅,往往因题寓意,不似当时台阁流派,沿为肤廓,虽名不甚著,要与东阳肩随亦足相羽翼也。"

他如太仓张泰,昆山陆釴,太仓陆容,号称娄东三凤,其诗名在东阳之下。泰州储崖与东阳为师友,其诗力雄厚,迥异台阁。

盖茶陵诗派足以转变明代之文风。王世贞《艺苑卮言》:"长沙之于何李,犹陈涉之启汉高。"虽抑长沙,而终以其为起衰之手,虽为七子所讥,为萎弱不足法。然茶陵一派,能得自然天成之妙,而无字字摹仿,惜其专注格调,而忽情理,而开七子复古摹拟之风也。

六　弘治七子与十才子

《明史》云:"献吉才思劲鸷,恂然谓天下无人,弘治中,宰相李东阳主文柄,献吉初以师事之,既而讥其萎弱不足法,倡言复古,文必秦汉,诗必盛唐,非是弗道。唐以后事不得用,又专以摹仿为主,谓今人摹临古帖,不嫌太似,反曰能书,诗文之道,何独不然,一时奉为宗匠,与何景明……等称七才子。"当弘治正德之际,内外多事,雍容平易之台阁体,既伤平易,茶陵派又病萎弱，于是李梦阳、何景明辈七子起而倡言复古，文必秦汉，诗必盛唐，非是弗道，力攻东阳，以西涯为相，诗文取熟烂者，人才取软滑者，不惟诗文靡败，而人材亦从之，是以前七子一变茶陵之法，起而宗唐。

李梦阳（1472—1529），字天赐，后又改献吉，庆阳人，弘治六年进士，授户部主事，转员外郎。自号空同子，有《空同集》，其诗才雄鸷富健，气魄宏大，五古能得汉魏风格，七古雄浑悲凉，笔力遒劲，布局匀整，作法变化，律诗开合动荡，均能模仿盛唐，惟绝句非其所长。

钱谦益云："献吉以复古自命曰：'古诗必汉魏，必三谢，今诗必初盛唐，必杜，舍是无诗焉。'牵率摹拟，剽贼于声句字之间，如婴儿之学语，如童子之洛诵，字则字，句则句，篇则篇，毫不能吐其心之所有，古之人固如是乎？天地之运会，人世之景物，新新不停，生生相续，而必曰汉后无文，唐后无诗，此数百年之宇宙日月，尽皆缺陷晦蒙，必俟献吉而洪荒再辟乎？献吉曰不读唐以后书。献吉之诗文引据唐以前书，纰缪挂漏，不一而足，又何说也。"

陈文述书李空同集后云："……即其言诗，亦甚乖谬，诗宗汉魏，似已，然汉魏之诗不一家，唐人宗少陵，似已，然唐人之名家不少，即少陵诗亦不一格。梦阳全以摹仿为能，夫摹仿未有不流剽窃者也。……若就其体制而论，沈归愚《明诗别裁》谓'梦阳五古宗法陈思、康乐，过于雕刻，未极自然。'其实岂止不自然而已，七古如诗者不过数篇，余者学杜有作贼伤事主之病。……七律为世所推，不知最无足观，摹仿少陵皆其下驷，及拗体耳。求其完善堪压卷者，指不能一再屈也。至绝句本非少陵所长，亦复效之，其无识不待言矣。"

按二氏所言切中其病，惟其才思纵横，自不可多得。陈田《明诗纪事》云："迨李何起，而坛坫下移郎署，古则魏晋，律必盛唐，海内翕然从之，譬之力佹贲育，则勇夫夺气，音希韶濩，则他乐不请，取法乎上，势不得而阻也。"又云："茶陵诗文固自可传，而空同复古之功，亦不可没。"

何景明（1483—1521），字仲默，号大复山人，信阳人，八岁能解诗，年十九，进士登第，官至陕西提学副使，志操耿介，尚节义，鄙荣利，有国士之风。诗才高出梦阳，且妙悟甚深。梦阳尚汉魏之质，景明爱齐梁初唐之华，其诗稳秀朗健，有谐雅之音，著《大复集》三十八卷，先与梦阳倡复古之论,成名之后,互相诋諆,两家壁垒,屹不相下。薛蕙云:"俊逸终怜何大复,粗豪不解李空同。"清汪端《明三十家诗选》有云:"大复天才高赡,体被文质,五言撷三谢之菁英,近体臻嘉州之堂奥,本不必以学杜为重,惟七古及在京师律志,法杜之气格,而不规抚字句,雄深宕逸,时或近之,度越空同,奚止十倍,余尝与澄怀共论李何得失,以为空同学杜,新莽之于周公也,大复学杜,王景略之于武侯也。前后七子自当以大复为冠,试取诸人诗,平心读之自见矣。"其推许景明者如此。

边贡(1476—1532),字廷实,号华泉,历城人,弘治九年弱冠登进士第,累官吏部尚书,其诗才情丰富,能于稳重之间,显出流丽,兴象飘逸,语最清圆,古体朴实,而缺风华,近体则秀整婉约,有盛唐遗韵,著《华泉集》十四卷,少与梦阳善,晚年与之不协,故染梦阳习气未深。

徐祯卿(1479—1511),字昌谷,太仓人,二十七岁举进士,天资颖异,其诗初仿六朝,流于华丽,后与梦阳游,遂以汉魏盛唐为主,熔炼精警,于李何间,标格清妍,丰骨超然,自成别调,有《迪功集》六卷,有论诗之著,为《谈艺录》,其诗与梦阳同调,而尤有江左遗风焉。

王廷相(1474—1544),字子衡,仪封人,弘治十六年进士,累官兵部尚书。其诗沈郁庄丽,凌厉驰骋,欲与李何并驾齐驱,但模拟失真者不少,有《王氏家藏集》六十八卷。

康海(1475—1540),字对山,武功人,弘治十五年进士,为翰林修撰,其诗以兴致为重,辞不典丽,且纵情声伎,故甚颓放,有《对山集》十卷。

王九思字敬夫,鄠县人,弘治九年进士,官至吏部主事。其诗虽有才情,但多浅率,有《美陂集》十六卷。

弘治七子之中,去王廷相,而加朱应登、顾璘、陈沂、郑善夫称为十才子,咸为李何流派,热中复古之诗人。

顾璘(1476—1545),字华玉,吴县人,弘治九年进士,有《顾东桥集》。其诗矩矱唐人,以风调见胜,才情警丽。《四库提要》称之云:"远挹晋安之波,近骖信阳之乘,在正德嘉靖间,固不失为第二流之首也。"

郑善夫(1484—1522),字继之,闽县人,号少谷,弘治十八年进士,在李何之外自成一调,别开生面,闽中诗人在林鸿、高棅逝世后百年,推为大家,有《少谷全集》。其诗以气格为主,惜其过于质直,去风雅甚远,惟尚稳健。王士禛讥之摹拟杜甫,虽形容毕肖,融化为难,拙直枯悴,终不免诗囚之目。

朱应登字升之,宝应人,弘治十二年进士。有《凌谿集》十八卷,惟佳作甚少。

陈沂字鲁南,正德十二年进士,有《遂初斋》《拘墟馆》二集,其诗句整而欠警策,极一时学杜之弊。

盖前七子之攻李东阳,自肆其才,争为雄长,而其境界反有不逮,东阳尚有自然天成之妙,梦阳则食古不化,专尚格调,且以书诗并论,摹临古帖不嫌太似,然书诗判然两途,字之本为形,而诗之本为意,若必欲张冠李戴,则其成就可知矣。

七 弘正嘉三朝茶陵派与复古派以外之诗家

当茶陵诗派、复古派叱咤风云,风靡天下之际,有特立之士,不随波逐流,依傍门户,别树一帜,清新流丽,其光辉自不可掩也。

陈庄体——弘正之际,有经世家于谦与陈献章、庄昶,承唐朝寒山派之诗风,以宋朝邵雍之击壤派为宗,世人称为陈庄体。

于谦(1398—1459),字廷益,钱塘人,其诗不求巧,风格遒上,兴象深远。

陈献章(1428—1500),字公甫,新会人,正统十二年举人,有《白沙集》,其诗似高僧之偈,五言冲澹,有靖节之风。

庄昶(1437—1505),字孔旸,江浦人,成化二年进士,学者称定山先生,古诗宛然有汉魏之遗响,近体为唐宋之别调,殊有别致。

山林诗人——当茶陵诗派执盟骚坛之时,吴中诸子,皆擅书画,诗亦各有所长,而近于山林隐逸之流,可称大家。

沈周(1427—1509),字启南,长洲人,有《石田诗选》十卷,以画名,诗非所留意,然以栖心丘壑,名利两忘,风月往还,烟云供养,其胸次本无尘累,故所作亦不雕不琢,自然拔俗,寄兴于町畦之外,可以意会,而不可加以绳削也。

文徵明（1470—1559），初名璧，以字行，长洲人，有《甫田集》三十五卷，与沈周皆以书画名，亦并能诗，沈诗挥洒淋漓，自写天趣，如云容水态，不可限以方圆，文诗于雅饬之中，时饶逸韵。

唐寅（1470—1523），字伯虎，一字子畏，吴人，弘治十一年乡试第一，有《六如居士集》。为诗不计工拙，然才气烂漫，时复斐然，发抒性灵，浅切近俗。

祝允明（1460—1526），字希哲，长洲人，弘治五年举于乡，其诗文有《怀星堂集》三十卷，其诗取材颇富，造语颇妍。

孙一元（1484—1520），字太初，自号太白山人，其诗得自黄庭坚，但少蟠拿崛强之势，而盛淋漓豪宕之气，其意境亦少殊也。清汪端謇其诗如"山红涧碧，冷艳可人。"庶几近之。

嘉靖八才子——李何复古派之末流，终成剽窃，起而拯此弊者，为嘉靖八才子，倡初唐之格调。

王慎中（1509—1559），字道思，晋江人，嘉靖五年进士，有《遵岩诗文集》，其诗藻艳擅长，五古有颜谢遗音。

唐顺之（1507—1560），字应德，武进人，号荆川，弱冠登进士第一，有《荆川集》，其诗庄严宏丽，工律体。

陈东字约之，鄞县人，嘉靖八年进士，官至河南提学副使，其诗初偏向六朝，晚年则心折苏轼。

赵时春字景仁，平凉人，嘉靖五年进士，有《浚谷集》十六卷，其诗伉浪自恣，有格律不娴之弊。

任翰字少海，南充人，嘉靖八年进士，有《忠斋集》。熊过字叔仁，富顺人，嘉靖八年进士，其诗罕见。李开先字伯华，章丘人，嘉靖八年进士，有《中麓闲居集》十二卷，诗甚颓放。吕高字山甫，丹徒人，嘉靖五年进士，有《江峰漫稿》。

嘉靖八才子于前七子赝古流风极炽之际，别张异帜，倡本色论。唐顺之平日推崇邵康节备至，曾云："诗思精妙，语奇格高，未有如康节者，独寒山、清节二老翁，亦未见如康节之工也。"又云："陶彭泽未尝较声律，雕句文，但信手写出，便是宇宙间第一等好诗，何则？其本色高也。其较声律，雕句文,无如沈约,苦却一生精力,使人读其诗,只见其绷缚龌龊,满卷累牍,竟不会道出一两句好话,何则? 其木色卑也。"诸子之指摘摹仿复古者,物极必反,文运使然也。

四皇甫——于倡导初唐之嘉靖八才子之后,吴中有皇甫兄弟出,倡导中唐,造诣古澹,为后起之秀。

皇甫冲字子浚,嘉靖七年举人,有《华阳集》六十卷,其诗古淡,无秾纤之习。

皇甫涍字子安,嘉靖十一年进士,有《少玄集》二十六卷,其诗婉丽,熟于选体,五言自有高格,萧疏古澹,谡谡如松下风。

皇甫涒字子循,嘉靖八年进士,有《司勋集》六十卷,古体出入二谢,五言律在钱刘之间,不事雕琢,冠绝当时,《静志居诗话》云:"其始为关洛之音,一变而为楚音,再变而为江右之音,三变成燕赵之音,四变为蜀音,雅饬雍容,风标自异。"

皇甫濂字子约,嘉靖三年进士,有《水部卷》二十卷,其诗善于言情。

正德嘉靖之际,有不流派别,不随风会转移,卓然可纪者。

杨慎(1488—1559),字用修,号升庵,新都人,有《升庵集》,学诗于东阳,先采六朝晚唐之英华,创渊博靡丽之诗。

薛蕙(1489—1541),字君采,亳州人,正德九年进士,有《考功集》十卷,其诗清削婉约,追踪雅音,不落凡响。

王廷陈字稚钦,黄冈人,正德十二年进士,有《梦泽集》二十三卷,其诗以爽俊警圆见胜。

高步嗣(1501—1537),字子业,嘉靖二年进士,有《苏门集》八卷,其诗清旷凄楚,以深情见胜,五言冲淡,师法曲江之沈雄,王孟之清适,高岑之悲壮。王世贞《艺苑卮言》云:"如高山鼓琴,沈思忽往,木叶尽脱,石气自青。"

华察(1497—1574),字子潜,元锡人,嘉靖五年进士,有《岩居稿》八卷,其诗颇有陶韦之风度,冲淡闲旷,虽垢氛已离,未穿溟滓。

他如许宗鲁之音亮气遒,黄佐之吐属冲和,皆有可观。

复古派之诗,至嘉靖初气势虽盛,而有识之士,已稍厌弃。陈田《明诗纪事》序云:"城中高髻,里妇捧心,下士趋风,有识走避。"而二三君子,振起于时风众势之中,摆脱窠臼,自抒性灵,砥柱中流,洵为难能可贵,虽初唐中唐,仍为摹拟,而不唱下里巴人,犹似青莲出淤泥而不染也。

八 嘉靖七子——复古派之复兴

李何复古之势,坚不可拔,虽有嘉靖八才子、四皇甫辈,皆图改革,但力有不足,前有杨慎、薛蕙,后有高叔嗣、华察,别树一帜,而举世滔滔,皆在李何余流中。且李攀龙、王世贞出,与前七子声应气求,如出一辙,其声势几驾而上之,而唐王诸人,终以衰周弱鲁,力不足以御强横。于鳞诗主盛唐,元美和之,天下又风靡以从之,造成明代诗坛之最盛时期。

李攀龙(1514—1570),字于鳞,号沧溟,历城人,嘉靖二十三年进士,有《沧溟集》三十卷。其七绝高华矜贵,脱却凡俗,七律自成一格,七子和之,古乐府五言则东施效颦,邯郸学步,总之,其诗专尚格调,重声律,一字一句,却规仿古人,甚则不拟而偷。艾南英、钱谦益、朱彝尊于其诗,多表不满。《四库·沧溟集提要》曰:"尊北地,排长沙,续前七子之焰者,攀龙实首倡也。"殷士儋作《攀龙墓志铭》云:"文自西汉以来,诗自天宝以下,若为其毫素污者,辄不忍为,故所作一字一句,摹拟古人,骤然读之,斑驳陆离,如见秦汉间人,高华伟丽,如见开元天宝间人也。……今观其集,古乐府剥削字句,诚不免剽窃之议,诸体诗亦亮节较多,微情差少,……然攀龙资地本高,记诵亦博,其才力富健,凌轹一时,实有不可磨灭者。"

王世贞(1526—1590),字元美,太仓人,嘉靖二十六年进士,攀龙殁后,主诗坛二十年,声名震天下,上自士大夫,下至山人衲子,皆奔走其门下,其诗才学识远超攀龙,乐府古体一变,奇奇正正,易古为新,比攀龙胜,七律高华,七绝典丽,均能与于鳞并驾而驰,只因锻炼未纯,华赡之余,时流浅率。朱彝尊《静志居诗话》云:"才气十倍于鳞,……当时名虽七子,实则一雄。"有《艺苑卮言》,信笔评议,卷帙甚富,气焰极盛,为文学批评之佳构也。

谢榛(1459—1575),字茂秦,号四溟山人,挟诗卷游长安,当李王结社,以布衣推为盟主,后攀龙位贵名盛,持论与之不合,因之被斥,其诗近中唐,沈炼雄浑,法度森然,近体字句洗炼,格调高逸,非常工妙,独步嘉靖七子之中,有《四溟集》十卷,《四溟诗话》,为论诗者所称。清汪端云:"茂秦诗不专虚响,故精深壮丽,而怀抱极和。"

宗臣(1525—1560),字子相,兴化人,嘉靖二十九年进士,其诗跌宕俊逸,天才婉秀,但意兴不深,间伤俚俗,若汰其芜浅,存其精华,有可观者。

徐中行字子兴,嘉靖二十九年进士,其诗摹攀龙,又模仿古哲,闳大雄阔,惜少深沉之致。

吴国伦字明卿,兴国人,嘉靖二十九年进士,有《甔甀集》五十四卷,继王世贞主盟诗坛,才气横放,好义轻财,其诗雅炼流逸,稳妥而高致,情景甚相协。胡应麟《诗薮》云:"用句多同,一篇而外,不堪多读。"

梁有誉字公实,顺德人,嘉靖二十九年进士,有《兰汀存稿》,其诗本色尚存。

前七子复古之帜,至后七子乃复大张,攀龙自谓"微吾竟长夜",以王世贞比左丘明,而自比为孔子,所选之《古今诗删》,自古逸诗以逮汉魏六朝唐,唐之后则继之以明,删除宋元两代一字不录,按七子论诗之旨,以才生思,思生调,调生格,调即思之境,格即调之界。囫囵吞枣,自没性灵,以摹仿古人之才气,不计其意脉,故世贞晚年亦颇自悔。《明史》云:"元美尝曰:吾作《卮言》时,年未四十,与于鳞辈是非古今,至于戏学《世说》,比拟形似,既不切当,又伤轻薄,惟有随事改正,勿误后人而已。"

七子之末流,有后七子,广五子,续五子,末五子,与四十子之名。

后五子,为南昌余日德,蒲圻魏裳,歙汪道昆,铜梁张佳胤,新蔡张九一。佳胤之诗庄雅,九一之近体高华,其余均不足论。

广五子,为昆山俞允文,濬卢柟,濮州李先芳,孝丰吴惟岳,顺德欧大任。允文之七律有佳作,卢柟不染模仿涂饰,与后七子异趋。惟岳工五律,有岑嘉州风格。先芳晚年诗衰落不振。大任诗虽未脱时习,然往往有温厚庄雅之作。

续五子,为阳曲王道行,东明石星,从化黎民表,南昌朱多煃,常熟赵用贤。而民表最为杰出,其诗风骨典重,无绮靡涂饰之习。朱彝尊《静志居诗话》："元美所取续五子,无愧大雅者,仅此一人而已。"

末五子,为京山李维桢,鄞屠隆,南乐魏允中,兰溪胡应麟,与续五子之赵用贤。维桢之诗,声律高而品格低,精粗杂陈。屠隆情有余,而不知所以裁之。允中五律以疏爽称,七律调高而多浮响。应麟诗有意兴,而拙措辞,所作《诗薮》奉世贞《艺苑卮言》为律令,而衍其说,惟有独特之见,可以一读。

四十子为皇甫汸、莫如忠、许邦才、周天球、沈明臣、王祖嫡、刘凤、张凤翼、朱多煃、顾孟林、殷都穆、文熙、刘黄裳、张献翼、王稚登、王叔承、周弘礿、沈思孝、魏允贞、喻均、邹迪光、余翔、张元凯、张鸣凤、邢侗、邹观光、曹昌光、徐益孙、瞿汝稷、顾绍芳、朱器封、王廷绶、徐桂、王伯稠、王衡、汪道贯、华善继、张九一、梅鼎祚、吴稼登之属,皆沿七子余派,未能卓然成家。

当后七子流风最盛之际,有徐渭、汤显祖、于慎行、公鼐、王叔承、王世懋诸子,独持己见,不随波逐流,指斥复古末流,颇中其失。

徐渭云:"人有学为鸟言者,而性则人也,鸟有欲为人言者,其音则人也,而性则鸟也。此可以定人与鸟之衡哉?今之为诗者,何异于是,不出于己之所自得,而出于人之所尝言,曰某篇是某体,某篇似某人,此虽极工,逼肖而已,不免于鸟之为人言矣。"惟徐渭之诗,近乎李贺一流,凄清幽渺,流于魔趣。

汤显祖云:"李何色枯薄,余子定安有。"

于慎行论古乐府云:"唐人不为古乐府,是知古乐府也。辞声相杂,既无从办,音节未会,又难于歌,故不为耳。然不效其体,而时假其名,以达所欲言,斯慕古而托焉乎?近世一二名家,至乃逐句形模以追遗响,则唐人所吐弃矣。……"

又论五言古诗云:"魏晋之于五言,岂非神化,学之则迂矣,何则?意象空洞,朴而不敢雕,涂轨整严,制而不敢骋,少则难变,多则易穷,古所谓鹦鹉语,不过数声耳。原本性灵,极至物态,洪纤明灭,毕究精蕴,唐果无五言古诗哉?全既知其解矣。而不能舍魏晋者,取其可以藏拙,且适所便,非遂能似之也。海内赏真之士,有以吾言为是者,吾诗虽不观可矣。"按慎行字无垢,其诗宏丽,一时推为大手笔。

公鼐云："风雅之后有乐府，犹唐诗之后有词曲，声听之变，有所必趋，情词之迁，有所必至，古乐之不可复也久矣。后人之不能汉魏，犹汉魏之不能风雅，势所然也。……近乃有拟古乐府者，遂专以拟名其说，但取汉魏之辞，句摹而字合之，中间岂无陶阴之误，夏五之脱，悉所不校，或假借以附益，或因文以增损，踞蹐床屋之下，探肱滕篋之间，乃艺林之蟊贼，学人之陷阱矣。……李于鳞曰：'拟议以成其变化。'噫！拟议将何以成其变化也。不能变化，而拟议奚取焉。"

王世懋云："李于鳞七律峻洁响亮，余兄极推毂之，海内为诗者，争事剽窃，纷纷刻鹜，愈使人厌，余谓学于鳞，不如学老杜，学老杜不如学盛唐，何者？老杜结构自为一家，言盛唐散漫无宗，各如意象声响得之。……"又云："今世五尺之童，才拈声律，便薄弃晚唐，自诩初盛，有称大历而下，色便赧赧然，然使诵其诗，果为初耶？盛耶？中耶？晚耶？大都取法固当上宗，论诗亦莫轻道，诗必自运而后可以辨体，诗必成家而后可以言格。余谓今之作者，但须真才实学，本性求情，且莫理论格调。"

诸子各抒己见，犹似唐王之于前七子也。前后七子，先后辉映，而其反动亦前仆后继，以开公安竟陵之先，嗣后王李之风亦渐熄矣。

九　公安体与竟陵体

公安袁氏兄弟，于万历诗坛颓弊之余，独树一帜，变李王之矫揉造作，创清新轻俊之体，抒发性灵，归之自然，当时学者，多舍李王以相从，公安体遂盛行天下。

袁宗道字伯修，万历十四年进士，初在翰苑，力排李王盗窃之失，于唐慕白乐天，于宋好苏东坡，其诗自然本色，颇有神采，然学无本原，吐属俚鄙。

袁宏道字中郎，万历二十年进士，主性灵之说，于兄弟中声名最盛，以唐自有古诗，不必选体，中晚皆有诗，不必选体，欧苏陈黄各有诗，不必唐人。唐诗色泽鲜妍，如旦晚脱笔砚者，今诗才脱笔砚已是陈言，岂非流自性灵，与出自剽拟，所从来异乎。然其诗滑稽之谈，鄙俚调笑，为后人所讥。

袁中道字小修,万历四十四年进士,亦主性灵,病亦在轻佻浅露。

袁宏道之诗说,攻击格调派之前后七子。于《瓶花斋》《叙姜陆二公同适稿》云:"苏郡文物甲于一时,至弘正间,才艺代出,……厥后昌谷少变吴歈,元美兄弟继作,高自标誉,务为大声壮语,吴中绮靡之习,因之一变,而剽窃成风,万口一响,诗道浸弱,至于今市贾佣儿,争为讴吟,递相临摹,见人有一语出格,或句法事实,非所曾见者,则极诋为野路诗,其实一字不观,双眼如漆,眼前几则烂熟故习,雷同翻覆,殊可厌秽。"

公安派新文学之主张可提作四点:

一是反对模拟,以诗有时代之特色。——《叙小修诗》云:"盖诗文至近代则卑极矣,文则必欲准于秦汉,诗则必欲准于盛唐,剽袭模拟,影响步趋,见人有一语不相肖者,共指以为野狐外道,曾不知文准秦汉矣,秦汉人曷尝字字准六经欤。诗准盛唐矣,盛唐人曷尝字字学汉魏欤。……盛唐而学汉魏,岂复有盛唐之诗。惟夫代有升降,而法不相沿,各极其变,各穷其趣,所以可贵,原不可以优劣论也。"《雪涛阁集序》云:"夫古有古之时,今有今之时,袭古人语言之迹,而冒以为古,是处严冬而袭夏之葛者也。骚之不袭雅也,雅之体穷于怨,不骚不足以寄也。后人有拟而为之者,终不屑也。何也? 彼直求骚于骚之中也。至苏李述别十九等篇,骚之音节体制皆变矣,然不谓之真骚不可也。"

二是不拘格套。——《叙梅子马王程稿》云:"诗道之秽未有如今日者,其高者为格调所缚,如杀翮之鸟,欲飞不得,而其卑者,剽窃影响,若老妪之傅粉,其能独抒己见,信心而言,寄口于腕者,余所见盖无几也。"《竹林集叙》云:"善为诗者,师森罗万众,不师先辈,法李唐者,岂谓其机格与字哉? 法其不为汉,不为魏,不为六朝之心而已,是真法者也。"

三是重性灵。——江进之《序敝箧集》云:"诗何必唐,又何必初与盛,要以出自性灵者为真诗耳,夫性灵窍于心,寓于境,境所偶触,心能摄之,心所欲吐,腕能运之,心能摄境,即蟪螬蜂虿皆足寄兴,不必睢鸠驺虞矣。腕能运心,则性灵无不毕达,是之谓真诗。……盖新者见嗜,旧者见厌,物之恒理,唯诗亦然,新则人争嗜之,旧则人争厌之,流自性灵者,不期新而新,出自模拟者,力求脱旧而转得旧,由是以观,诗期自性灵出耳,又何必唐,何必初与盛之为沾沾哉……"

四是重内质。——《行素园存稿引》云:"夫质犹面也,以为不华而饰之朱粉,妍者必减,媸者必增也,噫!今之文不传矣。嘉靖以来,所为名公哲匠者,余皆诵其诗,读其书,而未深好也,古者如赝,才者如莽,奇者如吃,模拟之所至,亦各自以为极,而求之质无有也。……"

公安派三袁欲挽时弊,力斥模拟,而倡性灵,惟有才气自负,致学者无法度可师,流弊益大,《四库提要》云:"学七子者不过赝古,学三袁乃至矜其小慧,破律而坏度,名为救七子之弊,而弊又甚焉。"

公安体既鄙俚粗俗,竟陵钟惺出而矫之,易而为幽深孤峭,与同里谭元春创竟陵体焉。

钟惺字伯敬,万历三十八年进士,有《隐秀轩集》,少负才名,思出手眼,以幽深孤峭,驱驾古人之上,雕镂镵刻,不遗余力。

谭元春字友夏,有《归岳集》,与钟惺合编《唐诗归》,大旨以纤巧幽渺为宗,点逗一二新隽字句,矜为玄妙,又于连篇之诗,随意割裂,粗学浅识,流弊滋多。

钟惺《诗归序》:"非谓古人之诗,以吾所选为归,庶几见吾所选者,以古人为归也。引古人之精神,以接后人之心目,使其心目有所止焉,如是而已矣。昭明选古诗,人遂以其所选者为古诗,因而名古诗曰选体。……呜呼!非惟古诗亡,几并古诗之名而亡之矣。"又云:"作诗者之意兴,虑无不代求其高。高者,取异于途径耳。夫途径者,不能不异者也;然其变有穷也。精神者,不能不同者也;然其变无穷也。操其有穷者以求变,而欲以其异与气运争,吾以为能为异,而终不能为高。其究途径穷,而异者与之俱穷,不亦愈劳而愈远乎?此不求古人真诗之过也。今非无学古者,大要取古人极肤、极狭、极熟、便于口手者,以为古人在是。……惺与同邑谭子元春忧之,内省诸心,不敢先有所谓学古不学古者,而第求古人真诗所在。真诗者,精神所为也。察其幽情单绪,孤行静寄于喧杂之中,而乃以其虚怀定力,独往冥游于寥廓之外。"其孤芳自赏,所谓幽情单绪,则有矫枉过正之病矣。

陈田《明诗纪事·庚签序》:"余博览篇章,精核艺薮,(万历一朝)若区海目之清音亮节,归季思之澹思逸韵,谢君采之声情激越,高孩之之骨采骞腾,并足以方轨前哲,媲美昔贤,汤若士、李伯远、谢在杭、程松圆、董遐周、吴凝父、孙宁之、晋安二徐抑其次也。”所举诗人,皆一时之彦也。

《静志居诗话》云:“礼云‘国家将亡,必有妖孽’,非必日蚀龙漦鸡祸也。惟诗亦然,万历中公安矫历下娄东之弊,倡浅率之调,以为浮响,造不根之句,以为奇突,用助语之词,以为流转,著一字必求之幽晦,构一题必期于不通,《诗归》出而一时纸贵,闽人蔡复一等即降心以相从,吴人张泽、华淑等复闻声而遥应,无不奉一言为准的,入二竖于膏肓,取名一时,流毒天下,诗亡而国亦随之矣。”

十 诗社之隆盛

公安派陷于浅俚,竟陵派失之僻涩,嘉定四先生,唐时升、程嘉燧、李流芳、娄坚出以真实矫其弊,程嘉燧之娟秀少尘,李流芳之风骨高古,娄坚之清新流畅,可谓庸中佼佼者。惜其力微弱,未能挽既倒之狂澜也。且天启崇祯之际,内忧外患,士大夫多讥刺朝政,奔走相属,联为声援,学者承东林之风尚,激浊扬清,标目坊社,为世倡率者,若复社、几社、豫章社,其声光之卓烁,亦有明之神龙掉尾也。

复社——初张溥十余人,始结应社,其后更集南北各省文社,会于吴郡,继东林以讲学,取兴复绝学之义,名为复社,而溥与张采为之主盟。

张溥字天如,太仓人,集郡中名士,相与复古学,声誉震吴中,四方啖名者争走其门,有《七斋录集》,其才敏捷,对客挥毫,诗工稳可诵。

张采字受先,太仓人,有《知畏堂诗存》。

吴应箕字次尾,有《楼山堂集》,其论诗之旨云:“诗本性情,述意志,心口相传,宜无他假者,而以谐声倚韵,裁取成章,已不能不在离合间,况复资之掇拾,专尚华丽哉,其失也伪,是为无诗,吾生平不为拟古,强笑不欢,非中怀所达故也。”

几社——陈子龙、夏彝仲、徐孚远诸人所倡,以子龙为第一。朱彝尊《静志居诗话》云:“王李教衰,公安之派浸广,竟陵之焰顿兴,一时好异者,诪张为幻,关中文大青倡坚伪离奇之言,致改三百篇之章句,山阴王季重寄谑浪笑傲之体,几不免绿衣苍鹘之仪容,如帝释既远,修罗夜叉,交起搏战,日轮就暝,鹏子鸮母,四野群飞,卧子张以太阴之弓,射以枉矢,腰鼓百面,破尽苍蝇蟋蟀之声,其功不可泯也。"彝尊之推崇子龙者若此。沈归愚《明诗别裁》云:"仍不离七子面目,将蜩螗齐鸣,不必有钧韶之响耶。"

按陈子龙字卧子,为人慷慨激烈,其诗襟度宏迈,清婉雄丽,有凌驾王李之势,五古初尚汉魏,中年学三谢,后仿李白,七古兼高岑之风轨,七律秀婉澹逸,五律清亮,绝句雄丽,自公安竟陵狝主齐盟,王李之坛几于阰塞,子龙崛起云间,挽之以回于大雅,惟其宗旨以王李为依归,故后之痛贬王李者,且集矢于子龙,然子龙惩王李之失,于廓落稍参以神韵,亦可谓善学唐者矣。

夏允彝字彝仲,博古好学,与子龙同年进士,闻北都变,走谒史可法,与谋兴复,南都陷,投渊死。徐孚远字闇公,崇祯举人,国变后,起义兵,松江破,遁入海,死于台湾。何刚字悫人,崇祯间举于乡,见海内大乱,慨然有济世之志,后佐史可法守扬州,死于事。按陈夏辈结几社与复社应和,以子龙为第一。

豫章社者,艾南英之所倡也,南英字千子,东乡人,好学无所不窥,万历末场屋文腐烂,南英深嫉之,与章世纯、罗万藻、陈际泰以兴起斯文为任。天启四年,举于乡,试进士不第,而南英日有名,负气陵物,人多惮之。始王李之学大行,天下宗之,后钟谭出而一变。至是钱谦益负重名于词林,痛相纠驳,南英和之,排诋王李,不遗余力,于子龙则极口鄙薄,以为少年不学,不宜与老学论辩,海内文人,无不右千子,惟其徒有议论,亦尚模仿而已。

明末诗社之著者如此,惟是时风雨飘摇,国势已危如累卵,其随时代之变,有爱国之音者,综之于下章述之。

十一 明季之爱国诗篇

明季之士痛空谈之误国,天启万历之际,文恬武嬉,其身历艰危之境,血泪交流,其浩然之气,发而为慷慨悲歌,声极凄厉,是千秋之义烈,中华之国魂也。

崇祯殉国，一乞丐作一绝命诗，投水而死。诗曰："三百年来养士朝，如何文武尽皆逃，纲常留在卑田院，乞丐羞存命一条。"此诗词稍涉过激，然亦足伸不平之气也。（或谓此为弘光亡时之事，按北都失陷，死节者多，南都则不然矣。其说近是。）

北都沦丧，御史陈良谟绝命辞云："中天悬日月，四海所毕照，倏尔阴雾昏，日月失常道，大夫百执事，其谁忘明君，愧予沈疴久，床笫淹数旬，背城孰尽瘁，巷战杳无声，如何社稷灵，顺民争见形，载舟亦覆舟，古今同一辙，顺民即逆民，参观非一日，苍苍不可问，国亡我何存，誓守不二心，一死报君恩。"

弘光即位，命左懋第北上通好，清逼之降，不屈而死。有《绝命辞》云："漠漠黄沙少雁过，片云南下意如何，丹衷碧血销难尽，荡作寒烟总不磨。"

南都陷落，夏允彝投水而死。有《绝命诗》云："少受父训，长荷国恩，以身殉国，无愧忠贞，南都继没，犹望中兴，中兴望杳，安忍长存，卓哉吾友，虞求广成，勿斋绳如，恧人蕴生，愿言从之，握手九京，人谁无死，不泯者心，终身俟命，敬励后人。"

唐王聿键即帝位于福州，命黄道周出关恢复，道周兵败被擒。有《绝命辞》云："纲常万古，节义千秋，天地知我，家人无忧。"清兵陷福州，礼部尚书曹学佺殉国，先是学佺闻崇祯死，而投水，家人救之得不死，至福州城破，则从容自尽，曹氏工诗，其《送茅止生北征诗》云：

> 中原兵气乱成群，流寇流民两不分，背水孰能韩氏阵，撼山难动岳家军，冲边惯战方良将，侧席忧居有圣君，七尺男儿三尺剑，笑人毫楮立功勋。

曹学佺与黄道周皆为隆武帝之干城，曹学佺诗名尤盛，叶向高批之云："始能诗刻意三百篇，取材汉魏，下及王韦，其旨沈以深，其节纡以婉，其辞清泠而旷绝……"

隆武帝殉国，瞿式耜等拥立桂王于肇庆，清兵陷桂林而被虏，有《绝命辞》二首辞云：

从容待死与城亡,千古忠臣自主张,三百年来恩泽久,头丝犹带满天香。(其一)

断臂伤眼木塞唇,犹存双膝旧乾坤,但将一死酬今古,剩有丹心傍主臣。(其二)

清兵破广州,陈邦彦不屈而死,有《狱中自述诗》云:

去岁承恩桂海潴,何期国步倍多迍,空中自起金戈衅,天外俄惊铁骑尘,入梦翠华频想像,招携乌合每逡巡,经年辛苦惭何补,应识明皇有死臣。

《临命歌》云:

天造兮多艰,臣也江之浒,书生漫谈兵,时哉不我与,我后兮安在,我躬兮独苦,崖山多忠贞,先后焯千古。

张家玉死守东莞,兵败后,投水死。有《挽陈同盟诗》云:

国破家亡事两伤,孤忠羡尔铁肝肠,盟心共信真豪杰,戮力同驱假虎羊,激烈刚风生凛凛,从容正气死堂堂,独怜奇计人空老,誓报如今只子房。

弘光帝死后,鲁王在绍兴称监国,张煌言与郑成功会师北上,功败垂成,永历十六年五月郑成功于台湾病死,十一月鲁王死,清安抚使致书招煌言,不受,永历十八年被虏,至杭州,清廷劝之降,始终不屈,有《甲辰八月辞故里》三首:

义帜纵横二十年,岂知闰位在于阗,桐江空系严光钓,笠泽难回范蠡船,生比鸿毛犹负国,死留碧血欲支天,忠贞自是孤臣事,敢望千秋青史传。(其一)

国亡家破欲何之,西子湖头有我师,日月双悬于氏墓,乾坤半壁岳家祠,惭将赤手分三席,特为丹心借一枝,他日素车东浙路,怒涛岂必尽鸱夷。(其二)

何事孤臣竟息机，鲁戈不复挽斜晖，到来晚节惭松柏，此去清风笑蕨薇，双鬓难容五岳住，一帆仍向十洲归，叠山迟死文山早，青史他年任是非。（其三）

以上三首，黄宗羲谓系其《绝命诗》，又有《绝命诗》云：

我年四十五，遍逢九月七，大厦已不支，成仁万事毕。

朱舜水奉鲁王命往日本乞师，于煌言兵败之后，避居日本，有《避地日本感赋》云：

廿年家国今何在，又报东胡设伪官，看起汉家天子气，横刀大海夜漫漫。

永历十七年，清兵陷台湾，明朝之帝号已斩，而遗民力图恢复，鼓吹种族主义，实开二百余年之抗清革命，斯文学之功也。

黄宗羲《三月十九闻杜鹃诗》云：

江村漠漠竹枝雨，杜鹃上下声音苦，此鸟年年向寒食，何独今闻摧肺腑，昔人云是古帝魂，再拜不敢忘旧主，前年三月十九日，山岳崩颓哀下土，杂花生树莺又飞，逆首犹然逋膏斧，燕山模糊吹蒿莱，江表熙怡卧钟鼓，大王蓄意及圣昌，奥窔通诚各追数，金马封事石渠书，怨毒犹然在门户，静听呜咽若有谓，懦夫亦难安窸籔，何不疾呼自庙堂，徒令涕泪沾草莽。

其深憎党派，慨念先皇，情见乎辞矣。

顾炎武《井中心史歌》云：

有宋遗臣郑思肖，痛哭元人移九庙，独立难将汉鼎扶，孤忠欲向湘累吊，著书一卷称心史，万古此心心此理，千寻幽井置铁函，百拜丹心今未死，厄运应知无百年，得逢圣祖再开天，黄江已清人不待，沈沈水府留光彩，忽见奇书出世间，又惊虏骑满江山，天知地道将反覆，故出此书示臣鹄，三十余年再见之，同心同调复同时，陆公已向崖门死，信国捐躯赴燕市,昔日吟诗吊古人,幽篁落木愁山鬼,呜呼! 蒲黄之辈何其多,所南见此当如何。

他若黎遂球之《殉国绝命词》云:"大地吹黄沙,白骨为尘烟,鬼伯舐复厌,心苦骨不甜。"夏完淳之《绝命诗呈母》云:"孤儿哭无泪,与鬼日为邻,古道麻衣客,高堂白发亲,循陔犹有梦,负米竟何人,忠孝家门事,何须问此身。"亦皆浩气临云,悲歌壮烈。

综观明季之后,国事日非,洎乎亡国,其遭遇甚于有宋,爱国之士,励以忠贞,发而为诗,出乎至诚,是故能感动天人,为有明诗坛放一异彩也。

十二　钱谦益与吴伟业

明季遗臣以钱吴之诗名为最著,本在贰臣之列,未能预有明之诗坛,惟以文学言,实与明代诸家,有密切之关系也。

钱谦益字受之,号牧斋,常熟人,明万历三十八年进士,崇祯初,为礼部尚书,清兵下江南,谦益迎降,仍授原官,兼秘书院学士,谦益才力富健,学殖鸿博,极力排诋李何王李,二袁钟谭,尤不在齿数,惟所用词华,每每重出,至以朝廷之安危,名士之陨亡,判不相涉,以为由己之出处,故有识者,掇为正钱录以讥之。

诗沈郁藻丽,原本杜陵,出入韩白陆元虞诸家,逸情高致,于明末异论纷起之际,而欲持之中,斥前后七子之剽窃摹古,与排钟谭之幽仄鬼僻,皈依李东阳。沈归愚称其生平著述大约轻经籍,而重内典,弃正史而取稗官。六十以后,则颓然自放,尊之者谓上掩古人,薄之者曰渐灭唐风,均非公论,有《初学》《有学》二集。

吴伟业字骏公,号梅村,太仓人,少游复社,张溥甚重之,因从受业,崇祯四年进士,稍迁南京国子监司业,明亡,被迫出为秘书院侍讲,国子监祭酒。康熙十年卒,有《梅村集》四十卷。伟业强迫出山,原非本志,尝以枉节为生平恨事,其自题墓曰"诗人吴梅村之墓",察其心事,比钱谦益则远胜矣。

纪文达称其少作,大抵才华艳发,吐纳风流,有藻思绮合、清丽芊眠之致,及乎遭逢丧乱,阅历兴亡,激楚苍凉,风骨弥为遒上,暮年萧瑟,论者以庾信方之,其中歌行一体,尤所擅长,格律本乎四杰,而情韵为深,叙述类乎香山,而风华为胜,韵协宫商,感均顽艳,一时尤称绝调也。此外明遗逸中,尚有以诗名者,然大抵不脱公安竟陵之习也。

十三　明代之诗学批评

诗之风尚,经南宋金元扰攘乱离之世,至明初有所改变,于时驱逐胡元,统一寰宇,文学之运与之相应。刘基、宋濂诸人博大沈郁之风,本为时代必然之趋势。而诗人宗仰唐风,点缀盛世,上承严沧浪诗禅之论,下守高棅之《唐诗品汇》,大启门庭,演为有明一代之典范。而刘基、宋濂实为开国之大手笔。宋濂有见于元代之纤细靡丽,而杨维桢辈之流为文妖也,故于其《答章秀才论诗书》云:"近来学者,类多自高,操觚未能成章,辄阔视前古为无物。且扬言曰,曹刘李杜苏黄诸作虽佳不必师,吾即师,师吾心耳。故其所作,往往猖狂无伦,以扬沙走石为豪,而不复知有纯和冲粹之音,可胜叹哉。"又云:"诗之格力崇卑,固若随世而变迁,然谓其皆不相师可乎?第所谓相师者,或有异焉。其上焉者师其意,辞固不似,而气象无不同。其下焉者师其辞,辞则似矣,求其精神之所寓,固未尝近也。然唯深于比兴者,乃能察知之尔。虽然为诗当自名家,然后可传于不朽。若体规画圆,准方作矩,终为人之臣仆,尚乌得谓之诗哉?……古之人其初虽有所沿袭,末复自成一家言,……呜呼!此未易为初学道也。"其论文学之摹仿性,可谓十分透彻,盖因元末诗风近于荡检逾闲,故举此方圆规矩之说,严立轨范,以为摹拟之资,已隐然为明代诗坛树一鹄的矣。

宋代严沧浪主以盛唐为模范,而明初高棅之《唐诗品汇》,阐发斯旨,尤为明晰无遗,发挥尽致,于初盛中晚各家之诗,与夫诗派之源流正变,能揭其精,使人讽诵自得,能以无迹可求,达玲珑透彻之妙悟。《明史·文苑传》曰:"终明之世,馆阁以此书为宗,厥后李梦阳、何景明等模拟盛唐,名为崛起,其胚胎实兆于此。"

高棅此书,就五七言各体中,各分"正始""正宗""大家""名家""羽翼""接武""正变""余响""旁流"九格。以初唐为"正始";盛唐为"正宗",为"大家",为"名家",为"羽翼";中唐为"接武";晚唐为"正变""余响";方外异人为"旁流"。高棅划分初盛中晚,根据时代风气,时世之治乱盛衰,与人情之悲欢离合,相激相附,初非无稽之论也。

先是严羽于《沧浪诗话》云:"诗道亦在妙悟……试取汉魏之诗而熟参之,次取晋宋之诗而熟参之,次取南北朝之诗而熟参之,次取沈宋王杨卢骆陈拾遗之诗而熟参之,次取开元天宝诸家之诗而熟参之,次独取李杜二公之诗而熟参之,……又取晚唐诸家之诗而熟参之,又取本朝苏黄以下诸公之诗而熟参之,其真是非,亦有不能隐者。"高棅于《唐诗品汇总序》中于此更发挥无遗,有云:"诚使吟咏性情之士,观诗以求其人,因人以知其时,因时以辩其文章之高下,词气之盛衰。"又云:"观者苟非穷精阐微,超神入化,玲珑透彻之悟,则莫能得其门,而臻其壶奥矣。"高棅之分别品汇,不赞一词,不加评释,令人自寻其源流正变之迹。故曰:"本乎始以达其终,审其变而归于正,则优游敦厚之教,未必无小补。"

李东阳继高棅之后,阐明格调之说,更为有力,其《怀麓堂诗话》云:"诗在六经中,别是一教,盖六艺中之乐也。乐始于诗,终于律。人声和则乐声和,又取其声之和者,以陶写情性,感发志意,动荡血脉,流通精神,有至于手舞足蹈而不自觉者。后世诗与乐,判而为二,虽有格律而无音韵,是不过为排偶之文而已。使徒以文而已也,则古之教,何必以诗律为哉?"基于诗之声调,以铿锵宽宏者为上,其例云:"鸡声茅店月,人迹板桥霜。人但知其能道羁愁野况于言意之表,不知二句中不用一二闲字,上提出紧关物色字样,而音韵铿锵,意象具足,始为难得,若强排硬叠,不论其字面之清浊,音韵之谐桀,而云我能写景用事,岂可得哉。"音韵意象,为其平日论诗之关键,字面须清,音韵须谐,鄙宋人论诗之弊,以其音响与格调未相称也。谓:"长篇中须有节奏,有操、有纵、有正、有变,若平铺稳布,虽多无益。唐诗类有委曲可喜之处,惟杜子美顿挫起伏,变化不测,可骇可愕,盖其音响与格律正相称。回视诸作,皆在下风。然学者不先得唐调,未可遽为杜学也。"东阳不高语唐以上,不主张模拟,李梦阳、何景明原出东阳门下,力主复古，至李攀龙、王世贞，又复大张其帜，攀龙、世贞其气焰更高于前七子。攀龙自夸"微吾竟长夜"，以王世贞比左丘明，而自比为孔子，所选之《古今诗删》，自古逸诗以逮汉魏六朝唐，唐以后乃继之以明，而删宋元两代一字不录。王世贞之《艺苑卮言》，于上下古今信笔评议，卷帙甚富，气焰极盛，其结晶之论曰："才生思，思生调，调生格，思即才之用，调即思之境，格即调之界。"又云："贞元而后，方足覆瓿。大抵诗以专诣为境，以饶美为材，师匠宜高，捃拾宜博。"夫以才、思、调、格论诗，使读诗者，由格调而窥其才，而非以窥其志，故其论诗三百篇，有太拙太鄙之类，则不窥当时之风尚，而专求精巧之才之弊也。

前后七子之弊，大致如此，李何王李相互推崇，惟其赝古则一，守其才、思、调、格一贯相生之论，作诗专仿古人之才气，则其必败也无疑也。

袁宏道、钟惺、谭元春起而反对七子，不避鄙俚之言，又喜参禅学。宏道《与张幼于书》詈七子为粪里嚼渣，已可见其深恶痛绝。宏道《序中道诗集》云："文必秦汉矣，秦汉曷尝字字学六经，诗准盛唐，盛唐曷尝字字学汉魏，惟代有升降，而法不相沿，斯为可贵。"又《与丘长孺书》云："大抵物真则贵，真则我面不能同君面，而况古人之面貌乎？"

钟惺之《诗论》云："《诗》，活物也。游夏以后，自汉至宋，无不说《诗》，不必皆有当于《诗》，而皆可以说《诗》，其皆可以说《诗》者，即在不必有当于《诗》之中，非说《诗》者之能如是。而《诗》之为物，不能不如是也。何以明之？读孔子及弟子所引《诗》，列国盟会聘享之所赋《诗》，与韩氏之所传《诗》者，其诗其文其义不有与《诗》之本事本文本义绝不相蒙者乎？夫《诗》，取断章者也，断之于彼，而无损于此。说《诗》者盈天下，屡变而《诗》不知，而《诗》固已行矣。然而《诗》之为诗自如也，此《诗》之所以为经也。汉儒说《诗》，据《小序》，每一诗，必欲指一人一事实之，考亭儒者虚而慎，宁无其人无其事，故尽废《小序》，然考亭注有近滞近肤近累者，考亭之意非以为《诗》尽于吾之注，若曰有进于是者，神而明之也。"盖以读《诗》须于本文上体会，以意逆志，断章取义，为引诗之方便而已，惟诗人之意思则未能断之也。钟惺之论诗方法，可警用眼不用心之人。谓严羽妙悟差有相近，惟矫枉过正，则变妙悟为固执己见矣。钟惺所自矜为独得之秘者，即能得古人真诗所在，即察见古人之幽情单绪，孤行静寄。谭元春《诗归序》云："人有孤怀，有孤诣，其名必孤行于古今之间，不肯遍满廖廓。而世有一二赏心之人，独为之咨嗟旁皇者，此诗品也。"此种空无依傍、独运灵心之读书方法，虽多琐碎附会，惟可为当时有胸无心、贵耳贱目者，一棒喝也。

当前后七子之剽窃摹古，钟谭辈之幽仄隐僻，异论纷起之际，钱谦益出而折中众派，皈依李东阳，其于《徐元叹诗序》云："自古论诗者，莫精于少陵别裁伪体之一言。当少陵之时，其所谓伪体者，吾不得而知之矣。宋之学者，祖述少陵，立鲁直为宗子，遂有江西宗派之说。严仪卿辞而辟之，而以盛唐为宗。信仪卿之有功于诗也。自仪卿之说行，本朝奉以为律令，谈诗者必学杜，必汉魏盛唐，而诗道之榛芜弥盛。仪卿之言，二百年来，遂若涂鼓之毒药，甚矣伪体之多，而别裁之不可以易也。呜呼！诗难言也，不识古学之从来，不知古人之用心，狥人封己而矜其所知，此所谓以大海内于牛迹者也。"谦益评诗以杜为宗主，指摘七子、钟谭，而推服西涯。《题怀麓堂诗钞》云："近代诗病，其证凡三变，沿宋元之窠臼，排章俪句，支缀蹈袭，此弱病也。剽唐选之余沈，生吞活剥，叫号骚突，此狂病也。搜郊岛之旁门，蝇声蚓窍，晦昧结愲，此鬼病也。救弱病者必之乎狂，救狂病者必之乎鬼，传染日深，膏盲之病日甚。"此语极为精到，极切当代之病。

其反对高棅之《唐诗品汇》，于《唐诗鼓吹评注序》云："三百年诗学之受病深矣，馆阁之教习，家塾之程课，咸禀承严氏之诗法，高氏之品汇耳。迨其后时，知见日新，学殖日积，洄盘起伏，只足以增长其邪根谬种而已矣。唐人一代之诗，各有神髓，各有气候，今以初盛中晚鳌为界分，又从而判断之，曰此为妙悟，彼为二乘，此为正宗，彼为羽翼，支离割剥，俾唐人之面目蒙幂于千载之上，而后人之心眼沈锢于千载之下。甚矣！诗道之穷也。"钱氏此语，固有其理，然吾人不能以后人之病，而归咎于严高二氏也。

王船山《诗绎》云："诗可以兴，可以观，可以群，可以怨，尽矣。辨汉魏唐宋之雅俗得失以此。"此为其观诗之主旨，不能浮光掠影，而不得理趣，亦不可拘泥板滞，而失诗之原意。其批评历代诗人云："如郭景纯、阮嗣宗、谢客、陶公，皆不屑染指建安之羹鼎，视子建蔑如也。降而萧梁宫体，降而王杨卢骆,降而大历十才子,降而温李杨刘,降而江西宗派,降而北地信阳琅琊历下,降而竟陵,所翕然从之者,皆一时和哄汉耳。宫体盛时,即有庾子山之歌行,健笔纵横,不屑烟花簇凑,唐初比偶,即有陈子昂、张子寿,挖扬大雅,继以李杜代兴,杯酒论文,雅称同调,而李不袭杜,杜不谋李,沿及宋人,始争疆垒,胡元浮艳,又以矫宋为工,蛮触之争,要于兴群观怨,毫未相当也。伯温、季迪以和缓受之,不与元人竞胜,而自问风雅之津,故洪武中兴,洗四百年三变之陋。"观上所论,其所取者,皆不落门户之人也。

十四 明诗总论

诗有四要,曰意,曰辞,曰才,曰学。经用素丝,纬用素丝,则成素缟;如经纬俱用彩丝,则成彩绮,而其技巧之美,当推彩绮。诗以意为经,以辞为纬,而益以才学,则光怪陆离,曲尽其妙矣。意为诗之质,辞为诗之形;才以助意,而尽纵横自在之妙;学助修辞,而尽高古深远之趣;惟意本辞末,才重学轻。然意过于辞则野,辞胜于意则史,才过于学则清新,学胜于才则典重。溯汉而上,以意为宗,故其诗质胜于文。魏晋南北朝间,以辞为主,故其诗华而不实。唐诗文质彬彬,意辞并茂。宋诗稍重于才,然犹不逮。明诗斥宋,而宗唐,勤于造辞,蔑于立意,三百年来斤斤于盛唐晚唐间,而未能望其项背,可叹也夫!

盖诗以立意为主,修辞次之。《随园诗话》云:"诗以意为主人,以词为奴婢,若意少辞多,便是主弱奴强,呼之不动矣。……故诗人之意,若达观天地,则能成高远之作,若了悟死生,则能成旷达之作,若在闲适,则能发雅淡之言,若在哀伤,则能发惆怅之言,若在怀古,则能发感慨之情,若在惜别,则能发缠绵之情。"立意之法,曰比、曰兴、曰赋。故意如高远,辞虽平易,不失杰作。如意不足,则辞有余,虽极壮丽,不免优孟衣冠。剧人之一颦一笑,纵令酷肖古人,是沐猴而冠,徒得形似而已。是故不顾己之时代,而图摹拟古人,则有优孟沐猴之谤矣。

后世学杜甫者,如无病呻吟,学李白者,如弃酒而醉倒,是不求立意,而处处凭藉古人,其作品遂招虚伪之状矣。夫情境一致,情从境发,诗从情生,若无所感发,故装腔作态,其诗必败矣。明之诗人不敢立己意,不敢言己志,身在台阁,而写穷愁,身在家乡,而咏羁旅。是可谓之伪诗。《左传》曰:"言之无文,行之不远。"故立意之外,更须修辞。盖气象浑厚,兴会标举,格调高古,声律谐畅,端赖修辞;修辞之功成,则能免晦涩、浮淫、支离、冗漫、枯寂诸病,故杜甫有"语不惊人死不休"之语。明诗排斥宋诗,重返于唐,虽忽立意,而重修辞,是宜其光怪陆离矣。然模拟饾钉,气高而怒,力劲而露,情多而暗,才瞻而疏,或力全而苦涩,或气足而怒张,或至险而僻,至奇而差,至丽而不自然,至苦而有迹,至近而意不远,至放而迂,其修辞上之技巧与意匠,皆有上述之病也。

意与辞之外,其三曰才,盖诗无定质,无定形,亦无定法。《瓯北诗话》云:"李诗如高云之游空,苏诗如流水之行地。"是皆因其才思横溢,故能于笔底生春。然才人之弊,有以诗着议论为骂詈,而乖温柔敦厚之旨,大伤风致,有以诗供游戏为谐谑,而卑其品格,而自伍俳倡。有明一代,天才横溢,首推高启,而启以"小犬隔花空吠影,夜深宫禁有谁来?"见害,其才调有余,蹊径未化,故一变元风,未能直追大雅,高氏尚称不逮,况有明一代诗人,无出高氏之右者乎?

袁枚云:"诗难其雅也,有学问而后雅,否则俚鄙率意。"张笃庆云:"非才无以广学,非学无以运才,有才而无学,是绝代佳人唱莲花落,有学而无才,是长安乞儿着宫锦袍也。"故才之外,作诗非学,则意想不能高远,体面不能广大,力量不能重厚。是故作诗者,要以学为之源,不可不博学,明诗者专事摹拟而少博学者也。

王世贞《艺苑卮言》尝于明代名家,各作评语,虽有主观过重之嫌,间亦中肯,录之如下:"高季迪如射雕胡儿,伉健急利,往往命中,又如燕姬靓妆,巧笑便辟。刘伯温如刘宋好武诸王,事力既称,服艺华整,见王谢衣冠子弟,不免低眉。袁可潜如师手鸣琴,流利有情,高山尚远。刘子高如雨中素馨,虽复嫣然,不作寒梅老树风骨。杨孟载如西湖柳枝,绰约近人,情至之语,风雅扫地。汪朝宗如胡琴羌管,虽非太常乐,琅琅有致。徐幼文、张来仪如乡士女,有质有情,而乏体度。孙伯融如新就衔马,步骤未熟,时见轻快。孙仲衍如豪富儿入少年场,轻脱自好。浦长源、林子羽如小乘法中作论师,生天则可,成佛甚遥。解大绅如河朔大侠,须髯戟张,与之周旋,酒肉伧父。杨东里如流水平桥,粗成小致。曾子启如封节度募兵东征,鲜华杂沓,精骑殊少。汤公让、刘原济如淮阴少年,斗健作咋人状。刘钦谟如村女簪花,秾艳羞涩,正得各半。夏正夫如乡啬夫,衣绣见达官,虽复整饬,时露本态。李西涯如陂塘秋潦,汪洋澹泡,而易见底里。谢方石如乡里社塾师,日作小儿号嘎。吴匏庵如学究出身人,虽复闲雅,不脱酸习。沈启南如老农老圃,无非实际,但多俚辞。陈公甫如学禅家,偶得一自然语,谓为游戏三昧。庄孔阳佳处不必言,恶处如村巫降神,里老骂坐。陆鼎仪如吃人作雅语,多在咽喉间。张亨父如作劳人唱歌,滔滔中俗子耳。张静之如小棹急流,一瞬而过,无复雅观。杨文襄如弋阳老伎,发喉甚便,而多鼻音,不复见调。桑民怿如洛阳博徒,家无担石,一掷百万。林待用如太湖中顽石,非不具微致,无乃痴重。何乔希大如汉官出临远郡,亦自粗具威仪。祝希哲如贾人张肆,颇有珍玩,位置总杂不堪。蔡九逵如灌莽中蔷薇,汀漵小鸟,时复娟然,一览而已。王敬夫如汉武求仙,欲根正染,时复遇之,终非实境。石少保如披沙拣金,时时见宝。文徵仲如仕女淡妆,维摩坐语,又如小阁疏窗,位置都雅,而眼界易穷。康德涵如靖康中宰相,非不处贵,恒扰粗率,无大处分。蒋子云如白蜡糖,看似甘美,不堪咀嚼。王钦佩如小女儿带花,学作软丽。唐虞佐如苦行头陀,终少玄解。王子衡如外国人投唐,武将坐禅,威仪解悟中,不免露抗浪本色。熊士选如寒蝉乍鸣,疏林早秋,非不清楚,恨乏他致。张琦如夜蛙鸣露,自极声致,然不脱淤泥中。唐伯虎如乞儿唱莲花落,其少时亦复玉楼金埒。边庭实如洛阳名园,处处绮卉,不必尽称姚魏,又如五陵裘马,千金少年。顾华玉如春原尽花,迤逦不少。刘元端如闽人强作齐语,多不辨。朱升之如桓宣武似刘司空,无所不恨。殷近夫如越兵纵横江淮间,终不成霸。王新建如长爪梵志,被法中铮铮动人。陆子渊如入赍官作文语雅步,虽自有余,未脱本来面目。郑继之如冰凌石骨,质劲不华,又如天宝父老谈丧乱,事皆实际,时时感慨。孟望之如穷措大置酒,寒酸澹泊,然不至腥膻。黄勉之如假山池,虽尔华整,大费人力。高子业如高山鼓琴,沈思忽往,木叶尽脱,石气自青,又如卫洗马言愁,憔悴婉笃,令人心折。薛君采如宋人叶玉,几夺天巧,又如倩女临池,疏花独笑。胡孝思如骄儿郎爱吴音,兴到即讴,不必合板。马仲房如程卫尉屯西宫,斥堠精严,甲仗雄整,而士乏乐用之气。……徐昌谷如白云自流,山泉冷然,残雪在地,掩映新月,又如飞天仙人,偶游下界,不染尘俗。何仲默如朝霞点水,芙蕖试风,又如西施毛嫱,毋论才艺,却扇一顾,粉黛无色。李献吉如金鸡擘天,神龙戏海,又如韩信用兵,众寡如意,排荡莫测。李于鳞如峨眉积雪,阆风蒸霞,高华气色,罕见其比,又如大商舶,明珠异宝,贵堪敌国,下者亦是木难火齐。宗子相如渥洼神驹,日可千里,未免啮决之累,又如华山道士,语语烟霞,非人间事。梁公实如绿野山池,繁雅匀适,汉司隶衣冠,令人惊美,但非全盛仪物。吴峻伯如子阳在蜀,亦具威仪,又如初地人见声闻则入,大乘则远。冯汝行如幽州马行客,虽见伉俍,殊乏都雅。冯汝言如晋人评会稽王,有远体而无远神。张茂参如荒伦渡江,揖让简略,故是中原门第。卢少梗如翩翩浊世佳公子,轻俊自肆。朱子价如高坐道人,衩衣蹑屐,忽发胡语。陈鸣野如子玉兵,过三百乘则败。彭孔嘉如光禄宴使臣,饾饤详整,而中多宿物。徐汝思如初调鹰见击鹜,故鲜有获。黄淳父如北里名姬作酒纠,才色既自可观,时出逸语,为客所赏。谢茂秦如太官旧庖,为小邑设宴,虽事馔非奇,而饾饤不苟。魏顺甫如黄梅坐人谈上乘,纵未透汗,不失门宗。"

以上为王世贞氏简评后七子以前之诗人,间失之笼统。至谓有明之诗风,殊少雄浑壮大之气象,舍高青邱外,咸汲汲于复古、模拟,或模盛唐,或仿晚唐,或拟中唐,惟能复现唐诗之五色缤纷,颇可称道,其言固自有理。

宋诗近腐,元诗近纤,明诗其复古也。明初承元末之余习,高启出而挽颓风,其才情足以睥睨一代。永乐以后,台阁继起,前后七子,提倡复古,公安竟陵继之,守旧以标榜,复古以鸣高,多立门户以相攻击,是明诗之病也。然其门户之见,能以复有唐诗坛之盛,且有明一代,中华民族遭空前之惨祸,在异族统治之中,太祖驱胡元而主中国,三百年后,河山又沦于满清,以其盛衰兴废治乱之势,发而为喜怒哀乐爱惧欲七种之音,文士熙攘,尤可贵也。

十五 结论

汉赋、唐诗、宋词、元曲与明之传奇,均代表时代之文学作品也。人咸乐而好之,于是文学之著,汗先充栋焉。舍兹之外,少问津者。本文之作,即常人之所忽，以求其变化盛衰之因果关系，虽其派别，风变云扰，好恶从违，摹拟抄袭，不能以论文章之正道，然返观今日诗坛之寥落，不亦重可慨也乎！

明代摹拟之风，于初叶宋濂、高棅已启之，是主文章之司命者，有关于当代之文运也，明矣。今日之文化，系于文献所在之学府，登高一呼，四海景从，是吾侪之责也，来日之中国文化，吾人将何以成之？

明代之初，驱胡元而自主，其诗则慷慨激昂，然明代之末，辗转偏安，已不可得，而其诗则凄厉悲怆，国之将兴，必有祯祥，国之将亡，必有妖孽。今日之我国，处于胜败存亡之秋，而诗坛之盛衰，固有关国运之隆替，鉴于前代，其损益可知也。

本文成于邵武，校中图书，多藏魁岐，图书馆内迁之后，为时间所限，未及详为徵引，赖吾师易园夫子奖掖备至，至于有成，谨此志谢。

参考文献

《明史·文苑传》

沈德潜　　　《明诗别裁》

朱彝尊　　　《明诗综》

陈　田　　　《明诗纪事》

王世贞　　　《艺苑卮言》

朱彝尊　　　《静志居诗话》

徐祯卿　　　《谈艺录》

高　启　　　《高太史全集》

袁宏道　　　《袁中郎全集》

袁中道　　　《袁小修诗集》

谭元春　　　《谭友夏全集》

方孝岳　　　《中国文学批评》

陈钟凡　　　《中国韵文通论》

谢无量　　　《中国大文学史》

宋佩韦　　　《明文学史》

陈易园　　　《中国民族文学讲话》

　　　　　　《宋明爱国文学》

吴声歌曲与西曲歌

一 对于吴声与西曲的基本认识

吴声歌曲与西曲歌同属于乐府里的清商乐,都是江南新声。现在郭茂倩的《乐府诗集》所见到的仅是文辞,其实它们一部分虽是徒歌,而另一部分却是舞曲或倚歌,但曲调则不可考。丁福保编的《全晋诗》里介绍清商乐说:

> 清商乐一曰清乐,清乐者九代之遗声,即相和三调是也。并汉魏以来旧曲,其辞皆古调。晋马南渡,其音亡散,宋武定关中,收其声伎,南朝文物,斯为最盛焉。后魏孝文宣武相继南伐,得江左所传旧曲,及江南吴歌荆楚西声,总谓之清商,至于殿庭飨宴,则兼奏之,……谓之清乐。隋室丧乱,日益沦缺。唐贞观中用十部乐,清乐亦在焉。至武后长安以后,朝廷不重古曲,工伎废弛,于吴音转远矣。曲之存者,仅有子夜、上声、欢闻、前溪、阿子、丁督护、读曲、神弦等曲,俱列于吴声。而西曲则石城乐、乌夜啼、乌栖曲、估客、莫愁、襄阳、江陵、共戏、寿阳等曲;或舞曲,或倚歌,则杂出于荆郢樊邓之间,以其方俗,故谓之西曲。及魏天监中,武帝改西曲制江南弄为龙笛、采莲、采菱曲,沈约制凤笙等曲,与西曲总列于清商云。

由此可以对吴声与西曲有三个认识:(一)吴声与西曲同属清商,而清商乐里有一部分是魏晋以来旧曲。(二)吴声与西曲同属江南新声,而吴声出于江南,西曲出于荆楚。(三)无论吴声或西曲,其中有的是徒歌,有的是倚歌或舞曲。现在渐次地加以说明:

(1)郭茂倩的《乐府诗集》把相和歌与清商曲混合一谈,于相和歌三十曲外,复列相和平调、清调、瑟调、楚调四种。而清商则仅列七曲,附江南新声三十三曲。惟据《宋书·乐志》说:"相和,汉旧歌也,丝竹更相和,执节者歌,本十七曲。"并无三十曲。杜佑《通典》说:"清商三调,并汉氏以来旧曲,歌章古调与魏三祖所作者皆备于史籍。"这里所指的史籍就是《宋书·乐志》。《宋书·乐志》于相和十三曲之后,另一行说:"清商三调歌诗,荀勗撰旧词施用者。"下分列平调、清调、瑟调。可见平调清调瑟调不列于相和,而是列于清商,且是魏晋旧曲。

(2)《乐府诗集》说:"《晋书·乐志》曰:'吴歌杂曲,并出江南,东晋以后,稍有增广。'其始皆徒歌,既而被之管弦。盖自永嘉渡江之后,下及梁陈,咸都建业,吴声歌曲起于此也。"又说:"按西曲歌出于荆郢樊邓之间,而其声节送和与吴歌亦异。"那么吴声与西曲不但地理环境不同,而声节送和亦异。

(3)清商曲里的音乐有四点要注意的:①汉魏旧曲尚声而不尚辞。《魏书·乐志》载陈仲孺奏云:"瑟调以角为主,清调以商为主,平调以宫为主。"可见清商三调本有声无辞。②江南新声,"始皆徒歌,既而被之管弦。"新声的歌唱,可能采汉魏旧曲,但也可能创新曲。③所谓徒歌是没有章曲的谣。④所谓倚歌,悉用铃鼓,无弦有吹。

二 吴声西曲的作者、内容及其音乐性

清商乐在武后时犹存六十三曲,其歌辞在者,据《乐府诗集》载者有白雪等三十二曲(按实系三十五曲),合明之君、雅歌各二首,四时歌四首合三十七曲(实系四十曲),又七曲有声无辞共为四十四曲(实系四十七曲),这一部分是在郊庙演奏的歌曲或舞曲,有吴声也有西曲。

单就吴声来看,据《古今乐录》说:"吴声十曲:一曰子夜,二曰上柱,三曰凤将雏,四曰上声,五曰欢闻,六曰欢闻变,七曰前溪,八曰阿子,九曰丁督护,十曰团扇郎",并梁所用曲,还有中间游曲,这一部分先是徒歌,而后被之管弦的。此外如七日夜女歌,懊恼,读曲……等皆徒歌。

就西曲歌来看,《古今乐录》说西曲歌有石城乐等共有三十四曲并为倚歌。现就《乐府诗集》所载的歌辞列一个表(附表中所载多据《乐府诗集》,所引《宋书·乐志》《唐书·乐志》《古今乐录》《乐苑》《乐府解题》等书,为编排统一起见,书名故不附记。附表见第61—63页)。

上述吴声共三百四十五首,作者可考者仅子夜歌、前溪歌、丁督护歌、长史变歌、碧玉歌、桃叶歌、懊恼歌之一首、华山几之一首、春江花月夜、玉树后庭花、泛龙舟诸首。西曲歌共一百三十八曲,作者可考者仅石城乐、乌夜啼、莫愁乐、估客乐、襄阳乐、襄阳蹋铜蹄、寿阳乐、西乌夜飞诸曲。其余都无名氏可考。

歌辞的内容是以女子为主来写男女之情的作品。按歌辞前序所记载的内容性质,与实际上歌辞所表现的很有出入。按歌辞所表现的,吴声与西曲的内容有相当显著的不同,就是吴声歌曲所表现的多是以富贵的休闲生活做背景,少部分是利用居住水边的生活环境做背景;西曲歌所表现的多是由襄阳至扬州的水上生活做背景。吴声在情感上所表现的偏于怨情,西曲却偏于离情。

以歌辞的音乐性来说,吴声多是徒歌,即《晋书·乐志》所说的"始皆徒歌,既而被之弦管",就是它们会被采入清商乐,也可以说是受魏晋旧曲的影响为多。《唐书·乐志》说:

> 明君,汉元帝时匈奴单于入朝,诏王嫱配之,即昭君也。乃将去,入辞,光彩射人,耸动左右!天子悔焉。汉人怜其远嫁,为作此歌。晋石崇妓绿珠舞,以此曲教之,而自制新曲曰:"我自汉家子,将适单于庭,昔为匣中玉,今为番土英。"晋文帝讳昭,故晋人谓之明君。此中朝旧曲,今为吴声,盖吴人传受讹变使然。

这一段记载可见吴声能受汉魏旧曲的影响,而尚存吴人本来的音调。

惟清商乐的乐曲已全失,在《古今乐录》及《乐府解题》里可考的仅前溪歌是舞曲,在附表所载的一小部分有送声,其余的可想都是徒歌。

西曲歌则不然,在《乐府诗集》所最显明的差异,就是吴声歌曲是以"首"为单位的标帜,西曲则以"曲",在《古今乐录》可考的除杨叛儿、西乌夜飞是歌谣,有送声外,其他的如附表所载的多是倚歌与舞曲。这里我可以举吴声与西曲的歌辞各二首为证:

（1）吴声的大子夜歌二首:

歌谣数百种,子夜最可怜,慷慨吐清音,明转去天然。
丝竹发歌响,假器扬清音,不知歌谣妙,声势出口心。

（2）西曲的翳乐二曲:

阳春二三月,相将舞翳乐,曲曲随时变,持许艳郎目。
人言扬州乐,扬州信自乐,总角诸少年,歌舞自相逐。

再以所用的乐器来说,《古今乐录》说:"吴声歌旧器有箎、箜篌、琵琶,今有笙、筝。"又说西曲三十四曲并倚歌,"凡倚歌悉用铃鼓,无弦有吹。"这里要注意的是吴声的琵琶,与西曲的倚歌无弦有吹。再就乐府里的楚调曲来看:楚调是否属于相和歌辞,或与清调平调瑟调而属清商曲歌尚成问题。惟可以确定楚调与西曲的故乡同是荆楚。《古今乐录》说楚调曲的乐器是"笙、笛、节、琴、筝、琵琶、瑟七种"。

这里所用的笛是吴声所无的,于是我以为"弦"与"吹"将是吴声与西曲所用乐器的不同地方。

凌廷堪《燕乐考源》说:"清乐……相沿谓之南曲,燕乐…相沿谓之北曲。"魏良辅在《曲律》里说:"北曲之弦索,南曲之鼓板,犹方圆之必资于规矩,其归重一也。"清徐大椿《乐府传声》说:"南曲主连,北曲主断。"乐器的作用是辅助歌唱的,琵琶（弦索）是弹的乐器,对于主断的曲子正好,不但能和唱,且有助于唱者的顿挫。南曲是曼长的调子,当然不好用弹的乐器衬托,就要用管笛之类（南曲最初是用鼓板,用箫管伴思乃是后来的事）。

以南曲与北曲的乐器,比照西曲与吴声的乐器与歌唱的方法,我觉得那是十分相同的,于是我以为西曲乃是清乐之流,则吴声是会受燕乐的影响的。凌廷堪《燕乐考源》卷一说:

> 今之南曲清乐之遗声也。清乐,梁陈南朝之乐;故相沿谓之南曲。今之北曲燕乐之遗声也。燕乐,周齐北周之乐;故相沿谓之北曲。

燕乐是胡人的音乐,主要的乐器是弦不是管,那么吴声为什么会受其影响,这完全是南渡侨人的关系。《乐府诗集》说:"盖自永嘉渡江之后,下及梁陈,成都建业,吴声歌曲,起于此也。"可见徒歌的吴声合乐是侨人所做的,侨人是北人,北方山川深厚,所以声音讹钝,只能从控纵抑扬显出美来,所以胡人所用的琵琶是最合式的乐器。即使吴声不受燕乐的影响,只是受汉魏旧曲的影响,已足使它接近于燕乐而乐于引用弦的乐器了。

西曲的产地也是九歌的故乡,它所受侨人的影响较少;沅湘之民的歌舞,本来有很优良的传统。《隋书·地理志》纪荆湘死丧的风俗说:

> 其死丧之纪,虽无被发袒踊,亦知号叫哭泣……当葬之夕,女婿或三数十人集会于家长之宅,著芒心接篱,名曰茅绥,各执竹竿长一丈许,上三四尺许犹带枝叶,其行伍前,却皆有节奏歌吟,叫呼亦有章曲。

西曲歌一大部分是舞曲,所谓"旧舞十六人,梁八人",这些都是沅湘民族好舞的遗留。南方水土和柔,所以声音清切,那曼长的歌唱是适宜于舞,箫管的配合,有时还嫌其与声不甚适合,那短音的弦索与这曼长的音调更是格格不相入了,所以只有鼓铃,就够发挥其歌唱的美。

对于吴声与西曲音乐性的差异,因为地理环境的不同,吴声是受燕乐与汉魏古曲的影响,而西曲尚保有清乐与南方音乐的特色。

三 吴声与西曲的歌辞所表现的生活状态与情感

民歌是带有浓厚的地方性。吴声起于建业,西曲出于荆郢樊邓,于是他们的习俗也便有差异。《隋书·地理志下》说:

……宣陵、毗陵、吴郡、会稽、余杭、东阳，其俗亦同，然数郡川泽沃衍，有海陆之饶，珍异所聚，故商贾并凑。其人君子尚礼，庸庶敦庞，故风俗澄清，而道教隆洽，亦其风气所尚也。豫章之俗，颇同吴中，其君子善居室，小人勤耕稼。衣冠之人，多有数妇；暴面市廛，竟分铢以给其夫。及举孝廉，更要富者；前妻虽有积年之勤，子女盈室，犹见放逐，以避后人。俗少争讼，而尚歌舞。

吴中物阜物康，建业一地，为南朝六代的国都，北方侨民的学问财富劳力，都是助成繁荣的因素。所以他们生活舒适，尚礼，善于经商，多妻。

《隋书·地理志下》又说：

……荆及衡阳惟荆州。……其人率多劲悍决烈，盖天性然也。……自晋氏南迁之后，南郡襄阳，皆为重镇，四方凑会，故盖多衣冠之绪，尚礼义经籍焉。……大抵荆州率敬鬼，少重祠祀之事，昔屈原九歌，盖由此也。

荆湘乃是九歌的故乡，虽东晋南渡之后，可以助成它的富庶，可是还比不上吴中。所以他们保持南方敬鬼、重祠，和劲悍决烈的风气。

经济条件与地理环境决定人民的生活状态。北方的侨人带来政治的优势与奢侈以及吴中土著的享乐生活，都显著地表现在吴声里，其他如女子采桑，或在水边居住所体验到的水上生活也少部分的表现着。荆湘的人民，享受不如吴中，于是休闲及享乐生活的诗句便不多见，那行商生活及水上劳动生活，便是西曲常见的题材。《乐府诗集》所辑的歌曲正是这个推论的明证。例如子夜春歌歌辞所表现的富裕是西曲歌里找不到的：

朱光照绿苑，丹华粲罗星，那能闺中绣，独无怀春情。
鲜云媚朱景，芳风散林花，佳人步春苑，绣带飞纷葩。
罗裳迮红袖，玉钗明月珰，冶游步春露，艳觅同心郎。

吴声里也有表现水上劳动生活的，但数量很少，如懊侬歌：

江中白布乌，帆布礼中帷，潭如陌上鼓，许是侬欢归。
江陵去扬州，三千三百里，已行一千三，所有二千在。

暂薄牛渚矶,欢不下廷板,水深沾侬衣,白黑何在浣。

西曲歌没有像吴声那种休闲享乐生活的诗句,可是行商生活及水上劳动生活是很常见到的内容。如那呵滩:

松江引百丈,一濡多一艇,上水郎担蒿,何时至江陵。
江陵三千三,何足特作远,书疏数知闻,莫令信使断。
闻欢下扬州,相送江津湾,愿得蒿橹折,交郎到头还。

又如三洲歌:

送欢板桥湾,相待三山头,遥见千幅帆,知是逐风流。
风流不暂停,三山隐行舟,愿作比目鱼,随欢千里游。
湘东醽醁酒,广州龙头铛,玉樽金镂碗,与郎双杯行。

生活状态不同,所产生的情感便形差异。虽然吴声与西曲都是以女性为中心来写两性的爱恋情感,但吴声多是在富裕生活里,女性对男性爱不专的怨怼;西曲歌则多是对男子奔波异乡的那种亲切的离情。例:
吴声的子夜歌:

我念欢的的,子行由豫情,雾露隐芙蓉,见莲不分明。
侬作北辰星,千年无转移,欢行白日心,朝东暮还西。
初时非不密,其后日不如,回头枇杷脱,转觉薄志疏。

子夜变歌:

人传欢负情,我自未尝见,三更开门去,始知子夜变。

前溪歌:

忧思出门倚,逢郎前溪度,莫作流水心,引新都舍故。

懊侬歌:

我与欢相怜,约誓底言者,常叹负情人,郎今果成诈。

读曲歌：

> 诈我不出门，冥就他侬宿，鹿转方相头，丁倒欺人目。
> 阔面行负情，诈我言端的，画背作天图，子将负星历。
> 谁交强缠绵，常持罢作虑，作生隐藕叶，莲侬在何处。
> 相怜两乐事，莫作无趣怒，合散无黄连，此事复何苦。
> 自从近日来，子不相寻博，竹廉柄裆题，知子心情薄。

这些都是女性对男性情爱不专的怨情。西曲歌便不然，像三洲歌：

> 风流不暂停，三山隐行舟，愿作比目鱼，随欢千里游。

青骢白马：

> 汝忽千里去无常，愿得到头还故乡。

那呵滩：

> 我去只如还，终不在道边，我若在道边，良信寄书还。
> 沇江引百丈，一濡多一艇，上水郎担蒿，何时至江陵。
> 江陵三千三，何足特作远，书疏数知闻，莫令信使断。

西平乐：

> 我情与欢情，二情感苍天，形虽胡越隔，神交中夜间。

石城乐：

> 布帆百余幅，环环在江津，执手双泪落，何时见欢还。
> 闻欢远行去，相送方山亭，风吹黄蘗藩，恶闻苦篱声。

乌夜啼：

> 辞家远行去，侬欢独离居，此日无啼音，裂帛作还书。
> 远望千里烟，隐当在欢家，欲飞无两翅，当奈独思何。

巴陵三江口,芦荻齐如麻,执手与欢别,痛切当奈何。

西曲歌的女性是钟情的,至多像襄阳乐:"黄鹄参天飞,中道郁徘徊,腹中车轮转,欢今定怜谁。"这也只是有些怀疑而不是肯定,这首曲继续下去的是:"女萝自微薄,寄托长松表,何惜负霜死,贵得相缠绕。"这是何等的亲切。虽然吴声里也有十分钟情的,但是怨情还是居多;西曲所表现的怨情歌句是不易找到的。

四　吴声与西曲的修辞现象

吴声与西曲的双关语,在文学上是久已传名的。它们有单是谐音的表里双关:如:"题"与"啼","碑"与"悲","蹄"与"啼","琴"与"情","梧"与"吾","油"与"由","星"与"心","芙蓉"与"夫容","莲"与"怜","藕"与"偶","丝"与"思";有形音都通用的表里双关:如"匹"双关布匹与匹偶,"关"双关关门与关心,"亮"双关明亮与原谅,"苦"双关苦味与苦情……这些在陈望道的《修辞学发凡》的双关格引证得很清楚。双关字的引用,一是歌者当地所见到的事物,再是歌者当时所见到的事物,所以江南的特产——蚕丝、布匹、芙蓉、梧桐、兰花,因其季节的差异,被借用到吴声与西曲来。

吴声与西曲的人称代名词,常用欢、侬,间用君、我。

吴声与西曲当用疑问及感叹,如:当奈、能、果得、无复、延能、有何、未及、那能、犹、难为、那得、何必、莫、底为、何当、何足、奈何……等。

吴声与西曲除了双关的比喻外,还有普通的比喻是普遍地应用,如:霜下草、枯鱼、连理树、金玳瑁、浮萍、北辰星、团扇、黄鹄、豆挟心、松上萝、千岁龟、比目鱼、同心草、鸳鸯、野鸭、松柏、女萝……等。

吴声与西曲常用重叠:

(1)字的重叠:慊慊、灼灼、的的、夜夜、飘飘、荧荧、暧暧、徐徐、曜曜、巷巷、寸寸、迢迢、青青、环环、飞飞、悠悠、团团、翩翩、双双、凄凄、烈烈……

（2）同一字在首里的重叠，如子夜春歌的"春"字："春林花多媚，春鸟意多哀，春风复多情，吹我罗裙开。"

（3）同一字在整篇（许多首）里的重叠，如子夜春歌的"春"字，每首都有一春字。——春风、春英、春月、春意、春情、春苑、春露、春年、春阳、春园、春花、春心……等。

（4）同一语辞在句里的重叠，如阿子歌："阿子复阿子"；团扇郎："团扇复团扇"；桃叶歌："桃叶复桃叶"。

（5）同一句在篇里"许多首"各首首句的重叠，如：读曲歌的"谁交强缠绵"凡二见，"所欢子"凡三见，"欢相怜"凡二见。黄鹄曲的"黄鹄参天飞"凡四见。桃叶歌的"桃叶复桃叶"凡二见。碧玉歌的"碧玉小家女"凡二见。

上述几种的修辞现象是同样的常见在吴声与西曲的歌辞里。

附表

一、吴声歌曲

歌　名	作　者	内　容		音乐性
		据歌辞前序所载	据歌辞所表现的	
子夜歌四十二首	女子夜造此声	声过哀苦	调情、离情、怨情	凡歌曲终皆有送声
子夜四时歌七十五首			调情、离情、怨情	
子夜变歌三首		因事制歌	怨情	
大子夜歌二首			歌谣的赞美	
子夜警歌二首			调情	无送声
上声歌八首		谓哀思之音	相思	或用一调或用无调名
欢闻歌一首			报恩	歌毕辄呼欢闻，不以为送声
欢闻变歌六首			私情	
前溪歌七首	晋车骑将军沈玩所制		思情,怨情	舞曲也
阿子歌三首	嘉兴人养鸭儿，鸭儿既死，因有此歌		恋情	
丁督护歌五首	宋武帝	问殓送之事	征战别情	
团扇郎六首	晋中书令王珉嫂婢谢芳姿作，后人因而歌之		恋情	
七日夜女歌九首			离情	
长史变歌三首	晋司徒左长史王钦临败所制		忠烈	
黄生曲三首			怨情	
黄鹄曲四首			离情	
碧玉歌三首同前二首	宋汝南王所作	为爱妾作歌	爱情	
机瞻歌三首同前一首	晋王子敬所作	为爱妾作歌	感郎情	
长乐佳七首同前一首			钟情	

歌　名	作　者	内　容		音乐性
		据歌辞前序所载	据歌辞所表现的	
欢好曲三首			女子容光的赞美	
懊恼歌十四首	晋石崇妾绿珠作一首后皆隆安初民间讹谣		离情,怨情	
华山几二十五首	南徐女子歌一首		相思,怨情	
读曲歌八十九首	民间为彭城王义康所作也		相思,怨情	
春江花月夜二首玉树后庭花泛龙舟黄竹子歌一首	隋炀帝		燕乐之辞还乡	男女唱和
江陵女歌一首			爱情	
神弦歌十一曲			神仙,爱情,人生	

二、西曲歌

歌　名	作　者	内　容		音乐性
		据歌辞前序所载	据歌辞所表现的	
石城乐五曲	宋臧质所作	于城上眺瞩,见群少年歌谣通畅而作	水上生活的离情,少年欢乐	旧舞十六人
乌夜啼八曲	宋临川王义庆所作		离情	旧舞十六人
莫愁乐二曲	石城有女子名莫愁善歌谣		别情	旧舞十六人梁八人
估客乐一曲	齐武帝所制	追忆往事	追忆往事	齐舞十六人梁八人
哀阳乐九曲	宋隋王诞之所作		水上生活离情,怨情	旧舞十六人梁八人
三洲歌三曲	商人歌也	商客欢乐巴陵作此歌	旅途生活别情	旧舞十六人梁八人
哀阳蹋铜啼三曲	梁武帝	思情		天监初舞十六人梁八人
采桑度七曲			采桑	旧舞十六人梁八人
江陵乐四曲			女子春游	旧舞十六人梁八人

歌　名	作　者	内　容		音乐性
		据歌辞前序所载	据歌辞所表现的	
青阳度三曲			相思	倚歌
青骢白马八曲			调情,思调	旧舞十六人
共欢乐四曲			赞美盛世	旧舞十六人梁八人
安东平五曲			送郎礼物	旧舞十六人梁八人
女儿子二曲			巴峡行舟苦	倚歌也
来罗四曲			人生咏叹	倚歌也
那呵滩六曲		多叙江陵及扬州事	行舟离情	旧舞十六人梁八人
孟珠二曲八曲			华贵女性调情	二曲倚歌八曲旧舞十六人梁八人
翳乐一曲二曲			恋情歌舞之乐	二曲倚歌八曲旧舞十六人梁八人
夜黄一曲			讽刺鸳鸯逐野鸭	倚歌
夜度娘一曲			苦情	倚歌也
长松标一曲			思侣	倚歌也
双行缠二曲			知心	倚歌也
黄督二曲			心思	倚歌也
西平乐一曲			钟情	倚歌也
攀杨枝一曲			想念之情	倚歌也
寻阳乐一曲			弃旧迎新	倚歌也
拔蒲二曲			劳动生活	倚歌也
寿阳乐九曲	宋南平穆王为豫州作也	叙伤别望归之思	伤别忘归	旧舞十六人梁八人
作蚕丝四曲			思匹	倚歌也
杨叛儿八曲	童谣歌也		相思之情	歌谣有送声
西乌夜飞五曲	宋元徽五年荆州刺史沈攸之作	未败之前思归	私情	有送声
月节折杨柳歌十三曲			思情	

——《福建文化》季刊第 3 卷第 1 期（1947 年 3 月）

汉唐千年间战争诗歌之风格 ①

研究提要

绪　言

　　战争引起我研究这个题目的动机,研究的范围是经过了好几次的删改才定的。风格好像是一个抽象的文学名词,很难给它以明确的定义,也就很难有一个具体的概念。为了对于这个专题的兴趣,便不怕艰难地计划以三年的时间来研究它。

　　研究工作的开始,是先阅读有关书籍及充实基本的知识。在粤北的坪石,小小的图书室是不能多量地供给研究的材料,但也并不少。在李笠教授与钟敬文教授的指导下拟草研究计划,先对这个专题画了迷糊的轮廓。

　　第一年很快地过去了,粤北在紧急疏散中。我得了院当局的许可,到福建从事搜集的工作。先把丁福保的《全汉三国晋南北朝诗》及康熙敕编的《全唐诗》里的战争诗歌检抄出来,参照各家的选集专集,以鉴定作

　　①　编者注:本文系作者于 1946 年 5 月写就的《国立中山大学》研究院硕士学位论文,导师李笠教授、钟敬文教授。其中的第一章、第七章岑参与高适部分曾发表于《协大艺文》。该文中外国作家名保留当时的译法。

者及作品。进而认识中外学者对风格的理论及确定研究的方法;便阅读许多外国学者有名的风格论,如英国斯宾塞的《风格论》,法国居友的《风格论》、福楼拜尔的《风格论》,德国叔本华的《风格论》等,并且间接地由许多论文里知道法国勃封,美国柏莱尔、汉密尔顿,英国高斯,日本小泉八云等的风格论。参照我国学者对风格有关的论著,如傅东华的《风格论》,郭绍虞的《文气的辨析》,唐钺的《论风格》,及本院指导教授岑麒祥的《风格论发凡》,钟敬文的《风格论备忘》,詹安泰的《论诗之风格》等。研究的方法除以风格论为指导的原则外,采取美国 E.Rickert 的《文学研究法》,英国韩德生的《文学研究导论》,日本丸山学的《文学研究法》等。

战争胜利了,我随学校来到广州,这是第三年工作的开始。把所确定的风格观点及研究方法写成第一章;按研究的方法处理所得的战争诗歌,凭时代先后分析诗人们的个别风格差异而成第二章至第七章,综合以研究结果写成第八章至第十章。

三年来,战事的影响,生活颠仆,书籍缺乏,研究的内容不能差强人意,好在研究学术是一生的事业。

第一章 论诗歌风格的形成

这一章是本研究最重要而最困难写成的部分,作者小心地按步写下去:

因为我国向来对风格没有明确的定义,于是借重外国学者的主张,列举他们对风格的定义。

一、研究外国学者的风格论观点:

1. 法国勃封(Buffon 1707—1788)主张风格的论理法则,以思想为风格的基础。

2. 法国居友(Ctuyou 1854—1888)主张风格的社会性,以风格要从感情与思想本身产出,尤重感情方面。

3. 英国斯宾塞(Herbert Spencer 1820—1903)主张风格的力学法则,以文字的组织能使读者花费最少的心思便是最好的风格。

4. 法国福楼拜尔(Gustave Flaubert 1820—1880)主张风格应最注意形式的美。

二、研究中国学者的风格论观点：

中国学者的风格论观点没有外国学者的那么褊执，大多是综合的折衷的意见。

三、综合中外学者的意见，研究文学的诸因素对风格形成的关系：

（一）作者因素：

1. 作者思想对风格形成的关系。

2. 作者情感对风格形成的关系。

3. 研究影响作者思想情感的诸因素对风格形成的关系。

（1）作者个性对风格形成的关系。

（2）作者环境对风格形成的关系。

①时代决定作者的思想情感与作品的风格。

②地理环境决定作者的思想情感与作品的风格。

③社会环境决定作者的思想情感与作品的风格。

（3）作者修养对风格形成的关系。

①修养的第一要素是学习。

②修养的第二要素是师承与派别。

③修养的第三要素是工夫。

（二）创作因素：

1. 作者想象对风格形成的关系。

2. 作者意匠对风格形成的关系。

3. 研究影响作者想象意匠的诸因素对风格形成的关系。

（1）题材的不同。

（2）体裁的不同。

（3）对象的不同。

（三）作品因素：

1. 作品所表现的形式对风格形成的关系。

2. 作品形式的表现对风格形成的关系。

（1）作品的情感与思想对风格形成的关系。

（2）作品的意匠对风格形成的关系。

①句的单位。

甲、句的长短对风格的关系。

乙、句的详略对风格的关系。

②句的组合。

甲、句的奇偶变化对风格的关系。

乙、句的内容与形式配合的疏密对风格的关系。

丙、句的繁简对风格的关系。

丁、句的曲直对风格的关系。

（3）作品的意象对风格形成的关系。

①意象有视觉、听觉、触觉、味觉、嗅觉诸型,其运用的差异对风格的关系。

②意象的表出及发展对风格的关系。

③意象的修辞对风格的关系。

④意向的来源与分配对风格的关系。

（4）文词的排列对风格形成的关系。

①词类的不同对风格的关系。

②词类的分配对风格的关系。

丰缛:区别词的成分多。

平实:区别词的成分少。

静态:同动词和补足语所构成的述说词占优势。

动态:表行动的词占优势。

流利:关系词的成分多。

简练:关系词的成分少。

③词类的位置对风格的关系。

（5）语言对风格形成的关系。

①语音对风格的关系:全闭音 k、t 等发音坚强爽利,收敛音 j、w 及鼻音 m、n 等则软弱迂回。前母音宏壮响亮,后母音则委宛低沉。

②韵律对风格的关系。

③语汇对风格的关系。

④语彩对风格的关系。

作者因素与创作因素的研究,可以知道风格的必然,作品因素的研究,可以知道风格的已然。

第二章　汉代战争诗歌风格的研究

汉代的战诗极少,是因为文学专为政治的附庸,道家的思想很普遍,新诗体尚未产生的缘故。

汉代初年有几首有关战争的短歌,如《大风歌》《垓下歌》《别歌》《乌孙公主歌》;汉代末年有蔡琰的《悲愤诗》。这些诗作都是真情的流露,或慷慨激昂,或凄怨悲怆。

还有一些歌颂武功的战诗,如《西极天马歌》《琴歌》《安封侯诗》等有典雅的风格。

汉"铙歌"很多与战争无关,《战城南》一首字句多讹脱。

第三章　魏晋战争诗歌风格的研究

魏晋时代,道家的思想在文学界盛行,五言古诗成为诗人们普遍的写作形式。诗坛上玄理、厌世、拟古的诗作很多,写作的方法重视意象与意匠,因之战争诗歌很少。不过梗慨作气的建安诗人,及许多歌功颂武的诗作是点缀了这个贫乏的战争诗坛。

魏武帝的战诗是悲壮苍凉的,王粲的战诗是悲慨的,陈琳的战诗不单是悲慨的感喟,还加入激昂的怨情。

晋张华与陆机的战诗是雄壮的,堆垛的。

其他一大部分歌颂武德的战诗,总是保持那典雅的风格。

第四章　南朝战争诗歌风格的研究

南朝景物秀丽,佛教参进文人的生活里,并且时代动乱,意志随而消沉,战争的豪情固然提不起来,文字的雕镂却随文学批评的进展而益趋讲求。在诗坛上山水田园及宫体诗流行,写作的目标即所谓:"情必极貌以写物,辞必穷力以追新。"

一、宋代:鲍照的战诗风格是壮丽轻快的,颜延年的战诗是堆垛的。

二、齐代：谢朓的战诗是新绮的,孔稚圭的战诗是隽爽的。

三、梁代：简文帝的战诗是劲健而柔婉的,元帝的战诗是壮丽的,沈约的战诗是秀婉的,吴均的战诗是清拔雄健的,何逊的战诗是情辞宛转的,虞羲、褚翔、车皭、戴暠的战诗虽然只有一二首,可是相当慷慨激昂的。

四、陈代：后主的战诗是凄婉的,徐陵的战诗相当的劲健,张正见的战诗是奇兀的,江总的战诗是绮丽的。

南朝四代战争诗歌风格的演进是可以看出的:

1.情感由刚性渐趋柔性,由积极趋消极。

2.意象由雄大到细小。

3.修辞由赋到比兴,由明喻到隐喻,由夸大到雕饰。

4.形式由长到短。

5.音调由气到韵,由一贯至分段,由激昂慷慨至曲折迂回。

第五章　北朝战争诗歌风格的研究

北朝因为地理环境及生活状态的关系,北歌是具有粗豪的情感与粗壮的物象,平白与坦率的语言。在北朝最可注意的是北歌,那民间的语言;而不是诗人的诗。因为北朝的诗人是染有南朝的色彩,只有北歌才是北方民族真正的声音。

王褒、庾信二人由南入北,同具南方绮丽的辞藻,也同染北方雄豪的气魄。惟庾信清新,王褒平淡。

北歌有粗壮豪爽的风格,平白的语调,是常常用叠句、钩句的。

第六章　隋代战争诗歌风格的研究

隋统一南北,还保持南朝善于用字炼辞的特点。隋初国用富足,文帝提倡质朴的文学风格,虽然统治的年限甚暂,却是合南北朝的风气,以启唐代文学的新运的。战争诗歌在南朝可以说是没落消沉,到了隋代才渐渐地恢复了刚性的本色。

隋代的战争诗人,如炀帝、杨素、何妥、卢思道、薛道衡、虞世基等都是位尊望隆的大臣,面对着统一的局面,伟大的武功,所以在战争诗歌都表现着大言壮语、雄豪恣肆的风格。

第七章　唐代战争诗歌风格的研究

唐代诗坛可因战争的性质划分做四个时期：

武功全盛时期——贞观开元

安史之乱时期——天宝至宝应

藩镇擅权时期——广德至长庆

流寇窜扰时期——敬宗以后

上述四个时期的社会政治经济情形及文艺思想的发展,唐代诗坛风气的演进是可以看出来的：

1.作风的演变：古典的→浪漫的→写实的→唯美的。

2.抒写对象的演变：歌颂盛世的→边塞、闺怨、山水→普遍的生活现象→女性。

3.辞藻的演变：幽美的→壮阔的或闲适的→平白的→华艳的。

唐代诗坛五花八门,其光华灿烂的情况,当然不是聊聊数行所能书的。

一、武功全盛时期：

太宗的战诗是雄壮的,卢照邻的战诗是清狷的,杨炯的战诗是粗豪的,骆宾王的战诗是豪放的,沈佺期的战诗是华丽的,陈子昂的战诗是冲淡高雅的。

二、安史之乱时期：

王维的战诗是劲健隽爽的,崔颢的战诗是疏放的,李颀的战诗是清丽的,李白的战诗是飘逸的,杜甫的战诗是沉郁的,岑参的战诗是苍凉而抑郁不舒的,高适的战诗是浑健开朗的,王昌龄的战诗是苍莽雄健的,常建的战诗是幽玄的。

三、藩镇擅权时期：

刘长卿的战诗是清淡秀丽的,钱起的战诗是轻圆的,韩偓的战诗是隽爽的,耿沛的战诗是凄远的,戎昱的战诗是凄怨而平白的,卢纶的战诗是清爽流利的,李益的战诗是悠远洒脱的,王建的战诗是凄怨的,孟郊的战诗是粗放的,张籍的战诗是雅正的,李贺的战诗是奇突奔放的,白居易、元稹的战诗是质朴的讽刺的。

四、流寇窜扰时期：

杜牧的战诗是豪迈的,姚合的战诗是机巧的,张祜的战诗是轻快的,许浑的战诗是尖新的,马戴的战诗是沉郁的,皮日休、陆龟蒙的战诗是悲愤厌战的,方干的战诗是尖新悲凄的,司空图的战诗是颓丧无力的。

唐代这四个时期战诗风格的演进是可以看出来的：

1. 情感：慷慨→壮烈→哀怨→颓靡。

2. 思想：主战→主战非战→反战→厌战。

3. 意象：美的→大的→小的→碎的。

4. 意匠：字的辞藻→篇的意境→句的描写→句与字的性灵表现。

5. 典雅→壮丽→哀怨→尖巧。

第八章　汉唐千年间战争诗歌风格的发展

汉唐千年间的战争诗歌，因时代的演进，社会的变动，及文学本身的发展的影响，故其风格亦随之变化，不过下列所述的是大体上的。

一、战诗的情感：汉代战诗主要的是情感的宣泄，魏晋的战诗每以意象来表现情感，这三个时代的战诗情感是近于悲壮的。南朝四代的战诗情感因刚性渐趋柔性，北朝的战诗情感却是粗豪的。隋唐开国时代的战诗都有宏壮的感情，盛唐边塞派的战诗情感是极为慷慨激烈的，中唐以后，便少有豪情，而多颓唐厌战的情感了。

二、战诗的意象：汉代诗人无意运用意象，魏晋直到南朝的战诗意象，由雄伟的事物到细小的部分，由粗大的到雕镂的，北朝民歌却保持有对自然界意象的爱好，不加以人工化。隋代的君臣对战诗意象常取夸大的，初唐诗人受南朝运用华美意象的影响，盛唐诗人才把意象范围转到壮伟的事物，中唐以后又渐渐地描写那破碎的事物了。

三、战诗的意匠与文词：魏晋是直述的，无甚修饰的；南朝是形容的，极为雕镂的；北朝是粗壮的；隋是庄丽的，夸大的；初唐是美丽的；盛唐是雄伟的；中唐是衰颓无力的；晚唐是尖新机巧的。

四、战诗的形式：汉初为短歌，汉末及魏晋乐府诗的形式渐长，南朝初唐渐短，盛唐中唐渐长，晚唐又渐短。

第九章　战诗风格与形成风格诸因素的关系

一、要形成一种风格，须形成风格诸因素调和的表现。

二、作者因主观及客观条件的限制与影响，常对形成风格诸因素里的某一种因素特别地加强,这加强因素,往往成为读者最注意的部分,也常被读者认为该作品风格形成的主因。

三、风格与形成风格的诸因素有相关性:如以情感为主的风格是悲哀或豪壮之类,以意象为主的风格是雄伟或秀美之类,以意匠为主的风格是简练或疏放之类,以文词为主的风格是美丽或质朴之类,以音调为主的风格是流畅或沉郁之类……

四、风格与形成风格的诸因素有相反性:如以情感为主的诗作,意象及意匠的成分较少;同时,豪壮的情感不会有华艳的风格,悲哀的情感,不会有简练的风格。以意象为主的诗作,情感与关系词的成分较少,堆垛的意象不会有流畅的风格的……

第十章　战争诗歌的一般风格

战争诗歌主要的内容有五类:

1. 忠君爱国的观念

2. 思家及儿女之情

3. 反战思想

4. 名利的鼓舞

5. 战场的写实

由于内容的关系,在诗作形式上形成风格的诸因素,是综合地表现战争诗歌的一般风格:那就是"动"的、"显"的、"粗"的。这是大多数战争诗歌所具的风格;也是战争诗歌所要求的风格。

绪　言

我决定研究这个题目,在范围上曾经改变了好几次。本来一个适当的研究专题,应该是窄而深的研究,才不会流于浅薄与空虚。不过,在战时与战后,文献的缺乏,就够使从事研究者感到不便;那些现成而有限的书籍,所能提供论述的材料,其贫乏是可想而知的。为了这个原因,我就把一类特殊性质的诗歌,定了一个研究的原则,做个分析的综合研究。所以我选定的题目里,包括的期间是很长——一千年,而所研究对象焦点却是很小的——战争诗歌的风格。在引论里提出研究的方法,在本论里依时代与作者的先后做分析的研究——风格的个别研究,最后是综合的结论。

风格,是近代文学批评上习见的名词,英韩德生(William Henry Hudson,外国作家名字皆为当时译名,全文同)在其《文学研究导论》里说文学的原素,可分为理智原素,情绪原素,想象原素,技术原素或风格原素。并且指出作家风格的个人研究,是可以了解作家性格及其作品的关系,因为风格是个性的真正索引,是一个作家用以表现自己的方法,是他作品的注解。风格的史的研究,是可以知道风格的运动,作家个别的风格,不是偶然或随意的特征,而是与整个风格的史的发展有相应的关系。

所以作者个别的风格研究和风格的史的研究,实是明了作者与其作品发展的重要部门。在我国有系统的文学研究方面,却是少有人注意到。

风格研究既是认识作家与其作品的重要途径,战争又是身历八年的经验,以科学化的方法来整理昔贤所遗留下的文学遗产,风格的研究,它会更明白地给我们洞悉昔人和其创作的一切。以身历八年的经验,来研究汉唐千年间诗人所讴歌的战争诗篇,这共通情感上的关联,将使作者与二三千年前的诗人感到非常的亲切了。

汉唐二代,是我国武功最隆盛的时代。由于武功的隆盛,所造成的气氛,给当时的诗人以一股极大的动力。大家都说,诗歌是情感的结晶,那么战争与爱情就是情感的主人。代表求生的、壮烈的、刚强的……战争的诗歌,该值得研究的。

凡是抒写有关于战争事物的诗歌,都称为战争诗歌,也就是本研究的对象。第一章论诗歌风格的形成,是本研究处理材料方法的准绳;第二章至第七章,便是根据这个方法来分析研究所得的材料;第八章至第十章,是本研究所得的结论。

第一章　论诗歌风格的形成

风格,在英文叫做 Style。这字的一般意义,可以解释为 "体式"、"式样";特殊的用于文学上是相等于"体性"、"文体"①、"作风"等意义的。

古代我国人对于风格的观念及其应用是很笼统的,不只是限于文学批评上。例如:《晋书·和峤传》:"少有风格,慕舅夏侯玄之为人,厚自崇重,有盛名于世。"《庾亮传》:"风格峻整,动由礼节,闺门之内,不肃而成。"《世说新语》:"李元礼风格秀整。"就是应用在文学批评上,也没有明确的限界。例如:

颜之推《颜氏家训·文章第九》:"古人之文,宏材逸气,体度风格,去今实远,但缉缀疏朴,未为密致耳。"

刘勰《文心雕龙·议对》篇:"汉世善驳,则应劭为首;晋代能议,则傅咸为宗。然仲瑗博古,而铨贯有序;长虞识治,而属辞枝繁。及陆机断议,亦有锋颖,而谀辞弗剪,颇累文骨。亦各有美,风格存焉。"

杜确序《岑嘉州诗集》:"自古文体变易多矣。梁简文帝及庾肩吾之属,始为轻浮绮靡之辞,名曰宫体。自后沿袭务于妖艳,谓之並锦布绣焉。其有敦尚风格,不复为当时所重,讽谏比兴,由是废缺,物极则变,理之常也。"

就古人的文学批评里,其意义与近代所谓风格的意义相近,而较有系统化的论述的,要推刘勰《文心雕龙》的《体性》篇:

> 若总其归涂,则数穷八体:一曰典雅,二曰远奥,三曰精约,四曰显附,五曰繁缛,六曰壮丽,七曰新奇,八曰轻靡。典雅者,熔式经诰,方轨儒门者也。远奥者,馥采典文,经理玄宗者也。精约者,核字省句,剖析毫厘者也。显附者,辞直义畅,切理厌心者也。繁缛者,博喻酿采,炜烨枝派者也。壮丽者,高论宏裁,卓烁异彩者也。新奇者,摈古竞今,危侧趣诡者也。轻靡者,浮文弱植,缥缈附俗者也。故雅与奇反,奥与显殊,繁与约舛,壮与轻乖,文辞根叶,苑囿其中矣。

这是区分风格的开始,所谓八体,就是八种风格类型。他在《体性》篇论文学风格与才性的关系,在《定势》篇论风格与体裁的关系,在《通

---

① 我国常以 Style 译为"风格"或"文体"。本文为引用的便利,多按照译者原文,故"文体"二字的意义,除有特殊意义的加以附注外,均与风格同解。

变》篇论风格与时代风尚的关系,在《神思》《养气》《情采》《熔裁》《声律》《比兴》……等篇论风格与写作方法的关系,其见解往往与现代的文学批评相符合。可是那一类神、气、理、事、义……等抽象的字,令人无法捉摸其明确的界限。以后释皎然的《诗式》,司空图的《诗品》,及其他《诗格》一类的著作,都有论到诗的风格,而都同样地玄妙。因为批评诗的只有诗人,评论诗的抽象的风格,也只有这些象征的形容了。

风格的应用于文学批评,比较有明朗的概念与定义的,就要借重外国人的论述。

亚里斯多德（Aristotle,现译为亚里士多德,下同）说"风格是讲述事物的一种艺术"。

英国诗人华滋华斯（Wordswarth,现译为华兹华斯,下同）说"风格是思想的化身"。

英国小说家司威夫特（Swift）说:"以适当的文字,放在适当的位置,便是风格的真正意义。"

法国勃封说"风格就是人"。

法国居友说:"文体,换句话说,即是语调,即是社交的媒体。它当逐渐发达获得一种表现的同时暗示的力,而为普遍的共感的工具。"①

德国叔本华说:"风格是精神的相学,是比较面貌更可靠的性格索引。"②

美国柏莱尔说:"风格是作者以语言表现其概念的特殊方法。"③

日本小泉八云说:"文体没有旁的,只是作者的一种特殊性格。"④

日本木村毅说:"言语当着明示和含蓄,明白和朦胧,理知的和感觉的两方面的传示的时候,不作二重的个别的作用,融和的能传示给读者单一的不可分离的效果,这便叫文体。"⑤

作家或文艺批评家对风格有不同的定义,正是为了他们有不同的观

---

① ［法］居友:《论文体》,萧石君译,见华胥社编《华胥社文艺论集》,中华书局1931年版,第7页。

② ［德］叔本华:《风格论》,陈介白译,见《文学的艺术》北平人文书店1933年版。

③ ［美］Hugh Blair: "Lectures on Rhetoric" Chapter Ⅱ。

④ ［日］小泉八云:《西洋文艺论集》,韩侍桁译,北新书局1929年版,第199页。

⑤ ［日］木村毅:《小说研究十六讲》,高明译,北新书局1930年版,第469页。

点,上述诸人对风格的论调便是明证。现在略举著名的风格论,并说明他们的观点。

一 外国学者的风格论

1. 勃封(1707—1788)主张风格的论理法则:他说风格"只存于思想的顺序与进展"①,又说"独立的观念是风格的基础"②。这可证明他的风格论是重视思想的。他的警语说"文体是人"。由于比较地忽视其情绪部分,故有人加以抨击,那就是法国的居友。

2. 居友(1854—1888)主张风格的社会性,他以为理想的风格,不只是思想,而且须加情绪,不只是形式的美——音调与意象,同时还要注意弦外之音的。在其《文体论》里,他说:"勃封说文体只存于思想的顺序和进展中,并非确见。在顺序和进展外,定须添加感情,这是唤起读者同感的唯一方法";又说:"真的文体,不得不从思想和感情自身产出。充分表出思想和感情的文体,是个人的,同时是社会的";又说:"据我们所见,文学的和诗的风格的真正的社会性,在于遵照交感的法则,刺激情绪,建立一种以美的普遍的感情为目的的社会的一致。"③居友主张风格的社会性,所以强调情感的部分,同时看到科学论文与诗的不同,所以对专以思想为主的风格论,加以纠正。

3. 斯宾塞(1820—1903)主张风格的力学法则:斯宾塞以为作品的最高风格,就是如何地使读者花费最少的思想。在其《文体论》里说:"吾人常闻风格之被訾为繁冗或晦涩。白莱尔(1718—1800)曰'文句中之无用部分,常足以妨碍描写之进行,阻止意象之成立',又曰'冗长之句,能使读者神疲'。恺姆斯爵士(1696—1782)曰:'欲使一句有最大之力量,当以一最重要之字结束之'。……今试欲为此种种格言觅得一基本之法则,则吾人常可见其中大抵皆隐含有节省读者或听者之精神之重要之意,吾人之种种思想当如何表示,俾他人得以最少之心力了解之,此盖为上述大多

---

① [法]居友:《论文体》,萧石君译,见华胥社编《华胥社文艺论集》,中华书局1931年版,第8页。

② 《大英百科全书》"风格条"(第14版)。

③ [法]居友:《论文体》,萧石君译,见华胥社编《华胥社文艺论集》,第7页。

数之规则所共同归附之要件也。"① 他依据这个原则,在其《文体论》里分论文字里的动势由思虑中与感觉中的由来,而主要以文字的排列来证明。

4.福楼拜尔(1820—1880)主张风格具于形式。福楼拜尔说:"在生命的创造里,血液与滋养的身体,决定轮廓与外形的风度;同样地,艺术工作的内容,应只是唯一的语词、音调、韵律与形式是它所特具的一切。"② 又说:"没有美的形式,便没有美的思想,而且连它的反对也是没有的。正如不能从一个肉体,把那组织肉体的种种性质——色彩、大小等——归于空的抽象一样。换句话说,像非把它破坏不能抽出一样,要从内容脱除形式,乃是不可能的事,因为内容是必须靠了形式才能存在的缘故。"③ 他的风格论是崇重形式的,至高的风格,就是那唯一的语词、音调、韵律的寻求的。

上述四种不同的风格观点,恰是代表着文艺的思想、情感、写作方法(文字的排列)与形式(语词、音调、韵律)四个基点上。

二 我国近代学者的风格论

我国近代学者受外国文学批评学说的影响,对于风格的论列,也有零星的短论,例如:

1.傅东华的《风格论》里说:"凡作品能给我们一种统一的印象的,便是有风格,否则便是无风格";"谁都晓得文艺作品的特征,就是不仅诉于理智,而且兼诉于感情。而所谓风格,无非就是诉于情感的力,这样的在作者已意识地或无意识地使之表现于作品"。④

2.郭绍虞《文气的辨析》里说:"……这种若有作者的精神意气存乎其间者,即昔人所谓气象。就一部分言,或气禀,或气习,或气质,都可以表示气象,而要以此三者混合的整个的表现为多。故气象云者,就作者言,即是人格性情的流露,就作品言,即是所谓风格。"⑤

---

① [英]斯宾塞:《文体论》,胡哲谋译,商务印书馆1925年版。
② 《大英百科全书》"风格"条(第14版)。
③ [日]本间久雄:《文学概论》,章锡琛译,开明书店1930年版,第38页。
④ 《小说月报》第22卷第1号。
⑤ 《小说月报》第20卷第1号。

又在《南朝文学的批评》的风格目里说："合形文声文情文三者而文之形式以立。由文之形式言,语其广义而说得抽象些便是风格,语其狭义而说得具体一些,便是体制。"①

3. 岑麒祥《风格论发凡》里说："科学家所用之语言为逻辑语言,而文学家所用之语言,多为表情语言;口语又比笔语多表情成分,皆极显而易见。若将此区别理而董之,成为有系统之研究,是谓风格论。"②

4. 钟敬文《风格论备忘》里说："风格是一个作家存在的标志";"伟大作家的风格,很少不是从情绪的渗透里产生的,——或者说:很少不是从情绪和思想底融会里产生的";"风格,就是作者对事物的观感法和对文字的处理法底特殊性底结果"。③

5. 詹安泰《论诗之风格》里说："盖人之禀赋有不齐,于人人所共有之通性外,又必有其'自性'(即所谓个性);其发为文辞也,于人人所共有之通法外,又必有其'自法'(即所谓手法)。'自性'藏于内容之中,而'自法'见于形式之表……以特殊之'自性'运用特殊之'自法',而风格于是乎成。"④

由上列各人片断论述的观察,可以看出一致的见解,那就是作者的性格——感情与思想,及其文字处理的手法,对于作品风格的决定力。

三 文学的诸因素对风格形成的关系

作为系统化的研究,那些基于部分观点的偏见是不得其全的。所以作者要综合往昔学者对于风格构成各因素的论述,除去其主观的成见,作为比较客观的和完备的风格研究。

要进行这个工作,就得由文学的几个要素入手。美国文却斯德(C. F. Wincherster)在其《文学批评之原理》分文学构成的原素为:一情绪(Emotion),二想象(Imagination),三思想(Thought),四形式(Form)。⑤

---

① 郭绍虞:《中国文学批评史》,商务印书馆 1934 年版,第 122 页。
② 《艺文集刊》第 2 期。
③ 钟敬文教授原稿。
④ 《龙凤月刊》第 1 期。
⑤ [美]文却斯德(Winchester):《文学批评之原理》,景昌极、钱堃新译,商务印书馆 1923 年初版。

显然,这四种因素是文学的构成的支柱,思想与情感构成作者的一切,想象构成创作的一切,形式构成作品的一切。那么风格的形成,必然是要通过这四种要素。也就是说,风格的形成,和这四种要素有直接的关系。

(一)作者因素

1. 思想 上述的勃封便是以思想为风格的基础的。歌德说:"一个作者的风格是他的心灵的忠实的表现。所以,假如任何人希望风格明白清楚,他首先要思想明白清楚;假如任何人愿意风格高贵,他首先要具有一个高贵的灵魂。"① 叔本华说:"正确的风格是用清楚明了的词语以表现其思想。"② 高斯(Sir Edmund Gossl)说:"可能成为风格之前,那要有思想,清楚的智识,正确的经验,与清明的理解力。"③ 很多的学者,尤其是科学家哲学家,都以明确的思想为风格的基础。他们排斥那空洞、艰难、晦涩的风格,崇尚明了、清楚、质朴的风格。吕郎(Renan)论达尔文说:"他的文体,即是他的思想自身,他的思想始终伟大坚实,他的文体亦始终伟大遒劲,学者有优秀的词藻,因为他立足于表情和内容相吻合的正确的文体上,或者不如说立足于一切好文章的永远唯一的根基的论理上。"④ 不错的,思想的内容是风格的中心,不但是说理的文章,就是道学家充满哲理的诗篇,也常常是富有意味的。

更进一步地说,诗的思想与哲学或科学的思想是不同的。日人上敏田说:"艺术的思想才是'以心传心'的,即从心直接传达到心的;正因其直接的,故不能用智力的言语来表现。别的思想是通过智力滤出来的,故无生气;艺术的思想,直接表出,故是活的思想。"显然的,诗是诉诸想象,产生意象的;有直接的思想来运用想象的,才是真正的诗人,才有诗的风格。

2. 情感 居友在其《风格论》说到吕朗所称的"论理实是文体的根基,然在艺术的作品中单有论理仍是不足"。尤其是在诗歌里,情感是要居更主要的地位。居友更进一步说:"能和我们共感的,毕竟只有我们的同

---

① [德]哥德(现译为歌德):《哥德对话录》,周学普译,商务印书馆1937年版。
② [德]叔本华:《风格论》,陈介白译,见《文学的艺术》,北平人文书店1933年版。
③ 《大英百科全书》"风格"条(第14版)。
④ [法]居友:《论文体》,萧石君译,见华胥社编《华胥社文艺论集》,中华书局1931年版,第11页。

类。至于事物打动我们的心弦,亦只有在作者把事物化作幻影,或赋予情绪,或化作人的心灵的时候,此即所谓'文体如人'。"① 作者的情感,无疑地是决定风格的一个因素,即使不能说是唯一的。

小泉八云在《特殊散文研究》里说:"与其确信'应当用哪一种文体'的这种规则,宁不如确信心情艺术的感觉,情感与思想的绝对底真实,是更能巧妙地引导一个作家。"② 真正的风格,要从作者的真正的情感与思想里产出。情感与思想是诗歌的两大支柱,也就是作者所具有的性格的两大部分。

3. 个性、环境与修养 既然说作者的思想与情感是决定风格的因素,而它们又是受谁决定呢?小泉八云在《论近时英国的文艺批评并同时代英法文学界的关系》里论法国文艺批评家沈特白佛(Sainte Bewre)说:"他计划着研究文学的那种方法,是他同时代没有人所曾想过的。他先开始研究一个作家的性格,以及他生活中所有的事实,他的人格,他的习惯,他的经验。其次他要考察与那个人有关的社会与他所属的时代,他更试验着发现出那个人的性格是到怎样程度与他时代的性格和社会的情感相一致。于是他要思索这个作家的灵感的泉源,不只是思索他所读的那些书的,而且要寻出那些书的思想的本源。他把一个十九世纪作家的思想,追寻到中世纪或希腊文明,或更是归于从东方与其他各国所输进的理知的影响。简单地说就是沈特白佛研究一个作者,他要知道这个作者的生活,人格,习惯,经验,时代,社会,与其所读的书的思想。"③

小泉八云非常夸奖沈特白佛批评的方法,把上面归纳起来,也就是上述的郭绍虞《文气的辨析》里所说的气禀、气习与气质。换言之,即是作者的个性、环境与修养。同样的,我们研究风格的形成,便要研究作者的思想与情感,更要进而研究决定作者思想与情感的个性、环境与修养及其附属的诸因素。

(1)个性。

法美学者哥梯亚(Paul Gaultier)在《艺术的意义》里说:"艺术的作

---

① [法]居友:《论文体》,萧石君译,见华胥社编《华胥社文艺论集》,中华书局1931年版,第8页。

② [日]小泉八云:《西洋文艺论集》,韩侍桁编译,北新书局1929年版,第67页。

③ 同上书,第200页。

品只依了他的文体——依了被现于他文体中的个性——而且把什么东西教示我们时，则比任何物第一的，是教示作者其人的人格的或种东西。"①

汉密尔顿（Clayton Hamilton）在《小说法程》里说："思想的程序，常态的人大致无异，而感情则各有不同。……所以研究作家作品的构造，可以知道作家的思想，研究作家的风格，可以知道作家的个性。"②

上述无非说明个性、人格和其作品风格的关系，刘勰的《文心雕龙》的《体性》篇，举出许多实例："贾生俊发，故文洁而体清。长卿傲诞，故理侈而辞溢。子云沈寂，故志隐而味深。子政简易，故趣昭而事博。孟坚雅懿，故裁密而思靡。平子淹通，故虑周而藻密。仲宣躁锐，故颖出而才果。公干气褊，故言壮而情骇。嗣宗俶傥，故响逸而调远。叔夜隽侠，故兴高而采烈。安仁轻敏，故锋发而韵流。士衡矜重，故情繁而辞隐。触类以推，表里必符，岂非自然之恒资，才气之大略哉！"

古今中外，谁都不能否认个性及人格对风格的决定力，同时风格的评价，人格乃是极重要的部分。尽管《钤山堂》诗何等温厚，《咏怀堂》诗何等高洁，在诗的风格上也往往是因人格的堕落而受抹杀。还要认识的，就是个性的两方面：一方面就像所说"妾非受于人也，而忽自有之"的先天遗传及国民性；另一方面个性却是受其生活状态、年龄、体力、修养及环境等的影响。

（2）环境。

环境可分为三方面，就是时代、地理与社会。

①时代决定作者的性格及作品的风格。

泰纳（Taine 1828—1893）在《英国文学史绪论》里说：

试取文学艺术的两种时代来考察，如科尔耐尤时代及福禄特尔时代的法国悲剧，爱司克勒斯时代及欧立匹台斯时代的希腊悲剧，文杞时代及奇沃多时代的意大利绘画。虽然在这样的两极端，但一般的观念总是同一的；其表现及绘画的题目，常常是人间的型式，诗的格式，戏剧的构造，人的形象，依然没有什么改变，然而有下面那样地不同。就是一个艺术家是先驱者，而其他是后进者，前者没有模范，而后者却

① ［日］本间久雄：《文学概论》，章锡琛译，开明书店1930年版，第49页。
② ［美］汉密尔顿：《小说法程》第十二章，华林一译，商务印书馆1924年初版。

有;前者亲接事物,而后者须待前者的介绍而见事物。而且,后者往往不曾树立的本干而许多细的枝节却很完全,印象的单纯和伟大减少,而形式的优美与洗炼却增加了。①

事实如此,虽具同一的素质,但是依时代的变迁是有不同的结果的。像唐诗的发展,诗的题材是永在的,而时代变迁的影响于诗的风格的不同是显然的。时代变迁固然可以使风格变化,而同一时代也可以使风格染类似的色彩的。日人本间久雄在其《文学概论》的《文学与时代》章里说:

> 例如观察文艺上的自然主义的运动,如果把它当作自然的单纯的东西,决不能触住他的中心点;必须以风靡十九世纪欧洲的唯物倾向和物质文明做背景,然后才能明白这主义的必然的由来与经过,不但是自然主义,就是台喀亶的文学,恶魔主义,唯美主义,或近代俄国文学所谓"脱司卡"(即所谓世界苦)的一种颓废底倾向,以及其他一切的运动倾向与主义,一定有时代做着此等运动倾向与主义的背景。②

时代对于文学风格的影响的论述多极了。总而言之,时代所给作者的启示,乃是那时代的思想潮流,与该时代的共通情绪。刘勰《文心雕龙·时序》篇里的"故知文变染乎世情,兴废系乎时序,原始以要终,虽百世可知也",就是一口咬定时代对文学风格的决定力。古今许多伟大的作家,是走在时代的前面的,然而其能如此,恐怕也就是时代所造成的。同时,时代的风格虽然不能统一个人风格,至少有其影响或领导的力量的。

②地理决定作者的品格与作品的风格。

李延寿《北史·文苑传》:"江左宫商发越,贵于清绮;河朔词义贞刚,重乎气质。气质则理胜其词,清绮则文过其意。理胜者,便于时用;文华者,宜于咏歌。此南北词人得失之大较也。"

这显明地说明地理的影响文学风格,更扩大地说,一个国家与另一个国家文学风格的不同,也可以说是地理的影响的。小泉八云在《法国浪漫

---

① 〔日〕小泉八云:《西洋文艺论集》,韩侍桁编译,北新书局1929年版,第71页。

② 〔日〕本间久雄:《文学概论》,章锡琛译,开明书店1930年版,第105页。

派作家》文里说:"英国诗人可以给你十分多的思想与感情,但法国诗人却又完全不同样了,较英国浪漫诗的平均是有更多热情底温暖底与光明底色彩。讲到外形上,它是更完整,英国的语言是不能产生像高梯霭的那样如珠玉一般光彩的诗歌的。"①

这地理影响于文学风格,就是山河、气候、及具有地理环境的民族性、语言等影响作者的性格的缘故。

③社会决定作者的性格与作品的风格。

居友在《论文体》里说:"真的文体,不得不从思想和感情本身产出,充分表出思想和感情的文体,是个人的,同时是社会的。"② 他重视文体的社会性,就是深刻地认识社会对作者性格及作品风格的决定力。

G.卢卡契(Goorgh Lukass)在《叙述与描写》文里说:"表现现实底新的风格,新的方法,虽然总是和以前的诸形式联系着,但是它决不是由于艺术形式底本身固有的逻辑而发生的。每一种新的风格的发生都有社会的历史的必然性,是从生活之中出来的,它是社会底必然的产物。"③

平林初之辅说:"为要科学地去决定某种文学作品的意义与价值,势必研究作者,研究其所属的流派,以及当时一般的意识形态。更要十分理解这意识形态,势必审察那时代的社会的法制、政治、经济等等条件,和探讨那社会所藉以形成的自然环境。"④ 这种社会的、历史的和自然环境的因素,往往与作者的生活形态与意识有直接的关系,于是其作品的风格无形地受其影响。

人既是社会的动物,成为社会特殊条件的集体性,自然规范着每个人的生活,也自然反映在每个人的生活意识里。那么作为社会生活一分子的作者,他的性格,便不能不受这生活意识所支配了。

一个作家或诗人,活着以某种的生活形态,他耳目闻见的题材,及摹仿传习的方法,都不能超越其时代的、地理的、以及社会的限制。好像我们活在民族求生的战斗中,在抗战期间,文坛上所讴歌的多是充满了战斗的声

---

① [日]小泉八云:《西洋文艺论集》,韩侍桁编译,北新书局1929年版,第71页。
② [法]居友:《论文体》,萧石君译,见华胥社编《华胥社文艺论集》,中华书局1931年版,第8页。
③ 《七月》第12期。
④ [日]平林初之辅:《文学之社会学的研究》,方光焘译,大江书铺1928年版,第23页。

浪,即使有一部分还流连于风花雪月的区域,这必然是被指摘的。就在战争的整个过程中,也往往因时局的变动,战场的不同,及作者的生活方式而异其作品的风格的。

(3)修养。

①修养又可分为三方面,就是学习、师承与流派、修养工夫。

甲、学习决定作者性格及作品风格。

小泉八云《特殊散文研究》里论到托马斯布朗的文体说:"它是显示出与北欧作家的文体极端可能的背向与对比,这种文体是表现出伟大古典底教养的,广漠底学识与丰富底读书的极度底力量,这种文体只有学者们才能使用,它永远不能成为大众的,但是它有惊人的美点。"①又在《法国浪漫派作家》论到高梯霭的文体说:"他的性格与学识的某些处,可以作为他作品的特殊底美的说明";"确确实实地,因为他对于字典的研究,高梯霭才变成为文体的真实底魔术师"。②

学习对于作者的益处,是不可胜计的,特殊努力的学习不但有益或左右作者的性格,同时会在作品的风格里表现出来,上列小泉八云的话便是证据。刘勰在《文心雕龙》的《事类》篇说:"是以属意立文,心与笔谋,才为盟主,学为辅佐,主佐合德,文采必霸,才学褊狭,虽美少功。夫以子云之才,而自奏不学,及观书石室,乃成鸿采,表里相资,古今一也。"

学习的益处,在于蓄积媒介的知识,模仿传达的技巧,同时对作品的锻炼,这些都可以形成或影响作者的性格及其作品的风格的。

②师承与流派决定作者的性格与作品的风格。

师承与流派对作者的性格有同化的力量,对作品亦然,不止是类似,而且会酷肖。

钟敬文在《风格论备忘》里说:"风格,一方面是属于时代的,同时也是属于个人的。"

流派是一定社会集团的,这种集团常常是能够指导作者的修养方法与其作品风格的。平林初之辅说:"不消说,个人性格是决定文学作品的

---

① [日]小泉八云:《西洋文艺论集》,韩侍桁编译,北新书局1929年版,第19页。
② 同上书,第76页。

最直接的,而且也许是最有力的一个条件;但是决定文学作品的第二个条件,我们可以举出文学的流派来的。这意思就是在一定的文学上的主义或主张之下的文学者,是要受那集团的影响的。例如在未来派的作品里,无论那一篇,都有共通的特征;又如在表现派的作品里,也可以看出一种和其他流派得以区别的共通的特色来。这就是说风格的流派是有社会横的集体性。"①

师承可以说是流派纵断面。钟嵘《诗品》说:"汉都尉李陵诗,其源出于《楚辞》,文多凄怨之流……"这里所说的"其源出于《楚辞》,文多凄怨之流",便是说明师承与文学风格的影响,整部的《诗品》,常常是说明风格的源流。

③修养工夫决定作者性格与作品风格。

郭绍虞《文气的辨析》说:

其主积极者:或重在积理,即李翱所谓"理辨则气直,气直则辞盛",而魏禧于《宗子发文集序》发其旨。或重在练识,即韩愈所谓"识古书之真伪",所谓"无迷其途",而魏禧于《答施愚山侍读书》阐其义。或重在励志,亦即韩愈所谓"不得其平则鸣",而彭士望于《与魏冰叔书》明其说。或重在尚学,此即柳宗元所谓"本之书、诗、礼、春秋、易,以取道之源",所谓"参之谷梁、孟、荀、庄、老、国语、离骚、太史,以旁推交通,而以之为文者"。一是间接的学文与养气,一是直接的学文而得其气韵。

其主消极者:每重在寡欲,此即恽敬所谓"作文之法不过理实气充,理实须致知,气充须寡欲"也。其要义则本于韩愈"无诱于势利"一语得来。

上文所述,大抵多主于内感,至如苏辙欲得高山大野可登临自广,则其所谓"气可以养而致"者,又全重在外铄了。这一些话,要之又均是作者修养的问题。

我相信讲修养工夫的方法,原原本本说的最详尽的要推我国的理学家

---

① [日]平林初之辅:《文学之社会学的研究》,方光焘译,大江书铺1928年版,第8页。

了。上述一大篇的修养工夫,无非是使作者的性格锻炼到最高的境界,使作品的风格因其修养的工夫而益增上乘。

学习可以增加作者的智识,师承与派别可以指导作者的思想及一切,修养工夫可以锻炼作者的身心智能,这三种修养的因素对作者的性格与作品风格都有直接的影响。

综上所述,作者的个性、环境与修养相互间的关系,构成了作者的性格。也可以说,这是整个人的活动;个性选择修养的方式,天才者领导社会与时代;修养方式与时代地理及社会因素造成了性格或天才者,历史地理及社会因素限制修养的方法……这许多人事的活动,交织成了不同性格类型的作者。这许多人事的活动,同时造成了文艺思潮、社会背景、时代风尚等,配合着作者品性以成立不同的风格类型。

(二)创作因素

1. 想象 文学要素里的想象,也就是作者与作品间的一道桥梁。想象可以把作者的情感与思想在作品里表达,那么,作品风格是经过这一道桥梁之后才产生的,无疑的要受它的决定的。雪莱在他的《诗辩》里说:"诗是想象的表现",想象在诗歌上是占有更重要的位置的。

法人芮波(Ribot)称创造的想象含有三种成分:一是理智的,二是情感的,三是潜意识的。就理智的成分说,创造的想象在混整的情景中选择若干意象出来加以新综合,要根据二种心理作用,一为分想作用,是选择所必需的,一为联想作用,是综合所必须的。尤以联想作用为重要。联想作用是由甲意象而联想到乙意象,其中又可分拟人、托物、变形三种。就情感的成分说,它能把理智的想象所选择的加以抛弃,上述二种都是意识所能察觉的。还有意识所不能察觉的,就是灵感与潜意识。

非常明显的,想象是根据意象做材料,把它们加以剪裁综合,成为一种新的形式。那么想象不同,其选择的意象与所表现的形式便异,其作品的风格亦必随之变化了。

斯宾塞在其《文体论》里说:"想象作用是给后来事物以种种高贵属性的准备。"居友在这里的注脚,是否定斯宾塞的所谓节省注意,而说想象是藉直观与知觉去唤起或指导注意及联想。他又进一步地说:"最后文体是使内容明显夺目,换句话说,将自己的思想传达与人,而且使人分感的技巧。并且投射作者个性的文体,即非单像流水一般明晰而又通常的文体,至少在某种程度上,使我们理解作者观察事物的特色,就是说作者的想象在文体里具体化。"① 明而言之,风格的形成,意象是主要的因素,情感与思想是赖意象而传达的,想象就是创造意象的。直观是研究风格或作者形成作品风格的一个因素,而想象在直观里又是占有很重要的位置。那么想象在形成风格的决定力是可以想见的。

2. 意匠 想象在我国文学创作的术语上,可以说与意匠类似的,刘勰《文心雕龙》的《熔裁》篇说:

> 是以草创鸿笔,先标三准:履端于始,则设情以位体;举正于中,则酌事以取类;归余于终,则撮辞以举要。然后舒华布实,献质节文,绝墨以外,美材既斫,故能首尾圆合,条贯统序。若术不素定,而委心逐辞,异端丛至,骈赘必多。故三准既定,次讨字句。句有可削,足见其疏;字不得减,乃知其密。精论要语,极略之体;游心窜句,极繁之体。谓繁与略,随分所好。引而伸之,则两句敷为一章;约以贯之,则一章删成两句。思赡者善敷,才核者善删。善删者字去而意留,善敷者辞殊而意显。字删而意阙,则短乏而非核;辞敷而言重,则芜秽而非赡。

这一段对意匠的形容极为详尽,所谓疏与密,极略之体与极繁之体,都是由于意匠的结果,这意匠又是受思赡才核的决定,也就是受作者性格——感情与思想的决定。

我们称作者在寻求或选择意象时为想象,前述想象的理智、情感与潜意识诸方面是因作者的性格而异的。在作者内心惨淡经营,而要把想象表现诸形式的炼意炼句时叫做意匠,意匠也是因作者的性格而异的。想象与意匠受作者情感与思想的支配以构成作者与作品间的创作部分,间接地决定风格。居友在《文体论》里说:"联想的法则在产生诗的效果上占主要

---

① [法]居友:《论文体》,萧石君译,见华胥社编《华胥社文艺论集》,中华书局1931年版,第4页。

的位置。感觉和表象的法则,在产生本来的美感上占主要的位置。因此我们对于文体不能单就它所说的和表现的处所评定,尤须就它未曾说出而使人思索和领悟的处所评定。"① 这便是重视想象与意匠在风格上的价值。

3. **题材、体裁与对象**　想象与意匠是构成风格的因素,不过,在创作的过程里,它是要受客观条件的限制的。

（1）题材的限制:

福楼拜尔说:"适应你的题材,改变你的文体。"诚然的,每一种文体都有它自身的相对价值。小泉八云在《特殊散文研究》里说:

> 一个作家要应当能够为不同种类的作品选择不同的文体,那才是伟大底作家。但是就连把一种文体支配的完完整整的已经是很难有的了。所以有很少的作家试验这样作,无论如何我想可以把这种事看成为一个定理,那便是在相当的情形下,文体当要适应随着题材的不同而转变;并且我想将来伟大的作家是将要这样地转变文体的。②

钟敬文《风格论备忘》里说:

> 风格是由作者底精神状态和所处理的客观题材底浑融化合产生的。它如果不能够和主观的精神状态谐和或跟所处理的客观题材性质合致的时候,就显出了破绽。

他们把风格受题材的限制说得很明白。斯宾塞更进一步肯定地说心理状态的真实,使情感、语言、题材与风格自能一致。在其《文体论》里说:

> 今有一完全无疵之作家于此,当其心理状态有似于瞿尼阿斯之时,则其属辞亦必如瞿尼阿斯……其为文也,时则铿锵悦耳,时则长短不齐;在此则清淡朴素,在彼则华炜乔皇。其用句也,时骈时散,时而雷同复叠,时而变化无穷。盖彼之发言属辞既能自然与其情感相适

---

① ［法］居友:《论文体》,萧石君译,见华胥社编《华胥社文艺论集》,中华书局1931年版,第16页。

② ［日］小泉八云:《西洋文艺论集》,韩侍桁编译,北新书局1929年版,第6页。

合,故其行文之际,自能变化不拘,与其题材相迁就美。①

（2）体裁之限制：

小泉八云在《法国浪漫派作家》说到福楼拜尔："他想平易的文体是特别地适用于现实生活的小说,他想不规则的幻想的高尚色彩底散文,最好是适用于具有外国情调的传奇。"② 这就是说明福楼拜尔怎样地把他作品的风格去适应它的体裁。陆机的《文赋》,早就看到这一点说："诗缘情而绮靡,赋体物而浏亮,碑披文以相质,诔缠绵而凄怆,铭博约而温润,箴顿挫而清壮,颂优游以彬蔚,论精微而朗畅,奏平彻以闲雅,说炜烨而谲诳。"

体裁的本身已经有了内在的风格,尽管作者自身与其创作方法已着某种色调,要通过体裁的媒介,便受该体裁的特殊情调所统一。

（3）作品对象的限制：

钟敬文在《风格论备忘》里说：

> 有一个常被风格论者忽略了的风格的成因,那就是——作品对象的性质。

> 如果作者所预定的读者是贵族或一定的智识分子层,那么,作品的风格就必然（或不妨）是高雅的,典丽的,甚至于尖新古怪的。反之,那预定的对象,如果是一般平民或较广泛的智识分子层,它就自然采取简易、平明一类的风格。（这有时是自觉的,有时是非自觉的,可并没有多大关系。因为结果是同样的:作品所预定的对象能够规定了它底风格。）

这些是说明风格与作品对象性质的关系。这一点,我们还可以回述到风格的社会性,作者的生活方式可以决定作品的风格,作者因读者的生活方式也要变化其作品的风格的。在另一方面,读者的不同,亦引起作者应用体裁上的改变,因而影响到作品的风格的。

作者的思想情感因其个性、修养、时代、地理、国民性、社会背景的不同而异,所运用的想象与意匠亦随之变动;同时想象及意匠创作的过程,受着

---

① ［英］斯宾塞:《文体论》,胡哲谋译,商务印书馆1925年版,第115页。
② ［日］小泉八云:《西洋文艺论集》,韩侍桁编译,北新书局1929年版,第96页。

题材、体裁、作品对象的性质的限制,这些错综地表现于形式,其所产生的风格更是五光十色了。

(三)作品因素

1. 形式 形式在形成风格上,它是同读者直接接触的,它可以把作者的情感思想与想象意匠具体化,所以要研究风格的类型,必先把形式所表现的诸因素加以分析。

2. 形式的表现 在诗的形式里,构成诗的风格的,有诗里的情感、思想、意象、意匠、文词、语言六方面。

(1)诗里的情感与思想:我觉得诗里的情感与思想是互有密切的关系而不能分开的。作者的情感与思想因想象与意匠时所受的限制,可以选择或决定诗形式里的情感与思想;但是不能说诗作的情感与思想就是作者情感与思想的全部。作者的情感与思想有决定诗作风格的可能性,作品的情感与思想有决定诗作风格的绝对性,因为这两者是诗作风格的主人。

居友在《文体论》说:

> 可是文体的诗趣不仅存于意象或音律,尤其存于文句自身的表现的和暗示的特质。普通所谓诗趣并非和美是一物,美大半存于形式,即存于形式的匀整和谐协中。诗与其说存于形式所表现的或暗示的处所,毋宁说多存于弦外之意。美在显明的处所,诗只在半明半昧之中。树枝的倩影,薄暮的柔光,苍茫的月色之所以有诗趣,实因它们唤起无限的情意。……诗系于听众心弦的反响,系于被唤起的反响的众多和清远。在自然界反应而又消逝的音响极饶诗趣,而在思想和情感中亦然。①

这里虽然偏重于诗的柔性美,而对于诗里的思想与情感对风格的关系是有明白的启示的。再进一步说,诗里的情感思想与语言文词意匠等是打成一片的,在风格上是综合地表现的,因为一切形式上的诸因素是为它而设的。

---

① [法]居友:《论文体》,萧石君译,见华胥社编《华胥社文艺论集》,中华书局1931年版,第15页。

普式庚说:"真正的风格,不在对某一个字句的异意识的摒弃,而且在于一种配合与适应的感觉之中。"配合与适应乃是思想情感与文辞语言的音调一致。

作者的情感与思想的原形常常不在诗作的情感与思想里表现,而诗作的情感与思想,却必然在风格上表现的。要更具体的明了诗作的风格,就得再研究受情感与思想所指导和合作的意匠、意象、文词与语言。

(2)意匠:意匠决定诗作品的风格可分为句的单位与句的组织二方面。

①句的单位。

甲、句的长短。

李白说:"兴寄深微,五言不如四言,七言又其靡也。"居友《论文体》说:"长短句和思想感情的能力其间常有一种比例的关系,较长的句子,常包括极有力量或极重要的观念和意象。短句则包含意义较少的观念,但也包含奇警的观念,因为有时句子愈短愈能夺目。"[1] 显然的,句的长短本身已可形成不同的风格,同时,因句的长短与其他因素的比重,使风格的形成更为明显。

乙、句的详略。

句的详略不关于长短。句中各部分关系确定,因而意思明显的叫做详。反之叫做略。诗中因详句与略句的比例的不同,就会构成平白的或含蓄的及其他不同的风格。

②句的组合。

甲、奇偶。

同长短类型的单位句两两排列的就是偶,在诗的形式里,偶是必须对仗的,不是两两排列的就是奇。小泉八云说到麦考雷,以他是第一个人最有效力地运用对照与对比的技巧,这一点是做他惊奇的文体中的最大部分。奇偶在风格的形式上可以看出整齐或错杂,如果与内容配合,常常会演为呆滞与流利及其他不同的风格的。

---

① [法]居友:《论文体》,萧石君译,见华胥社编《华胥社文艺论集》,中华书局1931年版,第13页。

乙、疏密。

疏密有形式的疏密与内容的疏密之分。形式与内容疏密的配合,乃是风格高下的一个观点。普通地说:形式疏内容密者上,形式内容俱密次之,形式内容俱疏最下。由于形式与内容疏密的配合,可以分别出谨严与散漫的风格来。

丙、繁简。

以少数的内容装在多量的字句里就叫做繁,以少量的字句装进多量的内容叫做简。繁简在风格上的优劣无定论,而因之表现的繁缛与简约的风格是显而易见的。

丁、曲直。

曲直是由思绪连续的径路上及表现明暗的程度上分别出来。曾国藩《求阙斋日记》说:"阳刚者气势浩瀚,阴柔者韵味深美;浩瀚者喷薄而出之,深美者吞而出之。"所谓喷薄而出之就是直,吞吐而出之就是曲。换言之,以曲为句的组织法的风格多是阴柔的韵味,以直为句的组织法的风格多是阳刚的气势。

（3）意象:意象乃是想象所选择的结果把情感与思想的具体化,意象的选择是形成风格的主要因素。

①意象的类型。

意象的类型有视觉、听觉、触觉、味觉、嗅觉之分。复有单纯与复杂、动态与静态之分。

所谓近视底文体或远视的文体,都是因其视觉意象距离的程度在作品上所形成的结果。另外有一种风格完全是靠听觉意象的,这种风格的作者,感官和情感对他都可能直接翻成字音的。其他的意象类型,同样的在其作品里的应用可以使其风格著某种色调的。

其他如单纯的意象或复杂的意象、动的意象与静的意象的采用,会使其作品的风格与之合拍的。

②意象的发展与表出。

意象的发展有列举法、叠出法与暗示法。意象的表出有摄影法、综合法与推动法。普通的意象的发展与表出不宜冗长,不过在这一点上是可以观察风格的差异——堆垛的或精彩的。斯宾塞引用其力学法则说:"惟在选择适当意象之际,当亦与选择语句相似,其目的必须为以最少限量之字数以传达最大限量之思想焉。"[①] 这样,所谓暗示法或摄影法,在风格的评价上往往是较高的。

③意象发展与表出所用的修辞方法。

意象的发展与表出,一定要依靠修辞的方法,这种修辞方法的不同,是会影响及风格的。

修辞的方法在修辞学上有许多修辞格,这些修辞格的应用于意象的发展与表出可以增加意象的鲜明的力量,加强意象所伴带的情绪与加浓藻饰。诗歌风格的形成,往往因其习用的修辞格的不同,而发生微妙的关系,使风格异趣,这例证可在本论文的本论里看到了。

④意象的来源与分配。

意象的来源是因作者而不同的,如果他是直接从生活经验里得来,其所构成的意象必然是显明的,间接得来终是隔膜,那么在风格的观察上就会敏感地觉到了。意象的分配的不同,又是风格上的一种观点,意象多的文体近于富丽的,少的就近于朴素了。

(4)文辞(文字的组织)。

居友说:"文体乃是引人兴趣和使内容安放得宜的技巧。"[②] 钟敬文说"风格,就是作者对事物的观感法和对文字的处理法底特殊性底结果。"都是重视文字组织对风格的重要性。英小说家的名言"以适当的文字布置在适当的地位,就是文体真正的意义",并没有过火的。

①词类的不同。

文词因内容词与组织词比例的不同,就会构成不同的风格。大约组织词的比例愈多,风格是流畅,愈少风格是整炼。同样的,造象词与造意词在诗的风格上亦有不同的结果,大约记事诗多造象词,抒情诗多造意词。

②词类的分配。

丰缛的风格——区别词(形容词和副词)的成分多。

---

① [英]斯宾塞:《文体论》,胡哲谋译,商务印书馆1925年版,第79页。

② [法]居友:《论文体》,萧石君译,见华胥社编《华胥社文艺论集》,中华书局1931年版,第4页。

平实的风格——区别词成分少。

静态的风格——同动词和补足语所构成的述说词占优势。

动态的风格——表行动的动词占优势。

流利的风格——关系词的成分多。

简练的风格——关系词的成分少。

还有所谓实字与虚字的差别,日铃木虎雄《支那诗论史》里说:"格调派多用实字,神韵派多用叠字,性灵派多用虚字。"

③词类的位置。

斯宾塞在《文体论》里论及文字劲势因排列位置的关系而增加者甚多,如:

一、虚字在实字前可以节省思想增加文章劲势。

二、宾词位于主词之前。

三、置宾词及其补词于一句之前,却常可发生较强之印象。

四、较为统指者必置于较为特指者之前,抽象之部分必先具体之部分。

五、置具体意象于造成之材料之后。

六、描写限制之词常置于被描写被限制者之前。

七、喻词须置于被喻事物之前。

八、于若干意象之中,如置其最惊人者于后,常得显著之效力,反之即较弱可笑。

斯宾塞以其力学法则说明文体,以上列这些文词的排列组织的前后来证明其法则的无误,我们对其法则不加批评,而文词位置与风格关系的密切可知了。

（5）语言（音韵）。

居友的《文体论》说:"文体必须有韵味,是对于多少深玄的法则,即一方创造生命,一方调整生命的法则的直接的感情。天才的神兴不仅由韵味所调整,而且大部分是由韵味所组成。"[1]尤其是诗,语言的美——音节与

---

① ［法］居友:《论文体》,萧石君译,见华胥社编《华胥社文艺论集》,中华书局1931年版,第9页。

韵律——是它主要的部分,在形成风格的语言因素,有语音、韵律、语汇、语彩等。

①语音。

岑麒祥《风格论发凡》里说:

> 语音中可用以表现风格之原素甚多,如双声,叠韵,声调,重读,音之长短,皆为吾人所常用者。……据语言学家之研究,全闭音如 k、t 等发音坚强爽利,收敛音如 j、w 及鼻音 m、n 等则软弱迂回;前母音宏壮响亮,后母音则委宛低沉。此于表情方面,皆有极大用处。我国语言如"刚""强""动""健"等多为全闭音及前母音,而"柔""弱""鸳""懦"等则用收敛音、鼻音及后母音。此可谓语词之兼有表情作用者,诗文中用语音以表现风格者,尤为常见。①

语音在风格的表现上是靠听觉感受的,许多以视觉的文字组织的分析不能够深入风格的堂奥,只要诉之于语音,它便会给我们解答的。

②韵律。

汉密尔顿在《小说法程》里说:"音调动听,是风格的要件。风格的能否动人,在于语句的音调,不在单字。"

思想感情与语言(音律)的合致,是风格的最高律则,在巧妙的韵律里可以听出作者的情感思想与作品风格的。普通人用以证明韵律与风格的变化合拍的例子,如韩愈《听颖师弹琴诗》:"昵昵儿女语,恩怨相尔汝(同语韵,声调幽微,如怨如诉),划然变轩昂,勇士赴战场(改用汤韵,声调骤然轩昂)……"在韵律上,作者是付予作品以情思的。

我国诗的韵律有所谓黏与不黏,有所谓"拗体",这种对传统韵律形式反动的结果,往往在其风格上会表现出一种桀骜不驯的气概,就是在传统的韵味里又有曼音促节的不同。

往昔诗家都主张把诗朗诵,那种因声求气,因声求其神味的论述,这里不多提了。总而言之,诗的风格须由韵律里去体会。以声调来表示意义,乃是我国文字的特色。

---

① 《艺文集刊》第 2 期。

③语汇。

风格因语汇不同而异的,语汇按时代有文语与口语、古语与今语之分,按地域有本境语与外来语、普通语与方言之分。按生熟程度有冷僻语和熟习语、新铸语与流行语、归化语与未化语之分。这些语汇的应用,其所表现在风格上有新陈、雅俗、平奇之分了。同时,作者所习用的语汇,恒是他自己性情的表白,如李白的语汇,偏重于代表宏崇、壮丽、豪放的一类,这显示语汇是和作者风格合拍了。

④语彩。

木村毅说:"文字——语言,由它的性质上说来,不单是诉于耳朵的韵致之型,且于映于眼睛的文字之型……若仔细检点东西古今的大文豪,我们能很容易地注意到传于耳的音响和诉于理智的意义是非常融和者,并且作为它的外形的文字,也很有趣地被选择了。成为一个精炼的形式——托马斯布朗的文体——词句的音响之妙是不用说;便是诉于眼睛的陆离的语彩,也是使这个文体杰出与有力的因子。"①

我国单字的字型和所显示字的形态,尤能使文字的外形增加优美的。即所谓陆离的语彩,伴着幽美的音韵字义,六朝人的诗篇,便是例证。

诗歌风格的形成,作者的因素及其创作因素可以使研究者洞悉风格的成因,作品因素的研究是直接地摸触风格的结果的。

把风格分类的人很多,如刘勰的八体,释皎然的十九式,司空图的二十四品,姚鼐的阳刚与阴柔,曾国藩的八美,可是都不曾加以明白的标准与界限。

陈望道在《修辞学发凡》里把风格分做四组八种:

一组——由内容和形式的比例:分为简约、繁丰。

二组——由气象的刚强与柔和:分为刚健、柔婉。

三组——由于话里辞藻的多少:分为平淡、绚烂。

四组——由于检点工夫的多少:分为谨严、疏放。

---

① ［日］木村毅:《小说研究十六讲》,高明译,北新书局 1930 年版,第 467 页。

这是抓着作品的某一个观点来观察风格的。其实。风格的形成乃本节所述的那许多种因素错综组合所发生微妙关系的结果。例如所谓刚健的风格,必然有种种造成作者性格的背景,及种种创作时的客观要求。大致上表现于作品里的情感是激烈的,思想是激进的,意匠是直写的,意象是粗大的,文辞是阔肆的,语言是宏洪的。凡是前述的作者、创作及作品诸因素,没有一种不可为这已形成的风格下注脚的。诗人的性格在变化,诗人的年龄在变化,时代与社会在变化,风格也是变化不一的。我们不能够给予风格一个天秤,只有小心的分析之外,还得加以直观的综合的领悟。

风格在批评上有主观性与客观性的差异。风格的主观性,无论那一个批评家都是免不了的,詹安泰《论诗之风格》说:

> 盖一种作品之风格,客观之存在固有必然性,而因批评者主观之不同,自生不同之论断,作品之本身固屹然不变也。例如李义山之诗,在主意味者观之,谓其"含蓄";在主采藻者观之,谓其"秾艳";在主骨格者观之,谓其"厚重"。"含蓄"可,"秾艳"可,"厚重"亦无不可,均不失为义山诗之风格也。[①]

批评风格固然因主观的色彩而不同,同时也是因批评者所取的角度而不同的。不过一个大作家,他能够有统一的风格之外,往往适应其题材及其他客观条件,而生种种不同的风格的。

风格在批评者主观之外,亦有所谓客观的条件。钟敬文说:

> 一定的时代环境及在环境中所提供的主要题材,往往要求着一定的风格类型。这种类型在当时往往被给与很高的评价。
>
> 在今天这样变乱的时代,一般所要求的文学风格类型,是明确,朴素,活泼,刚健……
>
> 并不是以外没有比较高尚的风格类型,只是这些和时代底节拍更为谐和罢了。
>
> 委宛,温和,是中国文学史上的支配风格。它底产生和被尊崇,是

---

① 《龙凤月刊》第 1 期,第 75 页。

和长期农业社会底伦理及文化底需要相适应的。

　　像在同一的社会里，一般地不欢迎跌宕雄杰的人物一样，它也不崇尚那些率直粗犷的文学作品。

这里是说明风格的客观标准常常是与时代社会及国度有关的。

　　在这一章的结束，我必须把诗歌风格的义界与其形成做一个简明的结语。

　　"风"的解释，不必搬用《毛诗序》的："风，风也，教也。风以动之，教以化之"。及"上以风化下，下以风刺上，主文而谲谏，言之者无罪，而闻之者足戒，故曰风"。而可以解释为一贯的情感与思想外的流动。

　　"格"是定型的组织或样式。句有格，篇也有格。每个人与每个时代的诗歌都有不同的组织方法，所以有每一人与每一时代的格。

　　风格就是作者的情感与思想表现以定型的文字组织所产生的特殊表情，而予读者以统一的印象的。

　　诗歌风格的不同，是因为诗人的性格受其个别的遗传、环境与修养的影响，以选用其特殊的写作的技巧及方法，通过写作客观条件（题材、体裁、对象）的限制，所以表现在形式的诸因素上（情感、思想、意匠、意象、文词、语言）也有不同的面目。

第二章　汉代战争诗歌风格的研究

汉代战争诗歌的数量不多。

　　"杂言诗"有：汉高帝《大风歌》，武帝《西极天马歌》，项羽《垓下歌》，霍去病《琴歌》，李陵《别歌》，崔骃《安封侯诗》，《乌孙公主歌》，蔡琰《悲愤诗》之一首及《胡笳十八拍》。

　　"乐府诗"有：《铙歌十八曲》里《上之回》，《战城南》。《横吹曲》之《陇头歌》，《紫骝马》。"杂歌谣"有：《平城歌》，《皇甫嵩歌》，《匈奴歌》，《郭君》，《帐下壮士》。

　　"五言诗"有：虞美人《答项王楚歌》，蔡琰的《悲愤诗》之一首。还有一首四言的译诗，那是白狼王的《莋都夷歌》。

"杂言诗"都是加"兮"字的短歌,如《大风歌》,《西极天马歌》,《垓下歌》,《别歌》,《安封侯诗》,《悲愤诗》之一首,都是每句七字中加兮字的;《琴歌》与《乌孙公主歌》是每句八字中加"兮"字。这些只是沿用"楚辞"的格式,多是直陈其事,而没有《楚辞》的想象那么丰富。

　　铙歌十八曲是外国流传进来的,全是新声。所谓新声有两方面:一种是北狄乐——《铙歌》,亦叫"鼓吹曲"(汉晋谓之"短箫铙歌",南北朝谓之《鼓吹曲》);一种是马上吹的军乐——"横吹"。《铙歌》存的有十八章,其句读有二言、三言、四言、五言、六言、七言,长短不定,形式奇诡,虽然是军乐,事实上写情的居多,且文字讹误不可尽解。《横吹》是汉博望侯张骞入西域传其法,惟得《摩诃兜勒二曲》,是胡曲之本,李延年因胡曲更新声二十八解,现在都不存了。梁启超在《中国之美文及其历史》里以为《陇头》与《紫骝马》是汉代的横吹曲。[1]

　　在这里,我们可以发觉到地域愈南,句法愈整齐,愈北参差的程度愈多,楚声与北方的胡乐便是极好的例证。就是西南夷白狼王的《莋都夷歌》的句法也是整饬的,据说这不是译者把它形式化,夷人的本文就是整饬的,西南夷地处南方,也感染地理上的影响吧。[2]

　　"五言诗"由民歌中培养出来,民歌是直抒胸臆,明白晓畅的。汉末的诗人应用的渐多,蔡琰的《悲愤诗》是利用那诗形式的美,写下这篇血泪交迸的作品。

　　现在进而讨论这些诗作的风格。在文学史或诗的批评文字里,我们常常看到赞美汉诗的评语,总以它的格调高古,或气韵沉雄……等称赞或夸扬。我想汉诗所以能质朴高古之故,就是写诗的不是专业的诗人,他们多是无意于创作的,一有创作便是切身的情感,而没有勉强意匠的成分,那无怪乎其情感的真实性了。

　　《大风歌》的起句是"大风起兮云飞扬",是应用目前的意象,作者的兴致勃勃,这种即景的句子,应该是不加以思索的,而其所表现的情趣是那么恰当。《汉书》说:"高帝既定天下还,过沛留,置酒沛宫,悉召故人父老

①　梁启超:《中国之美文及其历史》,中华书局1936年版,第52页。
②　朱逷:《汉代南北文学研究》,见《青年月刊》。

子弟佐酒,选沛中儿,得百二十人,教之歌;酒酣,上击筑自歌,令儿皆和习之,帝乃起舞,慷慨伤怀。"在这个时候,情感意象与语言是同在一个焦点上。这是那场面那情绪自然流露的歌声,豪迈的气概在它发扬的音调(大、风、起、飞、扬、威、海、归、乡、猛、方等)与韵脚(扬、乡、方)表露出来。

项羽的《垓下歌》,也是最切身最真实的情感,英雄末路,在那生死胜败的一瞬间,直吐胸臆,也不用什么想象或情感的回味。《汉书》说:"高祖围项羽垓下,是夜闻汉军皆楚歌;惊曰:'汉已得楚乎'。起饮帐中,有美人虞氏常从,骏马名骓常骑之,乃悲歌慷慨,自为歌;歌数阕,美人和之,羽泣下数行,逐上马溃围南出,平明,汉军乃觉。"梁启超说:"这位失败英雄写自己最后情绪的一首诗,把他整个人格活活表现,读起来像看加尔达文勇士最后自杀的雕像,距今二千多年,无论那一级社会的人几乎没有不传诵,真算得中国最伟大的诗歌了。"[1]与汉高帝《大风歌》的胜败情绪有不同,不过创作时情绪意象与语言的一致是一样的。悲壮的气概是在他郁抑的韵脚(世、逝、可、何)里宣泄出来。

李陵的《别歌》,《汉书》里说:"昭帝即位数年,匈奴与汉和亲,汉使求苏武等,单于许武还。李陵置酒贺武曰:'异域之人,一别长绝';因起舞而歌,泣下数行,因与武决。"生离死别的情感已动人,而李陵自己还有抑郁着许多说不出的心理冲突,同《大风歌》《垓下歌》一样地沉郁和凄怨。

乌孙公主的歌一首,其序曰:"汉武元封中,以江都王女细君为公主,嫁与乌孙昆弥,至国而自治宫室,岁时一再会,言语不通,公主悲愁自作歌云云。"梁启超说:"此诗情绪甚真,后来王昭君辞之类,都是摹仿依拟它。"[2]这诗所洋溢的情绪,是人们共通引为悲痛的情绪。

蔡琰的《悲愤诗》是记事的抒情诗,这诗本身的故事已足动人,就是诗人以代言的方式也就可以产生好诗,何况这诗作者的现身说法。那意象是她亲见的,那被拘的苦难,失身的羞耻,母子的生离,这些磨难生活里面由心底发出的诗篇,其感情是百分之百的真实。

这五首歌同是真情的流露,这切身真情的流露,其诗篇里的意象与声

---

① 梁启超:《中国之美文及其历史》,中华书局 1936 年版,第 14 页。
② 同上书,第 20 页。

调完全为情感所驾驭。乌孙公主的歌,及蔡琰的《悲愤诗》,可说是痛定思痛,其诗的情感是从沉静的回味中得来的。《大风歌》《垓下歌》《别歌》,却是汉高帝的酒酣起舞、慷慨伤怀,楚霸王起饮帐中、悲歌慷慨,李陵的起舞而歌、泣下数行,这些情绪底下的产品。酒、剑、眼泪,正是情感无可控诉时的心绪的寄托品,他们的歌也正是这无可控诉的情感的宣泄,那也无须回味,所以比较的激烈急促,不似那二位女性的凄婉而悲怆了。所以我觉得切身的真情的作品,那是具人类的至情,在创作上不受什么客观条件的限制,只是诗人的身份与当前的场面触击他的心弦所发出来直接的回音。

他们这些歌的风格相同吗? 不! 汉高帝是战胜英雄,是趾高气扬的置酒高会;楚霸王是失败的末路,是焦灼不安;李陵是异乡沦落,是生离的悲情。在这样不同的心情下,他们诗篇的情绪自然不同。

在文词的组织方面,汉高帝多内容词多实字,项羽与李陵多组织词多虚字。在声调方面,汉高帝多发洪音,项羽与李陵多抑郁或悠长的音。这种粗糙的分析,总可以看出他们雄豪、悲壮、悲慨的分别来。

乌孙公主歌的情感是悲伤的,所谓"居常土思兮心内伤"是思乡的。她诗里运用的意象取胡地的日常生活,这当然是中国人所引为悲哀的景象;文词是关系词多,音调是悠长的多,她没有抑郁的豪情,在修辞上也没有反问的诗句,如汉高帝的"安得猛士兮守四方?"楚霸王的"虞兮虞兮奈若何!"李陵的"虽欲报恩将安归?"一类的活,只是直述的口气,所以显得悲凄了。

蔡琰《悲愤诗》及《胡笳十八拍》曾发生真伪争辩的问题。我们先看她的小传:"蔡琰字文姬,邕之女也,博学有才辩,适河东卫仲道,夫亡无子,归宁于家。兴平中,天下丧乱,姬为胡骑所获,没于南匈奴左贤王,在胡中十二年,生二子。曹操痛邕无嗣,乃遣使者以金璧赎之,而重嫁陈留董祀。"[1]《后汉书》说:"琰归董祀后,感伤乱离,追怀悲愤,作诗二章。"

真伪的问题来了,东坡《志林》疑此诗是伪作,蔡宽夫《诗话》驳之,争辩的焦点是在诗中事实与兴平年号有不符。胡小石疑"兴平"为"初

---

[1] 《全汉诗》,丁仲祜编。

平"之误,如果是这样,则问题可以迎刃而解了。《胡笳十八拍》,《汉书》没有收入,李因笃《汉书释诂》证明它是伪作。①

我们不谈真伪的问题,先看可靠性较大的《悲愤诗》。第一首就是一幅图画,是她身世明显的抒写,第二首乃是一阕音乐,回荡着凄清的调子。试比较这两首所表现风格的不同。

第一首:意象取目前,取现实,诉诸视觉。

直接的叙述,绝少想象。

形容词较少。

修辞方法多取疑问,而少曲折。句例:

"岂敢惜性命","彼苍者何辜","岂复有还时","今何更不慈","奈何不顾思","何时复交会","白骨不知谁","虽生何聊赖","人生几何时"。

第二首:意象取幽微,诉诸听觉。

曲折回荡,多于想象。

形容词多。

修辞方法多取曲折复叠。句例:

惟彼方兮远阳精,阴气凝兮雪夏零。沙漠壅兮尘冥冥,有草木兮春不荣。人似禽兮食臭腥,言兜离兮状窈停。岁聿暮兮时迈征,夜悠长兮禁门扃。不能寐兮起屏营,登胡殿兮临广庭。玄云合兮翳月星,北风厉兮肃冷冷,胡笳动兮边马鸣,孤雁归兮声嘤嘤。乐人兴兮弹琴筝,音相和兮悲且清……

这两首不但是五言与七言的差异,其间形成风格的因素的不同,约如上述。第一首只是客观而朴素的叙述,第二首却是把意象极端的情感化,因为其本身故事的动人,所以都洋溢着悲愤的情绪,在其形式上朴质与繁缛的风格,那就可以明显地观察到了。

① 龚慕兰:《蔡琰的悲愤诗》,载胡适等著《文学论集》,亚细亚书局1929年版。

梅圣俞说"含不尽之意见诸言外",普通常说"诗贵含蓄"。我在细味蔡琰的《悲愤诗》之后,以为写情也有手法上的分别,思情怨情这些平和的情感宜于含蓄,因为这种诗是重于回味的;悲情愤情这些刻骨的情感宜于曲折详尽,因为这种诗是要给读者情感上的压迫。

《胡笳十八拍》应该是后人故意地把《悲愤诗》来谱曲做歌唱的,因为这动人的故事的流传,自然有文士或民间诗人把蔡琰的诗来演绎的,但不失为一首好歌。胡笳的调子本是悲凉的,其所谱的内容又是那么凄清,我们看诗里的每一拍,都明显地说出它的情感来。

1. 笳一会兮琴一拍,心愤怨兮无人知。

2. 两拍张弦兮弦欲绝,志摧心折兮自悲嗟。

3. 伤今感昔兮三拍成,衔悲畜恨兮何时平。

4. 四拍成兮益凄楚。

5. 五拍泠泠兮意弥深。

6. 六拍悲来兮欲罢弹。

7. 七拍流恨兮恶居于此。

8. 制兹八拍兮拟俳优,何知曲成兮心转愁。

9. 九拍怀情兮谁与传。

10. 十拍悲深兮泪成血。

11. 十有一拍兮因兹起,哀响缠绵兮彻心髓。

12. 十有二拍兮哀乐均,去住两情兮难具陈。

13. 十有三拍兮弦急调悲,肝肠搅刺兮人莫我知。

14. 十有四拍兮涕泪交垂,河水东流兮心是思。

15. 十五拍兮节调促,气填胸兮谁识曲。

16. 十六拍兮思茫茫。

17. 十七拍兮心鼻酸。

18. 十八拍兮曲虽终,响有余兮思无穷。

上面说过,蔡琰的故事具有人类悲痛的通情与至情,所以无论其为本身或第三者以代言立场的诗人,都可以写成感人的诗篇。本诗在风格上的

分析:

1. 意象:如霜雪,胡马,胡笳,边马,孤雁,尘沙,毡裘,羯毡,肉酪,陇水,烽戍,穹庐,关山,沙漠,塞上……等,为以后战争诗人常用的意象。

2. 诗句如"城头烽火不曾灭,疆场征战何时歇? 杀气朝朝冲塞门,胡风夜夜吹边月",似乎是很完整的七言律的半截或七绝。

3. 修辞方式常用反问,诗例:

天不仁兮降乱离,地不仁兮使我逢此时。

为天有眼兮何不见独我漂流! 为神有灵兮何事处我天南海北头!

我不负天兮天何配我殊匹? 我不负神兮神何殛我越荒州?

怨兮欲问天,天苍苍兮上无缘,举头仰望兮空云烟。

泣血仰头兮诉苍苍,胡为生兮独罹此殃?

4. 音调悲长,多用叠字。

这首歌在语言的形式上是朴质的,直述的,在其表情上是悲怨的。

《西极天马歌》《琴歌》《安封侯诗》及《铙歌》的《战城南》《上之回》与白狼王的《莋都夷歌》,这些都是夸颂武功的作品。前三首的作者都是官员,只是给读者不用情思的一幅引起自满心理的画图,它的格调是庄肃的。至于《铙歌》,如《战城南》等,字多讹误,无由看出它统一的表情,丁仲祐说《铙歌》"古穆精奇,迥乎神笔",其实这暗晦令人不解的诗篇,大可不必夸扬一番,那显得好古太过了。

《横吹曲》的《陇头》二首与《紫骝马》,和《离歌谣》的《平城歌》《皇甫嵩歌》《帐下壮士》《郭君》,都是无名作者的最质朴的语言,没有什么装饰。因为歌本是语言的音乐性,而不是文艺化,那质朴的语言与意匠经营的诗篇相比,反而能使读者直接地感触到歌辞的真实情感。

这些都是民间的歌,因地理的不同,是形成不同的风格的。《汉书·匈奴传》:"元狩二年春,霍去病伐匈奴,过焉支山,其夏又攻祁连山,匈奴人作歌。"歌辞是"失我焉支山,令我妇女无颜色;失我祁连山,使我六畜不蕃息"。又《秦川记》:"陇西郡陇山,其上悬岩吐溜于中岭泉淳,因名万石泉,泉溢漫散而下,沟浍皆注,故北人升此而歌。"歌辞是"陇头流水,流离四下,念我行役,飘然旷野,登高望远,涕零双坠"。"陇头流水,鸣声幽咽,遥望秦川,肝肠断绝。"这些粗犷的气概在坦率的语言里具体地表现出来,一般诗论者都说这是北方的地理使然的。

再看《紫骝马》的"十五从军征,八十始得归。道逢乡里人,家中有阿谁? 遥望是君家,松柏冢垒垒。兔从狗窦入,雉从梁上飞。中庭生旅谷,井上生旅葵;烹谷持作饭,采葵持作羹。羹饭一时熟,不知贻阿谁,出门东向望,泪落沾我衣"。《平城歌》:"平城之下亦诚苦,七日不食不能彀弩。"《皇甫嵩歌》:"天下大乱兮市为墟,母不保子兮妻失夫,赖得皇甫兮复安居。"《郭君》:"郭君围坚,董将不许,几令狐狸,化为豺虎。赖我郭君,不畏强御,转机之间,敌为穷虏,猗猗惠君,宝完疆土。"这表示中原人的性格比较地敦厚些,语言很得和缓。

他们的韵脚,北方的色、息、咽、绝等与中原的归、谁、飞、苦、弩、墟、居、夫……等比较,可见自然语言上的风调,会和歌辞的意义配合一致的。北方的极端与中原的中庸,在民族性的差异,同时也会表现在歌辞上。

第三章　魏晋战争诗歌风格的研究

魏晋时代是混乱的局面,而遗留下的战争诗歌并不多。只有:

魏武帝的乐府《薤露》,《蒿里行》,《苦寒行》,《却东西门行》。文帝的乐府《陌上桑》;诗《黎阳作二首》,《至广陵于马上作》。明帝的乐府《善哉行》,《善哉行四解》,《苦寒行》。王粲的乐府《俞儿舞歌四首》;诗《从军诗五首》,《七哀诗二首》。陈琳的乐府诗《饮马长城窟行》。繁钦的诗《远戍劝戒诗一首》。缪袭的《魏鼓吹曲二十曲》。左延年的诗《从军行二首》(有阙文)。

吴韦昭《鼓吹曲十二首》。

晋嵇康的《赠秀才入军诗十九首》。阮籍的《咏怀八十二首之一首》。傅玄的乐府《鼓吹曲二十二首》,《宣武舞歌四首》;诗《惟汉行》。张华的乐府《凯歌二首》;诗《游侠篇》,《壮士篇》,《祖道征西应诏诗》。陆机的乐府《从军行》,《苦寒行》,《饮马长城窟行》。潘岳的《关中诗》。

石崇的《王明君辞》。《杂歌谣辞》:《凉州大马歌》,《陇上歌二首》,《军中谣》,《永嘉中长安谣》,《大风谣》,《中长安谣》,《西土谣》等等。

魏武帝曹操,字孟德,沛国谯人,由孝廉起家一直做到丞相,看过《三国志》的人无不惊叹他的雄才大略。在战场三十余年,靠着他的胆力,磨炼出雄劲的性格。所以他的作品,是一股霸气,不假推敲,没有纤冶的气韵。钟嵘说:"曹公古直,甚有悲凉之句。"所以悲凉,就是因为他虽然是满怀霸气,而在大动乱的时代底下,他的诗作的思想,终究免不了觉到人生的悲哀。事事未必都能如意,如:"明明如月,何时可掇,忧从中来,不可断绝"。寿命不可长久,如:"神龟虽寿,犹有竟时,腾蛇乘雾,终为土灰"。这种英雄事业与近于老庄的思想矛盾,表现在悲壮苍凉的诗作里。

1. 诗之前大半为叙事或写景,其末抒悲情。句例:

《薤露》末为"瞻彼洛城郭,微子为哀伤"。

《蒿里行》末为"生民百遗一,念之断人肠"。

《苦寒行》末为"悲彼东山诗,悠悠使我哀"。

《却东西门行》末为"狐死归首丘,故乡安可忘"。

2. 意象多取雄大的:

《苦寒行》:太行山,熊罴,虎豹……

《却东西门行》:神龙,深渊,猛兽,高岗……

3. 修辞的方法常用疑问的或直述的,句例:

"鸿雁生塞北,乃在无人乡","长与故根绝,万岁不相当","奈何此征夫,安得去四方","戎马不解鞍,铠甲不离傍","冉冉老将至,何时反故乡"。(《却东西门行》)

"北上太行山,艰哉何巍巍","树木何萧瑟,北风声正悲","谿谷少人民,雪落何霏霏","我心何怫郁,思欲一东归"。(《苦寒行》)

"军合力不齐,踌躇而雁行","白骨露于野,千里无鸡鸣"。(《蒿里行》)

"惟汉二十世,所任诚不良","犹豫不敢断,因狩执君王"。(《薤露》)

4. 组织词多引用。

5. 言调抑郁,韵脚悠长。

字音如：

《苦寒行》的巍巍、诘屈、萧瑟、霏霏、怫郁；

《薤露》的犹豫、播越、号泣；

《蒿里行》的踟蹰……

韵脚如：

良、疆、殃、行、伤、戕、方、亡、肠、哀、乡……

由于雄大的意象，抑郁的字音，直截的句义，而把悲情的表现置于最后，在读者所引起的心理的变化，是伴着这种雄大而抑郁的悲情而波动，这是他悲壮苍凉的风格的由来。

王粲字仲宣，山阳高平人，本是秦川贵公子，遭乱流寓，所以多于自伤。钟嵘说："王粲诗，源出于李陵，发愀怆之辞，文秀而质羸，在曹刘间别构一体……"王粲的身世与遭遇，当然与曹操不同，在这大动乱的时代，对社会的感触，因其表现方法的差异，于风格更可以看出他们的分别来了。

1. 哀景伴着哀情，句例：

"哀彼东山人，喟然感鹳鸣"，"蟋蟀夹岸鸣，孤鸟翩翩飞，征夫心多怀，凄怆令吾悲"，"悠悠涉荒路，靡靡我心愁，四望无烟火，但见林与丘"。（《从军诗》）

"出门无所见，白骨蔽平原。路有饥妇人，抱子弃草间，顾闻号泣声，挥涕独不还"。

"独夜不能寐，摄衣起抚琴，丝桐感人情，为我发悲音，羁旅无终极，忧思壮难任"。

"边城使心悲，昔吾亲更之，冰雪截肌肤，风飘无止期，百里不见人，草木谁当迟"。（《七哀诗》）

2. 意象取近于细小：

《从军诗》：禽兽、良苗、蟋蟀、孤鸟、蘜蒲、葭苇、寒蝉、鹳鹄、鸡……

《七哀诗》：狐狸、飞鸟、猴猿、白露、琴、蓼虫。

3. 修辞方法取反问，句例：

"焉得久劳师","岂取听金声","岂得念所私","谁能享斯休"。（《从军诗》）

"未知身死处，何能两相全","荆蛮非我乡，何为久滞留","天下尽乐土，何为久留兹"。（《七哀诗》）

4. 组织词多于引用。

5. 字音多叠字及悠扬之双声与叠韵，字例：

《从军诗》之桓桓、眷眷、翩翩、悠悠、蟋蟀、凄怆、逍遥、悲伤；

《七哀诗》之号泣、心肝、狐狸……

由于较为细小的景物，反问的句义，平和悠扬的声音，伴着悲哀的情绪，给读者的印象是那悲慨愀怆的感喟，而不是悲壮苍凉的气象了。

陈琳字孔璋，广陵人，曾替袁绍做讨曹的檄，后来又做曹氏的幕客。他长于书檄，《饮马长城窟行》却是叙事诗的杰作，以片段的故事，表现出整个时代的民情与骚动的场面。谢灵运《邺中集叙》说："陈琳袁本初书记之士，故述丧乱事多"，这丧乱的事，在陈琳的选择之下，以长城下筑城的士卒与其妻子来往的书信做内容，把这首诗写得非常悲慨，在风格上与王粲有多少相像，不过王粲是以自己作诗的主人翁，陈琳却是以第三者的立场来叙述的。

1. 厌战思想，情感凄怆。

2. 修辞方式取疑问，句例：

"男儿，宁当格斗死，何能怫郁筑长城？""长城何连连？""君今出语一何鄙，身在祸难中，何为稽留他家子？""君独不见长城下，死人骸骨相撑拄？""贱妾何能久自全？"

钩句与排句，句例：

"何能怫郁筑长城，长城何连连，连连三千里","边城多健少，内舍多寡妇","生男慎莫举，生女哺用脯"。

3. 组织词多于引用。

4. 音调抑郁悠长，字例：

怫郁,长城,连连,时时,撑拄,慊慊。

凄怆的感情,疑问的语义,钩排重叠的语句,伴着抑郁不舒而悠长的音调,所以不单是像王粲所表现的那种悲慨愀怆的感喟,还加入激昂的怨情了。

这几首诗,不但确立了五言诗的基础,而且对后来的战争诗歌有很大的启示。像杜甫的《三吏》《三别》,便是模拟王粲的《七哀》;白乐天的《新乐府》,不能说没有受陈琳《饮马长城窟行》的影响的。魏代的诗人们的情感已不像汉代诗人们的那么尽情倾泻,他们已立身象外,运用比兴来象征他们的情感,但是还是单纯的,整体的,并且以朴质的直述的语言来表现它。刘勰《文心雕龙》的《明诗篇》:"暨建安之初,五言腾踊,文帝陈思,纵辔以骋节;王徐应刘,望路而争驱;并怜风月,狎池苑,述恩荣,叙酣宴,慷慨以任气,磊落以使才,造怀指事,不求纤密之巧,驱辞逐貌,唯取昭晰之能。"魏代诗人的任气使才,正是战争诗歌的最好创作条件,不过积极歌咏战争的诗作少,消极的追求欢乐的诗作却多了。

魏晋在政治上的关联很密切,在文学上亦是"摭两汉之辞藻,导六朝之先路",同是在关键的地位。不过由魏到晋,社会思想是愈趋于厌世,时代背景是愈趋于动乱,文学的变化是愈重视意象与意匠。《文心雕龙》《明诗篇》:"晋世群才,稍入轻绮,张潘左陆,比肩诗衢。采缛于正始,力柔于建安,或析文以为妙,或流丽以自妍,此其大略也。"这种轻绮的作风,乃是文艺上由重视内容到重视形式必然的现象。

晋代浸涵在佛老的思想与行为中,战诗是少的可怜的。只有太康时代的两个诗人有金铁之声,太康时代又正是声色藻饰发展最高峰的时代。

张华字茂先,范阳方城人,少时孤贫,牧羊度日。不过他的学问礼仪以后是修养的很到家的。一生的官运亨通,故诗作里处处流露自得之态。钟嵘《诗品》说:"张华其源出于王粲,其体华艳,兴托不奇,巧用文字,务为妍冶,虽名高曩代,而疏亮之士,犹恨其儿女情多,风云气少。"惟在其战诗里并不如此。

1. 少加进自己的情感。

2. 雄大的视觉意象的排列与综合,句例:

"岁暮凝霜结,坚冰沍幽泉,厉风荡原隰,浮云蔽昊天,玄云晻虼合,素雪纷连翮","鸟惊触白刃,兽骇挂流矢,仰手接游鸿,举足蹴犀兕,如黄批狡兔,青骹撮飞雉,鹄鹭不尽收,凫鹥安足视。……"(《游猎篇》)

"乘我大宛马,抚我繁弱弓,长剑横九野,高冠拂玄穹,慷慨成素霓,啸吒起清风"。(《壮士篇》)

"吴刀鸣手中,利剑严秋霜,腰间义素戟,手持白头镶"。(《博陵王宫侠曲》)

3. 内容词多,性状区别词多,表行动的动词多。

4. 形式排偶整齐,而内容单调少变化,语汇性质相似的对比。语彩美观。

5. 音调洪亮急促。

这种战诗的情感已被形式显著的整齐美观轻轻地掩住了,所以在风格的表现是整炼的,丰缛的。

与张华同为太康体的健将的陆机,其战诗也具有类似张华的风格的。

陆机字士衡,吴郡人,是陆逊的子孙,世世名族。钟嵘《诗品》说"陆机诗,其源出于陈思,才高辞赡,举体华美,气少于公干,文劣于仲宣,尚规矩不贵绮错,有伤直致之奇,然其咀嚼英华,厌饫膏泽,文章之渊泉也。"所谓"华美"与张华的"其体华艳",都是辞藻堆积的结果。这两个人的出身相差的很多,而风格的类似,不能不说是时代风尚的缘故。

1. 少加入自己的情感。

2. 雄大的视觉意象的排列与综合,句例:

"深谷邈无底,崇山郁嵯峨。奋臂攀乔木,振迹涉流沙;隆暑固已惨,凉风严且苛。夏条集鲜藻,寒冰结冲波,胡马如云屯,越旗亦星罗"。(《从军行》)

"俯入穷谷底,仰陟高山盘。凝冰结重涧,积雪被长峦。阴云兴岩侧,悲风鸣树端。不睹白日景,但闻寒鸟喧。猛虎凭林啸,玄猿临岸叹"。(《苦寒行》)

"戎车无停轨,旌旆屡徂迁,仰凭积雪岩,俯涉坚冰川"……(《饮马长城窟行》)

3.内容词多,区别词多,表行动的动词多。

4.形式排偶整齐,而内容单调无变化,语汇性质相等的对比,语彩美观。

5.音调洪亮急促。

在风格上与张华完全类似的,划然与汉魏异趋,这当然是文艺上由直抒胸臆进展到刻画辞藻的必然现象,战争诗歌也是不能例外。

魏晋直写战争的诗作是这么少,而歌功颂德的却占了一大部分,因为诗人的创作如果是为了歌功颂德的,其真实性就要大大地打折扣。在同一体裁下,在同一对象的性质下,在同一题材下,那勉强的,附和的,千篇一律的歌颂帝王的武功的诗作风格是如此的。

1.纯用纪事,不加抒情。

2.意象采取往昔的明主,如三皇五帝用来比喻自己的帝王,且兵强马壮,阵容浩荡,士卒轻死,天下太平等一类的事象。

3.内容词多,区别词亦多。

4.形式密,内容疏。

5.音调平和庄穆而轻快,常用叠字如:

殷殷,蒙蒙,辚辚,行行,汤汤,悠悠,桓桓,休休,赫赫,绵绵,翩翩,漫漫,穆穆,郁郁,巍巍,明明,隆隆,渊渊,煌煌,慊慊……

这几种因素的组合,诗篇就显得庄丽穆肃,具有这种风格的诗篇有:

魏文帝《黎阳作》,《到广陵马上作》。明帝《善哉行》及《同前四解》。王粲《俞儿舞歌》。缪袭《魏鼓吹曲二十首》。繁钦《远戍劝戒诗》。

吴韦昭《吴鼓吹曲十二首》。

晋傅玄《鼓吹曲二十二》,《宣武舞歌四首》,《惟汉行》。张华《凯歌二首》,《祖道征西应诏诗》。潘岳《关中诗》。

还有可以注意的是魏晋间的大诗人嵇康与阮籍。《文心雕龙》《明诗篇》:"正始明道,诗杂禅心,何晏之徒,率多浮浅。唯嵇志清峻,阮旨遥深,故能标焉。"

阮嵇二人是竹林七贤的分子,纵酒佯狂,正是对世道含有万分的戒心。嵇康的《赠秀才入军十九首》,本来应该是一篇鼓励壮士入军的慷慨激昂的壮歌,适得其反,这十九首完全是充满着人生悲哀的情调。阮籍《咏怀八十二首》的"壮士何慷慨"一首,内有"忠为百世荣,义使令名彰,垂声谢后世,气节故有常",于充溢佛道的消极思想里,还浮泛着一些儒家忠的意味。

石崇的《王明君辞》也可以算做战争诗作的附庸,后来关于这一类题材的诗作很多,不过他这一首显得非常不亲切,像"传语后世人,远嫁难为情",还夹着有意的讪笑。

东晋时,根本上就没有积极的战诗,诗人懒洋洋地鼓不起勇气来,就是永嘉后的郭景纯、刘越石有澄清中原之志,功业不立,意志也就颓丧了。

晋代的诗人比较的多用辞藻,可是民间的诗人永远是保持着朴质的语言的,《晋书》里的《凉州大马歌》与《陇上歌》都是好例:

> 陇上壮士有陈安,躯干虽小腹中宽。爱养将士同心肝。骢骢父马铁锻鞍。七尺大刀奋如湍,丈八蛇矛左右盘,十荡十决无当前。战始三交失蛇矛,弃我骢聪窜岩幽。为我外援而悬头,西流之水东流河,一去不还奈子何。(另一首见《赵书》,与此大同小异)

魏晋的战诗那一首有这般生动,坦率;它不用什么辞藻意匠,那壮士的勇敢,痛快,活生生地站在我们的眼前,民间诗人是不朽的。

还有如《军中谣》的"以计代战一当万",永嘉中《长安谣》的"秦川中,血没腕,唯有凉州倚柱观",《大风谣》的"大风蓬勃扬尘埃,八井三刀卒起来,四海鼎沸中山颓,惟有德人据三台",都用流利的俗语,而那粗野直截的风格永远是保有在民间的歌谣里。不过,这里有"倚柱""蓬勃""鼎沸"诸词,似乎有文艺化的痕迹。

第四章　南朝战争诗歌风格的研究

一　宋代

刘宋一代,诗的性情渐隐,声色大开,号为"元嘉体"的三大家:谢灵运,颜延之,鲍照,就是田园山水宫体诗的名手。宋代战诗虽不多,可以看到的尚有:

宋文帝的《北征》;孝武帝的《丁督护歌六首》,《北伐》;何承天的《鼓吹铙歌十五首》;颜延之的《从军行》;鲍照的乐府有《代出自蓟北门行》,《拟行路难》中的"君不见少壮从军去",诗有《拟古八首》之"幽并重骑射",《建除诗》;傅亮的《从武帝平关中》,《从征》。

宋文帝的《北征》,不过是帝王的一口官腔而已。第一可以注意的便是孝武帝的《丁督护歌六首》,这是受民歌影响最显著的例子,也是战诗与南方《吴声歌曲》混合的产儿。《宋书·乐志》说:"《督护歌》者,彭城内史徐逵之为鲁轨所杀,宋高祖使府内直督护丁旿收敛殡埋之,逵之妻,高祖长女也,呼旿至阁下,自问殓送之事,每问辄叹息曰'丁督护',其声哀切,后人因其声广为曲焉。"《唐诗·乐志》说:"丁督护,晋宋间曲也,今歌为宋孝武帝所制云。"这六首歌在孝武帝的集子里,显然与其他作品异趣,《唐书》所说的不一定可靠。不过这歌是承受《吴声歌曲》的创作方法,其风格也与之类似。

> 督护北征去,前锋无不平,朱门垂高盖,永世扬功名。
> 洛阳数千里,孟津流无极,辛苦戎马间,别易会难得。
> 督护北征去,相送落星墟,帆樯如芒杪,督护今何渠。
> 闻欢去北征,相送直渎浦,只有泪可出,无复情可吐。
> 督护上征去,侬亦恶闻许,愿作石尤风,四面断行旅。
> 黄河流无极,洛阳数千里,坎坷戎旅间,何由见欢子。

作者以朴素的情感,来抒写为了出征所引起男女相思的情调,每一首都有《吴声歌曲》那一种缠绵悱恻的风味,如"侬""欢""星""欢子"就是《吴声歌曲》里常用的字,这诗歌实是闺怨诗良好的开端。还有《北伐》一首,仅仅是四句,如"月羽皎素魄,皇旗魮赤光",这华辞的堆垛,形容辞的刻画,已带着浓厚的南朝色彩。

何承天《鼓吹铙歌》十五首,《宋书·乐志》说是他私造的。除了《朱路篇》《思悲公篇》《雍离篇》《战城南篇》《巫山高篇》之外,都是与战争无关的。这五篇里的内容承袭魏晋以来歌颂圣德武功之外,还宣扬着止戈为武一类文德的。在辞藻方面,多用五言,随着时代的风尚,多用颜色形容词。句例：

> "朱路扬和鸾,翠盖耀金华,玄牡饰樊缨,流旄拂飞霞。"(《朱路篇》)

现在看看元嘉的主将:谢灵运流连到山水里面去,颜延之只有一首,鲍照比较多些。

颜延之字延年,琅琊临沂人,少孤贫,爱读书饮酒,性褊急,好直言,持身清约,布衣蔬食。钟嵘《诗品》说:"其源出于陆机,尚巧似,体裁绮密,情喻渊深,动无虚散,一字一句,皆致意焉,又喜用古事,弥见拘束。"汤惠休说他的诗是"错彩镂金"。

同陆机一样的,颜延年的《从军行》是具有与之类似的风格——整炼的,丰缛的。

1. 少加自己情感。

2. 雄大的视觉意象的排列与综合,句例:

> 地广旁无界,晷阿上亏天,峤雾下高鸟,冰沙固流川。秋飚冬未至,春液夏不涓。闽烽指荆吴,胡埃属幽燕。横海咸飞艛,绝漠皆控弦。……

3. 形容词多,性状区别词多,行动的动词多。

4. 形式排列整齐,内容单词、语汇性质相似的对比。

5. 音调洪亮急促。

他清淡的性格与华缛的辞藻完全相反,所谓"绮密"与"错彩镂金"都是极端意匠的结果。

鲍照字明远,东海人,曾做中书舍人、前军参军、记室等官,后来为乱兵杀死。钟嵘《诗品》说:"嗟其才秀人微,故取湮当代,贵尚巧似,不避危仄,颇伤清雅之调,故言险俗者,多以附照。"普通对他的批评,总是发唱惊挺,操调险急,或文辞赡逸,才气纵横等语。现在试把他的战诗来看:

1. 君国思想,句例:

> "投躯报明主,身死为国殇。"(《代出自蓟北门行》)
>
> "汉虏方未和,边城屡翻覆,留我一白羽,将以分虎竹。"(《拟

古·幽并重骑射篇》）

"收功在一时,历世荷余光。"（《建除诗》）

2. 意象的列举与综合加以变化。鲍照对于意象的发展加以系统化,不但是列举而已,且加以一贯的线索。诗例:

> 羽檄起边亭,烽火入咸阳,征师屯广武,分兵救朔方,严秋筋竿劲,虏阵精且强。天子按剑怒,使者遥相望。雁行缘石径,鱼贯度飞梁,箫鼓流汉思,旌甲被胡霜,疾风冲塞起,沙砾自飘扬。马毛缩如蝟,角弓不可张。时危见臣节,世乱识忠良,投躯报明主,身死为国殇。（《代出自蓟北门行》）

3. 内容词多,惟亦常用组织词以变化,句例:

"汉虏方未和,边城屡翻覆,留我一白羽,将以分虎竹。"（《拟古》八首之一）

"除去徒与骑,战车罗万箱,满山又填谷,投鞍合营墙。"（《建除诗》）

"君不见少壮从军去,白首流离不得还……听此愁人兮奈何,登山远望得留颜。"（《拟行路难十八首》）

4. 形式不尽整齐。

5. 音调洪亮的一贯险急,其韵脚如:

阳、方、疆、望、梁、扬、殇、还、关、寒、难、装、张、浆、光、狂等洪亮字音。这种流利轻快的风格,是这几个因素综合的结果,也就是李太白所谓"隽逸鲍参军"的所以隽逸之故的。

傅亮的《从武帝平关中》及《从征》二首是歌颂皇帝出师的,总脱不了那典重的气味。

二 齐代

齐诗承元嘉的流风,对辞藻的色彩与音调的和谐作更进一步的讲求,便是文学史上的所谓"永明体",以王融、谢朓、沈约做主将,在追逐声色最

盛的时候,战诗的研究,确是很有趣的。齐代的战诗有:

高帝的《塞客吟》;王融的《从武帝琅琊城讲武应诏》;谢朓的《从戎曲》、《和江丞北戍琅琊城》;江孝嗣的《北戍琅琊城》;孔稚圭的《白马篇》。

高帝的《塞客吟》,前一段是赋,以非常平淡而悠然的心情来叹,"秋风起,色草衰,雕鸿思,边马悲,平原千里顾,但见转蓬飞……"一串清丽缠绵的情景,在这"粤击溱中之筑,因为塞上之歌"的歌里,除了"胡埃兮云聚,楚旆兮星悬"之外,简直就是一首和尚的作品了。如"愁墉兮思宇,恻怆兮何言。定寰中之逸鉴,审雕陵之迷泉。觉樊笼之盛累,怅遐心以栖玄",这都是佛教化的明证。

王融字元长,曾做中书郎,年二十七,因事死于狱中。钟嵘《诗品》说他"辞美英峥",我们从他仅有的战诗《从武帝琅琊城讲武应诏》看去,就觉得战争在南朝诗人的印象,只不过是同其它事象一样的供给他们的藻饰的。他的诗句如:"自日映丹羽,頳霞文翠旒,凌山炫组甲,带水被戈船,凝葭郁摧怆,清管乍联绵"。那堆垛雕琢,形容字的刻画是到极点了,在整首的大意看去,还是歌颂帝王一类雅正的格式。

谢朓字玄晖,陈郡夏阳人,曾做豫章王太尉,宣城太守,升任尚书吏部郎,后遭下狱死。钟嵘《诗品》说:"朓诗源于谢混,微伤细密,颇在不伦,一章之中,自有玉中石,然奇章秀句,往往惊道,足使叔源失步,明远变色,善自发端,而末篇多踬,意锐而才弱也。"李白诗:"解道澄红静为练,今人长忆谢玄晖。"沈德潜说其:"笔墨之外,别有一段深情妙理。"或褒或贬,不用说他总是工于写景的,在他的战诗里也表现这个好处。

1. 柔靡的情感,句例:

"自勉辍耕愿,征役去何言。"(《从戎曲》)
"岂不思抚剑,惜哉无轻舟。"(《和江丞北戍琅琊城》)

2. 清淡的景象,且予以情感化,句例:

"寥戾清笳转,萧条边马烦。"(《从戎曲》)
"春城丽白日,阿阁跨层楼。"(《和江丞北戍琅琊城》)

3. 清丽的形容词,句例:

"日起霜戈照,风回连骑翻,红尘朝夜合,黄沙万里昏。"(《从戎曲》)

"苍江忽渺渺,驱马复悠悠。"(《和江丞北戍琅琊城》)

4. 音调平和。

这清绮的风格是与战诗的特征大异其趣的。

孔稚圭字德璋,山阴人,"风韵清疏,好文咏,与外兄张融情趣相得,居宅盛营山水,凭几独酌,傍无杂事,门庭之内,草茅不剪。"① 可见他的爱好自然了。他的战诗有《白马篇》二首(第二首《文苑英华》作隋炀帝,惟在风格上与第一首类似)。为了他受自然的启示,作有高古富赡的诗篇,《白马篇》有隽逸的气概,同时具有南朝诗人优越的写景本领。

1. 豪壮的情感,句例:

"但使强胡灭,何须甲第成,当令丈夫志,独为上古英。"(《白马篇》第一首)

"本持身许国,况复武功彰,会令千载后,流誉满旂常。"(《白马篇》第二首)

2. 壮美意象的幽美化,以列举法与综合法表出之,句例:

"雄戟摩白日,长剑断流星","嘶笳振地响,吹角沸天声","陇树枯无色,沙草不常青"。(《白马篇》第一首)

"文犀六属铠,宝剑七星光","山虚弓响彻,地迥角声长","集军随日晕,挑战逐星芒","尘飞战鼓急,风交征旆扬"。(《白马篇》第二首)

3. 内容词多,区别词多,行动动词多。

4. 形式与内容俱密,对偶排比整齐。

5. 音调发扬而流畅,韵脚用平声而悠长,字例:

鸣、平、庭、征、星、城、惊、声、兵、清、青、倾、成、英、傍、即、长、扬、

---

① 《全齐诗》作者小传。

常……

这种流畅而秀丽的字与音的配合，是《白马篇》风格的由来。

一种显然的迹象，在意象的应用，是逐渐进步的。起先是许多壮美意象不连贯的列举，慢慢地系统化，又慢慢地把它幽美化，这正是南朝诗人的本领哩！

三　梁代

梁的国祚，仅是五十年，而诗人的众多，冠于南朝。这时风靡诗坛的是绮靡的风格，无论是写情或写景，都把辞藻声律配合得非常艳丽和谐。同时写情还要写怨情、恋情或色情，写景也大部倾向于花草之类，除此之外，便大做其佛诗了。在这种情势下，当然不是战争诗歌的环境，不过，幽美化的战诗以及征怨一类的诗篇，便在这温室里长生新的风格来了。

梁代的战诗有：武帝的《边戍》；简文帝的乐府《从军行》《陇西行》《雁门太守行二首》《度关山》《明君词》，诗《愍乱诗》《和武帝宴诗二首》《赋得陇坻雁初飞》；元帝的乐府《陇头水》《骢马驱》《燕歌行》，诗《和王僧辩从军行》；武陵王纪的《明君词》《闺妾寄征人》；沈约的乐府《梁鼓吹曲十二首》《从军行》《饮马长城窟》《有所思》，诗《从齐武帝琅琊城讲武应诏》《正阳堂宴劳凯旋》；江淹的《从征虏始安王道中》《从萧骠骑新帝垒》《征怨》；王僧孺的《白马篇》；庾肩吾的乐府《陇西行》，诗《乱后经夏禹庙》《乱后行经吴艳亭》《被使从渡江》；吴均的乐府《战城南三首》《入关》《从军行》《胡无人行》《渡易水》，诗《边城将四首》《和萧洗马子显古意》六首之一、《闺怨》；何逊的乐府《昭君怨》，诗《学古赠永嘉征还》《见征人分别》《边城思》；萧子显的乐府《燕歌行》《从军行》；王训的乐府《度关山》；王筠的《侍宴钱临川王北伐应诏》；刘孝仪的《从军行》；刘孝威的乐府《陇头水》《思归引》《骢马驱》，诗《侍宴赋得龙沙宵月明》；刘遵的乐府《度关山》；徐悱的《白马篇》《古意酬到长史溉登琅琊城》；徐摛的乐府《胡无人行》；虞羲的《咏霍将军北伐》；江洪的《胡笳曲二首》；褚翔的《雁门太守行》；戴暠的乐府《从军行》《度关山》；车鼓的乐府《陇头水》；惠慕道士的《犯虏将逃作》。

梁武帝是佛教信仰很深的皇帝，《边戍》这一诗给我们的印象，简直是没有战争的意味，诗句是"秋月出中天，远近无偏异，共照一光辉，各怀离别思"。这幽美化的情思和诗题实在是矛盾。

简文帝，讳纲，字世缵，武帝的第三子，"六岁能属文，读书十行俱下，辞藻艳发，雅好赋诗，然文伤轻靡，时号宫体"[①]。他的才思丰富，在帝王里算是巨擘，他的战争诗歌开始新的转变：

1. 加入男女的恋情，尚存君国之思，句例：

"何时返旧里，遥见下机来。"（《从军行》）

"小妇赵人能鼓瑟，侍婢初笄解郑声，庭前柳紫飞欲合，必应红妆起见迎。"（《从军行》其二）

"长安路远书不还，宁知征人独伫立。"（《陇西行》）

"当思勒彝鼎，无用想罗裙。"（《陇西行》其二）

"狼居一封难再睹，阏氏永去无颜色。"（《度关山》）

"相思不得返，且寄别书归。"（《赋得陇坻雁初飞》）

2. 幽美化的战争意象的列举，句例：

"白云垂旆色，苍山答数声，逦迤观鹅翼，参差睹雁行。先平小月阵，却灭大宛城，善马还长乐，黄金付水衡。"（《从军行》其二）

"月晕抱龙城，星流照马邑。"（《陇西行》）

"洗兵逢骤雨，送阵出黄云，沙长无止泊，水脉屡萦分。"（《陇西行》其二）

"轻霜中夜下，黄叶远辞枝，寒苦春难觉，边城秋易知。风急旌旗断，涂长铠马疲。"（《雁门太守行》）

3. 组织词是常于引用，句例：

"出塞岂成歌，经川未遑汲，乌孙涂更阻，康居路犹涩……宁知征

_____

① 《全梁诗》作者小传。

人独伫立。"(《陇西行》)

"寒苦春难觉,边城秋易知。"(《雁门太守行》)

"陇暮风恒急,关寒霜自浓,枥马夜方思,边衣秋未重……非须主人赏,宁期定远封。"(《雁门太守行》其二)

"沙飞朝似幕,云起夜疑城,回山时阻路,绝水亟稽程。"(《陇西行》其三)

"虽弭轮台援,未解龙城围,相思不得返,且寄别书归。"(《赋得陇坻雁初飞》)

4.词意直述,如上例之岂,未,犹,恒,自,方,不,且……等。

5.形式为长篇,音调流畅变化。

幽美化的意象,直述的句义,运以常有组织词的诗句,加以流畅富有变化的音调,除了流丽一语外,没有更恰切的。

元帝是武帝的第七子,其战诗与乃兄小异。

1.以摄影法表现幽美化的意象,句例:

"白雪昼凝山,黄云宿埋树。"(《骢马驱》)

"连鸡随火度,燧象带烽燃。"(《和王僧辩从军》)

"沙飞晓成幕,海气旦如楼。"(《陇头水》)

"黄龙戍北花如锦,玄菟城前月似蛾。"(《燕歌行》)

2.意象的远视,句例:

"欲识秦川处,陇水向东流。"(《陇头水》)

"试上金微山,还看玉关路。"(《骢马驱》)

"乍见远舟如落叶,复看遥轲似行杯。"(《燕歌行》)

3.形式短,排偶。

4.性状形容词常用,句中亦引用组织词,修辞方法常显喻,句例参前。

元帝同简文帝一样的以柔和的情思,幽美的景象,加进战诗的阵容,那直截的激烈的战诗都为了这种的创作手法而改头换面,富有悠悠然的神态,而其形式则多为短的,只《燕歌行》较长,他诗句中组织词的引用与修辞的显喻,使他的诗有隽爽与整炼之美。

沈约字休文,吴兴人,仕宋齐梁三朝,官运亨通,四声是他创始的,不用说,他的诗篇对声律对偶是很考究的。《梁鼓吹曲十二首》与一般歌功颂德的鼓吹曲一样。他的战诗:

1.软性情感,句例:

"寝兴动征怨,瘴寐起还歌。"(《从军行》)
"直去已垂涕,宁可望长安。"(《白马篇》)
"流泪对汉使,因书寄狭邪。"(《有所思》)

2.幽美化的意象,句例:

"凌涛富惊沫,援木阙垂萝,江飔鸣叠屿,流云照层阿,玄埃晦朔马,白日照吴戈。"(《从军行》)
"关树抽紫叶,塞草发青芽,昆明当欲满,蒲萄应作花。"(《有所思》)

3.组织词常用,修辞方法采疑问,句例:

"直去已垂涕,宁可望长安,匪期定远封,无羡轻车官!唯见恩义重,岂觉衣裳单,本持躯命答,幸遇身名完。"(《白马篇》)
"昆明当欲满,蒲萄应作花,流泪对汉使,因书寄狭邪。"(《有所思》)
"晨装岂辍警,夕垒讵淹和,苦哉远征人,悲矣将如何!"(《从军行》)

4.性状形容词刻画,对仗工整,句例:

"冰生肌里冷,风起骨中寒。"(《白马篇》)

5.音调和平。

沈约这几首战诗,《从军行》多于写景,《白马篇》多于叙述,这两首较长;《有所思》五言八句为较短。这纷歧的体裁里的统一印象,不能不说是秀婉,在美丽刻画的辞藻里,用疑问的词句,表现得较为曲折。

江淹字文通,少孤贫,性沉静,以别赋最有名,他的特长是拟古。《征怨》一诗是闺妇思征夫的,"荡子从征允,风栖箫管闲,独枕凋云鬓,孤灯损玉颜,何日边庭静,庭前征马还"。具有南朝诗人一般的刻画辞藻的风格。庾肩吾的《陇西行》,"借问陇西行,何当驱马征,草合迷前路,云浓后暗城,寄语幽闺妾,罗袖勿空萦",却是征夫思妇的。他们运用幽美的意象都是一样的。《乱后行经吴御亭》是寄感慨之意的,没有什么明显的风格价值。

吴均字叔庠,吴兴人,丁仲祜评他"好为杰句,清拔有古气",事实上,他才算是梁代真正的战争诗人。

1. 君国思想与壮烈情感,句例:

"为君意气重,无功终不归。"(《战城南》)

"汉世平如此,何用李将军。"(《战城南》其二)

"君恩未得报,何论身命倾。"(《入关》)

"男儿不惜死,破胆与君尝。"(《胡无人行》)

"不能通瀚海,无面见三齐。"(《渡易水》)

"轻躯如未殡,终当厚报君。"(《边城将》)

"但问相知否,生死无险易。"(《边城将》)

2. 雄壮的意象而近于细小,句例:

"烽火乱如萤","剑尾制流星"。(《入关》)

"阵头横却月,马腹带连钱。"(《从军行》)

"刀含四尺影,剑抱七星文。"(《边城将》)

"玉标丹霞剑,金络艳光马。"(《边城将》其三)

"曙星海中出,晓月山头下。"(《边城将》其三)

"莲花穿剑锷,秋月掩刀环。"(《和萧子显古意》)

3. 形式短,内容精要,表达精彩,句例:

"五历鱼丽阵,三入九重围。"(写战争)(《战城南》)

"黑云藏赵树,黄尘埋陇垠。"(写战场)(《战城南》)

"马头要落日,剑尾掣流星。"(写战士)(《入关》)

"日昏笳乱动,天曙马争嘶。"(写战场)(《渡易水》)

4. 行动动词的刻画,句例同前。

5. 音调激昂轻快。

这几种因素综合的结果,那整炼清拔雄健的风格,在绮丽风靡的诗坛是鹤立鸡群哩。

何逊字仲言,东海剡人,何承天的曾孙,丁仲祐评"意境幽微,幽芳独赏,叙怀述悷,是其所优"。他不曾对战争以正面的抒写,只是歌咏因战争所引起的思情,应用组织词,使其情辞更为婉转,句例:

"入墟犹忆旧,觅巷复疑新","相悲泪欲下,离别方自陈"。(《学古赠丘永嘉征还》)

"且当横行去,谁论裹尸入"。(《见征人分别》)

"柳黄未吐叶,水绿半含苔"。(《边城思》)

王训的《度关山》是叙述战士在战场的生活,刘孝仪的《从军行》是描写战士的英武,徐悱的《白马篇》乃是壮士以白马自况,虞羲的《咏霍将军北伐》是歌咏战士立功的不朽,褚翔的《雁门太守行》写壮士对胜利的幻想,车骠的《陇头水》写战士坚忍的性格,这些零星的作品,在形式上虽有长短之别(流利或简练),而同一主题下的作品,它们是具有类似性质的风格的。

1. 健康的情感,句例:

"谁知出塞外,独有汉飞名。"(王训)

"贤王皆屈膝,幕府复申威。"(刘孝仪)

"归报明天子,燕然石复刊。"(徐悱)

"当令麟阁上,千载有雄名。"(卢羲)

"戎车攻日逐,燕骑荡康居。"(褚翔)

"只为识君恩,甘心从苦节。"(车骠)

2.关系词流利的联络,句例:

> "少年便习战,十四已从戎,昔年经上郡,今岁出云中。"(王训)
>
> "贤王皆屈膝,幕府复申威,何谓从军乐,往返速如飞。"(刘孝仪)
>
> "闻有边烽急,飞候至长安,然诺窃自许,损躯谅不难。"(徐悱)
>
> "天长地自久,人道有亏盈,未穷激楚乐,已见高台倾。"(卢羲)
>
> "便闻雁门戍,结束事戎车,去岁无霜雪,今年有闰余。"(褚翔)
>
> "只为识君恩,甘心从苦节……独有孤雄剑,龙泉字不灭。"(车鳖)

3.声调轻快,句例同前。

这类豪壮的气概,在南朝是少有的,应该是一时的兴会,以发抒人类好胜的本性吧!

萧子显的《从军行》与《燕歌行》,是道地南朝的艳词引用到战诗来。如"轻薄良家恶少年","妖姬舞女乱君前"等都倾向于肉的诱惑。刘遵的《度关山》靡靡不振,这里不作详细的分析了。

刘孝威,气调爽逸,可在其战诗里显出,是具有直率的情感,决截的语言,轻快的音调的,句例:

> "时观胡骑饮,常为汉国羞,寡妻成两剑,杀子祀双钩。顿取楼兰颈,就解郅支袠,勿令如李广,功多遂不酬。"(《陇头水》)
>
> "……先救辽城危,后拂燕山雾,风伤易水湄,日入陇西树,未得报君恩,联翩终不住。"(《骢马驱》)

这里把许多地名国名联串起来,也是一个特色。

戴暠是个不大闻名的诗人,他的《从军行》与《度关山》确是战诗的名作。全首除首尾之外,全用对偶,而不是华辞的堆垛,组织词的多用,使其语调爽利,那雄豪的情感因之更明显而夺目,句例:

> "且决雄雌眼前利,谁道功名身后事。丈夫意气本自然,来时辞第已闻天!但令此身与命在,不持烽火照甘泉。"(《度关山》)
>
> "登山试下赵,凭轼且平齐,当令函谷上,唯用一丸泥。"(《从军行》)

四　陈代

在文学史上对汉魏以来诗风格的变化，都以为汉魏雄厚，两晋精警，齐梁雕镂，陈隋靡嫚，在内容（所谓风骨）看去是越变越弱，在辞藻看去则是越变越华丽。这么说，陈代的时代风尚不是与战争诗歌一般的风格越离越远了吗？事实上，陈代的战诗是具有南朝辞藻丽化的极端。有关于战争的诗歌共有：

后主《昭君怨》《陇头》《陇头水二首》《关山月二首》《紫骝马二首》《雨雪曲》《饮马长城窟行》（乐府）；阴铿《南征闺怨》《昭君怨》（诗）；徐陵《出自蓟北门行》《陇头水》《关山月二首》（乐府）；沈炯《从驾送军》《咏老马》《赋得边马有归心》（诗）；周弘正《陇头送征客》（诗）；陆琼《关山月》（乐府）；张正见《度关山》《从军行》《战城南》《君马黄二首》《陇头水二首》《关山月》《紫骝马》《雨雪曲》《明君词》《饮马长城窟行》（乐府），《星名从军客》（诗）；江总《陇头水二首》《关山月》《骢马驱》《雨雪曲》《横吹曲》（乐府），《闺怨篇》（诗）；顾野王《陇头水》（乐府）；阮卓《关山月》（乐府）；陈昭《昭君词》（乐府）；陈暄《紫骝马》《雨雪曲》（乐府）；祖孙登《紫骝马》（乐府并作苏子卿）；谢燮《陇头水》《雨雪曲》（乐府）；何胥《被使出关》《伤章公大将军》（诗）；苏子卿《紫骝马》《南征》（诗）；贺力牧《关山月》（乐府）；伏知道《从军五更转五首》（诗）；李爽《紫骝马》（乐府）；江晖《雨雪曲》（乐府）。

首先，要知道陈代诗人有一种普遍的现象，就是对于性状形容词及动词中的几个字有特殊的嗜好，常常地被引用。那是暗、迷、轻、咽、惊、飞等，这同时证明他们所用的意象是远视、模糊、轻巧等一类的。句例：

"暗"字的应用（限于战诗）

后　主："狼山聚云暗"。（《昭君怨》）

"漠处扬沙暗"。（《陇头水》）

"禽飞暗识路"。（《陇头水》其二）

"蒙蒙九天暗"。(《雨雪曲》)

"月色含城暗"。(《饮马长城窟行》)

阴　铿:"陇首暗沙尘"。(《昭君怨》)

徐　陵:"枝交陇底暗"。(《陇头水》)

张正见:"沙杨折坂暗"。(《度关山》)

"沙漠飞恒暗"。(《雨雪曲》)

"寒树暗胡尘"。(《明君词》)

江　总:"雾暗山中日"。(《陇头水》)

"地暗鼓声低"。(《雨雪曲》)

陈　昭:"陇日暗沙尘"。(《昭君词》)

祖孙登:"飞尘暗金勒"。(《紫骝马》)

贺力牧:"雾暗迷旗影"。(《关山月》)

江　晖:"雪暗马行迟"。(《雨雪曲》)

"暗"字是这么普遍的应用,其他迷、轻、惊、咽、飞、香等也是如此,稍为注意陈代诗人的集子就可见到,这正是说明陈代诗人对意象站得很远来看,并且把它选择与表达得更幽美化了,梁代是这个趋向的努力,陈代是这个努力的完成。

后主名叔宝字元秀,荒淫酒色,是以《玉树后庭花》著名的风流天子。一般对他的批评是轻靡孱弱妖冶,我们试把他的战争诗作来分析:

1. 女性的异常情感(为咽、啼、苦、惊、愁等),句例:

"笳吟度陇咽,笛转出关鸣,啼妆寒叶下,愁眉塞月生。"(《昭君怨》)

"惊风起嘶马,苦雾杂飞尘。"(《陇头》)

"香动屡惊衣"。(《紫骝马》)

"落叶时惊沫","幽咽转边情"。(《陇头水》)

2. 意象的表现为摄影法:

(1)听觉意象的刻画,例同上。

(2)触觉意象的刻画,句例:

"寒光带岫徙,冷色含山峭。"(《关山月》)

"树冷月恒少"。(《雨雪曲》)

（3）视觉意象的远视,句例:

"狼山聚云暗,龙沙飞雪轻。"(《昭君怨》)

"蒙蒙九天暗,霏霏千里深,树冷月恒少,山雾日偏沉。"(《雨雪曲》)

"月色含城暗,秋声杂塞长。"(《饮马长城窟行》)

3.内容词多,性状形容词的刻画,例同上。

4.形式为短篇,对偶齐整。

5.音调曲折缠绵。

上述情感与意象的综合,在短短的形式里用曲折缠绵的音调表达出来的风格,如果不是为了战争物象与景象的限制,那《玉树后庭花》的作风也不过如此。可是战争事物本身所具的庄严性,把幽美化的诗作带回苍莽的领域,即使是极度幽美化,那凄凉辽莽的战诗本色,在这一种的表现方法下还是保留着的。

阴铿字子坚,武威人,善于五言,他的《南征闺怨》和《昭君怨》充满凄怨的情调。丁福保说他"风华自布,幽韵亲人"。

徐陵字孝穆,东海郯人,自幼信佛,丁福保说他"气韵高回,不烦组炼,文采自成"。沈炯字礼明,吴兴人,沈约的子孙。陈暄为后主的狎客,和李燮、江晖等,在同一绮靡的时代,其战争的诗作,尚同具有豪气。

1.雄豪的情感,句例:

"平生燕颔相,会自得封侯。"（徐陵）

"将军拥节起,战士夜鸣弓。"（徐陵）

"已却鱼丽阵,将摧鹤翼围。"（沈炯）

"横行意未已,羞住毂车中。"（陈暄）

"胡用珂为玉,自有汗成珠。"（李燮）

"轻生本为国,重气不关私。"（江晖）

2. 幽美化的意象,句例:

"天云如地阵,汉月带胡秋。"(徐陵)

"枝交陇底暗,石碍坡前响。"(徐陵)

"金鞭背落晖"。(沈炯)

"围人移苜蓿,骑士逐麋无。"(李爕)

"风哀笳弄断,雪暗马行迟。"(江晖)

3. 形式短。

4. 组织词的应用,使全首意义连贯流动。性状形容词与行动动词的刻画。

5. 语调有力。

此几种因素组合的结果,使它们表现的风格是劲健,流利,简练。

张正见字见颐,他的诗总脱不了南朝潮流的影响,所做的艳歌还其后主这一路。丁福保说:"张正见如春幡绿胜,金翠熠耀,联以珠玑,纬缊纤丽,其高韵凌空,奇情破冥,又当与肩吾对垒。"所谓高韵与奇情应该是指他的战诗的。

1. 较为雄豪的情感,句例:

"还须十万里,试为一追风。"(《紫骝马》)

"燕然自可勒,函谷诇须泥。"(《从军行》)

"诇待燕昭王,千金市骏骨。"(《君马黄》)

2. 运用意象的联想近于动的,试与陈后主比较:

"晕缺随灰减,光满应珠圆。"(后主《关山月》)

"晕逐连城璧,轮随出塞车。"(正见《关山月》)

"垂鞚还细柳,扬尘归上兰。"(后主《紫骝马》)

"似鹿犹依草,如龙欲向空。"(正见《紫骝马》)

"登山一回顾,幽咽动边情。"(后主《陇头水》)

"欲知客心断,危旌万里悬。"(正见《从军行》)

3. 动词与形容词其意义的性质趋极端,其音有力而短促,字例:

"轮催偃去节,树倒碍悬旌","寒陇胡笳涩","并切断肠声"。(《度关山》)

　　"风前喷画角"。(《从军行》)

　　"角愤有余音"。(《战城南》)

　　"唯腾渥洼水"。(《君马黄》)

　　"杂雨冻旗竿"。(《雨雪曲》)

　　"伤冰敛冻足","畏冷急寒声"。(《饮马长城窟行》)

　　"井泉含冻竭,烽火照山燃,欲知客心断,危旌万里悬。"(《从军行》)

　4.形式整炼。

　5.音调激昂洪大有力。

　这些表现在其风格上,应该是高韵凌空,奇情破冥的吧!

　江总字总持,济阳考城人,为陈后主所爱幸,当时谓之狎客,其诗是浮艳的,战诗的风格也与之类似,句例:

　　"回头不见望,流水玉门东。"(陈后主《陇头水》)

　　"遥闻玉关道,望入杳悠悠。"(江总《陇头水》)

　　"蒙蒙九天暗,霏霏千里深。"(陈后主《雨雪曲》)

　　"漫漫愁云起,苍苍别路迷。"(江总《雨雪曲》)

　　"月夜含城暗,秋声杂塞长。"(陈后主《饮马长城窟行》)

　　"雾暗山中日,风惊陇上秋。"(江总《陇头水》)

　　"垂鞚还细柳,扬尘归上兰,红脸桃花色,客别重羞看。"(陈后主《紫骝马》)

　　"扬鞭向柳市,细蹀上金堤,愿君怜织素,残妆尚有啼。"(江总《紫骝马》)

　　江总与陈后主是同一志趣的人,又活以同样的生活习惯,在其风格的表现也是类似的,其《闺怨篇》"……辽西水冻春应少,蓟北鸿来路几千,愿君关山及早度,照妾桃李片时妍",简直就是旖旎的宫体了。

　　陆琼、顾野王、阮卓、陈昭,祖孙登等都是有一些零星的乐府,其所讴歌的是萎靡不振的情感。

1. 情感的表达,句例:

> "乡园谁共此,愁人屡益愁。"(陆琼)
>
> "寒笳将夜鹊,相乱晚声哀。"(阮卓)
>
> "跨鞍令永诀,垂涕别亲宾。"(陈昭)
>
> "飞尘暗金勒,落泪洒银鞍。"(祖孙登)
>
> "征人惨思肠"。(谢燮)
>
> "此处离乡客,遥心万里悬。"(贺力牧)

2. 景物的描写,句例:

> "焚烽望别垒,击斗宿危楼。"(陆琼)
>
> "萧条落野树,幽咽响流泉。"(顾野王)
>
> "映林如璧碎,侵塞似轮摧。"(阮卓)
>
> "照石疑分镜,临刀似引弦。"(贺力牧)
>
> "峨峨六尺冰,飘飘千里雪。"(谢燮)

3. 形式短,整齐,内容琐碎。

4. 音调低切。

这些颓靡的情感,琐碎刻画的意象,所表现那低沉无力风格,就是华辞丽句,还是不能增加他风格的美点的。陈代除了张正见、徐陵、沈炯、李燮的战诗比较劲健之外,其余都不能把情感与战争配合,时代所给予诗人的浸润是无微不至的。

一枝战诗的奇葩,就是伏知道的《从军五更转五首》,这完全是朴素的,和宋孝武帝的《丁督护歌》确是南朝珍贵的战歌。虽然一首是写情,一首写景,那真实的、坦白的全人生亲切之感,不用造作的辞藻或虚假的情感,那明显的景象,正是一张朴素而高贵的画图。

> 一更刁斗鸣,校尉逴连城,遥闻射雕骑,悬惮将军名。
>
> 二更愁未央,高城寒夜长,试将弓学月,聊持剑比霜。
>
> 三更夜惊新,横吹独吟春,强听梅花落,误忆柳园人。

四更星汉低,落月与云齐,依稀北风里,胡笳杂马嘶。

五更催送筹,晓色映山头,城乌初起堞,更人悄下楼。

这里有他的特色,就是完全没有加入作者情感,只是客观的叙述与描写,这朴素的描写,使我们不能发见它有强烈的性状形容词。这一首歌,应该是给打更的唱的,这朴素的风格却是风格的上乘哩。

南朝有关于战争的歌谣不多,宋代有《元嘉中魏地童谣》,《元微中童谣》,《将士谣》,梁代的《洛阳歌》,《北军歌》,陈代的《齐云观歌》,它们永远保持着二言三语朴质而直率的语言,直吐民众心底音响。

综观南朝四代战诗风格的转变,有几个发展的迹象,这个转变,无宁说是时代环境所给予的。南朝的诗人,配合着文艺发展潮流的起伏,而产生他们的诗作,诗人本身风格的特异,仅是产生相类似的面貌而微有不同的性格而已。

1. 情感由刚趋柔,由积极趋于消极,惟在在心存君国,对于战争充其量只有怨憎,而不敢明目张胆地反战。在南朝的初年,还承受魏晋一种粗豪的气概,后来慢慢地弛放下来。更加入男女的怨情、哀情与恋情,把战争的激昂情绪转变得缠绵悱恻了。这些怨情、哀情与恋情仅是反战的一种暗示,因为这时的诗作者多是君主与公务人员,为了保持统治的尊严,所以还没有公然地反对战争。到了唐朝,反战的诗篇便多了。同时,抒写的角度,对刚柔的性质也很有关系的。南朝初年诗人像汉魏诗人一样的多写自己的情感,或直写壮士的正面,那慷慨或悲怆的积极情感,便自然地占有诗篇的整个篇幅,以后他们描写的范围,便趋向于像《关山月》《骢马驱》《雨雪曲》《闺怨》等因战争事物所联带发生的情感的题材。

2. 意象由刚性到柔性,由高大到细小。同情感一样,南朝初年还有那高大壮伟物象的描写,像高山、深谷、大河、沙漠这一类雄伟的场面,后来描写的物象渐渐地倾向于弓、剑、月、旗、茄、笛⋯⋯一类细小的东西,同时,女性的描写也把战士的描写代替了。对意象的处理与看法,是渐渐地脱离战争的庄严性与雄壮性,而仅是把它当做一种雕镂的材料而已。

3. 形式由长到短,这是古体到律体的形式上演进,古体是宜于表现雄壮的形式,律体宜于表现精炼的形式。魏晋南朝以来诗形式的演变,在短篇的形式里,雄壮的气象便要受降低的。

4. 修辞技巧运用的演变,由赋到比兴,由明喻到隐喻,由详密到举偶,由夸大到雕饰,这都由于诗人想象范围的扩大,诗例:

（1）由赋到比兴。

魏晋及南朝初年的战诗主题,像《从军行》《壮士篇》《塞客吟》《边城将》……等多用赋;以后的主题,像《关山月》《骢马驱》《雨雪曲》《紫骝马》……等,或为壮士的自况,或因景象的感喟,就其诗句来说,也是如此的。

（2）由明喻到隐喻,句例:

宋　"马毛缩如蝟"。（鲍照《代出自蓟北门》）

梁　"沙飞晓成幕,海气旦如栖。"（元帝《陇头水》）

陈　"啼妆寒叶下,愁眉塞月生。"（后主《昭君怨》）

（3）由详密到举隅,诗例:

宋颜延之的《从军行》,句的排列详密;陈张正见的《从军行》则用举隅法。

（4）由夸大到雕饰,句例:

宋　"地广旁无界,岊阿上亏天,峤雾下高鸟,冰沙固流川。"（颜延之《从军行》）

陈　"井泉含冻竭,烽火照山燃,欲知客心断,危旌万里悬。"（张正见《从军行》）

5. 内容词的应用——性状形容词与行动动词在感觉上的差异,由极端的动到比较的静,由粗大到细碎,由近到远,诗例以前举的颜延之与张正见的《从军行》比较:

苦哉远征人,毕力干时艰。秦初略扬越,汉世争阴山。地广旁无界,岊阿上亏天。峤雾下高鸟,冰沙固流川。秋飚冬未至,春液夏不

涓。闽烽指荆吴,胡埃属幽燕。横海咸飞骊,绝漠皆控弦。驰檄发章
表,军书交塞边。接镝赴阵首,卷甲起行前。羽驿驰无绝,旌旗昼夜
悬。卧伺金拆响,起候亭燧烟。邈矣远征人,惜哉私自怜。(颜延之
《从军行》)

　　将军定朔边,刁斗出祁连。高柳横遥塞,长榆接远天。井泉含冻
竭,烽火照山燃。欲知客心断,危旌万里悬。(张正见《从军行》)。

6. 文词的应用,由内容词到组织词,南朝初年常用内容词,以后渐倾向
于组织词的应用,诗例:

　　朔方寒气重,胡关饶苦雾。白雪昼凝山,黄云宿埋树。连翩行役
子,终朝征马驱,试上金微山,还看玉关路。(梁元帝《骢马驱》)

　　长城兵气寒,饮马讵为难,暂解青丝辔,行歇镂衢鞍,白登围转急,
黄河冻不乾,万里朝飞电,论功易走丸。(陈江总《骢马驱》)

7. 音调由气到韵,由促节至曼声。由激昂慷慨至曲折迂回,这当然与
其诗歌之情感,意象,语意,相伴而生的。

第五章　北朝战争诗歌风格研究

唐李延寿《北史·文苑传序》说:

　　既而中州板荡,夷狄交侵,僭伪相属,生灵涂炭,故文章黜焉。其
能潜思于战争之间,挥翰于锋镝之下,亦有时而间出矣……然皆迫于
仓卒,牵于战阵,章奏符檄,则粲然可观,体物缘情,则寂寥于世,非才
有优劣,时运然也。

东晋南迁,河淮之间,五胡的铁骑在东奔西窜,混乱的局面,对文化只
有破坏,那还谈到诗的创作。到拓跋魏统一北方,在比较安定的统治下,文
学才稍有创作,北齐北周就有汉化的诗人及汉人在北朝做官的吟咏,点缀
北朝沙漠似的诗坛。

在北朝最可注意的还不是诗人的诗,而是北方的民歌,作为战诗的研究者,北歌是可大书特书的。因为北方根本上是一个战斗的民族,战争的讴歌,在他们是最最道地的。可是就像《折杨柳歌》所说的:"遥看孟津河,杨柳郁婆娑,我是虏家儿,不解汉儿歌",汉儿也是不解虏儿的歌的。大概北虏初入中原的歌,其音义都不可晓,是用汉字写异族的方音,以后胡儿渐娴汉人语文,在《乐府诗集》里可以见到一些异常生涩的歌辞,便是这种条件下的产物。最后中原异族,完全同化于汉人,便可以用汉族的语文来发挥他们激扬慷慨的民族精神,像《乐府诗集》里的《紫骝马歌》《捉溺歌》《折杨柳枝歌》等①。

谁都这么说,北朝的诗坛是受下列诸因素影响的:

1. 地域上的关系:北方的山川气候风物,远异于秀丽的江南,那肃杀苍凉的地理环境,给予诗人们的景象和情感上的决定是必然的。

2. 民族性的关系:南人骛新,北人笃古,南人轻浮,北人质朴,这民族性根本上的差异是截然的。

3. 战斗的生活方式:北方的民族与自然战斗,与南方的民族战斗。他们的生活方式决定粗豪的性格,战争是他们日常生活的课题。

为了这些原因,北朝诗坛的风尚便是:

1. 粗豪的情感与粗壮物象的表现。

2. 平白与坦率的语言。

惟当注意的是南朝习气已深的诗人留在北方,他们受了北方风土的熏陶,当然多少都染有北方的色彩,可是那绮丽的面貌还是掩不住;还有北朝南化的诗人,他们极力模仿南朝的气派,北魏苏绰的文学复古论,便是个反证。

北朝的战争诗歌可分做文人的战诗与民间无名氏的战歌两方面。战诗有:

北魏:王肃《悲平城》;祖莹《悲彭城》;祖逊辩《千里思》。

北齐:祖珽《从此征》;裴让之《从此征》;高昂《征行诗》。

北周:赵王昭《从军行》;高琳《宴诗》;王褒的乐府有《关山篇》《从

---

① 　徐嘉端:《颓废派之文人李白》,《小说月报》第 17 卷号外。

军行》二首、《饮马长城窟》《出塞》《入塞》《关山月》《明君词》《燕歌行》，诗有《渡江北》；庾信的乐府有《昭君词应诏》《王昭君》《出自蓟北门行》《燕歌行》，诗有《从驾观讲武》《奉报赵王出师在道赐诗》《和赵王送峡中军》《侍从徐国公殿下军行》《同卢记室从军》、《咏怀》二十七首的《日晚荒城上》《反命河朔始入武州》《送卫王南征》；尚法师《饮马长城窟》。

这里除了王褒与庾信之外，其余的都是简单即景或述怀。王褒与庾信是诗歌作风自南朝转隋入唐的关键，他们的诗作是至可注意的。

王褒字子渊，志怀沉静，善谈笑，仕梁为周所执，所以降周。庾信字子山，本来和徐陵同具绮丽的风格，后来为梁使周，被留于周，与王褒的身世相同。一般的批评，都以王不如庾，因为庾信"绮而有质，艳而有骨，清而不薄，新而不尖"，在南方固然是绮丽之作，到了北方就调以清健之音的，老杜说"庾信文章老更成"。这是与地理环境有关系的。现在试比较他们的战诗：

1. 王庾二人身世相似，对战争同具悲感，句例：

王褒："男儿重意气，无为羞贱贫。"（《从军行》）

　　"临戎常拔剑，蒙险屡提戈，秋风鸣马首，薄暮欲如何。"（《饮马长城窟》）

　　"心悲异方乐，肠断陇头歌。"（《渡河北》）

庾信："蓟门还北望，役役尽伤情。"（《出自蓟北门行》）

　　"寄信旧相识，知余生入关。"（《反命河朔始入武州》）

2. 王庾二人皆由南入北，虽有南方之华辞，也染有北方的性格，句例：

王褒："勋封瀚海石，功勒燕然铭。"（《从军行》）

　　"年少多游侠，结客好轻身。"（《从军行》）

　　"行当见天子，无假用钱刀。"（《入塞》）

庾信："燕山犹有石，须勒几人名。"（《出自蓟北门行》）

　　"英王于此战，何用武安君。"（《同卢记室从军》）

3. 意象的运用,王褒为平近的联想,庾信为奇特的联想,王褒取平近的物象,庾信取奇特的物象,句例:

王褒:"雪深无复道,冰合不生波,尘飞连阵聚,沙平骑迹多。"(《饮马长城窟》)

庾信:"雨歇残虹断,云归一雁征,暗岩朝石湿,空山夜火明。"(《奉报赵王出师在道赐诗》)

王褒:"寄书参汉使,衔涕望秦城。"(《明君词》)

庾信:"片片红颜落,双双泪眼生。"(《昭君词应诏》)

4. 修辞的技巧:

(1)王褒显喻,庾信用比较,句例:

王褒:"平云如阵色,半月类城形。"(《从军行》)

庾信:"山城对却月,岸阵抵平云。"(《和赵王送峡中军》)

王褒:"关山恒掩霭,高峰白云外,遥望秦川水,千里长如带。"(《关山篇》)

庾信:"关山连汉月,陇水向秦城。"(《出自蓟北门行》)

王褒:"秋风吹木叶,还似洞庭波。"(《渡河北》)

庾信:"飞蓬损腰带,秋鬓落容颜。"(《反命河朔始入武州》)

(2)庾信多用典,王褒较少,以下庾信诗句例:

"盘龙明镜饷秦嘉,辟恶生香寄韩寿。"(《燕歌行》)

"英王于此战,何用武安君。"(《同卢记室从军》)

"汉帝熊犹愤,秦王雉更飞。"(《见征客始还遇猎》)

"空营卫青坟,徒听田横歌。"(《咏怀二十七首之一》)

5. 文词的应用,形容词及动词的应用,王褒平淡,庾信清新。

王褒:"对岸流沙白,绿河柳色青。"(《从军行》)

"尘飞连阵聚,沙平骑迹多。"(《饮马长城窟》)

"塞禽唯有雁,关树但生榆。"(《出塞》)

“影亏同汉阵,轮满逐胡兵。”(《关山月》)

庾信:“笳寒芦叶脆,弓冻纻弦鸣。”(《出自蓟北门行》)

“树寒条更直,山枯菊转芳。”(《从驾观讲武》)

“雨歇残虹断,云归一雁征。”(《奉报赵王出师在道赐诗》)

“阵后云逾直,兵深星转高。”(《待从徐国公殿下军行》)

6. 形式长短不一相同,王褒表现平凡,庾信奇兀,诗例:

王褒:“屯兵戍陇北,饮马傍城阿。”(《饮马长城窟》)

庾信:“地中鸣鼓角,天上下将军。”(《同卢记室从军》)

王褒:“秋风鸣马首,薄暮欲如何。”(《饮马长城窟》)

庾信:“风尘马足起,先暗广陵江。”(《送卫王南征》)

王褒:“寄书参汉使,衔涕望秦城。”(《明君词》)

庾信:“围腰无一尺,垂泪有千行。”(《王昭君》)

7. 音调因语意及修辞的关系,庾信婉转流丽,较有音律的美,王褒则较语化。

以上分析的结果,知道同为悲慨的战诗情感,其辞藻有清新与平淡之别,不过,其意匠的技巧已较为自然,不只是刻画雕镂而已。

北朝最精彩的战争歌咏还是保存在歌谣里,因为战争在北朝的民族是家常的事。

北歌存于梁《鼓角横吹曲》的很多,现在不去考证他们的来源及其他声律上繁琐的问题,指出有关于战争的有《企喻歌》《琅琊王歌辞》《紫骝马歌》《陇头流水歌》《陇头歌辞》《隔谷歌》《折杨柳歌辞》《折杨柳枝歌》《幽州马客吟歌辞》《敕勒歌》《木兰歌》二首等。不过,在歌辞里不纯是歌咏战争,也夹杂着北方豪爽的恋情的。

这些没有作者的歌辞,可以断定都是自民间来的,他们(作者)具有共通的粗壮豪爽的性格,在歌辞里也表现出类似的风格来。

1. 剧烈的豪情哀情,辽浩壮阔的景物。

2. 修辞特征:

(1)比的应用,歌例:

《企喻歌》:"男儿欲作健,结伴不须多,鹞子经天飞,群雀两向波。"(以鹞子比男儿)

《琅琊王歌辞》:"新买五尺刀,悬著中梁柱,一日三摩挲,剧于十五女。"(以女比刀)

《琅琊王歌辞》:"客行依主人,愿得主人强,猛虎依深山,愿得松柏长。"(以客比虎,主人比松)

《隔谷歌》:"兄为俘虏受困辱,骨露力疲食不足,弟为官吏马食粟。"(以兄弟相比照)

(2)字句的交换,排比,重叠,歌例:

《企喻歌》:"前行看后行,齐著铁裲裆,前头看后头,齐著铁钲钴。"

《琅琊王歌辞》:"琅琊复琅琊,琅琊大道王,阳春二三月,单衫绣裲裆。"

《折杨柳歌辞》:"健儿须快马,快马须健儿。"

《幽州马客歌》:"快马常苦瘦,剿儿常苦贫。"

《隔谷歌》:"兄在城中弟在外,弓无弦,箭无栝,食乏粮尽若为活,救我来,救我来。"

《紫骝马歌辞》:"松柏冢垒垒"。

《敕勒歌》:"天苍苍,野茫茫"。

(3)俗语:

《企喻歌》:"铁裲裆","铁钲钴","鹞尾条";《琅琊王歌辞》:"绣裲裆";《紫骝马歌辞》:"饦"。

3.歌中每一解里的几句是组成整个的意义,形式短,语调平白。

北歌粗豪雄劲的风格是这么组合的,只是叙述或描写,只是平白的描写,而没有抒情,这是北歌的战歌特色。

《木兰歌》有些人认为是唐代的作品,因为这样的长篇叙事诗不会在这么早就可能创作的,但无论是六朝或唐朝的作品,它总脱不了北歌的派系,同时具有北歌的风格,而稍加文艺化。《木兰歌》与北歌有几处类似。

《折杨柳枝歌》:"敕敕何力力,女子临窗织,不闻机杼声,唯闻女叹息。(三解)问女何所思,问女何所忆,阿婆许嫁女,今年无消息。(四解)"

　　《木兰歌》:"唧唧复唧唧,木兰当户织,不闻机杼声,唯闻女叹息。问女何所思,问女何所忆。女亦无所思,女亦无所忆。"

　　《折杨柳歌辞》第五解:"健儿须快马,快马须健儿,跛跋黄尘下,拔剑别雄雌。"

　　《木兰歌》:"雄兔脚扑朔,雌兔眼迷离,两兔傍地走,安能辨我是雄雌。"

所以无论《木兰歌》作于何代,总离不开北歌的范围。

1. 豪壮的情感,曲折地叙述。

2. 形式长篇,语句组织齐整,常用重叠连钩或交换。句例:

　　"唧唧复唧唧"。

　　"问女何所思,问女何所忆,女亦无所思,女亦无所忆"。

　　"东市买骏马,西市买鞍鞯,南市买辔头,北市买长鞭"。

　　"归来见天子,天子坐明堂"。

　　"出门看火伴,火伴皆惊惶"。

　　"爷娘闻女来,出阁相扶将,阿姐闻妹来,当户理红妆,小弟闻姐来,磨刀霍霍向猪羊……"

3. 婉转反复的语调。

由于形式的较长,语句的婉转反复,故不但只是粗豪或直率,而是流丽了。虽然是那么朴素的叙述,那美丽的事实真像沈归愚所谓"令人快绝"。第二首一定是诗人的拟作,模拟的意象是一望即知的。

第六章　隋代战争诗歌风格的研究

诗歌要有新的生命,那必然是新的时代所给予的。南北纷乱的局面,至隋统一,这个新的统一的局面,便赋诗歌以新的生命。那秀丽的南朝诗歌和粗豪的北朝诗歌混合的变化,是给唐朝灿烂的诗坛打下了基础。达布林大学英文教授道顿说:"奇异的这一种激动是给予活气,现在欧洲每一种大文艺运动,全是由两种民族的结婚生活所产生出来,所以伟大底伊丽莎白文学是英国与意大利的爱情的产物。十九世纪初年的诗是因为法国革命的辽远的希望在英国刺激起来的热情而产生了。"无疑的,中国南北朝的统一,也是大文艺运动的先声。

隋代武功很盛,隋文帝征服突厥,隋炀帝营建东都,南游扬州,北巡榆林,至突厥启氏可汗帐,筑长城,三征高丽。国计富足,社会阶级消融,诗人们步进了这个新的时代,已改变那报国有心而无力量的勉强的悲慨,和徒作功名梦想的叫嚣,而是有办法、有力量的报国志愿,和战胜的喜悦。

这个文学风气的移转,新时代固然是一个要素,新人物也是一个要素。隋炀帝挟着雄才与武力,便是移转文学风尚的新人物。他常以文学自负,自谓"天下皆谓朕承袭绪余,以有四海,设令与士大夫高选,亦当为天子矣。"但是他尚染有南方文学的风气。《隋书·文学传》:

> 炀帝初习艺文,有非轻侧之论,暨乎即位,一变其风。其与越公书,建东都诏,《冬至受朝诗》及《拟饮马长城窟》,并存雅体,归于典制。虽意在骄淫,而词无浮荡。故当时缀文之士,遂得依而取正焉。

隋虽统一南北,不过为时甚暂,和秦代一样居于中间的地位。秦承战国诸子之风,而为汉代文学的推轮;隋承南北朝之风,而启唐室文学的新运。这个过渡时期,国统的规模与武功的强大,诗坛上的作风已灌进了光明有力的气概,而保留有南朝炼词用字的优点。

隋代的战争诗歌有:

炀帝的乐府《饮马长城窟行示从征群臣》《白马篇》(乐府诗集作孔稚圭)、《锦石捣流黄》二首、《纪辽东》二首;杨素的乐府《出塞》二首;何妥的乐府《入塞》《长安道》;卢思道的乐府《从军行》;薛道衡的乐府《出塞》二首、《昭君词》,诗《奉和月夜听军乐应诏》《渡北河》;虞世基的乐府《出塞》二首;虞茂的《入关》(按《隋史》无此人,世基字世茂,或即世基也);王胄的乐府《白马篇》《纪辽东》二首;孔绍安的《结客少年场行》;陈子良的《赞德上越国公杨素》《送别》《于塞北春日思归》;

庾抱的《骢马》；明余庆的《从军行》；弘执恭的《刘生》；王由机的《骢马》；乐府无名氏的《出塞》《王昭君》《叹疆场》《塞姑》《回纥曲》（《叹疆场》以下三首，或称唐人作）；杂诗歌谣辞《长白山歌》。

隋代的第一个诗人要算是炀帝，他同陈后主一样的是多才艺而荒淫的人物，他的战诗也先表露出豪健的气概。历史家称炀帝是夸大狂，这种的性格正是战争诗歌的诗人最好的创作条件。同时上柱国越国公杨素，国子祭酒何妥，丞相卢思道，内史累迁上缘同三司出检校襄州薛道衡，直郎直内史省虞世基，学士王胄，这几个人都是武功煊赫时代的阔佬，他们的诗歌能够移转南朝靡靡的风气是必然的。

不过，风气的移转是渐变，而不是突变。他们虽然活在一个新的时代，诗作里还是保持着南方刻画辞藻的技巧。诗例：

"秋昏塞外云，雾暗关山月。"（炀帝《饮马长城窟示从征群臣》）

"树寒偏易古，草衰恒不春，交河明月夜，阴山苦雾辰。"（杨素《出塞》）

"尘沙塞下暗，风月陇头寒，转篷随马足，飞霜落剑端。"（薛道衡《从军行》）

"雪暗天山道，冰塞交河源，雾烽暗无色，霜旗冻不翻。"（虞世基《出塞》）

这些诗句和南朝末叶的诗人的炼字是一色一样的，但是，在风格上是有很大的改变。今以诸人的古体战诗来看：

1. 战胜的喜悦，积极的豪健的情感，句例：

"借问长城候，单于入朝谒，浊气静天山，晨光照高阙。"（炀帝《饮马长城窟示从征群臣》）

"辽东海北翦长鲸，风云万里清"，"秉旄仗节定辽东，俘馘变夷风"。（炀帝《纪辽东》）

"横行万里外，胡运百年穷。"（杨素《出塞》）

"从军行，军行万里出龙庭，单于渭桥今已拜，将军何处觅功名。"

（卢思道《从军行》）

"柳城擒冒顿,长坂纳呼韩,受降今更筑,燕然已重刊,还嗤傅介子,辛苦刺楼兰。"（薛道衡《出塞》）

"勋庸震边服,歌吹入京畿,待拜长平坂,鸣驺入礼闱。"（虞世基《出塞》）

"志勇期功立,宁惮微躯捐,不羡山河赏,谁希竹素传。"（王胄《白马篇》）

2. 景象的壮大雄阔。

3. 修辞特征夸大,句例:

"万里何所行,横漠筑长城","千乘万骑动","判不徒行万里去,空道五原归"。（炀帝）

"云横虎落阵,气抱龙城虹。"（杨素）

"谷中石虎经衔箭,山上金人曾祭天,天涯一去无穷已,蓟门迢递三千里。"（卢思道）

"辕门临玉帐,大旆指金微。"（虞世基）

"浮云屯羽骑,蔽日引长旓。"（王胄）

4. 性状形容词及行动动词积极而有力,句例:

"辽东海北翦长鲸,风云万里清","秉旄仗节定辽东,俘馘变夷风","原野穷超忽"。（炀帝）

"穷秋塞草腓","誓将绝沙漠"。（虞世基）

"长平翼大风,云横虎落阵,气抱龙城虹","穷涯北海滨"。（杨素）

"绝漠三秋暮,穷阴万里生。"（薛道衡）

"披林扪彫虎,仰手接飞鸢。"（王胄）

5. 形式长,炀帝、杨素、薛道衡、虞世基等多用内容词,卢思道、王胄等间引用组织词。

6. 意象的发展与表出为列举法及综合法。

7. 音调沉重有力。

这几个人趾高气扬的气概,完全表现在这诗篇里,除了卢思道和王胄的引用组织词使诗篇较为流利之外,都表现着典重有力的风格。还有炀帝的《锦石捣流黄》二首是写闺情的,在平庸的表现下,没有什么风格价值。薛道衡的《昭君辞》情感不够真实,所以哀怨的程度很差,如"何用单于重,讵假阏氏名,驮骣聊强食,筒酒未能倾。心随故乡断,愁逐塞云生,汉宫如有忆,为视旄头星。"这些浮浅的情感,那能写出她的抑郁呢?

现在再把短诗来看看何妥的《入塞》《长安道》,薛道衡的《渡北河》,孔绍安的《结客少年场行》,庾抱的《骢马》,明余庆的《从军行》,弘执恭的《刘生》等短诗。在新的时代下,也具有类似的情感的。

1. 健劲的情感,句例:

> "待任苍龙杰,方当论次勋","少年皆重气,谁识故将军"。(何妥)
> "雁书终立效,燕相果封侯,勿恨关河远,且宽边地愁。"(薛道衡)
> "若使二边定,当封万里侯。"(孔绍安)
> "会取淮南地,持作朔方城。"(明余庆)
> "纵横方未息,因兹定武功。"(弘执恭)

2. 劲健物象的幽美化。

> "回旌引流电,归盖转行云。"(何妥)
> "车轮鸣凤辖,箭服耀渔文。"(何妥)
> "塞云临远舰,胡风入阵楼。"(薛道衡)
> "雁在弓前落,云从阵后浮。"(孔绍安)
> "剑花寒不落,弓月晓逾明。"(明余庆)
> "剑照七星影,马控千金骢。"(弘执恭)

3. 意象的表出为摄影法。

4. 形式短。

5. 表行动动词多用,性状形容词无甚刻画,组织词的引用。

6. 音调促节。

自然的结果,这些劲健的短诗是精炼的。前述的长诗因气概的迥异,因袭南朝的痕迹便被掩住了;这里的短诗,劲健物象的幽美化,却是南朝末叶战诗写作的惯技。

最可注意的是无名氏的《叹疆场》《塞姑》《回纥曲》三首,注云"或唐作也"。这三首的一个特色是没有形容,只是叙述,而情感是活生生地显示着,真是自然而单纯的诗歌了。

"闻道行人至,妆梳对镜台,泪痕犹尚在,笑靥自然开。"(《叹疆场》)

"昨日卢梅塞口,整见诸人镇守;都护三年不归,折尽江边杨柳。"(《塞姑》)

"阴山瀚海使难通,幽闺少妇罢裁缝,缅想边庭征战苦,谁能对镜冶愁容,久戍人将老(阙二字),须臾变作白头翁。"(《回纥曲》)

第七章　唐代战争诗歌风格的研究

笔者拟划分唐代战诗为四个时期,以战争状态为其时期的背景。本来战争诗歌是带有很浓的时代性的,那些战争的诗作就是把它分期来叙述和究讨其风格,是不会招致上述的困难。但是在诗人的集子里,对于诗作很少有时日的记载,虽然如此,诗人们对于战争状态所引起的种种歌咏,是不难在其诗作里划出时期来,因为诗歌是社会的反映。

这四个时期是武功全盛时期(贞观开元),安史之乱时期(天宝至宝应),藩镇擅权时期(广德至长庆),流寇窜扰时期(敬宗至唐亡)。现在把这四个时期里的战争状态、政治社会经济现象、思想倾向和文学思潮的可以影响到战争诗歌风格的做个简明的叙述。

一是武功全盛时期。

1.战争状态:高宗破突厥,破薛延陀,灭高昌,破焉耆,破龟兹。设六都护府:①安北都护府,治金山领碛北诸府州。②单于都护府,治云中领碛南诸府州。③安西都护府,治龟兹领西域诸府州。④北庭都护府,治庭州领天山以北诸府州。⑤安东都护府,治辽东。⑥安南都护府,治交州领交地府州及海南诸国。

玄宗初年,对边疆的开发益趋积极;四边有十节度使:①安西节度使,抚宁西域,统制龟兹,焉耆,于阗,疏勒四镇。②北庭节度使,统瀚海天山伊吾三军,防制突骑,坚昆,默啜。③河西节度使,隔断羌胡之交通。④朔方节度使,捍御北狄。⑤河东节度使,兵朔方犄角以御突厥北狄。⑥范阳节度使,临制奚、契丹。⑦平卢节度使,镇抚室,韦,靺,鞨。⑧陇右节度使,备御吐蕃。⑨剑南节度使,西抗吐蕃,南抚蛮獠。⑩岭南五府经略,绥靖夷獠,以镇南海诸国。

这时唐室的声威远播,四夷宾服。

2.政治社会经济现象:这时期里中央权力集中;贡举制度实行,则社会阶级消融;租庸调制下的农民生活安适,乡村繁荣;府兵制实施全兵皆农,有事集中卫国,无事兵散于府,没有擅兵之患,也不必耗财养兵。

3.思想倾向:儒家之道,魏晋后不振已久,到了北朝重经义,隋文帝倡经学儒术,唐太宗锐意经籍,称孔子为先圣,颜子为先师。孔颖达撰《五经正义》,太学学生潜心典籍等等,都可以证明儒家思想的复活。

4.文学思潮:初唐还是承受南朝的文学风气,太宗曾做宫体诗,虞世南谏说:"圣作诚工,然体非雅正,上有所好,下必有甚,臣恐此诗一传,将风靡天下。"这是说明初唐虽在转变南朝的作风,而南朝的余波还在流传,沈佺期、宋之问的律诗,便是齐梁的声调韵律到达了顶峰。同时,转变风气也在这顶峰开始,那是陈子昂的斥文饰,去对偶,以魏汉风骨与兴寄来号召。《与东方左史虬修竹篇叙》:"文章道弊五百年矣,汉魏风骨,晋宋莫传,然而文献有可征者。仆尝暇时观齐梁间诗,采丽竞繁,而兴寄都绝,每以永叹。窃思古人常恐逶迤颓靡,风雅不作,以耿耿也。"他的复古运动,在这时期内是曲高和寡的。

二是安史之乱时期。

1.战争状态:安禄山拥兵18万,以番将32人代汉将,以中国的财富豢养胡兵团。安禄山反,破两京,肃宗乞兵于回纥,东京惨遭焚掠。宝应元年,又征回纥兵讨史朝义,再入东京,肆行杀掠。因安史之乱,尽征河陇朔方镇兵入国靖难,边州无备,吐蕃乘间淹没凤翔以西、邠州以北数十州。

2. 政治社会经济现象：中央政府规模扩大，官僚充塞，渐趋腐化，地方政权没落，更难振顿，取士标准重进士科之诗赋。诗赋日工，吏治日坏。胡人擅兵作乱，户籍大减。旧制府兵戍边为三年，再增加至六年，兵役黑暗，农民困苦日增。

3. 思想倾向：儒家思想此时虽有势力，不过道教思想很蓬勃，玄宗尊老子为大圣祖玄元皇帝，亲注《道德经》。设立崇玄馆，同时又从事佛教的提倡。

4. 文学思潮：殷璠《河岳英灵集序》："自萧氏以还，尤增矫饰；武德之初，微波尚在，贞观之末，标格渐高；景云之中，颇通远调。开元十五年后，声律风骨始备矣。实由主上恶华好朴，去伪从真，使海内词场翕然尊古，有周风雅，今日称阐。"这里虽是恭维的话，但转移南朝风气是日趋明显。李白便是崇尚自然，破弃格律，要以浪漫的作风改变古典的作风的。《古风》首章说，"自从建安来，绮丽不足珍，圣代复元古，衣冠贵清真"。杜甫却是师法齐梁，"后贤兼旧制，历代各清规"。过去的美点可以师事，而集大成的。文学思想的复古与变新，在这时期是如火如荼地表现在诗篇上。

三是藩镇擅权时期。

1. 战争状况：安史之乱以后，武夫战卒，功起行伍，拥地盘，擅强兵，又多是归化的胡人。因藩镇擅强兵之故，致有李希烈、朱滔、王武俊、刘辟、李锜、王承宗与吴元济之乱。

2. 政治社会经济现象：因战乱的耗用日大，不得不竭泽而渔，改租庸调制为两税制，民生更苦。藩镇尽量养兵以扩充武力，宦官统禁兵坐食优俸，社会经济至于崩溃。是时人民只有两条出路，就是当兵去，或度牒做和尚。因果循环，社会经济愈弄愈糟。

3. 思想倾向：宪宗服丹药，迎佛骨，这时佛道两教最盛。

4. 文学思潮：这时的文学的思潮又渐还修辞上去。最显著的是僧皎然的《诗式》，主张"放意须险，定句须难"，主张"文外之旨，情外之意"，这不过是微露晚唐文学思潮的端倪。成为本期文学思想主流的要推白居易的"文章合为时而著，歌诗合为事而作"。《与元九书》说："圣人感人心而天下和平。感人心者，莫先乎情，莫始乎言，莫切乎声，莫深乎义。诗者，根情，苗言，华声，实义。"白居易以为文学要反映社会，要配合人生，要注重写实。

四是流寇窜扰时期。

1. **战争状况**:穆宗要裁兵,结果被裁的啸聚山林为盗。敬宗以后,皇帝都是宦官所立,直到王仙芝、黄巢等的反叛,世袭的节度使,一变而为五代十国。

2. **政治社会经济现象**:政府无能,社会残破,贵族阶级乱后生活尚极享受。黄巢、李振等屡举进士不第,相因作乱,彼等劝朱全忠尽诛缙绅,便是对贵族享受的反动。

3. **思想趋向**:世乱生死无常,诗人多相率入山避乱。

4. **文学思潮**:僧皎然的《诗式》到了晚唐有极大的反应,那是司空图的《诗品》,对于诗趣更为注重,修辞主义又成为文学形式的支配。所以纤秾绮靡的诗作为多。

唐代是诗的时代,这个光华灿烂的诗时代,虽然因时代、军事、政治、经济、社会、思想及文艺思潮的演变,而我们很难指出其每一个时期对于意象意匠及辞藻的运用,有一个截然的转变。因为每一个时期都有五花八门的诗作,它是不能用二言三语所能网罗得尽的。

要勉强的对唐代诗坛的四个时期界定出诗作风尚的趋向,我可说第一期是古典的诗作多,第二期是边塞的诗作多,田园的诗作多,第三期是社会人生的、歌功颂德的、或描写小景物的诗作多,第四期是香艳的、或雕刻的小诗多。

对于意象的选择,可以说是由幽美而壮美,而小景象,而小景象的机巧化。对于意匠的经营,可以说是由辞藻的刻画,而意境的造成,而性灵的巧思,而性灵的巧思的字的雕镂。

或且可以说这四个时期诗作的演进是古典主义,自然主义,现实主义,及唯美主义。不过这个罗网,也有不少的漏洞,但还可以代表该时代文艺的主潮。

一　武功全盛时期

这时期里有三种的诗作,那是奉和圣制歌颂武德的诗、慷慨激昂的壮歌和非战的诗篇。

奉和圣制的如:许敬宗《奉和行经破薛举战地应制》,崔日用、宋璟、源乾曜、徐坚、胡皓、韩休、王丘、苏晋、崔禹锡、张嘉贞、卢从愿、袁晖、王光庭、徐知仁、席豫、贺知章等的《奉和圣制送张说巡边》,阎朝隐、李适、刘宪、徐彦伯、薛稷、马怀素、沈佺期、武平一、赵彦昭、郑愔、徐坚等的《奉和送金城公主适西蕃应制》,还有许多的应制诗,都是歌颂当时太平盛世的一种点缀。

唐初毕竟是个新的时代,那武功的隆盛,自然地会产生许多慷慨的壮歌,如魏征的《感遇诗》,骆宾王的《从军行》《侠客远从戎》《边成落日》《宿温城望军营》,杨炯的《出塞》《从军行》《紫骝马》《刘生》等,卢照邻的《紫骝马》《战城南》《陇头水》等,刘希夷的《塞北》,陈子昂的《东征答朝臣相送》《送魏大将军》《和陆明府赠将军重出塞》等。诗人们受时代的鼓舞,这类作品是很普遍的,常常应用乐府的旧题来抒写。

唐初穷兵黩武的结果,在和平的汉族看来是不幸的,于是有不少的非战诗作,如杨炯的《战城南》,卢照邻的《关山月》,骆宾王的《从军中行路难》《至分水成》《荡子从军赋》,王勃的《秋夜长》,袁朗的《赋饮马长城窟》,王宏的《从军行》,来济之的《出正关》,辛常伯的《军中行路难》(同骆宾王),韦承庆的《折杨柳》,张柬之的《出塞》,崔融的《关山月》《从军行》《塞上寄内》,乔知之的《苦寒行》《从军行》《赢骏篇》,王无竞的《北使长城》,陈子昂《感遇诗》的第三、第二十八、第三十六首,刘希夷的《捣衣篇》,李峤的《倡妇行》,沈佺期的《陇头水》《关山月》《杂诗四首》《入鬼门关》《独不见》《古意呈补阙乔知之》等。这些都是描写从军的苦况,闺妇的怨情。高宗末年至开元初年,中间经过武氏韦氏之乱,契丹吐蕃的乘机犯塞,非战的诗歌,如崔湜的《折杨柳》,郑愔的《胡笳曲》《秋闺》《塞外三篇》,郭元振的《塞上》,刘宪的《折杨柳》,王翰的《饮马长城窟行》,贺知章的《送人之军》,常理的《古别离》,刘元叔的《妾薄命》,沈祖仙的《秋闺》,吴大江的《捣衣》等篇。

(一)太宗皇帝

同隋炀帝一样,他是个雄才大略的帝王。自称十八岁便经纶王业,北剪刘武周,西平薛举,东擒窦建德王世充。二十四岁天下定,二十九岁居大位,这样不世出的英雄,总有那雄浩的气概。南朝颓靡不振的战争感情和极端辞藻化的战诗形式,先给隋炀帝的夸大狂所移转,再给唐太宗雄豪的气魄所控制,把它拉回激发奋扬的意境里。隋炀帝或唐太宗,在诗坛并不像他们在政治上的地位那么重要,我们要知道的是他给垂死的战诗加入一股生气。

1. 雄伟的气概,表现在肯定的语言上,句例:

"扬麾氛雾静,纪石功名立,荒裔一戎衣,云台凯歌入。"(《饮马长城窟行》)

"一挥氛沴静,再举鲸鲵灭。"(《经破薛举战地》)

"驻跸俯九都,伫观妖氛灭。"(《辽城望月》)

2. 壮美的景象,具于夸饰的修辞:

"塞外悲风切,交河冰已结。瀚海千重波,阴山万里雪,回戍危烽火,层峦引高节,悠悠卷旆旌,饮马出长城……"(《饮马长城窟行》)

"心随朗日高,志与秋霜洁,移锋惊电起,转战长河决,营碎落星沉,阵卷横云裂。"(《经破薛举战地》)

"振鳞方跃浪,骋翼正凌风。"(《伤辽东战亡》)

这雄壮的景象与气概,有力的动字,肯定的语言,所表现的当然是刚强的风格。在刚强的气氛里,其他辞藻的排比或修饰,完全给这种气氛所吞没,读者于暂时是无暇顾及了。

(二)四杰——王勃、杨炯、卢照邻、骆宾王

"王杨卢骆当时体,轻薄为文哂未休,尔曹身与名俱灭,不废江河万古流。"(杜甫《戏为六绝句》)无疑的,王杨卢骆才是唐初主要的人物,所谓当时体,就是他们还是继承着南朝绮丽词藻的余波的,在战诗里是同样的,他们几乎和南朝末年的诗人毫无二致。下列的诗例,便是良好的证明。

1. 庾抱《紫骝马》"发迹来东道,长鸣起北风"。

杨炯《紫骝马》"发迹来南海,长鸣向北洲"。

2. 吴均《边城将》"玉标丹霞剑，金络艳光马"。

　　杨炯《送刘校书从军》"赤土流星剑，乌号明月弓"。

3. 吴均《边城将》"刀含四尺影，剑抱七星文"。

　　骆宾王《从军行》"埜日分戈影，天星合剑文"。

4. 吴均《和萧洗马子显古意》"莲花穿剑锷，秋月掩刀环"。

　　骆宾王《在军中赠先还知己》"胡霜如剑锷，汉月似刀环"。

5. 庾信《王昭君》"镜失菱花影"。

　　陈后主《昭君怨》"愁眉塞月生"。

　　骆宾王《王昭君》"古镜菱花暗，愁眉柳叶颦"。

　　因为他们因袭南朝的形式，所以在风格上的一部分是类似的。那是应用颜色的形容字及金玉一类的词汇，句例：

　　　"影移金岫北，光断玉门前。"（卢照邻《关山月》）

　　　"单于拜玉玺，天子按雕戈。"（卢照邻《上之回》）

　　　"骝马照金鞍……山长喷玉难。"（卢照邻《紫骝马》）

　　　"玉剑浮云骑，金鞭明月弓。"（卢照邻《结客少年场行》）

　　　"高阙银为阙，长城玉作城。"（卢照邻《雨雪曲》）

　　　"肝肠辞玉辇，形影向金微。"（卢照邻《昭君怨》）

　　　"夜玉妆车轴，秋金铸马鞭。"（杨炯《骢马》）

　　　"侠客重周游，金鞭控紫骝，蛇弓白羽箭，鹤辔赤茸鞦。"（杨炯《紫骝马》）

　　　"七德龙韬开玉帐，千重鼍鼓叠金钲"，"绛节朱旗分白羽，丹心白刃酬明主"。（骆宾王《从军中行路难》）

　　　"金钿明汉月，玉箸染胡尘。"（骆宾王《王昭君》）

　　　"魂迷金阙路，望断玉门关。"（骆宾王《在军中赠先还知己》）

　　　"漏缓金徒箭，娇繁玉女壶。"（骆宾王《入戍边城有怀京邑》）

　　王世贞《艺苑卮言》："卢骆王杨四杰，词采萃艳，固缘陈隋之遗，风骨翩翩，意象境界超然胜之，五言逐为律家正始。内子安稍近乐府，杨卢尚宗汉魏，宾王长歌，虽极浮靡，亦有微疵，而缀玉联珠，滔滔洪远，故是千秋绝艺。"陆时雍《诗镜总论》:"王勃高华,杨炯雄厚,照邻清藻,宾王坦易。"四杰的各存面目是必然的,王勃战诗仅《秋夜长》为戍妇思夫之作。杨炯和卢照邻多是依乐府旧题作五言律一类的短诗。骆宾王多为长歌,的确有联珠缀玉、滔滔洪远的翩翩风度,现在先看他们的传略。

> 卢照邻字升之,范阳人,……调邓王府典签。王有书十二车,照邻总披览,略能记忆,王爱重比之相如,调新都尉,染风疾去官。居太白山以服饵为事,又客东龙门山,疾甚足挛,一手又废,乃去阳翟具茨山下,买园数十亩,疏颖水周舍,复豫为墓偃卧其中,后不堪其苦,与亲属诀,自投颖水死,年四十。

> 杨炯,华阴人,幼聪敏,博学善属文,年十一岁,举神童,授校书郎,为崇文馆学士,迁詹事司直,恃才简倨,人不容之,武后时左转梓州司法参军,秩满迁婺州盈川令,卒于官。

> 骆宾王,义乌人,七岁能属文,尤妙于五言诗,曾作《帝京篇》,当时以为绝唱。初为道王府属,历武功主簿,又调长安主簿,武后时左迁临海丞,怏怏失志,弃官去。徐敬业举义,署为府属,为敬业草檄斥武后罪状。后读之,矍然叹曰,宰相安得失此人。敬业事败,亡命不知所终。(《全唐诗》)

虽然只是短短的传略,可以看见他们性格的分野。卢照邻信道服饵,志趣显为清高,体力不幸,心情必趋悲观。杨炯自谓"愧在卢前,耻居王后"。这种自负的心情,真可推测他那种傲慢偏激的习性。骆宾王才气过人,爽快洒脱是可能的品格。在他们战诗里抒情的句子,恰是他们性格的表白(王勃可以说没有战诗):

1. 卢照邻是清狷的情感,句例:

"节旄零落尽,天子不知名。"(《雨雪曲》)
"愿逐三秋雁,年年一度归。"(《昭君怨》)
"应须驻白日,为待战方酣。"(《战城南》)
"从来共鸣咽,皆是为勤王。"(《陇头水》)

"不辞横绝漠,流血几时乾。"(《紫骝马》)

"寄言闺中妇,时看鸿雁天。"(《关山月》)

"关山有新曲,应向笛中吹。"(《和吴待御被使燕然》)

2.杨炯是偏激的粗豪情感,句例:

"宁为百夫长,胜作一书生。"(《从军行》)

"风霜但自保,穷达任皇天。"(《骢马》)

"丈夫皆有志,会见立功勋。"(《出塞》)

"匈奴今未灭,画地取封侯。"(《紫骝马》)

3.骆宾王是洒脱的、奔放的情感,句例:

"不学燕丹客,空歌易水寒。"(《侠客远从戎》)

"莫作兰山下,空令汉国羞。"(《晚泊蒲类》)

"还因雪汉耻,持此报明君。"(《宿温城望军营》)

"无复归云凭短翰,空余望日想长安","但使封侯龙额贵,讵随中妇凤楼寒"。(《从军中行路难》)

"平生一顾重,意气溢三军。"(《从军行》)

"戎衣何日定,歌舞入长安。"(《在军登城楼》)

情感上的不同,是形成他们风格的差别。同时在形式上,杨炯和卢照邻多是短诗,骆宾王常有长诗;文词的应用上,虽然他们都引用组织词,使诗句流畅,尤以骆宾王的运用疑问词与感叹词,更使其诗作洒脱奔放。

(三)崔融

隋唐间的诗人如袁朗、窦威、杨师道、虞世南、王宏,唐初诗人如崔日用、李峤、郭震、徐彦伯、刘希夷等的战诗,其形式上辞藻的应用没有什么特色,稍有卓立的要算崔融了。

崔融字安成,全节人,擢八科高第。他曾经做过军队里文牍一类的工作。《西征将军行遇风》有"及兹戎旅地,忝从书记职"之句,可见他是参加过行伍生活,所以他的战诗没有沉湎在南朝战诗的滥调里。

1.有心无力的情思,句例:

"愚臣何以报,倚马申微力。"(《西征将军行遇风》)

"可嗟牧羊臣,海外久为客。"(《塞垣行》)

"坐看战壁为平土,近待军营作破羌。"(《从军行》)

2.实际的战场写照,尤注意于苍茫的视觉意象,句例:

"万里度关山,苍茫非一状。"(《关山月》)

"北风卷尘沙,左右不相识,飒飒吹万里,昏昏同一色。"(《西征将军行遇风》)

"疾风卷溟海,万里扬沙砾,仰望不见天,昏昏竟朝夕。"(《塞垣行》)

"漠漠边尘飞众鸟,昏昏朔气聚群羊。"(《从军行》)

"依稀蜀杖迷新竹,仿佛胡床识故桑。"(《从军行》)

3.阴暗性质的语汇:浊河,昏昏,氛祲,溟海,暗壁,漠漠,枯肠,依稀,仿佛。

崔融战诗的辞藻是和南朝迥异的,不是美的景,而是丑的景。本来战争诗人要把丑的可怕的战争,写成壮烈的慷慨的诗篇,不然就不够豪气。崔融把握战争可怕的场面,表现以畏缩的语言,在战诗风格上是低下的。

(四)沈佺期

沈佺期字云卿,相州内黄人。擢进士第,累官考功郎给事中,坐交张易之,流驩州。神龙中,召见拜起居郎,历中书舍人太子少詹事,开元初卒。(《全唐诗》)

胡应麟《诗薮外编》评"沈宋丰蔚",陆时雍《诗镜总论》说:"宋之问精工不足;沈佺期吞吐含芳,安详合度,亭亭整整,喁喁叮叮,觉其句能自言,字能自语,品之所以为美。"《诗镜总论》是左祖沈佺期的。

沈宋是律体的创造者,也是南朝辞藻极端的完成者。他们立于南朝以来形式美的顶峰,陈子昂的诗国复古便是这个极端的反动。宋之问的战诗较少,沈佺期则较多。现在把沈佺期的战诗来分析。

1. 缠绵悱恻情感的发挥,句例:

"辛苦皋兰北,胡霜损汉兵。"(《被试出塞》)

"可怜闺里月,长在汉家营。"(《杂诗》)

"征客重回首,肝肠空自怜。"(《陇头水》)

"今日杨朱泪,无将洒铁衣。"(《送卢管记仙客北伐》)

2. 美丽工巧词句的排比:

"金榜扶丹掖,银河属紫阍","玉就歌中怨,珠辞掌上思"。(《送金城公主适西蕃应制》)

"寒日生戈剑,阴云拂旆旌。"(《被试出塞》)

"莲花秋剑发,桂叶晓旗开。"(《塞北》)

"云迎出塞马,风卷渡河旗。"(《夏日都门送司马员外逸客孙员外佺北征》)

3. 性状形容词与动词的意义近于温婉。

4. 音调低回。

沈佺期的诗是极美丽而有余情的。虽然是战诗,而他却赋予女性的缠绵的情感,把战诗的面目变得相当柔婉。

(五)陈子昂

陈子昂字伯玉,梓州射洪人。《唐书》:"唐兴,文章承徐庾余风,天下祖尚,子昂始变雅正。"《全唐诗》也说:"唐兴,文章承徐庾余风,骈丽秾缛,子昂横制颓波,而归雅正。"刘熙载《诗概》:"唐初四子,沿陈隋之旧,故虽才力迥绝,不免置人异议。陈射洪、张曲江独能超出一格,为李杜开先,人文所肇,岂天运所然耶。"无论是史学家或文评家都以为陈子昂是转变南朝靡靡之音的第一人。卢藏用在《陈子昂集序》里更盛称之。他自己也确有这种自负,《与东方虬修竹篇序》便以兴起文章道弊五百年为己任,标榜以汉魏风骨。

他的战诗,同样地极力摆脱南朝刻画排比的辞藻,像《感遇诗》第三十四首:

朔风吹海树,萧条边已秋。亭上谁家子,哀哀明月楼。自言幽燕客,结发事远游。赤丸杀公吏,白刃报私仇。避仇远海上,被役此边州。故乡三千里,辽水复悠悠。每愤胡兵入,常为汉国羞。何知七十战,白首未封侯。

除了"赤丸杀公吏"一联外,都不用对仗,这是南朝以来少有的。

但是他还没有力量除去南朝传统的束缚,无论在华丽辞藻的引用和对仗的讲求都相当的注意,像《送别崔著作东征》:

金天方肃杀,白露始专征。王师非乐战,之子慎佳兵。海气侵南部,边风扫北平。莫卖卢龙塞,归邀麟阁名。

《和陆明府将军重出塞》:

忽闻天上将,关塞重横行。始返楼兰国,还向朔方城。黄金装战马,白羽集神兵。星月开天阵,山川列地营。晚风吹画角,春色耀飞旌。宁知班定远,犹是一书生。

《送魏大从军》:

匈奴犹未灭,魏绛复从戎。帐别三河道,言追六郡雄。雁山横代北,狐塞接云中。勿使燕然上,惟留汉将功。

这几首的对仗便非常工整,不过辞藻的刻画还不十分厉害,疑问词与感叹词的应用,如上列的"莫卖""宁知""犹是""勿使""惟留",使诗篇的音调轻爽了。

陈子昂战诗的情感是雄豪的,他的辞藻还没有完全脱离对战争景象的幽美化。

二　安史之乱时期

开元是政治的黄金时代;政治的黄金时代,只能产生阿谀的文学作品。天宝大乱是社会一个大波动,南朝的作风是被这个动乱的时代改革了。

胡适《白话文学史》说:"八世纪中叶(755),安禄山造反,当时国中久享太平之福,这次大乱来得突兀,惊醒一些人太平迷梦。有些人仍旧过着他们狂醉高歌的生活;有些人还抢着献媚;有些人却觉悟了,变严肃了,变认真了,变深沉了。这里面固然有个人性情上的根本不同,不能不说是时势的影响。时代换了,文学也换了。八世纪下半的文学与上半截然不同了,最不同之点,就是那严肃的态度与深沉的见解。文学不仅是应试与应制的玩意儿了;也不仅是仿作乐府歌词供教坊乐工歌伎的歌唱或贵人公主的娱乐了;也不仅是勉强作壮语,说大话,想象从军的辛苦或神仙的境界了。八世纪下半伟大作家要表现人生——不是那想象的人生,是那实际的人生,民间的实在痛苦,社会的实际问题,国家的实在状况,人生的实在希望与恐惧。"

事实如此,天宝大乱,把从前那歌功颂德的诗人,勉作壮语的诗人,移其视线于前线的战士,罹难的人民;这些惨酷悲伤的景象,引起人类的同情和我民族和平的天性,于是歌颂功德的应制诗较少了,主战的壮歌不多,非战与反战的歌声是充溢着整个诗坛。

(六)王维

王维字摩诘,太原祁人,他天才成熟得很早,二十一岁擢进士第,三十四岁为右拾遗。天宝初年,约当他四十二岁时是他官运最亨通的时候。五十五岁时,安禄山反,未及逃出,被禁于菩提寺。肃宗还京特宥他,因为他还有伤心故国的诗。五十九岁转尚书右丞,晚境闲适,性好佛,居常素食,不茹荤血。(《全唐诗》)

他一生可分为两个时期,禄山乱前,他是勇敢的,进取的,他的诗篇充满着豪健的气概。禄山乱后,经过那险恶的惊涛骇浪,完全改变从前的作风为冲淡清和的情趣。他所特著的关于自然的歌咏,那富有理趣的、富于韵味的是他中晚年的作品。这是时代转变他的性格与思想,原来他是个壮气充沛的诗人。

苏东坡说他"诗中有画,画中有诗",魏庆之《诗人玉屑》说:"王右丞如秋水芙蓉,倚风自笑。"蔡絛《西清诗话》说:"王摩诘诗浑厚闲雅,覆盖古今,但知久隐山林之人,徒成旷谈也。"王士禛说:"摩诘诗如参曹洞禅,不犯正位,须参活句,然钝根人学渠不得。"以画意禅机来批评王维诗的清秀高洁理趣神韵是一般的说法。

胡应麟《诗薮》说："右丞五言,工澹闲丽,具有二派,'风劲角弓鸣'、'杨子谈经处'等篇,绮丽精工,沈宋合调者也。'寒山转苍翠'、'寂寞掩柴扉',幽闲古澹,储孟同声者也。"所谓绮丽精工,或是幽闲古澹,都是看到他的静的境界和写物的能力,对于雄健的战诗,却很少人称颂的。

1. 积极而豪健的气概,句例:

"尽系名王颈,归来献天子。"(《从军行》)

"莫嫌旧日云中守,犹堪一战取功勋。"(《老将行》)

"孰知不向边庭苦,纵死犹闻侠骨香。"(《少年行》)

"偏坐金鞍调白羽,纷纷射杀五单于。"(《少年行》)

"见说云中擒黠虏,始知天上有将军。"(《赠斐旻将军》)

2. 壮阔的景象,句例:

"关山正飞雪,烽戍断无烟。"(《陇西行》)

"夜上戍楼看太白"。(《陇头吟》)

"射杀山中白额虎"。(《老将行》)

"大漠孤烟直,长河落日圆。"(《使至塞上》)

"画戟雕戈白日寒,连旗大旆黄尘没,叠鼓遥翻瀚海波,鸣笳乱动天山月。"(《燕支行》)

"拔剑已断天骄臂,归鞍共饮月支头。"(《燕支行》)

3. 比较的夸饰的修辞格,句例:

"十里一走马,五里一扬鞭。"(《陇西行》)

"身经大小百余战,麾下偏裨万户侯。"(《陇头吟》)

"一身转战三千里,一剑曾当百万师,汉兵奋迅如霹雳,虏骑崩腾畏蒺藜。"(《老将行》)

"叠鼓遥翻瀚海波,鸣笳乱动天山月。"(《燕支行》)

"汉兵大呼一当百,虏骑相看哭且愁。"(《燕支行》)

"一身能臂两雕弧,虏骑千重只似无。"(《少年行》)

4.清淡的形容字:白日,白马,白羽,白首,黄尘,黄须,黑雕,紫骝,青骊,寒山,虚牖,暮云,孤烟,落日,衰木,寒原,清风。

5.篇的组织,注意意境的做成。长诗如《老将行》《燕支行》,都是运用意象,造成雄壮的气概,短篇诗作,尤注意动里的静,气里的韵,诗例:

> 风动角弓鸣,将军猎渭城。草枯鹰眼疾,雪尽马蹄轻。忽过新丰市,还归细柳营。回看射雕处,千里暮云平。(《观猎》)

> 单车欲问边,属国过居延。征蓬出汉塞,归雁入胡天。大漠孤烟直,长河落日圆。萧关逢候吏,都护在燕然。(《使至塞上》)

"回看射雕处"和"大漠孤烟直"以下二句,都是动里的静,气里的韵。

王维的战诗,长篇的是健豪的,语音非常有力,短篇除健豪之外,还夹杂着静与韵,语音也比较地和缓。他清淡的形容字是代替了南朝过分浓艳的语汇,和他的画一样的改变青绿的金碧的色彩,独标破墨的淡彩,以幽澹或绮丽都不足以形容王维战诗的风格,我想以劲健隽爽是比较恰当的。

(七)崔颢

崔颢,汴州人,开元十一年登进士第,有俊才,累官司勋员外郎,天宝十三年卒。(《全唐诗》)

殷璠《河岳英灵集》:"颢年少为诗,名陷轻薄,晚节忽变常体,风骨凛然,一窥塞垣,说尽戎旅。至于'杀人辽水上,走马渔阳归,错落金锁甲,蒙茸貂鼠衣'。又'春风吹浅草,猎骑何翩翩,插羽两相顾,鸣弓新上弦',可与鲍照并驱。"鲍照的《拟古》八首,"幽并重骑射,少年好驰逐,毡带佩双鞬,象弧插雕服",和崔颢有点形似,其实他们二人是远异的。

1.情感是颓唐而世故的,句例:

> "顾谓今日战,何如随建威。"(《古游侠呈军中诸将》)

> "今日怀酒间,见君交情好。"(《赠轻车》)

> "报国行赴难,古来皆共然。"(《赠王威古》)

> "功成须献捷,未必去经年。"(《送单于裴都护赴河西》)

> "寄语洛阳使,为传边塞情。"(《辽西作》)

"闻道辽西无斗战,时时趋向酒家眠。"(《雁门胡人歌》)

2. 弱小的景物,句例:

"地迥鹰犬疾,草深狐兔肥。"(《古游侠呈军中诸将》)
"幽冀桑始青,洛阳桑故老。"(《赠轻车》)
"射麋入深谷,饮马投荒泉。"(《赠王威古》)
"四月青草合,辽阳春水生。"(《辽西作》)

3. 平白的语汇和平凡无力的音调,句例:

"何如随建威","别时心草草","古来皆共然","未必去经年","胡人正牧马","寒衣昼已尽","能将代马猎秋田","时时醉向酒家眠","平生少相遇,未得展怀抱,今日怀酒间,见君交情好"。

李太白在黄鹤楼看崔颢的题诗说:"眼前有景道不得,崔颢题诗在上头"。崔颢的写景和抒兴是相当机巧的,对于战诗,他就没有直触战争的正面,只是一些赠送的诗作,情感是颓唐的,辞藻是平淡而疏放的。

(八)李颀

李颀,东川人,家于颍阳,擢开元十三年进士第,官新乡尉。他性情疏简,厌弃世务,仰慕神仙,服饵丹砂。《河岳英灵集》:"颀诗发调既清,修辞亦秀,杂歌咸善,立理最高。"以疏简的性情而兼有道家信仰,对战争必然引为非是的。

1. 哀情的,善于运用听觉意象,描写音乐。句例:

"琵琶出塞曲,横笛断君肠。"(《古塞下曲》)
"公主琵琶幽怨多"。(《古从军行》)
"胡雁哀鸣夜夜飞,胡儿眼泪双双落。"(《古从军行》)
"辽东小妇年十五,惯弹琵琶解歌舞,今为羌笛出塞声,使我三军泪如雨。"(《古意》)
"戎鞭腰下插,羌笛雪中吹。"(《塞下曲》)
"金笳吹朔雪,铁马嘶云水。"(《塞下曲》)

2.悠远的景象,匀整美妙轻快的语词,句例:

"海上千烽火,沙中百战场。"(《古塞下曲》)

"袅袅汉宫柳,青青胡地桑。"(《古塞下曲》)

"黄云陇底白雪飞"。(《古意》)

"野云万里无城郭,雨雪纷纷连大漠。"(《古从军行》)

李颀是非战的,《古从军行》的"年年战骨埋荒外,空见蒲桃入汉家",《塞下曲》的"膂力今应尽,将军犹未知",都可直接地看出。他的诗句是清淡而疏放,因为不是许多内容词的堆垛,又不是形容词的刻画,应用他对于音乐的敏感,造成悲哀的气氛。胡应麟《诗薮外编》以"风华"评他的诗,应该是对他匀整美妙的辞藻而言的。

(九)岑参

岑参,南阳人,文本之后,少孤贫,笃学,登天宝三年进士第,由率参军累官右补阙,论斥权佞,改起居郎,寻出为虢州长史,复为太子中允。代宗总戎陕服,委以书奏之任,由库部郎出刺嘉州。杜鸿渐镇西川,表为从事,以职方郎兼侍御史,领幕职。使罢,流寓不还,遂终于蜀。参诗辞意清切,迥拔孤秀,多出佳境,每一篇出,人竞传写,比之吴均何逊焉。(《全唐诗》)

杜确《岑嘉州集序》:"南阳岑公,声称尤著,公讳参,代为本州冠族,曾大父文本,大父长倩,伯父羲,皆以学术德望,官至召辅。早岁孤贫,能自砥砺,编览史籍,尤工缀文,属辞尚清,用意尚切,其有所得,多入佳境,迥拔孤秀,出于常情。"《河岳英灵集》:"语逸体峻,意亦造奇。"《沧浪诗话》:"岑诗悲壮,读之令人感慨。"《怀麓堂诗话》:"岑参有王(维)之缛,而又以华丽掩之。"《艺苑卮言》:"岑才甚丽,而情不足。"

以上各家的批评,除了沧浪的见解较为准确之外,其余都是不着边际。自汉以来,严格地说,岑参才能算做真正的战争诗人,他也真正地参加军事生活。《彦周诗话》:"岑参自成一家,盖常从封常清军,其记西域异事甚多,如《优钵罗花歌》、《热海行》,古今传记所不载也。"他对于边地的风土,一切可惊可怖可喜可乐的战场景象,用他雄肆的才力尽情地表达,详尽地

表达,所以比其他的战争诗人来得亲切与热烈。他的战诗有下列的特点:

1. 情感是苍凉而抑郁不舒的,字义及韵脚亦然,诗例:

兵马守西山,中国非得计。不知何代策,空使蜀人弊。八州崖谷深,千里云雪闭。泉浇阁道滑,水冻绳桥脆。战士常苦饥,糇粮不相继。胡兵犹不归,空山积年岁。儒生识损益,言事皆审谛。狄子幕府郎,有谋必康济。胸中悬明镜,照耀无巨细。莫辞冒险艰,可以裨节制。相思江楼夕,愁见月澄霁。(《送狄员外巡按西山军》)

2. 严肃的战地景象,诗例:

天山有雪常不开,千峰万岭雪崔嵬。北风夜卷赤亭口,一夜天山雪更厚。能兼汉月照银山,复逐胡风过铁关。交河城边飞鸟绝,轮台路上马蹄滑。晻霭寒氛万里凝,阑干阴崖千丈冰。将军狐裘卧不暖,都护宝刀冻欲断。正是天山雪下时,送君走马归京师。雪中何以赠君别,惟有青青松树枝。(《天山雪歌送萧冶归京》)

他战诗的情感都是抑郁不舒,战地的景象都是非常严肃,诗例很多,这里不过只是举其一首,还有在文词上与修辞上都足以表现这种抑郁与严肃的表情的。

3. 文词的特征:

(1)“不”字与“不”的同义字的普遍引用,如:

“不能守文章”,“鼓怒不可当”,“有时无人行”。(《武威送刘单判官赴安西行营便呈高开府》)

“不知何代策”,“糇粮不相继”,“胡兵犹不归”,“照耀无巨细”。(《送狄员外巡按西山军》)

“胡寇尚未尽”,“不见征战功”,“闭口不敢言”,“离忧不可忘”。(《潼关镇国军句覆使院早春寄王同州》)

“甲兵未得战”,“如公未四十”,“不弱并州儿”。(《北庭西郊侯封大夫受降回军献上》)

“不遣雨雪来”,“烟尘不敢飞”,“军中日无事”。(《使交河郡》)

"杀气凝不开","大荒无鸟飞","边城寂无事"。(《登北庭北楼呈幕中诸公》)

"陇水不可听","路上无停留","都护犹未到","终朝风不休","一身无所求","不肯前路修"。(《初过陇山途中呈宇文判官》)

"杀人无昏晓","万里无征船","惆怅不敢前","尔恶胡不悛"。(《阻戎泸间郡盗》)

"四十幸未老","终日不自保","不见二京道","胡雏尚未灭","村落皆无人","无处豁怀抱"。(《行军二首》)

"悔不学弯弓","未能匡吾君","不敢私征躯"。(《愧然伤时人举首哭苍昊》)

"狐裘不暖锦衾薄","将军角弓不得控","风掣红旗冻不翻","山回路转不见君"。(《白雪歌送武判官还京》)

"君不见走马川行雪海边","将军金甲夜不脱","料知短兵不敢接"。(《走马川行奉送出师西征》)

"天山有雪常不开","将军狐裘卧不暖"。(《天山雪歌送萧冶归京》)

"夏尽不闻蝉","无事历三年"。(《首狄轮台》)

"无人送酒来"。(《行军九日思长安故园》)

"东西流不歇"。(《经陇龙分水》)

"今夜不知何时宿"。(《碛中作》)

"不见沙场愁杀人"。(《题苜蓿峰寄家人》)

无论是七古五古七律五律七绝五绝,岑参的战诗,总是那么爱用"不"字,或"未"、"无"、"空"等一类的字。

(2)沉郁的形容字及动字如绝、凝、断、脱、碍等字及其同类性质的字。例如前引《天山雪歌送萧冶归京》诗中"交河城边飞鸟绝"以下数句,又如:

"四边伐鼓雪海涌,三军大呼阴山动。虏塞兵气连云屯,战场白骨缠草根。剑河风急雪片阔,沙口石冻马蹄脱。"(《轮台歌奉送大夫出师西征》)

"昨闻咸阳败,杀戮尽如扫,积尸若丘山,流血涨沣镐。干戈碍乡国,豺虎满城堡,村落皆无人,萧然空桑枣。"(《行军二首》)

4.长篇战诗的意象是列举,短篇战诗的意象是抓住部分。

5.修辞格多疑问的,议论的,夸饰的,显喻的。

岑参所描写的景象,专取宏壮伟大剧烈的场面。如大雪、大热、大沙漠、大风、大冰崖、热海等,所表现的人与物,如大将、大鼓、宝刀、戈、甲、军乐、名马等。这些意象的表现,常常只有长篇的古体才能胜任,所以他战诗的名作,如《天山雪歌送萧冶归京》,《白雪歌送武判官归京》,《送魏升卿擢第归东都因怀魏校书陆浑乔潭》,《热海行送崔侍御还京》,《轮台歌奉送大夫出师西征》,《走马川行奉送出师西征》,《胡笳歌送颜真卿使赴河陇》,《卫节度名马歌》等,都是七古或五古,因为它才可能表现这所谓悲壮的风格。那是壮阔而庄肃的景象,加上那抑郁不舒的感情,动字、形容字和字音所配合成功的。

他的短诗如五绝七绝,虽然形式与意象不足以表现同长诗一样伟大的、激烈的场面,但是它仍旧保持上述的作风。诗例:

"官军西出过楼兰,营幕傍临月窟寒,蒲海晓霜凝马尾,葱山夜雪扑旌竿。""蕃军遥见汉家营,满谷连山遍哭声,万箭千刀一夜杀,平明流血浸空城。"(《献封大夫破播仙凯歌》六首)

"都护新灭胡,士马气亦粗,萧条房尘净,突兀天山孤。"(《灭胡曲》)

(十) 高适

高适字达夫,沧州人,性磊落,不拘小节。少时落魄,客居齐梁之间,举有道科,为封丘尉,不得志,去官游河西,属哥舒翰为左骁卫兵曹参军,掌书记。及安禄山反,召为左拾遗,擢升监察御史谏议大夫,后累迁西川节度使,更为刑部侍郎,左散骑常侍,封瀚海侯,永泰中卒。(《全唐诗》)

高适同岑参常常是名字放在一起,被人专称为边塞派的诗人。开元以来的诗人,他算是最晚才作诗,官阶却是最高。胡适之说他是得力于鲍照。实在他的战诗是雄壮的,不过与岑参还有不同。

1. 情感是开朗的,诗例:

汉家烟尘在东北,汉将辞家破残贼。男儿本自重横行,天子非常赐颜色。拟金伐鼓下榆关,旌旆逶迤碣石间。校尉羽书飞瀚海,单于猎火照狼山。山川萧条极边土,胡骑凭陵杂风雨。战士军前半死生,美人帐下犹歌舞。大漠穷秋塞草腓,孤城落日斗兵稀。身当恩遇常轻敌,力尽关山未解围。铁衣远戍辛勤久,玉箸应啼别离后。少妇城南欲断魂,征人蓟北空回首。边庭飘摇那可度,绝域苍茫更何有!杀气三时作阵云,寒声一夜传刁斗。相看白刃血纷纷,死节从来岂顾勋?君不见沙场征战苦,至今犹忆李将军。(《燕歌行》)

驱马蓟门北,北风边马哀。苍茫远山口,豁达胡天开。五将已深入,前军止半回。谁怜不得意,长剑独归来。(《自蓟北归》)

读了这两首诗例,就觉得高适的情感开舒得很多。更具体地以两句诗比一比,就是高适的《自蓟北归》的"豁达胡天开",比岑参的《天山雪歌送萧治归京》的"天山有雪常不开",他们情感的开豁与抑郁,很可以在其运用意象的技巧上观察出来的。也就是说岑参的情感是抑郁的、斩截的,高适的情感是开朗而有余情的。

2. 庄肃的战地景象,还穿插幽美化的事物。句例:

"战士军前半死生,美人帐下犹歌舞。……铁衣远戍辛勤久,玉箸应啼别离后。少妇城南欲断魂,征人蓟北空回首。"(《燕歌行》)

"银鞍玉勒绣蝥弧,每逐单于破骨都。"(《送浑将军出塞》)

"荡子从军事征战,蛾眉婵娟守空闺,独宿自然堪下泪,况复时闻乌夜啼。"(《塞下曲》)

"老将垂金甲,阏支著锦裘,珚戈蒙豹尾,红旆插狼头。"(《部落曲》)

3. 修辞方法最特著的是疑问句与抒情句的联续,句例:

"倚剑欲谁语,关河空郁纡。"(《塞上》)

"谁断单于臂?今年太白高。"(《送白少府送兵之陇右》)

"谁怜不得意,长剑独归来。"(《自蓟北归》)

"谁知此行迈,不为觅封侯。"(《送兵到蓟北》)

4. 组织词常于引用,句例:

"男儿本自重横行,天子非常赐颜色。"(《燕歌行》)

"边庭飘摇那可度,绝域苍茫更何有。"(《燕歌行》)

"全盛须臾那可论,高台曲池无复存,遗墟但见狐狸迹,古地空余草木根。"(《古大梁行》)

"李广从来先将士,卫青未肯学孙吴。"(《送浑将军出塞》)

5. 音调流畅悠扬。

高适的战诗比岑参少,其战诗的性质并不似岑参的直触战争的正面。所以除了庄肃之外,还加抒情,写作的形式以五古七古为多。因为情感的开朗,意象的引用幽美化事物,文词加入抒情的因素及常运用组织词,所以他战诗的风格不只是悲壮,还有流利的表情,其短诗也能如此。诗例:

"积雪与天迥,屯军连塞愁,谁知此行迈,不为觅封侯。"(《送兵到蓟北》)

"雪净胡天牧马还,月明羌笛戍楼间,借问梅花何处落,风吹一夜满关山。"(《塞上听吹笛》)

(十一)李白

李白字太白,他的籍贯有数说,如山东说、金陵说、西域说、陇西说、四川说。他流浪过的地方很多,如襄阳、金陵、汝梅、云梦、安陆、太原、任城、齐州、燕、魏、赵、晋、邻、岐、洛、淮、泗、齐、鲁、庐山、彭泽、洞庭、三峡、巫山、当涂,足迹几遍中国。他的祖和父都曾犯罪,他自己生活也是十分浪荡,曾手刃数人、狎妓、酗酒。

他的性格和思想在人生观上的表现如何呢?傅东华说:

> 李白的人生观,非儒、非老、非杨、非墨。你若说他是厌世主义者,他却是功名心极热,而且不惜"壮心剖出酬知己"的。你若说他是积极有为之士,他却爱访道求仙,时或山林隐遁。且如《将进酒》一类

作品所表现,又似近于颓废一流。但你若认真当他是个颓废派,他却又是仰慕鲁仲连一类的英雄的。他是酒和妇人的崇拜者,同时又是宝剑与英雄的崇拜者。

他的主义是什么呢?我们似乎寻不出一个现成的名词来称呼他,他是以个人为本位的,但又不是纯粹的自我主义。刘昫批评他"飘然有超世之心",我们或者就称他为"超世主义者"。①

徐嘉瑞说:

> 李白的宇宙观,认现实的世界是"不合理的","污浊的","庸流所组成的"。所以他的人生观从"价值"方面说,是抱一种"厌世观";从实践方面说,他是抱一种"本能主义","快乐主义";从机能方面观察,是抱"物质主义";从时间方面观察,是抱"现实主义"。无论从何方面观察,总是一种"厌世观"和"厌世的乐天观"。②

这些所谓什么主义,实在都不是予李白的多元性格以恰当的形容。现在笔者只要指出他对于战争诗歌最有关系的任侠和英雄崇拜的心理。李白在《拟恨赋》里说"仆本壮夫,慷慨不歇",《上韩荆州书》说:"虽身长不满七尺,而心雄万夫",他不是重智而是重情的人。重然诺,轻性命,慷慨任侠的气魄在他的诗篇上很容易看到的。徐嘉瑞说:"李白在大匡山的时候,依潼江赵徵君蕤,他是一个侠士,善于纵横,学著书,号长短经。李白跟着他多年,所以李白也就学成了任侠一流。"③

李白既赋有任侠的性格,生于唐代武后长安元年(701),卒于肃宗宝应元年(762),正是绵延七八年安史之乱的目击者。对于战争的讴歌,该是多么地热烈。对于时代和社会所给予的现实,也应该会予以充分的反映。事实上不然,因为他多元的而近于浪漫的性格,就不可能在与时代合拍的诗篇里表现一贯的思想。傅东华在《李白与杜甫》的"同时代不同的反映"章里,举出许多例证说明李白怎样地不忠实于时代所给予的感

---

① 傅东华:《李白与杜甫》,商务印书馆 1927 年版。

② 徐嘉瑞:《颓废派之文人李白》,《小说月报》第 17 卷号外。

③ 同上。

情。虽然如此,他诗作的风格却因而更明显了。

批评李白的诗风格的很多,如:

王安石《渔隐丛话》:"清水出芙蓉,天然去雕饰"(引李白诗句)。

《沧浪诗话》:"子美不能为太白之飘逸"。

《韵语阳秋》:"李诗思疾而语豪"。

《清江集》:"太白天才放逸,故其诗自成一体"。

《艺苑卮言》:"五言之选体及七言之歌行,太白以气为主,以自然为宗,以俊逸高畅为贵";又说:"咏歌行之妙,其人飘扬欲仙者为太白。选体则太白多露语率语。五七言绝,太白为神,七言歌行为圣,七言律乃是变体"。

《诗薮》:"李才高气逸而调雄"。

《诗辨坻》:"歌行,李称飘逸,惟或失之轻率"。

大家都有一致的感觉,就是李白诗风格的优点在于飘逸天然,劣点在其粗率。形成这种风格的基因,在于天才。

对于李白写作的特殊技巧,日本儿岛献吉郎说他是出世的观察;是传神派,从侧面观察;是乐观的,是以气韵胜。[1]傅东华说他是主观的描写法,没有一首没有我;诗中没有一首不染一种崇闳的气象;修辞力求超脱,尚凌空,喜用隐喻。这些技巧都是助长他飘逸自然的风格的。[2]徐嘉瑞说:"李白的天才,恰如他的性情,放浪不羁。一切音律法度,都不足限制他。他运用他的神力,绝不羁绊,御风而行。"[3]他的性格虽然放浪,他的诗篇虽然恣肆,然而在风格上的表现却可以由他的诗篇的形式感触到的。

汪静之说:"李对于战争,不闻不问"[4],其实,以他任侠的性格,是有不少关于战争的诗歌的,不但不是完全非战,而且常常鼓吹豪壮的士气的。

1. 浪漫的思想,以粗放不羁的心情发出,例多不举。

2. "诗中皆有我",其意象的引用是远视的,幻想的,宏壮的,例多不举。

3. 意象发展与表出皆兼众长,用主观描写法。

4. 修辞特征:夸饰的,决断的。

---

① [日]儿岛献吉郎:《中国文学研究》,胡行之译,北新书局1936年版,第158页。

② 傅东华:《李白与杜甫》,商务印书馆1927年版,第68页。

③ 徐嘉瑞:《颓废派之文人李白》,《小说月报》第17卷号外。

④ 汪静之:《李杜研究》,商务印书馆1928年版。

天兵下北荒,胡马欲南饮。横戈从百战,直为衔恩甚。握雪海上餐,拂沙陇头寝。何当破月氏,然后方高枕。(五古《塞下曲之一》)

六驳食猛虎,耻从驽马群,一朝长鸣去,矫若龙行云。壮士怀远略,志存解世纷。周粟犹不顾,齐珪安肯分。抱剑辞高堂,将投崔冠军。长策扫河洛,宁亲归汝坟。当令千古后,麟阁著奇勋。(五古《送张秀才从军》)

严风吹霜海草凋,筋干精坚胡马骄,汉家战士三千万,将军兼领霍嫖姚。流星白羽腰间插,剑花秋莲光出匣,天兵照雪下玉关,虏箭如沙射金甲。云龙风虎尽交回,太白入月敌可摧;敌可摧,旄头灭,履胡之肠涉胡血。悬胡青天上,埋胡紫塞旁。胡无人,汉道昌,陛下之寿三千霜。但歌大风云飞扬,安得猛士守四方。(七古《胡无人》)

狂风吹古月,窃弄章华台。北落明星动光彩,南征猛将如云雷。手中电曳倚天剑,直斩长鲸海水开。我见楼船壮心目,颇似龙骧下三蜀。扬兵习战张虎旗,江中白浪如银屋。身居玉帐临河魁,紫髯若戟冠崔嵬。细柳开营揖天子,始知灞上为婴孩。羌笛横吹阿嚲回,向月楼中吹落梅。将军自起舞长剑,壮士呼声动九垓。功成献凯见明主,丹青画象麒麟台。(七古《司马将军歌》)

六博争雄好彩来,金盘一掷万人开,丈夫赌命报天子,当斩胡头衣锦回。

丈八蛇矛出陇西,弯弧拂箭白猿啼,破胡必用龙韬策,积甲应将熊耳齐。

月蚀西方破敌时,及瓜归日未应迟,斩胡血变黄河水,枭首当悬白鹊旗。(七绝《送外甥郑灌从军》)

在这些诗例里,可看出他夸饰和决断的修辞。本来李白诗的夸饰是一般的现象,不过在战诗里更显明;决断的修辞,如:何当,然后,当令,安得,应将,当斩,当悬等,都是使他的诗句着力与气。

5.文词的特色:性状形容词及动词的刻画,古文句法的引用(即组织词的引用)。

房阵横北荒，胡星耀精芒。羽书速惊电，烽火昼连光。虎竹救边急，戎车森已行。明主不安席，按剑心飞扬。推毂出猛将，连旗登战场。兵威冲绝漠，杀气凌穹苍。列卒赤山下，开营紫塞傍。孟冬风沙紧，旌旗飒凋伤。画角悲海月，征衣卷天霜。挥刃斩楼兰，弯弓射贤王。单于一平荡，种落自奔亡。收功报天下，行歌归咸阳。(《出自蓟北门行》)

去年战桑乾源，今年战葱何道。洗兵条支海上波，放马天山雪中草。万里长征战，三军尽衰老。匈奴以杀戮为耕作，古来唯见白骨黄沙田。秦家筑城备胡处，汉家还有烽火燃。烽火燃不息，征战无已时。野战格斗死，败马号鸣向天悲。乌鸢啄人肠，衔飞上挂枯树枝。士卒涂草莽，将军空尔为！乃知兵者是凶器，圣人不得已而用之。(《战城南》)

内容词的刻画，使他的诗篇充满着气魄与活力。古文句法的引用，使诗句活脱不羁，曲折尽情。上述二例，可见李白文词的特长是多方面的，而活脱有力则一。

《瓯北诗话》："飘然而来，忽然而去，不屑屑于雕章琢句，亦不劳劳于镂心刻骨；有天马行空，不可羁勒之势。"《唐诗别裁》："想落天外，尚自变生。大江无风，波浪自涌；白云从空，随风变灭。此殆天授，非人所及。"这都是说李白活脱不羁的性格和诗格。

他的战诗有豪壮飘逸的风格，那夸饰的、决断的修辞在充沛着气魄的内容词里，在曲折的组织词里，迸出激昂有力奔放的音调。无论他的长诗或短诗都具有这种表情的。

（十二）杜甫

杜甫是杜审言之孙，字子美，号少陵，生于唐睿宗先天元年（712），卒于代宗大历五年（770），终年五十九岁。

杜甫的家世，他是由纯粹文士的血统传下来的。他的远祖是晋朝的儒将，著名的《左传》注释家杜元凯（预）；他的祖父是初唐大诗人之一的杜审言。父闲，我们虽只晓得他以奉天令终，文字亦不传，但我们看杜甫家境的穷迫，可断定他至少是个廉吏。①

---

① 傅东华:《李白与杜甫》，商务印书馆 1927 年版，第 9 页。

　　杜甫的性格,在《旧唐书》的本传里说,"性褊躁傲诞",又说"放旷不自检"。王洙的《杜工部集序》说:"甫少不羁。"夫曰傲诞,曰放达,曰不羁,曰傲岸,曰矜诞,曰不自检束,这是古诗人的常习,如甫的祖父审言,尤其有这弊风,何况敏于感情常趋激越的杜甫呢?①

　　杜甫自幼贫穷,但颇好学。《新唐书》说他"少贫不自振",他自己在《进封西岳赋表》里说:"是臣无负于少小多病,贫穷好学者已。"他一生飘泊,弱冠壮游吴越,后赴京兆贡举不第,又出游齐赵,留东都四年。三十四岁在齐州,三十五岁归住长安三年,后至东都,三十九岁归住长安五年,四十四岁被任为河南尉,不就,改任右卫率府胄曹参军,四十五岁闻肃宗即位,自鄜州嬴服而行,出奔陷于贼中,四十六岁脱围而出,谒肃宗于凤翔,拜左拾遗,扈从帝还西京,四十七岁虽出为华州司功,但仍潜至东都,四十八岁由东都归华州,七月弃官西去,渡陇,客于秦州。十月往同谷,翌年二月入蜀,至成都,又自成都至蜀之青城,五十一岁归成都,居浣花草堂,迎家往返于梓州之间,五十二岁往还于梓州、汉州、阆州之间,五十三岁后由梓州往阆州,及严武镇蜀,复还成都,居草堂,五十四岁严武卒后,乃离蜀而至戎州,渝州,忠州,云安,五十五岁自云安至夔州,五十六岁自夔州迁赤甲,瀼西,东屯,复归瀼西,五十七岁移徙于江陵、公安、岳州之间,五十八岁自岳州入潭州,衡州,畏暑热,复迁潭州,五十九岁自潭州避乱入衡州,欲如郴州,至宋阳,扁舟下荆楚,竟卒。他一生的困难苦楚,到了极点,唯肃宗时为左拾遗仅一岁,由严武所引为工部员外郎仅数月,可称为他得意之秋,尤其是他晚年,即代宗之广德(五十二岁)以后,最流离颠沛,八年竟至转居二十余处,几乎可说同孔席不暖、墨突不黔一般。②

　　杜甫的思想,一心鼓吹儒教,阐明经术,儒教的二大目的,在于忠君与孝亲二方面,所以他眷眷君国,志常在魏阙,一方面常常恋恋父母妻子,云山万里,一日不忘家乡。傅东华说:"原来杜甫是个真正的儒教信徒,我们晓得儒教最注重的精神,就是排斥自我主义,就是注重现实,就是忠恕,就

---

①　[日]儿岛献吉郎:《中国文学研究》,胡行之译,北新书局1936年版,第172页。
②　同上。

是同情，就是尊王攘夷。"① 由于他儒教的信仰，忠恕的同情的心理，所以他爱国忧民，反对贵族，同情下层社会，思家，和非战。

杜甫所处的时代环境，可划分四个时期：

第一时期：自开元初年至开元二十二年止，这是政治清明、经济昌裕时期，他自出生至二十三岁。

第二时期：自开元二十二年起至天宝末年止，经济上由昌裕而变为窘匮，政治上由蒙昧而转入昏乱。他自二十三岁至四十四岁。

第三时期：自天宝末年起至代宗广德元年止，政治上为安史之乱，经济上由窘匮而陷于恐慌时期，他自四十四岁至五十一岁。

第四时期：自代宗广德元年至大历五年止，政治上为外患炽烈武人跋扈，经济上民穷财尽，他自五十四岁至死。②

杜甫的性格思想和李白不同，他对时代和社会是极端的关怀，他也极端忠实地表现在他的诗篇里，所以他被称为诗史，按着时代的波浪，他的诗篇的感情与作风是随着他所处的时代动态和他的生活状态起伏变化的。

当他壮年的时候，壮游吴越，自然界的浑雄、灵异、秀美，随在都足以激发他的跌宕豪放的志气，拓展他浩荡寥廓的胸次，引起他飘渺的诗趣，可是这时期的诗作多不存。如此的快意八九年之后，开元守在洛阳旅居数载，对都市的生活表现厌倦，出游齐兖。天宝四、五年，他始终悒郁不得志，少年浪漫的思想高潮，渐渐退落，人生现实的事相，浮涌脑际，诸杨的专宠淫靡，明皇的昏昧黩武，边将的残狠好战，都反映在他的诗歌里。《丽人行》《虢国夫人》《游乐园歌》《兵车行》《前出塞》《后出塞》《自京赴奉先县咏怀》等诗，讽刺幽怨，悲天悯人，不失诗人温婉敦厚的风格，并且很明白地揭出他反战的意旨。

天宝十四年冬，安禄山反，明皇奔蜀，肃宗即位灵武，他奔行在陷贼，这时有《悲陈陶》《悲青坡》之作，赤裸地表现他睹物伤怀、忧乱思家的恶劣心情。至德二年脱贼赴凤翔，补左拾遗，复干怒肃宗放归，邻里萧条，酸心

---

① 傅东华：《李白与杜甫》，商务印书馆 1927 年版，第 34 页。

② 顾彭年：《杜甫诗里的非战思想》，商务印书馆 1928 年版，第 26 页。

桑梓,这时有《羌村》《北征》等作品。乾元之后,到处征兵,人民骚扰不堪,《洗兵行》《石壕吏》《新安吏》《潼关吏》《新婚别》《无家别》《垂老别》等作品都是暴露战争、反对战争的名作。他居秦州时,地处边郡,对战争事象的接触尤多,种种引起他同情心的惨状,使他于这时期里产生多量的非战诗篇。旅居秦州同谷是他最困顿的时候,到了迁居成都,这时闲适的生活,就有《狂夫》《野老》《遣兴》《泛溪》《恨别》《村夜》等作品,而对国家尚有无限的沉痛。

代宗广德元年,镇将拥兵跋扈,吐蕃大举入寇,破京都,焚掠奸杀,宫室为虚,这时有《警急》《王命》《征夫》《西山三首》《巴山》《遣忧》《发阆中》《伤春五首》等诗,极表其爱国伤时与轸恤灾黎之心。

广德二年归成都草堂,与友人严武唱和特多。四月严武又殁,七月外患内乱又作,盱衡时艰,如《太子张舍人》《诸将五首》等诗都是讽刺军阀、搘击军阀最有力的作品。严武死后,他移居夔州,兵燹后灾黎的生活最足动他悲悯的情绪,白帝、瞿塘、滟滪之雄险,赤甲、白盐、巫峡之峥嵘,犹足以引起壮思,青春的情怀,世乱的惨状,都入他暮年的感慨,长篇诗作这时最多。①

他一生大半都过着乱世困顿的生活,由于思想所赋有的同情与博爱的胸怀,所以都是非战的诗作。同时,他写作的方法是非常忠实于时代社会所给予的感情,所以他的诗作的风格与李白异趣。

批评杜甫诗作风格的很多,如:

《沧浪诗话》:"太白不能为子美之沉郁,子美《北征》、《兵车行》、《垂老别》等,太白所不能道";又说"杜诗思苦而语奇"。

《清江集》:"子美学优才赡,故其诗兼备众体。"

《艺苑卮言》:"五言之选体及七言之歌行,子美以意为主,以独造为宗,以奇拔沉雄为贵";又说:"咏歌行之妙,其人慷慨激烈,歔欷欲绝者为子美,选体则子美多释语累语,五言律、七言歌行,子美为神,七言律为圣,七言绝乃是变体。"

---

① 顾彭年:《杜甫诗里的非战思想》,商务印书馆 1928 年版,第 12 页。

《诗薮》:"杜体大思精而格浑"。

《诗辨坻》:"歌行,杜称沉雄,惟或失之粗硬"。

大家一致的感觉,杜诗风格的优点在于沉雄,并且他可以修兼众体。这种风格的造成,在于他学力的丰富。秦少游的《进论》说:"杜子美之于诗,实积众流之长,适当其时而已。昔苏武李陵之诗长于富妙;曹植刘公干之诗长于豪迈;陶潜阮籍之诗长于冲澹;谢灵运鲍照之诗长于峻洁;徐陵庾信之诗长于藻丽;于是子美穷富妙之格,极豪逸之气,包冲淡之趣,兼峻洁之姿,修藻丽之态,而诸家之作不能及焉。"他是有多方面的风格,因体裁与诗歌性质的不同而异,不能执一以论。

对于杜甫写作的技巧,日本儿岛献吉郎说他是入世的观察,是写实派,是悲观的,是议论的。① 傅东华说他是客观的描写法,以实在的外物为对象,诗是没有一首没有物,修辞方法力求近于自然,尚刻实,用显喻。②

古今研究杜甫的著作甚多,上述是他和他的诗的一般观察,现在要把他的战诗风格来研究:

1.非战诗的思想,以忠爱的心情发出。例多不举。

2."诗中皆有物",其意象的引用是写实的,细腻的,近视的。例多不举。

3.意象的发展及表出能兼众长,用客观描写法。

4.修辞特色:疑问的,感叹的,议论的。

> 客行新安道,喧呼闻点兵。借问新安吏:"县小更无丁?""府帖昨夜下,次选中男行。""中男绝短少,何以守王城?"肥男有母送,瘦男独伶俜,白水暮东流,青山犹哭声。莫自使眼枯,收汝泪纵横,眼枯即见骨,天地终无情! 我军取相州,日夕望其平,岂意贼难料,归军星散营。就粮近故垒,练卒依旧京,掘壕不到水,牧马役亦轻。况乃王师顺,抚养甚分明,送行勿泣血,仆射如父兄。(五古《新安吏》)

> 挽弓当挽强,用箭当用长,射人先射马,擒贼先擒王。杀人亦有限,列国自有疆,苟能制侵陵,岂在多杀伤? (五古《前出塞》)

---

① ［日］儿岛献吉郎:《中国文学研究》,胡行之译,北新书局1936年版,第137页。

② 傅东华:《李白与杜甫》,商务印书馆1927年版,第68页。

少陵野老吞声哭,春日潜行曲江曲,江头宫殿锁千门,细柳新蒲为谁绿!忆昔霓旌下南苑,苑中万物生颜色。昭阳殿里第一人,同辇随君侍君侧。辇前才人带弓箭,白马嚼啮黄金勒,翻身向天仰射云,一箭正坠双飞翼。明眸皓齿今何在?血污游魂归不得。清渭东流剑阁深,去住彼此无消息,人生有情泪沾臆,江水江花岂终极?黄昏胡骑尘满城,欲往城南望城北。(七古《哀江头》)

前年渝州杀刺史,今年开州杀刺史,群盗相随剧虎狼,食人更肯留妻子。

二十一家同入蜀,唯残一人出骆谷,自说二女啮臂时,回头却向秦云哭。

殿前兵马虽骁雄,纵暴略与羌浑同,闻道杀人汉水上,妇女多在官军中。(七古《三绝句》)

弱水应无地,阳关已近天。今君渡砂碛,累月断人烟。好武宁论命,封侯不计年。马寒防失道,雪没锦鞍鞯。(五律《送人从军》)

十室几人在,千山空自多。路衢唯见哭,城市不闻歌。漂梗无安地,衔枚有荷戈。官军未通蜀,吾道竟如何。(五律《征夫》)

剑外忽传收蓟北,初闻涕泪满衣裳,却看妻子愁何在,漫卷诗书喜欲狂。白日放歌须纵酒,青春作伴好还乡。即从巴峡穿巫峡,便下襄阳向洛阳。(七律《闻官军收河南河北》)

韩公本意筑三城,拟绝天骄拔汉旌。岂谓尽烦回纥马,翻然远救朔方兵。胡来不觉潼关隘,龙起犹闻晋水深。独使至尊忧社稷,诸君何以答升平。(七律《诸将》五首之一)

萧关陇水入官军,青海黄河卷塞云,北极转愁龙虎气,西戎休纵犬羊群。

赞普多教使入秦,数通和好止烟尘,朝廷忽用歌舒将,杀伐虚悲公主亲。(七绝《喜闻盗贼蕃寇总退口号》二首)

这几首诗有五古,七言古,七言律,七言绝,无论其为长篇或短篇,总有一个共通的特征,那就是疑问的、感叹的和议论的诗句,如借问,何以,莫使,岂意,况乃,苟能,岂在,为谁,何在,岂终极,更肯,宁,几,竟如何,岂谓,独使等语词。

5.文词的特色:多组织词(疑问形容词,疑问副词,连词,介词等)的引用,口语的引用。

暮投石壕村,有吏夜捉人。老翁逾墙走,老妇出门看。吏呼一何怒,妇啼一何苦!听妇前致词:"三男邺城戍,一男附书至,二男新战死,存者且偷生,死者长已矣!室中更无人,惟有乳下孙;有孙母未去,出入无完裙。老妪力虽衰,请从吏夜归;急应河阳役,犹得备晨炊。"夜久语声绝,如闻泣幽咽,天明登前途,独与老翁别。(《石壕吏》)

我军青坂在东门,天寒饮马太白窟,黄头奚儿日向西,数骑弯弓敢驰突。山雪河冰野萧瑟,青是烽烟白人骨,焉得附书与我军,忍待明年莫仓卒。(《悲青坂》)

这诗例可以看出他组织词的运用特多,并且常用白话口语。修辞特征所举的七古三绝句,更是显明地表现对方言的应用。杜诗里文词的特色,另一方面乃是内容词的刻画如《哀江头》等。他自己说"晚节渐于诗律细",又说:"为人性僻耽佳句,语不惊人死不休"。他的刻画,并不是雕琢,而是洗炼,正是僧皎然所谓"取境之时,须至难至险,始见奇句,成篇之后,观其气貌,有似等闲,不思而得,此高手也"。所以刻画和引用口语并不矛盾,乃是他写作多方面的表现。

《藏海诗话》说杜甫的年纪与诗作风的关系:"少而锐,壮而肆,老而严。"杜甫的诗作因他年龄而变化。他所说的:"为人性僻耽佳句,语不惊人死不休",这大概是他少壮年的气概。"老来渐于声律细",许多律诗大多是晚年之作。王元美说:"七言排律,创自老杜,然亦不得佳!盖七字为句,束以气律,气力已尽矣。"恰好他的战诗都做成于少壮期,所以富有那严肃、劲健、沉郁的风格。

这种风格的造成,当然是他忠爱的思想和热情,刻实细腻的意象描写,疑问的、感叹的、议论的修辞,和那组织词反复的应用,把他深切的热情,进出曲折、抑郁的音调来。

(十三) 王昌龄

王昌龄,字少伯,京兆人,开元十五年进士,补秘书郎,二十二年中宏词科,晚节不护细行,贬龙标尉。世乱还乡,为刺史阎丘晓所杀。其诗绪密而思清。(《全唐诗》)

《河岳英灵集》评他以"声俊",《诗薮外篇》称他"神秀"。沈德潜说:"七言绝句贵微言旨远,语浅情深,如清庙之瑟,一唱而生叹有余音矣。开元之时,龙标供奉允称神品。"又说:"龙标绝句,深情幽怨,音旨微茫,令人测之无端,玩之无尽,谓之唐人骚语可。"

王昌龄以七绝著名,以宫怨著名,有"诗天子"的荣衔。战诗颇多,有他的特色。

1. 两种情感与思想,唯其表现方法都是直述果决的抒情。

(1)反战思想,感情悲哀,句例:

"黄尘足今古,白骨乱蓬蒿。"(《塞下曲》之二)

"更遣黄龙戍,唯当哭塞云。"(《塞下曲》之四)

"功多翻下狱,士卒但心伤。"(《塞上曲》)

"早知行路难,悔不理章句。"(《从军行》之一)

"惟闻汉使还,独向刀环泣。"(《从军行》之二)

"更吹羌笛关山月,无那金闺万里愁。"(《从军行》七首之一)

"表请回军掩尘骨,莫教兵士哭龙荒。"(《从军行》七首之三)

(2)主战思想,情感豪壮,句例:

"封侯取一战,岂复念闺阁。"(《变行路难》)

"三奏高楼晓,胡人掩涕归。"(《胡笳曲》)

"三面黄金甲,单于破胆还。"(《从军行》)

"将军夜战洮河北,已报生擒吐谷浑。"(《从军行》七首之五)

"明敕星驰封宝剑,辞君一夜取楼兰。"(《从军行》七首之六)

"但使龙城飞将在,不教胡马度阴山。"(《出塞》)

"城头铁鼓声犹振,匣里金刀血未乾。"(《出塞》)

2. 辽远的景象,句例:

"平沙日未没,黯黯见临洮。"(《塞下曲》之二)

"向夕临大荒","平沙万里余","向日暗榆关"。(《从军行》)

"烽火城西百尺楼,黄昏独坐海风秋","青海长云暗雪山,孤城遥望玉门关","大漠风尘日色昏,红旗半掩出辕门","玉门山嶂几千重,山北山南总是烽"。(《从军行》)

"秦时明月汉时关"。(《出塞》)

3. 文词的应用:

（1）清淡的颜色:黄芦、紫骝、白露、黄尘、黄雾、黄沙、黄旗、白骨、白云、青塚、碧毛……

（2）黯淡的性态形容字:惨惨、飒飒、黯黯、丝丝、啾啾……

（3）孤独字的数量:

"孤军百战场"。(《塞上曲》)

"断蓬孤自转"。(《从军行》)

"有一迁客登高楼","黄旗一点兵马收"。(《箜篌引》)

"黄昏独坐海风秋","孤城遥望玉门关"。(《从军行》)

4. 语音高昂。

盛唐诗人的本领,就是在能够创造意境。王昌龄把握着辽阔的意象来表现或暗示战争苍莽的场面,使读者触到那萧条极目的境界。王昌龄是善于写情的,他的绝句常是很会抓住部分的意象。他的战诗如果是反战的,那悲怨的情感,配合着辽阔的景物,与暗淡孤寒的形容字,所造成的豪情是更苍莽与雄壮了。上面说过,他表现情感的方法是果断的抒情,又能部分意象充分地表现意境,这都是王昌龄的特长,更加上他的辞藻是那么流丽,所谓"声俊"或"神秀"都是这种表现能力的结果。

（十四）常建

常建,长安人,开元中登进士第,大历中为盱眙尉。(《全唐诗》)《河岳英灵集》说:"建诗似初发通庄,却寻野径,百里之外,方归大道,其旨远,其兴僻,佳句辄来,唯论意表。"《诗薮》评之为"幽玄"。他宦途不很如意,常以诗酒自娱,风景诗有清丽鲜明的作风。对于战争,他却是个非战者。《塞下曲》:"玉帛朝回望帝乡,乌孙归去不称王,天涯静处无征战,兵气销为日月光",可见他对战争的态度了。

他的战诗,仅有几首短诗。

1.悲颓的情感,引用悲颓的形容字及动字,句例:

"百战苦不归,刀头怨明月。塞云随阵落,寒日傍城没。城下有寡妻,哀哀哭枯骨"。(《塞上曲》)

"战余落日黄,军败鼓声死","今与山鬼邻,残兵哭辽水"。(《吊王将军墓》)

"左贤未遁旌竿折"。(《塞下》)

"山崩鬼哭恨将军"。(《塞下曲》)

2.凄惨的景物:寡妻、枯骨、山鬼、阴风、骷髅、青塚、冤气、黑云。

这种可怕的景象,表现以悲颓的情感,《诗薮》的"幽玄"真是最恰切的风格评语。

三 藩镇擅权时期

《四库提要》:"大历以还,诗格初变,开宝浑厚之气,渐远渐漓,风调相高,稍趋浮响,升降之关,十子实为关键。"

《艺苑卮言》:"唐自贞元以后,藩镇富强,兼所辟召,能致通显。一时游客词人,往往挟其所能,或行卷赞通,或上章陈颂:大者以希拔用,小者以冀濡沫。而干旄之吏,多不能分别黑白,随意支应。故剽窃云扰,诐谀泉涌,取辨俄顷以为捷,使事饾饤以为工。至于贡举,本号词场;而牵厌俗格,阿趋时好。上第巍峨,多为将相私人,座主密旧;甚乃津私禁脔,自比优伶;关节倖当,身为军吏。下第之后,尚尔乞怜于主司,冀其复进。是以性情之真伪,为名利之钩途,诗道日卑,宁非其故。"

诗与社会是息息相关的,这个时期社会的趋向是诐谀武人的,战争诗歌也相应地染上了这种风气。

其一,歌功颂武的诗作盛行:战乱的时候,正是文人最倒运的时候。因为他们手无尺铁,只好替当时的武人捧场,时尚所趋,对将军或相公之流赠答之诗甚多,正如乐府诗里的鼓吹曲一样地成为阿谀的作品,大历十才子便是所谓台阁体的健将。不过也有一类诗人，看不惯当时藩镇的跋扈，豪将的横杀，捐税的苛杂，佛老的猖披……于是为诗讥讽时政，元稹、白居易便是代表。

其二，主战诗作极少，只有颓靡不振的非战的，或只是把战争当做一种平凡的事象来描写的诗篇。我异常热情地引吭高吟开天时代豪壮的战诗，觉得他们对于伟大的战斗场面，都技巧地造成那种严肃的伟大的意境和气魄。大历以还的战诗，已经找不到那种气魄了，只是战场小景象的描写或抒情而已，根本上他们对战争已没有初唐盛唐的诗人们那么热情了。

（十五）刘长卿

刘长卿字文房，河间人，开元二十一年进士，至德中为监察御史，以检校祠部员外郎为转运使判官，知淮南岳鄂转运，留后鄂岳观察使。吴仲孺诬奏，贬潘州南邑尉，会有为之辩者，除睦州司马，终随州刺史。以诗驰声上元宝应间。权德舆常谓为五言长城，皇甫湜亦云："诗未有刘长卿一句，已呼宋玉为老兵矣。"其见重如此。（《全唐诗》）

刘长卿长于五言和写景。明杨镦序其诗集说："凡其写怀遣兴，寄友送别，登眺山水，荡泊客旅罔不诗，诗罔不自悒悒怀抱为之。"可见他写景也注意情的发泄。高仲武对他的诗是异于众人的好评的："长卿诗体虽不新奇，甚能炼饰；十首以上，语意稍同，于落句尤甚，此其短也。"这正指明他技巧的毛病。

在这种的特长和这种的技巧下所做的战诗，是决不会具有战诗的一般风格的。

1. 客观的描写，不加入作者主观的主战或非战情感。

2. 意象选用孤寒，缺乏壮伟的气魄，句例：

> "瘦马恋秋草"。（《代边将有怀》）
> "废戍山烟出，荒田野火行。"（《奉使至星州伤继陷没》）
> "鸟雀空城在，榛芜旧路迁。"（《送河南元判官》）
> "边色寒苍然"，"北风动枯草"。（《从军》）
> "渺渺戍烟孤，茫茫塞草枯。"（《平蕃曲》）
> "手披荒草看孤坟"。（《送李将军》）

3. 文词的特征:

（1）清淡的颜色:白首、白草、白云、白刃、黄沙、黄云。

（2）萧索的性状形容字:瘦马、孤城、废戍、荒田、空城、寒烟、枯草、绝漠。

4. 修辞特征:孤单的数量与辽阔空间的对比,句例:

　　"平沙独戍闲"。(《平蕃曲》)

　　"海徼长无戍,湘江独种畲","万里依孤剑,千峰寄一家"。(《赠元容州》)

　　"万里看一鸟"。(《送裴西判官赴河军试》)

　　"身逐塞鸿来万里,手披荒草看孤坟。"(《送李将军》)

　　"回看虏骑合,城下汉兵稀。"(《从军》)

5. 音调低回。

刘长卿专写战争事象外的景物,如花草水鸟之类,尤注意表现那萧索的景,造成与战争无关的悠情;他用的性状形容字很颓靡,动字也没有力气,音调是低回而不能一贯。这些综合的结果,给读者只有一种柔靡清淡的感觉,在战诗风格上是少有价值的。

　　黄沙一万里,白首无人怜,报国剑已折,归乡身幸全,单于古台下,边色含苍然。(《从军》六首之四)

　　万里辞家事鼓鼙,金陵驿路楚云西,江春不肯留归客,草色青青送马蹄。(《送李判官之润州行营》)

把上列两首所表现的风格看来,给它适当的评语,只有"清淡无力"四字。

（十六）钱起

钱起字仲文,吴兴人,天宝十载登进士第,官秘书省校书郎,终尚书考功郎中。大历中与韩翃李端辈号十才子,诗格新奇,理致清赡。(《全唐诗》)

高仲武对他极力称赞说:"诗格清奇,理致清赡,粤从登第,挺冠词林,文宗右丞,许以高格;右丞没后,员外为雄,革齐宋之浮游,削梁陈之靡曼,迥然独立,莫之与京。"钱起的《湘灵鼓瑟》:"曲终人不见,江山数峰青",是极写景见情之工的,他有关战争的诗歌,也同具有这种技巧。

《送崔校书从军》,《送传管讽赴蜀军》,《送鲍中丞赴太原军营》,《送王使君赴太原军营》,《奉使户部李郎中充晋国副节度出塞》……这些都是歌颂的诗。如《送王使君赴太原行营》:

> 太白明无象,皇威未戢戈。诸侯持节钺,千里控山河。汉驿双旌度,胡沙七骑过。惊蓬连雁起,牧马入云多。不卖卢龙塞,能消溜海波。须传出师颂,莫奏式微歌。

这些内容的诗篇,至多做到典雅形式,是没有什么意义的。而钱起却多是这一类的,他引用的意象和音调是很轻妙的,性状形容词与动物是刻画很细腻,这些因素配合的风格是浅利轻圆的,句例:

> "巴山夜雨藏征旆,汉水猿声咽短箫。"(《送传管纪赴蜀军》)
> "万里飞沙咽鼓鼙,三军杀气凝旌旆。"(《卢龙塞行送韦掌记》)

藏,咽,凝,暗,断,连,深,这些字都是很细腻而深刻的,就整个诗篇的音调念来,因于轻妙的意象和组织词的连锁,更显得轻圆,诗例:

> 雨雪纷纷黑山外,行人共指卢龙塞,万里飞沙咽鼓鼙,三军杀气凝旌旆。陈琳书记本翩翩,料敌张兵夺酒泉,圣主好文兼好武,封侯莫比汉皇年。(《卢龙塞行送韦掌记》)

这种清赡轻圆的风格在战诗上是很少价值的,只不过是用为应酬赠送的一种礼物。

(十七)耿沣

耿沣字洪源,河东人,登宝应元年进士第,官右拾遗。工诗,与钱起、卢纶、司空曙诸人齐名,号大历十才子。沣诗不深琢削,以风格胜。(《全唐诗》)

他还是多于赠送一类的歌颂诗的。不过,他诗里有一种特征就是描写静的景和音乐的听觉意象。句例:

> "夜雨新田湿,春风曙角鸣。"(《送绛州郭参军》)
> "塞鸿过尽残阳里,楼上呜呜暮角声。"(《塞上曲》)

"旌旗四面寒山暝,丝管千家静夜闻。"(《上将行》)

"毡裘牧马胡雏小,日暮蕃歌三两声。"(《凉州词》)

这种静的景和它所烘托出来的情趣,自然没有较为雄伟的气魄,整个篇的组织是很破碎,除了片段的景象,和俊美的诗句外,是没有一贯的豪情。诗例:

将军带十围,重锦制戎衣。猿臂销弓力,虬须长剑威。首登平乐宴,新破大宛归。楼上诛姬笑,门前问客稀。暮烽玄兔急,秋草紫骝肥。未奉君王诏,高槐昼掩扉。(《入塞曲》)

(十八) 戎昱

戎昱,荆南人,登进士第,卫伯玉镇南辟为从事,后为辰虔二州刺史。(《全唐诗》)

他的战诗是专写悲惨的一面。

1. 反战思想,悲苦的心情。诗例:

惨惨寒日没,北风卷蓬根。将军领疲兵,却入古塞门,回头指阴山,杀气成黄云。

塞北无草木,乌鸢巢僵尸,泱漭沙漠空,终日胡风吹,战卒多苦辛,苦辛无四时。(《塞下曲》)

可汗奉亲诏,今日归燕山。忽如乱刀剑,搅妾心肠间,出户望北荒,迢迢玉门关。生人为死别,有去无时还。汉月割妾心,胡风凋妾颜,去去断绝魂,叫天天不闻。(《苦哉行》之五)

2. 修辞特征:

(1) 钩句或叠句,句例:

"战卒多苦辛,苦卒无四时。"(《塞下曲》)

"昔年买奴仆,奴仆来碎叶。"(《苦哉行》之三)

"冀雪大国耻,翻是大国辱。"(《苦哉行》之一)

"官军收洛阳,家住洛阳里。"(《苦哉行》之二)

（2）平白的语词，句例：

"阴气常勃勃"，"试问左右人"，"霜雪割人肉"。（《塞下曲》）

"一生忽至此，万事痛苦业"，"暗哭苍苍天"，"叫天天不闻"。
（《苦哉行》）

（3）生硬的语调，句例：

"羶腥逼绮罗，砖瓦杂珠玉。"（《苦哉行》）

"胡风略地烧连山，碎叶孤城未下关。"（《塞上曲》）

戎昱在他战诗里是表现苦的情，平白的语词，生涩的语调。他不是十
才子之一，所以没有染上台阁体的典雅作风。

（十九）卢纶

卢纶字允言，河中蒲人。大历初，数举进士不第。元载取其诗以进，补
阌乡尉，累迁至监察御史，辄称疾去官。坐与王缙善，久不调。建中初为昭
应令浑城镇河中，辟元帅判官，累迁检校户部郎中。贞元中，舅韦渠牟表其
才，驿召之，会卒。（《全唐诗》）

同大历一般诗人类似的，他善写小景象，抓住一刹那的意象，用爽利的
笔调来抒写，最著名的有《和张仆射塞下曲》：

鹫翎金仆姑，燕尾绣蝥弧。独立扬新令，千营共一呼！
林暗草惊风，将军夜引弓。平明寻白羽，没在石棱中。
月黑雁飞高，单于夜遁逃。欲将轻骑逐，大雪满弓刀。
野幕敞琼筵，羌戎驾劳旋。醉和金甲舞，雷鼓动山川。

他没有积极的战诗，战场不过是他写景的对象，所以没有一贯的情感
做中心。上列的《和张仆射塞下曲》好像很雄壮，其实是他所写的对象所
做成的气氛，而不是作者付给以雄壮的情感的。在别的诗篇里，却用着十
分颓唐的意象与性状形容字。诗例：

二十在边城，军中得勇名。卷旗收败马，占碛拥残兵。覆阵乌鸢

起,烧山草木明。塞闲思远猎,师老厌分营。雪岭无人迹,冰河足雁声。李陵甘此没,惆怅汉公卿。(《从军行》)

行多有病住无粮,万里还乡未到乡,蓬鬓哀吟古城下,不堪秋气入金疮。(《逢病军人》)

他的字句不是刻琢的,所以有流利的感觉,对于战诗风格上雄豪的气概是谈不到了。所有的卷旗,败马,古迹,残兵,覆阵,塞闲,师老,雪岭,冰河,蓬鬓,金疮等语调和《和张仆射塞下曲》比较,便知道他对于战诗是没有统一的情感与思想的。

(廿)刘禹锡

刘禹锡字梦得,彭城人。贞元九年擢进士第,登博学宏词科,从事淮南幕府入为监察御史。王叔文用事,引入禁中,与之图议,言无不从,转屯田员外郎判度支盐铁案。叔文败,坐贬连州荆史,在道贬郎州司马。落魄不自聊,吐词多讽托幽远。蛮俗好巫,尝依骚人之旨倚其声,作竹枝词……禹锡素善诗,晚节尤精,不幸坐废,偃蹇寡所合,乃以文章自适,与白居易酬复颇多。居易尝叙其诗曰"彭城刘梦得,诗豪也,其锋森然,少敢当者",又言"其诗在处,应有神物护持"。其为名流推重如此。(《全唐诗》)

禹锡的诗是富有悠长的情思的,民歌对他有直接的影响。他的战诗如《平蔡州》:

蔡州城中众心死,妖星夜落照壕水。汉家飞将下天来,马箠一挥门洞开。贼徒奔腾望旗拜,有若群蛰惊春雷。狂童面缚登槛车,太白夭矫垂捷书。相公从容来镇抚,常侍郊迎负文弩。四人归业闾里闲,小儿跳踉健儿舞。

是很纵横恣肆,像《晋书》的《陇上歌》一样的粗放。其他如《平齐行》《城西行》《壮士行》等古体,都具这种风格。不过他许多歌颂的诗,便是典雅的。字句用得很雅,意象很堂皇,还应用着古典,如《和白侍郎送令狐相公镇太原》:

十万天兵貂锦衣,晋城风日斗生辉。行台仆射深恩重,从事中郎旧路归。叠鼓蹙成汾水浪,闪旗惊断塞鸿飞。边庭自此无烽火,拥节还来坐紫微。

除了送和歌颂一类的诗外,他的战争律诗是没有强烈的情感,而是细碎的意象描写,音调是低沉的。如《边风行》:

边马萧萧鸣,边风满碛生。暗添弓箭力,斗上鼓鼙声,袭月寒晕起,吹云阴阵成,将军占气候,出号夜翻营。

他古体、律体和专以歌颂为内容的诗是各有不同的风格。他所擅长的是富有情思的诗作,但在战争的诗篇却不能表现出这种技巧,因为战争本身是很少有情思的。除了李益运用了月笛等一类能助长战诗情思的意象外,就是以民歌著名的刘禹锡,却不把那萧爽活泼的手法运用到战诗来。

(廿一)李益

李益字君虞,姑臧人。大历四年登进士第,授郑县尉,久不调,益不得志,北游河朔幽州,刘济辟为从事,尝与济诗有怨望语。宪宗时,召为秘书少监,集贤殿学士。自负才地,多所凌忽,为众不容。谏官尝举其幽州诗句以罪,遂至降居散佚;旋复任用。大和初年,以礼部尚书致仕卒。益长于诗歌,贞元末与宗人李贺齐名,每作一篇,教坊乐人,以赂求取,唱为供奉歌辞。其《征人歌》、《早行诗》,好事者为画为屏障。(《全唐诗》)

李益性情是自负的,他的诗是宜于歌唱,宜于入图,可见其音节和意境是美的。沈德潜说:"七言绝句,中唐以李庶子刘宾客为最,音节神韵,可追龙标供奉。"他长于七绝,能以洒脱的手法写凄清的情思。

1.悠远的情思,应用听觉意象的音乐,和远视的视觉意境表出之,诗例:

天山雪后海风寒,横笛偏吹行路难。碛里征人三十万,一时回首月中看。(《从军北征》)

边霜昨夜坠关榆,吹笛当城汉月孤。无限塞鸿飞不度,秋风吹入小单于。(《听晓角》)

回乐烽前沙似雪,受降城外月如霜。不知何处吹芦管,一夜征人尽望乡。(《夜上受降城闻笛》)

"此时秋月满关山,何处关山无此曲。"(《夜上西城听梁州曲》)

"桂满天西月,芦吹塞北笳。"(《送客归振武》)

"青山出塞断,代地入云平。"(《送辽阳使还军》)

"紫塞连年戍,黄沙碛路穷。"(《盐城见月》)

"雨雪移军远,旌旗上垅迟。"(《送韩将军还边》)

2.不事形容字及动字的雕琢,运用组织词发之以轻快洒脱的语言,句例:

"莫言塞北无春到,总有春来何处知。"(《度破讷沙》)

"此时秋月满关山,何处关山无此曲。"(《夜上西城听梁州曲》)

"莫笑关西将家子,只将诗思入凉州。"(《边思》)

"昔时征战回应乐,今日从军乐未回。"(《暮过回乐烽》)

李益战诗所以能富于悠远的情思,完全在他所选择的意象,如月,水,砂碛,笛声……等所引起的。他诗所用的韵律是悠长不迫的。陆时雍《诗镜总论》:"李益五古,得太白之深,所不能者澹荡矣。太白力有余闲,故游衍自得,益将矻矻以求之。"李益的战诗和李白的战诗,悠远和飘逸各因其诗的组织而异,不能以其名气之大小而定优劣,不过李益多是短诗,在才气上当然是不及太白,也因为形式的短小,所以不得做到雄肆的地步。

(廿二)王建

王建字仲初,颍川人,大历十年进士,初为渭南尉,历秘书丞侍御史。太和中出为陕州司马,从军塞上,后归咸阳,十居原上。建工乐府,与张籍齐名,宫词百首,尤传诵人口。(《全唐诗》)

王建曾经从军塞上,可是唐代的光荣时代已经过去,那雄豪的战诗时代也成为陈迹。他的战诗多是反战的,并且是以凄怨的苦情抒写关于战争的情感,如《古从军》:

汉家逐单于,日没处河曲。浮云道旁起,行子车下宿。

枪城围鼓角,氊帐依山谷。马上悬壶浆,刀头分颊肉。

来时高堂上，父母亲结束。回面不见家，风吹破衣服。

金疮在肢节，相与拔箭镞。闻道西凉州，家家妇女哭。

他如《饮马长城窟》《渡辽水》《塞上》《凉州行》《闻故人自征戍回》《辽东行》等诗，都以功名不遂、战死异域为叹。其运用的意象都是颓靡与悲惨的，如：寒陇、废城、黄沙、马骨、废墟、白骨、金疮……等。

其性质形容词也是如此："人悴马立黄"，"漫漫复凄凄"。惟其诗句是浅显的，是少用意匠的，如《渡辽水》：

渡辽水，此去咸阳五千里。来时父母知隔生，重著衣裳如送死。亦有白骨归咸阳，营家各与题本乡。身在应无回渡日，驻马相看辽水傍。

王建的战诗，叙事或纪实，很少形容的句子。他的宫词很有性灵的智慧，但在战诗里是找不到的。我们所能感觉到的便是诗里凄怨的情感。

他也有送和的歌颂诗，如《赠田将军》，总离不了这种诗体所要求的典雅的风格。

初从学院别先生，便领偏师得战名。大小独当三百阵，纵横只用五千兵。回残尺帛归天库，分好旌旗入禁营。自执金吾长上直，蓬莱宫里夜巡更。

（廿三）令狐楚

令狐楚字壳士，宜州华原人，贞元七年及第，由太原掌书记至判官，拜山南西道节度使。（《全唐诗》）

他有几首绝句，是消极无力的，如《年少行》《塞下曲》《从军词》等。

少小边州惯放狂，骣骑蕃马射黄羊，如今年老无筋力，犹倚营门数雁行。（《年少行》）

边草萧条塞雁飞，征人南望泪沾衣，黄尘满面长须战，白发生头未得归！（《塞下曲》）

暮雪连青海，阴雾覆白山，可怜班定远，生入玉门关。（《从军词》）

这无力情思的表现在他应用疑问及感叹的诗句上。如：

> "终日随征旆,何时罢鼓鼙?"(《从军词》)
>
> "纵有还家梦,犹闻出塞声!"(《从军词》)
>
> "犹倚营门数雁行!"(《年少行》)
>
> "不到天明未肯休!"(《年少行》)
>
> "平生意气今何在?把得家书泪似珠。"(《塞下曲》)
>
> "白发生头未得归!"(《塞下曲》)

在有反战思想的诗人,对意象的选择和感情的表出都倾向悲哀的一面。

(廿四)孟郊

孟郊字东野,湖州武康人,少隐嵩山,性介少谐合。韩愈一见为忘形交,年五十登进士第。郊为诗有理致,为韩愈所称,然思苦奇涩。李观亦论其诗曰:"高处在古无上,其平处下倾二谢。"(《全唐诗》)

孟郊的诗是所谓"焦悴枯槁,局促不伸"的,所以有人对他大肆攻击。如苏东坡:"我憎孟郊诗,复作孟郊语。"元遗山:"东野悲鸣死不休,高天厚地一诗因,江山万古潮阳笔,合卧元龙百尺楼。"

韩愈最推许孟郊,赵翼《瓯北诗话》:"昌黎本好为奇崛矞皇,而东野盘空硬语,妥帖排奡,趣尚略同,才力又相等,一旦相遇,遂不觉如胶之投漆,相得无间。"孟郊诗作的蹇涩穷僻,完全是坎坷的境遇所造成。一生穷愁失意,家贫官小,使他的情感抑郁不伸了。不过,他的想象非常地奔放,又是民间的思想与语言。如《吊国殇》:

> 徒言人最灵,白骨乱纵横。如何当春死,不及群草生。尧舜宰乾坤,器农不器兵。秦汉盗山岳,铸杀不铸耕。天地莫生金,生金人竞争。

又如《征妇怨》:

> 良人昨日去,明月又不圆。别时各有泪,零落青楼前。君泪濡罗巾,妾泪落路尘。罗巾长在手,今得随妾身;路尘如得风,得上君车轮。

这些粗放未经修饰的语言,包含有很奇怪的联想。我们可以说他思想奇怪生涩,语调奇怪生涩,而其字句却是平白的。凡是平白的战诗多是反战的。

（廿五）贾岛

贾岛字浪仙,范阳人,初为浮屠,名无本。诗思入僻,当其苦吟,虽逢公卿贵人,不之觉也。累举不第,文宗时为长江主簿,会昌初以普州司仓参军迁司户,未受命卒。(《全唐诗》)

贾岛是有名的苦吟诗人,所谓"两句三年得,一吟双泪流",可见他对于诗句刻画的程度。不过不是对辞藻加上浓艳的色泽,而是性灵的极端的搜求。

他的战诗是选用衰靡无力的景象,字的刻画也是近于枯寒的性质。如:

> 胆壮乱须白,金疮蠹百骸。旌旗犹入梦,歌舞不开怀。燕雀来鹰架,尘埃满箭靫。自夸勋业重,开府是官阶。(《老将》)

> 旧事说如梦,谁当信老夫。战场几处在,部曲一人无。落日收病马,晴天晒阵图。犹希圣朝用,自镊白髭须。(《代旧将》)

诗里的"乱须","金疮","落日","病马",可见其性癖是爱选用枯寒的景象。以整首诗看去,其思想是新奇的。

（廿六）张籍

张籍字文昌,苏州吴人,或曰和州乌江人。贞元十五年登进士第,授太常寺太祝,久之迁秘书郎。韩愈荐为国子博士,历水部员外郎主客郎中,当时名士皆与游,而愈益贤重之。为诗长于乐府,多警句,仕终国子司业。(《全唐诗》)

张籍是以乐府诗擅长的。刘邠《中山诗话》:"张籍乐府词,清丽深婉,五言律诗亦平淡可爱;至七言诗,则质多文少,材各有宜,不可强饰。"他的乐府词是有讽刺的意味的。白乐天说:"张公何为者,业文三十春,尤工乐府词,举代少其伦。为诗意如何? 六义互铺陈,风雅比兴外,未尝著空文。读君学仙诗,可讽放佚君;读君董公诗,可诲贪暴臣;读君商女诗,可感悍妇仁;读君勤齐诗,可劝薄夫淳;上可裨教化,舒之济万民;下可理情性,卷之善一身。"他的战诗多是古体,情感很温婉,不趋极端,思想是反战的,语言也很平白,如:

织素缝衣独苦辛,远因回使寄征人。官家亦自寄衣去,贵从妾手著君身,高堂姑老无侍子,不得自到边城里,殷勤为看初著时,征夫身上宜不宜。(《寄衣曲》)

筑城处,千夫万人齐把杵。重重土坚试行锥,军吏执鞭摧作迟。来时一年深碛里,尽著短衣渴无水。力尽不得休杵声,杵声未尽人皆死!家家养男当门户,今日作君城下土。(《筑城词》)

九月匈奴杀边将,汉军全没辽水上。万里无人收白骨,家家城下招魂葬。妇人依倚子与夫,同居贫贱心亦舒。夫死战场子在腹,妾身虽存如昼烛。(《征妇怨》)

他如《送远曲》《别离曲》《关山月》《陇头行》《塞上曲》《将军行》《车遥遥》等乐府诗,都是以沙碛战士的死亡抒他的悲情,但是他的五律或绝句便没有像乐府诗那样平白了。《中晚唐诗主客图》以他为清真雅正之主,便是因为他诗的情感不流褊激,抒写的技巧渐趋于性灵的启发。沈德潜说:"然心思之巧,辞句之隽,最易启人聪颖。"由伟大的气魄到机巧的智慧,是诗歌由盛至衰发展必然的过程。如:

秋塞雪初下,将军远出师。分营长记火,放马不收旗。月冷边帐湿,沙昏夜探迟。征人皆白首,谁见灭胡时。(《塞上曲》)

边城暮雨雁飞低,芦笋初生渐欲齐。无数铃声遥过碛,应驮白练到安西。(《凉州词》)

这些诗句不是字的雕琢,而是以机智的心思,来选用能恰好表现这种心思的字句,战争的气概已完全没有,战争的意象也完全是静的死的了。"月冷边帐湿,沙昏夜探迟",这两句的失巧,正足以代表中晚唐战诗修辞的趋向。

(廿七)李贺

李贺字长吉,宗室郑王之后。父名晋肃。贺举进士时为时辈所排诋。韩愈虽作《讳辩》为之辩护,而贺竟因之终身不遇。为人纤瘦通眉长爪,七岁即能辞章。每旦出,骑弱马,从小奚奴,背古锦囊,遇有所得,即书投囊中,及暮足成之,非大醉及吊丧日率如此,母每见所书多,即怒目曰"是儿

要呕出心肝乃已耳”,卒年二十七。(《全唐诗》)

李贺的诗,是非之者异说。《全唐诗话》载杜牧论其诗说:“元和中,韩吏部亦颇道其歌诗;云烟绵联,不足为其态也。水之迢迢,不足为其清也。春之盎盎,不足为其和也。秋之明洁,不足为其洁也。风樯阵马,不足为其勇也。瓦官篆鼎,不足为其古也。时花美女,不足为其色也。荒国陊殿,莽丘陇,不足为其恨怨悲愁也。鲸呿鳌掷,牛鬼蛇神,不足为其虚荒诞幻也。盖骚之苗裔,理犹不及,辞或过之。”这是极其称赞的。陆时雍《诗镜总论》:“妖怪惑人,藏其本相,异声异色,极伎俩以为之,照入法眼,自立破耳。然则李贺其妖乎? 非妖何以惑人? 故鬼之有才者能妖,物之有灵者能妖;贺有异才,而不入于大道,惜乎其所迷也。”这又是诋毁的。

王昌任对他这种作风的解释,在《昌谷诗解序》:“贺既孤愤不遇,而所为呕心之语,乃日益高妙。寓今托古,比物征事,大约言悠悠辈,何至相吓乃尔? 人命至短,好景虚尽,故其哀激之思,变为晦涩之调,善用鬼字、泣字、死字、血字,如此之类,幽冷谿刻,法当早夭。”

他晦涩之调,是因为不曾用爽利的韵脚与音节的。并且想象很奔放而奇诡,内容词是堆垛,颜色的形容词常于引用,意象常是远视的。如:

> 黑云压城城欲摧,甲光向日金鳞开。角声满天秋色里,塞上燕脂凝夜紫。半卷红旗临易水,霜重鼓寒声不起。报君黄金台上意,提携玉龙为君死。(《雁门太守行》)
>
> 胡角引北风,蓟门白于水。天含青海道,城头月千里。露下旗蒙蒙,寒金鸣夜刻。蕃甲锁蛇鳞,马嘶青冢白。秋静见旄头,沙远席羁愁。帐北天应尽,河声出塞流。(《塞下曲》)
>
> 饥寒平城下,夜夜守明月。别剑无玉花,海风断鬓发。塞长连白空,遥见汉旗红。青帐吹短笛,烟雾湿昼龙。日晚在城上,依稀望城下。风吹枯蓬起,城中嘶瘦马。借问筑城吏,去关几千里? 唯愁裹尸归,不惜倒戈死。(《平城下》)

可看到这些是丑的字、重的音、奇诡的景物所组合的诗篇,作者是没有注意战争的情感的,只是将他所选择的景象,用他特别的奇怪字句表现之,古体的形式更把这个组合显得奇特。

（廿八）白居易

白居易字乐天,下邽人,擢进士第,补校书郎,对策入等,调盩厔尉,召为翰林学士,以言事贬江州司马,徙忠州刺史。及征为主客郎中,知制诰,历杭苏二州刺史,召迁刑部侍郎,除太子宾客,分司东都。拜河南尹,改太子少傅,以刑部尚书致仕,卒年七十五。(《全唐诗》)

他作诗的态度很明白,《与元九书》:"文章合为时而著,歌诗合为事而作"。《新乐府序》:"……篇无定句,句无定字;系于意,不系于文。首句标其目,卒章显其志,诗三百之义也。其辞质而径,欲见之者易喻也。其言直而切,欲言之者深诫也;其事核而实,使采之者传信也;其体顺而肆,可以播于乐章歌曲也。总而言之:为君,为臣,为民,为物,为事而作,不为文而作也。"所谓质而径,直而切,核而实,顺而肆,都是他自己说出他新乐府的风格的。

为了他太求浅近平白,于是便遭受了人的非难,张戒《岁寒堂诗话》:"梅圣俞云:'状难写之景如在目前'。元微之云:'道得人心中事'。此固是乐天长处,然情意失之太详,景物失于太露,遂成浅近。略去余蕴,此其所不可追者也。"批评优劣本因人而异,白居易本来是要求极为平白的风格的。

他可以说没有战诗,只有关于战争的讽诗,如新乐府的《新丰折臂翁》《缚戎人》《蛮子朝》《母别子》《阴山道》,及律诗的《乱后过流沟寺》,《王昭君》,《闺怨词》三首之一等。

讽喻诗他已是明显地说出他的作诗用意,是以平民的痛苦作诗的背景的。因之他修辞的特征,当然要平白,显喻,疑问,讥讽。文词不拘长短。多用组织词。如《新丰折臂翁》:

> 新丰老翁八十八,头鬓眉须皆似雪。玄孙扶向店前行,左臂凭肩右臂折。问翁臂折来几年,兼问致折何因缘?翁云贯属新丰县,生逢圣代无征战;惯听梨园歌管声,不识旗枪与弓箭。无何天宝大征兵,户有三丁点一丁。点得驱将何处去,五月万里云南行。闻道云南有泸水,椒花落时瘴烟起,大军徒涉水如汤,未过十人二三死。村南村北哭声哀,儿别爹娘夫别妻,皆云前后征蛮者,千万人行无一回。是时翁年二十四,兵部牒中有名字;夜深不敢使人知,偷将大石捶折臂;张弓簸

旗俱不堪，从兹始免征云南。骨碎筋伤非不苦，且图拣退归乡土。此臂折来六十年，一肢虽废一身全；至今风雨阴寒夜，直到天明痛不眠。痛不眠，终不悔！且喜老身今独在。不然当时泸水头，身死魂孤骨不收，应作云南望乡鬼，万人塚上哭呦呦。老人言，君听取，君不闻开元宰相宋开府，不赏边功防黩武，又不闻天宝宰相杨国忠，欲求恩幸立边功，边功未立生人怨，请问新丰折臂翁。

《缚戎人》《阴山道》一样的是叙事的，都是以平白、显喻、疑问、讥讽为修辞的方法。诗里没有很深刻的形容词，也可以说是只有叙述而没有形容的。律诗如《闺怨词》："关山征戍远，闺阁别离难。苦战应憔悴，寒衣不要宽。"还是质直的作风。

质直的战诗常是反战的，那平白的语调和近于文句的诗句应该是表现反战感情最合适的语言吧！

（廿九）元稹

元稹字微之，河南河内人，应制策第一，除左拾遗，历监察御史，贬江陵士曹参军，从通州司马，后微拜祠部郎中，知制诰，进工部侍郎同平章事，出为浙东观察使。太和初，人为尚书左丞，检校户部尚书，兼鄂州刺史，武昌军节度使，卒年五十三。（参见《全唐诗》）

元稹也以借用乐府古题或创作乐府新题来讥刺时政，代民申冤，和白居易的主张相同。《和李校书新题乐府》说："余友李公垂，贶余乐府新题二十首，雅有所谓，不虚为文。余取其病时之尤急者，列而和之，盖十二而已。昔三代之盛也，士议而庶人谤。"又云："世理则词直，世忌则词隐，全遭世理而君盛圣，故直其词以示后，使夫后之人，谓今日为不忘之时也。"所解"直"便是他所标榜的风格。

元稹可说是没有战诗的，新乐府只是有关于战争事象的讥讽，如《古筑城曲五解》：

年年塞下丁，长作出塞兵，自从冒顿强，官筑遮虏城。
筑城须努力，城高遮得贼，但恐贼路多，有城遮不得！

丁口传父言,莫问城坚否? 平城破虏围,汉厮城墙走。
因兹请休和,虏往骑来过。半疑兼半信,筑城犹嵯峨。
筑城安敢烦,愿听丁一言,请筑鸿胪寺,兼愁虏出关。

又如《田家词》:

牛吒吒,田确确,旱块敲牛蹄趵趵。种得官仓珠颗谷。六十年来
兵簇簇,月月食粮车辘辘。一日官军收海服,驱牛驾车食牛肉。归来
收得牛两角,重铸锄犁作斤劚。姑舂妇担去输官,输官不足归卖屋,愿
官早胜仇早复。农死有儿牛有犊,誓不遣官军粮不足!

没有特别的形容,只是平白的语调,直述的、讥讽的诗句。

四　流寇窜扰时期

元和以后,世乱已极,人心极为厌战,诗坛也到了末运,只有摹仿,而没
有创造。《艺苑卮言》:"昔人有言,元和以后文士,学奇于韩愈,学涩于樊宗
师。歌行,则学放于张籍。诗句,则学矫激于孟郊,学浅易于白居易,学淫
靡于元稹。……"因为诗的发展已到了极端,无论是意境,气魄,或是字句
的奇险,平易,都已给前一辈的诗人开拓无遗,这时候除了摹仿之外,便没
有诗的新世界了。不过,这时期里的诗人却是更乖巧地在自己的心灵里找
到机巧的智慧出来。战争诗歌不能例外,即是随这趋向而发展。

这时期的诗人饱尝时乱,豪情提不起来,对战争的恐怕,使反战的诗作
加多,白话似的平易诗句,更常地被应用到战诗来。同时歌颂武人的战诗
还相当地盛行;乱后的赠答点缀在衰颓的战争诗坛上。

(卅) 杜牧

杜牧字牧之,京兆万年人,太和二年擢进士第,复举贤良方正。沈传师
表为江西团练府巡官,又为牛僧孺淮南节度府掌书记,擢监察御史。后迁
中书舍人卒。牧刚直有奇节,不为龊龊小谨,敢论列大事,指陈病利尤切,
其诗情致豪迈,人号为小杜,以别杜甫。(《全唐诗》)

为了他性格的刚直,他的战诗情感是直述的,萧爽的;语言是平白的,

轻逸的。不过没有直写战争场面的诗,只是战场景物的抒情,如:

黑山南面更无州,马放平沙夜不收。风送孤城临晚角,一声声入客心愁。(《边上晚秋》)

黄沙连海路无尘,边草长枯不见春。日暮拂云堆下过,马前逢著射雕人。(《游边》)

行役我方倦,苦吟谁复闻。戍楼春带雪,边角暮吹云。极目无人迹,回头送雁群。如何遣公子,高卧醉醺醺。(《并州道中》)

他要力矫晚唐诗坛柔靡的倾向,所以用字很疏放。不过他是没有战争诗歌豪迈的气概,《全唐诗》所谓"诗情豪迈",是指他一般的诗作稍有气骨。其实他还不能脱去纤冶的风尚,也就是他不曾把战争的风格注进他的战诗里。

(卅一)鲍溶

鲍溶字德源,元和登进士第,与韩愈、李正封、孟郊友善。(《全唐诗》)鲍溶的战诗是反战的,都是用悲惨的战争情绪,所联想的与所用的动字都非常的尖刻与奇异,音调与韵脚又是沉重的。如:

北风号蓟门,杀气日夜兴。咸阳三千里,驿马如饥鹰。行子久去乡,逢山不敢登。塞日惨大野,虏云若飞鹏。西北防秋军,麾幢宿层层。匈奴天未丧,战鼓长登登。汉卒马上老,繁缨空丝绳,诚知天所骄,欲罢又不能。(《塞上》)

蒙公虏生人,北筑秦氏冤,祸兴萧墙内,万里防祸根。城成六国亡,宫阙启千门。生人半为土,何用空中原。奈何家天下?骨肉尚无恩!投沙拥海水,安得久不翻。乘高惨人魂,寒日易黄昏,枯骨贯杇铁,沙中如有言,万古骊山下,徒悲野大燔。(《长城》)

西风应时筋角坚,承露牧马水草冷,可怜黄河九曲尽,毡馆牢落胡无影。(《塞上行》)

这种奇异的联想,如"虏云若飞鹏""北筑秦氏冤""沙中如有言",都是机巧的尖刻的性灵的表现。至其运用的动字及形容词也是如此,如:

"细响风凋草,清哀雁落云。"(《陇头水》)

"新丝强入未衰鬓,别泪应沾独宿衣。"(《寄归》)

"金泥舞虎精神暗,银缕交龙气色寒。"(《赠远》)

"岩云入角雕龙爽,寒日摇旗画兽豪。"(《赠李黯将军》)

细、清、新、暗、寒、雕、凋、沾、人……等字都是经过细心的修饰的。欧阳修称其诗清约严谨,在他的辞藻是平白的,在其文字却是尖刻的。

(卅二) 姚合

姚合,陕西硖石人,宰相崇曾孙,登九和进士第,授武功主簿,调富平万年尉。宝应中授监察御史户部员外郎,出刺杭州。开成末,终秘书监。与马戴、费冠卿、殷尧藩、张籍游。李频师之,合诗名重于时,人称姚武功。(《全唐诗》)

这时的诗人都是在性灵上寻求机巧的,姚合不能例外,如:

"坐稳吟难尽,寒多醉较迟。"(《军城夜会》)

"积尸川没岸,流血野无尘。"(《剑器词》)

"展旗遮日黑,驱马饮河枯。"(《剑器词》)

"僮仆惊衣窄,亲情觉语粗。"(《从军乐》)

"身慭山友弃,胆赖酒杯扶。"(《从军乐》)

这些句例都可说明他的联想很精细,不过在音节方面是迂回的,这是因为用相当的组织词,如疑问副词之类。如《从军行》:

滥得进士名,才用苦不长。性癖艺亦独,十年作诗章。六义虽粗成,名字犹未扬。将军俯招引,遣脱儒衣裳。常恐虚受恩,不惯把刀枪;又无远筹略,坐使虏灭亡。昨来发兵师,各各赴战场,顾我同老弱,不得随戎行。丈夫生世间,职分贵所当。从军不出门,岂异病在床?谁不恋其家,其家无风霜。鹰鹍念搏击,岂贵食满肠。

这样的诗作,便显得很萧爽。张为《中晚唐诗主客图》以他为格律诗的升堂,同于张籍的清真雅正。他歌功颂德的诗作,便有雅正的风格,如《闻魏州破贼》:

生灵苏息到元和,上将功成自执戈。烟雾扫开尊北岳,蛟龙斩断净南河。旗回海眼军容壮,兵合天心杀气多。从此四方无一事,朝朝雨露是恩波。

不是歌功颂武的诗作,便没有典雅的风格,如《塞下曲》:

碛路黄云下,凝寒鼓不鸣。战须移死地,军讳杀降兵。印马秋遮虏,蒸沙夜筑城。旧乡归不得,都尉负功名。

这些凝寒,死地,降兵,和上述句例的积尸,流血,与黑、枯、窄、粗等一类的字的运用,疑问副词之运用,把他的战诗变得迂回而沉郁。

(卅三)张祜

张祜字承吉,清河人,以宫词得名,长庆中,令狐楚表荐之,不报。尝客淮南,爱丹阳曲阿地,筑室卜隐。(《全唐诗》)

张祜的战诗在晚唐是不可多得的,因为他的战诗是具有豪壮的情感的,所用的动词形容词不是镂刻而是轻快,所形成的诗句是直截的决定的,所选择的意象是近于雄壮的;音调是高扬的。

万里配长征,连年惯野营,入群来拣马,抛伴去擒生。箭插雕翎阔,弓盘鹊角轻,问看行近远,西去受降城。(《塞下》)

少年金紫就光辉,直指边城虎翼飞。一卷旌收千骑虏,万全身出百重围。黄云断塞寻鹰去,白草连天射雁归。白首汉廷刀笔吏,丈夫功业本相依。(《从军行》)

自古多征战,由来尚甲兵。长驱千里去,一举两蕃平。按剑从沙漠,歌谣满帝京;寄言天下将,须立武功名。(《采桑》)

他如《雁门太守行》《塞下曲》《塞上曲》《赠淮南将》等,都具有上列的特征。

(卅四)许浑

许浑字用晦,丹阳人,故相圉师之后。太和六年进士,为丹涂太平二县

令,以病免,起润州司马,大中二年为监察御史,历礼部员外郎,睦郢二州刺史。(《全唐诗》)

高棅《唐诗品汇》谓许用晦之对偶,为晚唐变态之极。宋范晞文《对床夜话》极推许浑谓:"用物而不为物所赘,用情而不为情所牵,李杜之后,当学者许浑而已。"明杨升庵又极斥之谓:"唐诗至许浑,浅陋极矣;俗喜传之,至今不废。"

今不论他人的批评,以他的战诗来看,觉得他的对偶真是非常的讲究,可以说比南朝更过。为了对偶的考究,所以形容词与动词便要相当地雕镂。诗例:

> 羽檄征兵急,辕门选将雄。犬羊忧破竹,貔虎极飞蓬。定系猖狂虏,何烦虆镖翁。更探黄石略,重振黑山功。别马嘶营柳,惊乌散井桐。低星连宝剑,残月让雕弓。浪晓弓铤里,山晴鼓角中。甲开鱼照水,旗扬虎拿风。去想金河远,行知玉塞空。汉庭应有问,师律在元戎。(《登蒜山观发军》)

> 白首从军未有名,近将孤剑到江城。巴童戍久能番语,胡马调多解汉行。对雪夜穷黄石略,望云秋计黑山程。可怜身死犹家远,汴水东流无哭声。(《伤虞将军》)

许浑的诗是有隽逸之美的,他把诗句的对偶太重视了,当然是支离破碎而没有雄健的气概,但是形式和音调的美,使他的战诗还保存隽逸的风格。

(卅五)李商隐

李商隐字义山,怀州河内人,初在令孤楚幕府。开成二年登进士第。他一生沉沦记室,没有什么显达。他的诗在晚唐是占有最重要的地位。精密缛丽,多用故典是他的特点,敖陶孙称其"如百宝流苏,千丝铁网,绮密镶妍"。杨亿称其"包蕴密致,缤绎平畅,味无穷而炙愈出,钻弥坚而酌不竭"。这都是对他那种婉约而隐僻的诗句而言的。

他诗集里很难可以找出战诗来,有的几首是含有讥讽的寓意。如:

> 一笑相倾国便亡,何劳荆棘始堪伤。小怜玉体横陈夜,已报周师

入晋阳。

　　巧笑知堪敌万几,倾城最在著戎衣。晋阳已陷休回顾,更请君王猎一围。(《北齐二首》)

　　虏骑胡兵一战催,万灵回首贺轩台。天教李令心如日,可要昭陵石马来。(《复京》)

　　东征日调万黄金,几竭中原买斗心,军令未闻诛马谡,捷书惟是报孙歆,但须鸳鹭巢阿阁,岂假鸱鸮在泮林,可惜前朝玄菟郡,积骸成莽阵云深。(《随师》)

用典故,用组织词(相,便,何,已,最,更,可要,未闻,惟是,但须,岂假,可惜),悠扬的音调,表现他本有绮丽萧爽的风格。

(卅六)马戴

　　马戴字虞臣,会昌四年进士,宣宗大中初,太原李司空辟掌书记,以正言被斥为龙标尉。懿宗咸通末,佐大同军监,终太常博士。(《全唐诗》)

　　马戴是反战的,他的战诗有痛苦的战争情感,用字比较奇特,近于压抑的性质的动词及形容字。如:

　　旌旗倒北风,霜霰逐南鸿。夜救龙城急,朝焚虏帐空。骨销金镞在,鬓改玉关中。却想羲轩氏,无人尚战功。

　　废漠云凝惨,日斜飞霰生。烧山搜猛兽,伏道击回兵。风折旗竿曲,沙埋树杪平。黄云飞旦夕,偏奏苦寒声。(《塞下曲二首》)

同时他又是喜用耀眼的颜色的,如:

　　"金甲耀兜鍪,黄金拂紫骝。"(《关山曲》)
　　"朱旗身外色,玉漏耳边声。"(《送武陵五将军》)
　　"红缰跑骏马,金镞掣秋鹰。"(《边将》)
　　"戎衣挂宝剑,玉筯衔金杯,红烛暗将灭,翠娥终不开。"(《值离》)

因于内容词多有压抑的意义,因而音节也常顿挫,如:

"艰艰长剑缺"。(《送武陵五将军》)

"乱斫胡儿缺宝刀"。(《出塞词》)

"叛羌旗下戮,陷壁夜中收。"(《关山曲》)

"逐兽孤围合,交兵一箭传。"(《送和北虏使》)

张为的《中晚唐诗主客图》以他属于幽峭僻苦的一派,他诗句的奇僻与字的抑压实是他的特色。如倒、空、销、废、凝、搜、折、曲、埋、缺等字的性质,和其诗作的幽峭是有直接的关系的。

(卅七)于濆

于濆字子漪,咸通进士,终泗州判官。(《全唐诗》)于濆虽然是不大闻名的诗人,他的战诗是有特别的意味。他反战的思想用战争可怕的死亡把它显著,他的联想和语言都极富民间性。

紫塞晓屯兵,黄沙披甲卧。战鼓声未齐,乌鸢已相贺。燕然山上云,半是离乡魂。卫霍待富贵,岂能无乾坤? (《塞下曲》)

行人何彷徨,陇头水呜咽。寒沙战鬼愁,白骨风霜切。薄日朦胧秋,怨气阴云结。杀成边将名,名著生灵灭。(《陇头水》)

这种民间性的思想与语言,尤因他每首战诗所引用疑问的诗句更形明显,如:

"苟非夷齐心,岂得无战争?"(《古征战》)

"岂似从军儿? 一去便白首。"(《子从军》)

"凌烟阁上人,未必皆忠烈!"(《戍卒伤春》)

"秦皇岂无德? 蒙氏非不武。岂将版筑功? 万里遮胡虏。团沙世所难,作垒明知苦。死者倍堪伤,僵尸犹抱杵。十年居上郡,四海谁为主? 纵使骨为尘,冤名不入土!"(《长城》)

他专写人事,如《戍卒伤春》《恨从军》《戍客南归》《古征战》《边游录》《戍卒言》《沙长夜》《辽阳行》等,都以很平白的语词写出那怨恨的情感,因那疑问的诗句,把怨恨之情更显得深刻。

（卅八）皮日休

皮日休字袭美,一字逸少,襄阳人,性傲诞,隐居鹿门,自号"间气布衣"。咸通八年登进士第,崔璞守苏,辟军事判官,入朝授太常博士。黄巢陷长安,伪署学士,使为谶文,疑其讥己,遂及祸。(《全唐诗》)

皮日休为学以追踪孔孟自命,写诗取法韩愈;用散文句作诗,用汉赋及杨雄的《太玄经》字法作诗。他的战诗没有奇怪的古奥的诗句,却是平白的古文句引用在诗篇里。如:

> 河湟戍卒去,一半多不回。家有半菽食,身为一囊灰。官吏按其籍,伍中斥其妻。处处鲁人鬐,家家杞妇哀。少者任所归,老者无所携;况当札瘥年,米粒如琼瑰。累累作饿莩,见之心若摧。其夫死锋刃,其室委尘埃,其命即用矣,其赏安在哉!岂无黔敖恩?救此穷饿骸。谁知白屋士,念此翻欻欻。(《卒妻怨》)

（卅九）陆龟蒙

陆龟蒙字鲁望,苏州人,元方七世孙,举进士不第,辟苏湖二郡从事,退隐松江甫里,多所论撰,自号"天随子",以高士召不赴。李蔚、卢携素重之,及当国,召拜拾遗,诏方下卒。(《全唐诗》)

陆龟蒙和皮日休唱和最多,也是师法韩愈,做那奇突的诗句,但他的战诗也是平白用古文句法的。如《筑城词》:

> 城上一培土,手中千万杵,筑城畏不坚,坚城在何处?
> 莫叹将军逼,将军要却敌,城高功亦高,尔命何劳惜。

他如《风人诗》《孤烛怒》《南征》等,都是以民间普通的语调写成的。

（四十）司空图

司空图字表圣,河中虞乡人,咸通末擢进士第,由宣歙幕历礼部郎中。僖宗行在用为知制诰中书舍人。后归隐中条山王官谷,龙纪乾宁间微拜旧官及户兵二部侍郎召皆不起。迁洛后,被诏入朝,以野耄乞归。朱全忠受禅,召为礼部尚书,不食而卒。图少有俊才,晚年避世,栖遯自号"知非子","耐辱居

士",有先世别墅泉石林亭颇惬幽趣,日与名僧高士游咏其中。(《全唐诗》)

司空图的《二十四诗品》在诗风格上是有很重要的地位,他的诗格是标榜着味外味。可是他可说是没有战争诗歌,只是乱后的寄慨,如《乱后三首》,是没有战诗风格的:

> 丧乱家难保,艰虞病懒医,空将忧国泪,犹拟洒丹墀。
>
> 流芳能几日,惆怅又闻蝉,行在多新贵,幽栖独长年。
>
> 世事尝艰险,僧居惯寂寥,美香闻夜合,清景见寅朝。

(四一)胡曾

胡曾,邵阳人,咸通中举进士不第,尝为汉南从事。(《全唐诗》)

晚唐的战诗,颓靡无力,性灵上尖新的机巧是一般的现象,胡曾不能例外。如:

> 交河冰薄日迟迟,汉将思家感别离。塞北草生苏武泣,陇西云起李陵悲。晓侵雉堞乌先觉,春入关山雁独知。何处疲兵心最苦,夕阳楼上留声时。(《交河塞上曲》)
>
> 西戎不敢过天山,定远功成白马闲。半夜帐中停烛坐,唯思生入玉门关。(《玉门关》)

所谓《塞上曲》总是战争最壮烈或最悲惨的抒写,在晚唐的诗人居然有"晓侵雉堞乌先觉,春入关山雁独知"的诗句,和战诗的应有内容距离已远,不用说风格了。

(四二)方干

方干字雄飞,新定人。曾谒钱塘太守姚合,合视其貌陋,甚卑之,坐定览卷,乃骇目变容,馆之数日,登山临水,无不与焉。咸通中,一举不得志,遂游会稽,渔于鉴湖,太守王龟以其亢直,宜在谏署,欲荐之不果。(《全唐诗》)他的战诗是颓唐无力,表现尖新机巧的风格。

> 定难在明略,何曾劳战争。飞书谕强寇,计日下重城。深雪移军夜,寒笳出塞情。苦心殊易老,新发早年生。(《赠功成将》)
>
> 非唯吴起与穰苴,今古推排尽不如。白马知无髀上肉,黄巾泣向

箭头书。二年战地成桑茗，千里荒榛作比闾。功业更多身转贵，伫看幢节引戎车。(《贼退后赠刘将军》)

"深雪移军夜，寒笳出塞情"；"白马知无髀上肉，黄巾泣向箭头书"；都是最尖新的性灵表现。

（四三）韩偓

韩偓字致光，京兆万年人，龙纪元年擢进士第，佐河中幕府召拜左拾遗，累迁谏议大夫，历翰林学士，中书舍人，兵部侍郎，以不附朱全忠贬濮州司马，再贬荣懿尉，徙邓州司马。天祐二年，复原官，偓不赴召，南依王审知而卒。(《全唐诗》)

他有专写男女之情的《香奁集》，绮缛艳靡，对于以战争为题材的诗作，当然是少有的了。勉强的寻求一些有关于战争的如《息兵》、《老将》等，细碎的性灵上机巧的表现，组织词引用的讲究，已启宋朝诗人的路径了。如：

> 渐觉人心望息兵，老儒希觊见澄清。正当困辱殊轻死，已过艰危却恋生。多难始应彰劲节，至公安肯为虚名。暂时胯下何须耻，自有苍苍鉴赤诚。(《息兵》)

> 折枪黄马倦尘埃，掩耳凶徒怕疾雷。雪密酒酣偷号去，月明衣冷斫营回。行驱貔虎披金甲，立听笙歌掷玉杯。坐久不须轻矍铄，至今双臂硬弓开。(《老将》)

正当，已过，始应，安肯，暂时，自有，行驱，立听，不须，这些诗句上组织词的刻画，只能表现机巧，不能表现气概。从战诗的立场看，这些俊爽的诗作，因为没有战争的内容，也是没有战诗的风格的。

（四四）杜荀鹤

杜荀鹤，字彦之，池州人，有诗名，自号九华山人。大顺二年，第一人擢第，复还旧山，宣州田頵遣至汴通好，朱全忠厚遇之，表授翰林学士员外郎知制诰，恃势侮易缙绅，众怒，欲杀之而未及，天祐初卒，自署其文为《唐风集》。(《全唐诗》)

战争在诗人的眼底已成为一种可怕的迹象，他们已没有歌颂或抒写战争的勇气了。于是，那乱后偷生的喜悦与避世的安息，便成为诗作主要的思想。

　　草白河冰合,蕃戎出掠频。戍楼三号火,探马一条尘。战士风霜老,将军雨露新。封侯不由此,何以慰征人。(《塞上》)

　　乱世归山谷,征鼙喜不闻。诗书犹满架,弟侄未为军。山犬眠红叶,樵童唱白云。此心非此志,终拟致明君。(《乱后归山》)

　　他描写战争如《塞上》一类的诗很少,写乱后安适的心情的很多。无论其写作题材如何,这时的诗人专事小景象的机巧表现。如"探马一条尘","山犬眠红叶",和组织词的引用,如:不由、何以、犹、未,等等,都是形成他们新巧风格的主因,这也不是战诗所要求的风格。

(四五)女性诗人

　　在战争的过程中,总不免有征夫征妇的别离的,这种别离的情感,出自征妇之口的,其切身的程度,当然比第三者立场的代言诗人深刻多了。例如:

　　夫戍边关妾在吴,西风吹妾妾忧夫,一行书寄千行泪,寒到君边衣到无。(陈玉兰《寄夫》)

　　风卷平沙日欲曛,狼烟遥认犬羊群,李陵一战无归日,望断胡天哭寒云。

　　良人平昔逐蕃浑,力战轻行出塞门,从此不归成万古,空留贱妾怨黄昏。(裴羽仙《哭夫二首》)

　　凄凄北风吹鸳被,娟娟西月生娥眉,谁知独夜相思处,泪滴寒塘蕙草时。(廉氏《寄征衣》)

　　这许多短诗,完全被悲情哀情和怨情所笼罩,真情的流露,不用什么形容或辞藻的雕饰,所呈现的凄怨情感却异常深刻。

　　对唐代战争诗歌研究的结果,我觉得这四个时期战诗风格的发展,是不断地在演变着。

　　第一,情感上的差异:初唐诗人的情感多慷慨,盛唐诗人的情感多壮烈,中唐诗人的情感多哀怨,晚唐诗人的情感多颓靡。

　　第二,思想上的差异:初唐诗人的思想多主战,盛唐诗人的思想多主战,间有非战,中唐诗人的思想多反战,晚唐诗人的思想多厌战。

第三，意象性质的差异：初唐诗人运用美的意象，盛唐诗人运用壮大的意象，中唐诗人运用小的意象，晚唐诗人运用破碎片断的意象。

第四，文词运用的差异：现在以几种战诗常用的意象来比较。诗例：

沈佺期："寒日生戈剑，阴云拂旌旗。""云迎出塞马，风卷渡河旗。"
杜　甫："落日照大旗，马鸣风萧萧。"
王　维："大漠孤烟直，长河落日圆。"
王昌龄："大漠红尘日色昏，旌旗半卷出辕门。"
李　益："雨雪移军远，旌旗上垅迟。"
刘长卿："渺渺戍烟枯，茫茫塞草孤。""废戍山烟出，荒田野火行。"
姚　合："展旗遮日黑，驱马饮河枯。"
马　戴："风折旗竿曲，沙埋树杪平。"

根据上列的诗句，我们可以看出这四个时期诗人所用的形容字及动字的性质是有差异的。

第五，意匠的差异：初唐诗人注意字的美，盛唐诗人注意篇的意境，中唐诗人注意小景象的描写，晚唐诗人注意性灵的抒发及字的刻画。

第六，题材的差异：初唐诗人多奉和圣制及用乐府旧题来抒写战士及战场的情景，盛唐诗人多用古体来歌咏战士及战场的情景，中唐诗人多用律体为赠送的诗作，及以新乐府写战争的苦情，或以短诗写战地的小景象，晚唐诗人多以律诗写战争之外的题材——病兵、老将、乱后等题材。

第七，音调的差异：初唐战诗的音调多是轻圆不迫，盛唐战诗的音调多洪亮，中唐战诗的音调多悠长迂回，晚唐战诗的音调多低沉。

这些风格因素的差异，构成唐代四个时期的风格有典雅、壮丽、哀怨、尖巧的不同。高棅的《唐诗品汇总序》，对这四个时期风格的不同及每时期作者个别的差异，说得很明白。

　　略而言之，则有初唐、盛唐、中唐、晚唐之不同。详而分之，贞观永徽之时，虞魏诸公稍离旧习，王杨卢骆因加美丽，刘希夷有闺帏之作，上官仪有婉媚之体，此初唐之始制也。神龙以还，泊开元初，陈子昂古风雅正，李巨山文章宿老，沈宋之新声，苏张之大手笔，此初唐之渐盛也。

开元天宝间,则有李翰林之飘逸,杜工部之沉郁,孟襄阳之清雅,王右丞之精致,储光羲之真率,王昌龄之声俊,高适、岑参之悲壮,李颀、常建之超凡,此盛唐之盛者也。大历贞元中,则有韦苏州之雅澹,刘随州之闲旷,钱郎之清赡,皇甫之冲秀,秦公绪之山川,李从一之台阁,此中唐之再盛也。下暨元和之际,则有柳愚溪之超然复古,韩昌黎之博大其词,张王乐府得其故实,元白序事务在分明,与夫李贺、卢仝之鬼怪,孟郊、贾岛之饥寒,此晚唐之变也。降而开成以后,则有杜牧之之豪纵,温飞卿之绮靡,李义山之隐僻,许用晦之偶对,他若刘沧、马戴、李频、李群玉辈,尚能黾勉气格,特迈时流,此晚唐变态之极,而遗风余韵,犹有存者焉。

这里虽然是指他们的一般诗歌风格而言,但是对于战诗风格还是有些中肯。

第八章　汉唐千年间战争诗歌风格的发展

我研究汉唐千年间战争诗歌风格之后,觉得这千年间战诗风格的发展,有相当显明的线索。这风格演变的成果,当然是时代变迁、社会政治经济的变化及文学本身的进化综合所使然。

一　时代的变动

自汉代起,高祖得天下,经过一段盛世之后,外戚擅权,西汉末则有农民的暴动。光武取得天下之后,又是一段盛世,东汉末则有外戚宦官的冲突;至三国鼎立,是一番剧烈的内争。汉代的强盛时代,对匈奴、羌、西域、南越等的战争,都有极大的胜利;汉代衰颓时,四夷是乘机侵略,对三国的内战,不过是抱旁观者的态度。晋室内乱甚烈,西晋有八王之乱,东晋有权臣之乱,于是外寇欺凌,中原便沦入敌手,但常有北伐,尚有规复的决心。南朝对北朝虽有许多战役,总是失败,恢复中原的念头也心灰意冷了。直到隋代对内统一,对外攻伐;唐代初年,武功尤盛,四夷宾服,这时的诗人才真的有强国国民的自傲。安史乱后,国力虽损,尚有平定的一天。以后内乱、外患,宦官、藩镇的交哄,才把唐室的江山断送了。时代的变动,免不了战争,战争所引起的情感,不外乎两方面,其一便是对战争的歌颂,另一就是对战争的诅咒。这两种现象往往和朝代的终始成比例;也就是说,每个朝代的初期,多是主战的;末期多是反战的。战争的初期,常有无限的豪情,战争的期间愈长,战诗的情感随着日子的增加愈为颓靡了。

二 社会政治经济情形的变化

汉代中央集权的政策,实行得相当彻底,诸侯王的封地与养兵,受了中央渐次的剥削,同时以儒教巩固其统治的力量,实行重农轻商政策,人民的生活相当安定。西汉及东汉末的农民暴动,都是封建制度的统治阶级过分奢侈的结果。三国征战不辍,各政治当局都极力安定民生与军食。晋代的王公与南朝的诸王,都是拥有土地甲兵,在政治上中央已失却其统治的力量,在社会经济上,贵族阶级生活奢侈,门阀相高,引起贵族子弟的浮华;北朝倒还提倡质朴的风尚。隋文帝对政治及经济有一番的改善,民生渐得苏息,社会阶级也渐渐地消融。炀帝要实现高度的中央集权,因过分的浪费与不恤民艰而失败;直到唐代的贞观开元,才把中央集权建立在安定的人民生活基础上,农民是耕者有其田,地方行政有村落的组织,税收采用租庸调制度,王侯的胙土不世袭;不幸这种安定的局面不能永久维持,安史乱后,耕地荒芜,税收不足,庄园转盛,社会上的权势阶级与平民的生活相差得太远了。一般的社会思想方面,汉代以儒家为主,魏晋时道教渐次地盛行,南朝及唐朝更加入佛教的思想。

这种社会政治经济的现象,在在表现于战诗的内容里。以诗作者的生活方式看来,唐代之前的诗人,多是贵族阶级或封建制度下的长吏,对战争多作大言壮语;唐代后的诗人多是平民,所以反战的情绪是比较浓厚。

三 文学本身的发展及文学批评的影响

汉儒竭力主张诗歌有美刺的任务,魏代曹丕的《典论》说,"诗赋欲丽",就比较明显地指出诗特有的作风来。魏晋间,文学批评是主张达意与修辞的折衷,在作品上观察是倾向于修辞的,还保持着达意的见解。南朝声色大开,简文帝的《玉台新咏》完全是倾向于修辞;刘勰于注重声律之外,提起内容的注意;钟嵘也反对诗作极端的修辞;在批评界提起内容的注意,正可见修辞的讲求已是相当地盛行了,惟北朝却还保持着古朴的风尚。

初唐是南朝讲求辞藻的余波,至陈子昂始倡复古;盛唐中唐的李白、杜甫、韩愈等,积极的根本上鄙弃南朝的华艳修辞,消极的也倡文质并备说;晚唐又回到辞藻的讲求了。文学批评对于文学创作先是对旧风格的反动,而后是指导新风格的发展的。

上述时代的、社会的、政治的、经济的、文学批评的诸因素,影响汉唐千年间战争诗歌风格的发展是可以看出来的。

其一,情感。

汉代战诗是情感的宣泄,作者多是无意于创作的。魏晋时代的作者,比较技巧地把意象来象征情趣;汉及魏晋诗人的情感还是带有粗豪的气概。到了南朝,战诗的情感由刚性渐趋柔性,由积极渐趋消极;那粗豪的气概渐渐地松弛下来,并且加入了许多男女的恋情与怨情。北朝因生活方式的关系,其战诗的情感是十分粗壮。隋统一南北,炀帝以夸大狂的性格来写雄壮的战诗;唐代的开国君臣,也富有伟大的气魄;于是把南朝柔靡的作风改变了。盛唐边塞的诗特多,也是雄壮战诗情感的最精彩的表现。直到中唐以后,战诗情感又渐渐地纤细与颓靡了。

其二,意象。

汉代战诗多是切身情感的抒写,对意象的运用不是有意的。魏晋以后,诗人多有意地运用意象,显而易见的,从汉魏到南朝的意象运用,是由刚性渐趋柔性,由雄大渐趋细小。北朝是以粗壮的情感配合粗壮的意象。隋炀帝、唐太宗是雄才大略,运用的意象是前所未有的豪壮。盛唐诗人直接地摸触战争伟大的场面,极力地写出惊心动魄的战争意象。中唐以后,意象的采取是倾向于衰颓细小的了。

其三,意匠与文词。

意匠的演进,因为个别的差异太大,很难指出其集体有一贯的演变。不过,我可以指出一点例证,来说明这千年间战争诗人对文词的用法是怎样地不同。

如对某一种意象的描写,每一个时代的诗人是有不同的看法,虽然这有很大的个别性,但是也有横的类似与纵的演进的。句例:

魏:"白旄若素霓,丹旗发丹光。"(文帝《黎阳作》)

晋:"戎车无停轨,旌旗屡徂迁。"(陆机《饮马长城窟行》)

宋:"皇旗艳日光"。(武帝《北伐》)

　"飞旌拂流霞"。(何承天《铙歌》)

齐:"尘飞战鼓急,风交征旆扬。"(孔稚圭《白马篇》)

梁:"白云垂旆色,苍山答鼓声。"(简文帝《从军行》)

陈:"轮摧偃去节,树倒碍悬旌。"(张正见《度关山》)

北魏:"翠旗临塞道,灵鼓出桑乾。"(祖斑《从北征》)

北周:"长旗临广武,烽火照成皋。"(庾信《从徐国公殿下军行》)

隋:"雾烽暗无色,霜旗冻不翻。"(虞世基《从军行》)

初唐:"云迎出塞马,风卷渡河旗。"(沈佺期《夏日都门送司马员外逸客孙员外佺北征》)

盛唐:"大漠红尘日色昏,旌旗半卷出辕门。"(王昌龄《从军行》)

中唐:"雨雪移军远,旌旗上垅迟。"(李益《送韩将军还边》)

晚唐:"风折旗竿曲,沙埋树杪平。"(马戴《塞下曲》)

上面都是描写旌旗的,但是文词上的运用是有程度上的差异。魏晋是直述的,无甚修饰的;南朝是形容的,极力雕镂的;北朝是粗壮的,相当决截的;隋是庄严的;初唐是美丽的;盛唐是雄伟的;中唐是衰颓无力的;晚唐是尖新机巧的。

其四,形式。

在意匠所结构的具体形式方面,我们大体上可以看见千年间的战诗形式因题材的不同而有短长。

汉初诗体尚未成立,故多为短歌。汉末及魏晋乐府诗的形式较长,南朝初唐又渐短。至盛唐中唐又渐长——写景诗较短,晚唐又渐长。长的古体是宜于歌咏雄壮的内容,宜于叙述事实,宜于抒写缠绵的情感;短诗是宜于写片段的景,或精炼的情。形式的短长是与时代一般诗人爱好的内容相符合,而成为该时代的标准及流行的格式。

第九章　战争诗歌风格与形成风格诸因素的关系

诗歌风格的形成,乃是诗歌形式上所表现的情感、思想、意象、意匠、文词、音调等调和地综合。因此风格乃是作者表现其情感思想的一种特殊的文字处理法。这种处理法,在作者方面是一贯的,在作品方面是统一的。如果这几种因素是错乱而不调和,不但不能具有某种风格型,而且是低劣的作品。所以形成某一种风格型时,诸因素的调和,乃是至大的必要。例如岑参《天山雪歌送萧冶归京》:

> 天山有雪常不开,千峰万岭雪崔嵬。北风夜卷赤亭口,一夜天山雪更厚。能兼汉月照银山,复逐胡风过铁关。交河城边飞鸟绝,轮台路上马蹄滑。晻霭寒氛万里凝,阑干阴崖千丈冰。将军狐裘卧不暖,都护宝刀冻欲断。正是天山雪下时,送君走马归京师,雪中何以赠君别,惟有青青松树枝。

以这首诗例看来,完全是战地意象的描写,没有加入主观的情感。惟这种严肃的战地意象,已能表现出一种坚毅的精神。同时那压抑的文词与语调,如"不开""晻霭""寒氛""凝""冻""断"……这些调和地配合,使这首诗显出雄伟阴沉有力的风格。所以会形成一种风格,必然是几种因素统一地综合,巧妙地给读者以完整的印象。

风格形成的诸因素,在一首诗里是调和地表现某一种风格。但这个作家与那个作家之间,或同一作家的这首诗与那首诗之间,因为对诸因素里的某一种因素特殊的重视,这被重视的因素便成为那种风格形成的主因。如上述的岑参《天山雪歌送萧冶归京》是重视意象的因素;那特殊意象的堆垛,便成为雄伟风格的主因,其他诸因素的配合是助成它的。

又如高适《送浑将军出塞》:

> 将军族贵兵且强,汉家已是浑邪王,子孙相承在朝野,至今部曲燕支下。控弦尽用阴山儿,登阵常骑大宛马,银鞍玉勒绣蝥弧,每逐嫖姚破骨都,李广从来先将士,卫青未肯学孙吴。传有沙场千万骑,昨日边庭羽书至。城头画角三四声,匣里宝刀昼夜鸣。意气能甘万里去,辛勤动作一年行。黄云白草无前后,朝建旌旄夕刁斗,塞下应多侠少年,关西不见春杨柳。从军借问所从谁?击剑酣歌当此时,远别无轻绕朝策,平戎早寄仲宣诗。

这首诗是歌咏人事的,比起上一首,就觉得意象的因素并不显著,而组织词的多于运用,便成为一种洒脱的风格,那轻快的动词与音调都是助成它的。又如隋炀帝《纪辽东二首》:

> 辽东海北翦长鲸,风云万里清。方当销锋散马牛,旋师宴镐京。
> 前歌后舞振军威,饮至解戎衣。判不徒行万里去,空道五原归。

> 秉旄仗节定辽东,俘馘变夷风。清歌凯捷九都水,归宴雒阳宫。
> 策功行赏不淹留,全军藉智谋。讵似南宫复道上,先封雍齿侯。

这两首诗是加强其情感的因素。雄壮的情感形成雄壮的风格,壮大的意象与文词是助成它的。又如张正见《从军行》:

> 将军定朔边,刁斗出祁连。高柳横遥塞,长榆接远天。井泉含冻竭,烽火照山燃。欲知客心断,危旌万里悬。

这首诗是加强其文词的因素。流丽的风格,是为了形容词雕镂的缘故;幽美的意象及音调是助成它的。

由这里可知每一种风格的形成,都是作者在作品上对某一种风格因素特殊的加强。或毋宁说是读者对作品风格的表现,比较上容易看出它加强的部分。

为了风格的形成,一方面是诗作的诸因素调和而统一的表现,另一方面是诗作加强因素的特著表现;所以诗作风格与形成风格的诸因素有相关性。如以情感为主的风格是悲哀或豪壮之类;以意象为主的风格是雄伟或秀美之类;以意匠为主的风格是简练或疏放之类;以文词为主的风格是华丽或质朴之类;以音调为主的风格是流畅或沉郁之类。

诗作风格与形成风格的诸因素有相关性,也有相反性。如以情感为主的诗作,大概意匠与意象的成分是较少的;所以悲哀的情感不会有简练的风格,豪壮的情感不会有华艳的风格。以意象为主的诗作,大概情感与关系词的成分是较少的;所以堆垛的意象是不会有流畅的风格。以意匠为主的诗作不会有平白的风格,对仗工整的少有激烈的豪情。音调流利的大概内容词较少,不会有严肃的风格。

由本研究的结果,我们可以获得一种认识:那就是形成风格的诸因素必须是调和地来表现某一种风格;也会因为对某一种因素特殊的偏重而表现某一种风格;并且风格的类型与形成风格的诸因素是有相关性及相反性的。

第十章　战争诗歌的一般风格

战争诗歌是一种特殊性质的诗歌,其抒写的事象是有关于战争的。我以为一般的战争诗歌,包含有五个主要的观念,同时在其战争诗作里,也就表现着这些情感与思想的内容。

　　1.忠君爱国的思想

　　2.思乡及男女之情

　　3.和平与反战心理

　　4.名利的鼓舞

　　5.战场的实况

这些观念,在战争的诗篇里,有单纯而直接的表现;也有错综而矛盾的表现,像忠与爱的冲突,苦与乐的冲突,功名富贵与生命的冲突。这里可以举出几个诗例:

1.忠君爱国的思想:

　　汉家烟尘在东北,汉将辞家破残贼。男儿本自重横行,天子非常赐颜色。拟金伐鼓下榆关,旌旆逶迤碣石间。校尉羽书飞瀚海,单于猎火照狼山。山川萧条极边土,胡骑凭凌杂风雨。战士军前半死生,美人帐下犹歌舞。大漠穷秋塞草腓,孤城落日斗兵稀。身当恩遇常轻敌,力尽关山未解围。铁衣远戍辛勤久,玉箸应啼别离后。少妇城南欲断魂,征人蓟北空回首。边庭飘摇那可度,绝域苍茫更何有。杀气三时作阵云,寒声一夜传刁斗。相看白刃血纷纷,死节从来岂顾勋。君不见沙场征战苦,至今犹忆李将军。(高适《燕歌行》)

　　严风吹霜海草凋,筋干粗坚胡马骄,汉家战士三十万,将军兼领霍嫖姚。流星白羽腰间插,剑花秋莲光出匣,天兵照雪下玉关,虏箭如沙射金甲。云龙风虎尽交回,太白入月敌可摧。敌可摧,旄头灭,履胡之

肠涉胡血。悬胡青天上,埋胡紫塞旁。胡无人,汉道昌,陛下之寿三千霜。但歌大风云飞扬,安得猛士守四方。(李白《胡无人》)

2. 思乡及男女之情:

日月望乡国,空歌白纻红词。长因送人处,忆得别家时。失意还独语,多愁只自知。客亭门外柳,折尽向南枝。(张籍《蓟北旅思》)

衔悲上陇首,肠断不见君;流水若有情,幽哀从此分。苍茫愁边色,惆怅落日曛。山外接远天,天际复有云;白雁从中来,飞鸣苦难闻,足系一书札,寄言难离群。离群心断绝,十见花成雪。胡地无春晖,征人行不归。相思杳如梦,珠泪湿罗衣。(李白《学古思边》)

胡笳屡凄断,征蓬未肯还。妾坐江之介,君戍小长安,相去三千里,参商书信难。四时无人见,谁复重罗纨。(吴均《闺怨》)

3. 和平及反战心理:

剑外忽传收蓟北,初闻涕泪满衣裳。却看妻子愁何在,漫卷诗书喜欲狂。白日放歌须纵酒,青春作伴好还乡。即从巴峡穿巫峡,便下襄阳向洛阳。(杜甫《闻官军收河南河北》)

翩翩云中使,来问太原卒。百战苦不归,刀头怨明月,寒云随阵落,寒日傍城没。城下有寡妻,哀哀哭枯骨。(常建《塞上曲》)

4. 名利的鼓舞:

天地相震荡,日薄不知穷,人物禀常格,有始必有终。年时俯仰过,功名宜速崇。壮士怀愤激,安能守虚冲。乘我大宛马,抚我繁弱弓。长剑横九野,高冠拂玄穹,慷慨成素霓,啸吒起清风,震响骇八荒,奋威曜四戎,濯鳞沧海畔,驰骋大漠中,独步圣明世,四海称英雄。(张华《壮士篇》)

胡瓶落膊紫薄汗,碎叶城西秋月团,明敕星驰封宝剑,辞君一夜取楼兰。(王昌龄《从军行》)

5. 战场的景况:

君不见走马川行雪海边？平沙莽莽黄入天。轮台九月风夜吼，一川碎石大如斗，随风满地石乱走。匈奴草黄马正肥，金山西见烟尘飞，汉家大将西出师。将军金甲夜不脱，半夜军行戈相拨，风头如刀面如割，马毛带雪汗气蒸，五花连钱旋作冰，幕中草檄砚水凝。虏骑闻之应胆慑，料知短兵不敢接，车师西门伫献捷。（岑参《走马川行奉送出师西征》）

破讷沙头雁正飞，鹈鹕泉上战初归，平明日出东南地，满碛寒光生铁衣。（李益《度破讷沙》）

这些诗篇是表现上述五个观念的，与这些类似的诗篇，多得不胜枚举，已在上面讨论过。这五种观念，可以包括战诗主要的内容；由于内容的关系，在形式上形成风格的诸因素是调和地表现出战争诗歌的一般风格。

以上列的诗例，按形成风格的诗作形式方面的诸因素来分析，就可得下列的结果：

一是情感：无论为主战之情或反战之情，为相思之情或爱国之情，多是显著的、凸出的、尽情地流露。李白的《胡无人》与高适的《燕歌行》，不用说是要激烈地表现出。如那李白的《学古思边》，常建的《塞上曲》，张籍的《蓟北旅思》，本来是可以异常含蓄地吞吐地写出，可是战争诗歌的情感多是要一泻无余的，他们的作品是尽情地写出而不含蓄。

二是思想：无论是主战或反战之思，是忠国之思或室家之思，战争诗歌的思想多是直述而少暗示的。例如高适的《燕歌行》、王昌龄的《从军行》、张华的《壮士篇》等，都可以证明的。

三是意匠：

1. 诗的形式以古体为适宜，例如《燕歌行》《胡无人》《壮士篇》等，适宜于表现雄壮的情思。

2. 篇幅长短不一，而其内容在反映战争。

3. 其内容多以"喷激而出之"，也就是直写，不是曲折地表达。

四是意象：

1. 动的意象，句例：

"拟金伐鼓下榆关，旌旆逶迤碣石间"，"战士军前半死生，美人帐

下犹歌舞"。(高适《燕歌行》)

"天兵照雪下玉关,虏箭如沙射金甲"。(李白《胡无人》)

"即从巴峡穿巫峡,便下襄阳向洛阳"。(杜甫《闻官军收河南河北》)

"长剑横九野,高冠拂玄穹,慷慨成素霓,啸吒起清风,震响骇八荒,奋威曜四戎,濯鳞沧海畔,驰骋大漠中"。(张华《壮士篇》)

"一川碎石大如斗,随风满地石乱走,匈奴草黄马正肥,金山西见烟尘飞"。(岑参《走马川行奉送出师西征》)

2. 大的意象:

烟尘,瀚海,狼山,榆关,大漠,落日,关山,绝域,沙场,玉关,大风,九野,玄穹,素霓,清风,八荒,四戎,沧海,大漠,平沙,碎石,金山……

3. 意象的发展为列举法与叠出法,意象的表出为综合法与推动法。例如高适《燕歌行》,李白《胡无人》及《学古思边》,张华《壮士篇》,岑参《走马川行奉送出师西征》等长篇作品。意象的发展为摄影法,意象的表出为暗示法。例如吴均《闺怨》,杜甫《闻官军收河南河北》,王昌龄《从军行》,常建《塞上曲》,李益《度破讷沙》等短篇诗作。

4. 意象发展与表出所用修辞格,多为:

(1)显喻:

"虏箭如沙射金甲"。(李白)

"一川碎石大如斗"。(岑参)

(2)夸饰:

"山川萧条极边土,战士凭陵杂风雨"。(高适)

"天兵照雪下玉关,虏箭如沙射金甲"。(李白)

"长剑横九野,高冠拂玄穹"。(张华)

"明敕星驰封宝剑,辞君一夜取楼兰"。(王昌龄)

(3)疑问:

"边庭飘摇那可度? 绝域苍茫更何有!"(高适)

"四时无人见，谁复重罗纨？"（吴均）

五是文词的组织：

1. 内容词及造象词较多。

2. 区别词较多，其意义多为极端的。如残，严，大，枯，九，远，猛，流……之类。

3. 行动之动词多。如破，行，下，飞，斗，摧，过，横，拂，起，骇……等。

六是语音：

1. 全闭音如 b、d、g 及 p、t、k 的音为韵脚。

如色，贼，敌，凋，摧，斗，群，词，枝，狂，卒，骨，天，斗，割，冰，穷，弓，穿，拨，脱等有力的音。

2. 全篇及句里多发洪亮轩昂之语音，且须一气读毕。

3. 语汇采用外来的：

"胡瓶落膊紫薄汗"。（王昌龄）

"破讷沙头雁正飞"。（李益）

按上列分析的结果，使我们更明白地洞悉战争诗歌的面目，综合起来，其风格至少有三个特点：

第一，战诗的风格是"显"的。

梅圣俞说："状难写之景如在目前，含不尽之意见诸言外"，就是说写景宜显，写情宜隐。不过，战诗无论是写景或是言情，总是显的。本来，写景不宜隐，隐会流于晦；写情不宜显，显会流于浅，而战诗却不尽然。因为战诗的支柱是一股气，日人铃木虎雄说："气是意加力的表现。"作者要逞气，就要使才。事实上，战争诗歌的豪情，并不会因作者使才逞气而减少，普通诗论家所说的情是太偏于柔情了。战诗的显是不会影响诗情，反而增加它本来应具的豪情。同时，战诗显的风格，也是因显著的情感，表露的思想，直述的意匠，粗大的意象所造成的。

第二，战诗的风格是"动"的。

姚姬传《复鲁絜非书》说："自诸子而降，其为文无弗有偏者。其得于阳与刚之美者,则其文如霆,如电,如长风之出谷,如崇山峻崖,如决大川,如奔骐骥;其光也,如杲日,如火,如金镠铁;其于人也,如凭高视远,如君而朝万众,如鼓万勇士而战之。"这话就可以做战诗动的风格的注脚。"动"不仅唤起明显的视觉,还激起生理上的筋肉运动,全身不由自主地紧张起来。那激动的情感,动的意象,动的文词,这些变化的激动,紧张亢奋,造成战诗"动"的风格。

第三,战诗的风格是"粗"的。

朱光潜《文艺心理学·刚性美与柔性美》引用康德的意见:"他(康德)以为'雄伟'的特征为'绝对大',一切东西和它相比都显得渺小的就是'雄伟'。'雄伟'有两种,一种是'数量的',其大在体质,例如高山;一种是'精力的',其大在精神气魄,在不受外物的阻挠,在能胜过一切障碍,例如狂风暴雨。我们对着雄伟事物时,心理都觉到一种'霎时的抗拒',仿佛自己不能抵挡这么浩大的力量。"[1] 我们在念战诗时,不是就有了这一种感觉吗? 这就是因为它有"粗"的风格的。那粗大的,粗野的,无暇雕琢的,在气势上,它是粗枝大叶的予读者以一种力的压迫。这是因为战争诗歌多数没有秀美的意象,没有温柔的语音,也没有雕章琢句的意匠的。

由于情感、思想与意象、意匠、文词组织、语音的统一,战诗的风格是呈现着"显"的、"动"的、"粗"的三个特点,同时它还会给予读者以与这三个风格有关的属性,如极端的、截然的、雄壮的、悲慨的……一类印象。

参考书目

《河岳英灵集》三卷 (唐)殷璠编,涵芬楼《四部丛刊》本。

《中兴间气集》(唐)高仲武编,涵芬楼《四部丛刊》本。

《唐诗品汇》九十卷 (明)高棅编。

《全唐诗》(清)康熙敕编。

《全汉三国晋南北朝诗》 丁福保编。

---

[1] 朱光潜:《文艺心理学》,开明书店 1936 年版,第 245 页。

各家专集

《增修诗话总龟》前集四十八卷、后集五十卷 （宋）阮阅撰，《四部丛刊》本。

《唐诗纪事》八十一卷 （宋）计有功撰，《四部丛刊》本。

《诗人玉屑》（宋）魏庆之撰，扫叶山房石印本。

《历代诗话》（清）何文焕编订，上海医学书局版。

《沧浪诗话》（宋）严羽撰，上海文瑞楼石印本。

《诗薮》内编六卷、外编四卷、杂编六卷 （明）胡应麟撰，广州广雅书局版。

《瓯北诗话》十二卷 （清）赵翼撰，扫叶山房石印本。

《诗概》一卷 （清）刘熙载撰，北京富晋书社印本。

《渔洋山人精华录》（清）王士祯撰，商务印书馆 1937 年版。

《华胥社文艺论集》 华胥社编，中华书局 1931 年版。

《西洋文艺论集》 韩侍桁编译，北新书局 1929 年版。

《文学论集》 胡适等著，亚细亚书局 1929 年版。

《文学概论》［日］本间久雄著，章锡琛译，开明书店 1930 年版。

《中国文学思想史纲》［日］青木正儿著，汪馥泉译，商务印书馆 1936 年版。

《文学之社会学的研究》［日］平林初之辅著，方光焘译，大江书铺 1928 年版。

《文学的艺术》［德］叔本华著，陈介白译，北平人文书店 1933 年版。

《斯宾塞文体论》［英］斯宾塞著，胡哲谋译，商务印书馆 1925 年版。

《文学研究导论》［英］韩德生著，宋桂煌译，商务印书馆版。

《文学概论》［美］Theodore W. Hunt 著，傅东华译，商务印书馆 1935 年版。

《哥德对话录》 哥德著，周学普译，商务印书馆 1937 年版。

《诗学》 亚里斯多德著，伍蠡甫译，文学研究会版。

《诗论》 朱光潜著，国民图书出版社 1943 年版。

《中国诗学大纲》 杨鸿烈著，商务印书馆 1928 年版。

《中国诗学通论》 范况著,商务印书馆 1930 年版。

《诗学概要》 何达安著,商务印书馆 1938 年版。

《诗底原理》〔日〕荻原朔太郎著,孙俍工译,中华书局 1933 年版。

《汉诗研究》 古层冰著,商务印书馆 1934 年版。

《魏晋诗歌概论》 郭伯恭著,商务印书馆 1936 年版。

《汉魏六朝文学》 陈钟凡著,商务印书馆 1931 年版。

《唐诗研究》 胡云翼著,商务印书馆 1931 年版。

《唐诗概论》 苏雪林著,商务印书馆 1933 年版。

《唐诗综论》 许文玉著,中国诗歌史研究会 1929 年版。

《中国诗史》 冯沅君、陆侃如著,大江书铺 1931 年版。

《中国韵文史》〔日〕泽田总清著,王鹤仪译,商务印书馆 1937 年版。

《中国韵文史》 龙沐勋著,商务印书馆 1934 年版。

《中国之美文及其历史》 梁启超著,中华书局 1936 年版。

《中国文学史分论》 张振镛著,商务印书馆 1934 年版。

《中国韵文概论》 梁启勋著,商务印书馆 1938 年版。

《中国文学流变史》 郑宾于著,北新书局 1930—1933 年版。

《中国文学研究》〔日〕儿岛献吉郎著,胡行之译,北新书局 1936 年版。

《中国文学通论》〔日〕儿岛献吉郎著,孙俍工译,商务印书馆 1935 年版。

《中国文学进化史》 谭正璧著,光明书局 1929 年版。

《中国文学研究》 小说月报社编,商务印书馆 1927 年版。

《中国文学批评史》 郭绍虞著,商务印书馆 1934 年版。

《中国文学批评史大纲》 朱东润著,开明书店 1944 年版。

《文艺心理学》 朱光潜著,开明书店 1936 年版。

《文体综合的研究》 蒋祖怡著,世界书局 1939 年版。

《体裁与风格》 蒋伯潜、蒋祖怡著,世界书局 1941 年版。

《修辞格》 唐钺著,商务印书馆 1923 年版。

《修辞学通诠》 王易著,神州国光社 1930 年版。

《修辞学发凡》 陈望道著,大江书铺 1932 年版。

《修辞学教程》 徐梗生著,广益书局 1933 年版。

《修辞学讲话》 章衣萍著,天马书店 1934 年版。

《小说研究十六讲》〔日〕木村毅著,高明译,北新书局 1930 年版。

《小说底创作与欣赏》〔日〕木村毅著,高明译,神州国光社 1933 年版。

《杜甫诗里的非战思想》 顾彭年著,商务印书馆 1928 年版。

《李白与杜甫》 傅东华著,商务印书馆 1927 年版。

《李杜研究》 汪静之著,商务印书馆 1928 年版。

《魏晋思想论》 刘大杰著,中华书局 1939 年版。

参考杂志篇目

《汉短箫铙歌十八曲考释》 孔德,《东方杂志》第 23 卷 9 号。

《木兰歌再考》 徐中舒,《东方杂志》第 22 卷 14 号。

《木兰歌再考补篇》 徐中舒,《东方杂志》第 23 卷 11 号。

《木兰诗时代辨疑》 张为骐,《国学月报》第 2 卷 4 号。

《魏晋诗研究》 陈延杰,《小说月报》第 17 卷号外。

《论汉魏以来迄隋唐古诗》 陈钟凡,《国学丛刊》第 2 卷 4 号。

《唐人五七绝诗之研究》 陈斠玄,《国学丛刊》第 2 卷 3 号。

《论唐人七绝》 陈延杰,《东方杂志》第 22 卷 11 号。

《论唐人七言歌行》 陈延杰,《东方杂志》第 23 卷 5 号。

《中国文学批评史上的神与气说》 郭绍虞,《小说月报》第 19 卷 1 号。

《文气的辨析》 郭绍虞,《小说月报》第 20 卷 1 号。

《文理与文气》 何兆清,《中大半月刊》第 1 卷 6 期。

《诗与诗体》 唐钺,《小说月报》第 17 卷号外。

《魏晋风度及文章与药及酒之关系》 鲁迅,《北新半月刊》第 2 卷 2 期。

僧皎然诗式述评

一 诗式篇目分歧述概

《全唐诗》于皎然名下系小传曰："皎然名昼,姓谢氏,长城人,灵运十世孙也,居杼山,文章隽丽,颜真卿、韦应物并重之,与之酬唱。贞元中敕写其文集入于秘阁,诗七卷。"皎然不但有诗集,且著有于当日批评界较有地位之《诗式》。《四库总目提要》谓:"皎然与颜真卿同时,乃天宝大历间人,而所引诸诗,举以为例者,有贺知章、李白、王昌龄,相去甚近,亦不应遽与古人并推,疑原书散佚,而好事者摭拾补之也。"因之《四库总目》斥皎然《诗式》不收,惟于存目著录之,谓之"参差可疑"。今先明其参差之处,据昔人著录谓皎然所著有诗式、诗评、诗议、中序诸称,如(参考郭绍虞《中国文学批评史》):

崇文总目文史类　昼公诗式五卷。

新唐书艺文志文史类　昼公诗式五卷　诗评三卷(僧皎然)。

宋四库阙书目别集类　僧皎然诗评一卷。

通志艺文略诗评类　昼公诗式五卷　僧皎然诗评三卷。

宋史艺文志文史类　僧皎然诗式五卷　又诗评一卷。

直斋书录解题文史类　诗式五卷　诗议一卷　唐僧皎然撰以十九字括诗之体。

文献通考经籍考文史类　同上。

澹生堂书目诗文评类诗式门　僧皎然诗议一卷,中序一卷,诗式二卷,僧清尽(当作昼)诗法统宗本。

绛云楼书目文史类　皎然诗式(陈景云注五卷,又诗议一卷)。

顾龙振《诗学指南》中皎然之著,因有诗评、诗式、诗议三种,再合澹生堂书目所云之中序一卷,似此则四种各自成书。然据十万卷楼丛书所辑五卷本《诗式》,与顾龙振《诗学指南》相校,则诗议为五卷本所无,诗评大半俱在五卷本之中,中序为一篇序文亦在五卷本中,不能别成一卷。皕宋楼藏书志有旧抄本《诗式》五卷,出卢文弨旧藏,且录卢氏跋云"此书世有镌本,俱不全,今乃得取五卷完备者;从两汉及唐诗人名篇丽句,摘而录之,差以五格,括以十九体,此所以谓之式也。若世间本则虚张其目而已,岂知其用意之所在乎?"是则五卷本之《诗式》可统诗评、中序之篇目。《四库备要》谓其"参差可疑",与"疑原书散佚,而好事者摭拾补者也"者,乃未见此五卷本之故也。又《直斋书录解题》所云"诗议一卷唐僧皎然撰,以十九字括诗之体";冯惟讷《诗纪别集》所引诗议又多同于诗评,岂诗议亦《诗式》中之一部分耶?

《诗式》书目之参差,约如上述。考五卷本中篇目之排列,似亦稍混乱,今为别之如下:

卷一多为其论诗之宗旨与观点:如明势、明作用、明四声,诗有四不、四深、二要、二废、四离、六迷、六至、七德、五格,文章宗旨,用事,取境,重意,三不同语意势,对句不对句,辨体有一十九字诸条。于文章宗旨以下皆冠以"评曰"二字。

又有关于诗之批评如李少卿并古诗十九首,邺中集,跌宕格,涵没格,调笑格,品藻,团扇二篇,皆冠以"评曰"二字。

另有中序一篇,似为本书之序文。

最末有不用事第一格,引汉唐诗句以其所标五格定高低,以辨体十九字评之。惟其中夹王仲宣七哀冠以"评曰"与所引诗句连。

卷二首之"评曰古人于上格分三品等"似为评诗五格之序。

作用事第二格之三良诗,西北有浮云,池塘生春草,明月照积雪,律诗诸条,冠以"评曰",俱与第二格所引之诗句相连,系于该诗句详加评论,次序不紊。

卷三首有论卢藏用陈子昂集序,冠以"评曰",与本卷为主之直用事第三格无关。

卷四首有齐梁诗一条,与本卷为主之有事无事第四格无关。

卷五首"夫诗人造极之旨"条似为本书之小序,或当为跋。次为"复古通变体"条,冠以"评曰",与本卷为主之有事无事情格俱下第五格无关。末之"立意总评"条,不宜置于最末。

是则书目篇目之参差,必系散佚或补缀所致;前所引为最佳之五卷本,其编目混乱已非原著之真可知矣,或为"中序"所云"因请吴生相与编录"之未精欤? 或为"中序"所云"因命门人检出草本"之草本欤?

按理须以"论卢藏用陈子昂集序"、"齐梁诗"、"复古通变体"、"立意总评"诸条,归于卷一,而以"夫诗人造极之旨"为跋,其中列叙五格之诗例,方见条理。

二 诗式论诗要旨

《诗式》论诗要旨:有四不、四深、二要、二废、四离、六迷、六至、七德诸条。

四不:气高而不怒,怒则失于风流。力劲而不露,露则蹶于斤斧。情多而不暗,暗则蹶于拙钝。才赡而不疏,疏则损于筋脉。

四深:气象氤氲,由深于体势。意度盘礴,由深于作用。用律不滞,由深于声对。用事不直,由深于义类。

二要:要力全而不苦涩。要气足而不怒张。

二废:虽欲废巧尚直,而思致不得置。虽欲废言尚意,而典丽不得遗。

四离:虽期道情,而离深僻。虽用经史,而离书生。虽尚高逸,而离迂远。虽欲飞动,而离轻浮。

六迷:以虚诞而为高古,以缓慢而为冲澹,以错用意而为独善,以诡怪而为新奇,以烂熟而为稳约,以气少力弱而为容易。

六至:至险而不僻,至奇而不差,至丽而自然,至苦而无迹,至近而意远,至放而不迁。

七德:一识理,二高古,三典丽,四风流,五精神,六质干,七体裁。

其用意大率取折衷之论,尚偏重于显情、精思、险意、丽句,四者试伸述之:

1. 显情:"四不"曰:"情多而不暗",一证也。"四离"曰:"虽期道情,而离深僻",二证也。

2. 精思:"二废"曰:"虽欲废巧尚直,而思致不得置",一证也。"六至"曰:"至苦而无迹",二证也。序曰:"精思一搜,万象不能藏其巧",三证也。"取境"条云:"盖由先积精思,因神王而得乎",四证也。

3. 险意:序曰:"放意须险",一证也。"四深"曰:"意度盘礴,由深于作用",二证也。

4. 丽句:"四深"曰:"用律不滞,由深于声对",一证也。"二废"曰:"虽欲废言尚意,而典丽不得遗",二证也。"六至"曰:"至丽而自然",三证也。

至其作诗之法,则曰"明作用","不用事","取奇境","明四声",使显情以彰,精思以明,险意似等闲,丽句似自然也。

"明作用"译以今义,当似意匠。其"明作用"条云:"如壶公瓢中,自有天地日月,时时抛针掷线,似断而复续"。其"李少卿并古诗十九首"条云:"其五言周时已见滥觞,及乎成篇,则始于李陵、苏武二子,天予真性,发言自高,未有作用;十九首辞精义炳,婉而成章,始见作用之功"。其"文章宗旨"云:"康乐为文,真于情性,尚于作用"。其作用之用,常与"意"联,若"明作用"云"作者措意,虽有声律,不妨作用"。"四深"曰"意度盘礴,由深于作用"。是则作者之"意",因作用以明;读者之观感,因作用以见。"意"者"想象"之谓也;"作用"者"意匠""联想"之谓也。

"不用事"即不用典故之谓。其意以比并非用事,亦有语似用事义非用事,对此大旨之发挥,于《诗式》中显举诸例以证,兹不赘。

"取奇境"即选择意象之谓,其"取境"条云"又云:不要苦思,苦思则丧自然之质;此亦不然。夫不入虎穴,焉得虎子。取境之时,须至难至险,始见奇句,成篇之后,观其气貌,有似等闲,不思而得,此高手也。"是其佳句因意象选择之奇,有以致之也。

"明四声"即令丽句铿锵,富音乐之美也。皎然不废声律,"四深"云:"用律不滞,由深于声对"。"取境"云"或云诗不假修饰,任其丑朴,但风韵正,天真全,即名上等。予曰:不然,无盐阙容而有德,曷若文王、太姒有容而有德乎。"其重形式可想,声律所以助形式之美者也。

由此观之,皎然论诗之四方面:情"显",思"精",意"险",句"丽",论作法之四方面:作用(意匠),不用事(不用典),取境(意象),声律(形式),皆有其主见。虽取折衷,但尚偏于艰难奇险以运用其意匠,而自然平易以见于形式之外形也。是亦如姜白石所云:"文以文而工,不以文而妙"者也。

三 诗式之诗风格观

"明势"条云:"高手述作,如登衡巫,观三湘鄢郢山川之盛,萦回盘礴,千变万态。'文体开阖作用之势'。或极天高峙,崒焉不群,气腾势飞,合沓相属。'奇势在工'。或修江耿耿,万里无波,欻出高深重复之状。'奇势雅发'。古今逸格,皆造其极妙矣。"所谓势,所谓"文体开阖",俱为风格之意,惟名词不同耳。

皎然以批评风格惟有作家,其序云:"至如天真挺拔之句,与造化争衡,可以意冥,难以言状,非作者不能知也。"

皎然以风格只能以象征出之,即所谓"可以意冥,难以言状"。

皎然以风格有积极性,于诗有四离、六迷、六至、七德,见本文第二节,兹不再引。

皎然辨体有十九字:

评曰,夫诗人之说思初发,取景偏高,则一首举体便高;取境偏逸,则一首举体便逸,才性等字亦然。体有所长,故各功归一字。偏高偏逸之例。直于诗体,篇目,风貌,不妨一字之下,风律外彰,体德内蕴,如车之有毂,众辐归焉。其一十九字,括文章德体风味尽矣,如易之有象辞焉。今但注于前卷中,后卷不复备举,其比兴等六义,本乎情思,亦蕴乎十九字中,无复别出矣。

高：风韵切畅曰高。逸：体格闲放曰逸。贞：放词正直曰贞。忠：临危不变曰忠。节：持操不改曰节。志：立志不改曰志。气：风情耿耿曰气。情：缘情不尽曰情。思：气多含蓄曰思。德：词温而正曰德。诚：检束防闲曰诚。闲：情性疏野曰闲。达：心迹旷诞曰达。悲：伤甚曰悲。怨：词调凄切曰怨。意：立言曰意。力：体裁劲健曰力。静：非如松风不动林犹未鸣乃谓意中之静。远：非如渺渺望水杳杳看山乃谓意中之远。

皎然意以说思初发，取境于一十九体之任一字，则其风格亦如之。惟此十九字，未尽皆为风格之类型。余意于可称为风格者有：高、逸、闲、达、悲、怨、力、静、远、诚。可称为风格之形成因素者有：气、情、思、意。仅为作者之性格者为：贞、忠、节、志、德。

皎然以五格评诗，曰：不用事第一，作用事第二，直用事第三，有事无事第四，有事无事情格俱下第五，引汉、唐名句缀以十九体评之。计不用事第一，以“思也”评之凡九见，以“意也”评之凡七见，“高也”评之凡六见，“情也”评之凡四见，“德也”评之凡三见。第二格诗句例较多，“意也”评之凡廿八见，“情也”评之凡十七见，“静也”、“气也”凡十一见，“思也”、“高也”凡九见，“德也”凡七见，“远也”、“悲也”、“达也”凡五见，“诚也”、“节也”凡四见。……第三格以下不注。观其所评之风格，以意、情、思、气为多，其重视诸项可想。惟此四种适为余所认为风格形成之因素，而非风格之类型。惟于诗中此四者表现之或轻或重，亦足以形成风格之特著部分也。

皎然重意、重情，如上述。更进而言之，则皎然尚重：

1. 文外之旨：“重意诗例”条云：“评云两重意以上皆文外之旨，若遇高手，如康乐公览而察之，但见情性，不睹文字，盖诣道之极也。”

2. 情在言外：“池塘生春草”条云：“情者，如康乐公池塘生春草，是也。抑由情在言外，故其辞似淡而无味，常乎览之，何异文侯听古乐哉”。又于卷二首“评曰”中言：“或壮观可嘉，虽有功而情少，谓无含蓄之情也。宜入直用事中，不入第二格，无作用故也。”

是皎然论诗风格之重意、重情,尤重文外之旨、言外之情可见。

又皎然《诗式》常称谢客,"文章宗旨"盛称之。"语似用事义非用事"、"重意诗例"、"寒松病枝摆半析例"诸条,皆言及康乐,"论卢藏用陈子昂集序"云:"藏用欲为子昂张一尺之罗,蓝弥天之宇,上掩曹刘,下遗康乐,安可得耶?"其重视康乐也如此。康乐好山水,富诗思,奉佛教,则皎然对诗之观点可知矣。

四　诗式论诗之复变

陈子昂《与东方左史虬修竹篇叙》云:"文章道弊五百年矣,汉魏风骨,晋宋莫传,然而文献有可征者。仆尝暇时观齐梁间诗,采丽竞繁,而兴寄都绝,每以永叹,窃思古人,常恐逶迤颓靡,风雅不作,以耿耿也。"

李白自谓:"梁陈以来,艳薄斯极,将复古道,非我而谁"。又《古风》首章云:"大雅久不作,吾衰竟谁陈? 王风委蔓草,战国多荆榛。龙虎相啖食,兵戈逮狂秦。正声何微茫,哀怨起骚人。扬马激颓波,开流荡无垠。废兴虽万变,宪章亦已沦。自从建安来,绮丽不足珍。圣代复元古,垂衣贵清真。群才属休明,乘运共跃鳞,文质相炳焕,众星罗秋旻。我志在删述,垂晖映千春。希圣如有立,绝笔于获麟。"

陈李斥齐梁,皎然反是。"齐梁诗"条曰:"评曰:夫五言之道,惟工惟精,论者虽欲降杀齐梁,未知其旨,若据时代道丧几之矣。沈约诗,诗人不用此论何也。如谢吏部诗:'大江流日夜,客心悲未央'。柳文畅诗:'太液沧波起,长杨高树秋'。王元长诗:'霜气下孟津,秋风度阴谷'。亦何灭于建安。若建安不用事,齐梁用事,以定优劣,亦请论之:如王筠诗:'王生临广陌,潘子赴黄河'。庾肩吾诗:'秦王观大江,魏帝逐飙风'。沈约诗:'高楼切思妇,西园游上才'。格虽弱,气犹正远,此建安可言体变,不可言道丧。"

又"复古通变体"条云:"评曰,作者须知复变之道,反古曰复,不滞曰变,若惟复而不变,则陷于相似之格。……又复变二门:复忌太过,……夫变若造微,不忌太过,苟不失正,亦何咎哉。如陈子昂复多而变少,沈宋复少而变多。今代作者,不能尽举。吾始知复变之道,岂惟文章乎？在儒为权,在文为变,在道为方便,后辈若乏天机,虽效复古,反令思扰神沮,何则'夫不工剑术,而欲弹抚干将大阿之铗,必有伤手之患',宜其诫之哉！"

皎然于"明四声"条斥沈约四声之过,风雅殆尽。虽不满六朝风格,惟对齐梁诗尚不存歧视,其于复变之道尚左袒于变,不泥于复。证以前论:"文外之旨","言外之情"益明矣。

五　诗式之影响

皎然开以禅论诗之端。"文章宗旨"云:"评曰:康乐公早岁能文,性颖神彻,及通内典,心地更精,故所作诗,发皆造极,得非空王之道助邪。""重意诗例"云:"评曰:两重意以上,皆文外之旨,若遇高手,如康乐公览而察之,但见情性,不睹文字,盖诣道之极也。向使此道尊之于儒,则冠六经之首;贵之于道,则居众妙之门;崇之于释,则彻空王之奥。"

盖皎然身为佛家,"中序"云"终朝之前,矜道多义,扰我真性,岂若孤松片云,禅坐相对,无言而道合,至静而性同哉"。是言将弃笔砚;其论诗之常参以禅理,亦自然之势也,亦生活之使然也。

皎然论诗,著"文外之旨","言外之意"(见本文"第三节"),为司空图"味外味",严羽"言有尽而意无穷",及王渔洋神韵说之源。沧浪云:"禅道惟在妙悟,诗道亦妙悟",是皎然"彻空王之奥"所出。渔洋之"日取开元天宝诸公之篇什读之,于二家(司空图及严羽)所言别有心会,录其尤隽永超诣者,自王右丞以下四十二人,为唐贤三昧集,釐为三卷"。是皎然《诗式》之流派也。

皎然"辨体十九字"之论风格取形似(象征)之言,为司空图"二十四品"、曾国藩"八美"等之本。皎然之"放意须险,定句须难",苦思、识理之主诣,为佛家贾岛"两句三年得,一吟双泪流"所私淑欤？为晚唐奇涩诗人若李贺、孟郊辈所奉为圭臬欤？

——《协大艺文》第 20 期(1947 年 5 月)

文心雕龙上篇分析（六则）

　　民国三十六年春季,本校中国文学系所开专书选读一科中,《文心雕龙》适列其一,本系生与修者七人,采集体研究方式,由俞元桂先生指导,将上篇之二十五篇作一初步之寻绎。①按集体讨论在近日中外各学府中已属常事,而于本系尚为试举,兹特将其提要纪录,刊载本期艺文,用酬研讨者之辛勤,且以启继续者之兴趣。夫学由自发,始得其真,此余日夜所深望于同系诸君者也。至其邯郸初步,或不免乎乖疏,是又有祈于博雅君子之教正焉。

严叔夏识

序志第五十

《文心雕龙》的创作,刘勰在《序志》篇里已说出他自己的抱负。

　　第一,他以为人要永远地活在后人的心里,只有"智术"的"制作";"是以君子处世,树德建言"。

　　第二,树德建言是多方面的,"敷赞圣旨,莫若注经;而马郑诸儒,弘之

---

①　编者注:本篇仅选录作者执笔的六则。

已精;就有深解,未足立家"。于是他转向文章理论的阐发,因为"文章之用",已可以看出它的重要性,何况那时"文体解散"。就是论文之作,也"并未能振叶以寻根,观澜而索源,不述先哲之诰,无益后生之虑",那么建立论文的正统,已是恰当其时了。

第三,要建立论文的正统,来"弥纶群言",于是他提出文的枢纽,那是"本乎道,师乎圣,体乎经,酌乎纬,变乎骚",因为"文章之用,实经典枝条";何况他"尝夜梦执丹漆之礼器,随仲尼而南行",他要步武尼父,"恶乎异端",其抱负是溢于言表的。

原道第一

纪昀评曰:"文以载道,明其当然;文原于道,明其本然。识其本乃不逐其末"。"道"在中国文学批评上是一个习见的字,而没有固定的义界的;纪昀以刘勰的原道,似乎是圣人之"道",或道德之"道"。我以为刘勰所提出的原道乃是法于自然,所以他会重质而又重文,远异唐宋诸家所见。

第一,要先明白唐儒的"道"、宋儒的"道",与刘勰的"道"。唐韩愈以文贯道,其道为尧舜周孔的"道",为"道"故而学文。《原道》:"尧以是传之舜,舜以是传之禹,禹以是传之汤,汤以是传之文武周公,文武周公传之孔子,孔子传之孟轲,轲之死,不得其传焉。"《答李秀才书》:"愈之所志于古者,不惟其辞之好,好其道焉尔。"《题欧阳生哀辞》:"愈之为古文,岂独取其句读不异于今者耶?思古人而不得见,学古道而欲兼通其辞,通其辞者,本志乎古道者也。"宋儒论文以载道,"道"是道德(狭义的礼教),求"道"而忽文。周敦颐《通书》:"不知务道德,而第以文辞为能者,艺焉而已。"程颢语录:"忧子弟之轻俊者,只教以经学念书,不得教作文字,子弟凡百玩好皆夺志。"

刘勰以文与"道"同在,即文与自然同在,"道"是自然本体不易之理,日月山川是"道"之文,人文亦然。"文之为德也大矣,与天地并生者何哉?夫玄黄色杂,方圆体分,日月叠璧,以垂丽天之象;山川焕绮,以铺理地之形;此盖道之文也。""心生而言立,言立而文明,自然之道也。傍及万品,动植皆文:龙凤以藻绘呈瑞,虎豹以炳蔚凝姿;云霞雕色,有逾画工之妙;草木贲华,无待锦匠之奇;夫岂外饰,盖自然耳。"

第二,刘勰的"道"是自然本体不易之理,以文与"道"并生,故不忽文轻文,反而:

(1)重文:"夫以无识之物,郁然有彩;有心之器,其无文欤"。

(2)重情性:"至夫子继圣,独秀前哲;熔钧六经,必金声而玉振;雕琢情性,组织辞令……"也可以观察自然之文而理解天地恒久不易之理。所以他说:"爰自风姓,暨于孔氏,玄圣创典,素王述训,莫不原道心以敷章,研神理而设教;取象乎河洛,问数乎蓍龟;观天文以极变,察人文以成化;然后能经纬区宇,弥纶彝宪,发挥事业,彪炳辞义。故知道沿圣以垂文,圣因文而明道"。

征圣第二

圣既然是"道"与"文"的居间人,所谓"道沿圣以垂文,圣因文而明道";那么征圣是极重要的事。纪昀评曰:"此篇却是装点门面,推到究极,仍是宗经";是未曾看澈刘勰原意的,宗经乃是推究一切文体的本原,而每体各有其修辞之标准风格:征圣乃是申述文的重要,而可以在"圣"的创作里窥出修辞的方法。也就是刘勰《宗经》篇所说的:"励德树声,莫不师圣;而建言修辞,鲜克宗经"。现在我们来看《征圣》篇的内容。

第一,极言"文"的重要,以政化贵文,事迹贵文,修身贵文。"夫作者曰圣,述者曰明。陶铸性情,功在上哲,夫子文章,可得而闻,则圣人之情,见乎文辞矣。先王圣化,布在方册;夫子风采,溢于格言。是以远称唐世,则焕乎为盛;近褒周代,则郁哉可从。此政化贵文之征也。郑伯入陈,以文辞为功;宋置折俎,以多文举礼。此事迹贵文之征也。褒美子产,则云:'言以足志,文以足言';泛论君子,则云:'情欲信,辞欲巧'。此修身贵文之征也。然则志足而言文,情信而辞巧,乃含章之玉牒,秉文之金科矣。"

第二，"征之周孔，则文有师矣"，乃是学他们的作法。

作者	鉴周日月		妙极机神		文成规矩		思合符契	
作法	简言达旨		博文该情		明理立体		隐义藏用	
作品	春秋	丧服礼	邠诗	儒行礼	象夬	象离易	四象易	五例春秋

这里的"简、博、明、隐"，分明的是修辞的方法，所以刘勰继续说道："体要与微辞偕通，正言共精义并用，圣人之文章，亦可见也"。

第三，刘勰立志步武尼父；《述而》："子有四教，文行忠信"；孔子说："郁郁乎文哉，吾从周"，孔子虽然重质，而亦重文。所以刘勰也是标明"文质彬彬"的折衷文学观。《序志》篇："擘肌分理，唯务折衷"。《征圣》篇也明白地说："颜阖以为仲尼饰羽而画，徒事华辞；虽欲訾圣，弗可得已，然则圣文之雅丽，固衔华而佩实者也"。

宗经第三

刘勰的《文心雕龙》是要做到弥纶群言的目的，于是他便要抓住一切文章的本源与纲领，最恰当不过，那就是前圣制作的五经。因为五经包括了人在其自然环境里所要表现的五种文体；这五种文体也归纳了许多文章的体制，而成为它们标准的风格。现在我试把这篇排列成一个系统（表见第234页）。

正纬第四

刘勰要建立正统的文论，辨伪是一桩非常重要的工作。有统的观念，所以有信仰，所以能奋斗，韩愈的原道，宋儒的论道，即是争斯文斯道一脉相传之统。刘勰首先注意辨伪的工作，所以后来的文学批评观里也提出观奇正的标准。纬之所以要正，固然因为它是伪，不过也有可采用之处，也是需要说明的。

第一，纬之伪有四，最主要的是：经正纬奇，经显纬隐。

第二，惟纬之"事丰奇伟，辞富膏腴，无益经典，而有助文章"，与骚一样地可以采用，那就是《辨骚》篇所谓"酌奇而不失其真，玩华而不坠其实"。

乐府第七

《汉书·礼乐志》，孝惠时，乐府令夏侯宽。但乐府有记载价值者，起自武帝，《礼乐志》："至武帝定郊祀之礼……乃立乐府……以李延年为协律都尉，多举司马相如等数十人造为诗歌。"

《李延年传》："延年善歌为新声，是时上欲造乐令，司马相如等作诗颂延年，辄承弦歌所造诗谓之新声曲。"

至哀帝时罢置乐府官，东汉一代，此官存置无考，然民间流行之歌谣，知音者辄被以乐而制为谱，于是乐府日多。

汉魏禅代之际，曹氏父子兄弟，咸有文采，亦能音律或治旧谱而改新辞，或撰新辞而并创旧谱，乐府从此极盛。《左传》季札观乐：为之歌秦曰："此之谓夏声，夫能夏则大，大之至也。其周之旧乎"。晋风所以称远——为之歌唐曰："思深哉，其有陶唐氏之遗民乎，不然何忧之远也，非令德之后谁能若是。"

乐府：分为能入乐者与不能入乐者。

第一，务塞淫辞，不离宗经。

第二，"雅声浸微，溺音腾沸"，有泥古之弊，无文学史眼光。

第三，"时尚淫声，故使声辞俱郑"，对当时宫体趋向而言，刘氏力主复古，故不免矫枉过正。

第四，乐府中有一部为有声无辞，后人仅须填词即可合乐，故魏晋乐府有另制新调，亦有遵古题作歌者，后乐府之乐律无存，故今日所见乐府诗，皆有辞而无声。

人在自然环境里生活的五方面	一、象天地	二、制人纪	三、参物序	四、效鬼神	五、洞性灵之奥区，极文章之骨髓
圣人对上列五方面的制作（义既极乎性情，辞亦匠于文理）	易张十翼（体天）	书标七观（纪言）	诗列四始（言志）	礼正五经（立体）	春秋五例（辨理）
表现的方法	旨远辞文，言中事隐	昭昭若日月之明，离离如星辰之行	摘风裁兴，藻辞谲喻	据事制范，章条纤曲	一字见义，婉章志晦
五经属下的文体	论说辞序	诏策章奏	赋颂歌赞	铭诔箴铭	纪传移檄
文心雕龙所论列的文体	论、说	诏、策、议、对、章、表、书、记、奏、启	骚①、诗、谐隐、乐府、赋颂赞、杂文	祝、盟、哀、吊、铭、箴、诔、碑	史传、檄、移、诸子、封、禅
风格的标准（文能宗经，体有六义）	体约而不芜	事信而不诞	文丽而不淫，情深而不诡	风清而不杂	义直而不回
以定势篇来加强证明	史论序注则师范于核要	章表奏议则准的乎典雅	赋颂歌诗则羽仪乎清丽，连珠七辞则从事于巧艳	箴铭碑诔则体制于弘深	符檄书移则楷式于明断

——《协大艺文》第 21 期（1948 年 12 月）

---

① 《辨骚》一篇，刘氏列于文之枢纽，故虽为一种体制，而主旨在辨。

作家与风格

——读《文心雕龙·体性》

  刘勰《文心雕龙》的《时序》篇论述时代与风格的关系,《定势》篇论述文体与风格的关系,《体性》篇论述作家与风格的关系,还有许多篇章以简洁的文字指出作家的风格特征。刘勰继承了前人的理论成果,总结了作家的创作经验,提出许多富于创造性的见解,丰富和发展了我国古代的关于文学风格的理论。

  《体性》篇一开始就说明作家的"情"、"理"与作品的关系:"夫情动而言形,理发而文见;盖沿隐以至显,因内而符外者也。"这里所说的"情"与"理",就是作家的感情和思想,这是创作的灵魂,因为作家总是依据自己的思想感情来反映客观现实的。在创作上,刘勰十分重视作者的感情与思想,《熔裁》篇里提出有名的创作三准,他说:"是以草创鸿笔,先标三准:履端于始,则设情以位体;……"《情采》篇也说:"故情者、文之经,辞者、理之纬,经正而后纬成,理定而后辞畅,此立文之本源也。"这就是说在构思的过程中,作者的情感和思想对作品要起着决定性的作用。在批评上,刘勰也是首先考虑作品所表现的情感与思想的,《知音》篇提出有名的六观,他说:"是以将阅文情,先标六观:一观位体,二观置辞……"所谓"位体",就是"设情以位体"的"情",所谓"置辞",就是"理定而后辞畅"的"理"。无论在创作上,或是在批评上,刘勰都很重视作者的情感与思想,并正确地论述它和语言、文辞的表里关系,于研究作品的风格的时候,他也先抓住了这最重要的关键。

刘勰没有抽象地谈论作家的情感与思想,他中肯地指出决定作家情感思想和作品风格的四大因素,他说:"然才有庸隽,气有刚柔,学有浅深,习有雅郑,并情性所铄,陶染所凝,是以笔区云谲,文苑波诡者矣。故辞理庸隽,莫能翻其才;风趣刚柔,宁或改其气;事义浅深,未闻乖其学;体式雅郑,鲜有反其习;各师成心,其异如面。"

"才"、"气"二者对作家的情感思想和作品的风格有决定性的作用,这是比较显而易见的。刘勰所说的"才"、"气"究竟指的是什么呢? 所谓"才",在《体性》篇里说"才有天资",刘勰肯定了才能的先天性,但他并没有把"才"神秘化,他还说:"因性以练才"(《体性》篇),"酌理以富才"(《神思》篇),"将赡才力,务在博见"(《事类》篇)。可见,"才"是可以锻炼成功的,可以通过酌理和博见来提高。《文心雕龙》中,"才"有时仅仅指着写作的速度,如《神思》篇:"人之禀才,迟速异分。"这不是主要的,主要的是指分析事物的能力。《文心雕龙》里的"才"常和"理"联系在一起。刘勰认为作家有了正确地分析事物的才能,那么,精辟的见解,深刻的思想,就会在"辞理"上表现出来。

所谓"气",和"气质"、"情操"之意相近,"气质"属于禀赋,"情操"要资于修养,刘勰肯定了气质的先天性,但他没有把"气"神秘化。《文心雕龙》的《养气》篇,就是专谈"气"的涵养的。《文心雕龙》中,"气"常和"思"、"风"联系着,"风"又常和"情"联系着。如《风骨》篇说:"是以怊怅述情,必始乎风,……意气骏爽,则文风清焉。"又说:"思不环周,索莫乏气,则无风之验也。"刘勰认为作家有了良好的气质和修养,则是非分明,感情充沛,思考周密,作品中就会表现出相应的"风趣"或"气派",产生深刻的,或强大的感染力。

从表现上看,"学"、"习"似乎不能和"才"、"气"相提并论,因为它对作家的思想感情和作品的风格好像不起直接的作用,这看法是肤浅的。刘勰把后天的"陶染"和先天的"情性"放在并列的地位,正是他风格论的精到之处。《事类》篇从创作的角度,深刻地阐明了"学"与"才"的配合作用,他说:"夫姜桂同地,辛在本性,文章由学,能在天资。才自内发,学以外成;有学饱而才馁,有才富而学贫;学贫者迍邅于事义,才馁者劬劳于辞情,此内外之殊分也。是以属意立文,心与笔谋,才为盟主,学为辅佐,主佐合德,文采必霸,才学褊狭,虽美少功。"的确如此,一个作者如果是孤陋寡闻,学浅才疏,他的作品必然是干瘪和苍白的。一个作家,他的学识渊博,他的才能就有广阔的驰骋的天地,他的作品一定是内容丰满,光彩照人。

刘勰还提出"习"的问题,他要求作家向儒家的经典学习,也就是说要"宗经"。《宗经》篇说:"文能宗经,体有六义:一则情深而不诡,二则风清而不杂,三则事信而不诞,四则义直而不回,五则体约而不芜,六则文丽而不淫。"我们不谈宗经是否必要,或能不能达到这样的效果,只是体会这话的精神,就觉得作家有分析地向经典著作、名家名篇学习是很必要的,不但在思想感情上可以因之而提高,就是在篇章结构、炼词造句等方面,也可以打下坚实的基本功,学习具有典范性的艺术形式和技巧。

刘勰指出"才、气、学、习"四大因素对于作家思想感情的决定作用,进而探讨它们和作品中的"辞理"、"风趣"、"事义"、"体式"等方面的关系,从而构成了作家与作品风格成因的完整体系,这标帜着我国古典文学理论的高度水平。

于指出风格的成因之后,刘勰进一步概括了八种风格类型。他说:"若总其归涂,则数穷八体:一曰典雅,二曰远奥,三曰精约,四曰显附,五曰繁缛,六曰壮丽,七曰新奇,八曰轻靡。"每一种类型,刘勰都简要地指出它的特征。他对于八种类型的概括和说明,虽然还不够精密,但已经达到一定的理论高度。

其一,刘勰从作品的内容与形式两个方面来探讨每一种风格类型的特征。原文说得比较隐晦,看一看范文澜《文心雕龙注》对八体的注释,我们就可以很好地领会刘勰风格的精髓。范注说:"典雅者……义归正直,辞取雅驯";"远奥者……理至渊深,辞采微妙";"精约者……断义务明,练辞务简";"显附者……言惟折中,情必曲尽";"繁缛者……辞采纷披,意义稠复";"壮丽者……陈义俊伟,措辞雄瑰";"新奇者……辞必研新,意必矜创";"轻靡者……辞须倩秀,意取柔靡"。每一种风格类型,一面是内容:情、理、意、义,另一面是形式:言、辞,两者是互相依存的统一体。

其二,刘勰极有见解地指出风格的复杂情况。他说:"故雅与奇反,奥与显殊,繁与约舛,壮与轻乖,文辞根叶,苑囿其中矣。"这是说,对立的风格是不能在一篇作品里统一起来的,作品的风格要建立在统一的、协调的基础上。"若雅郑而共篇,则总一之势离"(《定势》篇)。破坏了统一和协调,风格就不存在了。但是一篇作品在统一、协调的前提下可以兼有几种风格,可以是典雅的,同时又是精约的,只要它不是对立的风格。

其三,刘勰在概括风格的八种类型的时候,隐约地显示了它们和"才、气、学、习"的特殊关系。"典雅"和"新奇",这和"体式雅郑,鲜有反其习"的"习"特别有关。"远奥"和"显附",这和"事义浅深,未闻乖其学"的"学"特别有关。"壮丽"和"轻靡",这和"风趣刚柔,宁或改其气"的"气"特别有关。"精约"和"繁缛",这和"辞理庸隽,莫能翻其才"的"才"特别有关。《文心雕龙札记》说:"八体之成,兼因性习,不可指若者属辞理,若者属风趣也。"但我认为刘勰是有意识地安排它们之间的联系的,这在理论上可以帮助作家在形成风格的过程中,发挥其所长,放弃其所短;也可以启示作家加强所短的那一面的修养和锻炼;在实践上具有一定的意义。

对于"才、气、学、习"四者,刘勰强调"才、气"的主导作用,他说:"若夫八体屡迁,功以学成,才力居中,肇自血气,气以实志,志以定言,吐纳英华,莫非情性。"因为作家的气质、情操,分析事理的能力,对事物的观点和态度,都会反映在他所驱遣的文字之中。刘勰用十二位作家的实例,来证实他的理论,他希望作家加强"才"、"气"的锻炼和修养。

我不想考证刘勰对于每一位作家的情性和风格的评论是否准确,我觉得刘勰在说明每一位作家作品的风格时,有三个方面很值得重视。首先,刘勰仍本着内容与形式相结合的原则来评定风格,如说"文洁而体清","理侈而辞溢","志隐而味深","趣昭而事博"等等。其次,刘勰没有把作家创作中偶然出现的风格现象作为定论。研究一下《文心雕龙》的许多篇章,对一位作家的风格定评大抵是一致的。如对于贾谊:《体性》篇说:"贾生俊发,故文洁而体清";《哀吊》篇说:"自贾谊浮湘,发愤吊屈,体同而事核,辞清而理哀,盖首出之作也";《才略》篇说:"贾谊才颖……议惬而赋清,岂虚至哉"。对于班固:《体性》篇说:"孟坚雅懿,故裁密而思靡";《诠赋》篇说:"孟坚两都,明绚以雅赡";《杂文》篇说:"班固宾戏,含懿采之华";《封禅》篇说:"典引所叙,雅有懿乎"。可见刘勰评述作家及其作品的风格的时候,不是断章取义的,他对作家的作品做过精密的研究,才写下确切的结论。第三,在考虑作家的才能和情操时,刘勰相当重视作家的政治态度和道德行为。"贾生俊发","长卿放诞",所用词汇就含有褒贬的意思,看一看《程器》篇,就可以得到印证。于《程器》篇,刘勰赞颂了贾谊的"忠贞",表扬他对人民和国家的热爱;批评了司马相如"窃妻而受金",指责他生活上的缺点。《体性》篇说:"安仁轻敏"、"仲宣躁锐",《程器》篇说:"潘岳诡祷于愍怀"、"仲宣轻脆以躁竞",对照一下,就可以看出刘勰对他们的政治态度或生活作风有所批评。当然他的批评尺度还是他所崇奉的儒家道德标准,不一定准确,但他在政治上反对和统治者同流合污,在生活上要求严肃,以此来评定作家的才能和情操,并提出它对于作品风格上的影响,这应该说是正确的。但刘勰又没有把才能、情操和风格完全等同起来,例如《体性》篇说"孟坚雅懿",《程器》篇说"班固谄窦以作威",既不因他政治上的缺点,而抹杀他作品的风格特征,也不因他的作品在风格上有一定的特色,而原谅他政治上的缺点。刘勰相当灵活地处理这类问题,在评论有些作家的风格的时候,只要他们的品质或行为的缺点不影响他们的风格,他就不谈,而在专门谈论作家品质行为的《程器》篇中,给他们以应有的评价。

刘勰于指出作家必须加强才能、情操的锻炼和修养之后,又强调一下"学"、"习"的重要。他说:"夫才有天资,学慎始习。斫梓染丝,功在初化,器成采定,难可翻移,故童子雕琢,必先雅制,沿根讨叶,思转自圆。八体虽殊,会通合数,得其环中,则辐辏相成。故宜摹体以定习,因性以练才,文之司南,用此道也。"这里所特别强调的"习",我国古典文学批评家是十分重视的。

刘勰认为作者应该向传统学习,向名家名篇学习,练习多种体裁、多种风格的写作,作者不宜过早地使自己的风格定型,应该在广泛的习作基础上,再考虑自己的性之所近,于师承中求创新,来确定和发展自己的风格。我想这是很有道理的,这样作者可以逐渐形成自己的风格,可以形成流派,或变化出之,产生新的流派。《体性》篇的最后有"赞",末两句是"习亦凝真,功沿渐靡。"刘勰语意深长地希望作者应该勤勤恳恳地学习,踏踏实实地学习,并且要坚持下来,要"无望其速成",要紧紧地抓住学习这一环,锻炼自己的才能,提高自己的品质修养。的确,谁想在风格上有所成就,就必须在学习上痛下功夫。

当然,刘勰的关于作家与风格的关系的理论,还有许多缺点。因为时代以及他世界观的局限,他还不能提出作家的阶级性和风格的关系;还不明确生活对于作家的才能、情操具有重要的意义;对于作家的评价,有些失之过简;对于风格的分类,科学性还嫌不够,等等。但是,我们知道《文心雕龙》出现于公元的第五世纪,刘勰能够比较全面地指出作家和作品的风格的成因,指出才能、气质在形成风格中的主导作用,他肯定才能、气质的先天性,但又没有把它神秘化,十分注意才能、气质的锻炼和修养;也不忽视学和习的重要性;他能够简洁地概括了八种风格类型,于评定作品风格时坚持内容与形式统一的原则;在研究作家和作品风格的关系的时候,他能够考虑作家的政治表现与生活行为等等;这些都是相当精辟的见解,对现在来说,还是可以借鉴的。所以,刘勰关于作家与风格关系的理论,是我国古典文学批评史上一份可贵的遗产。

——《热风》1962 年第 1 期

刘勰对文章风格的要求

　　刘勰在《文心雕龙·体性》篇把风格分为八种类型：典雅、远奥、精约、显附、繁缛、壮丽、新奇、轻靡。对于这八种风格，刘勰究竟提倡什么，反对什么呢？研究者的认识很不一致。黄侃认为"彦和之意，八体并陈，文状不同，而皆能成体，了无轻重之见存于其间"①。詹锳认为刘勰似乎赞成典雅、精约、显附和壮丽，不大附和远奥、繁缛、新奇和轻靡。②振甫认为刘勰对新奇和轻靡有所批判。③马茂元认为"风骨"是刘勰对风格的更高要求。④吴调公也认为"风清骨峻"是刘勰理想中具有典型意义的时代风格。⑤到底刘勰的风格理想是什么呢？他为什么会有这样的理想？这都是值得研究的问题。本文拟以刘勰对文体风格、作家风格和时代风格等方面的意见为根据，来探讨刘勰的风格理想。

　　其一，刘勰对于文体风格的意见。在《定势》篇里，刘勰明确地指出各类文体的基本风格特征。他说："章表奏议，则准的乎典雅；赋颂歌诗，则羽仪乎清丽；符檄书移，则楷式于明断；史论序注，则师范于核要；箴铭

---

①　黄侃：《〈文心雕龙〉札记》。
②　詹锳：《齐梁文艺批评中的风骨论》，《光明日报》1961 年 12 月 10 日。
③　振甫：《体性（〈文心雕龙〉选译）》，《新闻业务》1961 年第 12 期。
④　马茂元：《说"风骨"》，《文汇报》1961 年 7 月 12 日。
⑤　吴调公：《刘勰的风格论》，《光明日报》1961 年 8 月 13 日。

碑诔,则体制于弘深;连珠七辞,则从事于巧艳。"每一类文体都适应于反映某些生活内容,在社会生活中起不同的作用,所以就产生了相应的基本风格。每类文体的基本风格,可以说就是刘勰对于该类文体的风格理想。《文心雕龙》上篇《明诗》以下分论文体,对每种文体应有的风格谈得更具体细致,因而,刘勰对风格的要求就表明得更为充分。以同是"准的乎典雅"的"章表奏议"来说:章的应有风格是"志在典谟,使要而非略,明而不浅";表的应有风格是"雅义以扇其风,清文以驰其丽";奏的应有风格是"以明允笃诚为本,辨析疏通为首";议的应有风格是"必枢纽经典,采故实于前代,观通变于当今,理不谬摇其枝,字不妄舒其藻。……然后标以显义,约以正辞,文以辨洁为能,不以繁缛为巧,事以明核为美,不以深隐为奇"。所谓"志在典谟"、"枢纽经典"、"雅义"、"正辞",都是典雅的意思。这几种文体除了具有典雅这一基本风格之外,清丽、精约、显附也是它们应有的风格。

又以同是"羽仪乎清丽"的"赋颂歌诗"来说:赋的应有风格是"义必明雅,……词必巧丽,丽词雅义,符采相胜";颂的应有风格是"颂惟典雅,辞必清铄";诗的应有风格是"四言正体,则雅润为本,五言流调,则清丽居宗"。这几种文体除了具有清丽这一基本风格之外,典雅、显附也是它们应有的风格。

再以同是"体制于弘深"的"箴铭碑诔"来说:箴和铭的应有风格是"文资确切,……体贵弘润,其取事也必核以辨,其摛文也必简而深";碑的应有风格是"标序盛德,必见清风之华,昭纪鸿懿,必见峻伟之烈"。这几种文体除了具有弘深这一基本风格之外,典雅、精约、显附也是它们应有的风格。

其他文体,如"史论序注"、"符檄书移"等都有类似的情况。从刘勰对于各种文体的风格要求来看,可以初步确定:典雅、清丽、精约和显附是他认为最好的风格。就是"暇豫之末造"的"连珠七辞"也不例外,刘勰要求它能"曲终奏雅","义明而词净,事圆而音泽"。

其二,刘勰对于作家风格的意见。刘勰对于各种文体代表作家的评价,可以进一步确定上面的论断。仍以上述几种文体为例。《章表》篇刘勰推荐曹植的作品说："陈思之表,独冠群才,观其体赡而律调,辞清而志显,应物制巧,随变生趣,执辔有余,故能缓急应节矣。"《议对》篇推荐晁错的作品说："观晁氏之对,证验古今,辞裁以辨,事通而赡,超升高第,信有征矣。"对于诗,刘勰推荐韦孟和枚乘,《明诗》篇说："汉初四言,韦孟首唱,匡谏之义,继轨周人。……古诗佳丽,或称枚叔,……观其结体散文,直而不野,婉转附物,怊怅切情,实五言之冠冕也。"对于"箴铭碑诔",刘勰一再推荐蔡邕。《诔碑》篇说："观杨赐之碑,骨鲠训典,陈郭二文,词无择言,周乎众碑,莫非清允。其叙事也该而要,其缀采也雅而泽,清词转而不穷,巧义出而卓立,察其为才,自然而至。"这些作家或被列为首唱,或被称为独冠古今,就是因为他们的风格是典雅、清丽、精约和显附的,符合于刘勰的风格理想。

其三,刘勰对于时代风格的意见。《通变》篇刘勰概括了时代的风格特色说："榷而论之,则黄唐淳而质,虞夏质而辨,商周丽而雅,楚汉侈而艳,魏晋浅而绮,宋初讹而新。"他认为"楚艳汉侈,流弊不还"(《宗经》)。并主张"矫讹翻浅,还宗经诰"(《通变》)。他以为"商周丽而雅"的风格才是理想的风格,"圣文之雅丽"(《征圣》),才是典范的文章。刘勰希望作者"征圣立言","还宗经诰",就是要作者学习典雅和清丽的风格。

通过上列三方面的引证,可以确定,典雅、清丽、精约和显附是刘勰的理想风格。为什么他有这样的理想?我认为有以下三个原因。

一是刘勰继承了现实主义的传统,他认为文学应该为政教服务,应该以儒家经典的思想为依据,以典雅的风格为标准。《毛诗序》说："雅者,正也。言王政之所由废兴也。"典雅的风格就要求作品的内容要"顺美匡恶",反映群众的呼声,要在人民生活中起着积极的作用。"大禹成功,九序惟歌;太康败德,五子咸怨。"刘勰认为这是应该继承的优良传统。就是许多游戏之作,刘勰也很注意内容的典雅,要作品成为进行道德教育的良好工具。例如他称赞枚乘的《七发》,因为它"始邪末正",有"戒膏粱子弟"的教育效果。许多同志认为"风骨"是刘勰对风格的更高要求,我以为风骨的中心就是内容的典雅,《章表》篇说："雅义以扇其风",《封禅》篇说："树骨于训典之区",可见,风骨和内容的典雅有着极密切的联系。典雅不单是语言的问题,更重要的是指内容上的"顺美匡恶"。刘勰把典雅列为八体之首,并说:"童子雕琢,必先雅制",他是注意从内容上继承现实主义传统的。

二是刘勰重视文学的特征,所以他认为作品的风格应该是清丽的。《征圣》篇说:"颜阖以为仲尼饰羽而画,徒事华辞;虽欲訾圣,弗可得已。然则圣文之雅丽,固衔华而佩实者也。"刘勰坚决反对这种忽视文学特征、忽视文采的主张。他的理想风格是清丽和典雅的结合,他认为有了美好的形式,才可以更好地表现内容。

三是刘勰反对当时浮诡、讹滥的创作倾向,他看到许多作者,"采滥忽真,远弃风雅,近师辞赋",所以他提出"要约"、"写真"的要求。材料要求真实,材料的处理和安排要求精约和显附,在许多场合,刘勰都申述了自己这一主张:如"综学在博,取事贵约"(《事类》),"物色虽繁,析辞尚简"(《物色》),"要约明畅,可为式矣"(《论说》),等等,刘勰提出精约与显附的风格理想,对当时浮诡、讹滥的创作倾向具有针砭的作用。

在肯定典雅、清丽、精约和显附的前提下,刘勰并不反对新奇的风格。他要求作者掌握通变之术,注意艺术上的创新。他赞美奇文郁起的《离骚》,就是因为屈原能"取熔经意","自铸伟辞",在文坛上开创一个新的流派。刘勰认识到楚辞的新奇之处,在于浓厚的神话色彩,大胆的幻想和夸张的语言,这些可以加强作品的形象性与感染力,正是创作所需要的。刘勰主张"凭轼以倚雅颂,悬辔以驭楚篇",如能"执正以驭奇",刘勰并不反对新奇的风格。

——《文学遗产增刊》第 11 辑(1962 年 10 月)

中

编

关于《中国新文学史教学大纲（初稿）》第二编

老舍先生等所草拟的《中国新文学史教学大纲》（《新建设》4卷4期），对"中国语文系"的教师来说，那是得益不少的。不过，对于大纲里第二编《新文学的扩展时期（1921—1927）》里的章节，我要提出一些浅薄的意见。

第一，在整个大纲的编制上，第二编和其他各编是不统一的。因为其他各编是先论述文艺思想斗争，而后论述各该时期的文艺创作，这样是较合理的。第二编的二、三两章是论述文艺创作的，应该放在第二编的末后。

第二，在文艺创作的各部门——诗歌、散文、小说、戏剧等——的作家，随着新民主主义革命形势的发展，而起讫他们的创作生活或转变他们的创作态度，这些作家是不断地在改造自己的。像教学大纲绪论第三章《新文学发展的特点》所论列的，如果这个作家不受无产阶级思想的领导，没有作为新文学运动的统一战线里的战斗员，没有实践工农兵方向，缺少新现实主义的精神，那么他必然不受人民大众的欢迎，不是终止他的写作生活或是转业，便要逃避到虚无幻灭的境界里，甚至自杀。这些现象被1921到1927年的文艺作家表现得淋漓尽致了。第二编第二、三两章没有明显地指出本时期诗歌、散文、小说、戏剧等创作的面貌，在文艺创作各部门和个别作家创作生活的发展上,就不能给读者以明确的承先启后的线索。第二编二、三两章所提到的文学研究会和创造社的作家,鲁迅及其有关的作家,那是偏重于小说方面,这是不够的。

第三,我非常同意教学大纲里第三、四、五各编有关作品各章的举例与分类,虽然可能挂一漏万,但起码是较为具体的。我现在尝试给《新文学的扩展时期》的文艺创作部分拟些小标题,向原草拟的四位先生请教。

一、本时期的诗歌

1.热情的和踏实的战斗（蒋光慈、郭沫若、刘一声、朱自清等）[1]

2.对渺茫将来的颤栗（冰心、周作人、俞平伯、刘大白等）

3.超现实理想的破灭（闻一多、徐志摩、朱湘等）

4.朦胧的幻梦（李金发、戴望舒、王独清等）[2]

二、本时期的小说

1.革命的道路（蒋光慈等）[3]

2.正视农村（鲁迅、王鲁彦、许钦文、蹇先艾、彭家煌等）

3.美与爱的追求（冰心、庐隐、孙俍工、叶绍钧、王统照、许地山等）

4.苦闷彷徨的自我写照（郭沫若、郁达夫、冯沅君等）

三、本时期的戏剧

1.对帝国主义者和军阀暴行的揭露（洪深、郑伯奇、郭沫若等）

2.反封建婚姻自主的题材

3.感伤的情调（田汉等）

四、本时期的杂文及散文小品

1.战斗的匕首（以鲁迅的杂文为主）

2.通讯与游记（瞿秋白、郭沫若、钟敬文、郑振铎等）

3.优美的情趣——危险的道路（冰心、周作人、徐志摩、林语堂等）

---

[1]　教学大纲第三编《左联成立前后十年》所提到的蒋光慈和郭沫若的诗歌,比起本时期内的创作是有发展的。

[2]　《左联成立前后十年》的"新月派"与"现代派"的诗歌,是在现实斗争更残酷的时期资产阶级及小资产阶级作家的创作更进一步的表现。

[3]　蒋光慈的《少年飘泊者》及《鸭绿江上》在这时期起了很大的革命鼓动作用。

在"新文学扩展的时期"，中国共产党已经成立了。所以有的作家已经有意识地在无产阶级思想的领导下进行文艺创作的战斗。但是大部分的作家因为阶级立场的局限，他们对马克思列宁党的理论表示怀疑与畏惧，他们企图寻找其他轻便的改造中国的道路，所以苦闷彷徨成为这一时期创作的特色。这一时期的新文学史是充分地证明凡是没有受无产阶级思想领导的作家，没有作为文艺统一战线上的战士，没有进行自我改造的，小资产阶级的知识分子，他们是——走向破灭的道路上去。凡是受无产阶级思想领导的，作为文艺统一战线的战士的，努力进行自我改造的，都汇集于左联的旗帜下继续他们光荣的胜利的战斗任务。

1951.7 福州大学

——《新建设》第4卷第6期（1951年9月）

关于《中国新文学史教学大纲（初稿）》第三编

一

中国新文学史这一门课程，只有在解放后接受了新民主主义的政治思想教育，才能够把它开设得好的。由于解放时间的先后，教师们的政治与业务水平的不齐，所以教学内容的不平衡是意料中事。李何林先生等《中国新文学史教学大纲（初稿）》的提出，不但能够逐渐地做到统一教学内容，同时它也将充当学习与研究的向导，避免了许多浪费的摸索。草拟这个大纲的四位先生的学术著作，常常是给予中国语文系员生们以极丰富的滋养；所以我们对《大纲》的属望会更高一些。"大纲的思想性能表现得愈明确愈细致愈好"（李何林），只有这样，教师们利用这大纲讲授时，才可以避免打了太大的折扣。

二

大纲的明确与细致，具体表现在标题横的统一与纵的系统分明。《大纲》里文艺思想部分是做到了，因为我们可以从《大纲》上领会了各时期文艺思想和政治斗争的血肉关联，以及各时期间文艺思想发展的线索。《大纲》里的文艺创作部分还没有完全做到，因为我们要求《大纲》上能够体现各时期文艺创作各部门的标题和政治斗争的血肉关联，以及各时期间的文艺创作各部门与个别作家创作生活发展的线索。

以《"左联"成立前后十年》文艺创作部分各章的小标题来说，我们是希望它能够较为具体地表现出反映这时期现实斗争的创作面貌的。我认为诗歌与小说的小标题是较好地做到了，而戏剧与散文的小标题一部分还没有做到，所以显得不统一。以各章创作发展的线索来说，如本时期的诗歌，我们看到"新文学的扩展时期"的作家如蒋光慈、郭沫若以及"新月派"、"现代派"各作家创作的发展系统，我们也看到本时期的新作家如蒲风、王亚平、臧克家、艾青、田间等以什么姿态来开始并发展他们的创作生活，在小说、戏剧与散文等的发展上，我们也将有同样的要求。

这里就关涉了两个问题，也就是李何林先生在《简单的意见》(《新建设》4 卷 6 期）里所提到的：其一是标题思想性的明确问题，其二是重点的例举有代表性的作家问题。如果标题有明确的思想性，它必然与各该时期的现实血肉相连，同时也可以显出统一性；如果确定了例举那些重点有代表性的作家，在《大纲》的处理上就容易有机地表现他们创作生活发展的线索。例如我们认为刘白羽或欧阳山是重点作家，他们在"'左联'成立前后十年"的时期已经开始了创作，在《大纲》上就可以例举到他了。

可是由于有代表性的重点作家不容易选定，选得少了又辜负了这 30 年如火如荼的创作；另一方面，个别作家创作生活的全面经历与系统性的评论材料极为缺少，无论《大纲》的草拟及课堂的讲授都有困难，然而这都需要克服。不但希望能够扩大新文艺作家选集与评论的工作，希望作家们能够及时地对自己过去的创作做个总结性的回顾，更希望由于先进者的努力有一部比较完整的新文学史出版。

三

基于上列的论述，我尝试给《大纲》第三编的文艺创作部分提些意见。由于政治与业务水平的限制,幼稚在所不免,不过总是诚意地参加讨论,希望大家指导。

"左联"成立前后十年的社会现实,提供作家们以这些材料:(1)大革命失败后的青年动态。(2)都市的金融危机。(3)农村的经济破产。(4)洪水的灾难。(5)日本帝国主义的侵略。(6)国民党当局对外不抵抗与对内的血洗政策。(7)人民的英勇斗争及其壮大。(8)学生运动的蓬勃等等。随着政治斗争局面的明朗化及尖锐化,"新文学扩展时期"作家们的彷徨心情已经渐次地消散,而各自看清了道路来,"左联"就是一把鲜明的旗帜。

《大纲》里以题材、主题、文学种类或作家集团来标题分类,当然以主题来分的思想性较为明确,然而有些的文学种类及作家集团已经含有较明确的政治思想意义。现在专就第三编来说。

三编六章二节"技巧与意境"可以表明资产阶级诗人的没落,进一步地追求形式。三节"中国诗歌会"前期展开现实主义的大众诗歌运动,后期站在国防诗歌运动的最前线,这作家集团的口号是明确的。四节"新的开始"也显示了这些年青的诗人诅咒旧的、讴歌新的、执着生活与战斗的意义。七章五节"东北作家群"实际上也指出他们和失去了的土地、被蹂躏而起来战斗的人民的血肉关联,六节以鲁迅为首的"历史小说"有积极战斗的意义。这些虽然没有用主题来标明,然而由于这些标题能够较为密切地联系到当时的客观现实,所以是容易领会作家们创作的意义的。

三编八章的第一、二两节就不然了。一节的"剧运和剧本(田汉、适夷、洪深等)",二节的"结构、对话、效果(曹禺、李健吾、袁牧之等)",这种标题不容易表达这些作家创作的时代意义,与六、七两章的标题不统一,同样地将与田汉、洪深、曹禺等在二编或四编里文艺创作部分的标题不调和,也就是说在《大纲》上不易看出他们创作发展的线索。所以无论是他们在"左联"成立前后十年时期创作的意义或个人创作的发展来说,这标题是不大适合的。

固然,田汉与洪深在这时期是致力于"剧运和剧本"的;不过,田汉的《乱钟》《暴风雨中七个女性》《回春之曲》等,洪深的《五奎桥》《香稻米》等,都是有力地反帝反封建的创作。以这期个别创作的主要倾向来说,田汉是比较偏重于"城市生活的面影",而洪深是比较偏重于"农村破产的影像"的。曹禺、李健吾、袁牧之是这一时期开始创作的作家,结构、对话、效果也同是他们创作的特色;同样地他们都揭露了社会的压迫、虚伪与罪恶。曹禺的《日出》《雷雨》《原野》,李健吾的《以身作则》《梁允达》,袁牧之的《叛逆》等等,好像都含有神秘的人性论与宿命论的观点。这种以社会现象的一小角来暴露罪恶,有时作阴沉的人性的呐喊,这和本时期的散文作家何其芳、丽尼、陆蠡等创作颇为相似。他们不像这时期"新月派"、"现代派"的诗歌,周作人、林语堂等的散文,完全逃避了现实;也不像这时期田汉、洪深等的戏剧,鲁迅、茅盾等的杂文,坚持鲜明的民主战斗任务。

第八章三节"国防戏剧"这标题本身,已经含有丰富的政治内容。

第九章一、二两节,以鲁迅为首的"杂文","九一八"以后"报告文学的发生与发展",虽然没有以主题来标明,然而政治意义是明白的。三节"游记"的作者如朱自清、郁达夫,他们虽记述景物,而心情是非常矛盾与苦闷。四节"散文小品(如茅盾、丽尼、何其芳等)及其没落(林语堂、周作人等)",我认为这两种散文的道路要区别开来。林语堂、周作人在这时期算是老作家,他们散文讲究性灵、生活趣味与身边琐事,正是资产阶级在斗争尖锐化时进一步的没落。茅盾的散文近于杂感,可以归于九章第一节。何其芳、丽尼、陆蠡等在这时期才开始创作的,他们都年青,对不合理的社会生活,用幻想、希望、人间爱来充实他们的思想,优美的笔触,使他们的散文成为另一特色。

我非常同意三编第十章的标题,显示了我国文坛巨星的陨落,在新文学史上有极为重大的意义。我想如果不是《大纲》的标明,许多教师在九章一节"杂文"里已经提过了鲁迅先生,可能不会再特为慎重地提出,这也正表示《大纲》在教学上学习上的向导意义。

1951.9 福州大学

——《新中华》第 14 卷第 24 期(1951 年 12 月)

附　录

《中国新文学史》教学大纲（初稿）

老舍　蔡仪　王瑶　李何林

　　中央教育部组织的文法学院各系课程改革小组中的"中国语文系小组"决定依照部定在 51 年 6 月以前，把中文系每一课程草拟一个教学大纲，以便印发全国各校中国语文系。其中《中国新文学史》一课的教学大纲草拟工作，由老舍、蔡仪、王瑶和我（原定有陈涌同志，他因忙未能参加）担任。因为大家都忙，我们只在一块商讨了二次：第一次根据蔡仪、王瑶和东北师大中文系张毕来三同志所拟的三份大纲，交换了一些意见；会后再由我参照这三份大纲，草拟一个大纲，第二次即讨论这个大纲，略加修改通过。而大家认为第三、四、五编内有关作品各章的那样分类和所例举的那些作家，是否妥当，是否挂一漏万，实成问题。但又觉得有这些小标题，比仅有笼统的诗歌、小说、散文、戏剧的每章大标题，对于有些人也许有些帮助。所以决定把这些小标题抽出来，作为"附注"放在后面，仅供参考（我们呈交教育部一份，是这样办的）。这里我没有把它们抽出来，而在每一章标题下面加注一句"本章各节小标题，仅供参考"：这当然由我一人负责。

　　由于这个大纲是四个人在极短的时间内，匆忙地草成，粗滥是在所难免的；所以不但希望全国"中国语文系"的有关教师同志们提示意见，而且还盼望文学界的同志们也能注意、研究和批评，以便将来修改。

李何林

1951 年 5 月 30 日

绪　论

第一章　学习新文学史的目的和方法

　　第一节　目的

一、了解新文学运动与新民主主义革命的关系

二、总结经验教训,接受新文学的优良遗产

第二节　方法

一、辩证唯物论和历史唯物论

二、马列主义的文艺理论和毛泽东的文艺思想

第二章　新文学的特性

第一节　新文学不是"白话文学""国语文学""人的文学""平民的文学"等等。

第二节　新文学是新民主主义的文学

第三章　新文学发展的特点

第一节　无产阶级思想领导的发展

第二节　新文学运动的统一战线的发展

第三节　大众化（为工农兵）方向的发展

第四节　新现实主义精神的发展

第四章　新文学发展阶段的划分

一、五四前后——新文学的倡导时期（1917—1921）

二、新文学的扩展时期（1921—1927）

三、"左联"成立前后十年（1927—1937）

四、由"七·七"到延安文艺座谈会讲话（1937—1942）

五、由"座谈会讲话"到"全国文代大会"（1942—1949）

第一编　五四前后——新文学的倡导时期（1917—1921）

第一章　五四前夕的文学革命运动

第一节　文学革命运动发生的原因

一、鸦片战争以来的新的社会基础

二、在这新基础之上的旧民主主义的文学改良运动

三、新文化运动,无产阶级思想及十月革命的影响

第二节　文学革命的理论及其斗争

一、胡适主张的批判

第一节　1923年《中国青年》几位作者的主张

　　一、指出工农兵是革命的主力,主张知识青年应走向工农兵

　　二、批判"为艺术而艺术"与"为人生而艺术"的思想,主张文学应该为革命服务

　　三、反对写空想的革命文学而不从事革命斗争;主张深入工农兵,写工农兵生活

　　四、主张革命文学的统一战线

第二节　郭沫若、蒋光慈、郁达夫、成仿吾等的主张

第三节　鲁迅前期的文学主张

第三编　"左联"成立前后十年（1927—1937）

第一章　本时期的社会政治和文学的情况

　　第一节　蒋介石反动政权与人民的斗争

　　第二节　"九·一八"以后的新的情势

　　第三节　文学方面的大略情况

第二章　革命文学或"无产阶级文学"运动

　　第一节　创造社和太阳社的主张

　　第二节　与鲁迅茅盾的论争

　　第三节　"左联"的成立和其主张

第三章　与反对派的斗争

　　第一节　与资产阶级的"新月"派斗争

　　第二节　与法西斯的"民族主义文学"斗争

　　第三节　与虚伪的"自由人""第三种人"斗争

　　第四节　与封建余孽的"复兴文言"斗争

第四章　理论在论争中发展

　　第一节　强调"进步的世界观"的正确及其偏向

　　第二节　机械唯物论的错误和纠正

　　第三节　"写最熟悉的题材"的偏向

　　第四节　大众文艺——大众语——新文字（拉丁化）

第五编　从"座谈会讲话"到"全国文代会"（1942—1949）

（以上各章标题下所注"本章×节小标题仅供参考"一句,乃因我们觉得这样分类和所例举的作家,是否妥当,颇成问题。）

教员参考书举要

（初稿,请大家补充、修改）

一、总集

1.中国新文学大系（其中十篇《导论》另有《中国新文学大系导论集》印行）

2.人民文艺丛书

3.五四文艺丛书（中央文化部编，即将陆续出版；其中已编选完成的各册的《序言》，多已发表，可参考）

4.抗战前出版的著名作家的《自选集》《选集》

二、论文

1.毛主席在延安文艺座谈会上的讲话

2.整风文献

3.鲁迅三十年集

4.乱弹及其他（瞿秋白著）

5.表现新的群众时代（周扬）

6.《剑、文艺、人民》（胡风著）及胡风其他论文

7.中华全国文学艺术工作者代表大会纪念文集

8.民族形式讨论集（胡风编）

三、历史

1.论民主革命的文艺运动（雪峰作）

2.论文学的工农兵方向（雪苇著）

3.近二十年中国文艺思潮论（李何林编著）

4.中国抗战文艺史（蓝海编著）

5.中国新民主主义革命史（胡华编）

注：这个书目，是王瑶同志起草，交大家讨论通过后，又由我增改了一些。其中第三部分"历史"内五种是王瑶同志原提，第一部分"总集"我加了2、4两种，并把"批评论文集"，"民族形式讨论集"，"文代大会纪念文集"三书移在第二部分"论文"内。这应由我一个人负责。

李何林

——《新建设》第4卷第4期（1951年7月）

264

262 桂堂述学

简单的意见

李何林

一

我在发表《中国新文学史教学大纲（初稿）》时，写在大纲前面的一段话里曾经略述过这个大纲的草拟经过，"因为大家都忙，我们只在一块商讨了两次"，"而大家认为第三、四、五编内有关作品各章的那样分类和所例举的那些作家，是否妥当，是否挂一漏万？实成问题"。最后我说："由于这个大纲是四个人在极短的时间内，匆忙地草成，粗滥是在所难免的；所以不但希望全国中国语文系的有关教师同志们提示意见，而且还盼望文学界的同志们也能注意、研究和批评，以便将来修改。所以我把它发表在这里。"这个大纲可商量的地方实在太多，尤其是第三、四、五编各章内的那些小标题：分类的标准是不一致的，主要的是就题材来分，但也杂以主题（如"暴露与歌颂"、"热情的憧憬"、"烦闷与愤怒"等），文学种类（如"历史小说"、"游记"、"散文小品"、"杂文"、"叙事长诗"、"政治讽刺诗"、"新歌剧"、"报告文学"等），作家集团（"中国诗歌会"、"东北作家群"、"七月诗丛及其他"）等的标题方法，显得不统一；但主要的缺点还在于：无论是就题材、主题、文学种类或作家集团来标题分类，思想性都不够明确；但要说这些分类的标题是完全的客观主义，是也不尽然的。这只是一个"中国新文学史"的分编、章、节的"大纲"，它的思想性的比较细致的具体的表现，是在讲授者的实际讲授：同是应用这个大纲讲授的教师，讲授的思想性是会很不相同的。当然大纲的思想性能表现得愈明确愈细致愈好，但我们限于学力和时间，没有能够做到这一点，所以把它发表出来，希望集思广益，用全国文学界关心这一问题的同志们的力量，把这一工作做好，这是我发表它的原因。至于每个小标题下面括弧内所"例举"的二三作家，确是当作"例"子而略"举"的，不是"列举"，同时下面还放上一个"等"字；因为我们觉得在匆忙间写出来的这些作家，势必"挂一漏万"，以至不妥。譬如在小说方面我们就遗漏了吴组缃先生;倘与我们所已举的同时代的其他作家比,吴先生是应该举出来的。其他作家被我们遗漏的一定还多。同时,我又想:是不是不必例举这许多作家,在30年的范围内,只重点的选十几个有代表性的,影响比较大的,来讲一讲呢?倘若可以,又是那十几位作家?请大家发表意见。

二

俞元桂先生所提供的意见是很好的,是值得我们参考的。我的简单的意见是这样:

第一,第二编各章的体制为什么和其他各编不同,为什么不先论述文艺思想后论述创作呢?这由于:一、第四章的"与封建的和买办的思想斗争",不是新文学本身的理论建设,与新文学创作的关系比较少一些;与"甲寅""现代评论"派的斗争,时间也比较晚一些,都在1925年以后,对于创作也很少影响。第五章的"革命文学的萌芽和生长",这种理论虽然在当时也多少影响了创作,但这一章的目的是为下面第三编的"革命文学或无产阶级文学运动"找它的思想的"萌芽"和"生长"的过程,所以放在第二编的末了,以便和第三编可以衔接得好一些。二、第二章的"文学研究会和创造社等的殊途同归",也不单纯只讲创作,就那几节标题看,也是先讲理论,后讲创作的。第三章的"鲁迅和其有关的作家",我们没有把第五章第三节的"鲁迅前期的文学主张"放在这里来讲,因为想把鲁迅当时的文学主张去和当时"革命文学"的理论比较一下;和鲁迅有关的作家的创作态度,又是和文学研究会基本上相同的,他们也很少理论,所以这里没讲。

但俞先生的意见,仍然值得我们讨论。

第二,"第二编第二、三两章没有明显地指出本时期诗歌、散文、小说、戏剧等创作的面貌,在文艺创作各部门和个别作家创作生活的发展上,就不能给读者以明确的承先启后的线索。"这假使是缺点的话,则其他各编的论创作的各章也同样如此;但这个工作是不是《大纲》的标题所能做到的?是不是当教师讲授的时候或写作成书的时候才可以做到？"第二编第二、三两章所提到的文学研究会和创造社的作家，鲁迅和其有关的作家，那是偏重于小说方面，这是不够的。"单从标题看，是看不出仅偏重于小说方面的："文学研究会和创造社等"里面也有很多诗歌、散文和戏剧作者；鲁迅也不单纯是小说家，与其有关的作家中，也有写诗歌和散文的。所以这也还是决定于教师的如何讲授；标题的未能分类细举各方面的作家，像第三、四、五各编一样，可以算是第二编的缺点；所以我同意俞先生"第三"那一部分"尝试给《新文学的扩展时期》的文艺创作部分"拟的小标题，虽然分类的标准也和其他各编同样的不统一；思想性也同样的不够明确；所例举的作家或者也不够全面，挂一漏万，甚至不妥：在这些方面我想俞先生也同样的欢迎大家提意见。

第三，第二编假使照着俞先生的意见，在体制上修改成为和第三、四、五编一样，即先讲思想或理论，后讲创作的话；则第一章不动。第二章的大标题改成"文学研究会和创造社的文艺思想"，其第一节为"文学研究会文艺思想的本质"，第二节为"创造社文艺思想的本质"。原第四章改为第三章，第五章改为第四章，大小标题都不动。第五章是"本时期的诗歌"，第六章是"本时期的小说"，第七章是"本时期的戏剧"，第八章是"本时期的杂文及散文小品"，每节分类小标题都照俞先生所拟的：这一切也都希望大家发表意见。

——《新建设》第 4 卷第 6 期（1951 年 9 月）

敬复王、韩、任、俞四位先生（节录）

李何林

自从我在 7 月号的《新建设》上发表《中国新文学史教学大纲（初稿）》，希望引起全国各大学"中国语文系"有关教师和文艺界同志们的讨论以后，首先接到福州大学俞元桂先生对于该《大纲》第二编的意见，连同我的简复发表在《新建设》9 月号上。以后《新建设》杂志社陆续又接到王西彦、韩镇琪、任访秋、俞元桂四位先生的意见，都先后转送给我，并说"本刊因性质及篇幅关系，不拟发表"。我觉得四位先生的意见都很可以供我们参考或商讨，如不发表，很是可惜。当时立刻想到《新中华》，记得一年以来它很发表过一些有关新文学研究的文章，请它出个《新文学史教学大纲》讨论特辑，想是可以的。遂一面函征王、韩、任三先生（俞先生第二次文我 10 月初方收到）的意见，一面函商《新中华》主编卢文迪先生：两方面回信都同意了，只剩下我写一篇答复，即可发表。……

俞先生第一次对第二编提的意见（见《新建设》9 月号），这次对第三编提的意见，都很有助于我们修改《大纲》。俞先生说他提的意见，"由于政治与业务水平的限制，幼稚在所难免，不过总是诚意地参加讨论，希望大家指导。"这种诚恳谦虚地与人商讨的态度，就很值得我们学习！俞先生并不因为他的意见"幼稚"而不提出来，待到成了"玉"以后才发表。

四位先生在百忙中，化费了许多时间来研究这个十分草率粗滥的《大纲》，提了很多宝贵的意见，供我们四人及广大读者参考（尤其是正在教学《新文学史》的老师和同学们）。今后这个《大纲》如能够改得好一些，是和四位先生的宝贵意见分不开的。我谢谢四位先生！

1951 年 11 月 12 日匆草于北京师范大学

——《新中华》第 14 卷第 24 期（1951 年 12 月）

怎样发掘语文课课文的主题

一　反对把课文的主题公式化

没有正确地掌握课文的主题,就不可能很好地分析课文,贯彻政治思想的教育。当前中学语文教学上处理课文主题的普遍毛病,就是把主题公式化了。

许多教师提出课文的主题时,总是把爱祖国、爱人民、爱劳动、爱科学、爱护公共财物、国际主义精神等,不分青红皂白,一概加以空泛的比附和生硬的结合。难怪有的教师说:"学生不爱听,我也讲厌了。"谁也不能否认崇高的共产主义道德是大部分课文的基本主题;但这些课文的作者由各个不同的侧面,多样地、具体地、生动地反映了这些基本的主题,并赋予主题以实践的意义。例如我们说《一个模范的青年团员》一课(初中语文课本第一册)的主题是学习罗盛教伟大的国际主义精神;我们说《截肢和输血》一课(初中语文课本第五册)的主题是学习白求恩大夫伟大的国际主义精神;这虽然在基本上是对的。但那也是公式化的,是不够明确和深入的。因为《一个模范的青年团员》的主题不仅是指出罗盛教的伟大的国际主义精神,更重要的是这种伟大的精神进一步地加强了中朝两国人民的战斗友谊,并鼓舞了朝鲜人民的战斗意志——积极生产和支援前线。《截肢和输血》的主题不仅是指出白求恩大夫对伤员施行截肢手术和输出自己血液的伟大的国际主义精神,更重要的是这种伟大的精神教育了当时我国一部分的卫生工作人员,克服了不负责的工作作风和战胜了为自己打算的卑劣思想。

反对把课文的主题公式化;不要提出空洞的口号,也不要生硬的结合。例如有的教师把《武松打虎》生硬地和抗美援朝结合起来,那就闹了笑话。我们应该恰如其分地发掘正确的主题,使课文发挥它原有的和应有的饱满的战斗力量。

二 为什么不能认识课文中的正确主题

作者面临着复杂变化的现实,总是站在一定的立场,用一定的角度来观察现实和分析现实的。主题就是表现作者对于现实的态度和意见,为了要表现这一个具体的目的,作者才进行创作的。所以要认识课文的主题,就要研究作者所感受的社会现实——时代背景,作者的阶级立场——思想发展的过程,和作品里对于题材的选择与安排。

(甲)时代背景的主要部分是指作者当时所感受的社会现实,其次是指作品里所引证的历史背景,再其次是指作品写作的时候和我们阅读的时候这段时间中现实的发展。

例如我们讲老舍先生所著《我们在世界上抬起了头》一课时,就应体会到当时作者所直接感受的社会现实:是全国人民开始展开了轰轰烈烈的抗美援朝运动,是中国人民志愿军在朝鲜获取了屡战屡捷的胜利。作者感受了这些现实,他禁不住地要告诉中国的和世界的人民:我们在共产党的领导下组织起来了,我们要创造美好的国家和文化,我们对保卫世界的和平事业将有伟大的贡献,"我们在世界上抬起了头"。作者是这样地充满着民族的自豪感。至于那一些历史事实的追溯——皇帝统治时的满清和蒋介石反动统治时的民国的种种沉痛的事例,是被勾起来的心思,是用来对比的,是重要的而并不是主要的。教师若不认识这一点,就要轻重倒置,认不清主题。但这样还不够,因为现实是前进的,我们还必须指出作品主题在当时的意义和现在的意义。老舍先生这篇作品发表已经两年多了,现在不仅是"我们在世界上抬起了头",而且"祖国在前进"了,抗美援朝的斗争获得了伟大的胜利,我们对保卫世界的和平事业已经作出了伟大的贡献。总之,教师一定不要忘记作品的现实性,要研究作者所反映的现实或所引证的历史事件,在当时的意义和在今天的意义;不然,就不能认识课文的正确主题。

(乙)研究作者的生平,对作者思想发展道路的分析,也是认识课文正确主题的一个要点。在中学语文课本中的多数作者,他们在革命斗争中的丰富生活以及他们思想感情变化的经验,是教育同学的生动实例。例如,教师如果不知道老舍先生过去在纽约、在伦敦等地方饱经嘲弄的经历和心情,就不能更透彻地理解作者在解放后,在人民志愿军屡战屡捷后,对中国共产党领导中国人民在世界上抬起头来的事实,禁不住地表现了高度的欣欣和激动。同样的,教师如果不熟悉茅盾先生从事民主革命斗争的生活,也就不可能领会像《梯俾利司地下印刷所》一文中那样精密的描写。这些描写绝不是纯客观的记述,而是鼓舞当时在国民党反动统治迫害下的中国人民和革命斗士。总之,教师一定不要孤立地认识或介绍作者的生平,如果没有把它和课文紧密地结合起来观察,也就不能认识课文的正确主题。

(丙)作者站在一定的阶级立场表示他对现实的态度,是体现在作品中题材的选择与安排上。所以要认识课文的主题,一定要好好地研究课文的分段(诗歌的章、节,戏剧的场、幕,小说的场面,一般散文的段落)。我所观摩的典型教学《我们在世界上抬起了头》一课所规定讲授时的分段就不明确。他们的分段是这样的:

第一段(原课文1—2节):作者抒发在皇帝统治、军阀割据、蒋匪当权时代,人民没有自己真正国家的沉痛情感。

第二段(原课文3—6节):作者述说中国与中国人民的伟大可爱。她有美丽锦绣的河山,有悠久卓越的艺术文化,有勤劳勇敢的人民,可是在旧中国的时代,中国人却受尽欺凌侮辱,在世界上抬不起头来,这种痛苦是难言的。

第三段(原课文7—10节):作者以无比兴奋的热情,高声欢呼中国人民的翻身解放,欢呼新生的人民祖国无限美好的将来,欢呼人民自己国家的可爱。

问题的症结在于原课文的第六节必须独立地分成一段，因为这个地方是作者思想感情矛盾的主要关键（这段以前是作者感受现实所勾起来的心事），作者也是在这一节里提出问题的："可是，那时候，尽管我明白了中国与中国人民的伟大，我却抬不起头来，无论是在纽约、伦敦或罗马，我都得低着头走路。"如果这一节被适当地强调起来，教师就会于以下的段落中找寻作者为什么欢欣鼓舞的具体原因——解决问题的重点，也就是主题的所在。教师们必须在分析段落中认识作品的主题，同时要在正确主题的探讨中分好段落。

三　怎样发掘课文的主题

从时代的现实性、作者的阶级立场和题材的选择与安排上认识了课文主题的大体范围，在这个范围内继续进行对主题深入的发掘；用客观的方法，就是在课文中发现作者怎样提出并解决了问题——事物的矛盾。我认为在课文中除了一些直接表现作者体验的抒情诗歌与散文是直接地显示了主题之外，一般均须运用这个方法。本来，小说与戏剧主要的是反映了现实的纠葛与冲突，在短篇小说的主题分析中，我们比较习惯地运用了这个方法，例如对《永不掉队》主题的分析（高中语文第二册）。对一般论说文、记叙文、小品文、报告文学的主题分析，我认为也不例外。毛主席在《反对党八股》里说："一篇文章或一次演说，如果是重要的带指导性质的，总得要提出一个什么问题，接着加以分析，然后综合起来，指明问题的性质，给以解决的办法，这样就不是形式主义的方法所能济事。"这段话给我们以很大的启示。

例如上述对《我们在世界上抬起了头》的分析，原课文的第六节就是这课文的主要矛盾，解决这矛盾是由于中国共产党领导下组织起来的中国人民，将使祖国的山河更加美丽，将产生为人民服务的物质文明，将对保卫世界的和平事业有所贡献；这样的主题就不会是抽象的爱国主义了。又例如上述的《截肢和输血》，这一课可分两个部分。"截肢"这一部分的矛盾是体现在三五九旅后方卫生部的同志看白求恩大夫走得太辛苦了,要白大夫吃饭休息;但白大夫说:"我是来工作的,不是来休息的。""输血"这一部分的矛盾是体现在许多医务人员"对输血还没有足够的认识,总以为输血对自己身体有很大的损伤,觉得害怕,听见白大夫说要输血,没有一个人吭气的",护士邱生才用"我这两天不舒坦,下次再……"婉辞推却;而白大夫以50多岁的年龄和疲弱的身体,却说:"我是C型,万能输血者,我可输。准备手术吧。"白大夫是以负责的不倦的和自我牺牲的精神来从事工作,来解决问题,以教育我国的卫生工作干部。这样的主题就不是抽象的国际主义了。

当然,发掘主题不过是做好语文课堂讲授的一个重要环节,主题并不是课文的一切,我们要反对在语文课上作标语口号式的说教。如何根据课文里各种文体创作上的特色,以生动的语言和具体的形象来传达出正确的主题,如何教导同学学习课文里展开主题的方法,这还需要全国的语文教师们不断地学习,不断地创造经验和交流经验。

1953年8月,福州大学

——《光明日报》1953年9月1日

略谈思想教育与语文知识教育的关系

　　思想政治教育和语文知识教育的关系问题,在语文教学的实践中一直还没有获得很好地解决。我们在处理这个问题时,曾经走过两个极端:其一,片面地理解"政治第一",把语文课当成政治课,忽视语文课应有的文艺性;其二,企图纠正上述偏向,强调从语言因素人手,把语文课上成汉语课或文学常识课,忽视语文课应有的战斗性。近年来,为了进一步提高语文教学的质量,语文教师对于思想政治教育和语文知识教育的关系问题,讨论得十分热烈,这在理论上和实践上都是很有意义的。

　　进行思想政治教育是语文教学中一项主要的政治任务,这是没有疑问的。但是"政治第一"不能理解为:必须在课堂上多进行思想政治教育,或是必须在课堂教学中首先进行思想政治教育。这也就是说不能把"第一"理解为数量居多,"第一"所要求的是高质量。思想政治教育作为语文教学的灵魂和统帅,它是无形地、又是无所不在地渗透在课堂教学之中。

　　我们的实践经验证明,以较多的教学时间,抽象地分析思想内容,把一篇文字优美、内容丰富的课文教成抽象的几个"主义"或几条性格鉴定,那实际上不会有什么思想政治教育的效果。相反的,它倒会养成一种空谈的坏习气。所以,我觉得在语文教学中对学生进行思想政治教育:首先,必须从具体课文出发,在深刻理解课文的基础上使学生受到教育。思想政治教育不能是外加的、贴上去的。其次,质量必须是高的,要正确、深刻,具有感染力和说服力,在精不在多。又其次,范围应该是广泛的,其中有阶级教育、爱国主义教育、国际主义教育、劳动教育等思想政治教育;也应该包括道德修养、有关生活工作等一般的思想教育。做好思想政治教育,关键在于语文教师的政治水平。我们必须记取鲁迅的教导:革命文学的作者必须首先是革命人。同样的,教师本身,如果是个名符其实的革命者,那么,他热情充溢,眼光敏锐,也就能够根据课文正确地发掘思想政治教育的因素,有理有据地、生动地加以表达。反之,教师的政治水平低,甚至言行不一,讲得再多,也是浪费时间,谈不到什么教育效果的。

　　培养学生正确地理解和熟练地掌握祖国语言文字的能力,具备一般的文学知识和文学史知识,这是语文教学的另一重要任务。思想政治教育是各门科目都必须加以贯彻的,语文知识教育就只有语文课来担负。如果语文课不讲语文知识,那就不成为语文课了。我们必须澄清一种错误的看法:认为在课堂上多讲语文知识,多讲文字技巧,就是脱离政治,甚至是艺术至上主义。当然,我们也要反对那种认为讲透课文,思想教育自在其中的看法。问题不在于多讲,而在于怎样讲。在贯彻思想政治教育的前提下,语文知识讲得多了,讲得周到了,这无疑是应该的,首要的。有的课文在教时,即使语文知识的讲授并不直接服务于思想政治教育的阐明,专门属于语文知识的传授,这也是应该的,必要的。我认为增进学生的语文基本知识,加强学生的基本训练,这是语文课为无产阶级政治服务的一个重要方面,也是提高语文教学质量所必需的。

　　我们不应当把语文知识教育狭隘化。语音、文字、词汇、语法、修辞、逻辑、题材、情节、结构、形象、文体、作家以及文学史等的一般常识,都应该有计划地让学生接触,使之能够理解,能够运用。至于课文分析,可以由语言因素入手,也可以由题材入手,形象入手,结构入手,文体入手,或作家的风格入手,方法应该多样化,方式不能千篇一律。

　　提高思想政治水平要经过一番艰巨的思想锻炼和改造的过程,熟练地掌握语文专业知识也必须经历一番刻苦地学习。教师有了思想政治作为统帅，又有了扎实的专业知识基础，那就有了条件能够在语文教学中很好地贯彻思想政治教育与语文知识教育。

就一篇具体的课文来说，思想内容和语文因素两者是紧密地结合在一起的。思想内容渗透在课文的词语、句型、修辞方式、论点论据、情节矛盾、结构安排、形象塑造和题材选择等中间。例如，我们教《沙田水秀》一文，要使学生认识党所领导的人民公社在改造自然和农民的精神面貌等方面所发生的巨大变化和威力。这些思想政治教育的内容渗透在描写秀丽景色和爽朗人物心情的一连串的词语之中，讲透这些词语，既进行了语文知识教育，也进行了思想政治教育。这些思想政治教育的内容也表现在结构的安排之中：沙田地区美丽景色的描写，陈同志喝河水那一场对话，一年前"水乡缺水"苦况的回忆，林老头和金女对于党领导人民向自然作斗争的感激的对白，他们对于人民公社远景的描述。一层层的递进，既揭示了思想内容的深化，又表现了组织安排的技巧。当然，这些思想教育的内容同样的渗透在题材选择和人物塑造之中，只要教师善于掌握课文中思想政治教育和语文知识教育的结合点，无论从哪一个环节入手，它都能联带课文中有关的语文知识因素，并把它们作为阐明课文思想政治教育的基础。

在课堂上讲解课文还要受教学过程所制约。固然，我们可以在讲解词语、结构等过程中揭示课文的思想内容，使学生既受到语文知识教育，又受到思想政治教育。但有时还有必要分别先后：先归纳课文的思想内容，以后逐步讲述表现这种思想内容的有关语文知识；或先讲述课文有关的语文知识，以后揭示它们反映了什么样的思想内容。这两种方式，我认为都是可以的，有利于培养学生的写作能力。

我们在探讨思想政治教育与语文知识教育关系的时候，还应该有全局的观点，对不同的年级、不同的文体、不同的课文可以有不同的重点。哪些课文应多进行思想政治教育，哪些课文应该多讲语文知识，教研组可以合理地全面安排，这不能理解为两者的脱节。如果我们只许两者结合着同时进行，不能有所先后；只许两者一半对一半，不能分别情况，有所轻重；这种看法未免太机械了,在实践上会给自己造成很多的困难。

这里只是把思想教育与语文知识教育的关系问题提出来,如何改进语文课教学,提高教学质量,还有待大家共同讨论。

——《福建日报》1961 年 8 月 5 日

向传统学习

我国的语文教学有很悠久的历史,丰富的传统必须很好地加以总结和发扬。就广泛传在人们口头上的,如"严师出贤徒","学不厌精","熟读唐诗三百首,不会作诗也会吟","多读,多作,多讲究"等等,可以说是很优秀的语文教学思想,都是值得研究的经验之谈。

许多30岁以上的人,不少人进过私塾,那种教学是没有教学计划的,更谈不到教学大纲。读《三字经》《千家诗》《幼学琼林》《古文观止》,或是读《论语》《孟子》《大学》《中庸》,虽有通例可沿,但仍是老师作主。教学内容和进度,当然也是老师决定。老师的权威是绝对的。每天一早到私塾,先站在老师面前背书,之后就讲授,大部分时间是高声朗诵,这可以说是自学,其中穿插着写字或作文。鲁迅的《从百草园到三味书屋》一文很生动地描述了这种古典式语文教学的情况。不用说,这种教学方式带有很大的原始性和片面性,但有一些精神却是可以学习的:如从教学到考查,发挥了教师的主导作用;学生的学习情况,教师是了如指掌的;教学过程具体、严格、有创造性;教学内容与讲授方法因学生对象而有所不同等等。

近几年来,我们语文教学方面有了一系列的变化:有了教学计划、教学大纲,有教研组的集体活动,有课堂教学的许多环节的运用,使语文教学具有思想性和计划性,课堂教学比较完整,这无疑是巨大的进步。

计划性和完整性不能机械地来理解,理解得机械了就会产生流弊。就计划性说,比如在教材中,我们有计划地编了许多语文知识短文,分别谈"观察和记叙","文章的中心意思","连贯和照应","材料的选择","分析和说明"……每学期讲两篇,有关记叙文的知识,零零落落地讲了两年,看来很有计划,安排很得体,但一曝十寒,效果就不一定好。又如在教时分配上,我们有计划地在起始课中来解题、讲作者、讲时代、或解词,第二教时分析,第三教时归纳主题思想或讲写作特点,一篇文章就讲完了。看来这也很有计划,但要讲透一个问题,或要多讲一讲老师自己最有心得最有研究的部分,那就不可能。还有在教研组活动方面,有计划地安排集体备课,内容整齐划一,新老教师一体对待,大家步调一致,方式相同,班级的特点与教师的专长就显不出来。这些都算是机械地理解计划性的流弊,不是人掌握计划性,而是让计划性把人给掌握了。

再说完整性。强调课文分析的完整性,每篇多是时代、作者、人物、结构、语言;强调教时的完整性,每堂都是五个环节;表面看来很完整,实际上平均使用力量,该讲的必要的有关历史知识、典故,必要的比较、引申和穿插,必要的字斟句酌,有联系的题外话等等,都被认为是破坏完整性。这种认识的实践结果,使学生见闻狭窄,知识贫乏。课堂教学更像演讲,缺乏循循善诱的亲切感和语文课应有的生动活泼的气氛。

但是计划性和完整性还是需要的。产生这些毛病,只是机械地理解计划性和完整性的结果。如果我们能发挥我国古典式语文教学中教师的主动性、灵活性和创造性,看课文,看对象,于关键处和会心处,不厌其烦,反复说明。既有讲授的一般要求,同时又可以把真才实学、读书独得之见教给学生,充分发挥教师的主导作用,把主动性、灵活性、创造性和计划性、完整性结合起来,教学效果一定会更好。

我国古典式的写作教学,对初学者是很重视摹拟的。刘勰《文心雕龙》《体性》篇里说:"夫才有天资,学慎始习。斫梓染丝,功在初化;器成采定,难可翻移。故童子雕琢,必先雅制,沿根讨叶,思转自圆。八体虽殊,会通合数,得其环中,则辐辏相成。故宜摹体以定习,因性以练才,文之司南,用此道也。"这话的意思主要是说摹拟名家名篇对于初学者的重要。先摹拟,熟练后就能别成一格。我国的写字、画画、做文章,一般的都沿着这条途径。当然,摹拟不是写作的目的,只是一种手段,习作可以摹拟,创作反对摹拟,这是由低级到高级的过程。

现在,我们对学生的作文,要求结合生活实际,这在理论上和实践上都有意义。学生写他们的生活实际,亲身经历,亲身体验,自然能够做到有内容,有感情。然而学生的生活面究竟不广,阅历不深,如果只强调写熟悉的生活,那题目和文体的范围就比较狭窄。加以初学写作,不结合范文,没有规矩可循,想到那里就写到那里,不着边际,离题远。我认为可以学一学古典式写作教学的办法,按不同的年级,有些作文准许学生对范文的取材、构思、结构、语言等方面或其中的一面加以摹拟。应该把摹拟算做习作的阶梯,它与强调写生活实际并不矛盾,有相辅相成的作用。

古典式的作文教学,对学生文章的构思、行款格式和书法的要求都很严格,老师的批改很注意文章的选材、立意、选句和炼字,精批细改,反复推敲,耳提面命,且贬且褒,写得多,改得精细,所以学生的作文进步很快。现在我们的情况和过去大不相同:过去的老师所教的学生人数不多;学生整天多是子曰诗云,没有其他的学科;教与学两方面都很单纯。现在一位语文教师要教两班,学生约100人左右,如果是一周大作文,一周小作文,要篇篇详改,实在办不到。只好一篇写上几个红字,以示眼到手到而已。我想我们必须要求学生学习前人认真严肃的写作态度,我们教师就学习前人精批细改的精神,学生一学期好好地写8篇,教师详改4篇,略改4篇。这样,教师每周约详改25篇左右,负担虽是重的,加把劲还可以做好。学生在中学阶段经详细批改的共约48篇左右,那实际收效比篇篇泛改会好得多。

我国是一个文化古国,语文教学经验是无比丰富的。这篇短文不过是以管窥天,目的在于引起更多同志来探讨。我们既学习外来的先进经验,又发扬我国传统的精华,对语文教学质量的提高,一定会有所帮助的。

——《福建日报》1961 年 10 月 22 日

博览与专精

博览与专精，是阅读中密切联系的两个方面。博览指的是广泛阅读，了解多方面的知识；专精指的是在一定的范围里钻研，做到深入精通。博览与专精的关系，就是学习的广度与深度的关系。没有一定的广度就没有一定的深度。博览是为了专精，而博览又为专精创造良好的条件。

任何一个工作者都应具有一定的政治、文化修养。这就需要有计划地阅读一些政治经济理论和哲学书籍，懂得一些历史和科学知识，看些艺术理论和文学作品。这对于改进思想作风，提高工作效率，提高观察事物、分析问题和鉴赏艺术的能力，都是十分必要的。

博览，对于不同的人有不同的要求。对于一个专业工作者来说，除了具有一般的政治文化修养之外，还应对专业范围内的书籍，阅读得更有系统、更多、更深入，所阅读的书籍之间的配合要更密切。鲁迅曾经给许寿裳的儿子——一个大学中文系的学生开了一份书单①，单上列举的书籍有12种。其中，有诗文集（如《全汉三国晋南北朝诗》《全上古三代秦汉三国六朝文》），要求对原作品作系统的阅读；有史料书与评论书（如《世说新语》《论衡》《唐诗纪事》《少室山房笔丛》等），要求广泛接触史料，从作者的评述中得到启发，增进学识；有工具书（如《历代名人年谱》《四库全

---

① 许寿裳：《亡友鲁迅印象记》，人民文学出版社1953年版，第91—92页。

书简明目录》），要求学会运用，以便随时查检。这份书单里，作品、史、论、工具书等方面都注意到了，比较全面，又有配合。它启示我们专业工作者，应该按专业的要求有计划地博览多方面的书。这份书单是 30 年前开的，重点放在古典文史方面，按现在对中文系学生的要求，阅读的范围还要扩大。如果是从事专业研究工作，博览的要求又比一般专业工作者更广，不仅要系统阅读专业范围的书，还要系统阅读和自己专业有密切联系的其他专业的书；不仅要阅读重要名著，还要阅读比较罕见的材料。北京师范大学校长陈垣曾经对历史系毕业生谈过自己的读书经验。他说，《四库全书总目提要》，他就看过好几遍，并根据提要找原书来阅读，"如是者十年，渐渐有所著述"①。上述鲁迅所开的书单是《四库全书简明目录》，这里陈垣用的是《四库全书总目提要》，二者就有广狭深浅之别，也体现阅读要求的不同。有了广泛的阅读做基础，思想开阔，材料丰富，就能够联系、比较、分析，有所发挥和创造。刘勰《文心雕龙》《知音》篇里说："凡操千曲而后晓声，观千剑而后识器。"就是这个道理。

有了博览，还须精读，博览和精读两者很好地结合起来，才能达到专精的境地。精读就是要一本一本、一篇一篇认真地读。只有精读，才能全面地揭示书本知识的主要论点、内在联系及其实质；只有精读，才能牢固地、详尽地掌握资料；只有精读，才能使自己的思想处于积极的状态，切实地锻炼自己的阅读能力，从而提高博览的水平。我们伟大的革命导师列宁阅读数十种哲学著作所写成的《哲学笔记》，既是博览的典范，又是精读的典范。他把著作中的一般逻辑联系确定下来，然后根据这个内部逻辑联系，认真研究著作的每一论点，写下自己的意见。宋代著名学者朱熹也主张读书要"循序渐进，熟读精思"，"使一书通透烂熟，都无记不得处，方别换一书"②。唐代大文学家韩愈在《进学解》这篇有名的文章里，生动地叙述了自己精读的情况："口不绝吟于六艺之文，手不停披于百家之编；记事者必提其要，纂言者必钩其玄；贪多务得，细大不捐，焚膏油以继晷，恒兀兀以穷

---

①　陈垣：《与毕业同学谈谈我的一些读书经验》，《中国青年》1961 年第 16 期。

②　参看（元）程伯敬：《程氏家塾读书分年日程》，商务印书馆 1936 年版。

年。"从这里,我们可以看到:我们的革命领袖,我们古代的大学问家,对阅读下了多么大的工夫。从这里,我们可以得到这样的启示:凡是经典著作、重要名著、基础课程都要精读,有许多还得背诵;要不遗余力地、相当详尽地做资料工作——搜集、抄录、编纂;要思考推敲,对内容要有深刻的体会,要提出自己的见解;要持之以恒,长年累月地坚持下去。阅读的要求,尽管因人而不同,但这种刻苦钻研、坚持不懈的精神是应该学习的。

无论是博览或精读,都要独立思考。思考能力和分析批判能力可以在阅读中逐步提高,可以从资料工作中获得启发,但特别要注意反复不断地实践。要在实践中检验自己的立场、观点和方法;也只有在实践中才会知道思考、分析和处理问题的甘苦、关键和窍门。我们不是为阅读而阅读。博览与专精,目的全在于应用,也就是用来为社会主义事业服务。

——《福建日报》1962 年 1 月 25 日

文学的形象性

　　文学作品通过那鲜明的、具体的描写和富于表现力的语言,在我们眼前展开了一定的社会环境或自然景物,和在这样的环境里人与人的错综的关系和矛盾,使我们具体地感受到人的情感、思想和行为,也就是人的丰富的精神面貌,从而认识了现实生活。所以说文学是以形象来反映现实、认识现实的。形象的概念是很广泛的,可以指作品中那富于表现力的语言,也可以指那自然景物;但是形象的最主要的内容是指那与客观世界有种种联系的人的生活。文学作品中人的形象是作者根据现实生活的样子并经过选择与加工的结果,我们通称之为艺术形象。

　　例如,我们阅读鲁迅的《阿Q正传》,从阿Q这一艺术形象可以感受到辛亥革命前后的农民、特别是流浪雇农的悲惨的生活以及他们的精神状态,他们的自发的倾向于革命的要求和他们被不彻底的资产阶级革命所牺牲的悲剧的结局。另一方面,从阿Q这一艺术形象也可以认识到鲁迅对于阿Q的热烈的同情和深刻的批判。这是艺术形象客观和主观的两个方面,它们是不可分离的统一。

　　阿Q这一艺术形象还有这样的特点,就是它给我们以活生生的、具体的感受,也就是说阿Q的性格给我们的印象是十分具体的、鲜明的,像一个有血有肉的活的人。但是,阿Q并不就是现实生活中的某一个,他是鲁迅构思、概括和创造的结果。鲁迅谈到自己创造艺术形象的过程说:"所写的事迹,大抵有一点见过或听到过的缘由;但决不全用这事实,只是采取一端,加以改造,或生发开去,到足以几乎完全发表我的意思为止。人物的模特儿也一样,没有专用过一个人,往往嘴在浙江,脸在北京,衣服在山西,是一个拼凑起来的脚色。有人说,我的那一篇是骂谁,某一篇又是骂谁,那是完全胡说的。"①当时有许多人看了《阿Q正传》,觉得自己有某些方面很像阿Q,疑心鲁迅写的阿Q就是他,这便是艺术形象概括的作用,因而具有一般的意义之故。由此可见,艺术形象是通过个体来显示一般的,艺术形象的个体和一般也是不可分离的统一。

如果艺术形象不是作者从生活中提炼来的,不是具体的、活生生的,那必然是公式化、概念化的作品。如果艺术形象不能表现作者的鲜明的爱憎,不是经过作者构思、概括、创造的结果,那就会落在照相式的自然主义的泥坑。

根据上面的论述,我们就可以知道艺术形象首先必须具有明确的性格,也就是说必须使读者产生一定的、直接的、明确的个性印象。为了创造性格,那就不只是表现人物的外貌和行为,而且还要表现他的内心世界——他的希望、意图,他的思想状态和行为动机,也就是说必须揭示在复杂关系中的活生生的人。例如阿Q的外貌给我们的印象是很深刻的,而他的自高自尊、自轻自贱、自欺欺人、忌讳、健忘等等性格特征也是异常鲜明地、具体地、确定地出现在读者的面前。这些性格特征是通过阿Q和他所生活的环境的复杂的关系,通过阿Q同赵太爷、假洋鬼子、吴妈、王胡、小D、小尼姑以及未庄闲人等的复杂关系,以生活本身的复杂多彩的形式来揭示阿Q丰富的精神面貌。我们可以从作者所反映的阿Q的性格来认识当时社会的生活,所以说在文学作品中描写性格是作者反映现实的基本手段。我国的古典文学家给我们创造了许多不朽的鲜明的性格,例如梁山泊的英雄、大观园的人物,这些丰富多彩的不同性格特征给读者以极为深刻而难忘的印象。鲁迅笔下的农民、知识分子等的性格也是栩栩如生的,例如孔乙己、陈士成、高老夫子、方玄绰、吕纬甫、魏连殳、涓生和子君等等形象,就

---

① 《南腔北调集·我怎么做起小说来》。

给我们揭示了辛亥革命前后一直到"五四"时期各式各样的知识分子的鲜明的性格。

我们是现实主义者,不应当按性格原来的样子来创造性格,必须在所创造的性格特征中反映出我们所描写的生活环境的某些重要方面,使我们所创造的性格成为典型的。也就是说我们必须从活生生的具体个性中揭示社会历史的本质。例如阿Q便是典型的性格,我们从阿Q那具体而又鲜明的性格中,看到阿Q的悲惨命运,看到压在阿Q肉体上和精神上的封建主义和帝国主义的重重的枷锁,看到阿Q为改变自己悲惨命运的自发的要求革命的愿望以及辛亥革命的历史悲剧。阿Q这一具体的、鲜明的典型性格是在十分深广的基础上反映了当时现实生活的重要方面、社会历史的本质。不但如此,阿Q的典型性是巨大的,他不但是辛亥革命前后流浪雇农的典型,阿Q的性格特征与当时其他集团、阶级的特征相符合,也就是说阿Q的奴隶失败主义的精神病态恰恰也反映了当时统治阶级以及其他阶层的奴隶失败主义的精神病态,这就赋予阿Q这一典型以社会广泛性。

典型化是创造典型性格的极其重要的因素。"典型化是艺术所特有的用个别化的、具体感性的、唤起美感的形式来概括生活现象的方法。"① 卡达耶夫曾以通俗的例子来生动地说明概括的过程:

> 形象是怎样汇合起来的? 通过观察。有一个人走进屋里来。您看见了他,并把他记住了。他走了以后,在记忆里留下了一个痕迹。后来你把他忘掉了。过了几个月,有时过了几年后您遇见了另外一个人,突然觉得好像内心里轻微地动了一下, ——您曾经见过和他有点相似的人。这时便产生典型性的第一个印象。然后是第二个,第三个,第四个,便构成了概括、典型。到了那时您就开始相信他的典型性。②

所以典型化的特点是通过反复的、敏锐的观察,选择事物中特别鲜明而突出的、主要的、本质的特征,剔除了偶然的、非本质的因素,把本质的、主要

---

① 苏联《共产党人》杂志专论《关于文艺艺术中的典型问题》,《文艺报》1956年第3号。
② 卡达耶夫:《熟悉和相信》,《文艺报》1956年第1号。

的特征"集中"起来。所以说典型化和个性化的过程是统一的,是分不开的。

有人对典型化抱着错误的见解:他们认为典型化的过程是先概括,然后赋予具体的、感性的形式,这样把逻辑思维放在形象思维之外,并且把它们对立起来,这必然导致形象的概念化,并使之苍白无力。另一种是形式主义的做法,就是作者所概括的不是集中在主要的、本质的特征上,而是集中在现象的次要的、偶然的因素上。还有一种是自然主义的做法,作者不能摆脱现实的个别的现象,不能加以选择并加以典型化,他的注意力只是集中在事实的搜集和现象的罗列。这些错误的见解和做法也就破坏了艺术形象的创造。

在文学创作中有各种各样的典型,有普通人的典型,也有杰出的、最先进人物的典型,有正面人物的典型,也有反面人物的典型,……而典型化的方法也是多种多样的。在典型化的过程中,艺术虚构、也就是作者的想象,是概括所搜集的生活材料,使这些材料成为最突出最明显的东西的一种手段。艺术虚构的基础是作者的生活经验,作者的生活经验越丰富,他的艺术虚构就越可靠、越真实。当然,进步的世界观在艺术构思中起着决定性的作用,它帮助作者来正确理解现实中的新与旧的斗争。

综上所述,我们知道艺术形象是以具体的感性的形式来概括地反映生活的,表现了复杂的社会关系中的人的情感、思想、行为和他们的冲突和斗争,也表现了作者对于这些生活现象的评价。因此,艺术形象会给予读者以充满情感的感受,引起读者对作品中人物的同情或愤怒,使读者的心中洋溢着不可遏止的愿望:要为争取人类最美丽的生活远景而斗争。所以说,文学是通过艺术形象来反映生活,使读者认识生活、认识世界,并进一步改造世界的;这就是文学的最重要的特征。

——《园地》1956 年 10 月号

谈文学的自学与资料工作

　　语文教师要搞好工作,不断地提高教学质量,不懈地进行自学也是重要条件之一。由于当前文教事业的巨大跃进,一部分语文教师没有经过专业学习,这当然需要自学;就是一个大学中文系毕业的学生,有过专业学习,而由于文学和语言学的理论在不断地丰富和发展,文学和语言学研究的质量在不断地提高,新的作品不断地涌现,也仍然要进行自学。

　　要搞好自学工作,必须解决阅读的范围、先后、详略、时间的安排和资料的积累等问题,本文仅就个人自学的经验,着重地谈谈我对文学方面的自学和资料工作的意见。

　　要学好文学,首先要提高政治思想,因为政治是统帅,是灵魂。只有正确的政治思想,才能够正确地分析作品的思想性和艺术性,才能够深刻地理解作品中人物崇高的精神面貌,才能够以充沛的政治激情来讲解作品。如果我们忽视了政治思想的提高,没有认真学习毛主席的思想,不重视政治学习,或错过了劳动锻炼和种种思想改造的机会,而去单纯追求读书方法,那肯定是徒劳无益,甚至有害的。很多脱离政治、关门进修的人,往往在政治上犯了严重错误。如果在自学过程中政治挂帅了,加上切实可行的自学方法,那就会事半而功倍。要学好文学,其次便要扩大知识领域,经常学习哲学、社会科学、教育学和中外历史,这些知识将帮助我们更深刻地了解作品。

就文学专业的范围来说,语文教师必须学习毛泽东的文艺思想,掌握马列主义的文学理论,具备中国文学史的知识,并经常选读和重点分析文艺作品。理论、史的知识和作品分析三者关系十分紧密,并相互为用。根据语文教师的工作条件,对上述三者可有两种方式来进行自学:一是结合备课,重点深入分析作家作品,并带动学习有关的文学史部分和文学理论部分,由许多点的深入综合成面的掌握。二是于备课之外,挤出一点时间,系统学习文学理论和文学史著作,使先有一个完整的认识,由面的掌握到点的深入。这两种方式各有短长,可视个人工作的条件来选择。

无论是学习文学理论或文学史,都应该挑选一部经典的、优秀的著作作为精读的范本。所谓精读就是自始至终一字不漏地阅读、认真地做阅读笔记和卡片,并可以多次地阅读。很多人有这样的经验,即精读过一本有价值的著作后,就有显著的提高。如果在阅读时一律是走马看花,那就会毫无所得。经过精读的作品,不仅掌握了它内容的精粹所在,基本概念,论点和例证,内在的逻辑联系,还可以学习它对问题阐明的方法和语言文字的运用等等,引起我们多方面的思考,并得到了启发,的确是获益不浅。当然也有走马看花的阅读,对于一般的问题就是涉猎和浏览,遇到新的见解,就记录在我们的阅读笔记和卡片中,作为精读的著作的补充。作品的阅读也是这样,重要的作品要重点分析,深入分析,一般的作品可以略读。广泛地涉猎一般作品,有助于文学史的面的掌握,也可以进行对照和比较,从而更具体、更深刻地了解重点分析的作品。

确定了阅读的范围、先后和详略,就必须把它固定在自学计划里。现在,我们语文教师工作都十分忙,备课、讲课、批改作业、开会学习等等应该占用大部分的时间。因此,自学除了必须结合工作进行外,还应有计划地挤时间和抢时间,自学才有保证。时间的安排,必须善于调整,以比较完整的单位时间,如用一个晚上、一个上午或下午来精读,以便集中精力来思考;此外还必须善于利用零碎时间,吃饭与休息的前后略读一些东西,养成在规定时间内自学的习惯。在自学的计划里规定阅读的分量与起讫的日期,便于自我检查。如果没有一个可靠的自学计划,漫无边际,那效果就一定很差。

自学的计划安排了，那么在阅读的同时，就必须进行资料工作。资料工作一方面在于掌握文艺界对于某一问题研究的一般情况，开辟阅读的资源；另一方面把所阅读过的东西固定在书面材料上。这样在阅读时经过了详尽的思考，在阅读后有书面材料以供时时检阅，作为自己教学和科学研究的参考。有些同志不重视资料工作，他们认为写阅读笔记或卡片，就影响了阅读进度，这是表面的看法。我们在阅读过程中就记录了资料，的确花了许多时间，然而有所得，资料可以永远发挥它的作用。阅读时不记录资料，阅读的速度的确较快，当时也确有所得，可是过了几天，印象就淡薄了，一两个月后什么也记不得了。表面上速度很快，实际上没有效果。如果有了资料工作，表面上速度慢一些，实际上是比较有效果的，也就是最节约时间、最快的办法。还有些同志以为不搞阅读笔记或卡片也可以，只要在自己的书本上划上红色的横杠就行了，其实书看多了，书中的红杠也多了，日子一久，自己也不甚了然，这仍不是办法。和轻视资料工作相反的有资料唯一论和万能论，这也是片面的，资料工作只是钻研文件和研究问题的第一步，我们绝对不能以资料工作代替了对问题的深入分析与综合。

资料工作的第一步是注意运用或汇集图书目录。一般的教学大纲，学习指导书和专门著作中大多规定有必读的参考书目，我们可以根据这些书目进行自学。这还不够，我们还要利用图书馆中的分类目录卡片找到所需要的书目。此外，出版机构或图书馆常编印图书目录或新书目录，这种目录帮助我们了解有关专业方面的出版情况，有哪些新的作品和研究成果，使我们的阅读跟上时代的先进水平。有些出版机构或图书馆编印专题书目，如上海文艺出版社出版的沈鹏年辑的《鲁迅研究资料编目》，这种专题书目给我们的教学和科学研究提供了比较系统的材料，特别值得重视。

语文教师更常应用的是报刊论文目录索引，这样的目录索引有好几种：一种是各种报刊按月或按季度所编印的目录索引，许多杂志于发行半年或全年时多印有综合的目录索引，这应该注意汇集。另一种是专门机构所编印的目录索引，如上海图书馆编印的《全国主要报刊资料索引》，这种目录索引便利于查阅每一个月所发表的新文章。又有一种是文教机构所编印的分类目录索引，如兰州大学所编的《文艺资料索引》，这更便利于语文教师的应用。此外图书馆和资料室大都有报刊论文目录卡片索引,分类排列,便于查阅。上述的种种目录索引都极有用处,但我们仍须自编这样的目录索引。我们平常所接触的书报不算少,如果能备有一本活页的小册子或卡片,利用零碎时间,按专题分类把我们所需要的论文目录经久不断地记起来,这是一种轻而易举而十分有益的工作。这种目录如果用卡片来写,就叫做目录卡片。例如:

茅盾《白杨礼赞》

茅盾:《白杨礼赞》 菁萌
　　　《语文学习》1953 年 6 月号
读《白杨礼赞》 陈伯吹
　　　《文艺学习》1955 年 8 月号
略谈《白杨礼赞》的艺术特色 何家槐
　　　《文艺学习》1959 年 10 月号
……

有了论文的目录卡片或活页,就给阅读工作打开了门路,使我们知道从哪里找到我们所需要的文章,做到心中有数。无论是阅读书籍或是阅读论文都应该加以记录,可用笔记,也可用卡片,对比起来,用卡片比较灵活,可以把时时所增加的新材料放在一处。笔记如果是活页的,作用与卡片相类;如果是装订成本的,那就不容易分类了。根据我的经验,还是用写卡片作为阅读的主要方式来得好。卡片可以向文具店购买,也可以自制。写的时候,应以一个问题或一个论点为一张,不要在一张卡片上连续写两个以上的问题。每一张卡片,都要有一个自拟的鲜明的标题,都要写明作者、文章或章节题目和出处。阅读的卡片有以下几种。

第一种是摘录卡片:摘录卡片主要是抄录某一著作或论文中对某一问题的主要论点、主要概念或某些独到的见解,抄录时要求不出差错,包括标点符号在内。我们开始做摘录卡片时,往往不是写得太多,就是写得太少,其原因就是抓不住重点。这种情况只有经过了实践,与明确了阅读目的和提高了阅读能力之后才可以克服。摘录卡片实例如下:

《白杨礼赞》的主题思想

在这篇优美的散文中,作者通过对于白杨树的赞美,热情横溢地歌颂了在中国共产党领导下坚持抗战的北方农民,歌颂了他们的坚强不屈和英勇豪迈,同时也充分地表现了作者自己对于抗战必胜的坚定信心和革命乐观主义精神。

何家槐:略谈《白杨礼赞》的艺术特色

《文艺学习》1959 年 10 月号第 26 页

第二种是提要卡片:摘录卡片可以精确地记录作者原文,但不能概括著作的章节的某些部分和论文中的某些部分的主要内容,所以我们还需要提要卡片。提要卡片可以选用原文中最重要的文字,提炼原文中的精华。提要卡片实例如下:

(正面)

《白杨礼赞》层层深入地描写白杨树的过程

作者开头就用一个两句话的小段落来赞美白杨树,文字简短,调子高亢,这种简短有力的开头,给整个作品带来了一种不同寻常的气氛。

第二段作者很巧妙地暂时放开白杨树,用一大段来描绘西北的高原景色,这种细致的背景描写,就更容易清晰地突出了白杨树的形象。

(背面)

之后(三、四段),作者马上回到白杨树,加以热情地赞颂,跌宕顿挫,富有节奏感。

接着(五、六段)作者改用缓和的笔调,从各方面来描写这种在西北高原异常普通,却极不平凡的树木,经过这样细致的、生动的描绘,白杨树的形象就很鲜明了。

第七段连用了四个"难道"的反问语气,表现了作者的真正用意,用象征的手法,通过对于白杨树的赞美来歌颂党和党所领导的抗日战争。

（另一张）

第八段用肯定的正面的语气,进一步显示了文章的力量。

最后一段,表达自己热爱人民的充沛感情,和轻视群众的顽固派对立起来,仍以高声赞美白杨树作结尾,与开头照应。

何家槐:略谈《白杨礼赞》的艺术特色

《文艺学习》1959 年 10 月号第 26—27 页

第三种是论点卡片。论点卡片可以概观著作的章节和论文的主要论点,给我们一个比较完整的总的印象,于写下论点时可简写论点的主要内容、论据、材料和数字等等。论点卡片实例如下:

（正面）

略谈《白杨礼赞》的艺术特色一文的主要论点

（一）提出作品的主题思想,指出作品主要用侧面的、象征的写法,虽然比较曲折隐晦,但由于作者把白杨树的形象写得很突出,使读者很容易联想它所包含的深刻意义。

（二）阐明作者层层深入地描写白杨树的过程,指出这篇散文所刻画的白杨树的形象是成功的。

（背面）

（三）指出这篇作品的艺术特色:

①善于描写风景,抒发情感;

②善于刻画性格,塑造形象;

③善于安排层次,组织段落,布局结构严密,紧凑中又有变化。

④语言简洁精练,清新生动。

何家槐:略谈《白杨礼赞》的艺术特色

《文艺学习》1959 年 10 月号第 26—27 页

第四种是思考卡片。我们对所阅读的著作或文章一定有一些意见,是深表赞同,或是不很同意。如果把探讨同一问题的文章的摘录、提要或论点加以比较,那意见就会更多,哪些可以确定,哪些可以补充,哪些有分歧,能解决就解决,不能,还可以继续研究,我们把这些意见写成卡片,叫做思考卡片。思考卡片标志我们自己在某一阶段的认识水平,日后查考,很有意思。思考卡片实例如下:

（正面）

《白杨礼赞》的语言为什么是清新生动的

何家槐同志对《白杨礼赞》的布局结构写得很有见地,但是对于语言的清新生动谈得还比较笼统。

我想,《白杨礼赞》的语言清新生动表现在以下几个方面:

①用以象征的白杨形象很突出,无论在形象方面构思方面都是新鲜的、

（背面）

独创的;

②作品中的色彩感很鲜明;

③细致的描写和浓厚的抒情的结合;

④成语、古典文学中的词汇和现代口语的浑然一体;

……

（1959 年 11 月 11 日夜）

以上四种阅读卡片和目录卡片构成一套系统,把我们所阅读过的材料用书面固定下来,既掌握了当前文艺界对某一问题研究的情况,增进了知识,又启发了自己的思考。毫无疑问,经过这样的阅读收效是比较大的,这些卡片是我们编写教案和进行科学研究的最基本材料。

随着阅读材料的增加,卡片的数量当然也增加了,所以必须经常注意分类。分类的标准可以按精读的专门著作的目录为纲,可以用大学里有关的教学大纲为纲,也可以结合备课以中学语文课本里的作家作品为纲。用以分类的卡片叫做指引卡,比一般的卡片突出一个小部分,以便写明纲目来系统管理我们所做的卡片。在指引卡后有目录卡片,也有摘录、提要、论

点、以及思考等卡片,依次排列,有条不紊。

当然,阅读专著和论文也可以写阅读笔记、活页笔记,和卡片的写法相似。整本的笔记一般是综合笔记,也就是有论点、有提要、有对重要材料和数字的摘录,也可以附以思考。这种笔记的好处在于能够留下整本书或整篇文章的综合印象,缺点就是不够灵活,如果这样的阅读笔记一多,检查就难,还须标明页数,用分类卡片来控制,才便于运用。

小说戏剧的阅读,可以做笔记,形式可有两种:其一,略读的可写简单的情节笔记,指出作品的主要矛盾和所展示的主题思想,像一般的书刊简介一样,可是能做到准确也并非易事,必须很好地锻炼。其二,精读的必须写详细的笔记,也可按图表的形式进行书面记录。(实例可参考本书《谈短篇小说精读的一种方法——以〈百合花〉为例》)在详细的书面记录之后,可根据自己的理论水平,按场面分析情节的发展和线索,按人物的关系和有关细节分析人物的性格,按描写手法和语言特色分析作品的风格和艺术特征,进一步可以和作者的其他作品进行比较,或和其他作者的同一题材的作品进行比较,经过整理写成精读笔记,先写自己的见解,然后再参考其他同志的有关文章,并加以对照。哪些意见是大家所公认的,这就增加了自己的信心;哪些意见是人家分析到了而为自己所看不到的,这就认识了自己的不足,提高了自己的水平;哪些是不同意人家的意见的,这就促使我们继续探索和思考。经过了这样的精读和详细分析,巩固并提高自己的文艺理论修养。作品分析多了,作家的创作道路明确了,也就加深了文学史的全面知识。

上述的自学和资料工作只是一种参考性的意见,因为这种工作带着很大的个人习惯,每位语文教师都可以创造一套比较完整的适宜于提高自己学术水平的自学方法和资料方法,当然这并不排斥参考其他同志的经验。但自学和资料工作有一条规律是共同的,那就是"有恒",如果语文教师在自学和资料工作方面能步上正轨,坚持下来,那么为学日进,对社会主义文教事业就可以发挥更大的作用。

——选自《作品分析丛谈》,福建人民教育出版社 1961 年 3 月版

略谈抒情诗的阅读

　　抒情诗是抒发诗人情感的文体。诗人的情感必须是真实的,只有真实的情感才能感动读者。但是情感是有阶级性的,小资产阶级的诗人流露出他们孤独的、忧郁的情感,这种情感再真实也要被人们所唾弃。所以抒情诗的情感还要正确,诗人必须歌唱出工农群众的情感、要求和愿望,他所表现的情感要具有广阔的群众基础,必须符合革命的要求,并且与社会发展的趋向相一致。这样,才能给读者以强烈的、革命的政治思想教育,培养他们的共产主义思想感情。感情从行动中来,诗人必须参加实际的斗争,读者可以从诗人的行动来检验他的情感是否真实。诗篇总要反映诗人的世界观,和他对生活的理解,读者可以根据作品来检验他的感情是否正确。我们祖国伟大的诗人大多是杰出的社会活动家、革命家和爱国主义者。

　　一般地说,诗人抒发情感,常见的有两种方式。一种是直接倾诉的;另一种是用形象来体现,即物见情。但更多的是情景交融,因为诗人必须通过形象来抒情。即使是直接倾诉着情感的诗篇,也不能完全没有形象的描绘。诗中的形象的来源是多方面的。诗人在积极参加劳动、工作和政治斗争时有了强烈的感受,在充溢着激情的同时,就获得了饱含着情感的形象。还有,由于激情所引起的强烈的想象,也会展开飞翔的翅膀,寻求直接的经验或间接的经验中适宜于表达如此情感的形象。所以,抒情诗中的形象是为想象所驾驭的鲜明的、突出的、飞跃的形象。它不像散文,必须有逻辑上的联系和过渡,也不像小说,需要场面的精细刻画。

抒情诗是以鲜明的、突出的、飞跃的形象来表现真实的、正确的情感,所以它的语言是精炼的、具有韵律的、富于感染力的个性化的语言。抒情诗的语言要求精练,在词语上必须经过细致的选择和加工,诗人要贮藏许多新鲜的、传神的词语,用以准确表达自己的感受与情感。抒情诗的语言不但要求准确,还要求含意丰富,具有联想力和暗示力。在修辞上要采取多样化的表现手法:形容、比喻、排比、衬托、暗示、夸张、幽默、讽刺、音响与色彩等等,使诗的词语具有充分的表现力,唤起读者多方面的体验。抒情诗的情感特别充沛,所以它的语言是具有韵律的,具有鲜明的和谐的节奏。

上面十分简略地说明了抒情诗的一般特点,我们在阅读时,可以根据它的特点,注意分析诗的情感、形象和语言等方面。阅读的过程,可先反复吟味全诗,使自己对于诗的情感有轮廓的认识,然后探讨、研究诗人所运用的形象和语言的特点,从而进一步领会诗人的情感,揭示其深刻的思想教育意义。这里,我想通过毛主席的《长征》和《六盘山》这两首诗词,略谈阅读抒情诗的过程。

阅读抒情诗,词语的正确理解是第一关键。抒情诗的词语一方面表现诗人所描绘的客观事物,另一方面又表现诗人对事物的感受。我们阅读时,对于词语的疑点、难点要多方推敲,反复吟味,防止片面或歪曲的理解。如毛主席《长征》中的"五岭逶迤腾细浪,乌蒙磅礴走泥丸"两句,就有不同的解释,一说:五岭山脉连绵不断,登在高处远远望去,好像水上跳动的小波浪;乌蒙山脉气势雄壮,登在高处远远望去,好像泥丸在跳动一样,构成了一条起伏的线。二说:红军行列经过五岭,看去好像细浪腾跃着向前流去一样;红军经过气势磅礴的乌蒙山脉,走得飞快,像泥丸下坡一样。三说:红军走过起伏连绵的五岭像腾过细浪一样,红军走过巍峨的乌蒙山像跨过泥丸一样。四说:1934年,红军沿五岭山脉突围向西北进发,蒋介石没有预料到,我们作战一贯保持主动,经常不意地击溃敌人,运动向前(这里指的是"腾细浪");1935年,红军经过川滇黔三省乌蒙山系的遵义地区,蒋介石把军队调到乌蒙山侧要隘关口,如险恶的娄山关,红军神速地渗透而攻击前进(这里指的是"走泥丸")。这些意见的不同,焦点就在于对

"走泥丸"的见解上,我们读时必须加以研究。

前面说过,抒情诗的词语要准确地表现诗人所描绘的客观事物以及诗人的感受。以这个观点来衡量,我觉得二、三两说对"走泥丸"的解释还不能表现红军的英雄气概。如以"泥丸下坡"形容红军走得快,以"走过泥丸"形容红军的大无畏精神,这就不确切,形象不美,甚至可说是歪曲。第四说好像言之成理,别有创见,但说得很曲折,还是以"走泥丸"来形容迅速,同样的,理由不甚完妥。我是比较的赞成第一说。因为第一说既可以阐明红军的英雄气概,又符合于主席的写作风格。写山的运动是主席常用的手法,如"山舞银蛇","倒海翻江卷巨澜"等都是。但第一说对于"走泥丸"的解说还不够确切,我们查一查红军进军的地理,就知道"广义的乌蒙指今云贵、川南一带地方,……它是一大片分割的高原,地形破碎,山势峭峻,河流下切成为深谷"。"这个高原极为崎岖,有'地无三里平'的谚语。"① 可见"腾细浪"和"走泥丸"既表现了红军藐视困难的伟大气魄,同时也是地形的实写。这一片地形破碎被分割的高原,就以"走泥丸"来比喻;连绵五六百公里的五岭,就以"腾细浪"来比喻。那么,第一说把它解释为泥丸滚动构成一条起伏的线条,还谈得不够具体、妥帖。这样说来,要理解诗中的疑难词语,必须从作品的整个精神上去体会,还得考虑作者写作的风格,并且要查一查有关的史实记载。

又如《长征》一诗的"金沙水拍云崖暖,大渡桥横铁索寒"两句中的"暖"、"寒"两字,也是词语理解上的难点。"水拍"写的是河岸宽,水流急,波浪大。"云崖"写的是金沙江两岸高耸云霄的石崖,但是为什么说"暖"呢? 我们查一查《中国工农红军第一方面军长征记》,知道抢渡金沙江时是在酷热中行军。一氓的《从金沙江到大渡河》一文中说:"两岸高山夹着金沙江,故流在江面的,是一股一股的热风"。由此可知"云崖暖"是写实。但也有写情和寓意,我们抢渡金沙江时,不费一枪一弹,不伤一人,就夺取了天险金沙江的渡口,那么"云崖暖"也反映了心头"暖"的感觉。"大渡桥横"显示着有桥的可喜,又显示此桥的险阻。"铁索寒"的

---

① 李长傅:《二万五千里长征地理琐记》,《第二次国内革命战争时期史事论丛》,第 95 页。

"寒"字，既写实又写情。铁索桥长数十丈，高数十丈，走过去令人寒心；并且，渡大渡河与渡金沙江不同，战斗是十分壮烈而令人惊心动魄的；从情景两面都可以说"寒"。这样的险阻，这样的战斗，红军却获得巨大的胜利，足见红军英雄的伟大气魄。由此可见，对抒情诗词语的推敲，要有准确的理解，要揭示词语的丰富意义，和它的暗示力与联想力。

抒情诗中的一些词语，从表面上看来是较易理解的，我们也不能轻易放过，否则，就不能正确理解诗的正确意义。如读主席的词《六盘山》，这首词的头两句"天高云淡，望断南飞雁"，写的是秋天的景物，如果我们仅仅作这样的理解，那就浅了。这两句不但写景物，同时也因境界的广阔以见心情的飒爽。并且，写心情还不是泛指。"望断"就是说望得久，望得远，所望的方向是南方，那里有千千万万的老根据地的父老兄弟，他们都在关怀长征胜利的消息，诗人想寄南飞的雁向老区人民传递长征胜利的消息。这两句诗写得很简明，可是它包含着十分丰富的内容与无限的情味，必须仔细地体会。

阅读抒情诗时，读者的思维与感觉必须处于积极的状态中，要充分地展开想象与联想，来体验和认识诗人所感受的和所描写的情景。如《六盘山》中"望断南飞雁"的"雁"，在古典文学具有传统的联想：它是给人传递书信的，它是合群的等等。如果仅仅局限于字面上的理解，没有引起更广泛的联想，意思就少了一层。

此外，抒情诗中有许多修辞手法，也都需要读者以积极的想象与联想去感受的。如比喻、形容就是诗中常见的修辞现象。像《长征》的三、四两句，以"腾细浪"来形容连绵不断的五岭，以"走泥丸"来形容气势磅礴的乌蒙山，并且把山写得动起来，塑形具体，造意新奇，我们在阅读时，必须以自己的生活经验来联想，来印证。

对诗中所抒写的景物，还必须有整体的想象和联想，如《六盘山》的"六盘山上高峰，旄头漫卷西风"，这是一幅壮丽的雄伟的山景，在高峰上行进着一支钢铁的队伍，他们在红旗的指引下迈步向前，红旗漫卷，他们的心情是从容不迫的。这一幅壮丽的图景，必须以积极的想象使之浮现于脑际，从而体会诗的情感。

阅读抒情诗,还要研究诗的结构,探索一下形象的配置、诗行或章节的安排,借以理解诗的整体。例如《长征》一诗,首联就把红军勇往直前、不畏艰难的伟大精神概括地表达出来,颔联写山,颈联写水,尾联写对自然界的艰苦斗争,以充满克敌制胜的乐观主义情绪作结。这一诗有地理的概括:从广东、湖南直到贵州、云南、四川;有战斗方式上的概括:突破敌人的封锁线,出敌不意迅速抢渡金沙江,和在大渡河对敌人进行壮烈的斗争,以及对自然界的斗争等等。首联和尾联稍重于写虚,互为呼应,颔联与颈联为写实,两两相对。全诗总的结构:既有概括,又有典型事件;既有对称,又有变化,形成了简洁而传神的红军长征的历史图卷。

我们准确地了解词语的丰富意义,充分地展开了想象,研究了诗的结构,比较具体地体验诗的完整形象,就可以初步掌握了诗的艺术特色。如主席的诗大多选择雄伟的形象,他有丰富的想象力和巨大的概括力,运用词语很瑰丽,很新鲜,具有独创性,全诗情景交融,富有民族风格等等。但这还不够,我们应该通过诗的形象来体会诗的情感。由于美的情感的感受,来提高自己的阶级觉悟,这是阅读抒情诗的最重要收获。

例如我们反复阅读、仔细吟味主席的诗词,就会深刻地感受到主席崇高的共产主义思想的光辉,和他宽广的胸怀,革命的乐观主义精神,以及他同劳动人民的血肉联系,对祖国山河的无比热爱等等。这些伟大的情感对我们共产主义世界观的陶冶具有巨大的意义。具体地说,如我们读了《长征》一诗,就深刻地感受到红军为了崇高的共产主义理想,为了全国人民的命运,他们坚决地北上抗日,经过了千辛万苦,突破了国民党反动派重重的包围和封锁,战胜了恶劣的自然条件,他们藐视一切困难和热情充沛的乐观主义精神,给我们以极有力的鞭策、鼓舞和教育。在这首诗里,诗人伟大的形象和红军伟大的形象浑然一体,诗人的情感和红军的情感高度地统一着。

最后,阅读抒情诗还须反复吟咏,通过吟咏不断地琢磨诗的形象和深入领会诗的情感。只有我们完全领会了诗的情感,使自己的情感和诗的情感糅合一起,那就会掌握诗的情绪和节奏。所谓节奏就是音节的停顿和回复。音节一般以意义为单位。如《长征》一诗每句七字四个音节,按意义

的单位,就有三个两字一个音节的,一个一字一个音节的:

红军　不怕　远征　难,
万水　千山　只　等闲。
五岭　逶迤　腾　细浪,
乌蒙　磅礴　走　泥丸。
金沙　水拍　云崖　暖,
大渡　桥横　铁索　寒。
更喜　岷山　千里　雪,
三军　过后　尽　开颜。

　　掌握了音节,在朗诵或吟咏时就能够更清晰、更深刻地体味诗的情感。《长征》一诗音节的安排,一、二两句与七、八两句的音节是重复的,每两句中的上句都是二、二、二、一,下句都是二、二、一、二。这里又有变化。三、四两句音节都是二、二、一、二,五、六两句音节都是二、二、二、一,就两句内来看是重复,就四句一起看又有变化。同时三、四两句和五、六两句对仗很工整。这首诗由于节奏变化相间,故朗诵时十分悦耳,富于感染力。如果我们把好诗背诵起来,时时吟咏,对诗的情景的理解就会不断地加深,诗中真实的、正确的、伟大的感情将鼓舞我们不断地前进。

　　　　——选自《作品分析丛谈》,福建人民教育出版社 1960 年 3 月版

谈《母亲》和《春》两首诗

　　殷夫的《母亲》和艾青的《春》是初中文学课本第二册里的两首抒情诗,《母亲》写于大革命失败以后,《春》写于抗日战争的前夕,它们所反映的情感、反映情感的手法以及语言的特征等方面是各有特色的。如果把这两首诗加以分析并适当地进行比较,对少年们阅读和写作新诗是有帮助的。

　　殷夫的《母亲》是一首热情澎湃的诗,读起来很令人感动。其原因:第一,这首诗的情感是非常真挚的,例如抒情主人公"我"对母亲的恳求和劝导,对劳苦兄弟们斗争的鼓舞,对自由愿望的自我表白,这些话是出自一个革命家的肺腑。第二,这首诗的情感是很崇高的,在母亲的爱抚中,他所关心的却是劳苦兄弟的解放、自由和永久的平等;在生命危在旦夕的情况下,他所关心的却是革命的胜利;这里没有个人的私情,所追求的是人民普遍的利益,体现了个人与群众斗争情感的交融,体现了对革命的正确认识。第三,这首诗的情感是新鲜又富于启发性的。它把读者从床枕引导向广场,从温情引导向斗争,从呼喊引导向行动,从一切魔君的杀死到新世界的创造。在白色恐怖时期读这一首诗,就像一盏明灯在黑暗中照耀,一支号角在阵地上吹响,一面红旗在人流前指引。读者的感受是明朗的,令人鼓舞而引起行动的。

　　殷夫的《母亲》在表达这些情感方面也具有它的特色,作者通过抒情主人公"我"对母亲的直接倾诉来表达情感。这种方式有许多好处:第一,情感表现得十分亲切,有什么比母子间的谈话更亲切的呢? 第二,母亲的含义是十分广泛的,她是千千万万祖国革命儿女的母亲,她代表了千千万万母亲的普遍心情。诗中抒情主人公"我"是祖国的千千万万的革命儿女,他代表了千千万万革命青年的普遍心情。所以这种抒情的方式是既亲切而又具有普遍性的。作者又巧妙地把抒情主人公对母亲的倾诉安排在这样的环境里:一种情况是母亲的爱抚:她紧紧地拥抱着软弱得无力离开床枕、生命危在旦夕,而还有沸腾的血、狂跳的心,对革命事业热情澎湃的儿子。另一种情况是群众斗争的场景:外边的声音:"子弹从空中飞过","生命在招呼着生命","奴隶们在争取光明"。在这样母亲的爱抚和外面群众热烈的斗争的环境中,在母爱和对群众的爱的矛盾中展开"我"的情感。一、二两节"我"对母亲倾诉自己对她的爱抚所引起的焦烦和对革命的热情;三、四、五三节,"我"对母亲倾诉对于外面劳苦兄弟斗争的向往;六、七两节,"我"对母亲倾诉"即使我生命危在旦夕",而"亲见这伟大的行动"的快乐。情感发展的过程是完整的,在结构上也是匀称的。

　　教学参考书的课文分析中以为这首诗中的母亲认为革命是危险的事情,不愿意他的儿子参加,这是不适当的温情,而这首诗批判了无原则的温情主义,鼓舞了当时的青年摆脱了封建束缚。我认为这种说法是牵强的。诗中的母亲所拥抱的是一个有颓败的肺叶、无力离开床枕而革命热情澎湃的儿子,在外面进行伟大的行动的时刻,她紧紧地围住儿子的项颈,听着儿子的力不从心的倾诉,在我们的眼前构成了十分激动心弦的场景。这种母子之情是完全可以理解的,十分自然的,母亲的形象是令人可爱可敬的。在诗中找不出母亲不同情儿子参加革命的语句,我们不能误解"别窒死了我"的含义,她不是什么封建束缚的代表者。相反的,抒情诗人"我"所发出的呼声,由于母亲的爱抚和病体的支撑的烘托更显得突出了。这首诗鲜明地反映了革命的高涨,反映了广大青年的革命热情和坚强的意志。革命者的地下生活所遭受的身体上的摧残,更引起我们对反动统治的憎恨。在这里附带说明,教学参考书里教学注意事项中指出:"根据《殷夫诗选》

的《殷夫小传》说,殷夫的母亲是同情殷夫参加革命的,因此不要把《母亲》这首诗看成作者的自述,讲授时应该指明。"这是由于牵强的分析所引起的结果。不过,有一点是对的,就是我们不能把诗中抒情主人公"我"和作者等同起来。

这首诗没有任何的雕饰和形容,语言显得非常朴素。为了表达情感的激动,有意识地重复了一些词,加强了诗的力量,例如第二节里:"你怎知道我的血如何沸腾,怎了解我的心如何狂跳!"这是两行中的重复;接着"你听那外边的声音,那解放的呼声",这是一行中两个分句的重复;接着"我真难把——难把热情关牢!"这是一行中一句内部的重复,这样不但表现了热情的奔放,而在音节上也是很和谐的。作者还写了这样的诗行:"母亲,这是我,你,穷人们的言语。"这样短促的音节,在表现情感上也显得十分有力。从整体来看,这首诗的语言是朴素有力的,音调是高亢的,这是诗人在残酷的斗争现实中所引起的激动的、热烈的革命热情的自然流露。

艾青的《春》在情感上同样是真挚、崇高而又新鲜的,因为这首诗表现了对革命的牺牲者的血的深沉的悼念,对深黑的"夜"——也就是对反动派的黑暗统治的憎恨和对爆开了的无数的桃花的蓓蕾——也就是革命力量的高涨的喜悦。这些情感集中显示了一种有力的信念:由于革命者血的灌溉,在古老的土地上终于开放了无数的、更多的花朵,新的中国在黑暗中成长壮大。但是这首诗所显示的喜悦是对于抗日战争前夕黑暗现实的变化所引起的,所以在情感上是乐观而又沉郁的,没有殷夫的《母亲》那样开朗。

在表达情感的方式上,艾青的《春》也和殷夫的《母亲》不同,它不是用抒情主人公直接倾诉的方式,而是通过因龙华桃花的开放所引起的联想来展开情感的。并且以敏锐的感觉驾驭着声音和颜色等,以刻意的描绘来集中表现某一事物的形象,从而象征和暗示了情感,描绘事物时又常常采用铺叙的手法。例如作者首先写龙华的桃花的开放,联想到血斑点点的"夜",接着就以铺叙的手法形容"那些夜":"那些夜是没有星光的,那些夜是刮着风的,那些夜听着寡妇的咽泣!"由桃花联想到开花的"夜",又联想到像桃花一样的鲜红的"血",而这"血"是"年轻人的血液——

顽强的人之子的血液。"接着又以铺叙的手法形容了残酷的、长期的斗争：
"经过了悠长的冬日，经过了冰雪的季节，经过了无限困乏的期待"，这些血
迹，在深黑的夜里，又爆开了无数的蓓蕾，带来了春天。

　　这里在表现情感方面表现了这样的特色：第一，在表面上分离的事物
中找出了它们间可能的联系，由龙华的桃花的开放联想到在龙华牺牲的革
命烈士的血的奔流，由桃花的无数蓓蕾的爆开联想到革命的春天的到来，
这些联想都是很自然的。第二，巧妙的象征和暗示，凄凉的夜、深黑的夜象
征着反革命的政权，"经过了悠长的冬日"等象征了在黑暗年代的持久的
革命斗争，"爆开了无数的蓓蕾，点缀得江南处处是春了"象征了革命力
量的壮大，这种象征和暗示也很容易为读者所接受。由于诗人的联想和象
征引导着读者的联想和象征，使读者很有意味地探讨诗里面所间接表现的
感情。

　　这首诗在形式上很特别，不像殷夫的《母亲》那样整齐，第一节共
十九行，第二节只有两行，但它的结构是经过了安排的。诗人从春天—桃
花—夜—血的联想过程，"经过了……"这三行诗句是一个转折，又倒过
来从血—夜—蓓蕾—春天这些联想过程的回溯，这体现了构思和组织的严
谨。在结构上所展示的铺叙的手法，上面提到的虽然不是这首诗主要的手
法，但也表露了作者在这方面的才能。前面谈到这首诗的情感是既乐观
而又沉郁的，诗中某些排句的运用和词的重复表现了这样特定的情感，构
成了音调上的低回，这和殷夫的《母亲》中澎湃的热情所构成的高亢的节
奏，恰成鲜明的对比。

　　我们必须培养少年们真挚的、崇高的情感，从来伟大的诗人就是人道
主义者、爱国主义者或革命家，因为他本身的情感是真挚和崇高的，所以他
的情感表达了人民的意志和愿望，得到了广大人民的共鸣。这两首诗的作
者和他们所表达的情感便是这样。少年们的情感常常是真挚的，但不一定
是健康的，即使他们有真挚的、健康的情感，而表现这些情感时却不是新鲜
的，他们常常不加思索而重复了别人的东西。在文学教学的开始，就应该
培养少年们对于诗的真挚的、崇高的和新鲜的情感的判别和感受的能力。

　　这还不够，我们必须进一步培养少年们锐敏的感觉和表现情感的技

巧。直接倾诉情感的诗常常是很豪迈而富于鼓动性的,富于联想的诗常常是比较含蓄的。分析每一首好诗都会发现它们在表现情感上的特色,但这必须依靠读者的锐敏的感觉,如果一个人对外在的事物感觉迟钝,不能想象,不会联想,看不见色彩,闻不到味道,听不出音响,当然他不能成为诗人,也不能欣赏诗和阅读诗。

一些人常常认为自由诗的结构可以很自由,铺排、重叠可以任意而为,分析了上述两首短诗,就会知道这种想法是很大的误解,是没有经过仔细分析的缘故。

——《语文教学》1957 年第 3 期

谈《延安与中国青年》等新诗三首

　　前初中文学课本第五册选了三首新诗,这三首诗都写于抗日战争时期,也都是歌唱在伟大的反法西斯战争中青年的心情和动态的。但由于所反映的方面不同,作者的风格不同,因之我们的感受也有差异。柯仲平的《延安与中国青年》是以具有伟大理想的朴素的情感来鼓舞读者,袁水拍的《寄给顿河上的向日葵》是以充满希望的激动的热情来震撼读者,何其芳的《我为少男少女们歌唱》则是以新生快乐的恳切的柔情来感染读者。我们喜欢诗,也就是因为诗人以不同的方法,表达了对于丰富多彩的生活的多种多样的感情,帮助我们认识生活,并给我们以艺术的享受。所以对于诗的写作方法的分析还是必要的。

　　柯仲平是大革命时代出现的热情饱满的战斗诗人,到了延安以后,由于革命实践的锻炼和革命高潮的鼓舞,他的战斗热情更旺盛了。这时,他写了有名的长诗《边区自卫军》和《平汉路工人破坏大队》以及许多短诗,《延安与中国青年》便是被传诵的短诗之一。

　　《延安与中国青年》把延安拟人化,在极朴素的问答和总结的形式中表现极崇高的生活理想。开始延安问:"青年! 中国青年! 延安吃的小米饭,延安穿的麻草鞋,为什么你爱延安?"这是很朴素的发问。延安这个地方所独特具有的崇高而神圣的生活内容,把读者带进了诗的境界。我们知道,当时延安是全国人心所向的民主圣地,是中国革命的灯塔,是我们党中央和毛主席所在的地方。即使这里的生活很艰苦,吃的是小米饭,穿的是麻草鞋,但千百万青年从全国的各个角落,怀着向往的心情,不顾国民党特务机关的阻挠,在西安到延安七百里崎岖的山路上步行跋涉,奔向延安。这种诗样的心情和诗样的画面,就在朴素的发问中被唤起了。这对于当时广大的青年具有极大的吸引力,就是我们现在不也是同样地带着崇敬的心情来想起这些吗? 在青年回答了之后,延安又做了朴素的总结,明确地预言:高举着马克思列宁主义的旗帜的青年,必然会在中国的国土上开花结实,展望前途,光明灿烂。这给当时的青年以无限的鼓舞,就是现在也还带给我们以美丽的理想、崇高的愿望和战斗的信心。

"青年答"是诗里的主要部分,展开了广泛的延安革命生活的场景:在漫长的崎岖的山路上,浩浩荡荡的青年队伍,为了真理、抗战与革命,奔向延安;露天的课堂,青年在极端艰苦的环境中欢乐地学习;山沟里,青年在开荒生产,在劳动中与群众中获得活的马列主义;明月下的延水边,青年于深更半夜工作归来时还在留连;灯光三五点的窑洞,中央机关的老干部在埋头苦干,为了战斗的明天。诗人还不局限于这样夜以继日的沸腾的革命生活的抒写,露天课堂上的教员曾毕业在草地雪山,我们自然地想起艰难的长征的道路;到前线,到广大的民间,我们自然地感受到革命高潮的到来。所以,在这短短的 36 行诗里,相当概括地勾勒了在延安的革命领导者、青年和群众的关系,战斗青年的学习、生产和工作的面貌,以及中国革命的过去、现在与将来。

在沸腾的革命生活的中心是延安和中国青年两组概括的形象。延安是党的化身,好像很抽象,但是由于读者以自己的政治认识和生活体验来充实,可以转化为巨大而具体的形象,他给青年以有力的勉励与鼓舞。中国青年的形象由于诗人明确地标明,他们的品质则是显然可见的。他们是不怕困难只怕取不上延安的经典的人,他们是勤于学习不怕环境多么艰苦的人,他们是热爱劳动想多学得一点马列主义不怕多流一点汗的人,他们是热爱工作不惜夜以继日的人,他们是具有明确的革命目的而要为战斗的明天而献身的人,这些为延安所哺育的、勇敢的、多情的、富于思想的、前进的青年形象,在这样困难环境的磨炼和高尚理想的追求的鲜明对照中显示出来了。

这首诗语言通俗易懂,大部分是口语化的。在"青年答"那一部分,"深更半夜,工作归来,头顶明月,脚踩沙滩"以下几行,却具有民间歌谣的风味。作者曾经写过许多有名的具有歌谣特色的诗,这里短短的几行配合着内容起着变换气氛的作用。诗行的结构基本上采取两种方式:(1)连续的局部重叠,如"延安吃的小米饭,延安穿的麻草鞋"等。(2)交错的局部重叠,如"只怕吃不上延安的小米,不能到前方抗战,只怕取不上延安的经典,不能变成最革命的青年"等。连续的重叠和交错的重叠很好地配置,就使语言活泼,音节协调。

袁水拍是抗日战争中成名的抒情诗人。1941年,德寇背信弃义地进攻苏联,他的诗《寄给顿河上的向日葵》,热烈地歌唱苏联的美好生活,并对苏联青年保卫美好生活所进行的反法西斯战争致以崇高的敬意,博得了广大读者的喜爱。

诗人把顿河上的向日葵作为抒情的对象,以不同的心情来呼唤。首先,诗人以充满着向往的心情呼唤着顿河上的向日葵——在顿河两岸劳动的苏联人民。把读者带到开满轮子似的火红花的顿河两岸:闻着干草和小麦的香味,看着鲟鱼在游,人们在撒网,听着收割机的声响,看着花朵似的姑娘往来在顿河的草原上。还有,诗人让我们欣赏葛利高利和婀克西妮亚的谈情,分享哥萨克收成后农闲的愉快的笑声。这些美丽的自然景色,芬芳的生活,在顿河的阳光下开展一幅令人向往的自由人民生活的图画。接着,诗人以悲愤的心情呼唤着顿河上的向日葵——在顿河两岸劳动的苏联人民。诗人向他诉说自己的处境,把读者带到我国长江下游的一个小村庄:没有肥料的瘦长的向日葵衬着荒凉的茅屋,农民咽下眼泪,担着忧,打发日子,没有爱情,没有休息。中国人民在战火中已经四年了,日本帝国主义牵去了农民仅有的牛羊,以坦克车来对付他们的反抗。这样苦难的心情只有向最亲爱的顿河上的向日葵倾诉。以后,诗人以激动的希望的心情呼唤着顿河上的向日葵——在顿河两岸起来战斗的苏联人民。为了保卫着油矿、铁矿和谷仓,青年哥萨克和老红军奔向战场,群众欢送子弟兵,新娘欢送坦克手。在水深火热中的中国人民多么热烈等待着这一天呵!最后,诗人以万分感激的心情呼唤着顿河上的向日葵——在战斗中的苏联人民。全世界的劳动人民,集中营里的人民,中国沦陷区的人民,由于苏联人民的战斗而信心百倍,而吐气扬眉。从静静的顿河到激流的顿河,作者引导我们经历了和平到战争这样巨大的事变,以逐渐深化的激情,来歌唱中国人民和世界上被压迫的人民对于敌人的憎恨,和对苏联的亲切的爱和希望。

这首诗的主要形象是顿河上的向日葵,其好处就是它带着颇为复杂的双关的意义。首先是它的本义:向着太阳开着花的向日葵;其次是作为形象的比喻,如说向日葵就是婀克西妮亚——热情的哥萨克女郎;第三是象征,象征苏联、象征在劳动和战斗中的苏联人民,这是主要的着眼点。苏联人民的生活、劳动、爱情和战斗,他们在劳动中的愉快和战斗中的激情,他们给全世界人民以希望和信心,这些是同顿河上的向日葵所一起经历的。这样,顿河上的向日葵便成为苏联人民坚毅的、豪爽的、为真理而战的英雄人民的象征。

本诗的篇幅较长,但作者以不同的心情来呼唤作为诗的层次,结构是严整的。诗里的词汇带着比较鲜明的颜色、气味和音响,富于可感性。例如诗的第一节就有"轮子似的火红花"、"干草的气味"、"小麦香";第二节就有"啵噜啵噜的水声"、"收割机的声响"等等。"这些感性的形象造成了鲜明的富于真实感的艺术境界,使读者仿佛跑到了这个天地里去。"① 这是这首诗语言上比较明显的一个优点。

何其芳是第二次国内革命战争时期出现的诗人,1940 年到延安以后,接触了新的生活,情感上起了很大的变化,这时他的诗表现为批判自己脆弱的、感伤的情绪的倾向,《我为少男少女们歌唱》就是反映着这样心情的短诗。这首诗写作的时间是在一个飘散着工人打石头的声音的、美丽的、山谷的黎明,他说:"我感到早晨,希望,未来,正在生长的东西,少年男女,这些都是有着共同点的,都是吸引我们去热爱的。"② 他以"为它们和他们歌颂而感到巨大的幸福的"心情写下这首诗。

---

① 袁水拍:《关于诗的形象和技巧》,《全国青年文学创作者会议报告、发言集》,第 285 页。

② 何其芳:《关于〈生活是多么广阔〉》,《关于写诗和读诗》,第 76 页。

这首短诗纯粹是抒发诗人内心的感受的,情感很平和,但很有层次。新的生活和新的希望的的确确感动了他,他情不自禁地要歌唱,他歌唱这些感动过他的自然环境和社会斗争中美好的景象和憧憬:早晨,希望,属于未来的事物和正在生长的力量。接着,他想让更多的人,特别是年轻人,来一起感受这样美好的情感和思想,他要他的歌带着翅膀,或者"像一阵微风或者一片阳光"。终于,他又感动地回想到自己,这些美好的景象和憧憬,使他"失掉了成年的忧伤","重新变得年轻了",他新生了。这对于他的旧我是一个否定,对于产生他那成年的忧伤的环境也是一个否定。在这样有层次的抒情里,展示了诗人两种不同的心情,也使读者想象产生这两种不同心情的不同环境。心情也好,环境也好,新的要战胜旧的,正在生长的东西必然战胜衰亡的东西。

　　这首诗的形象表达得比较曲折,主要的当然是抒情主人公"我"。不过"我"是通过"我的歌"来表现,而"我的歌"又是歌唱许多比较抽象的事物,这里有广阔的天地让读者以不同的生活经验来想象来补充。读者可以由快乐或者好的思想的歌声和失掉成年的忧伤的琴弦所构成的音乐的氛围中来领会"我的歌",来认识在歌唱中的"我",来想象在解放区里情感起了变化的知识青年的形象。

　　诗的语言是朴素而又精致,如早晨,希望,未来的事物,正在生长的力量,一阵微风,或者一片阳光等等词汇,极富于联想。诗人又善于以细致的感觉来驾驭语言,如"我的歌呵,你飞吧,飞到年轻人的心中去找你停留的地方。""所有使我像草一样颤抖过的快乐或者好的思想","轻轻地从我琴弦上,失掉了成年的忧伤"等等,这些具有细致的感觉的语言会培养读者灵敏的反应。

　　上述三首诗各体现了作者的风格,柯诗朴素而诚挚,袁诗鲜明而刚健,何诗柔和而恳切。诗人由于生活道路的差异,艺术技巧上的不同,于是诗坛蔚成万紫千红的奇观。我们学习了这些诗,应该注意他们在艺术劳动中的创造性。

谈《王贵与李香香》

  李季的《王贵与李香香》是一首叙事诗,以陕北民歌"信天游"的形式来歌唱陕北土地革命和当时一对青年爱情的故事,他们爱情的命运是紧紧地和革命联系在一起。反映了农民与地主阶级你死我活的矛盾,群众的利益与革命的血肉联系。并告诉我们在反动势力统治下的旧社会,要取得幸福的爱情,只有进行革命斗争。诗的情节是紧张的,斗争十分尖锐,作者有重点地安排了激动人心的场面,在斗争中表现人物,使读者在情感上有强烈的感受。对于喜爱故事、爱憎分明的少年们来说,这首诗的情节和主人公的命运将会有力地牵引他们天真的心。

  诗的第一部展开故事悲惨的背景,在那样的背景中显示了:保长崔二爷对农民残酷剥削的阶级关系,王贵与李香香的爱情关系,和崔二爷勾引香香不遂而想着折磨王贵的坏主意,初步地揭示了冲突,从而介绍了主要人物的面貌和心情。诗第二部的冲突逐渐趋于尖锐,"听说王贵暗里闹革命,崔二爷头上冒火星"。崔二爷召集了全庄男女来看他毒打王贵,王贵不屈,在这样生死关头,由于香香的报信,红旗插到死羊湾,王贵和李香香自由结婚了。"不是闹革命咱俩也结不了婚!"革命是他们爱情的靠山,王贵参加了游击队。这一部比较集中表现了王贵的形象。诗的第三部,斗争形势起了变化,在白军的掩护下崔二爷回来了,狗性不改,又想要香香,硬吓软劝,香香宁死不从,在强抢成亲的夜晚,游击队打来,解决了白军,抓了崔二爷,王贵与李香香又团圆了,再一次证明了他们的爱情和革命的血肉关系:"咱们闹革命,革命也是为了咱!"这一部比较集中表现了李香香的形象。

这首诗每一部有许多节,每节写一桩事件或一个场面。作者运用了"信天游"的形式,相当自由地歌唱了丰富多彩的生活事件,不但很好地描述了背景、人物,表达了男女的情爱、思念,还能够具体地表现崔二爷毒打王贵、游击队攻打死羊湾和白军喝酒赌博等场面,从而显示了形象,突出了性格。当然,叙事诗里的人物不能像小说刻画得那样细致,但这首诗创造性地运用民歌的手法把人物形象简括地浮雕出来了。

前初中文学课本第四册节选了《王贵与李香香》的第二部,这一部比较集中地表现了王贵的形象,所以现在先谈王贵。王贵在其父亲被打死之后给崔二爷拉去做长工,没吃没穿,脚手冻烂,他在这样残酷的环境中受到磨炼,像麦苗苗和沙柳一样在雪冻的土地上和风沙中成长起来。他是一个好劳力,"身高五尺浑身都是劲,庄稼地里顶两人"。他有鲜明的阶级情感,其一是杀父深仇;其二是对李香香日益滋长的爱。但崔二爷又要抢他所爱的,旧恨新仇溶在一起,他参加了赤卫军,"闹革命"一节表露了青年王贵在红旗招展下参加革命的积极态度:"白天到滩里去放羊,黑夜里开会闹革命。开罢会来鸡子叫,十几里路往回跑,白天放羊一整天,黑夜不闭一闭眼。身子劳碌精神好,闹革命的心劲一满高。"王贵对香香、对革命的爱与对崔二爷的憎是十分鲜明的。尖锐的斗争开始了,王贵被五花大绑吊在二梁上,在皮鞭的毒打下毫不动摇,坚强的信念指引着他:"我一个死了不要紧,千万个穷汉后面跟!"崔二爷换了法子来灌米汤,但也毫无效果,悲惨的生活教导王贵:"闹革命成功我翻了身,不闹革命我也活不长。"他揭穿了崔二爷的鬼计,表达自己正义的心愿。"太阳会从西边出来吗?"一节把王贵的英雄品质安置在这样尖锐的对立的场面里来表现,少年们谁都会为王贵的硬骨头和鲜明的阶级意识所激动。王贵与李香香在游击队解放死羊湾后自由结婚了,他们得出了结论:"不是闹革命穷人翻不了身,不是闹革命咱俩也结不了婚!"王贵打算长远闹革命,诗的第三部又一次地证实了这个真理。这首诗完成了一个顽强的、革命意志坚定的农村青年的形象,千千万万农村青年就像王贵这样地走上革命的道路。

香香是一个美丽的姑娘,像"掏苦菜"中所比喻的:"山丹丹开花红姣姣,香香人材长得好!一对大眼水汪汪,就像那露水珠在草上淌。"她也是个好劳力,可是她同样受着地主阶级残酷地压榨:"十六岁的香香顶上牛一条,累死挣活吃不饱。"她的心地好:"羊肚子手巾包冰糖,虽然人穷好心肠。"但在诗里最主要的是突出她高尚的爱情。她热爱着王贵:"妹妹生来就爱庄稼汉,实心实意赛过银钱。"在高尚的阶级的爱和阶级仇恨的指引下,她拒绝了崔二爷的引诱。王贵被崔二爷毒打,"打王贵就像打着了她!"她机智地报信救了王贵,在她的心底深深懂得革命的好处。在诗的第三部,我们看到香香的坚定的爱情在严重的斗争中充分地体现出来。虽然是孤单单一个人,但她敢于报复崔二爷的侮辱:"双脚乱踢手乱抓,崔二爷脸上叫抓了两个血疤疤。"结果被看管了,"硬的吓来软的劝,香香至死心不变"。在"羊肚子手巾"一节以独诉的方式充分地表露香香对王贵纯洁的爱心,在无可奈何被强抢成亲的情况下,她燃烧着复仇的意念:"有朝一日遂了我心愿,小刀子扎你没深浅!"这首诗完成了一个美丽的、纯洁的、机智的、坚强的农村姑娘的形象。

"风吹大树嘶啦啦的响,崔二爷有钱当保长。"诗的第一部在"坟堆里挖骨磨面面,娘煮儿肉当好饭!"的背景上出现这个逼租打死王麻子,拉走了王贵的血腥魔影。接着这魔影直接在香香的面前显形了:"黑呢子马褂缎子鞋","一颗脑袋像个山药蛋,两颗鼠眼笑成一条线","张开了嘴见大黄牙,顺手把香香捏了一把"。作者活生生地画出了这一个丑恶的形象。作者在描写崔二爷时从来没有忘却他本质上的渺小与阴毒,在香香正义的指责下,心生毒计的崔二爷像"挨骂狗低头顺着墙根走"一样。革命风暴一来,他招兵买马,明查暗访,听说王贵闹革命,于是两件事合在一起,他毒打王贵来恐吓全庄的男女,在"太阳会从西边出来吗?"一节里,充分地表现了他的残忍、狠毒和油滑,他是人民的死敌。但崔二爷的皮鞭和软话所换来的是阴谋的揭发和老脸皮的撕破,使读者的悲愤的心情感到报复的满足。崔二爷的如意算盘打得好,"王贵这一回再也活不成,小香香就成我的了"。可是"又酸又甜好梦做不长","劈啪劈啦枪声响",作者画出崔二爷慌张的神态又给读者以极大的快慰。诗的第三部,崔二爷在白军的掩护下回到死羊湾,"真龙天子是个谁? 死羊湾的天下还姓崔!"这种趾高气扬的神态,痛苦地压住读者的心。接着,崔二爷派李德瑞去支差并结果了他,对香香调戏至于强抢成亲,作者以愤怒的心和讽刺的笔写崔二爷歪风的顶点,读者的气都透不过来,终于打来了游击队,"崔二爷怕的钻到炕洞里",直至"捆一个老头来看瓜",又一次给读者以很大的快慰与满足。作者一面写崔二爷的嚣张、疯狂,另一面又写他的渺小与失败,给读者以阶级感情的教育。在这样紧张的斗争过程中,作者完成了一个狠毒、狡猾、死硬的地主淫棍的丑恶形象。

作品的情节是吸引人的,形象是鲜明的,在形象中洋溢着人民群众的爱憎,给少年们以美的感受。但是值得注意的问题是教师还应该给同学指出这首诗描写生活、浮雕形象的特点。我们阅读这首诗觉得作者在描写与叙述人物的外貌、心理、动作与对话等方面和其他的文体不同,它是通过民歌的形式和民歌的表现手法来完成的。

民歌(包括"信天游"在内)的表现手法之一就是"比喻",运用自然景色或日常生活中常见的具体的事物来比喻,引导读者到一个新鲜的境界,使读者感触并想象被比喻的事物的特色,加深读者的感受。这首诗在"比喻"方面运用得十分广泛而动人。例如描写外貌:写王贵的苗壮则是"地头上沙柳绿蓁蓁,王贵是个好后生!"写香香的鲜丽、机灵则是"山丹丹开花红姣姣,香香人材长得好! 一对大眼水汪汪,就像那露水珠在草上淌。"又例如刻画心理:写王贵的仇恨则是:"手指头五个不一般长,王贵的心思和人不一样。别人的仇恨像座山,王贵的仇恨比天高!"写崔二爷的惊慌骇怕:"打着狐子兔子搬家,听准闹革命崔二爷心骇怕,白天夜晚不瞌睡,一垛墙想堵黄河水。"又例如表达情意的"大路畔上的灵芝草,谁也没有妹妹好!""马里头挑马不一般高,人里头挑人就数哥哥好!"描写行动的"俊鸟投窝叫喳喳,香香进洞房泪如麻。"叙述事件的"草堆上落火星大火烧,红旗一展穷人都红了。""吃一嘴黄连吃一嘴糖,王贵要了李香香。"直至对话也运用了比喻,像"过罢河来你拆桥,翅膀硬了你忘了恩。"这些例子在这首诗里是很多的。像这样用极通俗生动的"比喻",前一行与后一行照应,把人物的外貌、心理、动作等极其形象地浮现在读者的脑际。

民歌(包括"信天游"在内)的另一表现手法就是"起兴",常用自然的景物唤起联想,联想另一事件或引起情感。这首诗在"起兴"方面也运用得很灵活。有些"起兴"是有内在联系的,例如"马兰开花五个瓣瓣,王贵揽工整四年。"由五个瓣瓣想到四年。有些"起兴"并不一定有什么内在联系,是因韵脚而引起的联想,例如"阳洼里糜子背洼里谷,那达想起你那达哭。"有些"起兴"兼叙事的作用,例如"手扒着榆树摇几摇,你给我搭个顺心桥。"这里就一边叙事,一边由榆树联想到桥。有些"起兴"兼叙述和比喻的,例如"太阳出来满天红,革命带来好光景。""大红晴天下猛雨,鸡毛信传来坏消息。"这些"起兴"的手法,使作品的感情与思想丰富和灵活起来。

除了"比喻"和"起兴"以外,作者一般的以极简练的形象化的口语来介绍或叙述自然环境与人物的动作与心理状态。写自然环境如:"三边没树石头少,庄户人的日子过不了。天上无云地下旱,过不了日子另打算。"写动作如:"女人走路一阵风,长头发剪成短缨缨。"写心理状态如:"庄户人个个想吃他的肉,狗儿见他也哼几哼。""心急等不得豆煮烂,定下个日子腊月二十三。"等等。

总的说来,这首诗以劳动人民的思想感情来叙述与描写生活,浮雕形象,反映了劳动人民的思想、愿望与要求;同时,这首诗以劳动人民的形象化的口语,生动的比喻,美妙的联想来叙述与描写生活,浮雕形象,迅速地唤起读者的反应,达到感人效果。并且节奏鲜明,易于背诵。所以,这首诗对于培养少年们的阶级情感和提高他们比喻、联想、形容等表达能力都起了一定的作用。

这首好诗是直接学习民歌的结果。李季在《我是怎样学习民歌》一文里说明了民歌的作用和劳动人民无可限量的艺术创造的才能,他自己认真地研究民歌,并且直接地汇集民歌,所以他能够在《王贵与李香香》一诗中创造性地发展了"信天游"的形式,并且灵活地驾驭这一形式,写成富于民族形式的为人民所喜闻乐见的具有高度艺术内容的好诗。如果我们查一查《陕北民歌选》（何其芳、张松如选辑，新文艺出版社）或《信天游选》（严辰编，新文艺出版社），就可以知道《王贵与李香香》是怎样创造性地运用着"信天游"原来的语言。就《陕北民歌选》中"信天游"这一部分来说，原来的两句大体上都被运用的如："马里头挑马一般高，人里头挑人数你好。"（第 126 页）"满天星星没月亮，小心跳在狗身上。"（第 131 页）"鸡蛋壳壳点灯半哟半坑明，烧酒盅盅掏米也不嫌你穷。"（第 133 页）"前沟里糜子后沟里谷，哪达儿想起哪达儿哭。"（第 133 页）"羊肚子手巾包冰糖，我的哥哥好心肠。"（第 146 页）"一天的云彩风吹散，咱俩的婚姻人搅乱。"（第 149 页）等等。选用两句中之一的如："山丹丹开花背洼里红"、"百灵子雀儿百灵子蛋"（第 124 页），"红瓤子西瓜绿皮包"、"千里的雷声万里的闪"（第 143 页）等等。但是，最主要的还是作者在学习民歌的过程中，在深刻体会民歌的思想感情和表现特色的基础上确切地加以运用与创造，绝不是形式的摹拟。所以批评者认为《王贵与李香香》是文艺创作上贯彻毛主席文艺方向的重要收获，"是中国土壤里生长出来的奇花，是人民诗篇的第一座里程碑"，这种讲法是确切的。对于初中学生来说，这首诗给少年们提供了学习民歌的范例，它将启发与鼓舞少年们来汇集民歌与学习民歌。

——《语文教学》1957 年第 4 期

谈短篇小说的主题思想分析

　　作者面临着复杂变化的现实,总是站在一定的立场,用一定的观点来观察生活现象和分析生活现象的。表现在作品里,作者对他所选择和所描写的生活现象必须表示或显示他的态度,并揭示其深刻的意义。这里所说的,作品中所选择的和所描写的生活现象里的中心事件,就是作品的主题;作品中事件所表现的意义和作者对事件所表示或显示的态度,就是作品的思想。作品的思想包括着主观思想和客观思想,因为有些批判现实主义的作品,除了表现了作者的主观思想之外,还可能有不是作者主观思想所能包括的客观思想。简言之,所谓主题思想就是作品的中心事件(中心事件由许多密切相关的事件构成)所表现的思想。既有主题,又有思想;既有实,又有虚。有些文学评论的文章,主题和主题思想的含义是相同的,有的人还用中心思想、中心意思来代替主题思想。更确切地说,"主题"这一概念比较偏重于论实,"中心思想""中心意思"这一概念比较偏重于论虚。

　　从写作的角度来说:或先有主观的思想(这种思想是在先进的世界观的指导下,体会党的政策和革命形势的要求,不是作者个人主观的臆想和自我表现),然后深入生活,有意识地在生活中选择题材,写成作品;或先深入生活,在生活中有所感受,形成了主观的思想(这种思想是真正体现党的政策,符合社会发展的趋势,不是片面的和曲解的),写成了作品。无论创作的过程怎样,无产阶级的文学作品总要求主观和客观的统一,事件和思想的统一，其中思想是统帅，是灵魂。如果写的是短篇小说，思想就贯串在情节和人物等方面，并通过它们来表现。从分析的角度来说，分析短篇小说的主题思想可以从情节入手，本来情节和人物是密不可分的。分析主题思想的目的，在于使同学获得革命的世界观与人生观的教育。

情节的中心问题是情节中提出矛盾、展开矛盾和解决矛盾的问题。所谓从情节入手，就是分析情节所反映的矛盾的性质，研究情节中围绕着中心的各个事件；在这些事件中人物怎样对待矛盾和解决矛盾的，表现了什么样的精神和意义；作者的态度怎样，肯定或否定；这些是探索主题思想的重要依据。这里用几个例子来说明。

其一，作品主要是反映尖锐的敌我矛盾，作品中的主人公，进行一连串的斗争，解决一系列的矛盾，表现了他们崇高的精神品质，作者对主人公巨大的精神力量予以正面的赞颂，从而表现了主题思想。如《粮食的故事》中主人公郝吉标于红军长征后，他可以留下做地下工作，也可以上山打游击。因为对白鬼子的痛恨，他决定上山。上山后，他管全游击队人员的吃饭和穿衣，在敌人的残酷屠杀和严密封锁的情况下，他想尽种种办法解决粮食问题。以后，办法想尽了，他就决定下山，和群众在一起，又想出种种办法解决山上游击队的粮食问题：他组织群众用空心的竹杠送粮，开粉坊，直到自己和他的儿子冒险送粮上山，牺牲了自己心爱的儿子，保存了粮食。围绕着解决粮食这个中心事件的每一事件的解决，都表明了郝吉标和革命群众在敌我斗争极其残酷的时候，他们对革命事业是坚决的，不顾自己的身家性命，千方百计地支持革命斗争，表现了高度的自我牺牲的精神。许多事件是重复并步步加深地表明这样的思想，所以我们称它为主题思想。又如《百合花》中的通讯员于借被子时无微不至地关怀群众的利益，以后还扑在冒烟的手榴弹上，不惜牺牲了自己、掩护了老乡；这些事件，表现了解放军战士热爱人民群众和为群众而舍身的崇高品质。《百合花》中的新媳妇毅然地以被子借给战士，以后，她还给通讯员拭身上的血迹，补肩上的破洞，并把自己心爱的新被盖着通讯员下葬；这些事件，表现了人民群众热爱人民解放军的真诚。两个主人公在许多事件中反映了两方面密切相关的思想，合起来成为这篇作品的主题思想。

其二，作品主要反映人民内部的矛盾，作品中的主人公在工作、思想上存在着一定的矛盾，这个矛盾的解决是由于正确的思想、现实的生活或先进人物的教育，作者肯定了正确的思想和先进的人物，指出提高思想、改进工作的关键和道路，从而表现了主题思想。如《工程师讲的故事》中写了工程师到农场之后和徐管理员联系的许多事件，这些事件表现徐管理员和工地上其他党的领导干部不计待遇、不计报酬、诚诚恳恳地忘我劳动的先进事迹，这些事迹使工程师受到了感动，受到教育，思想问题解决了。这些事件表现了这样的思想：一个具有资产阶级思想的知识分子在党的教育下，学习共产党员的忘我的劳动精神，从而使思想获得了改造；共产党员不计待遇的、忘我的劳动对于一个具有资产阶级思想的知识分子有巨大的思想教育作用。《典型报告》中的乡支书小杜所领导的改水田工作本来是严重地落后于形势的，以后他接受了党的教育，坚决地走群众路线，工作就有了巨大的跃进。这表明了这样的思想：依靠党的领导，听党的话，走群众路线，就会出现了大跃进的奇迹。

其三，在许多批判现实主义的作品中，反动的阶级力量还是居于统治的地位，作品中的事件带着悲剧性，作者以不同程度的愤激心情来批判，从而表现了主题思想。如《药》的作者揭示吃人血馒头的悲剧（事件），抨击反动的统治者帮凶的残忍和封建社会给群众造成的愚昧；作者描写夏瑜在监牢中的遭遇和他的被杀（事件），歌颂革命民主主义者的斗争精神，批判辛亥革命没有发动群众的缺点。作者还通过夏瑜坟上的花圈（事件），表现革命并没有被扑灭，而希望在于将来。鲁迅前期小说的主题思想既批判了当时的现实，又对革命的将来充满着自觉的希望，所以他的作品达到批判现实主义的高峰。

作品的矛盾是多种多样的，解决的方式也各有不同，我们找不到一个探讨作品主题思想的通用的公式。上述的例子只想说明：一是我们揭示主题思想的目的在于使学生认识生活、理解生活，从而进行思想教育；二是分析短篇小说中的主题思想可从情节中的事件入手；三是分析主题思想主要要看作品中的人物怎样处理和解决事件中的矛盾，和作者对它的态度。这三者是我们分析作品主题思想时必须加以注意的。

短篇小说往往只有一个中心事件,这个中心事件是由许多密切相关的事件组织起来的,它们常是重复、加强或补充一个思想,如《粮食的故事》。有的有两个中心事件,这两个事件带有相类似的性质,也是重复和加强一个思想,如《永不掉队》。作品中的中心事件往往有相对的两三个方面。如《百合花》的中心事件是军民关系,有通讯员和群众(军与民)关系的一方面,也有新媳妇和通讯员(民与军)关系的另一方面。《工程师的故事》有党员同志的伟大精神对工程师影响的一方面,也有工程师能够接受党的教育而决心改造自己的另一方面。《药》有群众的愚昧的一方面,有统治者及其走狗的凶残的一方面,还有革命者的伟大精神的第三方面。《粮食的故事》有郝吉标和革命群众的一方面,国民党反动派的一方面,还有山上的游击队的第三方面。在探讨和概括作品的主题思想的时候,应该把事件间的联系和与事件有关的几个方面一起加以考虑。一般地说,作品中的事件绝大部分都围绕着中心事件,每一事件的思想都在加强和丰富主题思想。但是,也有一些事件,它也可能表现与主题思想关系大不密切的思想。如《药》中华大妈等对她儿子的爱,《同心结》中的阿妈妮对小金淑的爱,这些事件烘托和加强了作品的思想,比起中心事件就有主次之分,在分析时不要强调,以免模糊了中心,以致流于繁琐。

作品的主题思想的价值在于作品是否揭示了现实的本质,作品主题思想的决定因素在于作者的世界观和生活道路。所以,研究作品所反映的时代和作者的生平,对于主题思想的探讨具有重大的意义。例如,我们认识了王愿坚作品中反映的革命斗争现实,他长期的斗争生活,和他听部队首长、同志所讲的感人的革命故事所受过的激动,了解他创作时的心情,当然对他作品主题思想的了解就有所帮助。王愿坚在一篇创作经验里说:"爱他们吧!爱我们这些革命的先烈和前辈们!他们用生命和鲜血为后辈、为我们今天的幸福生活开辟道路,有的到今天还继续在领导着我们建设新的生活。他们那种崇高的革命品质是值得我们全心去爱、全力去学习的。"[1]这是他创作心情的表白,认识了这些,我们就更易于领会《普通劳动者》、

---

① 王愿坚:《漫谈〈党费〉的故事及其它》,《读书月报》1957年6月号。

《亲人》和《粮食的故事》等作品的主题思想。

语文教学中对于主题思想的分析曾经有过一些偏向：一是主题思想的分析没有和作品的情节和人物分析等环节密切联系起来，也就是在情节或人物分析的时候没有预示着主题思想，那么，以后所归结的主题思想就变为附加的东西，所以"谈主题"就不能收到生动的教学效果；二是主题思想的提法有些公式化，只有抽象的思想，没有具体的主题（中心事件），于是各篇雷同，流于空泛；三是主题思想的提法和人物性格等同起来，只有主题没有思想，于是主题思想成为情节或人物性格的复述；四是所提出的主题思想没有鲜明的战斗性，只是平铺直叙。这些毛病都必须克服。以《截肢和输血》为例，我们说这篇作品的主题思想是学习白求恩大夫伟大的国际主义精神，这基本上是对的，但这样提法偏重思想方面，比较公式化，并且没有战斗性。如果我们进一步指出白求恩大夫伟大的国际主义精神，具体地表现在"截肢"工作中不倦的负责精神，和在"输血"工作中的自我牺牲精神，这种精神教育了我国当时一部分卫生工作人员，使他们克服了不负责的工作作风和为自己打算的卑劣思想。这样，有主题（中心事件），有思想，并具有战斗性，具有教育意义。这样提法我觉得是比较完善的。

短篇小说的主题思想必须通过情节和人物来显示，但构成情节与人物的基本手段又是语言，所以分析短篇小说的主题思想，必须分析作品的语言，否则就显得空泛。另一方面，发掘短篇小说的语言因素，不能够脱离作品的主题思想，否则就流于繁琐。

目前，中学语文教学加强了基本训练，重视语言教育，把语文教学建筑在坚实的基础上，这无疑是正确的。加强文学作品的词汇教学，研究作者怎样选词、用词和造词，指出词在表情达意等方面的丰富意义，挑选作品中的同义词和反义词并加以练习，考察作者所采用的成语、作品的语法结构、修辞现象以及标点符号的功能，所有这些，都是十分必要的。因为作品中的语言因素是作品艺术形式的一个部分，它本身是一种手段。加强了作品的语言因素的分析，紧紧围绕着一个中心，即作品中的语言怎样基于主题思想的要求来描写事件，塑造人物，表现作者的爱憎，从而表现主题思想。这样，主题思想的分析才会生动活泼，有血有肉。

短篇小说的语言一般的可分为两个方面,即作者的语言(包括叙述的语言和描写的语言)和人物的语言,这两方面语言都要求准确、鲜明和生动,只有这样才能具有表情和达意的效果,对所叙述和描写的客体才能给读者构成明晰的印象。但还必须注意作者对于所叙述和描写的客体一定要表示他的评价:歌颂或揭露、同情或批判,那么在语言上就有赞颂、幽默和讽刺等不同手段的运用,这里也体现着作品的主题思想。因此,在分析短篇小说的语言时必须注意语言的客观方面(叙述和描写的客观情节)与主观方面(作者的评价)的统一。

就作者的叙述的语言来说:如鲁迅《药》的第一段的第一句:"秋天的后半夜,月亮下去了,太阳还没有出,只剩下一片乌蓝的天;除了夜游的东西,什么都睡着。"这句就十分明确而鲜明地表现了黑暗、空虚、寂静的秋天后半夜的景象,同时也体现着作者的悲凉的心情。"华老栓忽然坐起身",这"忽然坐起"表现华老栓不是刚刚睡醒,而是已经醒得很久,想得很久了。"擦着火柴,点上遍身油腻的灯盏",这表现他的穷困和心情的深重,已经没有心事来擦亮它了。这些词语都渗透着作者的同情。上述词语用得准确、鲜明、生动,和全篇的情调有机的配合,表现了作者对于华老栓的同情和对时代的诅咒。

就作者的描写的语言来说:鲁迅《药》第一节中"喂!一手交钱,一手交货!"那两个自然段,作者愤怒地揭露了一个令人厌恶的、痛恨的封建统治者帮凶的形象。作者写康大叔是"一个浑身黑色的人","眼光正像两把刀","一只手却撮着一个鲜红的馒头",他急于要钱,当老栓踌躇的时候,这"黑色的人便抢过灯笼,一把扯下纸罩,裹了馒头,塞与老栓;一手抓过洋钱,捏一捏,转身去了。"这里"抢过""扯下""裹了""塞与""抓过""捏一捏"等一连串词语的运用,异常鲜明地刻画了这个"黑色的人"的凶残和贪婪。而老栓呢? 作者显然是充满同情的,对着康大叔这个凶手,他"缩小"了一半,"慌忙"摸出洋钱,"抖抖的"想交给他,还"踌躇"着,这些词就生动地描写了华老栓的胆小、善良和愚昧。

就人物的性格化的语言来说,它直接地表现了人物自己的精神世界和作者对人物的评价。如上述康大叔说:"喂!一手交钱,一手交货!"这就表白了他自己的凶残和贪婪。以后在茶馆中的许多话又表现他的奸滑与骄恣。不但如此，在康大叔的话里除了表现他自己的性格之外，还表现了夏瑜的性格，并且反映了情节的背景和当时牢狱中的残酷。所以人物的语言的作用是多方面的。又作品中有的人物语言并不多，在物定的情景中算是无声的言语吧！我看也同样地显示了人物的内心动态。如《药》的第二、三两节中华老栓只开口两次，在第二节是答应华大妈的问话说："得了。"在第三节是答应一个花白胡子的人的问话说："没有。"显然，这位沉默寡言的贫穷的茶店主人一边怀着空虚的希望，一边感到心情沉重。

以上这些，作者的叙述、描写的语言和人物的语言构成一个整体，描述了一系列的事件，表现了康大叔和华老栓等的性格，贯串了作者的爱憎，显示作品的主题思想。如果语言的分析紧紧地为表现主题思想服务，那么在语言教育和思想教育两方面就有了结合点，两者相得益彰，语言的分析做到有的放矢，主题思想的分析做到紧紧扣住课文，使同学既在语言方面获得了基本训练，又在政治思想方面获得有益的毕生难忘的教育。

——选自《作品分析丛谈》，福建人民教育出版社 1960 年 3 月版

漫谈短篇小说的结构分析

　　结构是一种十分重要的艺术手段,作家在表现生活时,必须把他们所认识的生活加以取舍、剪裁和匠心的布局,也就是通过结构的手段,才能构成一幅活生生的人生图画。所以结构的分析是文学教学中必须加以注意的问题。我认为作品中的结构分析应该包括三方面的内容。一是作品中反映复杂生活现象的形象体系的安排,二是作品中用以塑造形象的各种描写方法的配置,三是作品中的各个部分的安排与联系。这三者是紧密地结合着的,为了说明的便利,所以分开来谈。

　　形象体系是结构分析的最主要方面。我们要分析作品怎样安排人物与人物、人物与环境间的联系;生活是复杂的、发展的,作品常反映人物的矛盾与纠葛,所以我们还必须研究作品的线索,线索的关系及其配置;通过这个分析,目的要认识作品怎样来反映生活。

　　性格描写是塑造形象的中心,性格描写的各种方法的配置也是结构分析的重要方面。研究肖像描写,心理描写,行动描写,对话,景物描写,以及作者的概述、评述和抒情插话等的安排,和它们对于表现性格的作用。作者通过这些描写方法的巧妙配置,使读者看到活生生的性格及其冲突,从而认识作者对于生活的态度和评价。

　　作品中各个部分的安排与联系是结构中比较为人们注意的因素。把作品分做几个部分,分析故事开端、发展、高潮和结局的安排。确定部分在整体中的地位和意义,研究它怎样开头、结尾,研究叙事的方式:顺叙、倒叙或插叙,研究整篇作品的波澜变化和节奏。

结构分析看来是一项相当复杂的工作,它一定要牵涉到作家世界观问题,艺术构思和体裁特点等问题,尚有待于深入的研究。本文仅就高中语文课本一、三两册中的六篇短篇小说,尝试探讨关于结构分析应该注意的几个方面,目的在引起同志们对这一问题研究的兴趣。

探讨形象体系的安排是短篇小说结构分析的首要任务,作者提炼了生活素材,贯串着自己对于生活的评价,把最能表现生活本质的人物和事件,安排在作品中最显著和最中心的地位,使读者获得具体而鲜明的感受。

例如:朱定的《工程师讲的故事》写月夜景色开头后,工程师就分别讲自己初到新疆时,夜晚的工地上,夜深的路上,和庆祝大会上的许多场景。在这些场景中,工程师把自己的生活习惯、物质要求、工作态度、思想活动和边疆宏伟的建设图景与建设者的生活、工作和思想作了对照,并把徐管理员放在注意的中心。在上述几方面的对照中,作者逐步描写李工程师所感受到的徐管理员的形象。在初到新疆的场合中,苦恼于物质条件的李工程师所看到的徐管理员是平凡矮小的,拧紧眉毛愁眉苦脸地倾听他的抱怨。在夜晚的工地,面对着沸腾的大坝合龙工作,李工程师所看到的徐管理员是那样年轻活泼而有风趣。工地回来后,他被许多生动的事实教育深深地感动着,他睡不着,在夜深的路上又遇到徐管理员,于谈话中他感受到徐管理员的崇高心灵,他觉得徐管理员是"一个顶天立地的巨人"。最后在庆祝大会上,他又看到徐管理员,仍是初次看见的样子,"小小的个子,背有些驼,头发胡子都是灰色的"。但是内心的感受完全不同了,这个共产党员对待建设工作平凡而伟大的形象对于工程师——一个具有资产阶级思想的知识分子的思想改造起着这样深刻而巨大的作用,到现场去又是思想转变的关键。显然,这篇作品的人物关系的安排起着显示主题思想的艺术效果。

有的作品,作者组织两个非常鲜明的对比场面,两组非常鲜明的对比形象,简练而突出地表达了主题思想,冈察尔的《永不掉队》就是这样。

《永不掉队》第一部分写葛洛巴和高洛沃依在战后的教室里重新见面了，第二、三部分就分别写：战士葛洛巴在战场上掉队被他的指挥官高洛沃依中尉严厉地责备的场景，和大学生高洛沃依在学习上掉队被副教授葛洛巴严厉地责备的场景。故事发生在同样的两人身上，只是换了环境——由战争环境到和平环境，更换了领导与被领导的关系，简练地表现了苏联人民高度的为祖国负责、为工作负责、坚决纠正错误、迅速赶上、永不掉队的优良品质。主题显示得这样突出，这样有力，形象体系的巧妙安排起了一定的作用。

有的作品，作者把人物安排在戏剧性矛盾的中心，安排步步紧迫的事件来深化性格，表现主题思想，王愿坚的《亲人》就是这样。曾将军得到了一个陌生人的信件，认他做儿子，经过了反复的思考，他回忆自己已故的父亲和已故的战友，他接受下来了，于是他按月寄信问安，寄钱赡养，矛盾解决了。可是，"父亲"念子心切，终于不听从儿子的劝告而来探望了，矛盾又产生了。这两个人物，一个明白底细，一个蒙在鼓里，为了微妙的新型的父子关系的确立，极动人地产生了一个接着一个事件，同时又一个一个地获得了妥善的解决，加深了曾将军的崇高性格，从而表现了主题思想。

有的作品，作者先集中写一人，以后集中写一事，然后两者结合起来，在紧要关头产生了矛盾，在解决矛盾中显示主题思想，王愿坚的《粮食的故事》就是这样。《粮食的故事》简写访问前的交谈之后，就直接记郝吉标的谈话。郝吉标在红军主力长征后决定上山，留下妻与子在地方坚持。作品前一部分谈话的中心比较集中于他的儿子红七：说红七的好样，说红七和他分开时怎样劝着母亲，给读者留下对于红七的深刻的印象，这个人的描述就暂告停止。以后郝吉标谈话中心集中于上山后怎样解决粮食问题，想种种办法，战胜了反动派的封锁，为了更好地解决粮食问题，郝吉标决定下山，到这里红七与运粮上山的斗争紧密地联系在一起。于是红七在粮食的斗争中贡献了他的力量。红七先是帮他父亲挖窖子，使他父亲能组织群众运粮食；再是红七给粉坊担任了望哨；最后和他父亲一起执行运粮的紧急任务，郝吉标要红七引开敌人，舍孩子保存粮食，情节的矛盾达到了高潮。"孩子要紧，革命事业更要紧"，郝吉标这样崇高的共产主义风格，由于这样的安排,显得十分鲜明。

李大我的《同心结》反映着另一战场的动人的故事,朝鲜的阿妈妮在轰炸烈火中首先抢救中国人民志愿军的战士,而后才是自己唯一的孙女,艺术构思和《粮食的故事》很相似。但这篇作品许多动人的场面都以精致的同心结作为注意的中心,同心结的出现、由来和归宿,联系和推动情节的发展。不但如此,同心结还联系着深广的思想内容,它代表着朝鲜男女青年的爱情,代表着朝鲜三代人的骨肉深情,也代表着中朝两国人民国际主义的伟大感情,同心结是具有深刻意义的象征,是形象体系中的一个组成部分。

有的作品的线索不是平行的,而是包孕着的,严密地纠合着,鲁迅的《药》便是这样。《药》的前三节,正面写华老栓买人血馒头,华小栓吃人血馒头,以及在茶馆中康大叔和茶客的围绕着人血馒头的许多谈话。但侧面却表现了革命者被杀,革命者的血被当作治痨病的“药”吃,以及革命者被杀的缘由和在狱中的行为,这种一明一暗的线索的包孕与纠合,显示着当时群众的愚昧和革命者的寂寞。但到了第四节,鲁迅写了两个母亲上坟,把路的左右的新坟做了鲜明的对照,把暗线明朗化了,主题揭示出来了,鲜明而深广。

根据上述六个短篇小说的分析,我们看到作品的形象体系的安排是复杂多样的。上述六篇作品的重要人物,基本上都是两个人,他们之间关系的配置,大约可分为以下几个类型:一如《工程师讲的故事》,重点写徐管理员同时因之表现了李工程师;二如《永不掉队》,同时写葛洛巴和高洛沃依,但先着重表现葛洛巴,以后着重表现高洛沃依;三如《亲人》,先明写将军,暗写“父亲”,以后同时写,但写“父亲”是为了表现将军;四如《粮食的故事》,先写红七,后写山上粮食斗争,然后两者纠合起来,在执行运粮的紧急任务中展开矛盾并解决矛盾;五如《同心结》,先着重写阿妈妮对孙女的爱,次写阿妈妮和孙女一起对志愿军战士的爱,以后在轰炸的烈火中展开矛盾并解决矛盾,构思近于《粮食的故事》,但以同心结为情节发展的注意中心;六如《药》,华老栓买药、小栓吃药的线索与革命者的牺牲两线纠合在一起,最后才分开。六篇作品就有六种的配置方法。就其选择材料的角度和方式来看又可以分为几个类型。一是“写生活的横断面,好比从树干的横断面（年轮），可以透示树的生活"，如《药》和《亲人》。二是"把主人公在相当长的时期内一段生活概括地写出来，……加以提炼，取其最重要的东西"，如《工程师讲的故事》。三是写生活的纵断面，时间经历较长，然而集中于某一件事，借以展示生活，如《粮食的故事》。四是把长时期生活中突出的具有典型意义的片断组织在一起，如《永不掉队》和《同心结》。

生活是丰富多彩的，作者的艺术构思是多种多样的，作品中的形象体系的安排可以说是无穷无尽的。作品中形象的组合，即人物与环境的关系、人物与人物的关系的配置，是服务于主题思想，决定于作者的阶级立场与世界观，这是肯定的。我们文学教师谈结构的时候，通过形象体系的阐述，揭示作者怎样选择材料，加以剪裁，写出生活中的本质部分，表现了主题思想，这可以使同学具体地获得了鲜明的人生图画的感受，从而达到教育的目的，同时也可以从多种多样形象体系配置的分析，使同学获得写作的技巧。

形象体系的中心是人物，作者运用描写的方法：景物描写，肖像描写，行动描写，心理描写，对话，以及作者的概述、评述和抒情插话等来塑造人物。从结构的角度来看，整篇作品是这些描写手段的组合，受着艺术构思的制约，表现了事件，刻画了性格，反映了生活。

一般来说，这些描写手法都是综合运用的。例如《药》的第一节就分别写：秋天后半夜的景象，华老栓起身买"药"和他女人的谈话、动作与对儿子的交代，出门后赶路的景物描述，到了刑场所看到的景象，"一手交钱，一手交货"的景象，得"药"后的心理状态，回家时的景象描述，这一切描写方法的运用，把景物、事件和心理状态浮现出来，密切地配合着像在生活中所呈现的一样。我们应该使同学能分别每一章节或每一场面是由哪些描写方法来组合的，它们对表现事件、刻画性格有什么作用。

就整篇作品来看，每一节因为所反映的生活重点有所不同，所运用的描写方法也有所偏重。例如《药》的一、二两节着重写事件，行动的描述较多。第三节写茶馆的场面，补述了买"药"的缘由，显示了革命者的行为，反映群众的思想状态，对话这一灵活的手法就成为最主要的了。第四节着重写清明坟地的景象，衬托了夏瑜母亲的心理状态。这些描写方法的运用服从于表现事件、刻画性格和突出主题思想的要求,并起着它们应有的作用,其本身的配置也疏密相间,变化有序,构成多样而统一的艺术画面。

作品中常有某一种描写方法,对构成形象和表现主题思想起着决定性的作用。例如《工程师讲的故事》中对于徐管理员肖像的简要描写,不但直接表现了徐管理员本人的形象,还间接突出了李工程师的思想变化。《亲人》中曾将军复信那个晚上的心理变化的描写是很细腻的,奠定了将军性格的基础,也是以下情节发展的基础。《药》的第四节简单地描写了夏瑜坟上花圈的景象,这花圈对显示主题思想起了画龙点睛的作用。应该指出,这些描写方法由于它们显示主题思想的重要性,所以在整个作品的结构中居于十分重要的地位。

作者对事件或人物的概述、评述和抒情插话,可以概括事件、表达思想和创造气氛,还可以调整结构,使各个部分缝合、匀称与和谐。例如《同心结》里阿妈妮对美军暴行的控诉并不是原原本本都写出来的,如果这样就会使这一部分特别臃肿,破坏了结构的严整,所以作者用了几行文字概述了阿妈妮家庭的悲惨遭遇,使事件明晰起来,推动了情节的发展,并保持了结构的匀称。《永不掉队》开头对战后教室遭到德寇破坏的景象作了描写后,接着写:"但是异国侵略者没有能够消灭春天,春天把太阳的光芒和栗子树的绿荫投入了破碎的窗子。"这可以算是简短的抒情插话,如果没有这句子原也可以,但插入了这个句子,就于战后的荒凉景象中带来了昂扬的调子,表现了苏联人的英雄气概。

如果把一种描写方法在一篇作品中的不同作用,和在许多篇中的不同作用加以类比,这是研究描写方法在作品结构中的作用的一种颇饶兴味的工作。以景物描写来说,《药》的第四节开头的景物描写表现了作品对生活的评价,第四节结尾对于乌鸦等的描写显然在制造悲凉的气氛,它们的作用是不同的。《亲人》结尾对于窗前老槐树和柏树的描写,《同心结》中对于战火中金达莱花的描写,都带有象征人物的作用。

探讨这些描写方法对于表现事件、刻画性格、显示主题思想的作用,肯定地对同学的写作学习有很大的帮助,还可以由这些生动的、细节的描写进而具体地深入地感受作品的思想教育意义。

作品中各个部分的安排与联系，是结构分析时较常注意的，当然，这一方面的分析极为必要。我们要通过情节结构中各个部分、开头和结尾、叙事的方式以及作品中的波澜等的探讨，来发掘作者怎样根据自己的创作意图，以自己独到的见解来安排作品的布局。

《粮食的故事》开头，作者写在访问途中，看到路中心平铺着晒上了稻谷，路显得很拥挤；结尾作者写访问出来，路显得空荡荡的，成堆的谷子像金色的帐篷，作者还站在粮食堆旁，向远山眺望。开头引入故事，结尾显示听"粮食的故事"后的效果，这样开头、结尾和故事本身构成一个统一和谐的整体。《工程师讲的故事》开头和结尾对于月色的描写，显示了时间，布置了环境，同样的衬托了故事，构成和谐的气氛，结尾写工程师决定留下来跟同志们一起建设新生活，月亮又升到苇湖的正中，在读者面前是一片新的光辉远景，文章虽然写完了，但余意极耐人寻味，这都是开头和结尾的好例。

结构中叙事方式一般的有顺叙、倒叙和插叙，这是较易于分析的。但是在一篇的作品里往往综合地灵活地运用这些方式。《药》，总的来说是顺叙，这是按华家这条线索而言的，如果按夏家这条线索来看就不是这样。巧妙的地方就在作者运用了结构的技巧，运用多样的叙事方式，天衣无缝地交织在一起，构成了艺术的织锦。

短篇小说要有波澜，要有节奏，这是由于所反映的生活本身决定的。例如《同心结》故事布置得很有层次，步步深入，这就是波澜。这篇作品先写人民志愿军看见了阿妈妮在炮火中种地发生了疑问，为什么她会这样呢？"她家里还有些什么人呢？"接着志愿军恰巧住在阿妈妮的家，疑问解决了，可是他又看到小金淑带的同心结，又引起了新的疑问，金淑的妈那儿去了？她家难道还有什么不幸的事？接着他参加了朝鲜人民控诉美军暴行大会，疑问又解决了，血债激起了他满腔怒火，之后，他投入了战斗，以后又因受伤住在阿妈妮的家，阿妈妮和小金淑无微不至地照顾他，阿妈妮又在轰炸的烈火中救了他，他伤好后重返前线。最后，他们到寺峒休整，又看到了阿妈妮，知道小金淑不幸牺牲了，又引起新的充满着悲痛的疑问：同心结这回给谁呢？这样写得波澜起伏，引人入胜。又例如《亲人》以悬念的手法，三番四次地解决了"父亲"的疑惑，这也是结构的波澜，它反映生活的曲折，也表现着作者安排事件的技巧。

在叙事过程中，有些偶然因素起先看来是无关紧要的，可是在结构中起着重大的作用。例如：《工程师讲的故事》中小萍跟格格在水库边上摸鱼滑到水里，这完全是偶然因素。但是由于小萍滑到水里后生病，使工程师到工地上去找医生而经历了一次深刻的现场教育，这一场现场教育在结构中占最重要的地位，这种偶然因素富有生活感，又为表现生活本质的问题开辟道路，同时又使作品的结构显得活泼而多彩。

在分析短篇小说的各个部分的安排与联系时，场面分析具有很重要的意义。我们可以把作品中人物在同一环境内的活动划为一个场面，就每一个场面来研究作者用什么描写方法来表现性格，一边阅读，一边纪录，这是结构分析最基本的材料。我们可以把这些材料做横的研究，研究作者所用的描写方法对塑造人物的作用；也可以把这些材料做纵的研究，看形象体系怎样配置，线索怎样安排；最后，我们用这些材料来研究作者总局的配置，看情节结构的各个部分：开端、发展、高潮和结局怎样安排，怎样开头与结尾，探讨作者安排各个部分的原因，对表达主题思想所起的作用及其技巧特色。可以说，场面分析是短篇小说结构分析的基础。

短篇小说这一样式要求主题思想突出鲜明，人物单纯概括，结构严密紧凑，总的是要求高度的集中，作为作品三合土的结构在这里起了很大的作用。许许多多短篇小说名著都是一幅活生生的人生图画，其结构特征也总是紧凑的，但是它的形象体系的配置，描写方法的运用，各个部分安排的技巧变化却各有不同，使每一篇名著的结构都具有自己的特色，形成了文艺园地上的奇观。我们文学教师可以根据教学的目的和课文的特征，细致地深入地分析上述结构的三个方面，或着重分析其某一方面，某一部分，使同学认识结构怎样为主题思想服务，怎样为刻画中心人物服务，并使他们学习多样的作品结构的技巧，我想这也可能是提高语文教学质量的一个途径。

——选自《作品分析从谈》，福建人民教育出版社1960年3月版

谈短篇小说精读的一种方法

——以《百合花》为例

　　根据个人的经验,精读一篇短篇小说大略有以下几个步骤:首先是记事件和场面、记描写人物的细节和语言,这一书面记录是阅读的基本材料,也是分析的基础。其次,可分别研究事件所反映的时代特征;研究情节的安排、矛盾的性质和解决的方式;研究细节和语言对表现人物性格的作用;研究作品的主题思想和艺术特色等等。这些研究方面的次序可根据作品的特点来确定,可以转换,不必过于拘泥。第三,可以研究作者的世界观,并把所阅读的作品和作者的其他作品加以比较,和当代同题材的作品加以比较。第四,可以找有关的评论文章来阅读,和自己的意见比较,加以思考,用以纠正自己的偏颇,补充自己的不足,确立自己的一得之见。最后,可写成教案或文章。精读的过程,算是基本上告一个段落。

　　本文拟以《百合花》为例,来说明短篇小说的精读过程。惟上述的前二步是基本的步骤,三、四两步为的是加深、扩大和提高对作品的认识,故本文所谈的以前二步为主,后两步从略。

　　《百合花》的事件、场面、描写人物的细节和语言的书面记录如下表:

事件与场面	人物关系和表现性格的细节与语言			
	我	通讯员	新媳妇	乡干部、卫生员
1946 年中秋。 　这天打海岸的部队决定于晚上总攻,团长叫通讯员送我到前沿包扎所。（交代）	"反正不叫我进保险箱就行。"			
去包扎所（开端） 　早上下过一阵小雨……敌人的冷炮在盲目地轰响着。				
写走路	我的脚烂了,路又滑,怎么努力也赶不上他。	通讯员撒开大步,把我撂下几丈远。看我拉远了,他倒自动在路边站下,但脸还是朝着前面。总和我保持着丈把远的距离。 从背面看去,只看到他是高挑挑的个子,块头不大……（外貌描写） 枪筒里稀疏地插了几根树枝。		
写休息	我向他提出休息一会。 我着恼地走过去,面对着他坐下来。	他在远远的一块石头上坐下来,背向着我。 我看见那张十分年轻稚气的圆脸……（外貌描写） 立即张皇起来,局促不安。		

事件与场面	人物关系和表现性格的细节与语言			
	我	通讯员	新媳妇	乡干部、卫生员
	我拼命忍住笑,随便地问他是哪里人。	他没回话,脸涨得像个关公,呐呐半晌……		
	对故乡生活的回忆。(穿插)	他飞红了脸,更加忸怩起来……		
	"你还没娶媳妇吧?"	摘了帽子,偷偷地在用毛巾拭汗。		
到包扎所(发展)已是下午两点钟了。	我正愁工作插不上手,便自告奋勇讨了这件差事(借被子)。			乡干部眼睛熬得通红,对我们又抱歉又诉苦。
借被子	我已写了三张借条出去,心里十分高兴。	"女同志,你去借吧!……老百姓死封建。"		
	我叫他带我去看。	他执拗着低着头,不肯挪步。		
	我低声把群众的影响的话对他说了。	他果然就松松爽爽地带着我走了。		
拿被子	我们走进老乡的院子里。		门帘一挑露出一个年轻媳妇来,这媳妇长得很好看……(外貌描写)	
	我便大嫂长大嫂短地对她道歉。还对她说了一遍共产党的部队,打仗是为了老百姓的道理。		她听着,脸扭向里面,尽咬着嘴唇笑。她不笑了,……半晌,她转身进去抱被子。	
	我手里已捧满了被子,叫通讯员来拿。	他这才绷了脸,垂着眼皮,上去接过被子,……衣服挂住了门钩,在肩膀处,挂下了片布来。	把被子朝我面前一送,说:"抱去吧!"那媳妇一面笑着,一面赶忙找针拿线,要给他缝上。	
想还被子	(有人告诉我们这条被子是新娘子唯一的嫁妆)	皱起了眉,默默地看着手里的被子,……一边走,一边跟我嘟哝起来。		

事件与场面	人物关系和表现性格的细节与语言			
	我	通讯员	新媳妇	乡干部、卫生员
回团部		"那……那我们送回去吧！" "好，算了。用了给她好好洗洗。" 精神顿时活泼起来。 在自己挂包里掏了一阵，摸出两个馒头，……"给你开饭啦！" 枪筒里又多了一支野菊花。		
在包扎所准备工作			新媳妇也来了，笑眯眯地抿着嘴，后来问我说："那位同志弟到哪里去了。"	乡干部动员了几个妇女，帮我们打火烧锅，……
天黑了，天边涌起一轮满月……敌人盲目地轰炸。	对于故乡中秋月的回忆。（穿插）	（那个小同乡大概现在正趴在工事里，……）	把自己那条新被，铺在外面屋檐下的一块门板上。	
攻击开始了，空气立即紧张起来。	我拿着小本子，去登记他们的姓名。 只能带着妇女给他们拭脸洗手，有时还得解开他们的衣服。……		那新媳妇，我跟他说了半天，她才红了脸，同意了。不过只答应做下手。	
枪声已响得稀落了，又下来了一个重伤员。（高潮）		（他安详的合着眼，军装的肩头上，……一片布还挂在那里。）	只见新媳妇端着水站在床前，短促地"啊"了一声。	

事件与场面	人物关系和表现性格的细节与语言			
	我	通讯员	新媳妇	乡干部、卫生员
		（"这位同志叫我们快趴下,他自己就一下扑在那个东西上了。"）	新媳妇又短促地"啊"了一声。 新媳妇已轻轻移过一盏油灯,解开他的衣服,她刚才那种忸怩羞涩已经完全消失。…… 她低着头,正一针一针地在缝他衣肩上那个破洞。 还是一针一针地缝。	
	我实在看不下去了,低声地说:"不要缝了。" 我无意中碰到了身边一个什么东西,……是他给我开的饭,两个干硬的馒头。			
那条枣红地、洒满白色百合花被子,这象征纯洁与感情的花盖上了这位平常的、拖毛竹的青年人的脸。（结局）			新媳妇这时脸发白,劈手夺过被子,……自己动手把半条被子平平展展地铺在棺材底,半条盖在他身上。 "是我的……"她气汹汹地嚷了半句,就扭过脸去。眼里晶莹发亮。	卫生员让人抬了一口棺材来,动手揭掉他身上的被子。 卫生员为难地说:"被子……是借老百姓的。"

根据上面的书面记录,我们首先可以研究这个作品所反映的时代,这是帮助我们认识作品反映生活的真实性问题的重要步骤。《百合花》一开始就明白地告诉我们那时代是在"1946年中秋",这正是国民党反动派仗着美帝国主义的撑腰,完全撕毁了停战协定和政协决议,向我中原、苏中等

解放区大举进攻的时候。这时,我们的条件是比较困难的,但我们采取了运动防御的战略,诱敌深入,集中绝对优势的兵力,歼灭敌人的有生力量,取得了巨大的胜利。毛主席在《目前形势和我们的任务》的著名报告中说道:"我们敌人军事力量的优势,这只是暂时的现象,这只是临时起作用的因素;……而蒋介石战争的反人民的性质,人心的向背,则是经常起作用的因素;而在这方面,人民解放军则占着优势。人民解放军的战争所具有的爱国的正义的革命的性质,必然要获得全国人民的拥护。"《百合花》就是正确地反映了这样的历史真实。敌人虽然在武器上占着优势,他们的冷炮在盲目地轰响,飞机在盲目地轰炸,但他们最忌怕夜晚,提心吊胆,害怕自己难逃被歼灭的命运。我们人民解放军虽然在困难的条件下,但有着广大的人民群众的热烈支持,小通讯员的自愿参军,乡干部、新媳妇、担架队的老乡,无论年青或年老都积极地支援前线,这些表明了人民解放军所进行的正义的革命斗争获得广大人民的拥护。这篇作品虽然只写一个前沿包扎所的一段小插曲,但是它是深刻地反映了人民解放战争的本质方面,它反映了历史的真实。

根据书面记录,我们可以比较明晰地认识到作品的情节。这篇作品一面写的是敌我矛盾,生死的斗争;一面写的是军民关系,而军民关系是情节的中心。前一面,即敌我矛盾的一面放在背面写,正面中只是零星地,然而是有意识地在许多关键地方用简洁的笔触提到,战争气氛是浓重的。后一面是正面,通过去包扎所的事件初步展现通讯员的形象,通过通讯员向新媳妇借被子的事件进一步展现了通讯员的形象,并正面展开军民关系这个中心事件。去包扎所是情节的开端,到包扎所向群众借被子是情节的发展,通讯员舍身扑在冒烟的手榴弹上是敌我斗争与军民关系的结合点,又进一步深化新媳妇对通讯员的民与军的关系的描写,构成了情节的高潮,通讯员的形象和新媳妇的形象在高潮中得到了完满的表现,最后以洋溢着激情的画面作结。可以说,这篇作品的情节组织得很巧妙,很紧凑,也很动人。

书面记录里我们比较详细地记下描写人物的细节和语言,这使我们便于分析人物之间的关系和他们的性格。现在,先看作品中的主要人物通讯员。开始,在去包扎所的路上,除了从背面写通讯员的外形外,有两个细节给我们以很深刻的印象：一是通讯员撒开大步，一直走在女同志的前面，以后总是保持着丈把远的距离，把一个乡下刚出来参军的青年那忸怩和质朴的性格和盘托出。二是通讯员的步枪筒里插了几根树枝的细节，这表现了他在战地上丝毫不显得慌张，且富于生活的情趣和喜爱自然美。后来，作者又写休息时、谈话时和动身时通讯员的许多神态（当中还巧妙地从正面写了他的外貌），又加深地刻画了他的忸怩和质朴的可爱性格。

到了包扎所后，作者写借被子、抱被子等事件的许多细节，继续表现通讯员在男女交往上的忸怩神态，另外比较集中地写他对于人民群众的热爱。他借不到被子，文工团创作室的女同志要他带她去看，他执拗地低着头，不肯挪步；但他一听到群众影响的话，便松松爽爽地带她去了。被子借到了，接被子时绷着脸，垂着眼皮，慌慌张张地使他的衣服被门钩挂下了一片布，但他高低不肯让新媳妇给他缝上。当他听到所借的这条新被子是这个新娘子唯一的嫁妆时，先是"皱起了眉，默默地看着手里的被子"，再是一边走，一边嘟哝起来，主张把被子送回去，他的样子是认真而为难的。最后由于女同志的解释，他想通了，但他决定"用了给她好好洗洗"。这些细节把通讯员的心情变化精细地勾画出来了，他对人民群众的关怀真是无微不至的。

通讯员要由包扎所回团部了，作者写他顿时活泼起来的神态，从另一面反衬他的忸怩和质朴的性格。他离开了，走了没几步，在挂包里掏出两个馒头放在路边石头上，这一细节和上面把被子统统抓过来披挂在自己的肩上这一细节相连，很简洁地补上了一笔，就是他对于战友、对于女同志的关心和爱护。这时他的枪筒里又多了一枝野菊花，和前面插树枝的细节呼应，加强了他爱自然的优美情趣。

我们在作品中再看到通讯员时，他受了重伤而牺牲了，担架员简单的几句话有力地代替了正面的描写。通讯员为了掩护老乡，他英勇地扑在冒烟乱转的手榴弹上，他自我牺牲、热爱人民群众的优良性格，如火光一样的明亮。他的形象永远活在读者的心中，很高大，很光辉。

从上面几方面的细节描写表现了通讯员性格的几个方面，互相印证，互相补充，完成了一个相当丰满的艺术形象。

新媳妇是这篇作品另一主人公,她一出现在读者的面前,作者就着力描写她美丽的外貌,接着就展示她美丽的内心。当文工团创作室的女同志和她说通了道理,她就毅然地把她唯一的嫁妆———一床里外全新的花被子拿了出来。当通讯员的衣服在门钩上挂下一片布时,她赶忙找针拿线要给他缝上。到了包扎所,她首先是打听同志弟到哪里去。这些都表现了她对解放军同志的由衷的热爱。

但她毕竟是农村妇女,对男女交往中还是忸怩的,解伤员的衣服,拭他们身上的血迹,难免又羞又怕,说了半天,才答应做帮手。和通讯员一样,她是纯真的、质朴的。然而,当她看到同志弟为了抢救担架队的老乡而自己受了重伤时,一种伟大精神感召着她,她毫不犹豫解开他的衣服,拭着他的身子,忸怩羞涩完全消失了,所表现的是庄严虔敬的神情。她密密地缝着他肩上的破洞,她劈手夺过卫生员手里的被子,狠狠地瞪了他们一跟,自己动手用最心爱的洒满百合花的新被子盖着通讯员长眠地下。这位农村青年妇女对解放军“同志弟”倾注着她最纯洁的感情,这感情是强烈的,行动是果断的,这种感情和行动是解放军热爱人民的感情和行动的回响。这个新媳妇是积极支前的青年农村妇女的光辉的艺术形象。

作品中的其他人物,如作为“我”出现的文工团创作室的女同志和卫生员等干部衡量工作的标准是老百姓的影响和利益,而乡干部和担架队老乡等工作的目的就是一心一意为了解放军。军民一体的真情的交流,反映了解放战争的人民性质这一个特色。

我们分析了作品的情节和人物,就有可能来研究作品的主题思想。就情节来看,这篇作品的中心事件是军民关系。在军爱民这一方面,如通讯员于借被子时所关心的是群众的利益,在反动派的手榴弹在担架队老乡的人缝里冒烟的危险之际,通讯员舍身扑在手榴弹上,掩护了老乡。这些事件表现了人民解放军热爱人民群众,可以为群众而舍身的崇高品质。在民爱军这一方面,新媳妇毅然以自己结婚的唯一的嫁妆———新被子借给解放军同志,以后她一反往日男女交往上的忸怩态度,以庄严虔敬的心情为通讯员拭身上的血迹,以心爱的新被子盖着通讯员下葬。这些事件表现了人民群众热爱解放军的真诚。《百合花》这一题目就是富于象征性的,它象征着人民对解放军的纯洁感情的花,象征着军民之间的纯洁感情的花。

在阅读、书面记录和分析的过程中,我们逐渐有了对于作品的艺术特色的印象。就作品反映现实这一角度来看,作品的取材是新颖的。前沿包扎所为了部队的被子还没有发下来,动员老百姓借被子,这本是一个普通的事件,然而作者把这一事件与敌我的生死斗争联系起来,把人物的内心反映得如此曲折动人,把人物的心灵挖掘得如此深刻。茅盾在《谈最近的短篇小说》(《人民文学》1958年6月号)里说:"这篇作品说明,表现……那样庄严的主题,除了常见的慷慨激昂的笔调,还可以有其他的风格。"这段话正确地指出这篇作品取材方面的独创性。

就作品的结构来看,写一天的事,分为三大部分:去包扎所是早上,那时雨后初晴;到包扎所是下午两点钟,那地方是一所小学;在包扎所紧张的工作是在中秋夜,那时战火连天;时间与景色刻画得很分明。每一场面:走路、休息和谈话;借被子、抱被子;以及包扎所的准备工作,紧张工作,重伤员下来的情景,一场接着一场,结构很严谨。中间穿插着两段对故乡的回忆,一方面显示了主人公的生活背景,一方面描写了人物的内心,在结构中又起了回旋的作用,给读者留有思考的余地。

作品的细节描写,更为人所称道。其一,作品中的细节是经过精选的,内涵很丰富。如枪筒插树枝和花,这一个细节有几个用场,表现了内心——在战场上毫不慌张,也表现了性格——爱好自然优美的情趣。又如肩上被门钩挂下一片布,这个细节出现了四次,每次都有不同的作用。其二,细节是很典型的,十分准确表达了人物的神态,如通讯员没有回答关于"娶媳妇"这一问题时的摸腰皮带上的扣眼、低头、憨笑、摇头等细节,极鲜明表现了通讯员忸怩的心情。其三,细节描写得很细致,如写新媳妇,门帘一挑,让读者看到全貌,以后就写她"尽咬着嘴唇笑",低头咬着嘴唇忍着笑,直到不笑,这样简练地把她的心理活动过程细致地写出来了。其四,细节的安排很巧妙,茅盾在《谈最近的短篇小说》里对此有很精辟的见解,他说:"作者善于用前后呼应的手法布置作品的细节描写,其效果是通篇一气贯串,首尾灵活。这种前后呼应的笔法,举其显著而言,在全篇中就有这么几处:通讯员枪筒插树枝和野菊花,通讯员给'我'开饭的两个馒头,通讯员衣服上撕破的大洞,新媳妇的枣红底白花的新被子。"其五,景色描写还起着衬托人物的作用,篇末写中秋夜高悬的月亮象征着人物内心的光洁和形象的光辉。

和细节描写这一特色相联系的,就是这篇作品语言的形象化。如主攻团长对战地女同志的安排颇费精神,作者写:"团长对我抓了半天后脑勺",这真形象极了。作品中到处是对人物一言一动的生动而准确地描写,是这篇作品语言方面的精华,很值得学习。此外,语言的风趣和抒情也很有特色,这个特色是以作者对主人公的爱为基调的。如作品前部写走路时的情景,十分风趣地刻画了这一个傻乎乎的小同乡的可爱。另两段对故乡的回忆,以及末了对于收殓的描写,这些语言都十分激动人心。

经过这些步骤,我们把这篇作品做了初步的精读。如果我们更进一步把上述的分析提高到理论上来阐明,并联系作者的生活道路和创作道路来观察,联系当代其他作者同题材的作品来比较,同时更多地阅读有关的评论文章,那又会把我们的阅读和分析的质量提高一步。必须说明,上述的精读步骤只是方法中的一种,方法可以多种多样的。阅读和分析的质量问题是决定于读者的政治水平和理论修养,致力于政治水平和理论修养的提高,才是解决阅读与分析质量的关键。在解决关键问题的基础上,讲究一下阅读与分析的方法,那就事半而功倍。还须说明,我们精读的过程可以体现在教学过程里,但不能完全等同。我们在备课的工作中首先解决课文的阅读与分析问题,然后根据教学的目的要求和学生的具体情况,灵活地运用我们的阅读和分析的材料,来妥善地组织我们的教学过程,那么课堂教学的思想性、科学性和生动性,便有了可靠的基础。

——选自《作品分析丛谈》,福建人民教育出版社 1960 年 3 月版

谈《老杨同志》

　　赵树理同志的《李有才板话》是我国文艺界实践毛主席文艺方向后在小说创作上的重要收获。这篇小说正确地反映抗战期间已解放了的广大农村中农民进行减租减息和改选村政权的斗争，讴歌在党领导下农民向不法地主斗争第一回合的胜利。作者在描写群众斗争的过程中，成功地创造了新的青年农民的集体形象，和青年农民的引路人——杰出的农民干部的形象。

　　对于老杨同志，在小说中就存在着两种根本分歧的看法。一种是地主和狗腿们的看法（如广聚、恒元等），他们认为老杨同志土眉土眼，一身土气，但他总是"官"，必有"官气"，叫他吃两顿糠，就会吃不消，可以被拉拢，也容易被制服。老秦的看法和广聚等类似，因为他长期受地主阶级思想的影响，不过他没有政治目的。另一种是农民的看法（特别是小字辈），他们从各方面观察的结果，认为老杨同志是自己人，不是"官"。当然，农民们的看法是对的，老杨同志是一个普通的、由劳动出身的农民干部，他没有"官气"。所以，广聚、恒元等的鬼计落空了，农民们却十分得意。

　　作者极着力于这一个杰出的农民干部的描写，从村公所、老秦家、场子里、地里、有才窑里、新干部会上等不同场合，多方面表现老杨同志的工作，表现他的优秀品质。

　　首先，老杨同志给读者以深刻的印象，就是他坚定地贯彻了阶级观点和群众路线，有深入群众的工作作风、工作方法，和敏锐的政治嗅觉。他到所谓"模范村"阎家山来检查工作，一到村公所看到小元和广聚下棋的情况，就感到不对头；到老秦家，听到老秦老婆说到押地，小顺说到秋收还是各顾各，又听到小福妹妹念的歌，他就发现了一连串的问题，知道了这村的工作不实在，地主还当权。于是，他就深入了解，帮助群众打场割谷，在群众面前给广聚和得贵他们碰了钉子，很快地获得了群众的信任。接着，就组织农民中的积极分子，通过揭发，充分掌握了几年来村里的全部材料，分析和总结材料中的重要问题。及时启发群众成立农救会，布置斗争，使斗争获得了胜利。这一系列的工作步骤，表明老杨同志在工作中坚决贯彻了阶级观点和群众路线，对实际的革命斗争有丰富的经验，并掌握了斗争的规律。

第二，根据当时农村阶级斗争的情况，老杨同志出色地完成了党交给他的任务，那就是教育农民起来进行斗争，解放自己。起先，老杨同志借评论得贵给农民讲组织农救会的目的，启发农民的觉悟；以后，又给青年农民们讲农救会的权利和义务等，教导农民在组织中发挥自己的力量；还鼓励青年农民以他们最熟悉的快板形式作为斗争的武器，来保证农救会的纯洁。青年农民对法令不大了解，老杨同志就给讲减租减息法令和永佃权问题；青年农民缺乏信心，老杨同志就给鼓足勇气，教导他们斗争的方式和方法。所以，老杨同志的形象，体现了党的优秀干部对于农民耐心的启发、诱导和教育，要他们在斗争中成长起来，改变他们自己被压迫的命运。老杨同志对农民是热爱的，他的工作有明确的目的性，他忠心耿耿地为人民翻身的事业服务。

第三，和对待有才等小字辈人物的态度相反，老杨同志对广聚和得贵主要是碰和冷嘲，因为这一伙胆敢欺负穷人，他们是阎家山的压迫者。作者在场子里和有才窑里，安排了老杨同志对广聚和得贵那两场喜剧性的对话，一面暴露了狗腿们无赖和可鄙可笑的嘴脸，另一面表现了作为一个从群众中来的干部所具有的严峻的阶级立场和鲜明的爱憎。

此外，作者还简洁地描写了老杨同志的服装以及生活细节，给读者构成更完整的形象。但上述三个方面是最主要的。课文末了，老杨同志批评了章工作员："不会接近群众,一来了就跟恒元们打热闹,群众有了问题自然不敢说。"章工作员的错误在于没有深入群众的工作作风,没有坚定的政治立场和鲜明的爱憎,因之也就不能把农民组织起来,在斗争中解放他们自己。和章工作员的错误对照,老杨同志优秀的革命品质就更为突出了。老杨同志工作的环境,已经经历翻天覆地的变化,但老杨同志坚定的阶级立场和细致深入的群众路线,对我们现在还具有学习的意义。

小字辈人物是老槐树底的能人,他们的性格有共同的一面,周扬同志在《论赵树理的创作》里正确地指出:他们热情、敢说敢干、富于机智和幽默,但还是幼稚的,有时甚至冒失。他们除了这些共同的性格之外,还有各自的本领。

小顺是有才的徒弟,唱歌的能手,说话痛快,没有忌讳,和老杨同志一见面,就鱼水交融在一起,充分揭发了村里的事情。他又特别机警,在有才窑里进行揭发时,他会敏锐地察觉到窗外有偷听的人,自告奋勇去站岗,还进一步出动调查恒元等的活动。以后,当老恒元用鬼办法破坏农救会时,他想出了编歌张贴的主意,压住了得贵的谣言。小顺的确是斗争中宣传的能手。小明交游很广,不到一个上午,就给农救会组织了 55 个会员,并且把敢说敢干的,差不多都收进来。小明有突出的组织能力。小保比较有政治头脑,如他对章工作员工作错误所提的意见就很精到,他还向老杨同志问:斗恒元应如何下手,农救会要怎样组织等一连串问题,这表示了他的政治方面比较成熟,是一个领导人才。以上三个小字辈人物,分任农救会的宣传、组织和主席(小保以后改任村长),可以说是人尽其才了。

小福是老秦的儿子,在落后怕事的老秦管教之下,十分听话。他很爱听老杨同志的谈话,老秦却要他去担糠,他只得照办。不过,他还是很高兴给革命斗争跑腿,可以设想,如果小福摆脱了旧思想的束缚,对于革命的劲头也是不会差的。在这一篇节选的课文里,描写有才的地方不多,但他对于革命斗争很积极,他用他的诗进行韧的战斗,揭发了地主的阴谋,壮大了群众的力量,从不多的篇幅中,也显示了这一个天才的讽刺诗人的面影。

以上这些老槐树底的能人,身上蕴藏着丰富的革命力量,经过了老杨同志的启发与教导,组织成一支出色的队伍,在农村中高举了阶级斗争的胜利的旗帜。学习这一篇课文,使我们再一次地认识了这个真理:萌芽的群众力量,只有党的领导,只有依靠熟悉群众要求和有群众作风的干部,才能获得斗争的彻底胜利。

越树理同志创作的艺术特色,在周扬同志的《论赵树理的创作》和赵树理同志的《也算经验》里,都说得很确切。他描写人物总是站在农民这一面,把人物安置在一定的斗争环境中,用人物自己的语言与行动,来展开人物的性格。他作品的结构有浓厚的故事性。语言是用简短的句子,和群众看起来顺当的字儿,富于风趣和幽默感。这一篇课文也表现了这些特点。

就人物描写来说,老杨同志和小字辈的性格就是在斗争中表现出来。作者又能用极省俭的笔触来刻画人物。如对于老秦的描写,通过吃饭和打场这两个场面里几个突出的细节,就把一个"吃亏、怕事,受了一辈子穷,可瞧不起穷人"的性格刻划得淋漓尽致。赵树理的作品虽然没有精细的心理描写,他只用人物的行动与语言就把人物的心理和盘托出了。

就结构来说,这篇课文虽然是节选的,但也有头有尾,自成单位,富于故事性。这里面所运用的对照手法,构成了极生动活泼的场景。如广聚对老杨同志的前倨后恭,老秦对老杨同志的前恭后倨,老杨同志对广聚、得贵等和对小字辈人物的不同态度,老恒元前后两次鬼办法的破产等,这样对照的手法是这篇课文结构的特征之一,不但能引人入胜,还有助于人物形象的塑造。

就语言来说,总的是朴素而明快的,接近于人民的口语。由于作者对口语的提炼,所以有节奏感。如叙述的语言:"阎家山没有行过这种制度,老秦一来不懂这种管饭只是替做一做,将来还要领米,还以为跟派差派款一样;二来也不知道家常便饭就行,还以为衙门来的人一定得吃好的。……"如描写的语言:"又是开门又是点灯,客气话说得既然叫别人搂不上嘴,小殷勤也做得叫别人带不上手。"如对话:"我本来办不了,辞了几次也辞不退,村里只要有点事,想不管也不行……"这样的例子很多,无论是叙述、描写或是对话,看起来很朴素,念起来很悦耳,充满了魅力。的确,赵树理是我国语言艺术的大师。

现在我们学习《老杨同志》这一课具有现实意义。在内容方面，老杨同志的形象教导我们站稳立场，坚定地走群众路线，全心全意做群众的勤务员，打掉官气、暮气、阔气、骄气和娇气；在语言方面，那就启发我们应该在深入群众的基础上，学习人民口头的语言，才能改革掉八股的腔调，建立起新的文风。

——选自《作品分析丛谈》，福建人民教育出版社 1960 年 3 月版

论《红旗谱》的艺术特色

《红旗谱》是一部农村阶级斗争的史诗,为什么我们把它称为史诗呢?因为它高度概括了历史真实:反映了我国农民从自发的发抗到有组织的斗争过程,揭示了斗争的本质,指示农民只有在党的领导下斗争才能获得胜利;塑造了在斗争中的农民英雄和成长中的革命青年的鲜明形象,刻画了坚韧的斗争和慷慨尚义的传统的优秀性格;整个作品洋溢着革命的现实主义和革命的浪漫主义相结合的精神,充满着激情的语言,具有浓厚的民族风格。

这一部反映现实如此深广、刻画人物如此众多的作品,作者用相对集中的结构手法,按时代发展,有层次地、合情合理地开展整个斗争过程。我们阅读过这部作品,可以比较明显地把它分为几个部分:

第一节,写辛亥革命前,朱老巩大闹柳树林。一开始就在读者面前展开一幅惊心动魄的斗争,表现了老一代农民用赤膊上阵的办法对封建地主进行个人反抗的斗争(第一次)和它的失败。(斗争受了挫折)

第二节到第七节,写北洋军阀统治时期,也就是20年后,朱老忠闯关东回到故乡要报血仇,侧面交代锁井镇中年一代农民用对簿公堂的办法向地主进行斗争(第二次)的失败,他们按朱老忠的想法走一文一武的斗争报仇的道路。(斗争情绪的高涨)

第八节到十三节,写脯红靛颏的风波,朱大贵被冯老兰抓兵去了,这是锁井镇农民对地主阶级第三次斗争的序幕，"出水才见两腿泥"，朱老忠忍着："逆来，顺受"。（斗争又受了挫折）。

第十四节到二十节，写大革命时期党在北方农村的工作，农民找到了靠山，党给革命的农民开辟了一条真正的革命的道路，青年农民运涛在党的教育下参加了革命军，革命形势的高涨，给农民带来了十分欢乐的气氛。（革命形势的高涨）

第二十一节到二十五节，写国民党叛变了革命，运涛入狱，农民又一次经受着沉痛的打击，他们互相支持，相信"共产党不算完"，对党的胜利怀着热望。（革命的挫折）

第二十六节到四十节，写农民在党的领导下，爆发了反割头税的斗争，正面展开锁井镇农民对地主阶级的第三次斗争并获得了胜利，横扫地主及狗腿们的威风，在这次斗争中中年一代农民朱老忠、老明、严志和、伍老拔入了党。（革命形势的高涨）

第四十一节到五十九节，写保二师的学潮，正面展开城市青年学生在党的领导下举起抗日救国的大旗向反动当局进行尖锐的斗争，并显示城市的斗争和农民的斗争的密切关系。（革命又一次受了挫折）

我们可以从上述几个部分来考察：第一节一开始作者就用饱含着血泪的笔描绘了一幅惊心动魄的斗争的画面，在这一斗争中深刻地概括我国老一代农民悲剧性斗争的道路，小虎子目击着这一场斗争，埋下了仇恨的种子，奠定了朱老忠性格发展的基础——阶级根源和继承关系，这一序幕，对以后朱老忠的形象塑造起了巨大的作用。

以后，作者逶迤写来，如波涛起伏，深入地揭示以朱老忠为首的农民从自发斗争走上集体反抗的革命道路，从"一文一武"的斗争走上"向着红旗、跟着红旗"团结起来的斗争道路。同时，作者以充分的篇幅写党的政策怎样受农民群众的热烈欢迎，党所领导的革命怎样和群众休戚相关，生死与共。最后，党所播下的种子发了芽，开了花。"反割头税"的斗争和保定二师的学潮轰轰烈烈展开了，这两次规模巨大的斗争是小说中的两座主峰，把情节推向高潮。张嘉庆逃走，如虎归山，预示冀中平原将要掀起新的波澜壮阔的风暴。

有人指出保二师的学潮斗争和反割头税的斗争没有紧密的联系,朱老忠性格的发展好像中断,其实不然。朱老忠在保二师的斗争中出场不多,但政治思想方面更成熟了,其所以造成这样的错觉,正是为了不明了这部作品的情节结构有相对集中这一个特征的缘故。

在整个形象体系的长河中,作者巧妙地采用补叙的手法,如第三节,严志和想起他爹严老祥离乡前后的情景,就补叙了严老祥;第十三节,贵他娘为了大贵被抓兵晚上睡不着觉想起自己的身世,就补叙了贵他娘。这既符合特定的情景,表示了性格,又补充了情节,缝合自然,不着痕迹。作者还采用了插叙,使情节更为饱满,对读者更富于说服力,如第二十六节开头简介张嘉庆领导的秋收运动,这可以说是反割头税的前奏曲,让读者看到这个地区党和农民的深厚关系,那么以后规模巨大的反割头税斗争的取得胜利就更为合情合理。此外,还有许多抒情插话,如第十八节写运涛当革命军的连长,阖家欢庆,涛他娘欢喜得哭起来了,作者用几百字的抒情插话写了纯朴的母亲的心,开掘了人物的心灵,表达了作者崇高的赞颂,极具强烈的感染力量。

与结构的集中相适应,作品中对于形象的刻画也采取相对集中的手法。四十节前多写朱老忠和严志和,四十节后简写其性格发展;四十节后多写江涛和张嘉庆,四十节前简写其性格的成长。就一个人物形象来看,如朱老忠回锁井镇的许多节就多方面渲染其报仇的决心;脯红靛颏事件的许多节突出地写朱老忠的忍;运涛参加革命军当连长等节集中突出他对于革命的向往和革命带给他以欢乐和希望;运涛被捕等节写他的智慧和义气;"反割头税"斗争等节写他的勇敢,保二师学潮斗争等节写他的沉着和政治思想的渐趋成熟。就一个人物的某一性格特征来看,作者常以围绕着一个事件的许多细节来加以刻画。如朱老忠知道了运涛入狱,就鲜明地表示"你门里的事,就是我门里的事。咱还是为朋友两肋插刀!"以后到志和家,首先安定了涛他娘,主办了老奶奶的丧事,代志和去济南探监,叮嘱春兰、志和与涛他娘……这一系列的描写,充分地把朱老忠的慷慨尚义的性格表现了出来。作者说:"我认为对于中国农民英雄的典型的塑造,应该越完善越好,越理想越好!"朱老忠就是一个完美无缺的英雄形象,这表现了作者具有革命的浪漫主义精神,也说明了朱老忠的形象是一个更集中、更典型的形象。

作者塑造形象常有意识地用对照的手法,如朱老巩和严老祥,朱老忠和严志和、贵他娘和涛他娘、江涛和张嘉庆、冯老兰和冯贵堂等等,这些人物在作品中的活动是紧紧地伴随着。作者说:"把两个性格不同的人放在一起描写,更容易突出他们的性格。"[①]

就朱老忠和严志和来说,他们的性格有相似的一面,严志和诚心诚意地请朱老忠在他家住下,帮他造房安家,这和朱老忠帮江涛上学、到济南探监等一样地表现了他们慷慨尚义、"为朋友两肋插刀"的相同点。他们两人都是忠厚善良,勤劳朴实的。对于报仇斗争,他们的愿望也是一样的,在某些时期,他们的看法也是共同的。如运涛在革命军当了连长,严志和与朱老忠一样洋溢着对于革命形势高涨的喜悦;反割头税斗争将要轰起的时候,严志和的态度也是很坚决的,如他说:"要说为了打倒冯老兰,没有说的,多么深的泥水咱也得趟。"(第295页)但更重要的是通过几个关键性的事件,特别是在革命受了挫折,或正在酝酿新的斗争的时刻,作者把他们两个人的性格作了鲜明的对照。如在保定万顺老店里初话报仇时的不同看法(第24—25页),听运涛说遇到贾湘农一事的不同态度(第110—111页),对酝酿反割头税斗争的不同反映(第229页),这样一对照,朱老忠在任何时候都是勇于斗争,乐观,有胆识,有决断,豪爽义气的;而严志和比较软善,有顾忌,有时想逃避斗争,忍着过安生的日子。虽然如此,作者笔下的严志和仍酝蓄着一股被压制的反抗的怒火,于江涛被捕后,他终于喊出:"我……我要……(杀)"这是合理地写了他们走上斗争的不同历程和在斗争中的不同个性。

对于江涛和张嘉庆,作者在反割头税斗争和保定二师学潮这两个大事件对照地写,写他们不同的出身,不同的工作方法,说明不同的性格。江涛是农民的儿子,少时聪明活泼,要强好胜,祖父兄三辈所经历的苦难,在他的心底埋下仇恨的种子。他受了党的哺育,工作十分细致、沉着,先组织

---

① 梁斌:《漫谈〈红旗谱〉的创作》,《人民文学》1959年6月号。

群众,再形成运动,成为优秀的农民革命的组织者。在青年学生的抗日救国运动中,受刀与血的考验,他能正确地估计革命形势,坚决执行特委的决议,成为勇敢、机智、深思熟虑的青年革命领导者。张嘉庆是地主的儿子,他背叛了他父亲所属的阶级,毅然参加革命,带头抢他父亲棉田里的棉花,把党看做自己的父母,从党那里吸取无穷的力量。在领导秋收运动中,热情勇敢,是农民群众眼中的活张飞,他的办法是一轰而起,再巩固组织。他也领导保二师的学潮斗争,勇敢刚强,想尽办法,粉碎敌人企图用围困引起饥饿的办法,来消灭革命火焰的阴谋。但是他对于特委的指示一时不能接受,暴跳起来,要去冲公安局,表现了他的急躁情绪。于同一事件中两相对照,互相映衬,性格显得格外鲜明。

写冯老兰和冯贵堂时也采用了这个手法,"写父子两代思想方式的不同,剥削方式的不同,写父子两代不同经济基础上产生的不同的统治阶级的性格。"一个是封建思想的代表,一个是农村资产阶级的代表。

作者对于形象刻画采取了传统的手法,十分简洁而传神。如外貌描写:贾湘农是"三十多岁,弓着肩,黑脸皮,脸上有短短的黑胡髭槎儿。穿着白挂裤,尖皂鞋子,看起来和庄稼人一样"。江涛是"长身腰,细身条"。志和是"连鬓胡子,长脑瓜门儿,大高个儿"。这些外貌描写是高度写意的。简洁传神还表现在典型的细节描写方面,如严志和买了"宝地"后,要他儿子扶他去看一看宝地,啃着宝地的泥土,这表达了穷苦农民对于土地的深情。表达了严志和这一个想忍着过安生日子的农民的心底的悲愤,也表达了农民和地主不可调和的阶级仇恨。这一细节是经过严格挑选过的,具有深刻的思想意义和感人力量。简洁传神还表现在通过一个事件来描写许多人物这一手法上,如第十八节,运涛的来信给朱严两家带来十分欢乐的气氛,作者写大家听江涛念信后的不同神态:朱老忠闹个骑马蹲裆式,贵他娘对"老太爷子"的打趣,老奶奶在坑沿上连磕几个响头,涛他娘把头钻在墙角里,抽抽咽咽哭起来,……把整个场面写得生气奔腾,绘影绘声,惟妙惟肖。

整部作品洋溢着浓郁的冀中的生活特色,那些自然景色也是写意的,很简洁,很美。如第六节开头:"夜深了,村落上烟霭散尽了,一个圆大的月亮,挂在树叉上。长堤、乔杨,构成了一幅美丽的图案。"对这样美的自然景色的描写,作者常从作品中人物的观察来着笔,所以也丰富了人物的精神面貌。例如朱老忠回家老远望见千里堤:"大杨树的枝干在太阳下闪着白光。天气暖和和的,桃李树正是放花季节,映着夕阳放散香气。有的梨树嫩枝条上长出绿叶,生了茸细的白毛。黑色的棉花虫儿在树枝间飞舞。"这样美丽的故乡是他二十几年所日夜悬念的,是他们的老爷爷、爷爷和他们的爸爸生长安葬的地方,劳动的地方,斗争的地方,作品中对自然美的描写实际上概括了农民的优秀的传统性格。

对于语言方面,《红旗谱》有很鲜明的特色,像许多研究者所指出的,作者熟悉、提炼并灵活运用了群众的语言和民间的口语,学习并继承了我国古典文学语言的优秀传统。作品中的人物都具有鲜明的性格化的语言,如朱老忠所说的:"有朱老忠吃的,就有你吃的。""你门里的事,就是我门里的事。"这不能不说它是性格化的并具有惊人的表现力。叙述人的语言则是充满着激情,爱憎分明,同时又是简短、明快而传神,并富于形象性。我这里要特别提起的是作品通过简短的对话,围绕着一个事件,表现了许多人物的不同个性。例如第六节春兰去找运涛后严志和与贵他娘等人的谈话(第 49—50 页):

> 严志和说:"人儿好,吃她喝她? 贴在墙上当画儿看着她? 咱庄稼人,就是希罕个庄稼人儿。这,插门闭户也管不住。"
>
> 贵他娘说:"谁家不希罕个好看媳妇儿?"
>
> 严志和说:"我就不希罕。"
>
> 贵他娘说:"那就给你们娶两房子麻疤丑怪。"
>
> 严志和说:"越是那样的人儿,她心里越悍实,才能好生跟你过一辈子。"
>
> 贵他娘说:"哪,当初一日,你就别娶涛他娘。"又瞟了涛他娘一眼,说:"小小脚儿,细细的腿腕儿,一走一打颤儿。"
>
> 涛他娘唉声叹气说:"咳! 女人呀,没个痛快时候。没孩子的时候,实实落落闷的慌。一到了该生养孩子的时候,挺着个大肚子累得

不行。盼得孩子出来了，又累得慌。明年又是一个大肚子，孩子出来了，更是累死人！"

贵他娘说："老了就好了。"

涛他娘说："老了？老了把老婆子丢在一边！"

贵他娘说："多生养闺女。大闺女嫁个团长，二闺女嫁个营长，三闺女呢……嫁个法官。"

严志和笑着插了一嘴，说："唔，好打官司！"

涛他娘说："好把老婆子押在监牢狱里。"

一句话，说得一家子笑个不停。

老奶奶听得人们念叨喜兴事，也笑咧咧的说："等着吧，等给运涛、大贵、江涛、二贵，都娶上媳妇的时候，我也就老的动不得了。"

贵他娘说："盼着吧，大娘！娶了好媳妇儿，好伺候你老人家。"

在这段话里，我们首先可以触摸到他们的性格：贵他娘的爽朗，涛他娘的任劳任怨，老奶奶的慈祥与风趣，志和的质朴，语言简短而性格化。还有，这些话反映了他们对家庭、婚姻问题的看法，对于旧社会的女人命运的控诉，对于旧社会上层阶级婚姻习俗的讽刺，表达了劳动人民的幽默和他们的友爱和热爱劳动、热爱生活的心。作者对语言方面辛勤地做了长期的准备工作，他说："必须与生活结合起来解决语言问题。"这是十分正确的，也是了解他的语言特色的锁匙。

——选自《作品分析丛谈》，福建人民教育出版社 1960 年 3 月版

谈李准和马烽短篇小说的风格

　　文学风格指的是作家在所有作品中经常出现的主要思想和艺术特点的总和。作家的风格:在主要思想上往往受着时代精神所制约,在艺术特点上往往受着民族艺术传统所影响。李准和马烽的短篇小说的风格有许多方面是很类似的,因为他们都朝着毛主席的文艺方向前进,他们的作品风格渗透着光芒四射的时代精神,植根于我们民族深厚的艺术传统之中。

　　首先,他们所写的题材是清新的,他们对新事物具有高度的敏感和充沛的热情,真实地、广泛地反映了农村中的重要矛盾和变化,深入地描述社会主义新人的优秀品质。李准的《不能走那一条路》和《白杨树》,就以高度的敏感,迅速反映农村中社会主义道路和自发的资本主义道路的斗争。《三眼铳掉口记》和《冰化雪消》描述了农业合作化过程中农民对富农的破坏的斗争。作者刻画了农业社的许多先进人物:不拿社里一根麦秸棍的劳动模范孟广泰(《孟广泰老头》),热爱社里牲口的存厚老头(《雨》),意志坚强的军属志兰和永清娘(《信》),踊跃参军的小黑(《小黑》),争先完成送公粮任务的社长杨壮和梁凤仙(《夜走骆驼岭》)等等。全国人民公社化后,他又迅速反映农村的巨大变化。共产主义风格的新人成长起来了,由公社培养起来掌握科学、战胜自然的气象员萧淑英(《耕云记》),猪场和食堂的出色的劳动者李双双(《李双双小传》),便是新人的代表。马烽也是这样,他的短篇小说《一架弹花机》反映了土地改革后农村中现代化的生产技术和落后的生产技术的矛盾,《孙老大单干》描述了自发的资本主义倾向和社会主义道路的斗争,《三年早知道》写出了前进的社会主义力量终于使一个自私落后的老中农转变。以后,他也越来越广泛地反映农业合作化运动以后农村生活的重大发展和变化,塑造了具有共产主义风格的人物:一心为社的饲养员赵大叔(《饲养员赵大叔》),坚决参加农业劳动的高小毕业生韩梅梅(《韩梅梅》),废寝忘餐、忘我地领导群众生产的县委杨书记(《停止办公》),坚决、果敢,指挥若定的水利局副局长老田(《我的第一个上级》),高瞻远瞩、善于为新生事物开辟道路的县委高书记(《太阳刚刚出山》)等等。李准和马烽都着力于描述大踏步前进的农村,思想落后的人们摆脱了因袭的重担,走上了新的道路;新型的人物都是诚诚恳恳,干劲十足,听党的话,他们乐观而有信心地完成各个时期党所交给的任务。由于作者选择了这样的题材,表现了这样的人物,所以他们的作品具有清新的、明朗的、欢畅的色调。

其次,他们走民族化、群众化的道路,善于叙述故事,善于运用简练的细节来表现人物。他们学习群众的通俗、鲜明而生动的语言。由于他们熟练地运用了传统的艺术表现手法,提炼了群众的口语、成语和谚语,并且能够与他们所选择的题材、所揭示的主题相适应,他们的语言风格就像茅盾所指出的:洗炼鲜明,平易流畅。

李准和马烽短篇小说有共同的风格,但他们的生活道路、文化教养和艺术兴趣是不同的,他们的风格就有差别。

一是从题材的选择来看。李准和马烽虽然同样的描述了十年来我国农村的巨大变化和农村中新人物的形象,但李准的选材以农民和农村的基层干部为主,常常通过一个家庭的矛盾变化来反映整个农村的重大矛盾和具有历史意义的变化。如《不能走那一条路》和《孟广泰老头》中的父子冲突,《两代人》中的母女关系,《一串锁匙》中的翁媳斗争,《李双双小传》中的夫妻矛盾等等,都是具有巨大社会意义的家庭纠葛。作者选择这样的题材或安排这样的关系,更便利于反映复杂微妙的思想斗争,或从更多的侧面来烘托人物的精神面貌,亲切地表达深厚的思想内容。

马烽的短篇小说写农民、农村知识分子、手工业者,还写县级领导干部,较少以家庭矛盾为描述的对象,更直接地写村里、社里和县里关于农业生产的事件,写推动生活前进和追随着时代前进的人们。当然,马烽作品的人物有的也带有家庭成员的关系,如《一架弹花机》和《杨门女将》中的父女矛盾,《太阳刚刚出山》中的兄弟冲突等等,但他们的矛盾冲突,多是由于工作所派生出来的,这样的题材更直接描述人物对工作的态度,对推动生产的物质力量的态度,平实地反映严正的生活逻辑。

二是从作品的结构来看。李准和马烽都善于叙述故事。马烽的叙述很朴素,开门见山,一下子就写到事件本身,线索单纯明晰,故事有头有尾,节奏比较迅速,中间很少穿插环境的描写。有些需要用插叙补述事件的缘由的,作者的安排也非常自然。像《杨门女将》从蛤蟆滩管理委员会决定盖大楼写起,到杨玉环认为不必盖大楼的正确意见被采纳为止,原原本本地叙述下来。至于蛤蟆滩为什么要盖大楼这个问题,放在杨玉环反对这一工程时,让金子明来说明原因,插叙成为顺叙的有机组成部分,不蔓不枝,既朴素,又明快。

李准叙述故事,常有一个富有吸引力的开头,在叙事过程中穿插一些有声有色的场面描写与心情刻画,故事的进程不像马烽那样紧锣密鼓,很有回旋的余地。李准说他要自己的作品从正面看是"五色缤纷",从背面看是"井井有条"。像《耕云记》也是写一个女将,它的开头,人物的心理刻画,情节中一次又一次的严重考验,比起《杨门女将》的结构,就显得更细致曲折一些。

三是从人物的描写来看。马烽善于从叙述中来表现人物,细节的运用很省俭;李准对人物的描写就比较多方面,细节的运用要多一些。如对"三年早知道"和"三眼铳"这两个绰号的介绍,对杨玉环和萧淑英这两个女将的外貌和心情的描述,比一比,就显出简朴和细致的区别来。衬托人物的环境描写也是这样,李准对早晨、夜晚、晴景、雨景、旱象等的描述更多是细致的渲染;而马烽多数作品的环境描写,则比较倾向于朴素。

四是从语言的运用来看。李准和马烽对人民口语的运用都达到相当纯熟的地步,但马烽的语言以叙述见长,节奏快,干净利落。如饲养员赵大叔在雨中牵回"金皇后"那一段,字数不多,就写风、云、电、雷、雨等天气的急速变化,以及赵大叔在剃头、跑回家、揭毯子、跑地里、把毯子搭在"金皇后"身上、牵马回家等一系列动作,的确是朴素而明快。李准的《雨》也是一篇关于饲养员爱护马的故事,作者着力于气氛的渲染,对存厚老头心情的刻画,又比喻,又形容,细节较多,语言是细致的。可以说,马烽的语言更通俗一些,更口语化一些,李准的语言有时文了一些,运用了五四以来比较细致的书面语。

总的来说:马烽的风格是平实的、明快的,李准的风格是亲切的、细致的。李准在《不能走那一条路》里,表现了他风格的雏形:题材清新而亲切,描述细致,语言洗炼。在他的创作道路上,这样的风格逐渐地形成并有所发展。时代精神加强了他作品的革命浪漫主义,像《耕云记》那样,生活场景开展得很广阔,很有气势,人物的精神面貌光彩照人,描述也越发细致生动。马烽早期作品《结婚》同样表现了他的风格:题材新鲜而平实,叙述明快,语言质朴流畅。后来,他这样的风格更趋成熟。《我的第一个上级》和《太阳刚刚出山》表面上看来好像缺少革命浪漫主义的气势,但作品的题材和语言具有非常质朴的美,作品中的人物深沉地酝蓄着为革命事业而斗争的力量。

——《文汇报》1962 年 2 月 25 日

鲁迅论文艺批评

　　在文艺批评的领域里,鲁迅是是非分明、爱憎分明的。他常给有价值的作品写序,指出作者的主要倾向,作品的意义,并严正地指出某些缺点。鲁迅和御用文人进行战斗的时候,常常把他们的作品加以无情地解剖,猛烈地抨击其丑恶的实质。在鲁迅的杂文中,还有好些是直接评论当时文艺批评界的现象和他对于文艺批评的意见的。鲁迅在这一方面为我们树立了一个可贵的典范。

　　鲁迅认为文艺批评要真实,"指英雄为英雄,说娼妇为娼妇",不要乱骂或乱捧。他认为既然是文艺批评家,"他的是非就愈分明,爱憎也愈热烈"。他反对用"文人相轻"这句空话来抹杀文艺批评。他说:"从美人香草一直爱到麻疯病菌的文人,在这世界上是找不到的。遇见所是和所爱的,他就拥抱,遇见所非和所憎的,他就反拨。如果第三者不以为然了,可以指出他所非的其实是'是',他所憎的其实该爱来,单用了笼统的'文人相轻'这一句空话,是不能抹杀的,世间还没有这种便宜事",他认为"批评如果不对了,就得用批评来抗争",极其反对用"恕"字诀或"忍"字诀以及和事佬的批评家,也反对"一律掩住嘴,算是文坛已经干净"了的做法。

　　鲁迅认为批评要有标准。他说:"我们曾经在文艺批评史上见过没有一定圈子的批评家吗? 都有的,或者是美的圈,或者是真实的圈,或者是前进的圈。没有一定的圈子的批评家,那才是怪汉子呢。""我们不能责备他有圈子,我们只能批评他这圈子对不对。"但鲁迅一方面明确地反对那种"只会辱骂、恐吓甚至于判决"的批评,"不肯具体地切实地运用科学所求得的公式,去解释每天的新的事实,新的现象,而只抄一通公式,往一切事实上乱凑,这也是一种八股。"这种八股式的批评只会"捧杀"或"骂杀"好作品,因为它只能检几个"罪名",不分青红皂白地按在作者和作品的头上。前些时我们还见到这种八股的批评风气,然而这种风气在 20 年前就受到了鲁迅的尖锐指责。他说:"现在却大抵只是漫然的抓了一时之所谓恶名,摔了过去:或'封建余孽',或'布尔乔亚',或'破锣',或'无政府主义者',或'利己主义者'……等等;而且怕一个不够致命,又连用些什么'无政府封建余孽'或'布尔乔亚破锣利己主义者';怕一人说没有力,约朋友各给他一个;怕说一回还太少,一年内连给他几个:时时改换,个个不同。"他把这种扣帽子的做法看做是讼师的伎俩,和对方全不相干,结果大抵是徒劳的。

鲁迅认为文艺批评必须见过全体,反对断章取义。他在《"题未定"草》里说:"还有一样最能引读者入于迷途的,是'摘句'。它往往是衣裳上撕下来的一块绣花,经摘取者一吹嘘或附会,说是怎样超然物外,与尘浊无干,读者没有见过全体,便也被他弄得迷离惝恍。"鲁迅以朱光潜论钱起的"曲终人不见,江上数峰青"的两句诗的意见为例,对寻章摘句、专凭选本、踢去全篇,和不顾及作者全人以及他所处的社会状态的论客,予以严格地批判。

鲁迅还正确地指出作家、批评家和读者间的关系。有些作家和读者是憎恶或鄙薄批评家的,"他们里有的说道:你这么会说,那么,你倒来做一篇试试看!"鲁迅认为这种说法是不对的,他说:"我想,作家和批评家的关系,颇有些像厨司和食客。厨司做出一味食品来,食客就要说话,或是好,或是歹。……但是,倘若他对着客人大叫道:'那么,你去做一碗来给我吃吃看!'那却未免有些可笑了。"鲁迅认为我们不能限制批评,也不应当在批评家这名目上涂上烂泥。

对于批评家,鲁迅则希望他们"于解剖裁判别人作品之前,先将自己的精神来解剖裁判一回，看本身有无浅薄卑劣之处"。他认为批评家不但要能够正确地、爱憎分明地解剖别人，还要能无情地解剖自己。

鲁迅又教导读者很好地对待批评，不要"误以为批评家对于创作是操生杀之权，占文坛的最高位的"。他在《读书杂谈》里以印度的一个比喻：一个老翁和一个孩子用了许多方式来骑一匹驴子都遭受人们的批评事，来说明无原则的批评，众说纷纭的批评会使读者无可适从，他要求读者看了批评，"仍要看看本书，自己思索，自己做主"。

从以上简单的引证里，我们看到了鲁迅就文艺批评的主要精神、原则、方法，以及作家、批评家和读者的关系等方面，给我们以宝贵的启示。这些启示对我们现在还是很新鲜的。近来，不是有些人厌恶批评家，有些作家还说被批评吓得不敢执笔吗？不是有些批评家采用简单化公式化的方法对待文艺作品，甚至给作家滥加上许多恶名吗？不是还见到许多断章取义、以片面来代替全体的批评吗？不是有一些作品被批评后，许多读者不加思索就望而却步吗？……这些想法与做法，看一看鲁迅对于文艺批评的意见是有极大的益处的。对于这种现象，那就是要认真严肃地开展自由讨论，真理是越探讨越明白的。鲁迅说得好："批评如果不对了，就得用批评来抗争，这才能够使文艺和批评一同前进。"

——《福建日报》1956 年 10 月 19 日

从“回到古代去”到“遵命文学”

——谈鲁迅 1909 至 1919 年的思想

  鲁迅自日本回国后的十年间（1909—1919），正值辛亥革命前夕到五四运动，其中 1914 年和 1917 年是我国资产阶级民主主义革命起了一个变化的重要时期；就鲁迅个人来说，恰当 30 到 40 岁的盛年，是思想形成和发展的重要时期。可是由于材料较缺，许多研究鲁迅的书籍和文章，对鲁迅这十年间的思想及其变化，都谈得相当简略。姚文元及其追随者的所谓鲁迅研究，胡说鲁迅这时期曾“在冷寂的‘绍兴会馆’中默默地生活着”，强调辛亥革命失败后鲁迅“引起了苦闷和失望，陷入了寂寞和沉思”，把鲁迅对大量古籍的研究，说成是“反映了精神上的深刻的苦闷所觅找的一种寄托”，抹煞了鲁迅伟大的革命战斗精神，产生了不良的影响。

  这十年间的思想，鲁迅在一些文章中有过片断的叙述，但我们对之必须从实质上去理解。比如他说：“见过辛亥革命，见过二次革命，见过袁世凯称帝，张勋复辟，看来看去，就看得怀疑起来，于是失望，颓唐得很了。”①这些话表现了他对政局的失望，内心是怀着十分愤激的感情的。他又说：“只是我自己的寂寞是不可不驱除的，因为这于我太痛苦。我于是用了种

---

  ① 《南腔北调集·〈自选集〉自序》。

种法,来麻醉自己的灵魂,使我沉入于国民中,使我回到古代去,……但我的麻醉法却也似乎已经奏了功,再没有青年时候的慷慨激昂的意思了。"①这里鲁迅谈到自己的消极心情和他在当时的政治情势下所可能进行的工作,他用阅读、辑录、校订许多我国古籍,来麻醉灵魂,对此我们不能理解为做这项工作完全等于消遣,甚至于消沉。他后来说:"当开首改革文章的时候,有几个不三不四的作者,是当然的,只能这样,也需要这样。他的任务,是在有些警觉之后,喊出一种新声;又因为从旧垒中来,情形看得较为分明,反戈一击,易制强敌的死命。"②显然,五四运动时期,只有对旧社会有过深刻研究的作家,才能更好地完成这一历史使命。我们由此可以设想:如果鲁迅没有这几年的"沉入"和"回到",他后来就不可能取得了那么大的战斗业绩。

辛亥革命以后,民国成立,对革命先抱有幻想而后来感到失望的人是有的,例如鲁迅在《对于左翼作家联盟的意见》中所批评的"南社"的人们便是。鲁迅同他们走的是两种不同的道路。对于鲁迅这十年间的思想,如果过分强调他的失望和苦闷;他对古籍的阅读和研究,如果过分强调只是驱除寂寞的一种办法或是一种精神寄托,那就会忽略了鲁迅深藏在失望、颓唐的愤激情绪下追求祖国人民解放道路的火样热情,忽略了鲁迅所自述的"麻醉法"对他后来战斗的积极意义,忽略了从"麻醉"灵魂到呐喊,从辑录古籍到遵命文学的思想变化和内在的思想联系。

青年鲁迅去日本的时候,祖国的灾难深重,反对帝国主义奴才满清皇朝的革命潮流在激荡,要维新、学外国来救中国的思想盛行。由于受了现实的刺激,鲁迅放弃学医,改而提倡文艺运动,他认为这是当时的第一要着,它可以改变由于长期黑暗统治所造成的落后愚弱的国民精神,发扬民族的自尊心和自信心。他作为精神界的战士,参加资产阶级激进民主派的革命运动。在《文化偏至论》《摩罗诗力说》等著名论文中,他主张解放个性,发扬反抗斗争精神,激励人们发奋图强,反对侵略压迫。他痛感国家

---

① 《呐喊·自序》。
② 《坟·写在〈坟〉的后面》。

的积弱,洞察资本主义自由的假象。在留学生向往法政理化、警察工业,纷至沓来的时候,在政界人士鼓吹金钱商估、国会立宪,甚嚣尘上的时候;他提出"掊物质而张灵明,任个人而排众数"的观点,希望人们不要迷信枪炮机械的威力,不要迷惑于虚假的议会多数,而首先须启发国人的觉悟,希望有先觉者脚踏实地从事改变国民精神的工作。鲁迅认为,要改变国民的精神,必须注意发扬我国的优秀文化传统,清除守旧的、主张和平的国粹;努力吸收外国的新文化,学习"尊个性而张精神"的哲学和敢于反抗斗争的摩罗诗人。衡量祖国的政局国情,鲁迅当时以为这是振衰起敝的药石。

鲁迅在他的论文中,往往在关键的地方概括地阐发他的这种主张。如《文化偏至论》中说:"外之既不后于世界之思潮,内之仍弗失固有之血脉,取今复古,别立新宗,人生意义,致之深邃,则国人之自觉至,个性张,沙聚之邦,由是转为人国。"在《摩罗诗力说》中说:"夫国民发展,功虽有在于怀古,然其怀也,思理朗然,如鉴明镜,时时上征,时时反顾,时时进光明之长涂,时时念辉煌之旧有,故其新者日新,而其古亦不死。"在《破恶声论》中说:"于是苏古掇新,精神闿彻,自既大自我于无竟,又复时返顾其旧乡,披厥心而成声,殷若雷霆之起物。"鲁迅这时以"取今复古,别立新宗"作为发扬国民精神、树立国民自信心的途径,他反对保皇派的资产阶级改良主义,也不同意排满派的止于种族革命论,实质上提出了"唤起民众"的重要革命课题。毛主席在《青年运动的方向》中指出孙中山开始革命以来50年的经验教训时说:"根本就是'唤起民众'这一条道理。"鲁迅这时所提出的思想革命还不是"唤起民众"的正确方案,但他对民众力量的重视,表现了他对于革命的深谋远虑,应该说他是站在革命的先进水平上的。

鲁迅自日本回国,正当辛亥革命前夕,他实践着"立人"的理想,根据当时的条件,致力于我国古代文化的发扬工作。教学之余,他与友人筹划刊印越人著述,辑录古会稽历史、地理佚书和亡佚的古小说,和青年一起编印《越铎日报》。鲁迅《致许寿裳信》(1911年3月)说:"迩又拟立一社,集资刊越先正著述,次第流布,已得同志数人,亦是蚊子负山之业,然此蚊不自量力之勇,亦尚可嘉。"《〈越铎〉出世辞》(1912)说:"于越故称无敌于天下,海岳精液,善生俊异,后先络绎展其殊才;其民复存大禹卓苦勤劳之风,同勾践坚确慷慨之志,力作治生,绰然足以自理。"《〈会稽郡故书杂集〉序》(1914)说:"是故序述名德,著其贤能,记注陵泉,传其典实,使后人穆然有思古之情,古作者之用心至矣!"从这些引文,我们可以感受到鲁迅对我国古代的优秀人物和文化倾注着极大的热情。短短的几年之内,鲁迅就辑录、校订了《古小说钩沉》《谢承后汉书》《虞预晋书》《谢沈后汉书》《云谷杂记》《会稽郡故书杂集》《嵇康集》等书,获得了丰硕的成果。上述古籍:除《古小说钩沉》外,其作者,或为会稽郡人,或侨居会稽,或祖先为会稽人,或曾撰述关于会稽的著作;除《嵇康集》外,均于1914年前定稿。这时鲁迅以乡邦文献为重点,就一个地区的范围,介绍古代人物对历史文化的贡献,特别重视为人民谋福利而辛勤操劳的大禹,卧薪尝胆、报仇雪耻的勾践,敢于非汤武而薄周孔的嵇康,用以激励国人热爱祖国、敢于革新和奋起自立的精神,推动民族、民主革命的发展。

由于资产阶级革命党人不敢发动广大的工农群众,对于革命的敌人又是遵守古训,不念旧恶,咸与维新,帝国主义的走狗、大地主大买办阶级的代理人袁世凯篡夺了革命的果实,辛亥革命只把一个皇帝赶跑,中国仍旧在帝国主义和封建主义的压迫之下。后来,袁世凯、张勋等反动头子,阴谋称帝、复辟,加紧进行勾结帝国主义的卖国活动,他们配合其镇压人民的一手,大力鼓吹尊孔读经,中国人民又沉入了黑暗的深渊。鲁迅在青年时期所喜爱的《天演论》的译著者严复,于辛亥革命后,在政治上主张复辟,在文化上主张尊孔,改变了他过去批判封建专制主义的君主政体和封建地主文化的主张。鲁迅所景仰的老师,"有学问的革命家"章太炎,在民国元年以后,排满之志已伸,但他思想中,被视为最紧要的"第一是用宗教发起信心,增进国民的道德;第二是用国粹激动种性,增进爱国的热肠"[1]。他企图借袁世凯的实力来实现中国统一和发展实业,结果反遭囚禁。这些曾经站在时代前列的人物,经过辛亥革命后的政治风雨,先后现出复古的面目。这种情况,反映了"五四"以前资产阶级的新文化和封建阶级的旧文化斗

___

① 见《民报》第6号。

争的特点。毛主席对此曾精辟地指出:"可是,因为中国资产阶级的无力和世界已经进到帝国主义时代,这种资产阶级思想只能上阵打几个回合,就被外国帝国主义的奴化思想和中国封建主义的复古思想的反动同盟所打退了,被这个思想上的反动同盟军稍稍一反攻,所谓新学,就偃旗息鼓,宣告退却,失了灵魂,而只剩下它的躯壳了。"这种政治、文化战线上的失败、倒退的形势,对鲁迅所主张的"取今复古,别立新宗"的思想革命方案当然是很大的冲击。是什么东西逆转革命的进程呢?后来,鲁迅在《两地书·八》里指出了问题的症结。他说:"最初的革命是排满,容易做到的,其次的改革是要国民改革自己的坏根性,于是就不肯了。所以此后最要紧的是改革国民性,否则,无论是专制,是共和,是什么什么,招牌虽换,货色照旧,全不行的。"为了弄清国民坏根性的根源,鲁迅把探讨的重点移到对我国固有文化危害性的问题上,他认识到彻底的思想批判的重大必要性,要继续推进革命,就得清算我国固有文化中阻碍民族生机的黑暗面,改革国民的坏根性。

鲁迅初到日本时,曾和许寿裳讨论中国民族性的问题,当时他们认为我国民族性最缺乏的是诚和爱,其病根应从历史上去探究,主要的原因是由于国人两次当了异族统治的奴隶。[1]1912年,鲁迅到北京后,在辑录谢承《后汉书》等辑本的过程中,阅读并购置了大量史籍。"读史,就愈可以觉悟中国改革之不可缓了。虽是国民性,要改革也得改革,否则,杂史杂说上所写的就是前车。"[2]读史,使鲁迅感到改革的迫切性,对国民性的缺点及其根源的看法也有了改变。1918年8月,鲁迅《致许寿裳信》说:"前曾言中国根柢全在道教,此说近颇广行。以此读史,有多种问题可以迎刃而解。后以偶阅《通鉴》,乃悟中国人尚是食人民族,因成此篇(按指《狂人日记》)。此种发现,关系亦甚大,而知者尚寥寥也。"鲁迅从历史书籍的字缝里看出"满本都写着两个字是'吃人'!"这就看出了封建的政治压迫和封建礼教对国民性所造成的严重危害,比之在日本时期,其认识就显得更

---

① 许寿裳:《我所认识的鲁迅》。
② 《华盖集·这个与那个》。

为深刻,战斗的目标也更为具体明确了。

1914 年,鲁迅阅读了大量佛经。在历史上,佛教对我国的政治、哲学、文学、艺术,对我国的士大夫和劳动人民的思想,都有着相当大的影响。辛亥革命前后,一些政治思想界的人物如康有为、梁启超、严复、章太炎等,又往往以佛学作为他们的理论根据。所以,对佛经进行一番研究,自然是很有必要的。鲁迅在 1908 年所写的《破恶声论》,对佛教做过一些肯定。他说:"夫佛教崇高,凡有识者所同可,何怨于震旦,而汲汲灭其法。若谓无功于民,则当先自省民德之堕落;若与挽救,方昌大之不暇,胡毁裂也。"这里,鲁迅认为佛教对挽救国民道德堕落是有作用的。1914 年,鲁迅还有着类似的见解。许寿裳回忆鲁迅努力阅读佛经时对他说过这样的话:"释迦牟尼真是大哲,我平常对人生有许多难以解决的问题,而他大部分早已明白的启示了。"但后来鲁迅又对许寿裳说:"佛教和孔教一样,都已经死亡,永不会复活了。"[①] 经过了一番研究,鲁迅纠正他对佛教的认识,看到它和孔教一样,毫无用处,有极大的危害性,得出了宣告它死亡的结论。

1915 年起,鲁迅搜集金石拓本,对古代的墓志、碑帖、石刻画像作了抄集和研究。对此,我们不能把它理解为玩古董,或全是为了应付当时恶劣的政治环境;就是《呐喊·自序》里所说的,他的唯一愿望是暗暗的消去他的生命,我们对此也要有所分析。因为这些工作在政治上是有意义的。章太炎 1906 年在东京留学生集会上发表的演说词里说:"……古事古迹都可以动人爱国的心思。当初顾亭林要排斥满洲,却无兵力,就到各处去访那古碑、古碣,传示后人,也是此意。"章太炎这一观点对鲁迅是有影响的。况且,这种工作在学术上很有意义,在艺术上也极有价值;不但如此,鲁迅还注意把这些古代遗留下来的实物,作为考察历史文化的手段。例如鲁迅从墓志中看到儒家经典对人们的毒害,他写道:"'作善降祥'的古训,六朝人本已有些怀疑了,他们作墓志,竟会说'积善不报,终自欺人'的话。但后来的昏人,却又瞒起来。"[②] 古训妨害、扼杀进步思想的产生,墓志就提供

---

① 许寿裳:《亡友鲁迅印象记》。
② 《坟·论睁了眼看》。

从「回到古代去」到「遵命文学」

了铁证。鲁迅于 1916 年移住绍兴县馆的补树书屋,他就在这屋里抄古碑。《鲁迅的故家》中有一段介绍"S 会馆的来客"里说:"疑古(按指钱玄同)知道并记得的事情极多,都于中国文化有关,可惜不曾记录一点下来,如今已多半遗忘了。他往补树书屋谈天,大概继续有三年之久,至民八冬鲁迅迁出 S 会馆,这才中断。"可见,鲁迅搜罗、抄校、研究金石拓本时,并非超然物外,他也是关注着中国社会文化问题的探讨的。

第一次帝国主义世界大战和俄国社会主义十月革命,改变了整个世界的历史方向。这几年间,鲁迅对我国古代文化的许多领域——史籍、佛经、金石拓本所进行的广泛、深入的研究,是适应时代的要求的。鲁迅在日本时期所写的文言论文中,对追慕唐虞、隐居避世等孔老思想,对尊古死抱国粹之士,对儒家"温柔敦厚"的诗教,已有过痛切的批评,但那时还没有把我国封建文化糟粕作为集中轰击的目标。为了国家民族的前途,必须反对帝国主义和封建势力,彻底地摧毁国民精神的枷锁,不妥协地批判我国的旧文化、旧道德,这就是鲁迅当时所时刻思考和探索的问题。鲁迅这几年在寂寞中所从事的工作,虽然消失了青年时代"慷慨激昂的意思",但增加了深刻的思想和深沉的感情。他的麻醉法——"沉入于国民中","回到古代去",不能说只是应付环境的驱除寂寞的办法,由于他的"沉入"与"回到",使他纠正了思想上的一些偏颇,认清了主攻的方向,为他的呐喊做好了准备。

"五四"运动前夕,新文化运动蓬勃地开展起来了,鲁迅的杂文和小说显示了战斗的锋芒。外因通过内因而起作用,时代东风的吹拂因鲁迅的思想酝酿而结出硕果。许广平说:"民元以后,在北平身当袁世凯的凶残,暂时沉默一下,钞录古碑是事实,是另一种战斗准备。……后来(民国七年)《新青年》出版,叫喊的人也有了,根据他最初的志向和个性,鲁迅自然不会躲起来的。说是由于钱玄同先生的劝勉,才开始写《狂人日记》,读者想不至于连他自己的谦抑话也板板二十四地计算的吧。"①这些话确切地说明了鲁迅从寂寞的钞录、阅读古籍到热情的呐喊的内在联系。

---

① 许广平:《鲁迅的故居和藏书》,《鲁迅研究资料》第一辑,文物出版社 1976 年版。

鲁迅新的战斗，开始于他参加《新青年》编辑工作的 1918 年。这时他意识到新时代已经到来。他说："时候已是 20 世纪了；人类眼前，早已闪出曙光。"① 但环顾中国：北洋军阀段祺瑞之流，以假共和的美名，行真专制的手段；康有为等人还指手画脚的说虚君共和才好；一班灵学派的人要请"孟圣"的鬼魂来画策；还有人嚷着要"表彰节烈"；"将时代和事实，对照起来，怎能不教人寒心而且害怕？"② 鲁迅积聚着满腔怒火，把矛头直指封建文化对国家民族所造成的危害上。他在《新青年》陆续发表短评、论文和小说，愤怒抨击纲常名教。严厉批判那"吃人，劫掠，残杀，人身买卖，生殖器崇拜，灵学，一夫多妻"等与"蛮人的文化恰合"的"国粹"。③ 辛辣讽刺一切大小丈夫的最高理想——威福，子女，玉帛，神仙等——是兽性的欲望。④ 主张坚决扫除"儒道两派的文书"⑤，因为它是陷我国民族于无可挽救境地的毒药。鲁迅《致许寿裳信》（1919 年 1 月）说："来书问童子所诵习，仆实未能答。缘中国古书，叶叶害人，而新出诸书亦多妄人所为，毫无是处。"这样沉痛的语言，表示他对我国的封建文化毒素是多么地深恶痛绝。这时，鲁迅除翻译"引叫喊和反抗的作者为同调"的作品外，还介绍"偶像的破坏者"，称赞"达尔文易卜生托尔斯泰尼采诸人，便都是近来偶像破坏的大人物"。主张"与其崇拜孔丘关羽，还不如崇拜达尔文易卜生"。⑥ 当然，鲁迅之所以称赞和崇拜，并不是同意他们所主张的一切，相反的，在一些地方对他们中的一些人还有过批评。鲁迅的意思是借用他们摧陷廓清的精神，来医治祖国人民的沉疴痼疾。鲁迅要彻底地扫荡旧物，为的是"以造成一个使新生命得能诞生的机运"⑦。

　　鲁迅深刻了解中国的封建文化对外来新思想采取抵抗、羼杂、并行而至于回复的种种恶劣行径，在《随感录》里时时向革命者敲起警钟。鲁迅

① 《坟·我的节烈观》。
② 同上。
③ 《热风·随感录四十二》。
④ 《热风·随感录五十九》。
⑤ 《热风·随感录三十八》。
⑥ 《热风·随感录四十六》。
⑦ 《出了象牙之塔·后记》。

批判所谓"爱国的自大家",这种人以为"古人所作所说的事,没一件不好,遵行还怕不及,怎敢说到改革?"鲁迅痛斥调和论者,这种人主张"本领要新,思想要旧","上午'声光化电',下午'子曰诗云'"。鲁迅揭穿复古主义者的阴险手法,"用这学来的新,打出外来的新,关上大门,再来守旧。""将新事物变得合乎自己。"鲁迅后来往往以佛教在中国流传的命运为例,揭露儒道两家对外来的佛教,始而排斥,继而调和,进而合一,理学家谈禅,和尚作诗,三教同源了。这种排斥、并存而至于合一的过程,充分说明中国的封建文化对外来的新思想的顽固立场和调和手段,他希望革命者从思想史中吸取教训。

从辛亥革命前夕,鲁迅致力于发扬祖国的优秀文化,到"五四"运动前夕,鲁迅致力于扫荡我国封建文化的糟粕,这体现着时代的战斗要求,也标志着他思想的变化。鲁迅从旧垒中来,反戈一击,为的是促进民族的新生。但什么是新生的正确道路,鲁迅这时还不能作出肯定的回答。他《致许寿裳信》(1918年1月)说:"吾辈诊同胞病颇得七八,而治之有二难焉:未知下药,一也;牙关紧闭,二也。牙关不开尚能以醋涂其腮,更取铁钳推而启之,而药方则无以下笔。"虽然肯定的回答无以下笔,可是光明的前景,鲁迅则已经看到了。《我的节烈观》里说人类眼前,早已闪出曙光,《圣武》里更具体地指出十月革命是"新世纪的曙光"。鲁迅之所以如此称赞十月革命,是因为它给了我们以我国历史上未曾有过的思想、主义。事实摆在人们面前:"看看别国,抗拒这'来了'的便是有主义的人民。他们因为所信的主义,牺牲了别的一切,用骨肉碰钝了锋刃,血液浇灭了烟焰。在刀光火色衰微中,看出一种薄明的天色,便是新世纪的曙光。""十月革命帮助了全世界也帮助了中国的先进分子",十月革命的胜利,增强了鲁迅扫荡旧物的决心和信心。鲁迅把自己这时所写的作品,称为遵奉革命先驱者命令的"遵命文学",表明了他的作品和革命的关系,表明了他和具有共产主义思想的知识分子的关系。多年来他梦寐以求的发聩振聋的新声和瑰才卓识的先觉,已经展现在他的眼前了,但已不是号召反抗的摩罗诗人,而是宣扬十月革命胜利的我国革命前驱者。鲁迅在《答国际文学社问》里说:"待到十月革命后,我才知道这'新的'社会的创造者是无产阶级。"虽然他"还有些冷淡,并且怀疑",但这时在他的思想上已开辟了新的境界,对革命有了新的希望,在革命的道路上他已走上新的里程。

鲁迅的思想发展深刻地反映了时代的脉搏。他直接参加辛亥革命和"五四"运动的思想战线上的斗争,总结辛亥革命的失败教训,解剖我国的固有文化,观察世界革命的局势,吸收外国的先进文化,从号召反抗到深入国民性的改革,从注意发扬我国优秀文化、树立民族自信心到彻底批判封建文化糟粕、肃清阻碍民族生机的黑暗面,从学习摩罗诗人和偶像的破坏者到向往有主义的人民,成长为"五四"文化新军的最伟大和最英勇的旗手。在革命遭到失败、处于挫折的形势下,在资产阶级新文化偃旗息鼓、宣告退却的时刻,他对政局虽然失望苦闷,但仍然坚持探索,寻找国民的病根和医治的药方,终于顺应新时代的潮流,在新世纪曙光的照耀下,起而呐喊,高举反对旧道德提倡新道德、反对旧文学提倡新文学这文化革命的两大旗帜,立下了伟大的功劳。

这十年间,鲁迅相信的是进化论。以唯物主义观点为基础,并包含着自发的辩证法思想,这是进化论最本质的东西。鲁迅发扬进化论的本质,与社会达尔文主义做过斗争。在日本的时候,他的论文批判了资产阶级改良主义,抨击了假借"进化留良"的理论宣扬侵略有理的帝国主义辩护士。"五四"运动前夕,他痛斥腐朽的封建主义者利用进化论的卑劣行径,指出"生物学的真理,决非多妻主义的护符"。可见,他是反对对进化论的任意歪曲。辛亥革命前后,进化论思想使鲁迅相信将来必胜于过去,到了"五四"运动时期,他的方向更为明确,在政治上否定旧制度,在思想上否定旧道德,在十月革命的胜利中看到"有主义的人民"的力量,这就使他的思想突破了进化论的界限,有着辩证唯物主义和历史唯物主义的因素。

当然,鲁迅这时期的进化论思想有它的局限性,树立民族自信心或改革国民劣根性的观点,只是叫人警惕自然淘汰,主张生存斗争,还没有从理论上认清社会的阶级对立和斗争,所以"五四"运动前夕,鲁迅的文章中还有进化论中的形而上学的观点,如《随感录四十九》写道:"但进化的途中总须新陈代谢。所以新的应该欢天喜地的向前走去,这便是壮,旧的也应该欢天喜地的向前走去,这便是死,各各如此走去,便是进化的路。"这样的进化观念,和他所经历的革命斗争现实和革命实践,显然存在着矛盾。我国封建压迫的残酷性和封建文化的顽固性,辛亥革命的失败,十月革命的胜利等等,许多事实都说明社会的进步要经历一番严重的斗争。毛主席教导说:"感觉到了的东西,我们不能立刻理解它,只有理解的东西才能更深刻地感觉它。"鲁迅这一时期的思想还处于量变的阶段,他对我国革命问题的许多感觉还没有上升为正确的理性认识。"五四"运动以后,中国共产党的成立,共产主义宇宙观和社会主义革命论的广泛传播,随着革命形势的深入,鲁迅在革命的实践中,努力学习马列主义,纠正了只相信进化论的偏颇,明确了思想革命和阶级斗争的关系,掌握了辩证唯物主义和历史唯物主义,终于成为伟大的共产主义战士。

鲁迅在《〈中国新文学大系〉小说二集序》里谈到他这一时期的创作,他说:"从一九一八年五月起,《狂人日记》,《孔乙己》,《药》等,陆续的出现了,算是显示了'文学革命'的实绩,又因那时的认为'表现的深切和格式的特别',颇激动了一部分青年读者的心。"又说:"但后起的《狂人日记》意在暴露家族制度和礼教的弊害,却比果戈里忧愤深广,也不如尼采的超人的渺茫。"这些话,确切地说明了他早期小说创作的主题和艺术特色。我以为这同他前一阶段"沉人于国民中"和"回到古代去",有着密切的关系。鲁迅早期的杂文也是这样,无论是《坟》里的论文,或是《热风》里的短评,"对于中国的社会、文明都毫无忌惮地加以批评"。其批评:在长文中则是原原本本,用极为丰富的历史、社会事实加以论证;在短评中则重点联系历史、社会现象,以一当十,有很大的典型性。鲁迅抱着寻求民族解放道路的热情,在他从日本回国后的十年间,对我国的历史文化做了全面的、深入的研究,同时又放眼世界,所以他后来的文章,才能写得这样丰富充实,这样深沉感人。鲁迅这十年间的刻苦阅读、冷静剖析和不懈追求,其效果直接体现在他早期的短篇小说和杂文中,对他毕生的写作和战斗也有着深远的影响。

——《福建师大学报》1978 年第 1 期

《中国小说史略》的卓越史识

——兼谈鲁迅 1920 至 1925 年的思想

　　鲁迅少年时期就喜欢阅读我国古典笔记和小说,保姆阿长给他买来"最心爱的宝书"《山海经》,在三味书屋时影写《荡寇志》和《西游记》的绣像,都给他留下美好的记忆。后来,鲁迅还常常翻检家中的藏书,阅读《三国演义》、《聊斋志异》和《酉阳杂俎》、《容斋随笔》、《辍耕录》等小说和笔记,借阅《唐代丛书》(即《唐人说荟》),凑钱购买《艺苑捃华》。① 鲁迅在《〈古小说钩沉〉序》里说:"余少喜披览古说,或见伪敚(夺),则取证类书,偶会逸文,辄亦写出。"可见,少年鲁迅对我国古典笔记和小说就有十分浓厚的兴趣,并且开始对它下了认真的校订和辑佚的功夫。

　　晚清的小说创作、翻译和评论相当繁荣,小说的社会作用受到人们的重视,但对创作的要求和对古代小说的评价还是很分歧的。如梁启超从资产阶级改良主义的立场出发,企图利用小说作为推行改良主义的工具。他认为我国古代小说是群治腐败的总根源,是人民的状元宰相、佳人才子、江湖盗贼、妖巫狐兔思想的总根源。他慑于哥老会、大刀会、义和团等的威力,竟然以为这些革命群众运动也是小说促成的。因之,他对我国的古代

---

　　① 周启明:《鲁迅的青年时代》附录二《关于鲁迅》。

小说大都加以否定。① 天僇生也主张小说可以改良社会,演进群治。他认为要救亡图存,普及爱国思想,只有小说可收速效。他对我国的小说却给予很高的评价,他认为不能把《水浒传》《金瓶梅》《红楼梦》等小说名著视为海淫海盗之书,而且我国古代小说名著远非西人小说之所可比拟。②

　　青年鲁迅站在革命民主主义的立场上,对小说创作的要求和对我国古代小说的评价持独立的见解。他抱着救国救民的热情,看到小说的社会作用,认识我国古代小说的价值和存在的缺点,也探求新小说创作的方向。他在《〈月界旅行〉辨言》(1903)里说:"惟假小说之能力,被优孟之衣冠,则虽析理谭玄,亦能浸淫脑筋,不生厌倦。……改良思想,补助文明,势力之伟,有如此者! 我国说部,若言情谈故刺时志怪者,架栋汗牛,而独于科学小说,乃如麟角。知识荒隘,此实一端。"所以,初到日本的鲁迅,就致力于译介科学小说。后来,鲁迅决定放弃医学,从事文艺运动,仍致力于翻译,着重介绍19世纪东欧、北欧被压迫民族文学中富于反抗精神的作品,"引那叫喊和反抗的作者为同调"。鲁迅自日本回国后,根据他所处的环境,改而辑录我国古代小说。他认为轻视我国古代小说是错误的,因为它是我国现代小说发展的基础,它表现古代人民的思想感情,体现作者的创作意图和艺术手法,它是我国文化遗产的一个组成部分。在小说评论界充斥着杂谈臆说的时候,鲁迅下定决心对我国的古典小说加以整理和研究。1920年起,鲁迅在北京几所高等学校担任《中国小说史》课程,在辑录《古小说钩沉》、校录唐宋传奇、摘编古代小说史料的基础上,写成《小说史大略》讲义油印本和《中国小说史大略》讲义铅印本,以后再加修改补充,分上下两册,分别于1923和1924年出版,书名《中国小说史略》(以下简称《史略》)。1924年,把《史略》材料,撮为六讲,在西安讲演,题为《中国小说的历史的变迁》(以下简称《讲稿》)。1925年,又将《史略》修改合订再版。后来在1930年又曾做过一次修订。在我国古代小说的研

---

① 梁启超:《论小说与群治之关系》。
② 天僇生:《论小说与改良社会之关系》。

究领域,鲁迅以卓越的史识,贡献出这一部前无古人的著作;给批判继承文化遗产做出了榜样。

鲁迅 1932 年 8 月《致台静农》信中谈到《中国小说史略》时,涉及郑振铎《中国文学史》里的小说部分。鲁迅说:"郑君所作《中国文学史》,顷已在上海预约出版,我曾于《小说月报》上见其关于小说者数章,诚哉滔滔不已,然此乃文学史资料长编,非'史'也。但倘有具史识者,资以为史,亦可用耳。"鲁迅在这里指出问题的关键,写史的时候,必须用史识来统帅史料。《史略》和《讲稿》扼要地叙述古代小说作品的思想和艺术上的特点,提示各个朝代的作品之间在思想、题材、体裁上的发展和继承关系;以彻底的反帝反封建精神,分辨小说遗产的精华和糟粕;从小说史所显示的历史教训,促进读者"觉悟中国改革之不可缓"。我们阅读《史略》和《讲稿》,就可觉察到鲁迅在简明的史料中贯串着他卓越的史识。

第一,鲁迅一再指明我国古代流传的思想、宗教和小说之间的内在密切联系。《史略》论六朝小说时说:"中国本信巫,秦汉以来,神仙之说盛行,汉末又大畅巫风,而鬼道愈炽;会小乘佛教亦入中土,渐见流传,凡此,皆张皇鬼神,称道灵异,故自晋讫隋,特多鬼神志怪之书。"随后,论魏晋清谈与老庄思想的关系;论宋之小说与崇儒、并容释道、信仰巫鬼的关系;论明之神魔小说与归佛、崇道、重视方士技流的关系。论及具体作品,也往往指出儒道等思想的影响。《史略》和《讲稿》突出地叙述——我国历史上为封建统治阶级所利用而长期流传的儒道释神仙巫鬼等思想宗教,支配着许多作者的观点和作品的主题,这些小说的广泛流传,又扩大了它的社会影响。

第二,鲁迅深刻地揭示了封建统治者在政治上运用威胁和利诱两手对我国古代小说所造成的影响。例如,《讲稿》指出魏晋是四海骚然的篡夺时代,名士议论政事,往往遭到执政者的杀害,遂一变而谈玄理,于是有《世说新语》一类作品。宋代文人害怕触犯讳忌,便设法回避,所以宋人传奇不敢触及时事。这种创作风气是统治者用屠刀造成的。又如《史略》指出明代的几个皇帝,重用方士,这类人常骤致通显,因而"小说亦多神魔之谈,且每叙床第之事"。清代游民常以从军得功名,为人们所羡慕,所以有侠义小说的产生。这种创作风气又是统治者用高官厚禄促成的。鲁迅在讲述小说发展的过程中,揭露了封建统治者实行专制主义在创作方面所造成的结果。

第三,鲁迅注意到在外族统治者军事入侵的情况下,由于国势的不振,人民的反抗愿望在小说中有着曲折的反映。《史略》论及《水浒传》中之所以有破辽故事,乃因"宋代外敌凭陵,国政弛废,转思草泽,盖亦人情,故或造野语以自慰。"明嘉靖时,"倭患甚殷,民间伤会之弱","遂不思将帅而思黄门",集俚俗传闻而成《三宝太监下西洋通俗演义》。清初,遗民未忘旧君,有避地之意,所以有《后水浒传》。清嘉庆以来,"屡挫于外敌(英、法、日本)",有识者翻然思改革,于是有谴责小说。所有这些,都是由于国家民族的积弱,无力抵御外侮,在作品中反映出来的往往是聊以自慰的反抗愿望。这些沉痛的历史教训,鲁迅在论述中时加揭示。

第四,鲁迅以鲜明的爱憎,发扬批判精神,赞扬敢于抨击封建礼教习俗和因果迷信等思想的作品。如《史略》突出地称誉《儒林外史》,因为它的"指摘时弊","抨击习俗","且洞见所谓儒者之心肝"。作者"虽然束身名教之内",但能突破传统思想的限制,有独立的是非见解。鲁迅说:"是后亦鲜有以公心讽世之书如《儒林外史》者。"确是由衷的赞赏,极高的评价。对于清之拟晋唐小说的支流,它盛陈祸福,专主惩劝,饱含封建思想的糟粕,鲁迅则斥之为"已不足以称小说"。鲁迅还发扬斗争精神,严厉抨击某些作品中所表现的奴才思想,如《史略》精辟地指出侠义小说中的所谓英雄,以"为王前驱"为乐,以甘为隶卒为荣,鲁迅说:"此盖非心悦诚服,乐为臣仆之时不办也。"这样沉痛而愤激的语言,是对奴才思想的有力鞭挞。

第五,鲁迅高度评价艺术上的创新和现实主义的创作办法。《史略》把唐、宋传奇作了对比,唐人传奇"始有意为小说","叙述宛转,文辞华艳",表现了文学上的创新;而宋人传奇,"大抵托之古事,不敢及近",作品丧失了生活的源泉和艺术的创造力,也就失却了生气。《史略》推崇《儒林外史》和《红楼梦》,这两部作品在思想上深刻地反映了现实,在艺术上遵循现实主义的方法。《儒林外史》"无一贬词,而情伪毕露";《红楼梦》"摆脱旧套"，"正因写实,转成新鲜"。对那些不敢反映现实,文过饰非,杂以惩劝的作品,鲁迅无不加以贬斥。

第六,鲁迅珍惜民间文学的成就并注意外国作品的影响。宋代文人志怪和传奇"更无独创之可言矣"的时候,"然在市井间,则别有艺文兴起",鲁迅赞赏它在小说园地中大放异彩,并突出地介绍民间说书在小说史中的位置。对释氏经典"蜕化为国有"的过程,鲁迅在叙述六朝志怪小说梁吴均《续齐谐记》中阳羡鹅笼之记时,详加征引,让读者了解:外国故事的影响,使我国的小说创作增加了奇诡的色彩。

总之,鲁迅在处理史料的过程中,特别重视思想文化与小说创作的密切关系,用具体的文学现象揭示统治阶级的思想对人们思想的统治;鲁迅赞扬作品中反抗封建统治,反抗封建礼教的精神,同情人民反抗侵略者的愿望,反对奴才思想。虽然,这时鲁迅还不能全面地自觉地运用历史唯物主义的观点和阶级分析的方法,但他具有坚决的反帝反封建的精神,居高临下,纲举目张,所以《史略》中所体现的史识,在当时的学术著作中不愧是先进的,特出的。它教导读者认识封建社会的黑暗落后和封建文化的毒素,分辨古代小说的精华和糟粕,也启示读者联系自己所处的被压迫、被欺凌的现实,思考中国改革的道路。"读史,就愈可以觉悟中国改革之不可缓了。"① 读《中国小说史略》,也会激起读者的这种觉悟。

冯至在《笑谈虎尾记犹新》一文中回忆了鲁迅教书的情况时说:"那门课名义上是《中国小说史》,实际上讲的是对历史的观察,对社会的批判,对文艺理论的探索。"诚然,《史略》的内容是丰富精辟的,《讲稿》又有所发挥,我们研究《史略》和《讲稿》,透过鲁迅的卓越史识,也会有助于对他当时思想的理解。

鲁迅以兴奋的心情迎接十月革命所发出的新世纪的曙光,以战斗的业绩参加"五四"新文化运动,可是新的思想和运动并没有使中国的政象有所改善。中国的病症究竟何在呢? 鲁迅继续进行探索。在著述《史略》的过程中,鲁迅思考了国家民族积弱的思想文化上的原因,看到了我国古

---

① 《华盖集·这个与那个》。

代小说和国民性弱点的内部联系。他说："中国人总不肯研究自己,从小说来看民族性也就是一个好题目。"①《史略》中鲁迅以明显位置,阐述我国的儒道释神仙巫鬼等思想与古代小说的关系,就是在做这个好题目。他在西安演讲时,述及唐人传奇《莺莺传》,就特加发挥,指出中国人不愿正视现实的缺陷,在小说中往往给以团圆,施以报应,自欺欺人,这都是国民性的反映。"揭出痛苦,引起疗救的注意。"鲁迅就这个他认为关键问题上向听众敲起警钟。强调改革国民性的观点,鲁迅在 1925 年写的杂文和书信中也一再提到。鲁迅根据他对历史文化和社会现实各方面的观察,确认国民性的改革是当务之急,破除压在人民身上的精神枷锁,是反帝反封建革命中应予着重解决的问题。

由于对国民性的长期探讨,鲁迅在《史略》和《讲稿》中所表达的对中国历史和社会的见解,有些地方闪耀着颇为深刻的阶级观点。例如:封建统治者施行专制主义运用杀戮和利诱的两手,封建统治阶级思想对人民思想的统治,平民和士大夫对小说的爱好和要求的差异,侠义小说中侠义人物的思想就是为王爪牙的思想,某些揭露现实黑暗的作品的作者的意图倒是有利于统治者,等等。这些观点,表明鲁迅对历史上的阶级压迫、阶级斗争的一些方面,对某些作品中人物和作者思想的阶级性质,分析得相当精辟。我以为这时鲁迅对统治人物的阶级特性观察得比较透彻,对人民群众则较多地着眼于他们消极的一面,被统治思想毒害的一面。鲁迅在小说史的著述中,他看到了这样的情况:平民受官兵压制分而为盗,一面反抗官兵,一面又掳掠人民(《讲稿》论《水浒传》)。人民忘却被压迫的惨状,反而羡慕那些"平长毛"、"平捻匪"、"平教匪"、从军立功多得顶戴的人物(《讲稿》论《三侠五义》)。这样的思想,在现实中是相当普遍的,叫鲁迅感到失望。鲁迅反对寇盗式的破坏,反对奴性,希望出现"内心有理想的光"的"革新的破坏者"。他渴望在中国也会看到"有主义的人民"在反对压迫和侵略的革命中显示力量,但这些仍然不过是一种理想,对于人民的力量,这时他正处在探索的过程之中。

---

① 《华盖集续编·马上支日记》。

《史略》和《讲稿》对文艺理论的许多见解是很精到的。比如鲁迅注意文艺与时代、政治的相互关系，重视文艺的社会作用，赞扬现实主义的创作方法，留心人物形象的思想分析，高度评价作品思想内容的深刻性和艺术上的创新，认真探讨文学传统的继承关系，坚决批评封建买办资产阶级学者的谬论等等，都说明这时鲁迅的唯物主义文艺思想所达到的高度水平。不过，我们还可发现《史略》和《讲稿》中尚有某些唯心主义文艺理论的影响。比如，《讲稿》针对宋代理学对小说的恶劣影响时说："但文艺之所以为文艺，并不贵在教训，若把小说变成修身教科书，还说什么文艺。"这里强调文艺的特点，为的是反对作品中所反映的儒家思想，但在理论上把作品所应具有的教育作用忽视了。又如《史略》评魏晋小说多赏心之作；评《后水浒传》，"故虽游戏之作，亦见避地之意矣"；评《西游记》，"此书实出于游戏"；"因为《西游记》上讲的都是妖怪，我们看了，但觉好玩，所谓忘怀得失，独存赏鉴了——这也是他的本领。"这就承认有一种无所容心的超越现实的批评标准。鲁迅的这些观点只是在论述中偶然表现出来，并不占主要地位，与著作中的基本文艺观存在着矛盾，这说明鲁迅这时的文艺思想和他的世界观同样处在量变的阶段。鲁迅讲授《史略》时，另发随译随印的《苦闷的象征》分章作为学生的参考材料，上述观点的偶然出现和这有一定的关系。厨川白村主张"文艺是纯然的生命的表现；是能够全然离了外界的压抑和强制，站在绝对自由的心境上，表现出个性来的唯一世界。"他又认为文艺的创作是"严肃的游戏"；"不独创作，即鉴赏也须被引进了和我们日常的实际生活离开的'梦'的境地，这才始成为可能。"鲁迅在《史略》中运用了厨川白村的某些见解，为着廓清我们古代小说批评中弥漫的儒家色彩和道学气息，但同时也表现了思想上的游移。鲁迅成为伟大的共产主义者之后，他在杂文中总是在适当的时候，要言不烦地澄清他在《史略》和《讲稿》中运用唯心主义文艺理论的谬误。例如在《且介亭杂文二集·六朝小说和唐代传奇文有怎样的区别》一文中，述及魏晋小说和唐人传奇都是"有所为"而作的；《集外集拾遗·上海所感》一文中，纠正了对《西游记》是忘怀得失、独存鉴赏的说法；《南腔北调集·不是梦》一文中，批判了作为厨川白村观点根据的弗洛伊德的理论,指出:宣扬文艺是表现各人的心底的秘密而不带社会作用的梦,这种说法是有闲阶级的产物;等等。鲁迅前期文艺思想出现的一些偏颇,是思想探索的合乎规律的过程;他后期纠正了过去著述中所出现的偏差,是他极端严肃的写作态度的具体表现。

小说史的研究,使鲁迅对我国历史的长期停滞的情况有着十分痛切的感受。他在现实中看到"原始人民的思想手段的糟粕都还在"。为什么我国社会的发展这么迟缓,许多新的思想进来终被融化而不起作用呢?《讲稿》的引言谈道:"许多历史家说,人类的历史是进化的,那么,中国当然不会在例外。但看中国进化的情形,却有两种很特别的现象:一种是新的来了好久之后而旧的并不废去,即是羼杂。然而就并不进化么?那也不然,只是比较慢,使我们性急的人,有一日三秋之感罢了。"小说史的研究引起了鲁迅对中国革命前途的联想,辛亥革命、"五四"运动所促成的改革,为什么不久就出现了倒退呢?鲁迅这时相信历史进化的过程是不可阻挡的,但历史上出现两种特别的现象和长期停滞的局面,不能不使鲁迅对进化论产生了怀疑。为了推动社会的迅速发展,鲁迅仍致力于文化批评和社会批评,抨击旧制度和旧思想,攻打国民劣根性及其根源,摧毁人们的精神枷锁,扫荡阻碍历史进程的绊脚石。

1925 年 3 月,孙中山先生逝世了;5 月,爆发了"五卅"反帝爱国运动。这时,鲁迅积极参加政治斗争,后来支持女师大风潮,对北洋军阀及其走狗进行尖锐的斗争,更加迫切地寻求革命的真理和新的战友,更加无情地解剖自己,他的思想出现了新的契机。《两地书·十》中,鲁迅总结孙中山先生几十年从事革命的教训,悟出了一条真理:"但改革最快的还是火与剑。"这里,鲁迅已意识到攻打国民性病根的工作恐怕收效很迟,新世纪的曙光所启示的"刀光火色"又引起他充分的注意。在《两地书·一二》里有一段话:"我有时以为'宣传'是无效的,但细想起来,也不尽然。革命之前,第一个牺牲者,我记得是史坚如,现在人们都不大知道了,在广东一定是记得的人较多罢,此后连接的有好几个人,而爆发却在湖北,还是宣传的功劳。当时和袁世凯妥协,种下病根,其实都是党人实力没有充实之故。所以鉴于前车,则此后的第一要图,还在充足实力,此外各种言论,只能稍作辅佐而已。"这段话典型地表现了鲁迅思想上的矛盾和量变的形态。"所以此后最要紧的是改革国民性"①，"则此后的第一要图,还在充足实力"②,改革国民性或充足实力,思想革命或武装斗争,哪一种是推动社会发展的第一要着,两者之间应该有怎样的关系,这时已成为鲁迅脑子里错综出现和经常思索的问题。

以小说史著述作为旁证,我们考察鲁迅 1920 至 1925 年的思想,大体上有以下的认识:鲁迅对革命的对象是明确的,对统治者的阶级性分析得相当深刻;对反帝反封建的民族革命和民主革命,鲁迅的斗争是坚决的;鲁迅珍惜人民群众的反抗性,对我国的封建文化糟粕给国民劣根性的影响十分重视;鲁迅注意思想革命,注意改革国民性的工作, 1925 年又开始悟出"火与剑"是首要的;对理论武器之一的进化论,"将来必胜于过去",他相信,可是中国社会发展如此迟缓,鲁迅对它不免产生怀疑;鲁迅的文艺思想是唯物主义的,但也存在一些唯心主义文艺理论的影响;这些方面都表现着鲁迅思想从革命民主主义者向共产主义者过渡的量变进程的特点。无产阶级革命形势的深入发展,革命斗争的继续实践,马列主义的不断学习,使鲁迅进一步明确革命的动力、领导的力量和革命的方法与步骤,此后他就迈着更快的步伐向质变的阶段前进了。

——《福建师大学报》1978 年第 3 期

---

① 《两地书·八》。
② 《两地书·十》。

读《魏晋风度及文章与药及酒之关系》

——兼谈鲁迅思想的质变

　　1927 年 7 月间,鲁迅在广州夏期学术演讲会做了题为《魏晋风度及文章与药及酒之关系》的演讲（以下简称《演讲》）,论述汉末魏初、魏末、晋末的作品与时代环境和作者经历的关系,例证生动,见解新颖而深刻。这次演讲的时间,在蒋介石发动"四·一二"反革命政变之后,鲁迅借孔融、何晏、夏侯玄、嵇康等的被杀,寄托他对国民党反动派疯狂屠杀共产党人的无比愤怒和强烈谴责。这是一篇精辟的文学史论,又是一篇锋利的杂文,也是研究鲁迅思想质变的文献。

一

　　《演讲》开头就说:"……我们想研究某一时代的文学,至少要知道作者的环境,经历和著作。"这是鲁迅长期从事我国古籍研究的经验概括。《演讲》示范地运用这个经验,突出魏晋时代文学著作的"异采";并从环境、经历和著作三者的有机联系中,注意政治形势制约下的社会思想、作者政历和经济状况等因素对作品的作用;澄清人们对某些作家的诽谤和曲解,作出实事求是的评价。《演讲》和《中国小说史略》《汉文学史纲要》

不同,它不是系统的全面的概述,而是就一个方面作深入的剖析,因而它更充分体现这时期鲁迅文学史观的深刻性。

第一,《演讲》突出魏晋时代文学的"异采"。《演讲》谈魏晋二百年间文学,摒弃了太康文学和永嘉文学。太康文学表面上相当繁荣,有所谓三张、二陆、两潘、一左,他们的作品在内容上对封建统治者歌功颂德,在形式上讲求辞藻。永嘉文学正如《诗品序》中所说的:"永嘉时,贵黄、老,稍尚虚谈,于时篇什,理过其辞,淡乎寡味。"鲁迅对二者略而不述,这是借古讽今、进行斗争的需要,同时也体现了他现实主义的衡文标准,因为那些作品糟粕较多,不配列入"异采"之列。

鲁迅所说的魏晋文学的"异采",指的是汉末魏初、魏末和晋末的作品。汉末魏初的诗文表现为"清峻、通脱、华丽、壮大"和慷慨。清峻、通脱是曹操的政治措施在文章上的反映,华丽是曹丕所提倡的,壮大、慷慨乃时代风气使然。由于时代环境和曹氏父子的提倡,孔教的权威被打破了,异端和外来思想源源引入,思想得到了解放;作者广泛接触动乱的社会生活,扩大了题材的范围,增添了反映现实的深度;寓训勉于诗赋的见解被反对了,作家可以充分表现自己的思想感情,也促进了艺术技巧的创新。这些对汉代文学的极大改造,形成了建安文学的繁荣。正始名士和竹林名士的文章特色表现为"师心"和"使气",名士中的许多人与曹魏有较密切的关系,他们生活在司马氏阴谋篡权的政治氛围之中,他们心怀忧愤,或服药,或纵酒,放浪形骸,蔑视礼教,谈易学,讲老庄,做寓意深远的诗,写辩论有无、本末、声无哀乐、宅无吉凶等等哲理性问题的万言大文。他们的论文思想新颖,感情真实,说理通透,持论得体,在我国的古典文学史中也是特出的。到了晋末,乱也看惯了,篡也看惯了,代表和平的文章是陶渊明,他心里很平静,态度很自然,对世事并未遗忘和冷淡,他的诗篇于冲淡自然中时显其抑郁不平之气,在文学史上开辟了一个新境界。我觉得鲁迅所指明的魏晋文学的"异采"有着类似的特征,那就是:(一)作者的思想解放,敢于向传统旧说挑战,敢于别出一格;(二)作品的内容用不同的方式反映了现实生活,不同程度地表现了对当时现实的不满;(三)文体和风格的创新。像正始名士及其作品,历来不被再视,甚至受人诟病,鲁迅根据自己的尺度,特别标出他们议论文的成就,给他们在文学史上以应有的地位。

第二,《演讲》精辟地揭示了政治斗争形势对作品的决定性影响,同时也注意社会思想、作者的政治经历和经济条件等因素的作用。建安文学的繁荣,鲁迅归功于曹氏父子的提倡,他认为曹操是卓越的政治家,一个英雄,"也是一个改造文章的祖师"。曹操针对大乱之后的政治局势和党锢之祸以后知识分子的固执风气,立法尚刑名,思想尚通脱,舍弃了汉代重门第、重名教的用人和衡文的标准;曹丕又反对诗赋寓教训的见解,主张文以气为主。以曹氏父子为中心形成邺下文学集团。他们生于大乱之世,处于大有作为之时,书檄骈辞,诗赋欲丽,"慷慨以任气,磊落以使才",形成一代新风,政治因素的作用是显然的。魏末政治形势之于文学,不表现为统治者的提倡,而在于政治上的高压。曹魏政治本来相当严苛,加以司马氏又搞阴谋篡夺,竹林名士的虚无淡泊,空谈饮酒,透露出他们对亵渎礼教的统治者的不满,同时也是一种明哲保身的自全之计。鲁迅说阮籍的饮酒,"不独由于他的思想,大半倒在环境。其时司马氏已想篡位,而阮籍声名很大,所以他讲话就极难,只好多饮酒,少讲话"。嵇康也有类似的心情,《与山巨源绝交书》说:"阮嗣宗口不论人过,吾每师之,而未能及。"嵇康与魏宗室联姻,又得罪了司马氏的宠臣钟会,政治危机感自然十分敏锐。阮、嵇两人都有政治抱负,但不能有所作为,相反的还要受到猜忌,所以他们愤世嫉俗,唯酒是务了。鲁迅指出他们不信礼教,放诞佯狂,是由于他们生于乱世,不得已才有这样的行为。其影响于文章,阮籍的诗文慷慨激昂,意思隐而不显,嵇康的论文与古时旧说反对,可见作者在政治斗争中所处的地位,对他们的作品产生了决定性影响。晋末的政治形势对作品的作用又有不同。陶潜生活在晋宋之交,是我国历史上一个黑暗时代,他一生连续看到政治上的大杀戮,他的社会地位下降,直到非常困穷的地步,那时社会上又到处夹入了佛教思想,承受着历史和现实的长期政治重压,滋生了一种无怨无尤的麻木的感觉。鲁迅说:"乱也看惯了,篡也看惯了","没有什么慷慨激昂的表示","既经见惯,就没有大感触",这就是陶渊明对当时政局的心理反应。可是作为一个正直的知识分子,对此又有所不平,所以就如鲁迅所说的:"他于世事也并没有遗忘和冷淡","于朝政还是留心"。这两种矛盾的心境都反映在陶诗之中了。不同的政治形势制约下的社会思想、作者政历和经济条件等因素，其影响于作家风度及文章，就产生了上述不同的形态。经历了"四人帮"推行文化专制主义所造成的万马齐喑的年代，眼看粉碎"四人帮"后文艺百花园欣欣向荣的现实，我们对于封建时代的魏晋文人的不同处境及其心情，的确有更深的体会，我们不能不敬佩鲁迅对政治与文学关系的精辟分析。

《演讲》中对何晏等正始名士的风度及其文章，没有直接说明它与政治因素的关系。鲁迅说，何晏是空谈的祖师，是吃药的祖师，他的出现，"文章上起了个重大的变化"。同时还指出何晏是曹氏一派的人，司马氏很讨厌他。鲁迅又批评东晋人士无端的空谈和饮酒，不知道何晏、王弼、阮籍、嵇康的"实在的内心"。这些话启发我们思考形成何晏风度及文章的政治方面的原因。寒食散是一种有毒的药，据说服用可以治病强身，但往往因之致命，服药期间又十分痛苦，何晏为什么要吃它呢？有些学者做过研究。余嘉锡《寒食散考》说："晏非有他病，正坐酒色过度耳。故晏所服之五石更生散，医家以治五劳七伤。劳伤之病，虽不尽关于酒色，而酒色可以致劳伤。"① 王瑶更广泛地探讨魏晋人服药的原因，指出他们有求长寿、美姿容、助纵欲等目的。② 《演讲》中提到隋巢元方的《诸病源候论》，这本书引有晋皇甫谧的话："近世尚书何晏，耽好声色，始服此药，心加开朗，体力转强。"鲁迅当然看到这个材料，但未加引用。晋代官吏、名人服寒食散在政治上的掩护作用，《晋书》中有一些例子。《王戎传》称："戎伪药发堕厕，得不及祸。"《皇甫谧传》称，谧以服寒食散得病，抵制了晋武帝的征召。《贺循传》称，陈敏之乱，循"又服寒食散，露发袒身，示不可用"。《殷颢传》称，颢不同意他从弟的叛乱计划，"因出行散，托疾不还"。后来他对探病的从弟说："我病不过身死，但汝病在灭门，幸熟为虑，勿以我为念也。"这意思是说服药致死也比卷入政变遭到灭族好些。苏轼《志林》对何晏的服药原因这样说："晏少而富贵，故服寒食散以济其欲，无足怪者，彼其所为足以杀身灭族者日相继也。得死于寒食散，岂不幸哉，而吾独何为

---

① 余嘉锡：《余嘉锡论学杂著·寒食散考》。
② 王瑶：《中古文人生活·文人与药》。

效之。"据东坡的意思，何晏服药有纵欲的目的，同时也有在政争中自我麻醉、自暴自弃的动机，这是颇有见地的。《世说新语·规箴第十》"何晏邓飏令管辂作卦"条刘注引《名士传》："是时曹爽辅政，识者虑有危机，晏有重名，与魏姻戚，内虽怀忧，而无复退也。著五言诗以言志，曰：'鸿鹄比翼游，群飞戏太清。常畏大纲罗，忧祸一旦并。岂若集五湖，从流接浮萍。永宁旷中怀，何为怵惕惊。'"这可说是何晏内心的写照。何晏幼受曹操所收养，后来成为曹操的女婿，他是司马懿政敌曹爽的心腹，在剧烈的政治斗争中，忧心忡忡是理所当然的。何晏吃五石散，身子不好希望转弱为强，有钱表示阔气，鲁迅都说明白了；至于最重要的"实在的内心"，并未明说。上述，关于服药与政治斗争关系的材料，可以帮助我们了解何晏的"内心"。

第三，根据深入的调查研究，《演讲》对作家做了实事求是的评价。对作家的评价，鲁迅极力排除儒家正统的批评标准，由于这个标准，曹操"也逃不了被后一朝人说坏话"；何晏、夏侯玄，"论者多因其与魏有关而骂他"；阮籍、稽康的罪名，"一向说他们毁坏礼教"；陶潜不是被称为"田园诗人"，就是被褒为"耻事二姓"。这类说法，《演讲》都予以批判和澄清。鲁迅绝不采取苛求古人的简单化分析，比如说，魏晋的正始、竹林名士的服药饮酒是醉生梦死，陶潜的归田园是脱离现实、逃避斗争等等。他对一个作者，总是发现并清除旧说中歪曲、浮浅的论断，做出实事求是的合乎情理的评价。对何晏和稽康，就是显著的例子。

何晏，如果根据《魏书》的有关记载，简直是十恶不赦的人。如《何晏传》所记，他就有窃取官物，因缘求欲，纵酒享乐，滥作威福，阴谋叛逆等许多罪名。《傅嘏传》也说："何平叔外静而内锸巧，好利，不念务本。"《傅嘏传》注引《傅子》说："何平叔言远而情近，好辩而无诚，所谓利口覆邦国之人也。"《管辂传》注引《辂别传》说："何之视候，则魂不守宅，血不华色，精爽烟浮，容若槁木，谓之鬼幽。""故说老庄则巧而多华，说易生义则美而多伪。"裴松之注所引材料都没有好话。还有《晋书·范宁传》载《王弼何晏论》称，二人之罪，深于桀纣。如果相信这些材料，何晏确实罪大恶极，他谈玄说易也毫无是处。《演讲》中，鲁迅介绍何晏说："至于他是怎样的一个人呢，那真相现在可很难知道，很难调查。因为他是曹氏一派的人，司马氏很讨厌他，所以他们的记载对何晏大不满。"可见，鲁迅是不相信《魏书》、《晋书》的许多记载的。为什么真相很难知道呢？因为还有一些记载对何晏颇有好评。如《晋书·傅咸传》说，何晏在尚书任上主持选举，很有成绩。《文选》中应璩诗李善注引张方贤《楚国先贤传》称，应璩直率批评曹爽当权时的政局，许多官员大为不满，独何晏不以为怪。还有《全三国文》辑存的何晏文章，也可略见他在政治上颇想有所作为。所以，鲁迅要读者警惕"某朝的年代短一点，其中差不多没有好人"的通例。鲁迅认为何晏是吃药的发起人值得骂，而在文章方面则要给他应有的评价。鲁迅说，"出了一个何晏"，"文章上起了个重大的变化"；何晏、夏侯玄善玄谈而且会做文章，那些空论多、文章少的东晋清谈家比他两人就差得远。

对嵇康的评价更为深刻。鲁迅先肯定嵇康论文思想新颖，如《难自然好学论》、《管蔡论》，反对了传统的旧说；《与山巨源绝交书》有"非汤武而薄周孔"的议论。嵇康的毁坏礼教思想，实在可以深信不疑了。然而鲁迅又进一步加以说明，他举《家诫》作为实证，肯定"表面上毁坏礼教者，实则倒是承认礼教，太相信礼教"。嵇康等的行为是被统治者亵渎礼教所激出来的，鲁迅透视了嵇康的举动，认清了他的本态。

《演讲》是我们编文学史和写文学史论的典范。对于作家，鲁迅绝不轻易相信史籍的论断和流传的说法，他在广泛的第一手材料的基础上，下了细致的去伪存真的功夫，辨明有关作家记载的假象和本人行为的表象，揭出其本来的真实面目。对于作品分析，鲁迅不是以孤立的、静止的、脱离时代实际的抽象规格苛求古人，而是用全面的、发展的、联系时代实际的观点，深刻分析影响作家风度及文章的政治形势、社会思想、作者政历、经济条件诸因素，来评论作家的内心和作品在文学史上的价值。对于文学史的叙述，鲁迅不是兼收并蓄，面面俱到，而是突出"异采"，取其精华。《演讲》所体现的卓越史识，是鲁迅撰写文学史论著更趋于成熟的标志。

二

鲁迅《致陈濬》信（1928 年 12 月 30 日）云："弟在广州之谈魏晋事，

盖实有慨而言。志大才疏,哀北海之终不免也。迩来南朔奔波,所阅颇众,聚感积虑,发为狂言。"这里所谓"有慨而言",就是通过谈论魏晋风度及文章的形式对现实进行抨击,"药及酒",暗寓政治的内容,《演讲》用它作为掩饰,突出汉末、魏末、晋末权谋家篡夺政权的政局特点,使听众与读者自然地联系到蒋介石的反革命政变。

《演讲》着重谈论孔融、何晏、夏侯玄、嵇康的被杀,反复强调这几个人都是当时"名声很大"的人物。曹操杀孔融,司马懿杀何晏,司马师杀夏侯玄,司马昭杀嵇康,罪状就是"不孝"。这些篡权者屠杀反对他们的人,他们在堂皇的官方文书上,用自己并不想实行的封建道德定人罪名,而且屠杀得十分残酷。孔融被杀,大儿九岁,小儿八岁,也不免株连。何晏、夏侯玄都被夷三族。嵇康被杀,"太学生三千人上书,请以为师,不许"[1]。鲁迅借用这些名士被野蛮屠杀的历史事实来控诉国民党反动派的反革命罪行。《演讲》联系现实,以今例古,用军阀自称三民主义信徒任意加罪杀人作为比方,极为鲜明地揭露蒋介石是孙中山的三民主义的叛徒,教导人们不要听信官方的文告,要认清蒋介石巧取豪夺所采取的极为卑鄙残暴的手段,从而意识到正义是在著名的共产党人这一边。

对孔融的被杀,有不同的看法。有人认为曹操是英雄,孔融的反动顽固,专和曹操捣乱,这是曹操巩固进步势力的行为。我以为这不符合鲁迅的原意。《致陈濬》信云:"哀北海之终不免也。"如果该杀就无所谓"哀"了。鲁迅在《演讲》中详述孔融的被杀,为的是使听众和读者强烈感受到封建统治者捏造罪状屠杀异己的行为。又有人认为:"鲁迅先生是特别由于遭遇上的同感和对社会的大胆的叛逆的同情","曾以孔融的态度和遭遇自喻"。[2] 如果这不是另有所据,只是从"哀北海"一句所引申出来的体会,那是一种误解。我以为鲁迅信中的话只是愤慨地表示:像孔融这样不满现实、讥讽当权者而没有实力的文人,终于免不了被杀的结局。

"有慨而言"包含有这样一个重要内容,鲁迅在黄埔军官学校讲《革命时代的文学》(1927年4月8日),开头有一段话:"我想:文学文学,是

---

① 《世说新语·雅量第六》。

② 冯雪峰:《过来的时代·鲁迅论》。

最不中用的,没有力量的人讲的;有实力的人并不开口,就杀人,被压迫的人讲几句话,写几个字,就要被杀;即便幸而不被杀,但天天呐喊,叫苦,鸣不平,而有实力的人仍然压迫,虐待,杀戮,没有方法对付他们,这文学于人们又有什么益处呢?"《演讲》正是以魏晋的文学史事实来说明这一观点。孔融喜与曹操捣乱,被杀;何晏吃药,说易谈玄,被杀;嵇康饮酒,力图改变自己爱发议论的脾气,也被杀;只有口不臧否人物的阮籍和无怨无尤的陶潜,才得终其天年;魏晋事说明文学是最不中用的。"迩来南朔奔波,所阅颇众",其中包括北洋军阀对革命青年的迫害和国民党反动派对共产党人的大屠杀,鲁迅有感于文艺的无力,在《演讲》中,希望革命的人们从文学史的事实中吸取教训,坚定革命的信念,考虑斗争的有力方式。

三

大革命失败以后,中国革命进入一个新的时期,鲁迅由于事实的教训,以为惟新兴的无产者才有将来,在思想上产生了质变。从《演讲》中处理文学史现象所体现出来的观点,也可以看到这样的质变。

一是表现在文艺与政治关系的认识上。在《中国小说史略》中,鲁迅比较重视思想文化因素对小说创作的影响,在《汉文学史纲要》中,注意时、地的条件和君臣的遇合与作品的关系。《魏晋风度及文章与药及酒之关系》则强调政治斗争因素对作家风度和作品风格的决定性作用。述及陶渊明时说:"据我的意思,即使是从前的人,那诗文完全超于政治的所谓'田园诗人','山林诗人',是没有的。完全超出于人间世的,也是没有的。"这就明白地说明文艺与政治的密切关系,文艺不能超越于政治之外。

我们把《中国小说的历史的变迁》(1924)和《演讲》中关于魏晋人服药饮酒的论述加以对比,可以看到鲁迅对文艺与政治的关系方面认识的深化。《中国小说的历史的变迁》里说:"因为我们知道从汉末到六朝为篡夺时代,四海骚然,人多抱厌世主义;加以佛道二教盛行一时,皆讲超脱现世,晋人先受其影响,于是有一派去修仙,想飞升,所以喜服药;有一派人欲永游醉乡,不问世事,所以好饮酒。"这里强调的是逃避现实的思想上原因。《演讲》就更细致深刻了,它分别为两种人:一种人内心是痛苦的,他们的行为是不得已的,由于他们在政争中所处的地位,才不得不这么做。他们有政治抱负,内心又有所感触,而且会做文章。另一种人,"只会无端的空谈和饮酒,无力办事,也就影响到政治上,弄得玩'空城计',毫无实际了。"鲁迅指出这种人只学别人的表面,不知道人家的内心,他们也不会做文章。对比一下,《演讲》的分析突出了魏晋风度与文章的政治上根源,辩证地说明了文艺与政治的关系。

鲁迅从青年时代起就决心献身于祖国的解放事业,他认为革命的要着是改变人们的精神,应该首推文艺。鲁迅在探索革命道路的过程中,文艺与政治的关系,文艺的力量,是他经常思考的问题。到了"四·一二"前后,鲁迅明确了文艺创作要受政治的决定性影响,正确估计了文艺的力量。"一首诗吓不走孙传芳,一炮就把孙传芳轰走了。"① "我是不相信文艺的旋乾转坤的力量的。"② "但在事实上,却是政治先行,文艺后变。"③ 这种认识固然由于革命现实的启示,而鲁迅所研究的丰富的文学史料对此也屡加证实。《演讲》所述魏晋文人遭受统治者的屠杀和文风的流变,说明鲁迅对文艺与政治的关系和文艺的力量有了深刻的体会。

鲁迅思想的质变,经历着漫长的探索过程,作为探索的中心是中国的革命道路问题,就是用什么方式才能实现中国民族革命和民主革命的胜利。在相当长的时间内,鲁迅相信将来必胜于过去,青年必胜于老年。鲁迅所相信的是斗争的进化论,他以为必须首先进行思想上的革命,清除我国人民身上沉重的精神枷锁,所以他先致力于树立民族自信心,后转而为改革国民性,对于国民性的剖析和劣根性的攻击,花去很大的精力。经过反帝反封建的革命实践和革命理论、革命文艺的学习,他逐步接受了马列主义,并逐步把它作为观察社会历史的有力武器;特别是经过大革命,他看到全国反帝反封建的高涨革命形势,看到中国共产党人前仆后继的战斗,看到新中国的希望;在文艺与政治的关系上,他认识到过分强调文艺的作

---

① 《而已集·革命时代的文学》。
② 《三闲集·文艺与革命》。
③ 《三闲集·现今的新文学的概观》。

用是不适宜的,他所努力从事的思想革命,必须从属于中国共产党领导下的反对帝国主义、反对国民党反动派的英勇斗争;在政治上,他认识到取得革命胜利的主要方式和依靠力量;在思想路线上,他认识到人民群众是历史发展的真正动力。这些都是他思想质变的最重要标志。《魏晋风度及文章与药及酒之关系》所表现的文艺与政治关系和文艺力量的精辟剖析,是鲁迅思想质变后在学术上的重要成果。

二是表现在对作家和作品的阶级分析上。突出的实例,就是他以为"必待工人农民得到真正的解放,然后才有真正的平民文学"①。工农成为政治上的主人,也成为文学上的主人。这观点是他前所未有的,但不可能出现在谈魏晋文学的《演讲》里面。虽然如此,我们仍然可以从《演讲》中看到鲁迅阶级分析观点的进展。鲁迅著述《中国小说史略》和《汉文学史纲要》时,发现封建时代文人不满统治者和攻击礼教的言行,往往加以赞扬。如《中国小说的历史的变迁》对纪昀有这样一段评语:"他生在乾隆间法纪最严的时代,竟借文章以攻击社会上不通的礼法,荒谬的习俗,以当时的看法看去,真算得很有魄力的一个人。"《汉文学史纲要》称:司马相如寥寂,司马迁被刑,因为"盖雄于文者,常桀骜不欲迎雄主之意,故遇合常不及凡文人"。后来共产主义者鲁迅就看透他们的阶级实质了。《买〈小学大全〉记》(1934)中,鲁迅指出纪昀攻击道学先生乃是迎合"圣意";《从帮忙到扯淡》(1935)中,鲁迅指出司马相如乃是不满于"帮闲"的待遇,希望参加"帮忙"。前后的观点变化,说明鲁迅思想质变后,对作家的阶级性分析,已能够做到去伪存真,由表及里,不受某些表面现象的迷惑。《演讲》也是这样,对被公认为反对礼教的嵇康,鲁迅根据具体的事实,断定他是固执地相信礼教;对被称为英雄的曹操,仍然指出他作为一个封建统治者借故杀人的凶残本性。这都是这时鲁迅善于运用阶级分析方法的证明。鲁迅对统治阶级的特性在《中国小说史略》中已有相当清醒的分析,这时他又能进一步从封建阶级不同阶层的复杂情况中,辨明假象、表象和本质,区分作家的积极面和消极面,鉴定作品的精华和糟粕。

---

① 《而已集·革命时代的文学》。

　　鲁迅思想质变后,更自觉地运用阶级观点来分析文学现象,这是没有疑问的,但不能说从此就不再发展了。例如,鲁迅在《且介亭杂文二集·隐士》(1935)和《致杨霁云》信(1936)中,指出"靖节先生不但有妾,而且有奴",陶渊明之所以能够飘逸悠然,因为它有足以如此的生财之具。这就比《演讲》更为深刻地运用阶级观点来观察陶渊明了。可见,思想质变只是又一个新的开端,共产主义者鲁迅的世界观,在新的战斗历程中又得到不断的发展。

鲁迅辑录古籍的成就及其
对创作的影响

鲁迅辑录古籍是他批判继承我国文化遗产的一个组成部分,这项工作对他的创作起着良好的作用。许广平在鲁迅逝世时的《献词》中,引用鲁迅对她说过的话:"我好像一只牛,吃的是草,挤出的是牛奶,血。"用这话比喻鲁迅辑录古籍工作的巨大贡献也是恰当的。鲁迅努力整理我国古典文化遗产,不但丰富了学术的宝库,也给我国现代文学继承民族遗产方面提供了范例。

鲁迅辑录古籍,包括辑录古代史地、小说、博物等类佚书,校录古代文集、小说集,摘编评论小说的资料这三方面。在一段时间内,用力甚勤。《小说旧闻钞·再版序言》说:"废寝忘食,锐意穷搜,时或得之,瞿然而喜。"生动表达了他辑录古籍时的工作情况和精神状态。鲁迅的这些工作具有很高的学术价值,有些成果被誉为前无古人的不朽之作。

鲁迅于1909年自日本回国,在杭州、绍兴任中学教员,课余从类书中辑录亡佚的古小说和会稽的历史、地理佚书。1911年任山会初级师范学校校长,公余辑录唐刘恂的《岭表录异》。1912年辑成《古小说钩沉》,不久,到教育部工作,公余辑录唐宋传奇文与乡贤著述。1913年写定,吴谢承《后汉书》,晋谢沈《后汉书》,晋虞预《晋书》,并开始校《嵇康集》。1914年辑成《会稽郡故书杂集》，宋张淏《云谷杂记》《范子计然》《魏子》《任子》《志林》和《广林》。1916 年整理了《寰宇贞石图》。1920 年起在北京几个高等学校讲授中国小说史，陆续摘编《小说旧闻钞》，校录《唐宋传奇集》。1924 年编成《俟堂专文杂集》。他还编有《汉碑帖》《汉画像》《六朝造像目录》《六朝墓志目录》，以及许多碑志、墓志考证。鲁迅在世时，出版了《会稽郡故书杂集》《小说旧闻钞》和《唐宋传奇集》。1938 年出版的《鲁迅全集》，除上述三书外，还收进《古小说钩沉》和《嵇康集》。1960 年影印出版《俟堂专文杂集》。新版的《鲁迅全集》收入了《辑录古籍序跋集》。

这里分别就辑佚、校录、摘录三个方面来探讨鲁迅辑录古籍的成就。

第一，辑佚方面。鲁迅总是查阅大量主要可靠的有关书籍，把散见于各处的材料集中起来，力图恢复原书的面目。《会稽郡故书杂集》辑录谢承《会稽先贤传》等八种文献，就征引了大量类书，如《艺文类聚》《北堂书钞》《初学记》《白孔六帖》《太平御览》《太平广记》《事类赋》注、《类林杂说》《唐类函》等；还征引多种史书和它的注、补注、集解以及其他著述。如《三国志》，除裴松之的注之外，还引有侯康的补注续，钱大昕的考异，钱大昭的辨疑，钱仪吉的证闻，潘眉的考证，梁章钜的旁证等；再就是多种地方志，如《乾道四明图经》《宝庆四明志》《延祐四明志》《嘉泰会稽志》《宝庆会稽志》《剡录》和《两浙名贤录》《百越先贤志》《会稽掇英总集》《金华先民传》等；另有许多文选、文集和它的注；甚至《蟹谱》《竹谱》的有关材料也搜罗到了。《古小说钩沉》于引用多量类书、史籍、地志之外，还引用大量小说、笔记、文集和它的注文，佛教典籍如《法苑珠林》《高僧传》《续高僧传》《比丘尼传》等，术数类书籍如《开元占经》，时令类书籍如《玉烛宝典》，无不加以搜求。鲁迅对隋以前小说的大规模辑录，不但前无古人，到现在，也可以说未有来者。余嘉锡有《殷芸〈小说〉辑证》一文，他以《太平广记》《续谈助》《绀珠集》《类说》和《说郛》五种为底本，共采书 26 种，得 154 则。《辑证》序言说："乃闻鲁迅先生所辑《古小说钩沉》已于沪上出书，求之此间书肆及图书馆不得，久之，始展转假得其书，两相比较，此编多得二十余事。然《钩沉》采书十二种，其中《优古堂诗话》、《铁围山丛谈》、《困学纪闻》三种，皆向未检及者，虽其事多据他书辑入，但《纪闻》中一事失录。即蔡习徒在洛阳见陆机事。既据以补录，谨著其事于此，不敢掠人之美。"① 余氏为近代著名古典文献学家和历史学家，读书甚多，著述亦富，所辑仅《古小说钩沉》36 种中的一种，辑录时间比鲁迅约晚 30 年，比鲁迅辑本 135 则只多得 19 则，鲁迅所引书尚有三种为余氏"向未检及者"，从这里也可以看出鲁迅青年时丰厚的学力和细致的辑佚功夫。

在广泛搜罗第一手材料的基础上，鲁迅对之再详加比勘、校订，去伪存真，所以他的辑文比较完善。林辰在《鲁迅辑录〈古小说钩沉〉的成就及其特色》② 一文，对鲁迅辑本的成就有很中肯的评价。他认为《古小说钩沉》：博采群书，互相补订；字句完备，文义优长，大多数条文的内容都比较充实；对若干条文的合并或分立上也处理得好；内容纯净，真正地达到了去伪存真的要求；案语简短，对读者很有帮助。总之，"它具有体例谨严、搜罗宏富、辑文完善、考订精审等等特色"。我在这里举《幽明录》中的一条作为例子，以见一斑。

> 河东贾弼之，小名翳儿，具谱究世谱。二句《御览》引有。义熙中，为琅邪府参军。夜梦有一人，面甚蒐丑防老反。甚多须，大鼻瞋目，请之曰："爱君之貌，欲易头，可乎？"《海录碎事》九略引作："爱君美貌，欲易君头，遂许之。"弼曰："人各有头面，岂容此理？"明夜又梦，意甚恶之。"弼曰"至此已上，据《广记》引补。乃于梦中许易。明朝起，自不觉，而人悉惊走藏。云："那汉何处来？"琅邪王大惊，遣传教呼视，弼到，琅邪遥见，起还内。已上五句，《御览》引有。弼取镜自看，方知怪异。因还家，家人悉惊入内，妇女走藏，云："那得异男子？"弼坐，自陈说良久，并遣人至府检问，方信。已上十一字，《御览》引补。后能半面啼，三字依《御览》引补。半面笑，《海录》亦有半面啼三字，在半面笑下。两足手口，各捉一笔，俱书，辞意皆美，《六帖》二十三引作："文词各异。"《海录》亦作"文词各异。"此为异也，

① 余嘉锡：《余嘉锡论学杂著》。
② 《文学评论》1962 年第 9 期。

余并如先。俄而安帝崩,恭帝立。《类聚》十七,《御览》三百六十四,《广记》二百七十六又三百六十有末二句。(注文标点为引者所加,下同)

这一则,《类聚》《御览》和《广记》均不完备,经鲁迅互为补充,故事就变得较为完整、曲折、生动。此外,鲁迅又在注中引《海录碎事》和《六帖》中的异文,让读者自行思考。《古小说钩沉》辑录36种小说,共约1400则,许多就是以这样严密的功夫辑成的。

《会稽郡故书杂集》也有类似的优点。以《会稽典录》郑弘条为例,鲁迅分别从《太平御览》卷四百三"人事部"四十四"道德目"、"阴德目",卷六百九十"服章部"八"单衣目",卷四百九十一"人事部"一三一"惭愧目",卷九百二十一"羽族部"八"鸠目",卷二百十二"职官部"十"总叙尚书目"等处辑出,中间还补引《北堂书钞》卷七十九,《艺文类聚》卷一百,按官职升迁次序排列,努力使材料近于原著。同一材料见于不同出处、文字略有差异的在注中说明,同一材料见于他书而有不同见解的,也在注中写出,并加考订。这里摘引"郑弘"条目中的一段:

> 郑弘迁临淮太守。范书本传云:"迁淮阴太守"。刘攽曰:"汉无淮阴,当是淮阳,时未为陈国也。"惠栋《后汉书补注》九云:"虞预、乐史皆云弘为临淮太守,刘攽臆说以为当作淮阴,非也。"今案:《艺文类聚》九十五引谢承书,亦作临淮也。郡民徐宪在丧致哀,白鸠巢户《御览》作庐侧。弘举为孝廉。朝廷称为白鸠郎。《艺文》九十二、《御览》九百二十一。

这段辑文来自《类聚》和《御览》,小有差异即为注明。对于"临淮太守"的问题,鲁迅引范晔和刘攽的不同意见,后又引惠栋的辨难,案语又据《类聚》所引较为早出的谢承《后汉书》为旁证,肯定了辑文的可靠性。

第二,校录方面。鲁迅总是挑选较好的校本或刻本作为底本,再比勘以其他不同的钞校本或刻本,又参考其他有关材料,使他的校录本达到完善的地步。《嵇康集》就是从较佳的"明吴宽丛书堂钞本"写出,接着的一系列工夫,就是《序》里所说的:"既以黄省曾、汪士贤、程荣、张溥、张燮五家刻本比勘讫,复取《三国志》注,《晋书》,《世语新语》注,《野客丛书》,胡克家翻宋尤袤本《文选》李善注,及所著《考异》,宋本《文选》六臣注,相传唐钞《文选集注》残本,《乐府诗集》,《古诗纪》,及陈禹谟刻本《北堂书钞》,胡缵宗本《艺文类聚》,锡山安国刻本《初学记》,鲍崇城刻本《太平御览》等所引,著其同异。姚莹所编《乾坤正气集》中,亦有中散文九卷,无所正定,亦不复道。而严可均《全三国文》,孙星衍《续古文苑》所收,则间有勘正之字,因并录存,以备省览。"以鲁迅校《嵇康集》和后出的戴明扬《嵇康集校注》相较,鲁迅所选的底本较好,戴书《例言》也说:"是书以吴钞本原钞为胜"。戴氏据为底本的是明黄省曾仿宋刻本,用为校正的别本基本相似,引用其他类书、文集,戴氏校注本较多,但古类书、总集的引用,两书相近。这里略举数例,以见鲁迅校《嵇康集》的严谨态度和精审功夫。

例一:

> 诗题:"重作六言诗十首代秋胡歌诗七首旧校改为重作四言诗七首,注云:一作《秋胡行》。黄本、程本、汪本、张溥本并同。惟张燮本作《秋胡行》七首。案:六言诗十首盖已逸,仅存其题,今所有者,《代秋胡行》也。旧校甚误。"

例二:

> 《述志诗》:"焦朋各本作'鹏',案当作'明'。程本并改焦为鹍,尤谬,振六翮,罗者安所羁?"

例三:

> 《卜疑》:"将如箕山之夫,□水之女;各本作'颍水之父',旧校从之,水上一字为所灭不可辨。案:盖'白'字也。两神女浣白水上,禹过之而趋云云。见《文选》司马长卿《难蜀父老》李善注,及《御览》六十三引《庄子》,旧校甚非。"

上述三例,足见鲁迅的校订精审,案语明确。例一,肯定吴宽丛书堂钞本的接近正确,指出旧校妄改和黄省曾等刻本的谬误;例二,不但指出各刻本的谬误,也订正了吴宽钞本中"焦明"作"焦朋"的错处。"焦明",鸟名,似凤,见《文选》司马相如《上林赋》注。例三,指出各本"□水"作

"颍水"的错误,用可靠的旁证,考定吴宽钞本中被灭之字当为"白"字。没有广博的学术修养,旁搜远绍的探索精神和谨严细致的治学态度,是不能这样排比材料,考定正误的。肯定了钞本的长处,纠正了被旧校者妄改引起的错误,又改正了钞本的缺点,使中散遗文,比较完善地呈现在读者的面前。《嵇康集》,从1913年起鲁迅经过了多次校订,许广平说:"学术上下功夫,他可以校勘《嵇康集》十多次,手抄了三部不止。"①的确做到了"中散遗文,世间已无更善于此者矣"的地步。戴明扬的《嵇康集校注》,有的引用鲁迅的意见,有的做类似的校勘,也有一些地方指出鲁迅的错误。但正如人民文学出版社"出版说明"所说的:"书中所引鲁迅先生的校本,系据1938年出版的《鲁迅全集》本,与1956年文学古籍刊行社影印鲁迅校正稿本,颇有出入。影印本为戴氏所未见,因此,本书对于鲁迅先生校本的评论和引用,并不确切。"校正稿本是最后的写定本,这里体现着鲁迅精益求精的精神。

鲁迅校录《唐宋传奇集》,取自《太平广记》《文苑英华》《百川学海》《说郛》《文房小说》《高琐高议》等书。他尽量采用明钞本或明刻本,如用清刻本,必校以明刻本。对每篇作品,先选定较佳本子为底本,并以他本互校,极力保持作品情节的完整性和细节的表现力。这里引《周秦行纪》为例。《周秦行纪》有三种本子,"一在《广记》卷四百八十九;一在顾氏《文房小说》中,末一行云'宋本校行';一附于《李卫公外集》内,是明刊本。"鲁迅认为"后二本较佳,即据以互校转写,并以《广记》补正数字"②。我们把顾氏刊本和鲁迅校本中数处做个比较,就可见鲁迅校本的佳胜。

例一:

顾氏刊本:"更一人,柔肌稳身,貌舒态逸,光彩射远近,多服花绣,年低薄太后。后曰:'此元帝王嫱'。"

鲁迅校本:"更有一人,圆题柔脸稳身,体舒态逸,光彩射远近,时

---

① 许广平:《〈鲁迅风〉与鲁迅》,《鲁迅风》1939年10月创刊号。
② 鲁迅:《唐宋传奇集·稗边小缀》。

时好瞋,多服花绣,年低薄太后。后顾指曰:'此元帝王嫱'。"

例二:

顾氏刊本:"见前一人纤腰修眸,容甚丽,衣黄衣,冠玉冠,年三十来。太后曰:'此是唐朝太真妃子'。"

鲁迅校本:"见前一人纤腰身修,眸容,甚闲暇,衣黄衣,冠玉冠,年三十以来。太后顾指曰:'此是唐朝太真妃子'。"

例三:

顾氏刊本:"太后请戚夫人鼓琴,夫人约指以玉环,光照于座。(《西京杂记》云:高祖与夫人环,照见指骨也。)引琴而鼓,声甚怨。"

鲁迅校本:"太后请戚夫人鼓琴,夫人约指以玉环,光照于手。(《西京杂记》云:高祖与夫人百炼金环,照见指骨也。)引琴而鼓,声甚怨。"

两者对比,足见鲁迅校本更好地保存了富于表现力的文字。王嫱的形象多"圆题","时时好瞋"等字,薄太后的说话动作多"顾指"两字,此外,还有一些校补。"题"是额,"瞋"与"颦"通,意为心恨额蹙。"瞋"也解释为恨张目。多了这些字,王嫱内心的忿恨,薄太后说话的身份神态就更跃然纸上。杨太真的体态、肤色、神情也描述得较为具体。戚夫人鼓琴,"光照于手",与括号中《西京杂记》引文相呼应,引文中"百炼金环",比一个"环"字,自然更能显出其神奇的缘故。

汪辟疆《唐人小说》所取《周秦行纪》一文,则是录自顾氏《文房小说》的,对照一下,鲁迅校本比较留意于选择较佳底本和刻画人物形象的文字。鲁迅校录的《唐宋传奇集》附有《序例》和《稗边小缀》,概述唐宋传奇的兴衰和校录的缘由原则,引用丰富可靠的材料考订作者的生平和创作意图,探索题材的源流和本事的演变,鉴别校本的异同和明清丛刊的谬误,简论古人品评的得失和传奇对后代戏曲的影响。鲁迅以鲜明的观点,批判儒家思想对唐宋传奇发展所造成的危害,从史的角度,提示作家与作品的成就与缺点,这些都体现他校录本的可贵特色。汪辟疆的《唐人小说》分别将有关材料附于各篇作品之后,也相当详实,但鲁迅录本序跋那种高屋建瓴的气势,永远是学人学习的楷模。

第三,摘录编辑参考材料方面。鲁迅的《小说旧闻钞》,摘录了散见于史书、地方志、笔记、诗话、剧说、书目中有关 41 种小说的材料,引书达 70 余种,他将从原书摘引下来的材料细加排比,汰去重复和无稽的,并写出 34 条案语。这些案语虽然没有《稗边小缀》那么详细,但对作者的字号里贯和创作意图,故事的来源和异同,事实的补充和考订,文字或评第的谬误等,都有所提示。这本书不但提供了宋以后小说的许多背景材料,还丰富了读者的见闻,提高了读者的鉴别能力。后出的孔另境编的《中国小说史料》,则是根据《小说旧闻钞》加以扩充的,而且缺少精辟的案语。

日本作家增田涉在《鲁迅的印象》中说:"他在小说史研究的准备阶段,把原作品做成自己的手抄本,并整齐地装订起来。因为旧刊本脱误很多,所以他自己把各种刊本比较校订,做成了可以信用的底本。当我询问时,他总是拿出自用的校订抄本来说明。他的《古小说钩沉》及《唐宋传奇集》,就是拿抄本付印的。还有关于小说的作品及作者的古来的记录,主要是从各家的笔记里摘录下来,这也经过校订而作为自用本,那就是《小说旧闻钞》及《唐宋传奇集》卷末所附《稗边小缀》。像这样的准备,这样的努力,真正是如实的'埋头苦干'。"显然,增田涉是以敬佩的心情写这段回忆的。鲁迅埋头苦干的成果,不但体现在古小说方面,同样体现在辑录其他古籍方面。当我们看到精美的鲁迅手稿或影印本时,景仰之情总会油然而生,因为它是鲁迅血汗的结晶,是鲁迅一丝不苟的科学态度和锲而不舍的科学精神的见证。

辛亥革命前后的几年间,鲁迅以较多时间进行古籍的辑录,这并不是他所理想的工作。1910 年 10 月《致许寿裳》信说:"仆荒落殆尽,手不触书,惟搜采植物,不殊曩日,又翻类书,荟集古逸书数种,此非求学,以代醇酒妇人者也。"这话和《〈呐喊〉自序》中所说的"来麻醉自己的灵魂"有类似的意思,包含着愤激的情绪。不过,辑录古籍是鲁迅在当时条件下所选择的一项工作,稍为符合他以改变人们精神为第一要着的志愿,他的成果表明他努力要把这事办好，使之对国家人民有所裨益。他计划以"报仇雪耻之乡"会稽为范围，"集资刊越先正著述"，目的在于介绍乡邦文献，传播古代优秀文化和卓越人物的言行，提高民族自尊心和自信心，荡涤由于满清皇朝统治给人们所造成的奴性。《会稽郡故书杂集·序》说："十年已后，归于会稽，禹勾践之遗迹故在。士女敖嬉，瞬眄而过，殆将无所眷念，曾何夸饰之云，而土风不加美。是故序述名德，著其贤能，记注陵泉，传其典实，使后人穆然有思古之情，古作者之用心至矣！"这里明白地道出他辑书的积极意图。鲁迅也很重视谢承《后汉书》的辑本，谢承是"越先正"人物，东汉风节又素为史家所称道。"东汉风尚二千年中为殊胜"，这是他当时敬仰的老师章太炎所赞誉的。校《嵇康集》，不但因嵇康的先祖是会稽人，更重要的是嵇康具有"非汤武而薄周孔"的反抗精神。鲁迅辑录古小说，主要出于学术上的考虑，但也不单纯是为着学术，因为小说"足以丽尔文明，点缀幽独"，它是中华民族文化的花朵，而且它还有"观风俗，知得失"的政治作用。《唐宋传奇集·序例》说："顾旧乡而不行，弄飞光于有尽，嗟夫，此亦岂所以善吾生，然而不得已也。"这是鲁迅1927年校印这部小说集时所发出的感叹。这里透露出他的悲愤心情，表达了他投身于革命的迫切愿望。

鲁迅不同于一些学者，把辑录古籍作为一项纯学术工作，他曾告诫人们不要沉溺在古籍中不能自拔，脱离现实的斗争。1934年致刘炜明信说："一个人处在沉闷的时代，是容易喜欢看古书的，作为研究，看看也不要紧，不过深入之后，就容易受其浸润，和现代离开。"① 这是出自经验的亲切教导。鲁迅是一个伟大的作家、卓越的学者、英勇的战士，我们从他辑录古籍的经过，就可以了解他是怎样地把这项工作同政治联系在一起考虑的。

鲁迅辑录古籍工作对他的创作会不会有影响呢？回答是肯定的，其影响是内在的，自然而然的。

鲁迅谈到他开首创作《狂人日记》的时候，"大约所仰仗的全在先前

---

① 《鲁迅书信集》下册。

看过百来篇外国作品和一点医学上的知识,此外的准备,一点也没有。"①
这意思是,他的小说创作主要来自外国的影响。我们阅读鲁迅早期翻译的
《域外小说集》《现代小说译丛》《现代日本小说集》,这些集子中的作品,
对祖国、对乡土的爱,对社会底层人民悲惨生活的同情,对革命者的赞许,
对幼小者的希望等等,在题材和主题上给予鲁迅的影响那是毫无疑义的。
但译作中的篇章,有的并无多少情节,或仅仅表现某种情绪,往往喜欢作细
致的甚至冗长的心理剖析和环境描写,而且常常流露着一种无可补救的绝
望,这些在鲁迅小说中并不采用。

捷克汉学家普实克院士在《东方文学辞典》《鲁迅》条目中写道:"鲁
迅的作品以它的真实性强烈地吸引读者,他并不采用细致的写实手法,而
是用他那支笔的力量透过现实描绘出比现实更为真实的图景。题材处理
简练、几笔勾画出事物的轮廓、以第一人称处理主题、情调抒情、热情洋溢
以及性格化精炼,这些都是中国古典文学的特色。这些手法使他能创作
出文体简洁、心理上前后统一的小说,这对于新的中国文学来说是一个重
大贡献。"② 这位著名汉学家眼中的鲁迅创作,倒是更注意于他的民族性传
统,这观点是相当精辟的。

王瑶《鲁迅作品与中国古典文学的历史联系》一文,全面论述鲁迅作
品对民族传统的继承,他指出,"诚然,鲁迅从开始创作起就接受了外国文
学的影响,他的文学活动又是和中国人民的民主革命保持着血肉联系的,
因此无论就文艺思想或作品的某些形式特点说,都与中国古典作家带有很
大的不同;但这只是问题的一面,如果我们加以细致的考查,则在他的作品
中又无不带有我们民族的优秀传统的光辉。"③ 王瑶对鲁迅小说进行细致
的分析,他认为:鲁迅小说的某些构思和人物形象的塑造,可以看出魏晋文
学的影响;鲁迅小说不去描写风月,对话也决不到一大篇,这是他风格的特
点,也是中国古典文学的一般特点;鲁迅小说的讽刺艺术和短篇结构接受
《儒林外史》的影响;描写和语言技巧又有其他古典文学的影响;鲁迅作品

---

① 《南腔北调集·我怎样做起小说来》。
② 见西北大学鲁迅研究室编:《鲁迅研究年刊》(1979)。
③ 《文艺报》1956年第19、20号。

形成浓厚的统一的抒情气氛和未尽的余韵与中国古典诗歌有着密切联系；鲁迅小说的题材有的取自中国古典文献；等等。鲁迅的小说具有民族的特色，证据已经摆得十分清楚了。我这里想探讨的，只是鲁迅辑录古小说对他的小说创作的具体影响。

鲁迅力避行文的唠叨，宁可什么陪衬拖带也没有，说话也决不说到一大篇，他善于画眼睛，并采用白描的手法，这些特点和他辑录《古小说钩沉》和校录《唐宋传奇集》关系至为密切。鲁迅说中国旧戏文和花纸，台上画上只有几个人，鲁迅所辑《古小说钩沉》就仅仅是少数人物的简略活动，对话极简，却也留意于画眼睛，如前引《钩沉》："河东贾弼之"一则的"大鼻瞋目"，"瞋"，探视的样子，一目颇能传出精神。《唐宋传奇集》更重视意想和文采，基本上保持民族传统的风格，前引鲁迅校录的《周秦行纪》，对表现人物神态的语言，或只有一两字之差，但他绝不放过。鲁迅长期致力于中国古典小说的辑佚和校录工作，作品情节的珍贵片断，人物形象的最佳表现文字，是他经常注意的中心。长期的学术实践活动自然地影响于他的创作，所以，鲁迅小说的描述特别简洁、凝炼，这是他辑录古小说的自然结果。

鲁迅深知我国人民阅读小说的习惯，他说："《域外小说集》初出的时候，见过的人，往往摇头说，'以为他才开头，却已完了！'那时短篇小说还很少，读书人看惯了一二百回的章回体，所以短篇便等于无物。"[1]鲁迅评唐代传奇，特别欣赏它"叙述宛转，文辞华艳"，称之曰"实唐代特绝之作也"。[2]又说它，"文笔是精细，曲折的，……所叙之事，也大抵具有首尾和波澜"[3]鲁迅比较欣赏《李娃传》，因为它"叙李娃的情节，又很是缠绵可观"[4]。短篇而有情节，有两种基本的叙事形式："传"，写一人先后际遇，如《霍小玉传》、《李娃传》，是纵断面；"记"或"录"，记录事件片断，如《异梦录》、《枕中记》，是横断面。但其中也有交错，如沈既济《枕中记》，

---

① 《域外小说集·序》。

② 《中国小说史略》。

③ 《且介亭杂文二集·六朝小说和唐宋传奇文有怎样的区别？》。

④ 《中国小说的历史的变迁》。

只是记一时之事,却在睡梦中历一世,于横断面中见纵断面。《霍小玉传》和《李娃传》,叙这两位女主人公的经历,注意突出其中几个主要场景,在纵断面中可见横片断。由此看来,所谓"传奇体",往往有头有尾,故事性很强,但也不排斥刻画重点场景的写法,如《李娃传》中的郑生,从定情到被弃,沦落而唱挽歌,以至沿街求乞等处,作者却写得较细,并非平铺直叙,平均使用力量。鲁迅的《阿Q正传》采用"传"的形式,近于章回体。其他以人物经历为主的作品,如《祝福》《在酒楼上》《孤独者》《伤逝》等,或采取于横断面中见纵断面的写法,立足一事,回顾一生,或采取重点生活片断连接的写法,在描述主要场景的过程中,相当注意故事的首尾。就是以描写场景为主的作品,如《高老夫子》《离婚》等,也留心场景间的波澜变化。鲁迅小说讲究情节的首尾或波澜,固然出于读者阅读习惯方面的考虑,其实他在特绝之作的唐人传奇中也得到了不少借鉴。

鲁迅对唐人传奇的情致颇为欣赏,我们在他的评语中可以略见其中消息。他称"陈鸿为文,则辞意慷慨,长于吊古,追怀往事,如不胜情"。称元稹的《莺莺传》:"虽文章尚非上乘,而时有情致,固亦可观。"称李公佐《南柯太守传》:"假实证幻,余韵悠然"等等。[1]这些作品或有慨于国家治乱,或有感于爱情离合,或有叹于人生倏忽,行文无不充溢着感情。作者又常在篇末点题,直接表达自己的感受、见解,如《南柯太守传》末云"虽稽神语怪,事涉非经,而窃位著生,冀将为戒,后之君子,幸勿以南柯为偶然,无以名位骄于天壤间云"。这可以说是叙事抒情进行中所产生的一吐为快的结语。鲁迅的部分小说讽刺性较强,如《阿Q正传》《风波》《离婚》《肥皂》等,其表现方法比较接近《儒林外史》,另一部分小说抒情性较强,如《故乡》《祝福》《在酒楼上》《孤独者》《伤逝》等,其表现方法则比较接近唐宋传奇。当然,差别的一面是很大的,如唐宋传奇中主要的抒情方式是通过人物的对话、诗文和书信,而鲁迅往往通过"我"的深沉感受来描述事件和人物性格。然而,鲁迅的这类作品注意整体的抒情性和谐,有些作品,如《故乡》《祝福》等,篇末篇中也出自肺腑地写出了那激动人心

---

① 均见《中国小说史略》。

的哲理性警句,这些和唐宋传奇的表现方法是一脉相承的。应该说,鲁迅部分小说浓厚的抒情性和他校录唐宋传奇是有关系的。

作品描述的凝炼,情节具有首尾或波澜,富于抒情性,这些是鲁迅小说的鲜明特色。这些特色标志着他的作品表现民族性方面达到了高度的水平,这是"五四"时期许多作家所不可企及的。鲁迅精研我国古代小说,则是达到高水平的一项重要原因。

比起小说来,鲁迅杂文接受我国源远流长的古典散文的影响是更为明显的。我们阅读鲁迅杂文的时候,自然会联想到他所校录的《嵇康集》。嵇康的论说文"思想新颖,往往与古时旧说反对","非汤武而薄周孔",深得鲁迅的赞赏。上引王瑶论文,对魏晋文章给予鲁迅杂文艺术特色的影响也有详细的论述。他指出,鲁迅对那富有个性和独立见解的"师心"以遣的议论文有深刻的爱好,因而有类似的特色;鲁迅喜欢用讽嘲的笔调,擅长于讽刺的手法;在表现手法上多用譬喻、反语,并使自己的思想能形象地表现出来;常援引古人古事来说明今人今事;引对方的话来举例反驳,具有针锋相对而简约严明的表现方法等等。

鲁迅的杂文和嵇康的论说文,确实存在着上述精神上的类似。我觉得嵇康的师心以遣论,不单指他的文章有个性和独立见解,而且指他敢于表现心中的真实思想感情,鲜明的爱憎。鲁迅在作品中把他的心与读者交流,就是"师心以遣论"的意思,这是他杂文的一贯特色。嵇康《与山巨源绝交书》中有"必不堪者七,甚不可者二",读者似可感受到他心脏的跃动。这种文风和他"刚肠嫉恶,轻肆直言,遇事便发","有好尽之累"的性格是一致的。鲁迅的杂文就是敢于说真话,有些文章即使比较隐晦曲折,说真话这一出发点则是一致的。

对嵇康的风格历来有不少评论:如《三国志·王粲传》:"谯郡嵇康,文辞壮丽,好言老庄,而尚奇任侠。"《文心雕龙·体性篇》:"叔夜隽侠,故兴高而采烈。"刘师培《中古文学史》:"案嵇阮之文,艳逸壮丽","又案嵇氏之文,……析理绵密,亦为汉人所未有,其所著声无哀乐论,文辞尤多繁富。"这里所说的文辞壮丽、繁富确是嵇康论文风格的另一方面。嵇康论说文论点"简约严明",文辞则"繁富壮丽"。《嵇康集》中的《养生论》

《答难养生论》《声无哀乐论》等,论证时广于取譬,自然界、社会、文献等方面,莫不取资,排比罗列,理直气壮,高屋建瓴,因而给人以繁富壮丽的风格的印象。鲁迅称赞嵇康能为"万言大文","后来到东晋,空谈和饮酒的遗风还在,而万言大文如嵇阮之作,却没有了。"①鲁迅的《坟》有不少万言大文,有的虽不及万言,篇幅也不短,这些论文在鲁迅杂文集中别具特色,其中似乎可以看出嵇康的较多影响。文言写的论文如《文化偏至论》《摩罗诗力说》,白话写的论文如《我之节烈观》《论雷峰塔的倒掉》《再论雷峰塔的倒掉》《春末闲谈》《灯下漫笔》直到《论"费厄泼赖"应该缓行》等等,长于论辩,析理绵密,文辞也是繁富壮丽的。晁公武《郡斋读书志》称嵇康"学不师受,博览该通",这道出嵇康论说文风格的学力上原因。鲁迅论文与嵇康论文有类似风格,也是由于他"博览该通"的缘故。就这一点来说,鲁迅的同时代杂文家和他的后继者,似乎都有些望尘莫及。

鲁迅创作的高度成就,主要依靠他对历史和社会的深刻研究和体验,依靠他先进的革命的世界观,此外,便是他"博采众家,取其所长"的"拿来主义"。他说"采用外国的良规,加以发挥,使我们的作品更加丰富是一条路;择取中国的遗产,融合新机,使将来的作品别开生面也是一条路。"②鲁迅从中外文化遗产中吸取丰富的营养,加以自己的创造,示范地分别在两条道路上前进。他多年辑录古籍的工作,虽然不过是道路上的一段里程,但也给他作品的别开生面提供良好的条件。鲁迅的作品之所以能够卓立于世界文学之林,而且哺育了我国的新进作家和广大青年,不单由于他善于"采用外国的良规",我们不可忘记重要的另一点,就是他对我国古籍下了一番硬功夫,因而善于创造性地继承我国优秀的文化遗产。

——《鲁迅研究》第 7 辑;收入《纪念鲁迅诞辰一百周年学术讨论会论文选》,湖南人民出版社 1983 年 2 月版

---

① 《而已集·魏晋风度及文章与药及酒之关系》。

② 《且介亭杂文·〈木刻纪程〉小引》。

提高中华民族的自信力

　　鲁迅是热烈的爱国主义者,早在日本留学时,写了一首《自题小像》的诗,用"我以我血荐轩辕"的结句,表达自己献身祖国的坚定志愿。作为"精神界之战士",鲁迅把毕生精力奉献给革命的文化事业,一开始就把工作放在改变国民精神这个重点上。他说:"是故将生存两间,角逐列国是务,其首在立人,人立而后凡事举。"(《坟·文化偏至论》)他如此重视思想建设,是他对历史长期考察和对现实细致分析的结果。我国长期封建统治所形成的封建意识,对人们的思想产生了巨大的损害,加以帝国主义用大炮轰开文明古国大门之后,朝野上下滋生一种失败主义的自卑情绪。当时有的主张闭关锁国,有的主张实行国会立宪,有的主张学习泰西的机械枪炮,有的主张恢复汉官威仪,等等。鲁迅当时认为这些都不是振兴中华的正道。他既反对清朝专制统治,也反对列强的侵略,他认定中国要自立于世界民族之林,必须首先"立人",在启发国人树立民族自信力方面,他进行了长期不懈的奋斗。

　　这时鲁迅"立人"的基本方向是:"外之既不后于世界之思潮,内之仍弗失固有之血脉,取今复古,别立新宗,人生意义,致之深邃,则国人之自觉至,个性张,沙聚之邦,由是转为人国。"(《文化偏至论》)他认为:必须引进外国进步的科学文化,继承祖国优秀的文化遗产,作为思想建设的要务,才能做到"立人"、"立国"。他把自己的想法立即付诸实践。早在辛亥革命之前,他便组织志同道合的亲友,翻译出版《域外小说集》,介绍被压迫民族反抗和叫喊的作品,促进国人奋起自强的意志。后来他从日本回到故乡工作,又集资刊印会稽先贤著述;到了北京,还致力于搜集古碑古碣;用以发扬乡邦先哲的辉光,唤起人们爱国的热肠。在培养国人树立民族自信力方面,他脚踏实地,辛勤劳作。

五四运动以后,鲁迅鉴于辛亥革命的失败教训,怀着破坏铁屋子的希望,用他的创作来唤醒国人的灵魂。与前一时期不同,他把侧重点放在另一面,努力于国民劣根性的抨击上。《呐喊》和《彷徨》中,鲁迅描写了各式各样的人物,或"哀其不幸,怒其不争","揭出病苦,引起疗救的注意";或以辛辣之笔,解剖他们灵魂中的污毒,在杂文和书信中,也不断揭出国民劣根性对中华民族所造成的危害。

由于鲁迅作品对国民劣根性的大力抨击,许多评论家,特别是国外的研究家,往往认为鲁迅是悲观主义者,有的还认为鲁迅的创作具有绝望的色调。我们绝不掩饰鲁迅前期由于对中国革命的道路不太明确,又脱离工农群众的革命斗争,对国民劣根性以及它对革命的影响看得过于严重,他确实具有苦闷彷徨的心情。但我们应该看到,鲁迅暴露国民劣根性的目的,在于引起疗救,引起抗争,引出希望,可以说,这是他提高民族自信力的另一种手段。鲁迅《〈草鞋脚〉(英译中国短篇小说集)小引》里说:"但这新的小说的生存,却总在不断的战斗中。最初,文学革命者的要求是人性的解放,他们以为只要扫荡了旧的成法,剩下来的便是原来的人,好的社会了,于是就遇到保守家们的迫压和陷害。"这清楚地说明了他扫荡旧的成法和建立好的社会的内在联系。

我们还应该在鲁迅作品中看到积极的一面。在小说中,他写了狂人、夏瑜、人力车夫、要熄掉长明灯的疯子,以及双喜、阿发、六斤、水生、宏儿等令人怀着热望的新生的一代。在杂文中,他颂扬那"魄力雄大","有不至于为异族奴隶的自信心"的汉唐时代(《坟·看镜有感》)。他寄希望于青年,收到青年寄来的报纸副刊,就掩抑不住由衷的高兴,他说:"你想:从有着很古的历史的中州,传来了青年的声音,仿佛在预告这古国将要复活,这是一件如何可喜的事呢?"(《华盖集·北京通讯》)他重视发扬民魂,他说:"惟有民魂是值得宝贵的,惟有他发扬起来,中国才有真进步。"(《华盖集续编·学界的三魂》)他在"三一八"惨案的血色中,看到中国女子的勇毅终于没有消亡,号召"真的猛士,将更奋然而前行"(《华盖集续编·纪念刘和珍君》)。就是以写内心矛盾为主的艺术珍品《野草》,在那隐晦、朦胧、甚至带着失望的篇什之中,仍然有着《好的故事》《这样的战士》等情绪昂扬的诗篇。所有这些都可以说明:鲁迅在暴露现实黑暗面的同时,没有忘记投下一阵阵穿破黑暗的光束,在抨击国民劣根性的同时,提醒人们应该树立民族的自信力。

大革命失败后,中国的革命发展到严重的关头,无产阶级的优秀儿女的壮烈牺牲和英勇战斗,又一次教育了鲁迅,使他的思想进入质变的新阶段。《二心集·序言》有一段名言:"只是原先是憎恶这熟悉的本阶级,毫不可惜它的溃灭,后来又由于事实的教训,以为惟新兴的无产者才有将来,却是的确的。"世界观的根本转变,使他真正地看到了民族的希望,看到民族自信力的坚实基础。在侵略军大兵压境,反动政府的御用文人从内部配合,鼓噪一时,乌云蔽天,鲁迅严正指出:"他们将只尽些送丧的任务,永含着恋主的哀愁,须到无产阶级革命的风涛怒吼起来,刷洗山河的时候,这才能脱出这沉滞猥劣和腐烂的运命。"(《二心集·"民族主义文学"的任务和运命》)革命形势处于相当困难的时刻,他对无产阶级革命风涛必将刷洗山河表示无比的确信。这时他已不用笼统的国民性的概念,人民的性格从基本上得到了肯定,他说:"诚然,老百姓虽然不读诗书,不明史法,不解在瑜中求瑕,屎里觅道,但能从大概上看,明黑白,辨是非,往往有决非清高通达的士大夫所可几及之处的。"(《且介亭杂文二集·"题未定"草九》)对于替帝国主义"征服民心"的学者,对于月亮也是外国的圆的西崽,鲁迅时加嘲笑和抨击。

1934年,鲁迅写了一篇文章,题目是《中国人失掉自信力了吗》,回答"中国人失掉自信力了"的论调。他写道:

> 我们从古以来,就有埋头苦干的人,有拼命硬干的人,有为民请命的人,有舍身求法的人,……虽是等于为帝王将相作家谱的所谓"正

史",也往往掩不住他们的光耀,这就是中国的脊梁。

　　这一类的人们,就是现在也何尝少呢? 他们有确信,不自欺;他们在前仆后继的战斗,不过一面总在被摧残,被抹杀,消灭于黑暗中,不能为大家所知道罢了。说中国人失掉了自信力,用以指一部分人则可,倘若加于全体,那简直是诬蔑。

这两段话概括光荣的中华民族的历史和现实,他告诉人们:对自己祖先所创建的光辉业绩,对工农群众和知识分子为解放祖国所进行的浴血奋战的壮举,中华儿女应该引为自豪,中国是大有希望的。

　　为提高民族自信力,鲁迅长期不断地探索和努力,在"立人"的理想下经历不同的认识阶段,终于获得了正确的结论。鲁迅,在最苦闷的时候,没有丧失民族前途的信念,在大力暴露现实中黑暗面的时候,没有忘却对于光明的追求。当他获悉红军长征胜利消息后,驰电祝贺,他在中国共产党人的身上寄托着人类和中国的将来。他昭示全国人民:依靠战斗的无产阶级是提高民族自信心的最可靠保证;在思想建设中:对于外国事物的态度,他不主张闭关自守,也反对崇洋媚外,而是根据人民利益,提倡"拿来主义",加以分析,或使用,或存放,或毁灭;对于本国的文化,他反对以天朝自居,也不主张妄自菲薄,也是根据人民需要,发扬优秀传统,也就是汲取精华,扬弃糟粕。这些宝贵的思想遗产,对今天还有巨大的现实意义。

　　当前,由于十年内乱所造成的巨大破坏,有些人对社会主义的伟大前程信心不足,滋生了一股崇洋的自卑心理。向往资本主义生活方式,哪怕带上一副贴着洋商标的"蛤蟆镜"招摇过市,也自以为荣,实在是可悲的愚昧。这一小事也提醒人们,树立民族自信力是一项重要而艰巨的工作。在我们努力于物质建设的同时,还应致力于精神建设,不断清除自高自尊而又自轻自贱的阿Q精神,让坚强的民族自信力在新的时代创造出更加辉煌的业绩。

　　　　　　　　　　　　　　　　　——《福建日报》1981 年 8 月 12 日

唐仲璋院士诗词创作的艺术来源

抗战时期，我在邵武福建协和大学读书，当时因女友庄破奴的关系，和仲璋教授一家就有密切的往来。我岳父庄立周先生与仲璋教授是嫡亲的姨表兄弟。当仲璋教授青年在福州青年会读书时，我岳父又是他的老师。我和破奴到仲璋表叔家里的时候，他常常亲切地说："我们是至亲的亲人哪。"我们与崇惕的姐妹兄弟都是亲切的表兄妹相称。

我知道仲璋表叔家庭困难，读协和大学时半工半读以8年时间才念完大学课程，后来一直从事生物学特别是寄生虫学的研究，终于成为全国知名的科学院院士，他女儿崇惕教授继承父业也成为院士，崇惕的儿子——唐亮也继承母业现在美国学习，学有所成，三代相继，传为佳话。今年5月间，崇惕教授寄给我一大厚册的唐仲璋教授选集——纪念唐仲璋教授九十周年诞辰，里面编有学术论文、科普讲演以及诗词遗稿等等，内容极为丰富。我只知道表叔是寄生虫专家，不知道他也是诗人，我以极大兴趣阅读多遍，深感他的诗词作品在抒情、立意、遣辞等深得前贤风范，自觉我这个科班出身的中文教授自叹不如。今年7月崇淹表弟送来他祖父植庭公诗词、他伯父翼举诗词及其父仲璋诗词打印本共三册，盛暑披阅，始知家学渊源，其来有自。

植庭公对两儿进行严格的诗教，对诗词各体名编严加督课，不但打下深厚的诗词写作根基，而且对其子的立身处世待人接物均获良好的教养。

子曰:"小子何莫学夫《诗》?《诗》可以兴、可以观、可以群、可以怨;迩之事父,远之事君;多识于鸟兽草木之名。"(《论语·阳货》)前人本着儒家的传统教子学诗,砥砺德行,培育文采,大有深意。

崇惕姐弟拟继编唐仲璋教授纪念集,并收入其祖父、伯父、及其父之诗词,希望我能写些读后感,我现重病在身,实难承其托,但亲情难却,故力疾断续写出自己的一点感受,祈读者指教。

植庭公的诗体式最为完备,举凡四言、五言、七言的古律、律体、绝句都有涉笔,还写拟四愁诗、拟七哀诗、感遇、无题、长相思、采莲曲、久别离、子夜歌、古意、古别离等拟古的诗篇,足见对前人诗体下功夫的深度,他对自己的诗稿千锤百炼,拜读时叫人感动,令我惊异。此外,植庭公对辛亥革命也十分关心,他写的《恭祝民心大捷》,有句云:"神州指日拜炎黄,苍赤咸沾祖国光,起我同胞伸士气,端资鼓舞话堂皇。" 又写《快哉行,咏江南女革命》《代美州留学生电祝祖国福州仓山国庆》《民国纪元阳历正月一号春联》。

植庭公对子女的文学很注意,而对实科的学习也极为重视和严格要求,他极重视友谊,夫妻间的感情也极深厚,悼亡诗达几十首,这些都给子女以很深的影响。我觉得他这些优点都体现得十分明显。

翼举表叔的写作受过植庭公的严格训练,而且他一心都想自己做个著名诗人。他十分关心社会问题,听他家人说在大革命时代在龙岩刊物上有他的诗文,他所学的学科是科学,这就造成了矛盾,还受过他父亲的斥责。他给弟弟通信几十封。他一生不得意,长年在闽南,远走南洋谋生。他向往爱情,但因性格不同,终于不久离异。他一生充满矛盾,他的诗有新诗有译诗,用笔十分讲究,但一生坎坷,终致壮年弃世。

仲璋表叔的诗词与植庭公最神似,其写作题材如爱国、重视友谊、热爱家人、夫妇情深,都是诗作的最主要内容,有所不同的是表叔全凭真情实感,且都有自己的主见,而不是学习古人,因而构成了他的艺术特有魅力。他的诗作和诗情是他生活的真实写照,因而深为感人,如悼亡诗多达几十首就是实例。他的怀友诗是几十年甘苦共尝、患难与共的实录,熟知内情的人体验尤深。真实也充满了他的艺术创造,增加了作品的感染力,如

1986 年写的悼亡词《采桑子·忆妇》，我阅读时如影历历，催人泪下。诗词创作的生活真实基础也可以作为艺术的表现力，如 1940 年写的《静夜思》中有佳句云："明月背人画竹枝"，这是生活真实，也是艺术创造。又如 1941 年北京被日寇占领下远离家乡时写的《去国思》，有佳句云："起上高楼待晓天"，这是生活实情，但真实也使他的诗句有新而高的艺术表现力。

崇惕曾告诉我，她父亲对他祖父的诗稿时常观摩，这诗稿是经过详加评改过，密改细评，圈圈点点，时常推敲，大有益于艺术创作，因而清新雅正、富于表现力的佳句时常出现。如悼亡诗《忆秦娥》有句云："今宵剩把残更数，凄寂情怀月似霜。"夫妇一生恩爱极为深刻，而艺术表现极为感人，其父的认真创作态度对他有很大的影响。上述是我对表叔诗词创作艺术来源和艺术魅力来源的粗浅感受。

本来我有意对喜爱的诗词加以详细剖析，只是我患重病，所以只有简略表示自己一点见解，用以对一位昆虫学家兼诗人的某些作品简单做个概括，用以表达我对科学家兼诗人的诗词艺术的喜爱，表达自己对敬爱的表叔内心的敬仰。

饮水思源，我们不能不感谢植庭公在讲究体裁和题材方面对表叔兄弟的良好影响。

1995 年 11 月脱稿于病榻

谈文学史的编著问题

一

文学史是探讨研究文学发展的历史,它是文学史料和文学史观的有机结合。我以为文学史观的基础是文学观。文学观不论有多少差异,其根本就是两种,我赞赏最简括的两分法:言志与载道,即兴与赋得,为我与兼爱,为艺术而艺术与为人生而艺术,自我表现与社会效益,等等,你的立足点在哪一边,其观点就显出鲜明的分野。上述两分法所提内容有点差异,但中间各对的精神是相通的。也有人持折中的看法,既言志又载道,既自我表现又讲求社会效益,其实落脚点仍为后者。有怎样的文学观就有怎样的文学史观。

文学作品离不开作家对社会现实的观察和评价,不管你采用什么创作和表现形式,即使那些表现梦幻、变形、怪诞的作品,我们也仍然可以追寻产生它的社会历史根源,所以文学发展的历史离不开对政治、经济、文化背景的考察。文学作家及其作品的评介当然是文学史研究的主要对象,文艺思想斗争和文体的理论建设也是文学史的必要组成部分,不联系时代背景则难于对这些文学现象作确切的描述,因而也不能确切地探讨我国文学发展的历史经验。当然,文学史中的时代背景、文艺思想斗争和文体理论建设以及作家作品的评介,不应该是历史学、文艺学和文学批评教本的移植,它要联系文学现象的具体实际加以运用。

总体上我持习见的唯物主义的文学史观,它源于“文变染乎世情,兴废系乎时序"的传统观念,基于我的讲求社会效益的文学观。在处理文学史料的时候,我常常意识到自己的社会责任感。

二

根据上述的文学史观,文学史的分期原则当然以时代背景为主要根据,因为时代的变化,将会相当明显地影响文学现象的变化。这里有没有文学自身发展的独立性呢?当然有,如诗的四言、五言、七言、长短句、词、散曲的演化,不过它们仍然是在时代的大背景中产生和发展的。作为文学史著述不能忽视文学发展有它自己的相对独立性,但不能因此而抹煞政治、经济、文化背景对它的作用。事实上,作家创作主体和文学自身的发展要受时代背景的制约。在文学史编著的过程坚持客观性,并不妨碍或排斥对作家创作主体及文学自身演变的描述,反而更有利于探讨它们演进或变异的缘由。如客观性不足,不注意文学自身的演进也会产生缺点,我主编的《中国现代散文史》在1937—1949年的战争背景中,没有留给闲适散文以一定的篇幅,这样也就没有反映这时期散文的全貌并体现其发展过程。

"文学史回到文学本身"的提出有其客观原因,有一段相当长的时间内对时代背景仅着重于以阶级斗争为纲,对文学史的发展就不能作出全面的稳妥的评介,这缺憾在于没有确切地说明政治、经济、文化背景。我觉得"文学史回到文学本身"是难于写好我国文学史的,我国的国情和许多作家的主体思想制约了文学自身发展的某些条件,以现代文学为例,流派和社团产生和发展的不平衡性和短暂性就可看出问题。不过,我又以为持"文学史回到文学中去"的观点进行史的著述还是可以鼓励的,写出来的成果有可能使人耳目一新。只是我在熟路上走惯了,总觉得它难于对我国文学史作全面的把握。

三

文学史研究的基本单位是作家作品,在我国的历史条件下更是如此。我国的现代文学史著作不能摆脱作家作品的集纳倾向,主要原因是研究得不够全面、不够深入,因而不能在作家作品研究的基础上去描述文学史的发展趋向并探讨其历史经验教训。中国现代文学史只有短短的三十来年,牵涉面仍然很广,现代文学史著述较多的是重复出现的高校教材,为许多单位合作的集纳急就章,这也使著述中难以出现新的构架和突破。现在,作家、社团、流派的研究资料有系统地建设起来了,使中国现代文学史的编著有了良好的基础,如果没有一些人在较长时间内进行潜心的研究与探讨,配合以辑佚、钩沉、辨别的功夫,颇难脱离这种集纳的倾向,纵使不设作家专章专节的表述方式也无济于事。我主编的《中国现代散文史》就不设作家专章专节,专注于各时期散文不同题材作品的特点及其发展趋向的描述,然而又出现了作家被分散割裂的缺点。我们又另编《中国现代散文十六家综论》,从一个个现代散文作家的发展全貌来印证现代散文史的发展,作为补充。应该有多种体例的文学史,各有短长,可以互相补充。

四

文学史结构的主体应该是史料,在史料的组合与评述中体现史识,一谈到"史识",就会带有主观性。在文学史中注意时代背景的探讨自然是为了加强客观性,如果一味着眼于阶级斗争,也就带来主观性的偏颇。不过,我赞成唯物主义的文学史观,因为它可以较大限度地保证史的客观性而不流于偏激。

主观性的概念内涵比较多样,如所指的是所谓现代意识,按前几年的理解,其特征是反传统,反理性,强调个人存在价值等等。在艺术审美观方面,追求主题模糊性、多义性,情节的淡化,醉心于梦幻、变形、怪诞等手法的运用等等。如果以这样的主观性或"史识"来剪裁、评介中国现代文学史料,那真是不可思议。著述者对文学史料如能作客观的描述和评介,对表现现代派艺术手法的作品就不应该采取有意排斥或贬低的态度。

文学史的独创性出诸较全面地掌握史料,用有理有据、有见地的史识对文学现象及其发展作合乎实际的描述和评析,就可能出现独创性。一些现代文学史缺乏较全面地掌握史料,并对之作较细致的研究,陈陈相因,自然缺乏独创性。我国现代文学史研究中的空白点还不少,以习见的用唯物主义史观来编著的中国现代文学史来说,对时代背景中的文化背景,对文学理论中的文体理论建设,对作家中的某些曾经有争议的人物等等,都有待于著述者的进一步研究,独创性是或多或少存在着的。至于用有理有据、有见地的"史识"来增加史的主观性,自然也是一个有希望的途径。

至于当代性,广泛应用外国的文学理论、文学批评和文学史研究的新观念、新方法,在编著中国现代文学史时,不但注意外缘研究,也重视文本的文学性内在研究,以及读者接受现象的研究,开辟文学史著作的新格局,这也可能产生更多的独创性,它符合百花齐放、百家争鸣的方针。

五

各种体别的文学史和地域文学史的写法,和一般文学史的写法基本相同,没有严格的区别,如"史观"或"史识"不同,则会有不同的写法。除了体别、地域和一般的文学史之外,也可以有类型、流派的文学史,还可以有编年史、断代史,和以民族、宗教、妇女等为叙述主体的文学史。中国文学史著作已经有过许多不同类别和体例,陈玉堂同志编的《中国文学史旧版书目提要》(上海社科院文研所)中所收的,可谓洋洋大观,我们现在还可以有许多新创。

编著地域文学史有一定难度,因为地域不可能是界限分明的。如某省、某地区文学史,似应以本省籍的作家或外省籍在本省工作的作家们的作品为主要对象,可是他们的流动性可能很大,情况复杂,颇难处理。著述中国当代文学史也有一定难度,时间距离太近,许多问题不易弄清楚。我看写当代的还是以史论为宜,史论可以有更多的主观性。

六

编著文学史用集体的方式或个人的方式各有短长。我主编的《中国现代散文史》采用集体的方式,组织一个学术梯队,共四人,开手时一个教授、两个讲师、一个助教,年龄分别是六十、四十、二十多岁,呈台阶形。学术带头人负责总设计、中间协调和最后统稿,也分担有关章节的撰写,体例和章节安排由带头人提出经大家讨论修改确定。此书以记叙抒情散文为主,杂文和报告文学为辅,故前者两人、后者各一人担任,明确分工,一贯到底。从分别搜集资料开始,编出《中国现代散文总目》、《中国现代散文理论》(上述两书均已出版)和现代散文家的作品选和有关评论目录(其中《中国现代散文诗选》和《中国新文学大系 1937—1949·散文卷》已经出版),在此基础上编写《中国现代散文史》和《中国现代散文十六家综论》(均已出版)。编写用四五年时间,四人中两人兼教学,两人专职著述。集体方式如协作得好,可以较快地出成果,出人才,现在四人中有两位教授、两位副教授,这种方式也便于发挥不同年龄的优势。其缺点是水平不一,笔调不一,编写过程中的协调和统稿要多花一点功夫。集体编写如地区分散,缺少商量,各自为战,或团结不好,则难以保证成果的质量。

个人著述有观点一贯、构架完整、笔调统一的优点,如编写者年富力强,识见广博,没有干扰,潜心述作,也可以取得可观的成果。只是个人著述也常有力不从心之憾。

七

就中国现代文学史而言,四十年来著述是十分丰富的,水平也在不断提高之中。研究资料和作家选集有系统地成套出版,给文学史著述以良好的条件,不过,所出版的以高校教材为多,大同小异,重复劳动的情况比较严重。这些教材的编写,往往时间限制紧,编著人员有的相当分散,不能多所商量,提高质量。我觉得应该有一些学术梯队或个人对中国现代文学史料从根本上作更全面、更深入的发掘整理、认真阅读和分析研究,可以用不同的"史观"、"史识"去处理"史料",花一定时间,写出几部有新意的不同门类的文学史著作。对这事不能急于求成,要有组织,也要有耐心,经过一定时间的学术实践和交流探讨过程,吸收前人有价值的成果而更上一层楼,料必能继续出现更高质量的文学史著作来。

——《中国现代文学研究丛刊》1991 年第 3 期

下

编

现代散文特征漫论

散文是一个广泛的体裁名称,其中有文学作品,也有非文学作品。以文学散文而论:最大的范围是和韵文相对而言的,包括小说、话剧在内;其次的范围是和诗歌、小说、话剧相对而言的,包括记叙散文、抒情散文、杂文和新兴的报告文学;最狭义的散文是专指抒情散文。本文拟以报告文学、记叙散文、抒情散文和杂文为对象,漫论散文文体的一些特点。

散文的题材是十分广泛的,国家的大事,日常的生活,天上的日月星辰,地上的虫鱼草木,不论古今中外的事物,都可以作为题材。散文题材的广泛性,是任何文体都比不上的。散文,它不排斥片段的材料,它不像小说那样要有独立的情节,往往只是记下一个人富于特征的生活片断,一件事的几个重要部分,一个场景的某些突出方面,有的甚至是一些零星的材料。散文在选择题材方面特别富于灵活性,也是其他文体所不能比拟的。散文作者在写作的时候,把他的所见所闻加以提炼,根据中心思想的需要,自由地运用记事、写人、写景、抒情、说理、议论等手法,所以,散文的结构极为灵活多样,材料的组织安排可以鲜明地体现作者的匠心。

一般地说,散文的题材是不能虚构的。报告文学必须记真人真事,记叙散文和抒情散文必须写实事,抒真情,杂文必须对真实的事件发表议论。当然,这里所说的真实不等于照相,作者对于材料可以加以选择与剪裁,抛弃事物的外部现象而突出其本质。但是,有些报告文学和记叙散文并非真人真事,它是在真实的基础上加以综合或概括而写出来的。它的综合、概括和小说有什么不同,这是值得研究的新课题。

散文作者写出自己的所见所闻,要直接表示自己对于生活的评价,直接倾注自己的思想情感。散文中往往有一个"我",这个"我",可以作为作品中的人物,起穿针引线、介绍其他人物的作用;也可以作为事件的采访者和故事的讲述者;也可以作为文章的抒情、议论的主人公。小说中可以无"我",就是有"我",亦非作者之"我"。散文的作者并不回避表现自己。

散文的题材广泛,结构灵活,形式多样,主观色彩强烈,它能够比较迅速及时地反映新人、新事、新气象,所以它是一种迅速反映现实的文学体裁。散文的作者应该以先进的世界观,深入生活,在火热的斗争中,在丰富的历史材料中,有所见,有所闻,有所感受,有所思考,有所激动,才能写出饱含着作者思想、情感、智慧,并且具有强烈的战斗性的文章来。究竟散文的题材怎样表现思想,散文的结构、写人、语言、风格,又有什么特点,我想根据现代散文的一些作品,特别是当代散文的一些作品,加以讨论。

一　题材与思想

散文作者在生活中有所见、有所闻、有所感,他选取所见所闻中最激动自己的事物来显示或揭示所感,这是写作的最初阶段,用传统的文学术语来说,那就是选材和立意。如果说,小说和戏剧的作者的构思,要首先把生活中那动人的有意义的材料,提炼为情节矛盾或戏剧冲突,来表现人物的命运,显示主题思想;那么,散文作者的构思,要首先选择所见所闻中那动人的材料,表现其中深刻的思想意义、浓厚的诗意和深湛的哲理。

散文的题材非常广泛,作者在构思中选择题材有很大的自由,比起其他文体,要灵活得多。作者可以写重大的题材,也可以写日常的事件,但有一点是共同的,那就是作者对于生活要加以观察、体验、分析、研究,要透过生活的表层,抓住生活的矛盾,探索生活的本质,揭示其中深刻的思想意义、浓厚的诗意和深湛的哲理。如果不是这样,那些被选用的材料,就不会发出思想的光辉。以报告文学来说,华山的《踏破辽河千里雪》有很深刻的思想意义,因为它帮助读者认识:在人民解放战争时期,人民解放军贯彻了毛主席的十大军事原则,进行了新式整军运动,由防御转入进攻,取得了全歼敌人的巨大胜利。魏巍的《谁是最可爱的人》之所以激动人心,因为它反映中国人民志愿军的本质,颂赞了他们对祖国的爱、对朝鲜人民深厚的同情和做一个革命英雄的荣誉心。刘白羽的《万炮震金门》能够引人思索,因为它不但描述了我军炮兵部队的巨大威力,还揭出万炮震金门的意义,并阐述了台湾海峡的战争为什么是帝国主义的绞索这一个饶有哲理意味的问题。这三篇作品所写的都是重大的题材,都揭示了深刻的思想意义,魏巍的作品还表达了浓厚的诗意,刘白羽的作品还阐明了深湛的哲理。

以抒情散文和记叙散文来说,茅盾于1940年底离延安到重庆去,以沿途景物为题材写成一本《见闻杂记》,其中《白杨礼赞》写的是西北高原的白杨树。如果仅仅是写树,把它的外形:干、枝、皮、叶等描写得再像,不过是一棵树的写生而已,没有什么深意。而茅盾不但描写了白杨树的外形,还描写了它的神态,说它笔直、向上、团结,不屈不挠,对抗着西北风,从而深入一步,说它象征着坚持抗战的北方农民,象征着我们党领导民族解放战争的坚强不屈的、力求上进的精神和意志。这篇短短的散文,冲破反动派的文化封锁,告诉国统区人民:是谁用血写着新中国的历史,所以,这篇散文具有深刻的思想意义。杨朔的《香山红叶》写他在秋天时的一次郊游,这篇游记如果只写香山景色,也不过是秋色可人而已。作者不满足于这样表面的描写,他深入一层写人,写带他们游山的老向导,写老人身体健康,心情轻快,含蓄地透露出老人对于新社会的热爱,从而歌颂了新社会。这个老人的形象,蕴蓄着浓厚的诗意。刘白羽的《日出》,描写了日出的景象,只写日出,那千变万化的奇幻景色,当然也能够引起读者的兴味,但毕竟有限,于领略云彩变幻之余,在思想上就不会留下什么东西了。刘白羽可不是这样,他一边写日出,一边通过日出探索生活中的哲理,把看日出和观察生活中的新生事物联系起来,他说:"看到它,要登得高,望得远,要有一种敏锐的视觉。"他又把日出和新生的祖国联系起来,他体会着"我们是早上六点钟的太阳"这句诗那最优美最深刻的含意。这篇散文促使读者思索关于生活、关于祖国的许多问题。白杨、红叶、太阳,这些东西我们也可以写,往往得其貌而遗其神,开掘不深,立意不高。这三位作者能够在这些平凡的、习见的景物中,注意发掘深刻的思想意义,有的还表达了浓郁的诗意,深湛的哲理。

杂文和报告文学、记叙散文、抒情散文一样,它必须揭示题材的思想意义,很多杂文更具有鲜明的政论色彩。鲁迅的《灯下漫笔》从钞票兑换银元这件事,看出当时一些人的精神上有妥协、苟安的病态,他就进一步对中国的等级社会做了深刻的解剖,坚决反对封建主义、帝国主义的御用文人对历史的粉饰,希望人们清除这些精神病态,创造历史上从未有过的第三样时代。鲁迅以非凡的洞察力,就日常生活中的细小事实,引向历史的重大事件,发掘具有普遍意义的决定被压迫者命运的问题,表现了深刻的思想意义。鲁迅的杂文,有些篇章蕴蓄着非常浓郁的诗意。如《双十怀古》(《准风月谈》),可以说是一首兴味隽永的讽刺诗。这篇文章抄录了中华民国十九年十月三日到十日上海各种大小报的标题,鲁迅发现了这些光怪陆离的标题的讽刺价值,把它们集在一起,让读者心领神会。标题背后那千奇百怪的景象,国民党反动派统治下对外投降政策和对内屠杀政策,一团糟的政治局面,作者的愤怒心情,都不言而喻。鲁迅的一些杂文还概括了广泛的社会现象,提炼出发人深省的哲理。如《家庭为中国之基本》(《南腔北调集》)一文,就当时习见的:抽鸦片,叉麻雀,想做剑仙,给死人烧纸房子等堕落行为和社会习俗,看出了当时中国人的病根,鲁迅得出了这样的结论——"家是我们的生处,也是我们的死所。"这句话给当时的读者以当头棒喝。鲁迅敏锐地观察了我国的现实,运用了卓越的构思,立下文章的主旨,因而,他的杂文是锋利的匕首,辛辣的漫画,发人深省的警钟。

思想意义、诗意、哲理,这是散文的思想性所表现的三种密切相关的概念,三者往往交织在一起,但又有其不同的境界。散文中的思想意义,就是要揭示生活中的矛盾,指明生活的动向,发掘题材的丰富的社会内容,对读者来说,具有鲜明的认识意义和教育意义。以华山的《踏破辽河千里雪》来说,这篇通讯写出了这场战斗的时代特点,一面是敌人的总崩溃,另一面是我们的胜利大进军;并且显示了我们获得胜利的基本原因。其一,我们指挥员坚决贯彻毛主席的战略方针,大踏步前进,大踏步后退,集中优势兵力,全歼了敌人。全文贯串着"踏破"两字,就在于体现毛主席军事思想的胜利。其二,部队经过了新式整军运动,提高了阶级觉悟,坚强团结,万众一心,故能勇敢杀敌,所向披靡,文中所写的兄弟部队会师时的热烈情况,战斗前集会的激动场面,战斗中的英勇表现,都是新式整军运动的结果。作者通过战斗生活的具体描述,显示了本质的东西,因之,它帮助读者认识现实,认识毛主席军事思想的正确与伟大。

散文中的诗意,是由于作者有高尚的感情,对于生活有新颖的发现,文中所写的形象,能够产生广泛的联想,意在言外,耐人寻味。大海中的浪花和人海中的浪花,两者之间有神似之处,这是杨朔对生活的发现。杨朔在《雪浪花》一文中勾勒出一个生动的老人的形象,用笔极简,形象的内涵极为丰富,老人热爱新社会,从不放弃平凡的工作,点滴有恒的工作被认为是自己的社会义务,他的工作态度,令人敬爱。在文章的结尾,作者把老人形象和海中浪花联系起来,形象的容量大,联想多,格调高,诗意盎然,回味无穷,对读者起潜移默化的作用。

散文中的哲理,不但思想意义深刻,耐人寻味,而且促人思索。古典诗歌中有不少以深湛的哲理传诵千古的诗篇,"白日依山尽,黄河入海流。欲穷千里目,更上一层楼。"这首绝句启发读者多么丰富的思索啊! 刘白羽的《日出》和《万炮震金门》,对题材开掘得深,概括得高,使读者思索着人生、阶级斗争、国际的政治斗争这些具有深远意义的理论问题。深刻的思想意义,浓郁的诗意,深湛的哲理,三者不同程度的结合,使散文作品具有更高的思想性。我们阅读了这样的散文,它会使我们的眼光敏锐起来,胸襟开阔起来,斗志高昂起来,它能够给我们以启发,给我们以巨大的鼓舞和力量。

散文的思想意义、诗意和哲理来源于生活,我们伟大的革命斗争和革命建设的现实,到处都存在着动人的材料,有着革命人生观和强烈的政治责任感的作者,他一定能够在深入生活的过程中发现生活中具有思想意义、诗意和哲理的事物。所以,散文作者要做到有材可选,有意可立,思路宽阔,那就需要生活积累与思想积累。

茅盾在抗日战争前期由上海、而武汉、香港、迪化,经延安,作短期逗留,再去重庆,国民党反动派统治下大后方的腐败景象,共产党领导下边区的欣欣向荣景象,两相比较,使他认识到只有党领导下的人民群众才能打败日本帝国主义。作者深入生活之后,这些思想就更为具体地明确起来了。刘白羽一向生活在火热的斗争中,比如说,在大跃进运动中,所有激动人心的景象,波澜壮阔的场面,使他油然而生这样的感觉:我们的人民公社正如旭日东升,光芒万丈,但要站得高、看得远的人才能认识到。这种思想是作者深入生活中积累起来的。当他们看到一排白杨、一轮朝日的时候,联想被触动起来了,他们把过去的生活积累和思想积累联系起来一起考虑,中心思想确定了,明确了,材料选择了,集中了,进入构思的紧张阶段。如果作者平时没有生活积累和思想积累,即使有思想的闪光,也会找不到足以表现的材料,即使有很好的材料,由于思想上没有适当的准备,那也会失诸交臂。

魏巍深入朝鲜战地和战士们在一起,积累了许多生动的事例,逐渐认识到我国人民志愿军身上的最本质的东西,根据这个认识,也就是根据他对于生活的理解,选择了最能代表一般的典型例子,来说明本质的东西。秦牧有大量的知识积累,他写哪个主题,就拥有哪一范围的人生、社会和历史的知识,有丰富的材料做后盾,所以他能够顺利地实现自己思想意图的艺术设计。如果没有生活的积累、知识的积累、思想的积累,选材和立意就没有基础。

比较成熟的作者,由于他们对某些生活特别熟悉,逐渐形成了自己的艺术兴味,刘白羽喜欢写壮丽的景象,秦牧喜欢写一些新奇的东西,杨朔喜欢写富于诗的意境的事物,华山喜欢概括反映时代的巨大场面,魏巍喜欢描述英雄人物的思想感情, ……他们在选择题材方面形成了自己的特点。对于初学者来说,习作的题材要广,不宜过于狭窄,对于作家来说,构成了选材的特点之后,并不妨碍他多方面的写作才能。

散文的题材有广泛、片断、灵活的特点,所以,在表现思想方面也有相应的特色。它可以小中见大,在那些似乎是无足轻重的题材中写出巨大的思想,如秦牧在贝壳的描述中感悟到集体的伟大,个人的渺小(《海滩拾贝》)。朱家胜通过草地上的篝火,表现我们红军在政治上的坚定性,写出他们有顽强的战斗意志和万众一心的团结友爱精神(《飘动的篝火》),使我们认识到革命传统教育的力量。它也可以平中见奇,在那些似乎是平常的习见的事物中写出新颖有味、深切感人的诗意,如杨朔由茶花的描述中体会到祖国的美丽和青春(《茶花赋》)。它又可以散中见整,把那些似乎是不相关联的事物贯串起来,写出具有普遍意义的思想来,如魏巍把朝鲜战场上男女青年的英雄事迹集中在一起,指出青年们应该怎样度过他们美好的青春(《年轻人,让你的青春更美丽吧》)。

散文的题材和所表现的思想之间要有血肉的关系,思想应该是所描述的事物提供出来的,从所描述的生活现象到所表现的思想要天衣无缝,不是外加的、贴上去的。这里有几种不同的情况:有些文章的题材所提供的思想是具体的显示,如华山的《踏破辽河千里雪》;有些是合乎逻辑的推理,如鲁迅的《灯下漫笔》;有些是合乎情理的象征,如朝日可以象征新生的祖国,白杨可以象征坚强质朴的农民。……作者在题材中揭示生活的思想意义、诗意和哲理时,有非常广阔的构思天地,既要做到深刻、妥帖,又要新颖,发人所未发,别出心裁。

我们当代的散文作家和劳动人民有着紧密的联系,他们从社会主义、共产主义的思想高度,用革命的热情来观察生活,选择题材,在写作时,勇于反映生活中的矛盾,勇于反映劳动人民的英雄业绩和坚韧不拔的斗争精神,因而,他们的作品能够表现沸腾的现实生活,并且具有深刻的思想意义,浓郁的诗意,深湛的哲理。

二 灵活的结构

散文作家对生活有了感受,有了创作的要求,在酝酿形成的中心思想的支配下,选择了材料,要通过结构的手段加以剪裁和精心的布局,把自己的艺术设计具体地、完整地体现出来。所谓剪裁,就是按照中心思想的需要,决定哪些详写,哪些略写,哪些不写。所谓布局,就是按中心思想的需要,安排文章的线索、段落,决定叙述的方式——顺叙、倒叙或插叙,讲究文章中的过渡、照应、波澜变化等等。

　　结构要按中心思想的需要和符合生活的规律。有名的报告文学《为了六十一个阶级弟兄》(《中国青年报》记者)的创作经验,典型地说明了这个问题。《为了六十一个阶级弟兄》是以抢救平陆民工中毒事件为题材的,作者在确定报告文学的中心思想时是经过仔细考虑的:是突出平陆党政军民抢救民工脱险的自力更生精神呢?还是反映首都人民积极支援的崇高风格呢?经过了研究,他们认为用马列主义的观点分析新事物要抓住主流,抓住主要矛盾和矛盾的主要方面,应当把两方面紧密地结合起来充分的描述,单纯写任何一面都是不对的。他们决定这篇报告文学的中心思想是反映人民大协作的共产主义风格;由于这场抢救斗争的主导方面是平陆人民,因此,又要适当地强调平陆人民自力更生的一面。在这样的中心思想的支配下,根据生活的规律,形成这篇报告文学的结构形式。全文共十二节,把北京和平陆两地的情况交错起来写,顺利地表现了地区分散、场面大、人物多、情况紧张的特点。

　　体裁对于结构有它相应的要求。小说、戏剧的题材是人的生活,人们的斗争和命运,所以小说、戏剧的结构主要是情节结构,着眼于人物和人物关系的发展和变化,人物活动的场面是小说、戏剧结构的基本单位。散文的题材比较广泛自由,作者处理题材并不回避表现自己,所以,文章要以丰富的生活片断,或对于生活片断细致的剖析,来表现鲜明的中心思想;或以显明的中心思想贯串丰富的生活片断,贯串对于生活片断细致的剖析。文章的中心思想要单纯,材料的安排要巧,要散得开,收得拢。

　　许多作家的创作经验都说明了散文结构的特点。华山说:"结构是靠两种东西完成的。一种是中心思想,即主题,贯串全局的思想线索;一种是侧面材料,即细节,从各个侧面说明中心思想的材料。有了一条线索,种种有关的材料就可穿插进来,围绕着中心展开;中心思想也从各个侧面得到充分的说明,丰富起来了。"(《抓住特点,具体地说明特点》)刘白羽说:"特写作者应善于选择富有特征的形象、细节、场面,作一个有吸引力的开端;然后就引导着读者的注意力前进,展开主题,安排各种事例,证明这主题,有如峰峦起伏,一叠一叠合情合理的深入,而发展向高潮。这样才使人爱读、耐读,心向往之。特写作者还要特别注意一个好的结尾。"(《论特写》)秦牧说:"杂文里面的'杂材料',也是紧紧围绕着一个中心的。它们从各个角度来说明那个中心。如果那些材料的出现,和'中心'无关,那就是拉杂拼凑。如果它们是紧紧围绕着一个中心的,那它们在说明这个'中心'上,就很有价值:可以使中心格外突出,使人获得新鲜、强烈的印象。"(《思想和感情的火花》)这些作家的经验,说明了散文的结构中心要明确,内容要丰富。

有的散文只写一个人,如黄既的《关向应同志在病中》,作者通过关向应同志生活的一些片断,如他对于疾病的斗争,他的政治工作,文化生活,对朋友的感情等,集中表现一个中心思想:关向应同志具有坚定的革命的党性。有的散文写了许多人,它的中心思想也表现得很突出,巴金的《生活在英雄们的中间》,以籍贯、出身、兵种、战绩等方面都具有代表性的十位英雄作为描述的对象,其中有坚守英雄,有出击英雄,有视死如归的烈士,所写的人很多,事件很分散,贯穿其中的中心思想是歌颂中国人民志愿军的英雄业绩和伟大心灵。有的散文写了许多事,那中心也要明确。秦牧的散文以丰富的知识见长,材料多,穿插丰富,都围绕着中心,如《土地》一文,用了许多历史事实和现实材料,总的要阐明不同阶级对于土地的不同态度。有的散文只写一件事,如杨朔的《雪浪花》,作者写两次遇老泰山的事,老人的现在和过去,物质生活和精神面貌都写到了,内容相当丰富,为的是要表明可敬爱的劳动人民怎样在勤勤恳恳地塑造着人民的江山。……丰富的生活材料,在中心思想的驾驭之下,思想串起了生活的珍珠。当然,还有一种散文,它的题材很简单,但剖析却很细致,很深刻。总之,优秀的散文的结构,都会形成了一种既单纯又丰富的美,或且形成一种既错综又和谐的美。

在中心思想驾驭下,材料的组织可以千变万化,这是散文结构的长处。一个引人入胜的开头,一个余音如缕的结尾,部分与部分的关系变化多样,作者在结构安排上可以有许多新的创造。散文一般的都可能把它区分为几个完整的单位,有的以时间为单位,有的以地点为单位,有的以事件为单位,有的以人物为单位,有的以论点为单位,有的混合起来表现为几层意思。单位与单位之间的关系,有开头,有结尾,有层次,有伏笔,有照应,有顺序、倒叙和插叙。单位与单位之间的关系反映在表现手法上,有叙事之间的关系,叙事与写人的关系,有叙事与议论、叙事与抒情、叙事与写景、写景与抒情等关系。这些关系在表现中心思想的统一构思的原则下,其结合是很自由的。

散文作家十分注意于开头起笔。有的开头直入本题,总述全文所要写的内容,显得质朴平稳,如叶圣陶《游了三个湖》。有的从反面写起,故作迂回,如刘白羽的《日出》。有的从远处写起,十分奇崛,如杨朔的《茶花赋》。有的描写了环境,给人物以活动的天地,如陈残云的《沙田水秀》。有的用哲理性的语言,凝聚全篇主旨,如魏巍的《年轻人,让你的青春更美丽吧》。有的旗帜鲜明,直接表明自己的态度,如茅盾的《白杨礼赞》。散文作者莫不以生花的妙笔,致力经营文章的开头。

结尾部分也是散文作家所着意经营的。刘白羽说:"文章开头难,实际结尾也难。要结得有余味,有力量,以使读者读完时,能够余音如缕,引起回味,唤起深思,重新思索全篇,自然地得出结论。"(《论特写》)不但特写如此,其他散文也莫不如此。为了更好的艺术效果,散文有多种多样的结尾。一种是总括全文,和开篇呼应,如魏巍的《年轻人,让你的青春更美丽吧》。一种是篇末点题,指出全文的立意所在,使读者豁然开朗,从头体味,如杨朔的《雪浪花》。一种是重复文章中的重要片段,但又是开拓了新的境界,如朱家胜的《飘动的篝火》。一种是以哲理性的警语结尾,如鲁迅的《家庭为中国之基本》。一种是不尚修饰,戛然而止,如叶圣陶的《游了三个湖》。

作者各以不同的匠心,探讨着安排材料、表达中心思想最适宜的结构形式,因而,全文的部分与部分间的配置就产生了多样的格局。其一,部分与部分并列,平整匀称。巴金的《生活在英雄们的中间》并列写人,魏巍的《谁是最可爱的人》并列写事,叶圣陶的《游了三个湖》并列写景。一个个人,一件件事,一处处景物,井然有序,人与人、事与事、景与景之间没有直接的联系,它们一起表现着中心思想。其二,部分与部分环环扣紧,层层深入。茅盾的《白杨礼赞》,先写西北高原景色,次写白杨树的形象,再指明白杨树的象征,最后表明自己的态度,由表及里,由具体到抽象。其三,部分与部分交错起来,多头并进,如中国青年报记者的《为了六十一个阶级弟兄》。其四,夹叙夹议,如刘白羽的《万炮震金门》。其五,中间穿插,如陈残云的《沙田水秀》,文章开头写美好的水乡景色,接着写林亚达父女的喜悦心情,中间穿插对过去水乡缺水的痛苦生活的回忆,以后回顾大修水利工程中群众的干劲,最后展望了美好的将来。这篇文章用谈话的方式作为写作的主要手段,所以穿插得比较自由。其六,表散里联,开篇设疑,篇末点题,如杨朔的《雪浪花》,初遇老泰山,听他和小姑娘在谈浪花,再遇老泰山,亲聆佳论,亲眼看他以工作为乐事,结尾说老泰山恰似浪花,把貌似分散的两个部分紧紧地联系在一起。其七,关系紧密,互相包孕,如秦牧的《土地》。……部分与部分的关系形式多种多样,实在难以缕数。部分与部分之间的层次、过渡、伏笔、照应、顺叙、插叙、倒叙等的配置等等,安排巧妙,也不胜枚举。

总之,散文的结构是比较自由的,但一定要在篇中立主干,全文要有体现中心思想的中心线索;部分与部分的关系要分明而紧密,无论是并列写人、交错写事,或层层深入,或交错穿插,……其中首尾、过渡、伏笔、照应等全盘安排,总得合乎生活的逻辑。散文作家多善于掌握散文的结构规律,因而,他们的文章结构是灵活的,又是严整的,不落窠臼,呈现为百花齐放的奇观。散文反对结构上的平庸和混乱,结构是散文写作中极富于创造性的部分。

在统一构思的支配下,散文作者安排部分与部分的关系,灵活运用叙事、写人、写景、对话、抒情、议论等表现手法,为突出中心思想服务,构成一个完美的整体。华山的《踏破辽河千里雪》,按行军、会师、战前准备、战斗等顺序,描述了指战员的豪言壮语和英勇的斗争行动,来显示解放战争时期东北战场上的大好形势。魏巍的《谁是最可爱的人》,以并列的典型事件的描述和抒情性的议论相结合,来歌颂我们最可爱的人的优秀品质。陈残云的《沙田水秀》,运用人物的对话,谈论他们的过去、现在和未来,使读者认识人民公社在改变自然和人的精神面貌方面所产生的巨大威力。秦牧的《土地》,从丰富的史实到灿烂的现实,引导读者去思考,激起人们热爱土地和保卫土地的感情。刘白羽的《日出》运用了悬念的手法,欲擒故纵,以富于色彩的描写,节节引入胜境,步步点出令人深思的哲理。杨朔的《香山红叶》,一路观赏景色,篇末显旨,出人意表,从头体味,含意深长。鲁迅由于战斗的需要,手法更为多样,或由具体材料来显示思想,或先写材料后揭出思想,或先揭思想后用形象来论证,或夹叙夹议,或于行文中间捎带一笔点出用意,……由于他完整的构思,思想与题材融和无间,结构浑成,成为艺术的珍品。思想、题材、结构三者结合起来考虑,用我国传统的文学术语来说,就叫做谋篇,我国古典散文家非常重视谋篇的功力。

优秀的散文家能够选择精彩的题材,把思想表现得生动而深刻,在结构上引人入胜,完整地体现自己的艺术设计,所以,他的作品令人百读不厌,具有强烈的魅力。

三 传神和勾勒

小说的描写对象是人,作者通过综合、概括和多样的、细致的描写来塑造人物,来反映生活。散文的描述对象虽然广泛:有以写人为中心的,如杨朔的《雪浪花》、陈残云的《沙田水秀》等;有以写事为中心的,其中也写到许多人,如华山的《踏破辽河千里雪》,中国青年报记者的《为了六十一个阶级弟兄》等;有的以抒情、议论为主,零星写到一些人,如秦牧的《土地》等;但总而言之,人还是散文写作的重要对象。就一般的情况来说,散文中的人物主要是在现实生活中进行正确的选择,但也不排斥合理的概括,其描写手法的特点是传神和勾勒。

散文中的确出现过一些令人难忘的形象,《雪浪花》中的老泰山便是一个。老泰山这个人,作者写来似乎并不经意,其实,作者十分致力于传出这一个动人的形象之神,反映了老人身上所蕴蓄的十分美好的品质。作者为这个人物所设计的自然背景是壮阔美丽的,在月色中的大海边上来,在夕阳的霞光中去;这个人物的社会背景是兴旺的幸福的,那是新兴的人民公社;作者在这样美丽的、壮阔的背景上,勾出这一个具有时代特征的人物形象。文章的选择材料是新颖而有特征的生活片断,在月色下海滩边老人和小姑娘那段谈话是引子,在疗养所老人和作者的谈话是文章的中心,作者以传神之笔,写出老人的外貌轮廓,写老人的举止神态,写老人那隐而不显、神奇而富于诗趣的谈话,其中闪烁着老人品质的光辉。文末点明题旨,以浪花的形象为老人形象的象征,形象的意义就越觉深刻有味。最后那一句话:"山野之人,值不得留名字。"显示了老人的忘我精神,进一步把形象提到更高的境界。

文章中没有很多的肖像描写,仅仅勾一下外形轮廓,突出老人的神气:

"老渔民长得高大结实,留着一把花白胡子。瞧他那眉目神气,就像秋天的高空一样,又清朗,又深沉。"文章中对动作的描写也着墨不多,只是简洁地写老人慢条斯理的动作和说话的神态。如"一个欢乐的声音从背后插进来","从刚拢岸的渔船跨下来,脱下黄油布衣裤,从从容容晒到礁石上","老渔民慢条斯理说","老泰山望了望我笑着说","一面不紧不慢说","老泰山说得有点气促,喘嘘嘘的,就缓了口气","老泰山直起腰,狠狠吐了口唾沫说"等等。文章以对话作为反映老人精神面貌的主要手段,谈话的内容很含蓄,表面上谈的是生活细节,实质上谈的是对国内和国际上的阶级敌人的认识,是对于社会主义建设的劳动态度。

陈残云的《沙田水秀》也是着重写人的散文,林亚达父女是平凡朴实的劳动人民,他们身上也表现着鲜明的时代特征。他们有一颗赤诚的心,满怀信心地响应党的号召,为社会主义建设,为实现共产主义的崇高理想而献出全部力量。作者选择一个有代表性的片段的材料,就是在一只小艇子上的坦率的谈话,相当充分地表现了林亚达父女的精神面貌。文章中自然景色的描写,围绕着喜事的谈话,水乡过去苦况的叙述,一年来巨大变化的回顾,对党和人民公社巨大威力的赞颂,对前景的展望等等,这些谈话材料,为表现林亚达父女的形象被适当地安排着。人物描写很简略,外貌的勾勒集中于健康、精神焕发这一点上,人物说话神情的描绘集中于喜悦这一点上,人物谈话的内容集中于人民公社威力的赞颂这一点上,加以水乡美丽景色的描绘和衬托,这两个父女的形象就跃然纸上。总之,以写人为主的散文,人物的选择要能表现一定的时代特征,描写手法的运用可以灵活多样,但要有重点;描写的语言要简洁,在分散中适当注意集中。比如上述两文,都以人物的对话神情的描绘为重点。描写的语言很简洁,说话神情的描绘,一处只用几个字,但写得比较集中,或集中写从容神态,或集中写喜悦心情。当它们在分散的时候,特别显出描写的简洁,如果把它们集中起来看,就显得描写的细致来。

有些散文或因表现某种认识而写了许多人,或因写事而牵涉到许多人,材料虽然零星,但作者是注意所选择的人物的代表性的;所用的描写手法虽然简略,但有的也能传神,有的还不足以言传神,而老练的作者勾勒几笔,往往能于一般中现出差异。

巴金的《生活在英雄们的中间》分别写到十几个英雄的事迹,材料很多,描写也很简略。他们有共同的特征:勇敢顽强,谦虚诚实,为了祖国,为了祖国人民的幸福生活而前进。巴金并没有把他们写得一模一样,他用简洁的笔触和抒情的笔调,写出他们的特点,介绍他们不同的职务、出身,勾勒他们不同的外貌,记录他们不同的语言,显示他们不同的战绩,从而使读者感受英雄们多样的崇高的心灵。为了一目了然,这里列一个人物简表:

姓名	职务	籍贯	出身	外貌	说话的特点	英雄的事迹
陈三		北方	庄稼人	一张没有特点的脸带着谦虚的微笑	声音平板	坚守阵地,大量杀伤敌人
郭恩志	连长	冀中		一张带着坚决表情的脸上有一对闪着智慧光辉的眼睛	讲话有风趣	指挥战士打退强大敌人多次进攻
苏文禄	连指导员			脸色黄黑的年轻人	言语没有惊人的地方	组织动员鼓动工作做得很好,打得勇敢顽强
苏文俊	班长	安徽	放牛孩子	朴实可亲的年轻的脸和略微突起的颧骨	声音非常柔和	重伤坚持战斗,打垮敌人三次冲锋
王永章	副连长	冀中	印刷学徒	有一副聪明的相貌和一对灵活的眼睛	语言十分生动	打坦克、抓俘虏的英雄
姚显儒	班长	甘肃	牧羊孩子	诚实而谦虚的长方脸	激动的语调	起地雷、抓俘虏的英雄
刘光子	战斗小组长	绥远	庄稼汉	四方脸,紫红脸膛,宽肩膀,魁梧身材	平时不会讲话,见着生人就拘束	生擒俘虏的英雄
张渭良	战士	上海	翻身农民	爬回阵地的时候,鼻子烂了,脸瘦得不像人样,脸上始终带着笑		身负重伤,爬了九天九夜,回到自己的阵地
李江海	机炮连副连长	河北	农民	我没法看见英雄的面貌,他遗体的脸非常安静		洞口被敌机炸塌。被活埋在洞里,他写好遗书,死得从容
李吉武	战斗小组长			近视眼,有胡子的忠厚老实人		与敌人同归于尽,保住阵地

从这个简表里，我们可以看到，作者是怎样地力图从几个方面，用简洁的文字，勾出他们的特点，表现出他们之间的区别。

华山的《英雄的十月》也写到许多的人，从师长、团政委到战士。这篇报告文学所写的人，比起《生活在英雄们的中间》更为分散，不过，作者也力图写出集体英雄中的代表人物以及他们的个别特点。作者以叙述为基调，把许多指战员的战斗行动和豪言壮语组织在事件的进程里，或抓住一个典型事件，或抓住一个突出细节，或抓住一句有代表性的语言，写出一个人物的侧面。如"某一师长指着脚下的焦土说：'我的阵地就在这里！'"一个动作，一句话，这一个师长在险恶的战斗环境中那种顽强坚持的意志和指挥若定的气概，就相当鲜明地表现出来了。这里抄录一段对于一个战斗集体的描写：

> 从十月二十日起，滚滚大军又连夜北渡大凌河，奔向指定的地点。脚板走得打满血泡了，战士们说："我爬也要跟上队伍！"脚脖子肿得瓦罐子粗，战士们说："跑断腿也不能放走敌人！"猛听得兄弟部队已经把敌人抓住，进军行列简直沸腾起来："决战的时候到啦！"担架上的彩号也躺不住了，跛了脚的也把拐杖扔了；驮马跟不上队伍，射手就扛起挺重机枪走；小桥过不了四路纵队，趟水过；解绑带过河太耽误时间，穿着棉裤过！……

所有的战士都没有写出名字，但他们所说的话和行动，却表现了各自的精神状态，也带着自己的体力特点和兵种特点。用笔极简，却能于群众场面中显出其中的差别来。

中国青年报记者写的《为了六十一个阶级弟兄》，写了许多有代表性的人物，作者常用简练的形体动作来反映他们在特定情况下的心情。如写老艄公："不顾正发喘，猛然从热乎乎的被窝里跳了起来，系上褡膊，吆喝一声：'伙计们，走！'"一个动作，一句话，就把老艄公的高尚风格写活了。秦牧的《土地》，写到晋公子重耳时，用了几个简练的状语："尽量客气地"，"怒气冲冲地"，"突然跪下"、"郑重地捧起土块"，写出公子重耳感情上的转折，逼真地体现了他贪婪的精神状态。

有的散文没有写人,但所写的景物实际上是象征着人的。茅盾的《白杨礼赞》写了白杨树的力争上游,紧紧靠拢,伟岸正直,用以象征朴质、严肃、坚强不屈的北方农民,象征傲然挺立的守卫家乡的哨兵。作者写树,其实就是写人,歌颂了边区军民的优秀品质。作者对树的描写是比较细致的,然其目的仍在于传北方革命农民之神。

无论写一个人,或是写许多人,或是没有写到人,文章中往往有一个"我"。"我"是所描写的人物的访问者,或是事件的参加者,或是抒情议论的主人公,在文章中起介绍、评价、穿针引线和表达感情的作用;"我"的战斗激情,敏锐的观察力,坚定的阶级立场,高尚的理想,正义的评论,细致的作风,也会对读者起着教育的作用。

散文和小说的写人手法是有所不同的。小说以综合、概括来塑造人物的形象为其中心任务,情节结构是展示人物性格的主要手段。散文写人不需要完整的情节,它具有很大的灵活性,它选择有代表性的人物,选择足以表现人物的生活片断,准确而简练地表现人的精神面貌。小说要求描写出典型环境中的典型性格,散文只要求描写现实生活中在一定程度上具有典型意义的人物。小说描写人物比较严密,可以精雕细琢,它运用多样的表现手法把人物写得惟妙惟肖。散文写人总是注意于传神勾勒,勾出肖像的轮廓,突出动作的特征,对话也极为简洁;这些描写手法的运用,一般的要有目的地相对集中于某一个重点上,这样就可以通过简洁的语言,达到细致的、强烈的描写效果。

四 简练的语言

文学作品的语言,都要求具有准确性、鲜明性和生动性。散文形式短小、内容丰富,反映现实迅速,所以特别要求语言的简练。所谓简练,就是用省俭的字,准确、鲜明、生动地叙述事件,描写对象,勾勒人物,表达感情,唤起读者具体的感受,引起读者很多的联想。就散文的具体作品的语言而论,有的朴素,有的绚烂,有的粗豪,有的细腻,有的含蓄,有的鲜明,有的典雅,有的通俗,可是都得建立在简练的基础上。可以说,简练的语言是散文语言的本色。

为了语言的简练,散文作家特别注意词汇的积累和推敲。散文,当它集中描述某一事物的时候,常常需要一定数量的同义词和近义词,如刘白羽《日出》一文中关于太阳色彩的词语,秦牧《土地》一文中关于土地的词语,数量就不少。刘文中关于时间短促的词语,就有"一瞬""一眨眼""一刹那""瞬息"等好几个。散文文字比诗歌要多些,篇幅比小说要短些,所以词汇的积累问题,暴露得更为突出。有了丰富的词汇积累,炼字就有了可能,作者可以用最确切的文字来写作。叶圣陶《游了三个湖》第一段概述全文重点,说他"游了玄武湖","望望太湖","四天的盘桓离不了西湖",这就确切地记下了游的不同内容。"游",是坐小划子,"望望"是坐在沿湖的石上看看,"盘桓"就是到处走走。如果没有掌握一定的词汇,一律用一个游字,不但单调,而且也说得不够确切。

鲁迅是我国的语言大师,他丰富的词汇积累使他杂文的语言,有惊人的准确性和生动性。《灯下漫笔》中的两个例子就可见一般。第一段关于"现银"一词就连续用"现银""银元""银子"三个同义词,文字显得活泼而不单调。把银元放在怀里,鲁迅就写了这样三个不同的句子:"也早不将沉重累坠的银元装在怀中,……""沉垫垫地坠在怀中,……""但我当一包现银塞在怀中,……""装在"、"坠在"和"塞在",表达了不同的动作和不同的感觉,如果没有词汇的积累,那当然就不会有这样惊人的表现力。

散文作者为了探求简练的语言表达形式,他们的作品中在写景、写人、记事、抒情、议论等方面,对于定语和状语,文言词语、口语、成语、句子等的选择和运用,进行了细致的推敲。

现在,先看一看陈残云《沙田水秀》里一段写景的语言:

> 但沙田的景色是迷人的,丰收后一望无际的田野,显得特别宽广和美丽,纵横交错的小河涌,小艇穿梭如织,一排排翠绿的蕉林,相映着乌黑的牛群,这仿佛是一幅色彩鲜明的织锦画。高朗的天空,灿烂的阳光,温柔的海风,都为这幅彩画增添了美感。这使我感到,我们祖

国的南天门，多么美丽和恬静。

这段写景语言是简练的，先总观田野，其次是小河、小艇、两岸的蕉林和牛群，再次是天空、阳光和海风，最后是总的感受。作者用简练准确的，又能唤起视觉形象的词语来比喻和形容，美丽的沙田景色就浮现在读者眼前。

再看陈残云《沙田水秀》中写人的语言，我们可以察觉他极善于简练地刻画人物说话的神情，从而显示他们的性格。作者写老农民林亚达的说话的神情："亲热而爽朗的笑脸"，"喜得笑眯了眼睛"，"乐滋滋地笑起来"，"声调拉得又长又洪亮"，"欢天喜地"，"兴致勃勃地"……写林亚达女儿金女说话的神情，如"带着一种俏皮的口吻"，"用按捺不住的喜悦心情"，"故意戏他一下"，"咭咕地笑了起来"……全文没有细致的外貌和心理的描写，而是简练地、相当丰富地运用这些刻画说话神情的词语，多样而统一地突出他们的性格，把一个爽朗富有风趣的老农民和一个淘气、大方的姑娘写得栩栩如生。散文的写景、写人一般要求简练，在这方面，陈残云有自己独到的功力。不独陈残云如此，刘白羽、杨朔、秦牧等著名散文作家都善于运用定语和状语，朱自清对于这个方面，更是刻意求工了。

许多作者常常借助于文言词语达到简练的修辞效果。文言词语很简洁，含义丰富，形象生动，并且常常带着广泛的历史和现实的联想，能以少许胜人多许。叶圣陶的《记金华的两个岩洞》，写双龙在洞口的山用"突兀森郁"，写双龙在洞顶用"蜿蜒"，写冰壶洞的瀑布用"飞珠溅玉"；杨朔的《茶花赋》用"擅长丹青""水瘦山寒""催动花事"等；秦牧的《土地》用"策马""仗剑""驾车"等；茅盾的《白杨礼赞》用"旁斜逸出""婆娑""屈曲盘旋"等；这些文言词语，或写其姿态，或记其动作，都能准确地、形象地、扼要地描述了对象，且富有音节上的美。

口语的提炼，可以使散文的语言简练而富于表现力。杨朔的《香山红叶》第一段写道："早听说香山红叶是北京最浓最浓的秋色，能去看看，自然乐意。我去的那日，天也作美，明净高爽，好得不能再好了；人也凑巧，居然找到一个老向导。……"这里用的都是口语，干净利落，如果把"乐意"、"作美"、"凑巧"改为"高兴"、"很好"、"刚好"，那口语的味儿就丧失殆尽,消失了原来的光彩。华山十分强调记录生活中的语言,他说:"这种生活里的语言,在采访过程中是经常可以碰到的。努力记下它们,不是只记大意而是原句原话,往往可以节省笔墨,几句话就鲜明地写出丰富的生活内容"。(《抓住特点,具体地说明特点》)

中国青年报记者写的著名报告文学《为了六十一个阶级弟兄》,用另一种手法来显示语言的简练,这篇作品所报道的场景广,事件复杂,牵涉的人很多,作者巧妙地运用成语,简单的几个字就把情景和人物写得明明白白。如写北京王府井大街是"车水马龙",在街上的人是"满面春风";写平陆县委会的会场是"灯火辉煌",与会者是"心神振奋";写医生去抢救是"翻山越岭",在工作中是"挥汗如雨";写药剂的灵效是"立竿见影";写病人的得救是"化险为夷";写阶级友爱是"情深似海"等等。全篇成语用得不少,读过这篇文章,使人深刻地感到成语的表达力量,真是"言简意赅,罕譬而喻"。

为了力图用扼要的文字清晰地描写事物,来表达自己的思想,散文作家相当注意句式的选择,例如排比句有简练的表达效果,运用就相当广泛。排比句用以叙事,则事件清晰。巴金的《生活在英雄们的中间》里面有一个相当典型的例子。这篇通讯写到坚强的战士张渭良,仅仅用了700字。同一题材的报告文学《坚强战士》用了1.7万多字,为通讯的23倍。但通讯中,对张渭良十天九夜的斗争事迹都基本写到了,作者就是用几组排比句使语言简练起来。《为了六十一个阶级弟兄》也运用了排比叠用句,如"他们使用了各种办法:给患者喝下绿豆甘草水解毒,无效!给患者又注射了吗啡,仍然无效!"如"运城县没这种药!临汾县没这种药!附近各地没这种药!"语言简练有力,既交代了事件的内容,又表现了紧张的气氛。排比句用以抒情,则感情深厚。魏巍《年轻人,让你的青春更美丽吧》第一段的排比句,就具有巨大的激动人心的力量。秦牧《土地》一文,排比叠用句的运用更为广泛,不但用于叙事和抒情,而且用于写人和议论,文章的内容虽然丰富,但写得条理明晰,不蔓不枝。

在散文中,作者要直接表达自己对生活的感受,为了语言的简练,作者往往把自己的感受提炼为思想性极强的警语,以极简洁的文字揭出文章的灵魂。有的是开篇显旨,如魏巍的《年轻人,让你的青春更美丽吧》;有的是篇末点题,如杨朔的《泰山极顶》;有的是篇中穿插,如刘白羽的《日出》。

简练,但不等于简单,不能片面追求少用字。一篇有名的革命回忆录《飘动的篝火》,原来编在《星火燎原》第三集,《建国十年文学创作选——散文特写》里也选上去,语言经过了加工,对照一下,从中可以得到许多启发。我们可以考察一下这篇文章加工后的增加部分:如未加工前原文为"再加上天天行军很疲劳。"加工后改为"再加上天天行军,有时还和截击、追击的敌人打仗,神色很不好。"加工后的句子,斗争的对象更复杂了,不只是和困难的地理环境、和疾病、饥饿作斗争,还得和蒋介石的反动军队作斗争。还有补写一段的,如加工后文章的末一部分加上煮牛皮的叙写,在内容上显示了生活更加困难了:二天前吃的是二指宽二寸长的一节烧牛皮;而后来吃的只有指头顶大不了多少的一小块。从这里,又一次表现了红军的阶级友爱精神。在结构上和前文"你的留下以后再吃吧!"那句话前后照应,事情便有了交代。这启示我们从另一角度来体会语言的简练,作者要用必要的语言把对象写清,把事件写明,把内容深化。

《飘动的篝火》中语言的部分重复,也是语言简练上运用的一种修辞手法。文章的开头部分有一段十分精彩的篝火描写,看到了篝火,"大家都独立地向篝火走去。"文章的末了重复了这段篝火的描写,增加了几个字,看到篝火,大家"忘了饥饿,忘了疾病,向那片篝火走去。"这段重复,字数不多,表达了红军战士在思想上提高了,不是想到大米饭了,而是在想首长讲故事。篝火象征着共产主义胜利的火光不断地照亮他们前进的道路,极富哲理的意味。在语言的运用上是重复的,然而也是简练的,因为从艺术上的效果来看,它具有新的意义,有发人深思的力量。

散文作家的创作经验充分说明语言的锤炼是他们经常注意的中心课题。刘白羽说:"一篇好的特写的艺术力量自然和它的语言准确、简洁、生动、优美分不开。语言不仅仅是绘声绘色,还在于它简练质朴。能以自然地流入人心,打动人心。"(《论特写》)华山说:"如何写得单纯明朗,怎样才能用最少的话说出丰富的思想内容,说得准确、鲜明、生动,这首先是材料的选择问题,也就是语言的问题。"(《抓住特点,具体地说明特点》)杨朔说:"动笔写时,我也不以为自己是写散文,就可以放肆笔墨,总要像写诗那样,再三剪裁材料,安排布局,推敲字句,然后写成文章。"(《东风第一枝》小跋)秦牧说:"短小的文章特别需要写得简洁和优美。任何的败笔冗笔在篇幅短小的文章中,时常显得格外刺眼和难于掩饰"(《海阔天空的散文领域》)……引证是抄不完的。华山的语言有气势,杨朔的语言有韵味,秦牧的语言真率,刘白羽的文采绚烂,但他们有一个共同的特点,那就是简练。鲁迅说:"宁可将可作小说的材料缩成 Sketch,决不将 Sketch 材料拉成小说"(《答北斗杂志社问》),这话永远是散文作者的座右铭。

五 多样的风格

作家及其作品的风格,一定有时代的烙印。就当代的散文作家及其作品而论,他们的个人风格不能不渗透这个时代的主调。什么是我们时代的主调呢?《文艺报》的社论《反映当前的火热斗争》(1962 年第 10 期)有一段这样的话:"反对以美国为首的帝国主义和殖民主义,支援亚洲、非洲、拉丁美洲人民的革命斗争,坚持马克思列宁主义和无产阶级国际主义思想,反对现代修正主义,宣传爱国主义,宣传社会主义制度的优越性,发扬我国人民英勇不屈、艰苦斗争的光荣传统,这就是近几年来我国社会主义文学艺术的主调。"这里所说的主调,也可以说是时代精神的反映。我们的时代是东风压倒西风的时代,是高唱革命凯歌的时代,是世界各国革命空前有利的时代,当代散文的作家都要歌唱这个时代的主调。

散文作品的风格,一定会受文体风格所制约,散文特别要求构思上的新颖、深刻,艺术上的明朗和简练。革命的作家要在时代精神和文体风格的基础上形成自己的风格,革命的作家要把时代精神和文体风格融合在自己独创的风格之中。

作家的风格怎样形成呢?由于时代的要求,由于文体的制约,由于作家的生活、气质、艺术趣味等的不同,因之,在作品的题材、思想感情、结构、语言(表现手法的特点都反映在语言里)等方面有其相应的特色,这就形成了作家的不同的风格。

以题材来说:刘白羽喜欢写壮丽的景象,杨朔喜欢追求生活中诗的意境,魏巍喜欢表现中国人民志愿军战士的思想感情,华山喜欢概括伟大的时代特征,秦牧喜欢写自然界细小的景物中所蕴藏的哲理,陈残云喜欢反映人民公社化后珠江三角洲劳动人民的精神面貌,……他们在深入生活的过程中,熟悉了某些生活,有了深刻的感受,逐渐构成他们题材上的特点。

以思想感情来说:刘白羽比较豪放,杨朔比较幽婉,魏巍比较深沉,华山比较雄健,秦牧比较真率,陈残云比较爽朗,……他们都在讴歌革命的胜利,讴歌祖国的灿烂前景,由于他们气质的不同,因而在对于所描写的生活的认识和评价上,有其不同的特点。

以结构来说:刘白羽集中而有变化,善于铺排;杨朔是表散里联,曲折灵活;华山主张线索单纯,穿插丰富;秦牧讲究枝条畅茂,散中有整;魏巍注意严整和匀称;陈残云大体平稳而整齐;……他们在长期的艺术实践中,积累了丰富的艺术经验,根据材料的特点和构思的意图,逐渐形成自己最熟练的结构形式。

以语言来说:刘白羽的语言刚劲、绚烂,杨朔的语言洗炼、含蓄,魏巍的语言回环、优美,秦牧的语言酣畅、真率,华山的语言明快,陈残云的语言清丽,……他们在长期的艺术实践中,熟练地驾驭了语言,逐渐形成适宜于表现自己艺术趣味的独特的语言风格。

一个形成了自己独特风格的散文作家,他在构思时,对作品的题材、思想感情、结构、表现手法、语言等几个方面都有全局的考虑,因而,它们之间就有内在的紧密联系,它们互相适应、互相配合,形成艺术的整体。在这个整体中,题材、思想感情是主导的因素,结构、表现手法为着表现思想感情服务,语言更是直接表现思想感情的色彩。刘白羽以战士的豪情讴歌战斗的生活、壮丽的景象,所以他选择刚劲的、绚烂的语言和富于变化的、铺排的结构形式,他的风格是豪放的、绚烂的;杨朔追求生活中清新的诗意,所以他运用含蓄的、洗炼的语言和曲折、灵活的结构形式,他的风格是清新的、洗炼的;魏巍以深沉的爱歌颂了我们最可爱人的,他选择了优美的、回环的语言和严整、匀称的结构形式,他的风格是深沉的、优美的;华山以雄健的感情概括时代的本质特征,他运用了简短的、干脆的语言和穿插丰富的结构形式,他的风格是雄伟的、明快的;秦牧以真率的思想感情来诉说大自然中景物的美和它们中间所蕴蓄的意义,他选择了亲切的语言和活泼自由的结构形式,他的风格是真率的、酣畅的;陈残云以爽朗的思想感情歌颂人民公社的巨大威力,他运用了显豁的、清丽的语言和平稳、整齐的结构形式,他的风格是爽朗、清丽的。优秀的作家都能寻找适宜的、熟练的艺术形式来表现内容,形成了他的独特风格。

　　散文的范围大,题材广,写作时间和环境不同,所以,一个作家的风格也会是多样的。鲁迅的杂文苍劲、沉郁,散文诗(《野草》)瑰奇、幽婉,散文(《朝花夕拾》)质朴、隽永,其杂文、散文诗、散文中的具体篇章,在统一风格的基础上,又会有多种多样的风格。一个作家在写作的过程中,他的风格会随其经历、思想、艺术趣味和修养的变化而变化,朱自清早期的散文清隽、缜密,后期的散文老辣、自然,就是一例。有成就的散文作家往往能写出不同风格的作品,又不惜以熟练的笔调驰骋其所长,不断发展和完善自己独特的风格。

　　只要在进步的思想内容和完美的艺术形式和谐结合的基础上,其所形成的风格都是美的。雄健是美的,灵巧也是美的,含蓄是美的,显豁也是美的,秀丽是美的,简朴也是美的, ……朱自清早期的一些散文,一往情深,缠绵悱恻,雕章琢句,刻意求工,他的风格清隽、缜密,这是美的;叶圣陶的散文,脚踏实地,造次不苟,叙述周至,描写简朴,有话则长,无话则短,他的风格浑厚、朴素,这也是美的。风格的爱好因人而异,但我们不能因自己的爱好,而要求统一风格的规格。

　　在坚持政治方向的一致性的原则下,我们要求艺术风格的多样性。散文的题材广泛,结构灵活,形式短小多样,更有可能形成丰富多彩的艺术风格。散文这一文体要求作家考究自己作品的风格,要求作家形成和发展各自的独特的风格。

——《福建师范学院学报》1963 年第 1 期

中国现代散文的理论建设^①

　　现代散文是中国新文学百花园中的繁花茂卉。鲁迅在30年代谈到
"五四"以来的白话散文时曾说:"小品散文的成功,几乎在小说戏曲和诗
歌之上"(《小品文的危机》),应该说,这是符合文学史实际的概括。中国
现代散文的发展有个特点,它比较重视散文的理论建设。因此,在中国现
代散文史上,散文的创作繁荣和散文的理论探讨往往是相伴随的。中国现
代散文史,不仅有群星灿灿、人才济济的散文大家,也给我们留下了颇为丰
富的散文理论建设遗产。

　　事物的特质和价值常常是在与同类事物的相互比较中才看得更清楚
的。中国现代散文的理论建设,同古典散文理论和当代散文理论相比,有
其独具的特点。在我们这个历史悠久的文明古国里,诗和散文始终是古典
文学的正宗,我们有着非常丰厚的古典散文传统。但是在"五四"以前的
中国古典文学史上,虽然曾经发生过多起的文学的革新运动,却由于历史
条件的限制,这些运动未能越出封建思想的藩篱。这种情况必然反映到整
个文艺理论,反映到散文理论上来。因此,我国的古典散文理论,一方面是
同源远流长、异彩纷呈的古典散文创作相适应的,极其丰富多彩;但是另一
方面,它又有局限。这表现在:一是古典散文理论,始终没有能完全摆脱封

建社会里儒家的"原道"、"征圣"、"宗经"的正统思想的束缚;二是古典散文理论,始终未能划清与韵文相对的广义散文同狭义的纯文学散文的界限。而以"五四"新文学运动为发端的中国现代散文创作和理论的产生和发展,始终带有"破旧立新"的时代特点,因而上述古典文论中存在的那两个问题,在中国现代散文理论里,都得到较好的解决。至于中国当代散文理论,虽然它在强调表现"新的人物和新的世界",在追求散文的"诗意"("意境")等问题上,继承和发展了中国现代散文理论的优秀传统,但它又不可避免地受到当代文学中那股极左文艺思潮的局限,所以从总体上看,现代散文理论较之当代散文理论更少受束缚,思想更活泼,内容也更丰富,是我们今天应该加以重视的理论遗产;研究和总结这份理论遗产,对于我们开阔眼界,解放思想,繁荣当前的散文创作,都有着直接的现实意义。

对于这份理论遗产,过去显然是重视不够的。比如,20世纪30年代出版的《中国新文学大系·建设理论集》,其中收有小说、诗歌、戏剧的理论建设资料,唯独没有现代散文的理论建设部分;在解放后的有关现代文学史专著和研究论文中,也仍未注意这个问题。这儿,我们想在相当丰富复杂的史料基础上,粗线条地勾出中国现代散文理论建设的大致轮廓。

中国现代散文的理论建设,服从于时代的战斗需要,服从于破坏封建旧文学和建设科学民主的新文学的需要,同时也为现代散文自身发展的内在规律所决定的。它的发展进程是同现代中国历史前进的步伐和散文创作发展的状况大体相适应的,大致可分为三个阶段,即1917至1927年为第一段,1927至1937年为第二段,1937至1949年为第三段。

1917至1927年是中国现代文学史上破旧立新的十年,也是中国现代散文创作和理论建设的破旧立新的十年。

鲁迅说过中国现代散文是"萌芽于'文学革命'以至'思想革命'的"(《小品文的危机》)。1915年《新青年》创办不久,就发起"打倒孔家店"的反封建"思想革命"。1917年年初,胡适发表了《文学改良刍议》,陈独秀发表了《文学革命论》,钱玄同、刘半农等先后发表支持"文学革命"的论文,鲁迅发表了体现"文学革命"实绩、震撼整个中国思想界的小说《狂人日记》和杂文等,于是一场轰轰烈烈,包涵着文学的思想内容、创作方法、体裁样式和语言形式的空前广泛而深刻的"文学革命"在中国大地上出现了。"文学革命"的倡导者,猛烈抨击封建旧文学的"代圣人立言"、"载"儒家之"道"的思想内容,坚决否定封建旧文学的早已僵化了的文言文这一语言形式,大力提倡"平民"、"写实"、求"真"而通俗的白话文学。在他们看来,只有白话文学才能承担起宣传科学民主思想,实行反帝反封建思想启蒙,以便改造中国的历史使命;也只有白话文学才能使当时濒临绝境的中国文学获得新生。从"文学革命"口号提出后,"文学革命"倡导者在同林纾、"国故派"、"学衡派"、"甲寅派"等封建复古派的斗争中,反对僵化垂死的文言文和提倡新鲜活泼的白话文,始终是斗争的一个焦点;而他们所反对的文言文和所提倡的白话文,首先指的就是散文。因此,他们所进行的这几个回合的卓有成效的斗争,理所当然地推动了中国现代散文的创作和理论的发展。

在这破旧立新的十年中,现代散文的理论建设可以概括为三点:一是散文的概念从一般的广义的散文向纯文学散文概念的发展;二是散文理论的倡导者较侧重于输入外国的散文理论;三是突出强调散文要"写实"求"真",表现作家的真情实感和个性特征。

从1917年至1921年前,"文学革命"的倡导者所提倡的白话散文,还是与韵文、骈文相对的比较一般广泛的散文概念。例如刘半农,他在1917年5月发表的《我之文学改良观》中,在中国现代文学史上第一次提出"文学散文"的概念,但他所认为的"文学散文"是指与"诗歌戏曲"相对的"小说杂文",即指一切带有文学性质的散行文字,他一时还划不清小说和文学散文的界限。又如傅斯年写于1918年12月的《怎样做白话文》一文,是篇专门论述白话散文写作的文章。他把散文与诗歌、小说、戏剧并列,认为散文包括"解论""驳论""记叙""形状"四种,做好白话散文的"凭藉"是:"一,留心说话,二,直用西洋词法",说明他虽然把散文从同是散行文字的"不歌的戏剧"和"小说"中划出来了,但从他对散文种类的认识和他所认为的做好白话散文的两个"凭藉"看,他只是把散文看为一种文体而不是一种文学形式。

1921年后,周作人发表《美文》①,王统照发表《纯散文》②和《散文的分类》③,胡梦华发表《絮语散文》④,这些是这一时期散文理论建设的重要文章。此外,如胡适的《建设的文学革命论》《五十年来中国之文学》,以及孙伏园、周作人在《语丝》上讨论《语丝》文体的文章,也都涉及散文的理论建设问题。

　　在周作人、王统照、胡梦华等的文章中,他们已不是把散文仅仅看为广义的散行文体,而是视作狭义的特殊的文学形式,这标志着当时文艺界对白话文学散文特质认识的深化和飞跃。例如,周作人把文学散文称为"美文",王统照则称它为"纯散文"(pure prose),说它能"使人阅之自生美感",胡梦华则称它为"一种不同凡响的美的文学";同时,他们又都把文学散文同诗歌、小说、戏剧并列,看作是一种有独立存在价值的特殊文学形式。

　　以上诸文都带有"五四"时期人们对中国古典文学优秀传统估价不足的偏向,较侧重于介绍欧美的散文创作和散文理论。周作人在《美文》里,要人们在写作散文时,以欧美的"爱迪生、兰姆、欧文、霍桑"以及"高尔斯威西、吉欣、契斯透顿"诸人的"美文"为"模范"。王统照的《散文的分类》,把散文分为:"历史类的散文"、"描写的散文"、"演说类的散文"、"教训的散文"、"时代的散文"即"杂散文"或"杂文"五种。王统照的散文分类根据的是韩德(通译亨德——笔者)的理论,举例以外国散文创作为主。胡梦华的《絮语散文》,系统介绍欧洲的"絮语散文"(Familiar Essay)的源流,介绍法国的孟田(通译蒙田),英国的培根、约翰孙、高尔斯密、艾狄生、史第尔、兰姆、韩士立等"絮语散文"名家的创作。这里必须特别指出的是,鲁迅1924年翻译的日本文艺评论家厨川白村《出了象牙之塔》中有关英国Essay(小品随笔)的评述,对中国现代散文的创作和理论建设曾产生过深远的影响。以上诸文也存在着对当时已相当

---

①　见1921年6月8日《晨报》,署名子严。
②　见1923年6月21日《晨报副刊·文学旬刊》第3号。
③　见1924年2月21日、3月1日《晨报副刊·文学旬刊》第26、27号。
④　见1926年3月《小说月报》第17卷第3期。

繁荣的中国现代散文创作注意不够的倾向。"五四"新文学运动兴起后，中国现代散文创作出现了"忽如一夜春风来，千树万树梨花开"的空前盛况。当时像鲁迅等的战斗杂文，在"社会批评"和"文明批评"之中，已显示了所向披靡的战斗锋芒；像瞿秋白的文艺通讯《饿乡纪程》和《赤都心史》，如初升的朝霞一样新鲜绚烂；鲁迅、周作人、朱自清、谢冰心、郭沫若、郁达夫、许地山、叶圣陶等的小品散文，则像清晨带露的鲜花一样清新隽美。

这时期的散文理论一般还是突出强调散文要写实求"真"，表现作家的真情实感和个性特征的。这既是当时时代精神的反映，又是就散文这一特殊文学形式立论的。周作人在《美文》中认为，"文章的外形与内容，的确有点关系，有许多思想，既不能做为小说，又不适于做诗，……便可以用论文 ① 式去表他。他的条件同一切文学作品一样，只是真实简明便好。"胡梦华在《絮语散文》中则认为，抒情诗和散文是"近世自我的解放和扩大"的产物。他指出"絮语散文"，"不是长篇阔论的逻辑的或理解的文章，乃如家常絮语，用清逸冷隽的笔法所写出来的零碎感想的文章"。他特别强调"絮语散文"的特性，不仅在于它是"家常絮语"，"家人絮语"，更重要的还在于"作者和作品的关系"，这就是人们从一篇"絮语散文"里，"可以洞见作者是怎样一个人：他的人格的动静描画在这里面，他的人格的声音歌奏在这里面，他的人格的色彩渲染在这里面，并且还是深刻的刻画着，锐利的歌奏着，浓厚的渲染着。所以它的特质是个人的，一切都是从个人的主观发出来，……"在散文中必须表达作者真实的思想感情，这是第一阶段散文理论所普遍强调的，也是中国现代散文的宝贵传统。

从 1927 年至 1937 年的第二次国内革命战争时期是第二阶段，这是现代散文创作和理论建设的全面丰收的"金色的秋天"，是现代散文创作和理论建设中的高峰。继此之后，固然也有新的开拓和发展，但总的成就远不如这一阶段。这是需要我们着重加以总结的。

这十年比起前十年是中国现代文学史上更加伟大的十年。这十年的

---

① Essay 亦译为论文，这里指的是艺术性的美文。

新文学运动主流是我们党领导的无产阶级革命文学运动,以及受到它的积极影响、与之互相配合的革命或者进步的民主主义作家的文学活动。这十年复杂尖锐的社会斗争和革命文艺运动促进了文艺的伟大发展。这一时期的散文创作,在前一时期取得的成就的基础上,从复杂尖锐的社会斗争中吸取源泉,从中外散文的优秀传统中吸取营养,散文创作的社会内容明显扩大了,它获得蓬勃的发展,取得辉煌的成就。这一时期,出现了为数众多的专登散文或辟有散文专栏的期刊报纸,在30年代前期"小品文"风靡整个文坛,出现了大量的散文名家,其中鲁迅和瞿秋白的杂文创作达到他们一生的光辉顶点,成了新文学史上难以企及的高峰。此外,还出现了一批才华焕发、风格卓异的新秀。

散文创作的蓬勃发展和人们对散文创作的普遍重视,推动了散文的理论建设的丰富和发展,其突出表现是:文学散文概念特别是散文样式理论的丰富和发展;较为全面地总结当代散文创作的成就和经验,探讨它的风格和流派;比较正确对待中外散文的优秀传统。

这一时期文学散文概念的丰富和发展,主要表现在散文的取材范围、散文的思想倾向和散文的各种样式创新诸方面。在30年代前期以林语堂为代表的"论语派"和以鲁迅为代表的左翼作家之间关于小品文的争论,中心是围绕着散文创作的思想内容和倾向展开的。林语堂是小品文创作的积极鼓吹者,他先后主编过《论语》《人间世》《宇宙风》等小品文刊物。林语堂等对小品文创作的积极提倡,对当时散文创作的发展,应该说是起了"推波助澜"的作用的,当时也有不少著名的进步作家在他主编的销路很广、影响颇大的小品文刊物上发表散文;林语堂的小品文理论主张中关于小品文写作技巧的某些论述,有其可取之处,但总的理论体系则是错误的有害的。林语堂虽然说小品文创作"内容","包括一切,宇宙之大,苍蝇之微,皆可取材",但他仍规定其"取材""范围"与思想倾向是"特以自我为中心,以闲适为格调"(《〈人间世〉发刊词》);他所主张的小品文创作的内容和倾向,在其他地方他就告白得更明确了。如在1935年的《人间世》第22期的《我们的希望》中说:"本刊以小品文为号召,⋯⋯专重在闲散自在笔调,⋯⋯至于内容,除不谈政治外,并无限制",在同年的《宇宙风》的《且说本刊》中则说该刊"所以不专谈救国,也不是我们不愿救国,只是不愿纸上谈兵。若有人相信此时之国尚系纸上空谈之所能救,不妨投稿他处谈谈,我们也很愿意看看。"在这些荒谬主张影响下,当时有人竟说:"小品文只适宜于表现苍蝇①,小品文只是"清谈"和"摆设"②。这些理论受到鲁迅和左翼作家的驳斥是理所当然的。鲁迅的《小品文的危机》《〈论语〉一年》《小品文的生机》《一思而行》《杂谈小品文》等名文就是直接针对"论语派"的。《太白》杂志社编辑的《小品文和漫画》(1935年3月版)一书征集了许多左翼作家在这场争论中写下的文章。他们认为小品文作家不能脱离时代和人民,他们不管是从国家大事或个人身边琐事取材,都必须说出大众的心里话,在表现方式上,应该灵活自由多样,可以幽默、闲话、絮语,但首先必须是战斗的匕首和投枪。这反映了当时革命和进步作家对散文表现时代和社会职能的认识的深化和发展。他们在论及小品文创作时,常常援引苏联文学顾问会《给初学写作者的一封信》中"小品文的作法"里关于小品文写作的一些论述,如:"小品文,这是最轻妙的世态画,这是所谓文艺的轻骑队","小品文的任务是在给群众以强烈的生活知识",小品文作者"必须创作地工作,研究现实,留心生活","小品文及艺术的作品,它愈艺术化,对它愈有价值,社会意味愈浓愈有效"。鲁迅说得好:"生存的小品文,必须是匕首,是投枪,能和读者一同杀出一条生存的血路的东西;但自然,它也能给人愉快和休息,然而这并不是'小摆设',更不是抚慰和麻痹,它给人的愉快和休息是休养,是劳作和战斗之前的准备。"这段名言包含着丰富的内容,特别是对散文创作的思想内容、思想倾向及其社会功能的精粹概括。它提出了在"风沙扑面,虎狼成群"的时代,小品文的作者必须和"读者"即人民大众的生活和斗争共同着生命,他们创作的小品文的内容和倾向像生活一样生动活泼、丰富多彩,一方面必须表现人民大众为谋求自身解放的革命斗争,是"能和读者一同杀出一条生存的血路"的"匕首"和"投枪";另一方面,它也必须

---

① 见1934年5月11日《大美晚报》。
② 康嗣群:《〈文饭小品〉创刊释名》,1935年2月《文饭小品》创刊号。

"寓教育于娱乐"，即能以丰富的智慧、轻松的幽默、生动的情趣，调剂人民大众的紧张生活，增进他们的知识，陶冶他们的性情，提高他们的情操，满足他们的审美需要，鼓舞他们能更有效地"劳作和战斗"。鲁迅的主张是同林语堂等针锋相对的，昭示了小品文创作的前进方向。

这一时期文学散文样式有了较大的发展。前一时期出现的杂感、随笔、读书记、叙事抒情小品、游记、风土志、书札、日记等文学散文样式，在这第二个十年中，都在新的历史条件下往前发展了；其中杂感发展成为最重要的散文样式，包括通讯特写和速写在内的报告文学，更是散文领域中一支军容壮盛的新军。

鲁迅和瞿秋白就是这个时期中国现代散文史上最重要的杂文理论家。他们在这时期对杂文创作作了全面而深刻的理论总结。鲁迅论及杂文时说："其实'杂文'也不是现在的新货色，是'古已有之'的，凡有文章，倘若分类，都有类可归，如果编年，那就只按作成的年月，不管文体，各种都夹在一处，于是成了'杂'……况且现在是多么切迫的时候，作者的任务，是在对于有害的事物，立刻给以反响或抗争，是感应的神经，是攻守的手足。"（《且介亭杂文·序言》）他说他的杂文，是"论时事不留面子，砭锢弊常取类型"（《伪自由书·后记》），"所写的常是一鼻、一嘴、一手，但合起来，已几乎是或一形象的全体"（《准风月谈·后记》），虽"不敢说是诗史，其中有着时代的眉目"（《且介亭杂文·序言》），杂文应该"和现在切贴，而且生动，泼辣，有益，而且也能移人情"（《且介亭杂文二集·徐懋庸作〈打杂集〉序》）。他说他的杂文。"虽然文章很短"，却是看了很多书，"绞了许多脑汁"锻炼成的"极精锐的一击"[1]等等。在这里，鲁迅指出了杂文的"杂"的特点，即它在取材内容上的广博丰富和在表现形式上的活泼多样，强调了杂文的现实性、时代性、知识性、趣味性、人情味以及篇幅上的短小精悍等特点。这可看作是鲁迅对杂文这一文学样式的特殊规律的精辟概括。瞿秋白的《〈鲁迅杂感选集〉序言》，是他的杂文理论代表作。他指出："鲁迅的杂感其实是一种'社会论文'——战斗的'阜利通'

---

① 　见许广平：《欣慰的纪念·鲁迅先生的写作生活》。

（Feuilieton）。谁要是想一想这将近二十年的情形,他就可以懂得这种文体发生的原因。急遽的剧烈的社会斗争,使作家不能够从容的把他的思想和感情熔铸到创作里去,表现在具体的形象和典型里;同时,残酷的强暴的压力,又不容许作家的言论采取通常的形式。作家的幽默才能,就帮助他用艺术的形式来表现他的政治立场,他的深刻的对于社会的观察,他的热烈的对于民众斗争的同情。不但这样,这里反映着五四以来中国的思想斗争的历史。杂感这种文体,将要因为鲁迅而变成文艺性的论文（卓利通——Feuilieton）的代名词。自然,这不能够代替创作,然而它的特点是更直接的更迅速的反应社会上的日常事变。"这不仅是对鲁迅杂文创作特征的很好概括,对当时文坛的杂文创作也有指导意义,它是现代杂文理论建设的一份珍贵文献。

　　郁达夫是传记文学的积极提倡者。他的《什么是传记文学》[①] 和《传记文学》[②],概述了中国传统的传记文学的源流及其局限,主张仿效西洋近代传记创立 "一种新的解放的传记文学"。他指出:这种 "新的传记" 应是 "记述一个活泼泼的人的一生,记述他的思想与言行,记述他与时代的关系,他的美点,自然应当写出,但他的缺点与特点,因为要传述一个活泼泼而且整个的人,尤其不可不书。所以若要写新的有文学价值的传记,我们应将他外面的起伏事实与内心的变革过程同时抒写出来,长处短处,公生活与私生活,一颦一笑,一死一生,择其要者,尽量来写,才可见得真,说得像"。他还指出传记文学包括他人写的 "传记"、自己写的 "自传"、他人和自己写的 "回忆" 之类三种。郁达夫当年的这些灼见,直至今天仍很有参考价值。茅盾、曹聚仁、徐懋庸、柳湜、象伟等分别在《文学》《太白》《芒种》《图书展望》等刊物上发表文章,提倡科学小品和历史小品。茅盾在《科学和历史的小品》一文中,说明了什么是 "科学和历史的小品",并指出写作这两种小品的重要意义:"在目前,科学小品和历史小品的写作,是非常切要的。因为这,一方面是科学或历史与文艺的结婚,另一方面是

---

① 见 1935 年傅东华主编的《文学百题》。

② 见《闲书》,良友 1936 年版。

科学或历史走进大众队里的阶梯。"① 在茅盾等的热情倡导下,贾祖璋、顾均正、艾思奇等写作了一批科学小品,历史小品也相继出现。

　　报告文学无疑是这一时期新出现的重要的文学散文样式。报告文学是散文的一种,是文艺性的通讯、特写、速写的总称;是文学创作中的轻骑兵。它以灵活自由的文艺形式,迅速及时地表现现实生活中人们迫切关心的、具有典型意义的真人真事,可以进行适当的艺术加工,但不许虚构。它兼有新闻和文艺的特征。30 年代初期,随着阶级斗争和抗日救亡运动的高涨,出现了报告文学运动的汹涌浪潮。1930 年 2 月成立的"左联",是当时报告文学运动的倡导者和组织者。它一成立,就组织发起"工农兵通信运动",提倡"经过种种煽动宣传的工作,创造我们的报告文学(Reportage)吧!"②1931 年,上海左联执行委员会决议《中国无产阶级革命文学的新任务》中,重申上述意见。袁殊的《报告文学论》③,阿英的《从上海事变说到报告文学》④,胡风的《关于速写及其他》⑤,周立波的《谈谈报告文学》⑥,茅盾的《关于"报告文学"》⑦ 等,都是这一时期报告文学的理论建设文章。袁殊的《报告文学论》提出一个好的报告必须有三个条件:一是敏锐的感觉与正确的生活的意志;二是对社会的强有力的感情;三是和被压迫者阶级紧密的团结的努力。茅盾的《关于"报告文学"》一文对报告文学的特征作了很好的概括:"'报告'的主要性质是将生活中发生的某一事件立即报告给读者大众。题材既是发生的某一件事,所以'报告'有浓厚的新闻性;但它跟报章新闻不同,因为它必须充分的形象化。……'报告'作家的主要任务是将刻刻在变化刻刻在发生的社会和政治的问题立即有正确尖锐的批评和反映。好的'报告'须要具备小说所有的艺术上的条件——人物的刻画,环境的描写,氛围的渲染等等;但是'报告'和'小

---

① 见 1935 年 5 月《文学》第 4 卷第 5 期。
② 《无产阶级文学运动新的情势及我们的任务》,载 1930 年 8 月《文化斗争》第 1 卷第 1 期。
③ 见 1931 年 7 月 13 日《文艺新闻》。
④ 见南强书局 1932 年 4 月版《上海事变与报告文学》。
⑤ 见 1935 年 2 月《文学》第 4 卷第 2 期。
⑥ 见 1936 年 4 月《读书生活》第 3 卷第 12 期。
⑦ 见 1937 年 2 月《中流》第 1 卷第 11 期。

说'不同……'小说'的故事,大都是虚构……'报告'则直须是真实的事件。"当时人们对于"报告文学"究竟是文学散文的一种,还是一种"独特"的文学形式,看法并不一致。阿英、周立波、茅盾认为它是一种从散文发展而来并从中分化出来的独特的文学形式,而袁殊 ①、郑伯奇 ②、朱自清 ③ 等人则认为"报告文学"是文学散文的一种。我们认为,从报告文学反映现实生活中的真人真事,熔叙事、抒情、议论于一炉,表现方式的灵活自由多样化等方面看,它是属于文学散文范畴。

随着现代散文创作、特别是叙事抒情散文的日益繁荣,较为全面地总结和研究现代散文创作成就和经验的理论文章和专著,如雨后春笋,大量涌现。朱自清的《论现代中国的小品散文》④,钟敬文的《试谈小品文》⑤,是这时期较早出现的总结和研究现代散文创作理论的重要文章。此外还有:一是现代散文选集的序跋。如阿英写于1934年的《〈现代十六家小品〉序》,1935年周作人的《〈中国新文学大系·散文一集〉导言》,郁达夫的《〈中国新文学大系·散文二集〉导言》,1936年孙席珍的《〈现代中国散文选〉跋》等等。二是关于散文作家的专论。如茅盾的《鲁迅论》、《王鲁彦论》、《徐志摩论》、《庐隐论》、《冰心论》、《落华生论》,许杰的《周作人论》,胡风的《林语堂论》,赵景深的《丰子恺和他的小品文》等。三是研究小品文创作的专著,有李素伯的《小品文研究》、冯三昧的《小品文作法》、石苇的《小品文讲话》、金铎的《小品文概论》、洪尘的《小品文十讲》、钱谦吾的《语体小品文作法》等。仅从以上不完全的书单就可以看出当时人们研究现代散文的盛况。而且如鲁迅、瞿秋白、茅盾、朱自清、郁达夫、阿英诸人,则既是杰出的散文家,又是著名的散文理论家,他们的研究成果,自然是中国现代散文理论建设的宝贵财富。

郁达夫的《散文二集导言》,是从他的民主主义观点和运用西方的散

---

① 见《报告文学论》。
② 见《小品文问答》,收入《小品文和漫画》。
③ 见《什么是散文》,载于《文学百题》。
④ 见《文学周报》第 345 期,1928 年。
⑤ 见《文学周报》第 349 期,1928 年。

文理论来深入研究中国现代散文创作的。他对中国现代散文的特征（即："个人"的发现,取材范围的扩大,人性、社会性和自然的调和,以及幽默味等）的概括,他所指出的中国现代散文同中外传统的关系,应该说是在一定程度上揭示了中国现代散文的特征及其发展规律的;郁达夫对他所选的鲁迅等 16 位散文作家创作风格的评议,也是很精辟的。朱自清早在 1928 年的《论现代中国的小品散文》,就指出中国现代散文创作的样式、风格和流派的多样性,他说:"就散文论散文,这三四年的发展确是绚烂极了:有种种的样式,种种的流派,表现着、批评着、解释着人生的各面,迁流曼衍,日新月异:有中国名士风,有外国绅士风,有隐士,有叛徒,在思想上是如此。或描写,或讽刺,或委曲,或缜密,或劲健,或绮丽,或洗炼,或流动,或含蓄,在表现上是如此。"但对中国现代散文创作的风格和流派作较具体深入研究的要推阿英。阿英为他所编的《现代十六家小品》写了总《序》和小《序》。总《序》勾画"五四"以来中国现代散文发展的历史轮廓,小《序》则对从鲁迅至陈西滢等 16 位散文作家进行评论。阿英写的《序》,基本上是应用鲁迅和瞿秋白的观点,值得注意的是他对中国现代散文创作的风格和流派做了比较深入的研究,这是他对中国现代散文理论建设的独特贡献。阿英对他所选的"十六家"的创作风格则做了比郁达夫更深入细致的精湛分析,其中许多意见是很中肯的。我们觉得,对中国现代散文的发展规律和特征、风格和流派作这样的研究,在此之前,没见过,在此之后,也不经见。

同前期一样,这时人们还是比较重视介绍外国的散文理论,特别是苏联文学顾问会《给初学写作者的一封信》中关于小品文的论述,德国著名的无产阶级报告文学家基希的关于报告文学的理论,约翰·里德和史沫特莱等关于报告文学的创作经验也被介绍过来,这是同当时蓬勃发展的无产阶级革命文艺运动相适应的。与前一时期不同,这时人们比较正确对待中国古典散文传统,比较重视从中国古典散文的优秀传统中吸取养料。

第三阶段是从 1937 年抗日战争全面爆发至 1949 年第三次国内革命战争胜利的十二年。在这十二年中,历史是在抗日战争和民主革命战争的漫天烽火中前进的,人民的力量空前壮大。夺取民族民主革命战争的胜利,是中国人民的神圣使命。反映到散文创作上来,这一时期的散文密切配合当时的形势,杂文和报告文学相当繁荣,叙事抒情散文则相对少了些。对散文理论的探讨虽然不如前一阶段,但就杂文、叙事抒情散文和报告文学等散文样式如何更好地为时代服务和提高艺术表现力等问题,也有一些新的开拓。

一是探讨如何继承和发展鲁迅杂文的战斗传统。

我们知道,杂文是一种战斗性很强的文艺性政论,它是以针砭时弊、讽刺和揭露现实中落后、黑暗、反动的东西为其主要特征的,杂文作者在写作中往往是把他们对光明和进步的热爱和追求,寄托在他们对落后、黑暗、反动东西的讽刺和揭露之中的;除此之外,也还有取材于现实中的光明和进步事物的歌颂性杂文。在抗日战争时期的国统区和解放区,在解放战争时期的国统区,曾多次围绕杂文问题发生过争论,这些争论推动了杂文的理论建设。

在这几次争论中,有个贯穿始终的中心问题是:鲁迅的杂文时代是不是过去了,鲁迅风的杂文还要不要? 这实际上是如何继承和发展鲁迅杂文的战斗传统问题。1941 年 8 月,当时是党的地下文委负责人的巴人(王任叔)在《四年来的上海文艺》① 一文中,回顾了"孤岛"时期上海文艺界进步作家在 1938 年和 1941 年同汪伪蒋帮反动文人关于杂文问题的争论。第一次是 1938 年,巴人回顾说:"一方面(指蒋汪反动文人——笔者)认为中国业已抗战,世界已经光明,'讽刺的时代已经过去了','鲁迅风'的杂文要不得;纡回曲折,晦涩苍凉,这不过是无聊文人的搦笔杆。而另一方面(左翼进步作家——笔者),则认为'讽刺的时代'并没有过去。且限于上海当前环境,为求文字可以发表,或更增加一些艺术的暗示力量,就是纡回曲折一点也无妨。'鲁迅风'的杂文还须提倡。"1940 年平江惨案,1941 年"皖南事变"发生,上海的左翼、进步作家在《文艺阵地》《文艺新潮》上提倡"暴露文学",号召"重整杂文",他们认为要暴露蒋汪合流黑幕,戳穿蒋帮反共卖国的反动面目,最好的武器还是"鲁迅风"的杂文,荆

---

① 见《上海周报》第 4 卷第 7 期。

棘心在《保卫杂文》中说："保卫杂文,也就是保卫鲁迅。"①《杂文丛刊》第四辑编者在《后记》中说："讽刺时代回来了,我们要迎击。要击退这新的讽刺时代,杂文要磨尖。"1942年延安关于杂文问题的讨论中,也触及到鲁迅的杂文时代是否过去的问题。金灿然的《论杂文》中说："在民族斗争已走入白热化,而阶级斗争则以微妙的曲折的方式进行着的时代,杂文的时代不惟没有过去,而且正对着辽阔的发展前途";"当然,说杂文时代没有过去,并不否认杂文的题材、内容、格式、对象等等的随着时代及环境的不同而有所变易,只有这样,杂文才能适合战斗的需要"。他又发问:"那么,鲁迅的杂文时代是否过去了呢?"他明确回答:"在新民主主义没有完成以前,他的杂文时代是不会过去的","在无产阶级及人类未彻底解放以前,他的杂文时代是不会过去的"。②1946年,当国民党反动派全面发动内战,把人民淹没在"内战的血泊中","用有声的子弹"造成"无声的中国"时,那些为国民党反动派"歌功颂德的苍蝇们"嗡嗡嚷着:"鲁迅的时代已经过去了",思慕在《杂文的一些问题》中给予迎头痛击,尖锐指出:"岂止没有过去,比'鲁迅时代'更严重的时代已经沉沉地压在我们头上了。我们十倍地需要鲁迅先生,需要鲁迅风的杂文,战斗性的杂文"。③

在新的历史条件下,人们比较注意探讨杂文创作的讽刺和歌颂的问题,杂文的大众化问题。1941年,穆子沁在《写在杂文的重振声中》里,指出杂文不仅可以用于"讽刺",也可用于"歌颂",他说:"……杂文不只用于讽刺。现实中为我们所爱的肯定的一面,正在萌芽,正在新生,这在我们的笔底下,就从讽刺变成歌颂。歌颂却并不是膜拜。歌颂有着鼓舞也有着追求——对于更理想的事物的追求。"④该刊编者在《后记》中也申述同一观点:"……因为杂文固然有强烈的憎,而且也有着热忱的爱。它不仅要讽刺,要搏击;也要歌颂,也要用于批评。"我们上面提过的金灿然在《论杂文》中,批评当时延安有人把杂文与暴露"黑暗"等同、与歌颂"光明"

① 见《上海周报》第4卷第12期,1941年9月。
② 见1942年7月25日《解放日报》。
③ 见《野草》新2号,1946年11月。
④ 见《杂文丛刊第四辑·湛卢》。

对立的偏颇,他认为解放区的杂文创作"要把注意力放置在已经开始生长和活动的东西上",杂文作家要"接触新的生活","走出文化人的狭小圈子,与广大的工农兵相结合"。他推崇焕南老(谢觉哉)写的正面反映边区建设的杂文《一得书》,是"杂文的新格","指出了杂文的一条广阔的新途径"。林默涵的杂文集《狮和龙》也触及了杂文创作的讽刺和歌颂的问题。集子中的"龙"象征虚无缥缈、走向灭亡的封建统治者,"狮"象征威猛实在、代表未来的人民力量。作者辛辣讽刺前者而热情歌颂后者。其中的《讽刺和歌颂》一文,就是专说这问题的。这儿,我们想再顺带指出,杂文同漫画、相声、喜剧等艺术形式一样,可用于讽刺,也可用于歌颂;但它也和它们一样,是以讽刺和揭露为主要特征的,如果取消讽刺和揭露,那就等于取消这些文艺样式。黄远的《论杂文大众化》① 一文较早提出杂文的大众化问题。他认为杂文的大众化,应从掌握大众化的理论武器、取材大众化、使用语言大众化、典故和比喻不能太晦涩等方面着手。思慕在《杂文的一些问题》里,批评当时一些杂文"阴晦""奥涩","一般读者看不懂",他希望"写杂文的朋友注意和讨论"杂文的"通俗化"问题。周达的《杂文应走普及的道路》② 也是。提出杂文的大众化和通俗化,反映了文艺大众化的要求,也有利于更好发挥杂文的战斗作用,可惜当时并没有就这一问题展开较深入的讨论。

二是探讨叙事抒情散文如何抒写作者的真情实感、创造作品的"意境"。

葛琴的《略谈散文——散文选序》③ 一文,对叙事抒情散文做了较为深入的研究。这是为一部"不限一个时代""不限于一种气质",从而可以"看看各个时代""各个作家的风格"的现代散文选本而写的序。葛琴关于"散文"的概念,是排除杂文、报告文学等在外的最狭义的散文概念。实际上她所认为的"散文",就是"以抒发作者对真实的事物的情感和思想为主的"叙事抒情散文。葛琴概括了它的三个特点:第一,它不同于诗与散文诗,在形式上较自由,在内容上不采用虚构题材,它是作者对真

---

① 见《杂文丛刊第四辑·湛卢》。
② 见《文艺生活》海外版第 1 期,1948 年 2 月。
③ 见 1942 年《文学批评》创刊号。

实的人和事以及周围环境和自然景物所抒发的感想的记录;第二,它不同于速写和报告,对故事的描述并不重要,以抒发作者思想感情为主;第三,它不同于杂文,虽也发些议论,但它更接近诗,"诗的感情"是其重要因素。葛琴认为写好散文,作者必须具备两个"重要条件",她对这两个"重要条件"的阐述相当深刻精彩。她说:"第一个重要条件,就是真实的情感,并且我们应该指出,这种情感是和作者的思想力相关联的。一个艺术作者,对于宇宙与人生的问题,对于历史与社会的问题,常常是在思考着、探索者,因此日常一切具体的事物,往往会特别敏锐地引起他的情感的激发,一个作家的思想力愈强烈,他的情感愈崇高、优美、真实,于是文章的感召力愈强烈,在一篇散文中间,是比在一篇小说或速写、报告中间,更容易显出作者的性格、思想和人生观的。一个没有真实情感的人,即使文字如何美丽,也绝难写出一篇动人的散文,这中间是很难有矫饰和捏造的余地。""第二个重要条件,便是朴素,有什么就说什么,不需要雕刻堆砌和虚构,这样才能显出原来的真实情感。有许多美丽的散文,大抵是描写身边琐事,平平写来,却极动人,这就是由于它的朴素无华,行文如流水,任其所至,不加壅阻,文章便显得自然、真实。所谓散文美,也就是指这种朴质和真挚。在言语的使用上,我们应该尽量明朗达意,避免故意雕琢,以损害原来的情感。"最后葛琴又强调指出:"散文既是作家情感与思想的直接抒发,所以从散文作品中间,更容易看出一个时代的精神状态和文学的倾向","因此,在散文的写作上……我们要求作家们特别是青年作家们,更努力地从实际生活战斗中,去培养我们的情感和思想力,把这些转化为时代的花朵——文学"。葛琴写的这篇《序》,虽然篇幅不大,却是篇有深度和高质量的散文理论建设文章。她坚持了现代散文创作的"写真实"的现实主义优秀传统。她对于散文创作中的写实求真、表现作者的真情实感和个性特征等重要问题,特别是关于作者的"真实的情感"同他的"思想力"即世界观的内在联系等的论述,比起前两个阶段的有关理论要深刻得多。

叶圣陶、朱自清、唐弢等三人的《关于散文写作——答编者问》[①],回答

---

① 见《文艺知识》连丛第一集之三,1947 年 7 月。

了《文艺知识》编者提出的关于散文写作的八个问题,如"散文、小品文、杂文"有什么区别,散文创作的结构和语言、意境、灵感等。

在中国现代散文史上,关于文学散文概念的内涵和外延,从来没有统一过。叶、朱、唐三人既是散文名家又是散文理论家,所以他们的意见值得重视。他们的意见是一致的,认为小品文和杂文虽有区别,但都属于文学散文范畴。唐弢甚至还把属于报告文学中的"速写"同杂感随笔、游记并提,说它们"都可以是散文的形式"。叶、朱、唐在答编者问中,一般地是回答了文学散文创作的问题的,但其中谈到的"意境"问题则较侧重于叙事抒情散文的写作立论的。在抒情散文写作中追求诗的情感和诗的意境,显然是提高创作水平的重要问题。而正面论述这个问题,这在现代散文的理论建设史上还不多见,叶圣陶认为:"接触事物的时候,自己得到一点什么,就是'意境',也就是'君子无入而不自得'一句话里那个'自得'的东西。"朱自清认为:"意境似乎就是形象化,用具体的暗示抽象的。意境的产生靠观察和想象。"唐弢则谈得更深入,他在引述王国维《人间词话》里关于诗词境界的一段话后说:"出现在文学作品里的境界,正是我们所说的意境。王静安的看法大体上很不错。一个意境的产生,是由作者的经验,配上当前的题材,也就是想象和事实两者糅合而成的新的境地,这是不允许伪造的。'合乎自然','邻于理想',作为其中骨干的一个字:真。不真,就不能唤起读者的共鸣,使作品失去应有的力量了。"上述三人都从不同角度谈了自己对意境的看法,都值得重视。

三是对报告文学的文学化和民族化问题的探讨。

抗日战争全面爆发,出现了报告文学的繁荣。以后在国统区随着蒋介石的消极抗战、积极反共,报告文学创作沉寂下去了。但在解放区,报告文学创作的浪潮则日益汹涌澎湃,特别是1942年的延安文艺整风运动后,党中央和毛泽东同志一再鼓励作家深入到工农兵火热斗争生活中去,写作反映他们斗争生活的报告文学。

在报告文学运动蓬勃兴起时,就有人提出要重视报告文学的理论建设。例如署名为辛的在《文艺通讯的现阶段》中,就提出在报告文学运动中,"仍然需要建设的理论,以作实践的遵循。无论是对于文艺通讯本质的界说,对于组织活动的商讨,都需要从实践中去发掘我们的理论,再从理论中去加强我们的实践。"① 适应这种要求,一批外国作家创作的报告文学名著译介来了,外国有关报告文学写作的理论文章和著作译介来了,还有我们自己写的介绍报告文学和批评报告文学的理论文章也大量出现了。这些文章针对当时的报告文学创作现状集中阐述的一个问题是:报告文学不应该只是新闻性的报告,而应该是文艺性的报告,也就是报告文学的文艺化形象化的问题。周钢鸣的《报告文学者的任务》②,岳昭的《报告文学者应有的认识》③,都指出:一个报告文学家必须兼有新闻记者和作家的修养和才能。魏猛克的《抗战以来的中国文艺界》④,罗荪的《抗战文艺运动鸟瞰》⑤,张秀中《谈"报告文学"》⑥ 等,都批评当时的许多报告文学只是新闻报道而不是报告文学。罗荪正确指出:"报告文学不仅仅是单纯的报告现实事件,不仅仅是为了'伟大的作品'搜集或储备材料,更不是没有熟练的技巧而能写好报告文学的。因为它必须具备着文艺形象化的能力,具备着正确的观察现实的能力,具备着选择和剪裁的能力,它也必须和其他文艺样式一样,具备着在报告的事件中所表现的中心思想,才不至于只有'报告'而没有'文学'。"李广田的《谈报告文学》⑦,提出报告文学者应当具备的三个条件:第一要确立正确的宇宙观,第二必须热心地参加生活,观察生活,第三必须有较高的艺术修养。何其芳写于 1946 年 11 月的《报告文学纵横谈》⑧,是报告文学理论建设中的重要文章。在这篇用漂亮的散文笔调写成的论文中,何其芳批评当时的报告文学落后于沸腾战斗生活的状况,就发展和提高报告文学创作水平谈了三点意见:深入"广阔的生活",报告文学的"中国化"和"大众化"的问题。

---

① 见 1939 年《文艺新潮》第 1 卷第 10 期。
② 见 1938 年 6 月《文艺》第 1 卷第 1 期。
③ 见 1938 年 11 月《文艺》第 2 卷第 3 期。
④ 见 1938 年 10 月《抗战文艺》第 2 卷第 6 期。
⑤ 见 1940 年 1 月《文学月报》创刊号。
⑥ 见 1942 年 7 月 24 日《解放日报》。
⑦ 见《文学枝叶》,群益出版社 1948 年版。
⑧ 见《关于现实主义》。

　　以上我们回顾了从 1917 年"文学革命"口号提出到 1949 年新中国成立的 32 年中国现代散文理论建设的一般状况,其中第一阶段是破旧立新的十年,第二阶段是全面丰收的十年,第三阶段是在一些领域有新的开拓和深入的十二年。在这 32 年中,现代散文理论建设园地的辛勤开拓者和耕耘者们,他们是当年鲁迅说的心中有"理想之光"的"破坏者"和"建设者",他们固然也有"破坏",有"争论",有"批判",但主要的是在"破坏"、"争论"、"批判"中进行坚韧有效的建设!唯其如此,这块园地才会这样花繁叶茂,果实累累,这里面的历史经验值得我们去认真总结。

——《福建师大学报》1981 年第 1 期

中国现代散文理论建设管窥^①

中国现代散文是新文学百花园中的繁花茂卉。它的发展有个突出特点，即它比较重视散文的理论建设。在中国现代散文史上，散文的创作繁荣和散文的理论探讨是相伴随相促进的。中国现代散文史，不仅有群星灿灿、人才济济的散文大家，也给我们留下了丰富的理论遗产。对于这份遗产，过去显然是重视不够的。30 年代出版的《中国新文学大系·建设理论集》，收有诗歌、小说、戏剧的理论建设材料，唯独没有散文部分，解放后的有关中国现代文学史专著和研究论文，也未注意散文的理论研究。本文拟对几个重要问题作一些探索。

一

中国现代散文是一种范围广泛的文学形式。它可以议论、可以叙事、可以抒情，或兼而有之。它的发展初期有随感、短评、札记、游记、风土志、人物记、书信、日记等样式，当时统称为小品散文或小品文。鲁迅的名篇《小品文的危机》所说的小品文，指的就是上述那些样式。以后随着散文创作和理论的发展，随感短评等发展为战斗性很强的杂文，小品散文有的

---

① 编者注：本文系作者与姚春树等合作，第一部分据前文缩写而成。

发展为富于文艺性的叙事抒情散文,有的变为闲适性小品,迅速及时地反映生活中真人真事的速写、通讯、特写及报告文学,又是新兴的散文样式。

中国现代散文的理论建设,是服从于时代的战斗需要,服从于破坏封建旧文学、建设科学民主的新文学的需要,同时也为现代散文自身发展的内在规律所决定的。它探讨了散文艺术规律的许多方面:诸如散文的概念、思想倾向、样式、写作艺术、风格流派以及现代散文创作与中外古今散文传统的关系等等。它的发展进程是同中国现代历史的前进步伐和散文创作状况大体相适应的,大致可分为三个时期,即 1917 年文学革命至 1927 年大革命失败为第一期,1927 年下半年至 1937 年抗日战争全面爆发前为第二期,1937 年抗日战争全面爆发至 1949 年解放战争胜利前夕为第三期。

第一期是中国现代散文理论建设的“破旧立新”的初创发展时期。主要内容是:

其一,散文的概念从只是与韵文相对的一般广泛的散文向纯文学散文的发展。

刘半农于 1917 年 5 月发表在《新青年》上的《我之文学改良观》和傅斯年于 1919 年 2 月发表在《新潮》上的《怎样做白话文》,都提倡写作白话散文,但他们只是把散文看成是与韵文相对的散行文体而不是一种文学形式。1921 年后,周作人发表了《美文》,王统照发表了《纯散文》和《散文的分类》,胡梦华发表了《絮语散文》,他们在这些理论文章里,已不是把散文看为广泛的散行文体而是视作与小说、诗歌、戏剧并列的特殊的文学形式,他们都针对当时复古派把凝炼隽美的古典散文称为美文,而把白话散文斥为俚俗粗鄙的“街谈巷语”,理直气壮地把白话文学散文称为“美文”。这既打破了“美文”不能用“白话”的“迷信”(见胡适《五十年来中国之文学》),也引导初创期的白话散文创作从一般散行文体向美文学跃进。

其二,反对封建旧文学的“文以载道”、“代圣贤立言”,突出强调散文创作要写实求“真”,强烈表现作家的真情实感和个性特征。

周作人在《美文》里指出文学散文的特殊性,又说它“同一切文学作品一样,只是真实简明便好”。鲁迅反对“瞒和骗”的文艺(《坟·论睁了眼看》），说读者认为他杂文的最重要特点是"说真话"。胡梦华在《絮语散文》中说诗和散文是"近世自我的解放和扩大"的产物，"絮语散文"的主要特点不在于它是"家常絮语""家人絮语"，而在于"它的特质是个人的，一切都是从个人的主观发出来……"强调散文创作要写实求真，表现作家真情实感和个性特征，是当时时代精神的反映，是就散文这一特殊文学形式立论的，也是中国现代散文的最重要传统。

其三，这时的散文理论倡导者较侧重于大量输入欧美散文创作和理论。

周作人要人们写作散文时以欧美的"爱迭生，兰姆，欧文，霍桑"等为"模范"（《美文》），王统照的散文分类依据的是亨德《文学概论》一书的理论，胡梦华则介绍欧洲从蒙田、培根至兰姆、韩士立等"絮语散文"源流；而对现代散文创作和理论建设产生更深远影响的，是鲁迅译的日本文艺评论家厨川白村《出了象牙之塔》中有关英国 Essay（小品随笔）的评述。这时散文理论对中国古典散文的创作和理论估价不足，也没有来得及对当时异彩纷呈的创作作理论概括和总结。

第二期是中国现代散文理论建设的全面丰收的繁荣鼎盛时期。主要内容是：

其一，文学散文概念的内涵和外延的丰富和发展，这主要表现在散文取材范围、思想倾向的争论和散文各种样式发展创新诸方面。

30 年代初期鲁迅为代表的左翼作家同林语堂为代表的"论语派"关于小品文的论争，中心是围绕散文创作的内容和倾向展开的。林语堂是小品文创作的积极推动者，但他的理论主张的基本倾向是有害的。他主张小品文"不谈政治"，"不专谈救国"，而"特以自我为中心，以闲适为格调"，他的附和者也说"小品文只适宜于表现苍蝇"，小品文只是"清谈"和"摆设"。鲁迅在《小品文的危机》等名文中驳斥了这些谬论，1935年《太白》杂志社编辑的《小品文和漫画》一书，收集了左翼作家在这场争论中写下的文章。他们认为小品文不能脱离时代和人民，不管是从国家大事或个人琐事取材，都必须说出大众心里话，其情趣和表现方式，应该灵活自由多样，可以幽默、闲适、絮语，但首先必须是鲁迅说的战斗的"匕首"和"投枪"。这反映了人们对散文表现时代和人民的社会功能的认识的深化和发展。

在散文样式的发展和创新方面,这时杂文已发展为独立强大的战斗文体,鲁迅给自己和他人杂文集所写的序跋,他围绕杂文论战所写的文章,瞿秋白的《〈鲁迅杂感选集〉序言》等都是人所共知的现代散文史上有关杂文的最重要的理论建设文章。郁达夫是日记文学和传记文学的热心倡导者。他在《日记文学》[①]中指出这一体裁是文学的重要分支。他在《什么是传记文学》和《传记文学》中对建立新传记文学发表的真知灼见,至今仍很有价值。茅盾、曹聚仁、徐懋庸、柳湜、象伟等提倡科学小品和历史小品。茅盾指出写作这两种小品是"非常切要的","一方面是科学或历史与文艺的结婚,另一方面是科学或历史走进大众队里的阶梯"。报告文学是这时出现的重要的散文新样式。左联是报告文学创作的最重要的倡导者和组织者。袁殊的《报告文学论》,阿英的《从上海事变说到报告文学》,胡风的《关于速写及其他》,周立波的《谈谈报告文学》,茅盾的《关于"报告文学"》等,都是这方面的理论建设文章。茅盾指出报告文学的性质是"将生活中发生的某一事件立即报告给读者",它有"浓厚的新闻性","必须充分形象化",可以运用小说创作的艺术方法,但事件必须"真实",不能虚构。

其二,比较全面总结和研究现代散文创作成就和经验、风格和流派。

朱自清的《论现代中国的小品散文》和钟敬文的《试谈小品文》是这时较早出现的这方面的文章。此外还有:现代散文选集序跋,如阿英的《〈现代十六家小品〉序》,周作人的《〈中国新文学大系·散文一集〉导言》,郁达夫的《〈中国新文学大系·散文二集〉导言》,孙席珍的《〈现代中国散文选〉跋》;关于散文作家论的,如茅盾的《鲁迅论》《王鲁彦论》《徐志摩论》《冰心论》《落华生论》,许杰的《周作人论》,胡风的《林语堂论》,赵景深的《丰子恺和他的小品文》等;研究小品文专著的,有李素伯的《小品文研究》、冯三昧的《小品文作法》、石苇的《小品文十讲》、钱谦吾的《语体小品文作法》等等。这琳琅满目的书单反映了人们研究现

---

① 《洪水》第3卷第32期。

代散文的盛况。

郁达夫的《散文二集导言》，概括了中国现代散文特征，即"个人"的发现，取材范围扩大，个性、社会性和自然的调和以及幽默味，指出现代散文同中外传统的关系，评价了鲁迅等十六家创作风格，在一定程度上揭示了现代散文特征及其发展规律。阿英的《现代十六家小品序》，描绘现代散文发展轮廓，研究了现代散文风格流派。阿英把现代散文概括为鲁迅的"社会斗士"派，周作人的"田园诗人"派，林语堂的"逃避现实"派，这种"三分法"虽不科学，但却是有益的尝试。阿英对鲁迅等十六家散文风格做了比郁达夫更深入的研究。对中国现代散文的发展规律和特征、风格和流派作这样的研究是理论上成熟的标志。

其三，比较正确地对待中外散文创作和理论。

同这种风气相适应，这时有大量中国古典散文选问世，特别是晚明小品更是风靡一时，一些研究古典散文和文论的著作也相继出现。同无产阶级文学运动相适应，人们介绍外国散文理论时，注重外国无产阶级作家和革命作家理论，特别是苏联文学顾问会《给初学写作者的一封信》中关于小品文的论述，德国作家基希的报告文学理论，约翰·里德等关于报告文学创作经验，也都被译介过来。

第三期是在某些方面有新的开拓时期，比较集中地探讨三个问题：

其一，如何继承和发展鲁迅杂文的革命现实主义传统。

抗日战争和解放战争时期的国统区和解放区，围绕杂文问题多次发生争论，中心是鲁迅的杂文时代是不是过去了，鲁迅风格的杂文还要不要？实质是要不要继承鲁迅杂文战斗传统问题。1941年，王任叔（巴人）的《四年来的上海文艺》，荆棘心的《保卫杂文》，1942年延安的金灿然的《论杂文》，1946年思慕的《杂文的一些问题》中，都对这问题做了明确肯定的回答。金灿然说在新民主主义革命胜利前，在无产阶级解放全人类历史使命完成前，鲁迅的"杂文时代是不会过去的"。穆子沁的《写在杂文的重振声中》、金灿然的《论杂文》、林默涵《讽刺和歌颂》都指出杂文作者有憎也有爱，杂文可用于讽刺，也可用于歌颂。黄远的《论杂文的大众化》、思慕的《杂文的一些问题》、周达的《杂文应走普及的道路》等都批评一些杂文的晦涩难懂,提倡"大众化"和"通俗化"。关于杂文的讽刺和歌颂、杂文的大众化都是过去杂文理论未曾触及的问题,是在新的历史条件下,使杂文更好地同人民结合的重要问题。

其二,叙事抒情散文如何抒写作者的真情实感、创造作品的"意境"。

1942年葛琴的《略谈散文——散文选序》一文,对叙事抒情散文作了较深入的研究。她所说的"散文",是排除杂文、报告文学在外的狭义文学散文,即"以抒发作者对真实事物的情感和思想为主的"叙事抒情散文。葛琴概括了它的三个特点:形式上的灵活自由,以作者思想感情为主和"诗的感情";指出写好散文的两个条件:与作者"思想力"(即世界观)密切相连的"真实感情"和行文上"朴素无华"的"散文美"。李广田的《谈散文》《论身边琐事与血雨腥风》①也论述了抒情散文创作同扩展生活、转变思想感情的联系,以及散文的特性等问题。

1947年,叶圣陶、朱自清、唐弢在《关于散文写作——答编者问》中,谈到散文概念和散文写作中的"意境"创造。他们所说的散文,是包括杂文、小品散文和报告文学在内的广义文学散文。叶圣陶认为意境是"'君子无入而不自得'一句话里那个'自得'的东西";朱自清认为是"形象化,用具体的暗示抽象的";唐弢认为是作者的"经验"同"当前的题材"即"想象"和"事实"糅合而成的新的境地,骨干是一个"真"字。必须指出,他们强调散文写作应在表现作者真情实感的前提下,去追求"诗的感情"和创造诗的意境。

其三,加强报告文学的文学性和促进报告文学的大众化和民族化。

抗日战争和解放战争中,报告文学蓬勃发展,介绍报告文学理论和批评报告文学的文章大量出现。它们针对报告文学的创作现状集中阐述的问题是:报告文学应该是真实的新闻性的报告,也应该是文艺性的报告。周钢鸣的《报告文学者的任务》、岳昭的《报告文学者应有的认识》、魏猛克的《抗战以来的中国文艺界》、罗荪的《抗战文艺运动鸟瞰》、张秀中的《谈"报告文学"》等,都强调必须加强报告文学的文艺性。何其芳的《报

---

① 见《文学枝叶》。

告文学纵横谈》是一篇重要文章,他就发展和提高报告文学创作的水平谈三点意见:深入"广阔的生活"、报告文学的"中国化"、报告文学的"大众化"。

由上所述,我们看到中国现代散文的理论建设是丰富多彩、成绩卓著的。为了促进现代散文的蓬勃发展,它的理论建设者在这块园地上辛勤地开拓耕耘。他们是鲁迅说的心中有"理想之光"的"破坏者"和"建设者",他们有破坏有论争,但主要的是着眼于建设。

二

中国现代散文理论围绕散文创作的艺术规律,比较集中探讨的有三个问题,这就是:散文创作和时代发展、作家个性的内在联系;散文创作中的哲理、智慧、情趣、诗意和文采的要素;散文创作中作家对中外传统的批判吸收和革新创造。

中国现代散文是时代的产物,也是作家个性的产物。

现代散文理论是比较自觉比较重视揭示现代散文的内容、倾向、样式和表现方法与时代之间的内在联系的。其表现是:在五四时期,反对载封建之"道"、"代圣人立言"的古文,提倡写实求真、表现作家真情实感和个性特征的白话美文;30年代前期,左翼作家反对周作人、林语堂等人仿效晚明小品,写作独抒个人性灵的闲适小品,主张在阶级斗争十分尖锐、民族危机空前严重形势下,作家应适应时代需要,"创造新的小品文,使得小品文摆脱名士气味,成为新时代的工具","应该把'五四'时代开创的'随感录''杂感'作为小品文的基础,继续发展下去"[1],主张轻松的小品文应"能够说出大众心坎上的话"[2];抗日战争和解放战争时期关于鲁迅杂文时代是否过去的争论,关于杂文的讽刺和歌颂、杂文的大众化的讨论,关于小品散文反映时代精神和表现作者思想力的意见,以及关于报告文学的提倡

---

① 茅盾:《关于小品文》,《文学》第3卷第1期。
② 伯韩:《由雅人小品到俗人小品》,见《小品文和漫画》。

和它的文艺化、大众化和民族化等问题的探讨……显然都是为了使散文能更好地反映时代和服务于人民。

散文有取材广阔、体式多样、表现灵活、语言凝炼、讲究文采等特点，它虽也议论、记叙、描写，但它以直接抒发作者的思想感情为其重要特征。但在对作家个性同时代的历史潮流和人民大众的反抗斗争之间的内在关系上，人们的看法就不一样了。其情况大致有以下三种：

第一种是作家自觉地把自己的个性同时代的潮流和人民的斗争紧密结合起来。一方面，他们自觉地按照时代和人民的需要，扬弃他们个性中旧的东西，发展他们个性中好的东西，从而使他们的思想和艺术个性不断发扬光大；另一方面，他们又自觉坚持以他们独创的风格去表现时代和人民的斗争，从而使他们的创作个性同时代的潮流与人民的斗争从根本上统一起来。这样，他们的创作就不仅是展示作家自己心灵的历程，而且同时也是历史的镜子、时代的号角、人民的心声。鲁迅和郭沫若就是这方面的杰出典型。他们都是有着鲜明的思想艺术个性和独创风格的。历史的转折和飞跃促进了他们思想和艺术个性的变化。鲁迅曾在许多文章中解剖他自己在时代潮流和人民斗争激荡下思想和艺术个性的变化。他在谈自己杂文创作时，也常常谈到他的杂文创作的个性特点，以及他的杂文创作同时代潮流和人民斗争的关系。在郭沫若的散文创作中，作家的个性是鲜明的，他的个性同时代潮流与人民斗争也是较好地趋于统一的。

第二种是把作家个性同时代的潮流和人民的斗争对立起来，把作家的个性看成超时代超政治、锁闭式的光秃秃的自我存在，把散文创作变成咀嚼个人琐碎欲望和无聊趣味的"小摆设"，从而导致思想和艺术个性的蜕化和毁灭。30年代初期的周作人和林语堂是这方面的典型。这两人在中国现代散文史上是很有影响的散文作家和理论家。在五四时期，周作人站在民主势力一边。他的"人的文学""人道主义文学""平民文学"的理论主张曾对新文学运动起过积极作用。当时他的散文创作和理论主张也影响很大。他的散文，在娓娓絮语之中纵谈文史、描摹风物、针砭时弊、剖析事理，抒发情怀时所表现的博识、机智、恳切，和文字表达上的大巧若拙、举重若轻、平和冲淡、朴质无华的风致凝成了一种特有的风格，拥有广泛的读者和追随者。"这一类的作品，用平淡的谈话,包藏着深刻的意味;有时很像笨拙,其实却是滑稽。这一类作品的成功,就可彻底打破那'美文不能用白话'的迷信了。"① 这话基本上是符合实际的。但即在当时,他的理论和创作中就有很多资产阶级自由主义和封建隐士、名士派的气息。他的《散文一集导言》,主张把他先前反对过的"儒""道""释"三教,同现代科学和唯物论哲学调和起来,他否认现代散文是"思想革命"和"文学革命"的产物,认为是明代"公安"派小品的"复兴",他在反对"载道"文学名义下攻击革命文学,标举超时代超政治的"言志"文学,实际是鼓吹极端颓废自私的封建士大夫的"唯我"文学。当时许杰在《周作人论》② 里批评他是个"穿着新衣服的士大夫"。胡风在《林语堂论》③中指出林氏演变的思想根源在于他是个资产阶级"个性至上主义者",他主张的个性是"行空"的"天马","不带人间烟火气"。这样,他的创作就"失掉面向社会的一面,成了独往独来的东西"。他所鼓吹的"自我"是"上接封建才人底'自我',他底'闲适',是多少和庄园生活底'闲适'保有相通的血统的"。个人是不能脱离时代和人民而存在的。周作人和林语堂的道路说明:一个作家如果不把自己思想艺术个性的发展变化同时代和人民前进步伐联系在一起,他的"自我"就是"唯我",而"唯我"则是窒息和毁灭作家个性和才能的陷阱,这是历史的辩证法。

第三种是作家自觉地和时代与人民相结合。1942 年延安文艺整风后,解放区许多作家响应党的号召,走上自觉与工农兵相结合的道路,在表现"新的人物、新的世界"上,作了坚持不懈的努力,创作了一批反映工农兵英勇斗争宏伟业绩的文艺作品,在新文学史上写下崭新的一页。散文也有了很大的发展和提高,但是有的作家在正确地强调大众化民族化时,对于个性化有时显得重视不够。

以上情况,使我们想起恩格斯论文艺创作典型化时谈到的三种情况。一是作家创造的主要人物性格既是黑格尔说的"这一个",又是一定时代潮流和阶级倾向的代表;二是极端恶劣的"个性化";三是个性"消溶到

---

① 胡适:《五十年来中国之文学》。
② 《文学》第 3 卷第 1 期。
③ 《文学》第 4 卷第 1 期。

原则里去了"。比较上述三种情况,我们觉得在散文创作中,应该做到"有我",反对"唯我",避免"无我"。

现代散文理论要求散文具有哲理、知识、情趣、诗意和文采等要素。

周作人在为俞平伯的《燕知草》写的《跋》中说:小品或絮语散文,"必须有涩味与简单味,这才耐读,所以他的文词还得变化一点。以口语为基本,再加上欧化语、古文、方言等分子,杂糅调和,适宜地或吝啬地安排起来,有知识与趣味的两种统制,才可以造出有雅致的俗语文来。"钟敬文在《试谈小品文》中说:"我以为做小品文,有两个主要要素,便是情绪与智慧……它需要湛醇的情绪,它需要超越的智慧……在外表方面,自然因为各个作者的性格各异,而文章的姿态,也要跟着参差不同:有人的幽淡,有人的奇丽,有人的娇俏,有人的滑稽,只要是真纯的性格表露,而非过分的人工的矜饰矫造,便能引人入胜,撩人情思。"阿英在《现代十六家小品·落华生小品序》中,引述许地山关于文学创作要有"三宝"即"智慧宝""人生宝""美丽宝"的主张。许地山说的"三宝"其实也是哲理、知识、情趣和文采的问题。郁达夫在《散文二集导言》中说:"一粒沙里见世界,半瓣花上说人情,就是现代散文的特征之一。从哲理的说来,这原是智与情的合致。"他说他所选的鲁迅等十六家散文家,"都是我所佩服的人,而他们的文字,当然都是我所喜欢的文字"。还有上述葛琴以及叶圣陶等三人则强调散文创作要有"诗的感情"和意境创造。显然,在周作人、钟敬文、许地山、阿英、郁达夫等看来,好的散文必须要有哲理、知识、情趣、诗意和文采等要素。而这诸要素在不同作家身上的组合情况及其不同表现,造成作家多种多样的艺术风格。

对这问题作全面而透彻论述的是鲁迅。鲁迅非常重视对人生进行哲理的总结和概括。他在《写在〈坟〉后面》中说:"最末的论'费厄泼赖'一篇,也许可供参考罢,因为这虽然不是我的血所写,却是见了我的同辈和比我年幼的青年们的血写成的。"他要"讲述学术文艺的书"要有丰富有趣的知识,他说"外国的平易地讲述学术文艺的书,往往夹杂些闲话式笑谈,使文章增添活气,读者感到格外的兴趣,不易于疲倦"。① 他谈自己的

---

① 《华盖集·忽然想到(二)》。

杂文写作时说:"就算三五百字的短文,也不是摊纸就动笔","人家说这些短文就值得如许花边,殊不知我这些文章虽然很短,是绞了许多脑汁,把它锻炼成极精锐的一击,又看了许多书,这些购置参考书的物力,和自己的精力加起来,并不是随便的"。①鲁迅强调杂文必须"生动、泼剌(辣)、有益,而且也能移人情"②,要求杂文作者要有丰富多样的生活情趣。他说作者"不但要以热烈的憎,向'异己'者进攻,还得以热烈的憎,向'死的说教者'抗战。在现在这'可怜'的时代,能杀才能生,能憎才能爱,能生与爱,才能作文"③。但鲁迅不排斥闲适、幽默、滑稽,他说:"只要不是靠这来解决国政,布置战争,朋友之间,说几句幽默,彼此莞尔而笑,我看是无关大体的……只是以'闲适'为主,却稍嫌不够。"④鲁迅评文非常注重文采,他说:"《诗经》是经,是伟大的文学作品;屈原宋玉,在文学史上还是重要作家。为什么呢? ——就因为他究竟有文采……司马相如在文学史上也还是很重要的作家。为什么呢? 就因为他究竟有文采",他还说南朝几个"庸主"及其帮闲"文采却究还有的,他们的作品,有些也至今不灭"。⑤在《小品文的危机》中,鲁迅肯定现代散文的"雍容、漂亮、缜密"。

在中国现代散文史上,能使哲理、知识、情趣、诗意和文采等完美统一起来,构成特有境界的并不多。许多名家虽也兼而有之,但几者之间并不平衡,还达不到完美统一的境界。他们之中,或擅长哲理的探索,或以博识称,或善于表现人生情趣、表现人性美人情美,或着力于"诗的感情"和意境创造的追求,或文采风流。总之,在现代散文的广阔天地里,百花齐放,各极其妍,自由驰骋,各擅胜场。只要有某一方面的特色,就有其独立存在的价值。我们认为,如果我们在理论上把某一名家创作模式化,将不利于散文的发展。另外,我们觉得,在散文创作中追求"诗的感情"和诗的意境固然重要,但这不是写好散文的唯一因素。我们对散文的理解和要求,

---

① 见许广平《鲁迅先生的写作生活》。
② 《且介亭杂文二集·徐懋庸作〈打杂集〉序》。
③ 《且介亭杂文二集·七论"文人相轻"——两伤》。
④ 《花边文学·一思而行》。
⑤ 《且介亭杂文二集·从帮忙到扯淡》。

应从这一文学形式的特殊规律出发,应是广阔灵活多样,切忌狭窄刻板单一。同时生活的天地是无限广阔的,生活的表现是绚烂多彩的,生活的河流是奔腾向前的,散文的创作天地也应该无限宽广、丰富多彩,应该不断有新的开拓新的突破新的发展。

继承、借鉴中外散文优秀传统,是中国现代散文产生和发展的必要条件,也是现代散文理论建设始终关注的一个重要问题。

在第一个十年,人们侧重于介绍外国散文创作和理论,特别是英国的随笔,而对源远流长的中国古典散文的优秀传统估价不足,这是同当时的欧化风气有关的。在第二个十年,人们已经开始重视中国古典散文的优秀传统,无论是朱自清的《论现代中国的小品散文》,鲁迅的《小品文的危机》,周作人、郁达夫写的《导言》,都肯定中国现代散文同中国古典散文和英美随笔之间的继承借鉴关系。但在对待古典散文传统方面,鲁迅强调的是它的"挣扎和抗争",继承这些传统的目的是为了创造战斗的匕首和投枪的新小品;而周作人等强调的是晚明小品中闲适的颓放面。当时左翼作家为了建设新的小品文和报告文学,着重介绍苏联的小品文理论和基希等外国无产阶级作家的报告文学理论,这是同这时的无产阶级革命文学运动相适应的。在后十二年,人们在重视中外传统时,强调了杂文的大众化,提出了报告文学的大众化和民族化的问题,这是同当时无产阶级文艺运动提倡大众化和民族化相契合的。但是继承和借鉴中外优秀传统,决不能代替自己生动活泼的创造。因为现代散文作家,毕竟是生活在现代中国,使用的是中国现代语言,这一切都是古人洋人所不能代替的。中国现代优秀散文家在写作时,都是从中外传统中吸取有益的营养,按照时代和人民的需要,根据他们的思想和艺术个性进行独特的创造的。

在这方面鲁迅是光辉的范例。鲁迅一生散文创作同中外传统有密切关系。从他的自述和创作实际看,他同中国古典文学中先秦庄周、屈原的汪洋恣肆的笔调,同魏晋时曹操等"清峻""通脱"的文风,嵇康、阮籍"师心使气"的文章,同晚唐的罗隐、皮日休、晚明小品中的"挣扎和抗争"的传统有密切关系;他同外国文学中以拜伦为代表的"摩罗宗"诗人,写过《忏悔录》、无情解剖自己的卢梭和托尔斯泰,破坏旧偶像的尼采和易卜生,写作散文诗的屠格涅夫,进行深刻的"文明批评"和"社会批评"的厨川白村,讽刺作家斯威夫特、果戈理和萧伯纳,早斯的马克思主义文艺理论家梅林、普列汉诺夫和卢那察尔斯基,早期的苏联无产阶级作家高尔基、法捷耶夫、绥拉菲摩维支等都有密切关系。鲁迅在《拿来主义》里说过这样的名言:"没有拿来的,人自不能成为新人;没有拿来的,文艺自不能成为新文艺。"在对待中外传统上,鲁迅有博大的胸襟、"闳放"的气魄,敏锐的眼光,健壮的胃肠,同时又澎湃着蓬勃的创造活力。他在处理继承借鉴和革新创造的关系上,仿佛蜂采花粉而酿蜜,蚕食桑叶而吐丝,羊啃青草而化奶,人吃牛肉而消化变成自己的血肉,总之,他博采众长,呕心创造,所以他的散文才会成为时代的丰碑,辉耀着不朽的思想和艺术光彩。相较之下,我们觉得当代散文理论对于强调人们无畏、正确地批判吸收中外优秀散文传统就显得不够了。

记得恩格斯说过,"我们根本没有想到怀疑或轻视'历史的启示';历史就是我们的一切,我们比任何一个哲学学派,甚至比黑格尔,都更重视历史"①。今天总结历史经验,不仅为了回顾过去,更主要的是为了启迪现在和未来。中国现代散文理论建设,在论争中注重于理论建设;强调作家既不能脱离时代和人民,但又要抒写自己的真实感情和表现自己的思想艺术个性;强调散文要有哲理、知识、情趣、诗意、文采等要素;强调散文要继承借鉴和发展中外优秀传统等等,这些照我们看来大约就是现代散文理论向我们提供的历史经验吧。自然,现代散文理论也有缺点。一般说,理论建设还是落后于散文创作实际的;对散文艺术的探讨也不够集中深入;对中外传统和作家风格流派问题的研究没有继续下去等等,这也是应该注意的历史教训。为了繁荣当代散文创作,加强现代散文史的研究,从历史中吸取教益,恐怕也是必不可少的途径。

1980 年 9 月于福建

——《文艺研究》1982 年第 1 期

---

① 《英国状况评托马斯·卡莱尔的〈过去和现在〉》。

漫谈散文的生活广度和思想深度

　　我国散文传统非常丰厚,古典作家文籍浩如烟海,叙事、写景、抒情、议论、说理之作,被视为文学正宗。"五四"新文学运动以后,散文也很发达,后来渐有式微之势;近年文艺界提倡繁荣散文,复苏气象,令人振奋。散文写作可以锻炼提高作者的创作能力,"五四"以来,许多小说家、诗人往往也是散文家便是明证。而且,这也是时代的要求,文艺负有建设精神文明的责任,散文应发挥它文体的特长,以灵活的形式,多姿的笔调,广泛的生活感受来表现真情灼见,和风细雨般地润泽读者的心田。

　　现代散文经过六十多年的演化,有向纯文学发展的明显趋势。著名作家孙犁指出:"近来我们的散文,多变成了'散文诗',或'散文小说'。"①就是针对这一趋向而言的。其主要表现,我的体会是:近来散文强调了诗意,增加了虚构的成分。文艺形式的相互渗透和影响是一种自然的现象,不过,融合太过,就将失去散文的本色。为了进一步繁荣散文,我们必须促使它向生活广度和思想深度进展。

　　散文,原来有一部分是可以写得比较随便的,它与作者的个人生活有着比较密切的关系,有的还带有实用性。如日记、书简、札记(或笔记)、传记(或人物志)、游记(或风物志)、序跋、随笔、杂记等等。我国古典

---

　　① 孙犁:《秀露集·欧阳修的散文》。

散文中的名篇,有许多就是写得很好的实用性文章。从古典散文继承下来这些体裁,记叙作者日常生活或人事交往中的事件、见闻、感受,因为它带有实用性,对象明确,又属于个人性质,可以直吐衷曲,行文较无拘束。鲁迅说过:"但我想,散文的体裁,其实是大可以随便的,有破绽也不妨。"① 朱自清也说:"散文就不同了,选材与表现,比较可随便些,所谓'闲话',在一种意义里,便是它的很好的诠释。它不能算作纯艺术品,与诗、小说、戏剧,有高下之别。"② 所谓"随便",我看有四个意思:一是题材广泛。政治事件、社会生活、世态人情、亲友交往、日常起居、山水游踪、读书心得、草木虫鱼……都可写入。二是充分表现作者的不同个性。比如日记和书信,鲁迅就说过:"往往能得到比他的作品更其明晰的意见,也就是他自己的简洁的注释。"③ 无须装腔作态,较少假意虚情,作者的感情、品格、见识跃然纸上。三是写法比较自由。可以叙事来抒情、说理、议论,也可以写景、写物、写人来抒情、寓意、说理。四是语言自然亲切。新文学运动初期,曾有人提倡"絮语散文",有啥说啥,胸无芥蒂,行云流水,海阔天空。总之,这类散文以真率质朴为归,存之于内的情思和形之于外的语言,都若不经意,不假修饰。我们阅读新散文开山大家的作品,像鲁迅的《马上日记》《马上支日记》,周作人的《故乡的野菜》,郭沫若的《山中杂记》,郁达夫的《还乡记》,叶绍钧的《过去随谈》等等,的确是达到"随便"的境界。

这些文学史上的陈迹,离现在已经半个多世纪了。值得我们思考的是:这种文章,当前究竟有没有阅读和写作的价值? 如果用简单化的政治标尺,那可以说它无甚意义。其实,它的内容广泛,涉及自然、社会、人生、历史、文化、艺术诸方面,能使读者了解社会世态人生的多侧面,接触到丰厚的中外历史文化传统,欣赏千姿百态的大自然风光,也可洞悉作者的思想生活实况与写作态度,这些"杂学"对读者的思想文化教养是相当有益的。读其文,想见其为人,作者的才、学、识,风度与气量,灼然可见。作者敢于抒真情,表真意,言必由衷,摒除矫饰,这种不隐瞒自己观点的作风,对

---

① 鲁迅:《三闲集·怎么写》。
② 朱自清:《论现代中国的小品散文》。
③ 鲁迅:《孔另境编〈当代文人尺牍钞〉序》。

社会良好风气的形成也大有裨益。解放前,这类文章的作者大多数是小资产阶级作家,自然不免有模糊观点、苦闷心情、不良习气等等流露出来,但这正是他们的老实处。我们应该加以鉴别,剔除糟粕;何况这些消极部分并不能掩住他们作品的光辉。因为作者中的多数,对国家、民族、人民有着亲切的爱,他们遵守社会道德律的约束,珍惜自己人格的尊严,这些是他们的"随便"所不至于逾越的藩篱,所以,他们写出这类似乎不费经营的文章,读者自会感到亲切、真实,而成为有益的精神食粮。当代作家受过党的教育,经过大风浪的锻炼,其实感真情、教养见识反映于作品中所显示的思想价值,与过去作家相比,自不可同日而语。邢贲思以为社会主义精神文明应包括三个方面:即文化、教育、科学等知识方面;道德情操的培养和共同行为准则的遵守等修养方面;社会主义、共产主义的正义性和必胜信心等信念方面。这类写得随便的、带有实用性的散文的多种体裁的写作,自然地涉及与个人生活有密切关系的各个领域,真诚地抒发作者对社会、政治、经济、文化、自然、个人等各方面的情绪和观感,这是广大读者所乐见的。用长远的功利主义的眼光来看,它对社会主义精神文明的建设,是会起着潜移默化的作用的。

这类散文的艺术价值又如何呢? 既然说是大可随便,似乎谈不上什么艺术性。不过,由于作者有较高的文学素养和文化知识,有广泛的生活体验,写时虽然不在构思、结构、语言上着意经营,其文如行云流水,舒卷自如,娓娓动听,传神有味,不乏幽默感,富有人情味和理趣,真是大巧若拙。王蒙说:"我认为最好的结构是没有结构痕迹的行云流水式的结构;最大的匠心是完全放松,左右逢源,俯拾即是的,看来像是毫不费力的、没有丝毫匠气的匠心。"[①] 他是对小说而言的,其实对于散文尤为切合。一般作者写这种随便的、带有实用性的散文,可以养成一种亲切朴素的文风,使文学深入人民大众和现实生活,而且推动语言和文化的发展,其中自也会出现一些名篇,永垂文学史册。

近年来,报刊登载这类写得随便的、带有实用性的散文逐渐多起来了,

---

① 王蒙:《倾听着生活的气息》。

这说明编辑不但有发表它的雅量，而且希望它发荣滋长。如果更多的作者没有把它排斥诸文坛之外，热心写作，必会促进散文的进一步繁荣。

当然，散文从来就有一种写得比较讲究的。"五四"新散文发展初期，在袭用传统的散文文体的基础上，创作了新的叙事抒情散文，如冰心的《寄小读者》，用书信体写新散文，可以说是一种过渡形态。时代的前进，报刊的盛行，文艺形式的演化，促成了这一演变。随便的、带有实用性的散文有它的限制，写得较无拘束，接近自然形态，缺乏艺术加工，有些作家不满意这种情况，他们要使散文成为艺术品，在纯文学中占一席地位。这个趋向20年代初期已露端倪，到30年代就越发明显起来了，比如何其芳就致力于艺术性散文的尝试。他说："我愿意以微薄的努力来证明每篇散文应该是一种独立的创作，不是一段未完篇的小说，也不是一首短诗的放大。"① 提高散文艺术性的势头一直持续到现在。

新的叙事抒情散文，被称为文艺散文或艺术性散文。所谓事，包括人、事、景、物，是作者实感的对象；所谓情，包括情、意、理，是作者所要表现的真情；以实感表达真情。我国著名文论家刘勰十分重视文章的情、意、理。在生活中，"登山则情满于山，观海则意溢于海"（《神思》）；在构思中，"夫情动而言形，理发而文见"（《体性》）；在写作中，"情理设位，文采行乎其中"（《熔裁》）。刘勰把情、意、理贯串于生活、构思、写作的全过程，他认为情、意、理是文章的支柱。我国现代的叙事抒情散文，情理并茂的佳作不少，但在重视艺术加工的情况下，确有越来越强调散文的诗意而忌说理的倾向。孙犁说："现在还有人鼓吹，要加强散文的'诗意'。中国古代散文，其取胜之处，从不在于诗，而在于理。它从具体事物写起，然后引申出一种见解，一种道理。这种见解和道理，因为是从实际出发的，就为人们所承认、信服，如此形成这篇散文的生命。"② 这是有感而发的中肯见解。

我国古典散文家不但善于叙事抒情，而且善于言理。《岳阳楼记》《前赤壁赋》都是写景抒情的，前者即景述情言志，后者借景抒情言理。《古文

---

① 　何其芳：《〈还乡杂记〉代序》。
② 　孙犁：《秀露集·欧阳修的散文》。

观止》评《岳阳楼记》说:"岳阳楼大观,已被前人写尽,先生更不赘述,止将登楼者览物之情,写出悲喜二意,只是翻出后文忧乐一段正论。"评《前赤壁赋》说:"欲写受用现前无边风月,却借吹洞箫者发出一段幽感,然后痛陈其胸前一片空阔。"许多传世的散文佳作,他们所抒写的客观事物,往往深深地染上作者的感情色彩,峰回路转,终于亮出他们对于人生、社会、世界的解释,叙事抒情引出发人深思的哲理,让读者在人、事、景、物的观照中与作者一起进行严肃的思考。比如《前赤壁赋》,在描述江游之乐后,有主客关于长江问答的长段文字。客对曹操这个一世之雄的逝去,发出"哀吾生之须臾,羡长江之无穷"的浩叹,而主人以"自其不变者而观之,则物与我皆无尽也"的达观态度,劝客一起来享受那江上之清风与山间之明月。这些人生哲理的对白,反使景色生辉,景、情、理相得益彰,令人击节赞赏。此外,如《阿房宫赋》《爱莲说》《卖柑者言》等等脍炙人口、传诵不衰的佳作,常以理动人。我国传统的民族文化,十分重视探索现实的伦理价值,所以在作品中也极其突出地表现了理性的精神。

叙事抒情散文中的"情"是主要的。情须真,虚情假意,装模作样,就失去感人的基础。情还要取得人的共鸣,国家之爱,民族之情,英雄肝胆,高尚心灵,这关系到人们的生活和幸福,当然是人所关切的。魏巍的《谁是最可爱的人》《依依惜别的深情》,所反映的是大公之情,抗美援朝、保家卫国,义正理明,激动读者。情还有另一方面,乡土之恋,骨肉之亲,童年美梦,爱侣恩情,师友情谊,山水留连等等,这些虽属私情,但也是社会人生的组成部分,与个人的情操道德、社会的安定进步有着密切的关系。朱自清的《背影》《荷塘月色》,所表现的是个人之情,他父亲的坎坷遭遇,自己的不宁心境,也会引起读者的思索。所以,情不论公私,与理多可相通的。

近年,叙事抒情散文在表现情、意、理的情况如何呢?以上海文艺出版社的《八十年代散文选》为例,大约有两种形态。一种主要是述情,在客观上理寓情中,如碧野的《在江汉平原上》、赵赴的《天涯归舟》、张洁的《盯梢》等。《在江汉平原上》,写一幅幅浓厚的农家劳动图景,中间有一个英俊的捕鱼小伙子和温柔妩媚的抽水机手情意脉脉的爱情插曲,并未透露丝毫"理"的痕迹。体味这对青年的爱情关系,就使人意识到江汉平原上的农村,在物质生活和精神生活两方面已出现了崭新的气象。"理"隐情中。另一种,在叙事抒情的过程中点出引人思索的"理",这种作品较多。如王英琦的《有一个小镇》,赵丽宏的《小鸟,你飞向何方》,李天芳的《打碗碗花》,丁宁的《仙女花开》等等。《有一个小镇》写作者常想念着插队时离村不远的一个小镇,那卖绿豆丸子的徐大爷,剃头匠二秃子和卖五香豆的苦命姑娘小梅,文章临末,揭出自己身上的美好品质与这些小人物有关。她最后写道:"每当听到人们议论起近年来世风的沦落,人与人之间的关系趋于相互利用的赤裸裸的物质交换的危险时,我便由衷地更加思恋起小镇来……"作者抒情之余,点出了引人思忖的"理":农村中贫苦出身的老和少,倒有着令人感到温暖和充实的心灵。《小鸟,你飞向何方》一文,围绕着泰戈尔的《飞鸟集》,作者写"文化大革命"初期遇见一个也是热爱《飞鸟集》的少女,在"四人帮"横行时期和覆灭之后,他对这个纯真无邪的小姑娘会变成什么样的人,无时不怀着深深的系念,"生活,总要向美好转化!"小鸟飞向何方? 光明的信念令作者感到宽慰。叙事抒情,托物寄意,感时之思,见于言表。这本散文集选有 25 篇作品,总的倾向是时代感强,有认识现实的意义,富于诗意,不少文章也带有理趣,而且追求含蓄。比起古典名篇,那种明朗的、酣畅的、发人深省的对于社会、人生的哲理性告白,显然少见。现代散文中不乏叙事说理的佳作,许地山的《落花生》,仅有 700 字,写一家人于劳动后享受果实的时候,父亲的一席话引起了孩子对于人生的颇有见地的体会,借物说理,言浅理深,至今仍不失其为培养青少年高尚情操的好教材。其实,人们喜欢述情的作品,也不嫌明理的佳篇。

　　文艺散文选用美的生活题材,运用描写、象征、联想的手法,含而不露,耐人寻味。说理往往会破坏诗的意境,"理过其辞,淡乎寡味",对它不免存有戒心。但是,散文之所以与诗有并存的价值,就在于它便于说理,理也可以使人低回玩味。意在言外和言近旨远,同样的可以取得艺术效果。所以,我们在提倡散文的诗意的同时,也要加强散文的理致,应该向散文传统学习,在叙事抒情中,敢于议论、说理,发扬新时代的理性精神。

　　叙事抒情散文的艺术手法,现在已有长足的进展。在表达情、意、理方面:或直抒胸臆,或叙事抒情、情融事中,或借景述情、寓情于景、借物抒情,也有借景喻意、托物言志的。在描述人、事、景、物方面,除了运用传统的形神兼备、疏密相间、以虚衬实、以藏显露、以动显静、讲求意境等手法外,又吸取西洋绘画、雕塑、摄影、电影等技法。构思新巧,笔法多变,语言则炼字锻句,精究文采。可以说,艺术性散文已发展到相当成熟的地步。但稍嫌不足的是,它使人有雾里看花、终隔一层的感觉,有时,还叫人特别怀念起那种舒徐自在、信笔所至的散文来。不过,写得讲究的散文还是一朵永不凋谢的花,惟要使意匠而不失天真,含蓄而不忌条达,修饰而不伤自然。既要创造意境,又不禁披肝沥胆;既要讲求诗意,又要发扬散文便于言理的特色。我想,这或许会使艺术性散文,不但使人赞赏品味,而且成为人们的益友良师。

——《福建文学》1983 年第 7 期

中国现代散文发展概观 ①

中国现代散文，有着三十余年的光辉历史，佳作联珠，名家辈出。其体裁甚多，主要包括杂文、叙事抒情散文（小品散文）和报告文学三大类；其发展历史，大体可分为三个时期：1917 年至 1927 年为开创发展时期，1927 年至 1937 年为繁荣鼎盛时期，1937 年至 1949 年为拓展深入时期。

——

新兴的现代散文产生于我国新旧民主主义革命的交替时期，是五四文学革命和思想革命的结晶。在 1915 年陈独秀创办的《青年杂志》（次年改为《新青年》）上，一批接受西方新思潮影响的先进知识分子高举"民主"和"科学"大旗，掀起一场新的思想启蒙运动。这场运动以反对旧道德提倡新道德、反对旧文学提倡新文学为主要内容，从意识形态领域向封建主义特别是孔孟之道发起猛烈攻击，唤醒了一代进步的知识青年挣脱封建束缚，投入反帝反封建的时代洪流；还打破了"文以载道"的封建正统文学观和文言八股的僵死形式，解放了文艺思想和文学语言，直接为现代散文的产生和发展创造了有利条件。在这思想解放、个性觉醒的年代，与

---

① 编者注：本文系作者与汪文顶等合作。

小说、新诗、话剧一道,现代散文破土萌生,以新的思想内容和艺术形式担负起时代赋予的任务,在现实土壤中蓬蓬勃勃地生长起来。

最先,适应除旧布新的时代需要,议论性的白话散文诞生了,随之在斗争中得到发展。文学革命的倡导者首先运用白话论文形式进行思想启蒙,提倡和讨论文学革新。《新青年》从第 4 卷第 1 期(1918 年 1 月)起开始改用白话文,继之而起的白话文书刊如雨后春笋般涌现。自然,这些白话论文,和文学散文有一定距离,它只是文学散文的一种最初形式,像李大钊、陈独秀、刘半农、钱玄同等的白话论文,就生动活泼,汪洋恣肆,具有文学意味。《新青年》从第 4 卷第 4 期始,开辟"随感录"专栏,刊登陈独秀、陶孟和、刘半家三人的 7 篇短评,这种"随感录"文体就是后来的杂文;之后,钱玄同、周作人、鲁迅等相继发表许多这种短小精悍、尖锐泼辣的"随感",配合这个杂志上的其它文章开展广泛的文明批评和社会批评。由《新青年》开创的这种"随感录",经《每周评论》《民国日报·觉悟》《时事新报·学灯》和《晨报副刊》等的相继仿效,迅速地拓展开来了。1924年年底创办的《语丝》《京报副刊》,1925 年年初出世的《莽原》,都是以刊载杂感为主的刊物。这标志着杂感在现代文坛确立了重要地位。这时期的杂感结集出版的,除鲁迅的《热风》《坟》《华盖集》《华盖集续编》外,还有周作人的《自己的园地》《雨天的书》《谈龙集》《谈虎集》,林语堂的《剪拂集》、刘半农的《半农杂文》以及陈独秀的《独秀文存》中的部分作品等,收获丰饶,劳绩显著。

叙事抒情性的小品散文伴随着杂感,也开始提倡、写作。这不仅出自建设新文学和向旧文学示威的需要,还源于作家要表现丰富多彩的现实生活、抒发个性觉醒的思想感情的要求,正如周作人当时所说的:"文章的外形与内容,的确有点关系,有许多思想,既不能做为小说,又不适于做诗",便需要小品散文"去表他"(《美文》)。1919 年前后,著名副刊《晨报副刊》《觉悟》《学灯》等,不仅扶植杂感,还大力倡导小品散文,辟有"浪漫谈""游记""新文艺"等栏目。一些文学革命的倡导者呼吁为新文学开辟小品散文这块"新的土地",周作人、冰心等身体力行,拓荒耕种。之后的《文学周报》《小说月报》《东方杂志》《创造周报》《语丝》《莽原》

《沉钟》等也为小品散文增辟了园地;文学研究会的朱自清、叶绍钧、郑振铎、许地山和王统照,创造社的郭沫若和郁达夫,语丝社的孙伏园、章川岛和冯文炳,莽原社和沉钟社一批新进的青年作者,等等,都在小品散文园地辛勤垦殖,获得成果。据阿英《中国新文学大系·史料索引集》统计,截止于1927年结集出版的散文著作不下50本,以后收集出版的还有不少。足见这时期的小品散文确是"极一时之盛"[①]。

初期的散文具有鲜明的反封建的战斗特色。其中尤以杂感表现得最直接和最充分。《新青年》上7篇开创性的"随感录",就是抨击国粹派的。鲁迅的杂感,"有的是对于扶乩,静坐,打拳而发的;有的是对于所谓'保存国粹'而发的;有的是对于那时旧官僚的以经验自豪而发的"(《热风·题记》),是广泛的文明批评和社会批评。鲁迅高举"民主"和"科学"的旗帜,对封建礼教、迷信思想、复古倾向以及洋奴哲学等展开猛烈攻击,其锋芒之锐利,影响之深远,在当时堪称第一。李大钊、陈独秀的"随感录",密切配合社会斗争,侧重于社会批判,具有初步的马克思主义观点。刘半农寓庄于谐,泼辣风趣;钱玄同明白晓畅,汪洋恣肆;刘大白通俗活泼,析理严密;他们这些不同风格的杂感侧重于文化批判和文学革新方面,在反对封建文化、倡导白话文学上是有功绩的。这时期就是周作人所写的杂感,也"说着流氓似的土匪似的话"(《自己的园地·自序二》),其艺术触角也是无所不及的,也反映出五四时代的战斗精神。由此可见,五四前后的杂感,目标大体一致,阵容相当整齐,火力极其猛烈,在反对封建主义的斗争中充分发挥了这一文体的战斗作用,确立了现代杂文战斗的现实主义传统。

杂感之外的叙事抒情散文,包括小品、游记、日记等,也无不跳动着时代的脉搏。鲁迅的回忆散文《朝花夕拾》把追述往事和批判现实结合起来,散文诗《野草》抒写作者的苦闷、抗争和追求;瞿秋白的《饿乡纪程》和《赤都心史》展现了崭新天地,冲击着古旧的中国。那些絮语家常琐事、探索人生意义和抒发个人情感的作品,也程度不同地表现出反封建求

[①] 朱自清:《论现代中国的小品散文》。

解放的时代精神。在那没有爱的温暖、只有礼教纲常的冷酷的社会,冰心所描绘的"爱"与"美"岂不是与丑恶现实的一种鲜明对照?岂不是对封建关系的一种冲击?许地山"生本不乐"的思绪及其对人生哲理的探索,尽管蒙上一层飘渺的薄纱,仍在一定程度上揭露了现实的黑暗和矛盾。朱自清坚实地走着人生的道路,亲切地表达自我真情。叶绍钧探求正当合理的生活。郭沫若直抒不满现实的愤慨。郁达夫袒露生活困窘的苦闷。俞平伯、钟敬文、徐志摩的山水游记,在自然景物中寻求美感、慰安和寄托。这些作品尽管思想境界不尽相同,却都从不同角度丰富了现代散文的内容,壮大了新散文的阵势。

初期散文反封建的战斗倾向是和个性解放的要求密切联系着的。"个性解放",是五四时期的口号之一。这时期的散文强烈体现了这种时代思潮。在鲁迅、陈独秀、周作人、刘半农等的早期杂感中,反对封建主义和要求个性解放不可分离,个性解放和社会解放的思想水乳交融。小品散文中突出的个人抒情因素,更充分地反映了这个时期广大知识青年的个性觉醒。他们冲破封建网罗,袒露个人胸襟,思索人生问题,热爱自然景致;他们否定"代圣贤立言"、"文以载道"的封建主义文学观,主张"人的文学"、人道主义文学和"平民的文学";他们自由不拘地真实地抒写自己的生活见闻、思想感受,每篇散文都打上个性的鲜明印记,都颤动着"个人之发见"、"自我之发见"的时代精神。不仅像郭沫若、郁达夫那样的浪漫主义作家要求强烈表现自我,使创作带有强烈的"自叙传"色彩,连叶绍钧这样严谨的现实主义作家也严格要求作者"完全表现你们自己",就是"一缕情怀""一声叹息"都要是自己的。郭沫若、郁达夫等本着"内心的要求"和"尊重自我"来写作,抒发个性受压抑的痛苦和个性与自然溶合的欢欣。冰心从自己的生活经验出发,描写自然美、儿童真和母性爱,这些显然是作者理想要求的一种折光。连瞿秋白也坦率地陈述前往苏联的动机:"我有能力,还要求发展,……我要求改变环境:去发展个性,求一个'中国问题'的相当解决"。(《俄乡纪程·一》)自然,瞿秋白的个性解放要求是自觉明确地和中国的解放联系在一起,显然高于同时代许多作家的。以上事实表明个性解放的思想要求在当时具有广泛的普遍性,不失为这时的一种典型情感,它在冲击封建束缚、鼓吹一代新风上具有不可低估的进步作用。

伴随着人民群众反帝反封建斗争的深入发展,尤其是"五卅事件"后革命的高涨,新生的散文发生显著的变化。战斗的杂文从广泛的社会批评转而与政治斗争初步结合,炮火更加集中对准帝国主义、封建主义及其帮闲文人。在一系列尖锐的斗争中,杂文蓬勃发展,《语丝》《莽原》《京报副刊》成为这时期杂文的大本营。小品散文的作者也迅速及时地表现人民群众和帝国主义、封建主义的矛盾斗争,洋溢着反侵略、反压迫的激情。叶绍钧的《五月卅一日急雨中》、茅盾的《五月三十日的下午》、郑振铎的《街血洗去后》、王统照的《血梯》、朱自清的《执政府大屠杀记》、鲁迅的《记念刘和珍君》等,就是典型代表。这些作品标志着这时期一些散文作家的描写范围已扩展到社会斗争的重大事件,抒情重心已突破个性解放进而注意社会革命。这是现代散文的一个进步,反映了现代散文的发展趋势。此外,在激烈斗争面前和封建军阀黑暗统治下,则有一些人比如周作人,虽然还没有完全失却"叛徒"身份,在几次惨案中仍有所不满和抗议,但"隐士"的气息已相当浓厚,其兴致开始转向闲适的趣味,战斗的意味逐渐消退,他这时的一些抒情言志小品,老练隽永,但情趣是古香古色的,格调是消闲清淡的,对社会采取退隐的态度。随着革命形势的发展,散文创作逐渐呈现了分化的趋向。

现代散文的最初十年,先行者乘思想解放的东风,筚路蓝缕,披荆斩棘,终于在繁花似锦的我国古典散文的园林之外,开辟了新的宽广的花圃。他们有着不同的经历和志趣,或寻求社会问题的解决,或探索人生的真谛,或寄情于山水,他们总是要写出自己的真情,自己的文风,在内容和形式上都表现了自己的创造。

经过了十年的经营,作家创造了几种适宜于反映新生活的散文样式,其中以杂感、小品散文的艺术成就最高,为这时期散文的主要样式。杂感不仅说理透彻,论述严密,感情充沛,而且形式短小,表现自由,生动泼辣,被大多数散文作者认定是一种新的独特的文艺形式而大量写作。鲁迅的杂感创造了富有概括力的形象和独特的战斗风格,加强了杂感的文艺性。

杂感成为现代散文中卓有成绩的一种主要体裁,是和鲁迅等作家的艺术创造分不开的。小品散文中写景、叙事、抒情等表现技巧已臻成熟,出现了连篇佳作,如叙事散文《朝花夕拾》、写景名篇《桨声灯影里的秦淮河》、抒情杰作《背影》和《寄小读者》,产生了致力于小品散文创作的名家如鲁迅、周作人、谢冰心、朱自清、郁达夫、俞平伯、钟敬文等。游记也相当发达,瞿秋白的《饿乡纪程》是思想性和艺术性都较高的作品,孙福熙、孙伏园、陈学昭、徐蔚南等的游记在写景状物、记述风俗民情方面也获得一定的成绩。

经过十年的努力,现代散文的文学语言也走上健康发展的轨道,而且呈现了多姿多彩的风格。白话散文扬弃了古典散文的语言格调,以现代口语为基础,吸收了古文中若干有生命力的词汇,形成一种崭新的文学语言。正如鲁迅《写在〈坟〉后面》里所说的:"以文字论,就不必更在旧书里讨生活,却将活人的唇舌作为源泉,使文章更加接近语言,更加有生气,至于对于现在人民的语言的穷乏欠缺,如何救济,……或者也须在旧文中取得若干资料,以供役使。"经作家的实践、锤炼和创造,终于使新的散文能够向旧文学示威,"在表示旧文学之自以为特长者,白话文学也并非做不到",这一成绩是应该大书特书的。由于作家的出身经历、文化素养和艺术趣味的不同,因而他们所选择的题材,所表现的主题,所采取的样式,所使用的技巧,所运用的语言,也就颇有差异,这就形成他们的不同风格。正如朱自清在《论现代中国的小品散文》里所概括的:"但就散文论散文,这三四年的发展确是绚烂极了:有种种的样式,种种的流派,表现着、批评着、解释着人生的各面,迁流曼衍,日新月异:有中国名士风,有外国绅士风,有隐士,有叛徒,在思想上是如此。或描写,或讽刺,或委曲,或缜密,或劲健,或绮丽,或洗炼,或流动,或含蓄,在表现上是如此。"第一个十年的散文创作生机勃发、春意盎然,在风格上呈现出气象万千、绚烂多彩的喜人景象。

总的看来,现代散文在第一个十年取得不小的成就,它开辟了新散文反帝反封建的发展方向,表达了时代精神和一代知识分子觉醒的思想情感,奠定了现代散文艺术形式的基础,产生了一大批优秀的散文作家。鲁迅说这时期散文的发达和成功"几乎在小说戏曲和诗歌之上",这是符合文学史事实的。可以说,现代散文在其最初阶段就以生机勃勃的姿态出现在新文坛上,展现着它巨大的艺术潜力,预示出它光辉灿烂的前景。

二

大革命失败后,白色恐怖笼罩全国,革命暂时处于低潮。几个老刊物如《文学周报》《小说月报》《语丝》《北新半月刊》《真美善》《一般》等,尚在默默地为散文创作提供园地,作家的创作也有着相应的变化。到了30年代,民族民主革命浪潮汹涌澎湃,革命文学发展壮大,散文界又重新活跃起来。较专门性的散文刊物,如《骆驼草》《论语》《人间世》《新语林》《太白》《水星》《文饭小品》《芒种》《杂文》(《质文》)《宇宙风》《散文》《诗与散文》等接连刊行;一些大型文学刊物,如《文学》《现代》《文学季刊》《光明》《作家》《文丛》等以较大篇幅开辟散文专栏;一些大报副刊如《申报·自由谈》《中华日报·动向》《大公报·文艺》等也是散文的重要园地;一度形成空前热闹的局面,1933、1934年曾分别被誉为"小品年""杂志年"。从生活书店1935年11月出版的《全国总书目》统计,五四以来出版的散文集近300种,其中大多数是1927年之后出版的。据我们极粗略的统计, 1935至1937年间就出版130种以上。仅从量的一面来看,这时期大大超过第一个十年。尤其可喜的是,这时期散文创作队伍空前壮大。老作家中,鲁迅、郭沫若、瞿秋白、郁达夫、朱自清、郑振铎、叶绍钧、王统照等,继续写作大量作品,取得新的成就。在第一个十年后期从事散文写作的作家,如茅盾、鲁彦、丰子恺、钟敬文、沈从文等,到这时期获得创作上的丰收。生力军的崛起,给散文界带来了生气勃勃的气象,巴金、靳以、柯灵、唐弢、徐懋庸、周木斋、缪崇群、何其芳、李广田、吴伯箫、丽尼、陆蠡、萧红、萧乾等一大批青年作者成为30年代散文创作队伍中一支重要的力量。在新老作家的辛勤耕耘下,现代散文呈现出繁荣鼎盛、全面丰收的动人局面。继此之后,现代散文固然仍有新的开拓,但像这时期全面发展的景象则不复见。

在中国新民主主义革命发展为由无产阶级独立领导、对内反对国民党的黑暗统治、对外反对帝国主义的各种侵略的新的历史条件下,这时期的散文创作继承和发扬五四散文反帝反封建的精神,更加广泛地描绘现实生活的各个方面,比较全面地暴露旧中国给人们带来了生活的灾难和精神的苦闷,有些作品猛烈抨击蒋介石集团的法西斯统治和卖国政策,有些作品反映抗日救亡运动,歌颂人民群众的觉醒与斗争,有些作品继续剖析人情世态,有些作品则寄情于山光水色、草木虫鱼,各种体裁的散文作品有了新的发展,新的特色,在思想倾向和艺术情趣方面也有了明显的分化。

杂文发扬了五四杂感的现实主义战斗传统,在“共产主义伟人”鲁迅的大力实践和热情扶植下,冲破“官民的明明暗暗、软软硬硬的围剿”,继续发展繁荣,成为阶级斗争和民族斗争的“匕首”和“投枪”。30 年代复杂的社会动态和重大的政治事件,在鲁迅杂文中得到全面深刻、迅速敏捷的反映;瞿秋白在上海和鲁迅共同战斗中,写下《乱弹》等六七十篇杂文,鞭挞黑暗,歌颂革命。郭沫若、郁达夫、茅盾、陈望道、阿英、王任叔等也以杂文为武器批判旧社会。一批专门写作杂文的青年作者,如徐懋庸、唐弢、柯灵、周木斋等,团结在鲁迅周围,学习前辈作家的战斗精神和斗争策略,熟练运用杂文横扫旧世界,显示出虎虎生气。徐懋庸出版了《不惊人集》《打杂集》《街头文谈》,鲁迅为《打杂集》作序,肯定这些杂文“和现在切贴,而且生动,泼剌(辣),有益,而且也能移人情”。唐弢出版了《推背集》《海天集》,初露锋芒,一些篇章以其近于“鲁迅风”,竟被反动文人误以为是鲁迅的杂文而加以讨伐,他以后写作杂文更勤,成就更大。这些青年杂文家的涌现,发展壮大了杂文的阵容。战斗的杂文,在 30 年代的社会斗争和文化斗争中所向披靡,出色地完成时代赋予的抗争任务,在它的发展历史上写下了极其辉煌的一章。这时期的杂文紧密配合政治斗争和思想斗争,发展为阶级斗争和民族斗争的“感应的神经”“攻守的手足”;在反映现实生活的深广度方面,揭示社会发展的必然趋势方面,大大地超过以前;这时期杂文队伍发展壮大,杂文的战斗性和艺术价值得到进步文坛的充分肯定,杂文的艺术手法在鲁迅、瞿秋白等大师和一批年轻作者的创造下成熟多样,可以说这时期的杂文是杂文史上的高峰。鲁迅在为《打杂集》撰写的序文中,欣喜地说到:“我是爱读杂文的一个人,而且知道爱读杂文还不只我一个,因为他'言之有物'。我还更乐观于杂文的开展,日见其斑斓。第一是使中国的著作界热闹,活泼;第二是使不是东西之流缩头;第三是使所谓'为艺术而艺术'的作品在相形之下,立刻显出不死不活相",高度评价了这时期杂文繁荣的重大意义。

这时期小品散文有不小的新的进展。首先值得注意的是茅盾等提出的"新的小品文。"茅盾、郑伯奇、伯韩等人在《文学》《太白》等杂志上著文倡导。茅盾指出:"我们应该创造新的小品文,使得小品文摆脱名士气味,成为新时代的工具。"(《关于小品文》)这种"新的小品文"除了包括杂感短评等议论性文字之外,也包括生活速写、城乡见闻杂记、科学小品和历史小品等记叙性文字,它以反映现实生活、表达人民大众的思想感情、富有社会性和现实性为主要特征。茅盾是这种文体的积极实践者,收获也最大。他这时期写就出版的《茅盾散文集》《话匣子》《速写与随笔》等集子,大多是这类文字。它们真实显示了畸形发展的都市生活和贫困破产的农村面貌,深刻揭示出帝国主义侵略下民族工商业和农村经济的破产命运,形象表现了暴风雨到来的革命形势,表达了自己和人民群众共同的爱憎与要求。茅盾的小品散文,描绘现实的社会生活最为深广,郁达夫肯定他"行文每不忘社会,他的观察的周到,分析的清楚,是现代散文中最有实用的一种写法"①。巴金的《旅途随笔》,王统照的《片云集》《青纱帐》,鲁彦的《旅人的心》《驴子和骡子》,阿英的《盐乡杂信》,吴组缃的《饭余集》,艾芜的《漂泊杂记》以及沈从文、萧红、吴伯箫等的小品散文,或记述各地见闻,或描写民生疾苦,或反映乡村衰败,或显露都市罪恶,或表达抗日激情,在在和时代、大众息息相关。它们从各个侧面反映30年代的社会面貌,突破身边琐事、个人伤感之题材,社会性和现实性远远超过第一个十年草创期的作品。这些作品扩大了小品散文的表现领域,使小品散文走向社会化,抵销了"论语派"消闲清玩小品的流毒,给读者以丰富的生活知识和健康的思想情趣。

自然,这时期小品散文中絮语家常琐事的写法仍然在发展着,但对

---

① 郁达夫:《中国新文学大系·散文二集导言》。

世态人情的观照、对人生问题的探索,较之五四时期也来得广泛、细微和深入,往往即小见大,由此及彼,从中或可窥见世界之一斑,或可体味人生之哲理,或可获取生活之经验,或可陶冶美好之情操。如夏丏尊《平屋杂文》、叶绍钧《未厌居习作》中的一些篇章,体察入微,平中见奇,含蕴丰富,耐人咀嚼。丰子恺这时期出版了《缘缘堂随笔》《车厢社会》等集子,在描摹世态、体味人生上有独到的成就、独特的风致;虽然有些单纯追求闲情逸致,有些宣扬超然出世的倾向,但对人生仍是执着的、积极进取的,也反映了现实生活的某些侧面;他将知识、情致、理趣和形象熔于一炉,娓娓而谈,明白如话,在当时很有影响。梁遇春的《春醪集》和《泪与笑》,议论知识,探索人生,析理精微,文采飞扬,语含警策,曾被人誉为"中国的爱利亚"。与此大体相近的是这时期出现的不少写景纪游散文。郁达夫的《屐痕处处》和《达夫游记》中的许多作品,清新优美,再现了祖国山川的秀丽奇特,给人以美的享受,至于其中借徜徉自然来排遣内心的不满和忧郁,也是同当时国民党反动派的逼迫有关,多少表达了当时一种知识分子面对黑暗现实的矛盾态度。朱自清、李健吾、冯至、方令孺等也都在这方面取得一定成绩。他们的作品,在艺术性上是超过孙福熙、徐蔚南等的早期游记的。

这时期还涌现一批青年作者,他们所写的散文有个比较共同的特色:即倾向于内心的探索,表达他们不满现实而又找不到正确出路的苦闷,情调比较低沉忧郁;他们把散文当作一种独立的艺术创作,特别注重于提高散文的艺术性。何其芳、李广田、丽尼、缪崇群诸人可作为这群年轻探索者的代表。何其芳的《画梦录》1936年出版后,获得《大公报》首次文艺奖,被认定"是一种独立的艺术制作,有它超达深渊的情趣"。《画梦录》反映了当时一批小资产阶级知识青年不满丑恶现实而又找不到出路的苦闷彷徨、追求探索这样一种典型情感,作者的艺术才华帮助他通过美丽的梦幻、新奇的比喻、优美的意象和秾丽的语言将之描绘表达出来,达到诗情画意的融合。这种纤细柔弱的内容和精雕细刻的形式是相辅相成的,在深入描写知识青年矛盾复杂的内心世界和抒发他们敏感细微的思想情绪上,在抒情构思、意象创造和语言的锤炼上,自有超越前辈的地方,对我国散文艺术是有贡献的。当然,这种雕饰幻想的艺术品毕竟与现实离得太远。以后,他承受了"现实的鞭子"的抽打,从梦幻中醒悟过来,从写作《还乡杂记》开始走向一条写实的道路,扩展了生活和创作的视野。李广田这时的散文创作,也走过同何其芳相类似的"渐渐地由主观抒写变向客观的描写"的道路,《画廊集》与《银狐集》的差别就在于此。丽尼的《黄昏之献》抒写"个人的眼泪,与向着虚空的愤恨",《鹰之歌》则是告别这种情绪后开始新的求索的艺术写照。缪崇群从《晞露集》到《寄健康人》也显示出从咀嚼个人悲欢逐渐扩展到描绘现实生活的发展趋向。诚然,他们风格有别,成就不一。然而,他们这些比较共同的追求探索和发展趋势,从一个侧面反映了现代散文的发展潮流;他们的艺术探索成果,丰富了这时期的散文创作,发展了我国现代散文的抒情艺术。

激烈的社会斗争和遽变的时代风云,推动着广大散文家面向社会,走向革命,但也有一些人在历史发展进程中,止步不前,甚至落伍倒退。在1927年大革命失败后的白色恐怖中,周作人一派人物慑于现实的血污,一味追求风花雪月、主观性灵、闲适趣味,遁入逃避现实的隐士生活之中。在虎狼成群、风沙扑面的30年代,这类闲适小品客观上迎合了黑暗统治的需要和落后读者的心理,泛滥成灾,形成小品散文创作中的一股逆流。周作人公开宣扬"文学无用论",与无产阶级革命文学相对抗,把小品文当作个人消遣清玩的工具,制作大量的毫无人间烟火气、唯有个人性灵的"古董"和"小摆设";林语堂的小品失去了社会的讽刺,只剩下幽默和闲适,走到传统的说笑话的路上;刘半农写起半文半白、古香古色的小品;俞平伯刻意模仿明人小品,后来竟写起文言小品。周、林等人当时鼓吹小品文创作以这种"闲适"为主的主张,反对表现民族斗争和阶级斗争的左翼文艺和进步文艺,这在国家民族处于生死存亡的30年代,理所当然地要受到进步文坛的批判和抵制。

30年代还有新兴的散文体裁,如解释宇宙现象的科学小品,描述议论历史事件的历史小品,这都是栽种在散文园地的新的花卉,也产生了一些新的作家。此外,那就是报告文学了。报告文学萌生于风云变幻的时代,就其性质来说,近代已经存在;但只有在30年代,这个名称正式出现之后,适应新的现实斗争的需要,才广为兴盛而发展为散文的一种重要体裁。当时的报告文学,包括文艺通信、生活纪录、速写、特写和素描等名目。茅盾在《关于"报告文学"》一文中深刻揭示了报告文学兴起和发达的社会原因,他说:"每一时代产生了它的特性的文学。'报告'是我们这匆忙而多变化的时代所产生的特性的文学式样。读者大众急不可耐地要求知道生活在昨天所起的变化,作家迫切地要将社会上最新发生的现象解剖给读者大众看,刊物要有锐敏的时代感,——这都是'报告'所由产生而且风靡的根因。"因此,在"左联"的大力提倡和外国报告文学的影响下,《文艺新闻》《北斗》《文学导报》等刊物上,开始出现不少叙事纪实的通讯报道作品。"一·二八"淞沪会战曝发,许多进步作家到火线上去,写下不少反映战争情况的报告,这些作品大都收在《上海事变与报告文学》这本我国第一部报告文学专集里。正如阿英以"南强编辑部"名义写的《从上海事变说到报告文学(代序一)》中所说:"……在文笔活动方面,产生最多的,是近乎 Reportage 的形式的一种新闻报告;应用了适用于这一事变的片断叙述的报告文学的形式,作家们传达了关于'一·二八'以后各方面的事实。这些短小的作品,反映了战争的经过,几次大战的全景,火线以内的情形,后方民众的活动,救护慰劳的白描,以及其他一切等等事件。"尽管这些作品有的"没有负担起报告文学真正使命","阶级意识上非常成问题,而仅仅是形式上的接近",艺术上比较幼稚粗糙,但它们以迅速敏捷地反映众所关心的重大事件,而获得了广大读者,体现了报告文学的战斗性和群众性,显示了报告文学独特的社会功能。此后,报告文学蓬蓬勃勃发展起来了。韬奋、范长江在他们编辑的报刊上支持通讯报告写作,自己也写作了大量作品,分别出版了《萍踪寄语》初集、二集、三集和《中国的西北角》、《塞上行》等集子,为报告文学的发展起了推波助澜的作用。在"左联"的"工农兵通信运动"的推动下,报告文学的群众创作不断扩大,到1936年,梁瑞瑜从1932至1936年间出版的19种刊物中精选52篇作品编为《活的纪录》出版,这些"活的现实生活底记录",在读者面前"展开一幅复杂的活的图画,它会使你们吃惊,使你们感动,同时使你们获得许多在一切文学专家们底著作里所不能找到的知识"(《活的纪录·序》),内容较《上海事变与报告文学》充实真切,艺术性也有所提高。同年,茅盾主编的《中国的一日》更为广泛地反映了当时的社会面貌。这部近500篇80万字的巨著,产生相当普遍深远的影响。在阶级斗争和民族救亡运动的潮流的冲击下,报告文学在1936、1937年掀起了第一个创作热潮。《文学界》《光明》《作家》《中流》等文学刊物都以大量篇幅刊载报告作品,出现了夏衍的《包身工》、宋之的的《一九三六年春在太原》这样的名篇,涌现了一大批青年作者和业余作者。《包身工》那种血泪事实的深刻描写与形象化的哲理分析的统一,《一九三六春在太原》那种剪影手法的艺术组织和真实深切的生活感受的统一,都达到了新闻性和文学性的完美结合,标志着我国报告文学的进一步成长。

总之,现代散文从生机勃发的少年步入风华正茂的青年,从播种萌发进入全面丰收,第二个十年是现代散文繁荣鼎盛的黄金时代。这时期散文的题材有很大的扩展,不单是以抒写个人的生活经历为主了,它一方面触及了广泛的城乡生活、社会的底层,另一方面又深入到内心的探索。这时期有些散文作家更注意于主题提炼,由于他们思想意识的提高,所以更重视作品的政治性和社会效果;有些作家仍主张我行我素,强调文艺的绝对独立性;这就促使散文队伍的进一步分化,形成创作上的对垒。这时期散文的样式也有一些变化和创新,由短评、杂感发展起来的杂文,成为一种独立的富于战斗性的体裁,在散文小品中这时期流行着一种闲适小品和幽默小品,新兴的有历史小品和科学小品,报告文学则以旺盛的生命力在文坛上崛起。这时期,散文的写作技巧也有新的发展,如一些小说家所写的散文广泛应用第三人称的接近于小说的写法;有些作家不满足于五四以来的散文手法,做了新的探求,如何其芳说:他"觉得在中国新文学的部门中,散文的生命不能说很荒芜,很孱弱,但除去那些说理的、讽刺的,或者说偏重智慧的之外,抒情的多半流入身边杂事的叙述和感伤的个人遭遇的告白。"他认为"每一篇散文应该是一种独立的创作,不是一段未完篇的小说,也不是一首短诗的放大。"(《我和散文》)何其芳就力图为抒情的散文发现一个新的园地。经过众多的散文作家的努力,散文的风格比第一个十年也更丰富多彩了。最为重要的是,这些作家在抗战时期仍然是文坛上的主力,有的至今还在为文学事业作出重大贡献。

<h1 style="text-align:center">三</h1>

从 1937 年 7 月抗日战争爆发后,直到 1949 年 10 月中华人民共和国成立的前夕,这是中国革命大动荡、大发展的十二年,也是中国现代散文在民族民主革命战争的连天烽火中拓展、深入的十二年。战争大大改变了作家的生活,开阔了他们的视野,激发了他们的爱国热情,召唤着他们用笔服务于这场"高于一切"的民族解放战争和人民解放战争。适应于剧变的战争现实的需要,短小轻便的通讯报告在抗战初期特别发达,获得了最广泛的作者和读者,"成了战时文艺的主流"[①]。当时刊行的《救亡日报》《七月》《烽火》《文艺新潮》《野火》等,几乎以一半以上的篇幅登载各地的报告作品,《烽火小丛书》《抗战中的中国丛刊》《战地报告丛刊》《上海一日》《战斗的素绘》等报告文学丛书和选集大量涌现。随着抗日战争进入相持阶段和蒋介石集团"消极抗日、积极反共"逆流的泛滥,报告文学在国统区被压制而消沉了,战斗的杂文却在艰难中顽强生长着。在上海"孤岛"坚持斗争的进步作家,以《文汇报·世纪风》和《鲁迅风》等为重要阵地,形成一个杂文写作中心。在后方的作家,以《新华日报·新华副刊》《新蜀报·蜀道》和《野草》为主要园地,出版《野草丛书》,形成另一个杂文写作中心。这《野草》在解放战争期间的国统区依然蓬勃生长着。叙事抒情的小品散文在这些地区也有一定的创作量,上海的《文汇报·世纪风》《正言报·草原》,桂林的《人世间》,昆明的《诗歌与散文》,成都的《散文与诗》,永安的《现代文艺》等报刊便反映出各地的散文创作动态,巴金主编的《文学丛刊》在这十二年中就出版了 30 来本纯散文集。在解放区,由于我党的倡导和组织,广大作者深入工农兵生活第一线,报告文学一直繁荣发展。一批致力于报告文学写作的新老作者出版了众多的单行本,群众写作也得到重视和组织,出现了《五月的延安》《陕公生

---

① 以群:《关于抗战文艺活动》。

活》《冀中一日》等集体巨著。在新的天地里,叙事抒情散文以崭新的面貌初露头角,讽刺性的杂文开始为一些歌颂性的杂文所取代。简言之,在这拓展深入的十二年中,散文创作数报告文学成就最大,杂文次之,小品散文再次之。

在国统区险恶的政治环境中,这时期的杂文作者继承鲁迅精神,发挥了杂文在思想战线的战斗威力。理论上,他们总结鲁迅杂文的创作经验和艺术技巧,探讨在新的历史条件下如何继承和发扬鲁迅杂文的革命传统。他们从现实斗争的需要出发,驳斥了"杂文时代已经过去"的谬论,认识到"杂文要磨尖","杂文的时代不惟没有过去,而且正对着辽阔的发展前途";也看到杂文随着时代及环境的变迁而变迁,在杂文笔法、杂文的暴露与歌颂、杂文的大众化等问题上做了新的探讨。创作方面,上海的"鲁迅风"以王任叔、唐弢、柯灵、周木斋等为中坚,他们在抗战前就是写杂文的能手。在"孤岛"的复杂斗争中,他们巧妙运用杂文这种战斗的艺术武器,打击敌伪,廓清迷雾,激励民心。他们写作出版了《边鼓集》《横眉集》《扪虱谈》《市楼独唱》《短长书》《消长集》等杂文合集和个人专集,正如《边鼓集·弁言》所指出的那样:"虽然有不同的风格、笔调——不同的边鼓打法。但这声音却完全是一致的。反日、反汉奸、反托、反法西,甚至于反封建,那精神,一贯流漾在我们的字里行间。"他们从 1938 年一直坚持到1941 年上海沦陷,在现代杂文史上写下了壮丽的一页。1940 年 8 月在桂林创刊的《野草》,以夏衍、孟超、秦似、聂绀弩、宋云彬等为骨干,后来转至香港,一直坚持到解放战争胜利,是这时期坚持最久、影响最大的一支杂文写作队伍。夏衍写了《此时此地集》《长途》《劫余随笔》《蜗楼随笔》,聂绀弩写了《历史的奥秘》《蛇与塔》,孟超、秦似、宋云彬也出版了几个杂文集。他们的战斗倾向是一致的,在国统区反击国民党反动派的投降反共逆流,鞭挞他们的专制统治和内战政策,批判各种反动思潮,划破黑暗,指引光明,影响很大。这时期的杂文创作除了这些外,较有影响的还有:郭沫若的《羽书集》《蒲剑集》《今昔集》《沸羹集》《天地玄黄》,冯雪峰的《乡风与市风》、《有进无退》、《跨的日子》,林默涵的《狮和龙》,朱自清的《标准与尺度》《论雅俗共赏》,秦牧的《秦牧杂文》等。在延安,谢觉哉使用焕南的笔名写有《炉边闲话》《一得书》《案头杂记》等歌颂新生活、进行思想教育的杂文随笔,受到读者的欢迎。从以上所罗列的材料来看,较之"左联"时期,这时期的杂文有两点明显的扩展:一是杂文队伍继续扩大,收获颇为丰饶;二是鞭挞黑暗和歌颂光明并举,不仅继承了以前杂文在批判黑暗现实之中包含作者对光明的热爱与追求的传统,还出现一些直接歌颂人民力量壮大、展现光明面的新杂文。可是也有两点不足:一是未能像鲁迅那样站在历史的高度全面深刻地批判旧社会,鲁迅杂文依然是杂文史上无人逾越的高峰;二是艺术手法上往往不能在继承鲁迅传统的基础上独创翻新,杂文的大众化普及化虽有人提出,但未见成绩。所以,一般地说,这时期的杂文保持着五四时期和"左联"时期杂文的战斗威势,完成了这一时代给予的抗争职责,虽有所开拓,但总的没有越过以鲁迅、瞿秋白为代表的"左联"时期杂文所建树的思想与艺术丰碑。

这时期的小品散文创作有着它的时代特色。关系到人民生死存亡的民族民主革命战争,开阔了作家的生活天地和艺术视野。小品散文创作在抗战初期虽然一度较为冷落沉寂,但这种现象是暂时的。叙事抒情的小品散文自有需要它表现的生活领域,它在抒写作家的见闻感受方面具有其他体裁所不能取代的优点;在当时,表现作家的生活经历,抒发自己的独特感怀,"一粒沙里见世界,半瓣花上说人情",作者以独特的抒情个性反映社会和时代,就很有意义,也有许多作者达到了这样的境界。茅盾、王统照、丰子恺、巴金、靳以、李广田、何其芳、缪崇群、芦焚等依然写作小品散文,方敬、陈敬容、黄裳、孙犁、萧也牧、杨朔、郭风等新作者也致力于这种体裁的创作,郭沫若、唐弢、柯灵、聂绀弩等于杂文之外,仍极重视抒情散文。这时期小品散文的内容主要有三类:一是叙写作家颠沛流离生活和所见所闻的后方生活,从中可见时代的眉目,如茅盾的《见闻杂记》、巴金的《旅途通讯》、李广田的《国外》、缪崇群的《废墟集》、丰子恺的《教师日记》等;二是抒发作者的抗战爱国热情和不满国民党的黑暗统治,表达他们对抗战必胜、人民必胜的坚定信心和对光明未来的热烈追求,如巴金的《龙·虎·狗》、靳以的《人世百图》、柯灵的《晦明》、唐弢的《落帆集》、陆蠡的《囚绿记》、李广田的《日边随笔》以及青年作者的一些作品等;三是描写新的世界新的人物,以反映解放区生活的创作为代表,如茅盾的《白杨礼赞》、孙犁的《荷花淀》、何其芳的《星火集》、吴伯箫的《出发集》、萧也牧的《山村纪事》等集中的叙事抒情之作。从这些丰富多样的作品来看,这时期的小品散文创作仍有所拓展。葛琴在1942年就指出:抗战以后的抒情散文"散发出新生的健康的生命气息"[①]。这显然是五四时期和"左联"时期散文的一个必然发展。孙犁等开辟的新的抒情天地,是前所未有的,他们的作品以清新素朴的风致和崭新动人的内容,给现代散文增添了光彩。不过,从创作的数量和质量、从反映生活的深度、广度和密度等方面看,这时期的小品散文是不能与"左联"时期那种鼎盛气象相比的。

报告文学创作在民族民主革命战争中获得重大进展,是这时期散文创作的主要样式。报告文学经历了一个由粗糙幼稚到渐趋成熟完美的发展过程。报告文学自30年代初在我国正式兴起之后,其社会意义无可否认,但其艺术价值则大有人怀疑,1936年发表了《包身工》和《一九三六年春在太原》,标志着我国的报告文学创作达到了一个新的水平。外国报告文学作家名作的译介,为广大作者提供了学习借鉴的典范,对我国报告文学艺术的成长无疑起了积极作用。抗战烽火激发了作者写作报告文学的热情,现实的壮烈生活也为之提供了取之不尽用之不竭的创作素材,群众性的报告文学创作有组织地进行,专业作家的报告文学作品也极一时之盛,迅速及时地再现了抗战时期热烈的战斗生活。不过,在抗战初期,成功的、优秀的作品不多。许多作品"只有'报告'而没有'文学'……和一般的新闻记录相同"[②]。当然,初期就有从实地生活磨炼中产生出的"优秀的报告作品,它们反映着广阔的战斗世界。写下东战场的,有S.M的几篇优秀的战役报告如《从攻击到防御》、骆宾基的《东战场别动队》、东平的《第七连》等。写着北线战斗实景的,如姚雪垠的《战地书简》、碧野的《北方的原野》、刘白羽的《游击中间》、立波的《晋冀察边区印象记》等"[③]。还有黄钢的《麦克拉前的汪精卫》、曹白的《呼吸》、沈起予的《人

---

① 葛琴:《略谈散文》,《文学批评》1942年9月创刊号。
② 罗荪:《抗战文艺运动鸟瞰》,《文学月报》1940年1月号。
③ 罗荪:《抗战三年来的创作活动》,见《文艺漫笔》。

性的恢复》、沙汀的《我所见之 H 将军》(《随军散记》)等等,也是这时和稍后陆续问世的。被人称道的报告文学作品,它们艺术上的锤炼加工,显然克服了粗糙幼稚的毛病,体现了报告文学艺术的成熟。丘东平、曹白、骆宾基、刘白羽、周立波、周而复、黄钢、碧野、华山、曾克、韩飞梁等,是这时期一大批作家中的优秀代表。这时期的报告文学是反映了整个时代面貌的:对国民党官员的腐败和汉奸的丑恶,在曹白、黄钢等的一些作品中有辛辣的暴露;日寇的残暴行为和士兵的厌战情绪,在宋之的、沈起予的报告中有充分的反映;表现战地生活、描绘新的英雄,有的还写得相当成功,如碧野的《北方的原野》、沙汀的《我所见之 H 将军》、黄钢的《雨》等,在当时就广为人们称道;解放区劳动人民当家做主的崭新生活,也在报告文学中占着重要的地位,丁玲的《田保霖》就受到毛泽东同志的赞扬;解放战争时期我大军挺进、摧枯拉朽的辉煌战绩,在华山的《英雄的十月》、曾克的《挺进大别山》、韩飞梁的《飞兵在沂蒙山上》等集子中留下气势雄伟的篇章。总之,这幅时代生活的广阔画面和作品中所表现的鲜明艺术个性,是30 年代报告文学作品所不能相比的。如果说,这时期的杂文和小品散文总的没有突破 30 年代的高峰,那么可以说,这时期的报告文学在 30 年代所开拓的基础上有着显著的进展。

八年抗战、三年内战,我们的国家在漫天烽火中新生了。战争给作家生活带来了巨大的变化,伟大的民族民主革命斗争给作家的世界观带来了巨大的变化,这就使现代散文进入了一个开拓深化的新时期。首先是题材上的开拓,军事题材、解放区人民新风貌的题材都是前所未有的,这时期的散文大都分明地烙上这个新时代的印记。其次是主题的开拓。五四以来的散文作家,对于现实,或揭露、或讽刺、或幽默,其心情,或愤怒、或苦闷、或闲适,他们所面对的是旧世界;而这时期,人民当家作主的新社会令人注目地大片地出现在我国的土地上,新的时代与新的群众结合产生了新的文学——作家以充沛的热情歌颂新生活的文学。其三是语言风格的开拓。语言的民族化、大众化已成为作家努力的方向,新作家自群众中来,自然地带来了浓厚的泥土气息,一些老作家也扬弃了那些华美、繁缛、欧化的词藻,在人民群众、民间文学的语言中吸取营养;质朴明朗,刚健清新,是这一时代散文语言的新风。

现代散文是在新民主主义革命的背景下发展的,它萌芽于思想革命和文学革命,经过两种革命深入的斗争,接受抗日战争和解放战争血与火的考验,三十余年来产生的作品从正面、侧面或反面映照着时代的风云;题材和样式也相应地丰富和发展着;在短短的三十余年间涌现出成百位著名的散文作家,他们各以独特的风格装点着丰富多姿的散文园林,这不能不说是中国散文发展史上的一个奇观。当我们展现这幅色彩斑斓的画卷时,我们确可以毫不含糊地说,现代散文不仅无愧于我国丰厚的古典散文传统,而且是它的伟大发展,它有着许多革新创造,有着相当辉煌的成就。

四

以上概述了我国现代散文的发展状况,这里我们想从史的角度就有关现代散文发展的几个重要问题谈些粗浅的体会。这些问题是:时代与散文创作的关系,作家的文化修养与作品的关系,风格流派的形成,中外传统的继承,刊物对散文发展的影响。

第一,我国现代散文无论是题材、主题、体裁和语言的变化发展诸方面,无不深受时代的影响。从五四以来,中国人民所进行的反对三大敌人的伟大革命斗争,其激烈、复杂程度是我国历史上所没有的,在世界历史中也是少见的。这必然深刻地反映到现代文学上来,使一部中国现代文学史呈现出遽变纷然的景象。这种景象在自由灵活、轻便敏捷的散文中表现得更为充分具体。

现代散文受时代的推动或制约表现为:其一,每一时期的时代精神和社会思潮直接作用于现代散文,如个性主义、人道主义、民主主义、爱国主义、马克思主义等,都在不同阶段、不同程度给现代散文以积极的影响,规范着各个阶段散文的基本倾向。其中革命民主主义和爱国主义是贯穿始终的思想红线。其二,时代的进展,给现代散文开拓了新的表现领域,提出了新的审美要求,从而推动现代散文从内容到形式的发展,这在广大进步作家中自觉或不自觉地得到实现。像鲁迅、瞿秋白、郭沫若、茅盾等散文大家十分自觉地顺应历史发展潮流,艺术地把握着现实生活和时代精神,代表着现代散文的发展方向。像谢冰心、朱自清、叶绍钧、郁达夫、巴金等名家则程度不同地自觉或不自觉地适应时代的需要,在不同的起点上或快或慢地扩展自己的创作道路,时强时弱地反映出时代气息。他们的变化发展,自然成就不一,有得有失,但总的趋势是和时代的进程一致的。另一方面,时代的潮流也不断扬弃旧的、消极的因素,使之跟上时代的发展,如钟敬文、丰子恺等改变他们的艺术趣味,何其芳等走出象牙之塔,扩展了生活和艺术视野;时代潮流也会将落伍者淘汰,如周作人、林语堂等提倡闲适小品就逐渐走向末路,在全民族为争生死存亡而发扬蹈厉的时候,则不能不被人们所抛弃。其三,时代的发展,对各种散文体裁和表现技巧的促进作用。五四时期的思想解放和个性解放,促使杂感、小品散文、散文诗等的成长发达,30 年代剧变的社会现实促使杂文繁荣和小品散文分化,而且勃兴起能够更迅速地从艺术上把握这个时代的报告文学。其四,时代也会限制作家艺术个性的发挥和某些作品样式的发展。何其芳在《散文选集序》里说:“一个平凡的人,当他的生活或他的思想发生大的变化的时候,他所写的东西的内容和形式往往不是他很熟悉的,就自然会反而显得幼稚和粗糙。”这里所说的就是时代对作家艺术个性的限制。过去的风格被否定了,过去的艺术见解被否定了,抗战时期所强调的是为当前的战争需要服务,强调内容的正确和语言的朴素,何其芳在抗战以前所形成的艺术个性,到这时期就不得不产生令人惋惜的变化。至于时代对散文样式的制约,也是显而易见的,如抒情小品在战争烽火中改变了自己的色彩和音调,它在散文园地中的重要地位不能不退让给报告文学。

在这个对现代散文起重大作用的时代因素中,人民群众的反帝反封建的革命斗争无疑是其“内核”,现代散文正是适应它的需要而深入发展的。散文作家必须顺应时代的主流来驱遣自己的笔墨,这是作家的社会责任,也是人民的迫切要求。然而,我们还必须看到另外的一面,那就是时代对散文的制约,作家认识到这一种局限性,就可以在不违背时代要求的前提下,有意识地发展自己的艺术个性,选择自己所熟练的散文样式,从而促进散文的全面持续繁荣。

第二，现代散文如群星灿烂，百花齐放，这种繁荣兴盛的文学现象固然有其社会根源，但主要还是由现代散文家勤奋创造的，时代作用是通过他们来实现的。现代散文作者，大致有这三批人：一是五四时代的开创者，二是 30 年代的后继者，三是战争年代的新人。

五四时代的散文开创者大都出身于封建士大夫阶层或官僚资产阶级家庭，并且大多是留学生，从小深受古典文学的教育，具有深厚的古典文化素养。他们在国外留学期间，都曾向西方寻找救国救民真理，深受西方近代思潮和文学的影响，具有民主主义、爱国主义思想和广博的外国文学修养。这些比较共同的创作准备，使这批开创者在反对封建主义、主张个性解放、追求社会进步等方面表现出巨大的热情，使他们在创建现代散文方面表现出很强的能力，能够出色地完成继往开来的历史使命。同时，又由于他们大多还背着"因袭的负担"，从纷至沓来的种种外国政治思潮和文艺思想中吸取养料，这使他们的白话散文创作带有初创时期的痕迹，如思想驳杂、欧化倾向、半文半白等。

30 年代的后继者有些是先行者的同辈，但一般是在五四以来的社会环境中长大的，他们受到古典文学的一定熏染，他们中的一些人从家庭到学校、从中学到大学，一些人在上海"亭子间"生活和写作过，他们年纪较轻，阅世较浅，也不如前辈那样博识多艺。但他们生长在动荡的 30 年代，来自社会的各个阶层，他们接受五四新文学和外国现代文学的哺育。所以能够在作品的内容和形式上有所创新。

在战火中成长的一代新人，他们中外古今的艺术修养不如他们的前辈，但他们从群众中来，在毛泽东同志"讲话"精神指引下，他们从理论和实践上较好解决了深入生活的问题。他们从实际生活中获取了新鲜活泼、丰富动人的素材，并在实践中创造了相应的艺术形式，以新的内容和新的形式给现代散文带来新鲜血液。

从三个时期作者的发展状况来看，一个散文家的创作成就的大小很大程度上取决于他的文化素养的丰厚与否。在现代散文史上，创造名篇、风格显著、卓有成就的作者许多就是学者、翻译家，这是很值得我们深思的。人民的生活是写作的源泉，过去的文艺作品不是源而是流，这话固然有理，但也不能因此而忽视作家的文化素养。生活经验的积累,做生活的有心人,对于散文作家来说是很重要的,但丰富的中外文学作品的修养,也是一位优秀散文家所不可缺乏的、必备的条件。

第三,散文以真实为其生命,议论文的真知灼见,抒情文的真情实感,记叙文的真人真事,总离不开真实。虚情假意、华而不实的文章是无人赏识的。散文要求作品中有一个真我,由于它形式短小,取材自由,所以便于表现我的性情、我的发现、我的语言,读者也盼望散文作品有作者自己的风格。

现代散文的著名作家各有自己的风格特色。如鲁迅的老辣犀利,刘半农的诙谐畅达,梁遇春的博识潇洒,唐弢的明快遒劲;冰心的典雅细腻,叶绍钧的隽永谨严,茅盾的劲健浑厚,王统照的缜密热烈,郑振铎的清新委婉,朱自清的醇厚绮丽,郭沫若的汪洋恣肆,郁达夫的坦率洒脱,徐志摩的繁艳灵巧,夏丏尊的平淡深远,丰子恺的真率自然,巴金的真挚热烈,何其芳的精致隽美,李广田的素朴亲切,丽尼的低回幽愤,阿英的峭拔简练,吴伯箫的渊雅跌宕,孙犁的素淡情深,郭风的凝炼奇巧;刘白羽的雄浑壮丽,周立波的严峻明朗,华山的浑厚豪迈,等等。

用传统术语来表现作家风格,似乎只能意会而不可言传,其实用简单的四个字来概括一个作家的风格是难于办到的。因为构成一个作家风格的因素是多方面的,作家的气质、修养,作品的题材、主题、结构、表现手法、语言等都会起作用,那么这种四字概括法之必然捉襟见肘自然是无可置疑的;何况一个作家的风格往往是发展而不是固定的,也常因文体的不同而有所变化。但从上述不甚确切的作家风格简介中我们可以看出一种情况,那就是每一个散文家都努力显出“个人笔调”,力图在题材、主题、结构、语言等方面独辟蹊径。散文的题材是无比广阔的,作者的构思可各具匠心,或抒诗情,或描画意,或申哲理,或传知识,……结构、语言亦宜各树所长。现代散文的历史表明散文风格是丰富多姿的,在散文写作中崇尚或提倡某一风格模式都是不确当的。

风格相近的作家自觉或不自觉地组合就构成了流派,这种组合不但标志着艺术观的类似,也体现着政治观的相通。阿英在《现代十六家小品序》里说,现代散文有以鲁迅、周作人、林语堂各自作为代表的三大流派,即"社会斗士"、"田园诗人"、"逃避现实"。我们觉得,林语堂和周作人实际上是一派,代表着逃避现实、玩物丧志的一派;他把谢冰心、朱自清、叶圣陶等划入田园诗人派,似乎是不妥的,谢、朱、叶等探索人生问题、较注重散文艺术,可单独当作一个流派。不过,现代散文史上被人们所公认的主要有"鲁迅风"、"隐士风"两大流派。这两大流派在不同时期有不同的表现和影响,对现代散文的发展所起的作用也因时而异。鲁迅风杂文在坚持散文反帝反封建、服务于新民主主义革命的战斗传统上,在奠定和发展现代杂文的艺术形式和表现手法上,作出了最大贡献。周作人早年大力倡导和创作的小品文,尽管思想格调不高,但他把知识、理智、情趣调和在一起,用闲谈絮语的方式娓娓道来,自然亲切,平和冲淡,很适合一些知识分子的口味,在他们当中产生强烈的影响。这些"美文"在 20 年代草创时期显示新文学实绩、向旧文学示威上具有其不可抹杀的贡献,但一味追求闲适、趣味和清谈无疑是消极的。到了 30 年代,这种闲适小品更远离现实,变成供雅人绅士玩赏的"古董""小摆设",与战斗的生存的小品文相对抗,甚至攻击革命斗争和革命文学,就形成了十分有害的倾向。"冰心体"散文的成就和贡献主要在艺术方面。冰心的《寄小读者》和朱自清的《背影》是现代抒情散文的两座艺术丰碑,对现代散文的发展产生过重大影响。30 年代的何其芳、丽尼、李广田等继续创新,有比较共同的创作倾向和发展道路,可以说是一个流派。40 年代的孙犁、萧也牧等表现新的世界新的人物,也开创了新流派。种种流派争奇斗艳,消长起伏,其中的经验教训,实在值得探讨。

　　第四,我国现代散文特别发达,是有其深远的历史根源的。我国散文有着悠久的历史传统,朱自清早就指出:"中国文学向来大抵以散文学为正宗;散文的发达,正是顺势。"[①] 这"顺势"主要表现在以下四个方面:一是古典散文中的现实主义传统为现代散文所继承和发扬光大。以鲁迅为代表的进步作家,主要继承古典散文中"抗争"、"没有忘记天下"的优良传统,积极创造"为现在抗争"、富于社会性的杂文、小品。二是古典散文中

---

　　① 　朱自清:《论现代中国的小品散文》。

那些敢于抒写真情实感的作品,尤其是明末小品,确与现代散文的创作态度比较接近。由于这些小品文本身十分复杂,对现代散文的影响就有积极和消极的两面。鲁迅指出:"明末的小品虽然比较的颓放,却并非全是吟风弄月,其中有不平,有讽刺,有攻击,有破坏"(《小品文的危机》);而周作人等后来仅发展其闲适清谈的一面。三是古典散文的体裁多样,技巧丰富。举凡现代散文中的小品、杂感、随笔、序跋、游记、书札等体裁在古代已经具备,写景抒情、托物言志、即小见大、说理析微、记事写人诸技巧已相当成熟。现代散文名家对此有深厚的修养,便适应新的历史条件的需要进行创造性的运用,迅速开辟了现代白话散文艺术的广阔领域。四是古典散文的语言艺术具有鲜明的民族特色,其凝炼简洁、富有抒情美、图画美和音乐美等深为现代散文家所喜爱。如冰心等的散文就吸取了许多古典诗文的语言。总之,从思想内容到艺术形式,我国古典散文是一座极其丰富的艺术宝库,给现代散文家提供了有益的借鉴。

现代散文还从异域获得营养。英美絮语散文那种议论知识、说理探源、闲适笔调、幽默机智等,对我国现代散文产生过很大影响,虽然它也有消极性的一面,但是对丰富我国现代散文艺术还是有帮助的。周作人、梁遇春、李广田等的文风就十分接近英国的 Essay。絮语散文那种自由抒发个人感情的亲切态度,是反对封建束缚、追求个性解放的散文家乐于采取的。他如鲁迅之于屠格涅夫,李广田之于玛耳廷,何其芳之于安徒生,郭风之于阿左林,他们无不在异域的文苑中撷取心爱的花果。至于报告文学这一样式虽有我国的传统,但无疑是从国外名家的作品中得到借鉴而蓬勃发展起来的。一般说来,现代散文家敢于向传统和外国的作品学习,博采众长,融会贯通,据为己用,就能别开生面,这是散文史的一条宝贵的经验。

第五,现代散文的兴盛,也和近代报刊的发达大有关系。散文具有敏捷地反映现实的特点,很需要有及时发表的园地。日报副刊、周刊、半月刊等短期性刊物于它最为适宜。因而,这类报刊,对现代散文的发展繁荣是起了推波助澜的作用。从《新青年》首倡"随感录"起,到《每周评论》《民国日报》《晨报副刊》等群起仿效,再到《语丝》《莽原》《北新》《论语》《人间世》《太白》《新语林》《申报·自由谈》《水星》《鲁迅风》《野草》等专门性散文刊物以及其他文学刊物的不断涌现,这就给现代散文的成长提供了广阔的园地。如果没有这许多期刊、副刊,那么我国现代散文无疑的必将黯然失色。

尤其值得注意的是:各个刊物对团结、培养和扩大散文作者队伍和繁荣散文创作起了重大作用。20年代的《语丝》,它组合了鲁迅、周作人、刘半农、林语堂、朱自清、钟敬文、孙伏园、梁遇春、俞平伯等一大批散文作家,形成"任意而谈、无所顾忌"的"语丝文体",对现代杂文小品的发展发生了重大影响。30年代,上海的《论语》和《太白》形成两个对立的阵营,《太白》团结了鲁迅、茅盾、叶圣陶、陈望道、周越然、巴金、胡风、聂绀弩、曹聚仁、周木斋、唐弢等作家,发展了小品散文的内容和样式,培育了一批鲁迅杂文的继承者。《水星》《大公报·文艺》等主要是生活在京津的作家们的园地,培养了何其芳、李广田、吴伯箫、萧乾、李健吾等一批新人。

事实证明,我国现代散文的繁荣和作家的成长,与期刊、副刊的关系至为密切。这些期刊往往是一些文化人自由组合筹办的,副刊是他们主编的,其中进步的期刊或副刊,则是在我党的领导或影响之下进行工作的,主持人团结一批作者,在白色恐怖之中,苦斗求存,再接再厉,办得很有声势,很有特色。由于政治思想和艺术见解的不同,自然也分为不同的营垒,但他们对散文也不是毫无贡献,而且其功罪是非,读者是能够辨别的,文学史也会对它做出公正的评价。

中国现代散文有它的光荣历史,其繁荣发达是众所公认的。胡适在1922年就肯定"白话散文很进步了";曾孟朴在1928年论及五四时期新文学创作的成绩说:"第一是小品文字";朱自清在1928年也认为"最发达的,要算是小品散文";鲁迅在1933年明确指出:五四以来"散文小品的成功,几乎在小说戏曲和诗歌之上";林语堂在1934年甚至说:"十四年来中国现代文学唯一之成功,小品文之成功也";阿英、郁达夫等都肯定现代散文的成就。季羡林也认为:"自从文学革命兴起以后,到现在已经整整六十年了。诗歌、小说、戏剧、散文等等方面,都有巨大的成绩。但是据一般人的意见和我自己的看法,成绩最好的恐怕还是散文。"[1] 对此,我们也有同感。可喜的是,对宏富的现代散文的系统研究工作已经开始,为了总结历史的经验教训,促进当前散文创作的繁荣,研究现代散文极为丰富的遗产,确是十分迫切和重要的。

——《新文学论丛》1981 年第 3 期

---

[1]　季羡林:《朗润集·自序》,《散文》1980 年第 6 期。

我国现代散文诗发展轮廓初探 ①

一

在我国支派曼衍的文学史长河中,较之诗和散文,散文诗虽只是涓涓细流,却也是源远流长的。诚如郭沫若早在 1920 年所说的:"我国虽无'散文诗'之成文,然如屈原《卜居》《渔父》诸文以及庄子《南华经》中多少文字吾人可以肇锡以'散文诗'之嘉名者在在皆是。"② 屈原、庄子之外,王羲之、郦道元、陶渊明、柳宗元、陆龟蒙、欧阳修、苏东坡、归有光、袁宏道、张岱、龚自珍等名家的一些作品,有人就认为是古代散文诗的杰作。古人评郦道元的《水经注》为:"其法则记,其材其趣则诗也",虽还没有确立散文诗的概念,但也道出了有一种文体兼有"记""诗"的特征。可见,散文诗在我国古已有之,是一笔宝贵的遗产。不过,古代散文诗总被囊括在诗赋小品当中,从未独立一体,也从未形成过自觉创作的潮流。我国文学史上有意识地倡导和写作散文诗,并一度掀起热潮,那是到了"五四"新文学运动才开始的。

1917 年,《新青年》顺应历史发展潮流,首举"文学革命"大旗,一

---

① 编者注:本文系作者与汪文顶合作。
② 《文艺论集·论诗》。

切文学样式从内容到形式都发生破旧立新的重大变革。诗界首当其冲,掀起解放诗体、打破格律束缚的浪潮。在这种历史条件下,刘半农首倡散文诗,他在 1917 年 5 月号的《新青年》上发表的《我之文学改良观》中提倡"增多诗体","于有韵之诗外,别增无韵之诗",并介绍英国有"不限音节不限押韵之散文诗",从外国第一次输入了散文诗这一名目。显然,刘半农把散文诗当作新诗的一种形式加以倡导和介绍,是为了突破古典诗律的禁锢,让"诗的精神"自由发展的。刘半农还最早译介了印度 Sri Paramahbnsa Tat 的散文诗《我行雪中》①、泰戈尔的无韵诗《恶邮差》《著作资格》②和俄国的屠格涅夫的散文诗《狗》《访员》③等,为我国现代散文诗的开创提供了借鉴的范例。随即就有沈尹默、刘半农、周作人、康白情等试作散文诗。沈尹默的《月夜》被人视为"在中国新诗史上,算是第一首散文诗"④,《月夜》发表在 1918 年 1 月号《新青年》的"诗"栏上,全诗四句,分行竖排,而且押韵:

> 霜风呼呼的吹着,
> 　月光明明的照着。
> 我和一株顶高的树并排立着,
> 　却没有靠着。

整首采用散文句式来描绘一个诗的境界,表现抒情主人公个性独立的精神,把它看作初具散文诗的雏形未尝不可。不过更确切地说,这是一首散文化的白话自由诗。最初的白话诗大多类此。刘半农自称:"在诗的体裁上是最会翻花样的"(《扬鞭集·自序》),他初次试作无韵诗《卖萝卜人》更接近散文,可是比较平直,缺乏诗意。周作人指出《小河》诗体"和法国波特莱尔提倡起来的散文诗,略略相像,不过他是用散文格式,现在却一行一行的分写了"(《小河》题注),说明了其《小河》和外国散文诗神似

---

① 见《新青年》1918 年 5 月号。
② 见《新青年》1918 年 8 月号。
③ 见《新青年》1918 年 9 月号。
④ 1922 年《新诗年选》中愚庵评《月夜》之语。

貌离的异同点,这是初期散文诗试作的普遍现象。迨至沈尹默的《三弦》[①]才突破了分行排列的格局,按意境分段,以散文的章法出现;之后,他的《生机》《白杨树》《秋》和刘半农的《晓》《饿》《雨》《静》等继续发展这种格式,接近神形俱备的散文诗了。这些尝试性作品难免带着从旧体诗词散曲脱胎而来的痕迹,不能一下子突破诗词格调而纯以散文外观出现;然而,它们以散文的句式、章法和语言写景抒情、创造诗境,显得自由活泼、清新悦耳,较充分地反映了"五四"时代个性觉醒的特征,抒发了作者婉转多姿的情致,无疑为现代散文诗尽了开拓道路的作用。

最早具备散文诗特色的,当是鲁迅《自言自语》和郭沫若《我的散文诗》等作品。鲁迅《自言自语》一组七题,连载在 1919 年 8、9 月的《国民公报》"新文艺"栏上,可见是当作"新文艺"的一种形式发表的。这组散文诗不仅内容新颖,寄意深远,想象神妙,诗意浓郁,而且出以散文格调,假借"陶老头子"的"自言自语"自由抒发自己的点滴感受,似乎接近于屠格涅夫晚年所作的"Sanila"[②] 的风格。郭沫若的《我的散文诗》一组四题刊于 1920 年 12 月 20 日的《时事新报·学灯》上,可能是我国文学史上最早署上"散文诗"的作品,它们的外观完全是散文,而内核充满诗的情趣,是"用散文写的诗"。其中流露出烦闷情绪,看来近于波特莱尔的诗风。此后,瞿秋白、滕固、朱自清、徐玉诺、徐雉等相继在《学灯》《晨报副刊》《文学周报》上发表了一些散文诗。这些作品的共同特色,是通过一个场景或生活片断抒发内心的点滴感受,形式上完全突破了诗词的格调,而让诗的情绪、诗的旋律自然流露在散文的字里行间。它们的出现,标志着我国现代散文诗从试验走向规范的道路。

我国现代散文诗萌生发展的过程,可以说明两点:一是我国现代散文诗是"五四"新文学运动中诗体解放的产物,是白话新诗的一种形式;二是它经历了由"诗的散文化"到"散文的诗化"的演变,从中又可以看到我国古典诗词和外国散文诗的深刻影响。沈尹默等的尝试留有诗词的痕

---

① 见《新青年》1918 年 8 月号。

② "衰老"之意,为屠格涅夫《散文诗》原名。

迹,鲁迅、郭沫若等的初创更多地借鉴了外国散文诗的艺术形式。当时的开创者比较注重译介外国散文诗,1920年前后,波特莱尔、屠格涅夫、王尔德和泰戈尔等的散文诗已大量译介过来,它们对我国现代散文诗的建立和发展起了很大作用。我们觉得我国现代散文诗的创立和发展,一方面根源于我国的散文诗传统,一方面受益于外国散文诗的影响,相较而言,外来影响更为直接重要。

伴随着散文诗的创作实践,散文诗的理建设工作也开始受到重视。实践向人们提出一些急待明确的问题:散文诗是什么? 能不能成立? 现代散文诗与传统和外来的散文诗的关系如何? 当时有人固执"不韵则非诗"的信条,否定散文诗的存在价值。为了确立散文诗在诗坛的位置,1920年前后的《民铎》《学灯》《少年中国》《文学周报》上发表了郭沫若、周无、康白情、郑振铎、滕固等讨论新诗和散文诗的文章,他们的观点与刘半农相通,都认为散文诗是诗,是"用散文写的诗","有独立艺术的存在"。他们进一步论述诗的本质在于诗的情趣和诗的想象,而不在于诗的外在形式,有诗的本质,"用散文来表现也是诗",没有诗的本质,即使以诗的面目出现也不算诗,打破了"不韵则非诗"的传统信条,这对于散文诗创作起到了解放思想、开辟道路的积极作用。他们还确认我国古代早有散文诗,积极译介外国散文诗,研究它们的写作经验和表现方式,为我国现代散文诗提供了传统和外来的示范。这场讨论,初步建立了现代散文诗的理论,促使散文诗自觉发展,在我国散文诗发展史上是空前的。它同倡导、试作和译介一道,应是我国现代散文诗草创时期值得书写的四件大事。它们奠定了我国现代散文诗的根基,为以后的发展准备了先决条件。

二

到了20年代中期,我国现代散文诗创作掀起热潮,形成繁荣发达的局面。在《晨报副刊》《文学周报》《小说月报》《语丝》《莽原》《创造周报》等刊物上,鲁迅、瞿秋白、郭沫若、冰心、王统照、许地山、郑振铎、徐志摩、焦菊隐、于赓虞、于成泽、马国亮、韦素园、韦丛芜、台静农、向培良、尚钺、沭鸿、戴敦智、严敦易、李金发、朱大枏、石民等发表了大量散文诗,陆续出版的专集有:许地山的《空山灵雨》、冰心的《往事》、鲁迅的《野草》、焦菊隐的《夜哭》及《他乡》、于赓虞的《魔鬼的舞蹈》及《孤灵》、马国亮的《昨夜之歌》、韦丛芜的《我和我的魂》等。

瞿秋白、郑振铎、王统照等的散文诗,追求理想,向往光明,探索人生,唱出一种昂扬明朗的调子。《饿乡纪程》和《赤都心史》中的散文诗披露了一位憧憬新社会的革命知识分子内心的追求、思索和变迁,是瞿秋白"心弦上乐谱的记录"。他1923年写就的《那个城》取法高尔基的散文诗,用象征性的形象表现我国革命走十月革命道路的必然趋势,在短小的篇幅中凝聚了深广的时代内容,这在早期散文诗中是独一无二的。郑振铎的《向光明走去》表达了他追求光明的坚定信念,他在编辑《小说月报》时写下的不少"卷头语",也以散文诗的形式表达他对人生和艺术的见解。王统照的《烈风雷雨》高歌"人生活剧的真趣味,真表现,真精神",具有哲理意味和激励力量。朱自清的《匆匆》和《毁灭》展示了他在幻想破灭后的迷惘忧伤以及脚踏实地继续进取的生活态度;冰心的《往事》追求美和爱的境界;许地山的《空山灵雨》表达"生本不乐"的感触,抱着造福人群、摸索前进的善良信念。

郭沫若这时继续写作的散文诗《梦与现实》,显示梦境和现实的差距;《寄生树与细草》托物寓意,在褒贬中寄托了作者的政治立场。他的《小品六章》娓娓诉说"牧歌的情绪",在短小凝炼的篇幅中洋溢着诗情画意,以清新优美、玲珑剔透见称于世。郭沫若的散文诗富有美感和暗示力,显得俊逸蕴藉、诗意葱茏。"创造社"同人中,穆木天、潘漠华、王独清等也写了一些散文诗。

当时这些知名作家热心写作散文诗,大多又写得相当优美清新,情真意切,丰富多彩,这对散文诗创作显然起了推进的作用。

在我国散文诗发展史上,成就最高、影响最大的代表性作品当推鲁迅的《野草》。它写于1924年9月到1926年4月间,这时新文化运动统一战线日趋分裂,北洋军阀的反动统治十分黑暗,鲁迅处在"寂寞新文苑,平安旧战场。两间余一卒,荷戟独彷徨"的境地里,"有了小感触,就写短文,夸大点说,就是散文诗",因此必然打上时代印记和他这时的思想烙印。《野草》以内心抒发为主,通过抒情形象抒写作者对黑暗现实敏锐而又深广的感触以及艰苦曲折的自我探索的心程。《这样的战士》《淡淡的血痕中》塑造决不妥协、自强不息的"真正的猛士"形象,体现了作者一贯的战斗精神;《狗的驳诘》《立论》《聪明人和傻子和奴才》,讽喻人间黑暗、市俗习气和奴才哲学,尽着社会批评的任务;集子中更多地是袒露内心深处的矛盾和思索,表现理想与现实、光明与黑暗、希望与绝望、实有与虚无的矛盾冲突,反映寻找不到出路和战友的苦闷与寂寞,真实地展现了鲁迅此时的心境。处于矛盾苦闷之中,仍坚持抗争探索,构成《野草》的基本倾向和典型的心理特征。在艺术形式上,《野草》发展了《自言自语》的形式,通过奇特大胆的想象和象征,将强烈的感情抒发和深沉的哲理探索熔铸一炉,提炼出诗情美、理致美统一的艺术珍品。它创造性地运用象征、梦幻、错觉等外国散文诗常见的艺术手法和比兴、白描、用典等传统的表现方式,博采众长,融会贯通,充分展示了感觉的微妙、心灵的奥秘和生活的真谛,显得含蓄深邃、多姿多彩。它在《自言自语》的独语、对话体之外,别增叙事、随感、辩驳、写景、诗剧等格式,丰富了现代散文诗的表现形式。鲁迅后来依然认为《野草》的"技术并不算坏"。《野草》在思想性和艺术性上获得了辉煌成就,对当时和后来的散文诗创作产生了重大影响。

"莽原社"作者韦素园、韦丛芜、台静农、向培良、石民等受鲁迅的影响,接踵而起写作散文诗。《莽原》几乎每期都发表几首散文诗,一度热热闹闹的,推动了散文诗创作。韦素园致力译介东欧的散文诗,也写了《痕》等组散文诗。韦丛芜的《冰块》抒发心灵被冷酷世界冰冻的痛苦,《我和我的魂》显示灵与肉的冲突,这些"不过是生活于离乱时代的一个孤寂的灵魂的自白罢了"。他的《我披着血衣爬过寥阔的街心》则以亲身感受控诉反动当局制造"三·一八"惨案,和鲁迅的《淡淡的血痕中》一样,唱出了时代的抗争曲。台静农《梦的记言》具有杂感的讽喻之意,显然是取法鲁迅和屠格涅夫的。向培良的《槟榔集》《无题》咀嚼人生的味道,抒写生活的凄凉和疲倦。石民译介波特莱尔的《巴黎之烦恼》,他的《恶梦》

等首散文诗带有波特莱尔的忧郁气息。这些年青人感受着黑暗的重压,虽向往光明,却还看不到前进方向,因而表现出苦闷彷徨;不过,他们的感受和思索,不及鲁迅的深沉广大,艺术表现较为单调,有的模仿痕迹过重。

徐志摩在他的创作初期写了几首散文诗,一组题为《咒诅的忏悔的想望的》散文诗包括《毒药》《白旗》《婴儿》三首,是其代表作。他运用象征、铺排的写法,咒诅现实,忏悔罪恶,想望新生,是他"苦闷愤怒的'情感的无关阑的泛滥'","充满了诗人的'理想主义'和乐观"[①],这是他后来的诗作所没有的。他的散文诗铺排意象,堆砌词藻,讲究音律,追求色彩,可备一格,似乎受到王尔德唯美主义的影响。当时诗风和徐志摩较为接近,致力于散文诗创作的还有焦菊隐、于赓虞、于成泽、马国亮等。焦菊隐的《夜哭》作于1924至1926年,1926年7月初版,于赓虞为之所作的《序》中指出:"菊隐的诗的创作,比较上以散文诗为成功。……用这种文体写诗,而且写得如此美丽深刻的,据我所知,在中华的诗园中,这是第一次的大收获。"《夜哭》哭泣自己和家庭的不幸与衰落,抱怨现实的黑暗与压迫,歌吟人生的挣扎与疲惫,难免过于绝望悲伤,但也多少唱出了时代的忧郁。这显然受到波特莱尔的影响。之后,他写了《他乡》,视野有所开拓,情绪比较健康。他的散文诗注重锤炼文辞句式,留意色泽音响,写得缠绵悱恻、哀怨动听。于赓虞抱着"散文诗乃以美的近于诗辞的散文,表现人类更深邃的情思"的理想,写了《魔鬼的舞蹈》及《孤灵》,它们是"厄运之象征",展现了他心灵世界的绝望与希望、追求与幻灭、执着与超脱的消长起伏,带有颓废派文学的气息。他借鉴西方现代派艺术,采用梦幻的形式,扩大了驰骋神思的天地,从天堂到地狱,从生前到死后,从鸿荒初辟到世界末日,皆可汇聚于诗人的笔端。于成泽的散文诗发表在《晨报副刊》《燕大周刊》《文学周报》上,写得情意深挚、凄婉玲珑。马国亮的《昨夜之歌》咏叹失却爱情、青春和希望的伤感,在惜往伤今中仍思振作,字里行间流动着感情的潜流。他们四人是这时期写散文诗较多的作者,他们受西方现代派文学和散文诗的影响,把散文诗当作自我表现的便当形式,当作苦

---

① 茅盾:《徐志摩论》,《现代》第2卷第4期。

闷的象征,追求散文诗的诗情、画意和音乐美,对散文诗艺术的发展是有贡献的。

综上所述,可见这一时期的散文诗创作相当丰富多样。这种文学现象当然根源于当时的社会现实和社会心理。在黑暗现实的重压下,希望、求索、苦闷、彷徨、幻灭等等,是当时不同类型的知识分子所亲历身受的典型的心理特征,也是散文诗所擅长的题材。所以,散文诗这种被波特莱尔称为"足以应付那心灵的情绪、思想的起伏和知觉的变幻"的文学样式,就为许多作家所喜爱,于是造成了这时期散文诗兴盛的局面。诗人们"以语言文字画出自己的心和梦":有的向往未来,追求光明,有的诅咒黑暗,探索人生,有的倾诉苦闷,寄情山水,有的痛不欲生,多愁善感,真实地反映了这个时代的心理特征。艺术上也有长足的进步,它已经立足于自由诗和小品文之间,形成诗美和散文美统一的艺术特色,显示出独特的艺术功能和美感力量。由于受到小品散文盛极一时的影响,这一时期的散文诗形式上更为散文化,基本上是短小的散文。其表现形式和艺术手法较为丰富,艺术风格多种多样,特别是在创造性地运用梦幻、象征手法方面获得极大成功,在追求诗美和散文美结合的基础上进而追求理致美、音色美。这些特色,体现了我国现代散文诗正走向成熟,为三四十年代的散文诗作家所继承和发展。

三

20 年代末期,散文诗创作一度归于沉寂。前几年热心写作散文诗的作家,大多数人到这时候弃此而他顾了,而一批新作者又刚刚崭露头角,这就出现了交替时期常见的冷落局面。进入 30 年代,直至抗战前夕,才重新掀起创作散文诗的热潮。鲁迅、瞿秋白、茅盾、王统照等名家写出了新作,巴金、丽尼、陆蠡、李广田、何其芳、缪崇群、方敬、陈敬容、南星、鹤西等新人崛起,积极写作,成为散文诗创作的一支生力军。在新老作家的共同培植下,散文诗得以在新文苑中依然占有一方领地,继续开放繁花异卉。

鲁迅保持他一贯的战斗精神,在文网森严的 30 年代,把散文诗改造成适应新时代斗争需要的一种武器,写了《现代史》《夜颂》《二丑艺术》《秋夜纪游》《看变戏法》等篇杂感体散文诗,迂回曲折地批判五光十色的社会现实,表现出深邃的洞察力、高度的概括力和巧妙的斗争艺术,变革了《野草》的内容和形式。瞿秋白发展他早期散文诗的革命现实主义精神,写了《一种云》《暴风雨之前》等高度集中地概括时代风貌的散文诗杰作。他运用一系列形象象征当时的斗争形势,在愤怒抨击旧世界、热情歌颂新社会的同时,进而呼唤广大群众"自己去做雷公公电闪娘娘",发动起"暴风雨",用"惊天动地的霹雳"打开那"愁云惨雾",换来"光华灿烂的宇宙"。这些作品以深邃的思想、充沛的激情和完美的形式扣人心弦,富于革命的鼓动性。茅盾在大革命失败后曾写过《叩门》《雾》等首散文诗,那是一时的苦闷抑郁之抒发,与这时候写下的《黄昏》《雷雨前》等迥然相异。茅盾的新作描绘具有象征意味的背景,交织自己的真情实感,在渲染自己期待革命暴风雨到来的迫切心情的同时,抒发了当时广大群众的共同心愿,这和瞿秋白的作品有异曲同工之妙。这时期鲁迅、瞿秋白、茅盾的散文诗数量不多,却有新创,为散文诗如何跟上时代发展、充分体现时代精神做出了卓越的贡献。他们发挥散文诗所擅长的象征、隐喻、暗示的艺术手法,反映现实斗争,表现战斗精神,在同国民党反动派及其文化帮凶的斗争中起到了特殊作用,这一战斗经验值得重视。当时,瞬息万变的社会现实和日益发展的革命斗争,已经向散文诗创作提出新的要求,过去的散文诗显然适应不了这个时代的需要。鲁迅在《〈野草〉英文译本序》中指出:"日在变化的时代,已不许这样的文章,甚而至于这样的感想存在。"所以,他自觉地向过去告别,进一步改革创新,使散文诗变成新的斗争武器。鲁迅、瞿秋白、茅盾为散文诗的发展开辟了新路。

王统照写作散文诗时间最长,成就很大。1925年所作的《烈风雷雨》、《血梯》别具一格,1934年秋直至抗战前夕以《听潮梦语》为总题写了近50则的散文诗,抗战以后尚有大量作品问世。《听潮梦语》以抒发一时感兴为主,在心灵深处发现思想火花,于日常细微挖掘生活的真谛和艺术的奥秘,写得平中有奇、小中见大,使人读后受益不浅。这丰富和发展了随感体哲理体的散文诗,开拓了散文诗对社会和人生各面作哲理探索的新领域。新人中缪崇群、陈敬容、刘北汜、莫洛等也陆续写了一些哲理性的散文诗。缪崇群的散文诗收入《寄健康人》《废墟集》等散文集中,侧重咀嚼人生哲理、思考日常现象和抒发寸心甘苦,形式上更接近于小品文。陈敬容、刘北汜的作品散文成分更多,哲理意味很浓。

一批新的散文诗作者沿着先行者所开辟的内心抒发、探索前程、追求光明的道路继续发展、开拓。在国民党反动派的法西斯专制统治下,阴云密布,虎狼遍野,灾难深重。这批来自社会各个阶层的文学青年,见闻所及、感受极深的,莫非是黑暗重重,出路茫茫;因此,反映到散文诗创作中就出现新的苦闷彷徨、新的追求探索的主题。他们之中数丽尼、陆蠡、李广田、缪崇群等收获较丰、成就较大。丽尼的《黄昏之献》收入 1928 年至 1932 年间写的散文诗 56 首,抒写黑暗年代投在心头的阴影,充满了"个人底眼泪,与向着虚空的愤恨"。"无论在什么地方,永远是闯遇着烦恼与忧郁,愤怒与疯狂了。我们底心如同迷途于黑暗,虽然奋力摸索,但是永远也不能从我们底苦难之中逃脱",因而他发出愤激的诅咒和绝望的呼喊,显示了一位入世不深的青年在黑暗现实中四处碰壁、摸索无门的典型心理,从中可见旧社会给人们的心灵造成多么深重的伤痕。但丽尼并不消沉下去,他"怀着一颗企望黎明的心"。他的诗作注意意境的创造,充满着低回的抑郁的感情。到了写作《鹰之歌》,他突破了"个人底眼泪"的局限,进而歌唱普遍的苦难与不满,表达群众的抗争和希望,取材上侧重于社会性题材,如《原野》《闹市》两组表现城乡工农大众的深重苦难和反抗斗争,在现代散文诗发展史上是新的有益的尝试。与丽尼的思想倾向接近、艺术风格有别的陆蠡写有《海星》,它侧重抒写人生的一个片断,或某种意境、某种感情,咏物伤逝,歌唱童真,探索哲理,追求理想,体现了他那种赤子的天真和哲人的深沉结合的个性特征,语言细致秀美,带有寓言的意味。他1936 年后的作品如《竹刀》等,题材较富于社会意义,形式上趋于散文写法。丽尼和陆蠡的作品想象丰富,感情浓郁,寄意深远,造境新奇,往往咏物言志,借景抒情,发展了我国散文诗抒情寓意的技巧。他们同是屠格涅夫的私淑者,受其抒情风格的深刻影响。李广田的散文诗收入《画廊集》《雀蓑记》之中,如《秋》《马蹄》《荷叶伞》等,也是抒发内心的寂寞和向往的,但透露出他执着人生、不懈探求的思想个性。巴金的散文诗有的借景寄情,如《繁星》;有的倾诉内心的呼号,如《自白之一》。何其芳的《雨前》《黄昏》《独语》等是他的"诗歌写作的继续",精雕细刻,形式美丽。此外,方敬、南星、鹤西等在《水星》《文季月刊》《文学杂志》等刊物上也发表了一些短小的带有诗意的散文。这些新人新作的出现,一、使散文诗再度热闹起来,丰富和发展了我国散文诗艺术;二、以心灵之歌展现一代文学青年的精神面貌;都是很有意义的。在日益动荡的社会冲击下,他们都逐渐走出自我的小圈子,面向较为广阔的社会性题材,扩大了艺术视野。

应该说,30年代前期的散文诗较之20年代还是有所突破和发展的。概括时代风貌的成功作品的出现,反映工农群众苦难和斗争生活的尝试,哲理散文诗对社会和人生各面的思考,内心探索的深入发展,凡此种种,都给现代散文诗带来新的题材和主题,具有鲜明的时代特色。艺术上,作家们精心构思,刻意求工,着力于创造意境、雕琢语言和追求形式美。表现手法上更多地运用借景抒情、托物言志、情景相生、情理交融的传统写法,这丰富了现代散文诗的表现力,带有鲜明的民族色彩。30年代小品散文特别繁荣,影响到散文诗创作,使之趋于散文化。有人认为"小品文和散文诗,只有程度上的差别,而没有性质上的不同"[1]。把外来概念"散文诗"和传统文体"小品文"联系起来,看来还是有利于继承和发展我国散文诗传统的。不过,这也带来了某些忽视诗的凝炼和诗的旋律的倾向。

四

抗日战争爆发后,新文学服从民族革命战争的需要,发生很大的变化。散文诗也不例外,它在抗日战争和解放战争的漫天烽火中改变了自己的色调,努力使自己适应新的时代要求。

在上海"孤岛",王统照、唐弢、师陀、林英强、徐翊等写了一些散文诗。王统照以韦佩的笔名在《文汇报·世纪风》上发表总题为《炼狱中的火

---

① 陈光虞:《小品文作法》。

花》一组 30 多篇作品,后来结集为《繁辞集》出版。它们保持和发展作者以前探索哲理的艺术个性,进而联系上海"孤岛"的斗争形势,以切身感受曲折表达了留沪作家同仇敌忾、秉烛待旦的心情,透过生活现象发掘人生的真义和事物的本质,辞简味深,情约意远,像炼狱中的闪闪火花,给人以深远的启示。1948 年,他在《文艺春秋》上发表的《散文诗十章》,依然以诗的语言曲折表达他对现实和人生的态度。看来,王统照擅长运用散文诗抒发他的情思,申述他"对人生和宇宙"的观点。在各个历史时期,他自觉而又娴熟地把散文诗改制成适应时代需要的一种特殊的斗争形式,这在现代散文诗发展史上是特出的。唐弢的散文诗收入《落帆集》,他说自己在"顶苦闷、顶倒霉的时候"喜欢诵读和写作散文诗,这种现象在散文诗史上具有普遍性,鲁迅、焦菊隐、于赓虞、丽尼都有过类似的写作体会。他的《生死抄》《停棹小唱》抒发身遭不幸的痛苦和愤恨,《自春徂秋》表达他内心的寂寞和期待。师陀以康了斋的笔名在《世纪风》《万象》《文艺春秋》等刊物上发表了一组总题为《夏侯杞》的散文诗,描写种种世间相,于写景抒情说理之外独辟新路。林英强写了《麦地谣》,徐翊的散文诗多见于《万象》杂志。上海"孤岛"时期的散文诗较为阴晦曲折,这是当时险恶的政治环境所决定的。

在国民党反动派统治的大后方,郭沫若、茅盾、巴金、缪崇群、刘北汜、田一文等以散文诗曲折批判黑暗现实、期待新社会诞生。郭沫若的《丁东草》是一组"韵在骨子里的散文诗",含蕴地把他对黑暗现实的否定、对美好生活的热爱渗入自然美的描绘之中。他的《银杏》咏物寓意,可与茅盾的《白杨礼赞》媲美。茅盾的新作《白杨礼赞》在思想性和艺术性统一上都达到一个新的高度。巴金的《龙·虎·狗》寄意于写景咏物之中,通过象征、比喻、梦幻,暗示他的憎恨和热爱、否定和追求,丰富和发展了寓意体的散文诗。这时,他还翻译出版了屠格涅夫的《散文诗》。缪崇群的《夏虫之什》与《龙·虎·狗》殊途同归,他还写了一些控诉侵略者暴行、歌唱我国人民同仇敌忾、坚信抗战必胜的作品,如《即景》《天样的仇恨》等,情调慷慨激昂,显然打上了这个时代的印记。刘北汜的《曙前》、田一文的《跫音》等抒写"曙前"的现实和感怀,表达了他们"等待天亮"的迫切心情。这些作家继续写作散文诗,给当时较为沉寂的散文诗坛带来了绕梁的音韵。

40年代的文坛也崛起一批文学新人,其中致力于散文诗创作的有郭风、丽砂、莫洛、林林等。他们的散文诗歌唱生活,赞颂劳动,描写自然,憧憬新社会,以新的声调迎接人民解放的春天的到来,诗风焕然一新。

在这些新人中,郭风勤奋写作,收获较丰。他的第一组散文诗《桥》三章发表在1941年8月号的《现代文艺》上,此后他持续不断地从事散文诗创作。郭风说他在40年代初期写作散文诗时受到解放区自由民主生活的吸引,寄托了他对人民自由劳动、翻身解放生活的向往和歌颂。所以,他的散文诗大多是对土地、家乡、劳动和生命的热烈赞歌,充满着年轻人的热情和希望,如《桥》《犁及其他》《调色板》《探春花》《海》《唱给镰刀们》《村思》等几组作品。他以"全部生命的精力,在吹奏着对于生活的今天的希望和明天的希望";"唱着人类劳动的神圣的歌";"以天空的蓝色,涂着崇高的理想,以草的绿色,表示生命的强旺和繁荣,以红的火焰燃烧着我的热情和豪迈"。境界开阔,情调明朗,色彩绚丽,令人耳目一新。当他更多地接触国统区人民的苦难生活之后,思想深沉多了,他诅咒黑暗,同情不幸,抒发愤懑,启迪抗争,对生活依然抱着希望,保持了鲜明的思想个性。

丽砂的散文诗发表在《人世间》《文潮月刊》等期刊上,《春天散曲》歌唱人民对春天的渴望,《生活的花朵》唱着生活的意义和人民的希望。这种抒怀已经突破一己的圈子,和时代与人民的呼声接近起来。莫洛的作品散见于《文艺春秋》《文艺复兴》等刊物上,有《微语》《花束》《生命树》数组,唱着"生命的花束是如此美好,如此质朴;我将把这花束献给自己,献给那些诅咒生命、误解生命以及让生命枯死的人们",追求生活的充实,思考人生的意义,具有一种哲理意味和引人向上的力量。林林的《雁来红》《春天和燕子》开拓了抒写革命队伍的斗争生活的新题材。此外,S.M、黎焚薰、雷蕾、韩北屏等的散文诗也是清新刚健的。

由于战争的环境,创作力量分散,抗战以来的散文诗创作显得较为寥落。但在这块园地上,不仅前辈作家王统照、巴金等坚持垦殖,还产生了辛勤耕耘的新人郭风、丽砂、莫洛等,仍有新的收获。在思想内容方面,他们开拓了歌唱人民的劳动和斗争生活的新主题,唱着希望、自信、乐观的新调子,这显然带上当时人民力量日益壮大、光明即将替代黑暗的时代特色。在艺术形式上,他们不再大量采用梦幻的方式,往往咏物抒怀,触景生情,从现实生活和自然景物中发现诗意,触发感兴,引起想象,升华感情,提炼哲理,创造意境,带有乡土气息和民族特色。他们往往围绕一个题材,从各个角度充分抒发自己的点滴感受,整中有散,散中见整,发展了组诗形式。他们还借助长短交错的句式、重沓对称的章法、回环往复的结构加强诗的气氛,追求散文诗的形式美、音乐美。看来,这时期的散文诗作家在散文诗艺术的锤炼方面,较之二三十年代的作者有过之而无不及。不过,他们有时雕饰过甚,格式较为单纯,手法时常重复,不及前辈作家的汪洋恣肆、丰富多彩。

五

纵观我国现代散文诗 30 年的发展演变,可以说,这是一块异彩多姿的百花园地,是一座别具一格的时代画廊。它以独特的艺术形式深刻反映了新民主主义革命的整个动荡的时代,深入表现了"五四"以来我国知识分子的心声和他们对国家与人民命运的深切关怀。"五四"时代,散文诗开始了觉醒的歌唱;在光明和黑暗大搏斗的二三十年代,人生意义的探求,社会问题的思索,优美情操的感兴,政治理想的寄托,心灵探索的苦恼,牧歌情趣的陶醉,等等,都得到了相当充分的展现;40 年代人民力量日益壮大,新中国的曙光遥遥在望,给作者带来了新的憧憬和新的歌唱。散文诗是一种介于抒情诗和小品散文之间的抒情文体,擅长深入表现人们的内心世界,能够充分抒发作者的思想感情,真实反映时代的社会心理。散文诗作家可以用自己的心灵去感触世界,捕捉生活中拨动心弦的形象,表现自己对生活的感知;也可以假借客观生活某一片断或某一场景的描述,来褒贬世情,显现美丑,阐发哲理,表达政见。它兼有抒情诗和小品散文的某些长处,具有动人的诗情美和散文美的统一,担负了其他文学样式难以替代的特殊职能。所以,尽管我国现代散文诗总的看来还是一丛比较柔弱的鲜花,但它始终在新文学的百花园中占有令人瞩目的位置。

追求诗情、画意、哲理和散文美的统一,致力于创造散文诗的艺术美,这是现代散文诗作家的共通态度。沈尹默、刘半农、周作人的散文诗注重诗意,语贵天然,具有诗意美和散文美。鲁迅潜心于散文诗思想和艺术的深刻和创新,达到了诗意美、理致美与散文美和谐统一的境界。郭沫若以"玲珑、清新、简洁"为散文诗的写作原则,要求散文诗"于自然流露之中,也自有他自然的谐乐、自然的画意存在",他的散文诗实践了这种观点。许地山追求"智慧宝"、"人生宝"和"美丽宝"的"三位一体",其《空山灵雨》就达到三者的结合。冰心、王统照、焦菊隐、于赓虞、丽尼、陆蠡、郭风、丽砂等都努力把散文诗写成散文的诗或诗的散文,他们于生活中发现诗意,从自然中感知自然美,在内心探索上追求心灵美,并刻意锤炼散文诗的形式美。在追求诗美和散文美的统一之中,散文诗理论建设者也做出了贡献。郑振铎、滕固、穆木天等在 20 年代就做了有益的探讨。看来,把散文诗当作散文写的诗或诗化的散文,采取诗和散文的长处,使诗美和散文美集于一身,是现代散文诗的优秀传统,值得继承发扬。

我国现代散文诗的建立和发展,是与我国古典诗文和外国散文诗的影响分不开的,也受到新诗和现代散文的促进。现代散文诗固然是时代的产物,是诗体解放派生出来的。然而,倘若没有外国散文诗的触发和对它的借鉴,恐怕难以形成自觉创作的潮流;再则,如果不是我国有丰厚悠久的散文诗传统,那么,这种文体也许不能在我国的土壤上生根开花。所以说,我国现代散文诗的兴起,是有深远的历史渊源的,且得力于外国散文诗的资助。外国散文诗对我国现代散文诗创作颇有影响,从内容到形式都打上印记。波特莱尔、屠格涅夫、泰戈尔、王尔德、纪伯伦、马拉梅、阿左林、史密斯、高尔基等名家的散文诗,是我国广大读者所熟悉的,他们作品中的寓言的意味,牧歌的情调,世态的剖析,内心的独白,幻想的驰骋,梦幻的显现,象征的暗示,等等,现代散文诗作家在写作手法上几乎无不受到它们或深或浅的启示。我国古代散文诗讲究意境的创造和语言的锤炼,情景相生、短小隽永，这对现代散文诗的影响也是深刻、内在的，使我国现代散文诗逐步摆脱欧化倾向，具有鲜明的民族特色。早期新诗普遍存在散文化倾向，打破了诗律的束缚，客观上促使散文诗发展。1920 年前后小诗和哲理小诗一度勃兴，30 年代意象诗一度发达，因其与散文诗神似，也促进散文诗发展，以致有人把它们当作散文诗的分支。[①] 现代小品散文盛极一时，对散文诗的渗透和促进更为直接，许多诗化的小品散文，都称得上散文诗。从传统和外来获取营养，各种文艺样式互相渗透、互相促进，无疑是各种艺术形式发展的重要途径，不过，这在我国现代散文诗发展史上表现得更为明显。

在我国现代散文诗发展史上，像鲁迅的《淡淡的血痕中》、瞿秋白的《暴风雨之前》、王统照的《烈风雷雨》、郑振铎的《向光明走去》、茅盾的《白杨礼赞》、巴金的《龙》等等，都是比较成功地表现时代战斗精神的作品，在如何使散文诗跟上时代发展方面积累了经验。它们的成功之处在于能够坚持散文诗反映生活的独特方式，并不客观摹写某一重大事件或直接歌颂某种政治主题，而是通过作家心灵对现实斗争和时代精神的切身感受、深刻理解后，提炼、概括、升华为诗的形象来显示时代风貌，所以它们都是把鲜明的形象、充沛的感情和深远的思想融为一体，以此来打动人们的心弦。这个经验值得总结和学习。时代日在变化发展，人民力量日益成长壮大，这些进步作家力图在创作实践中有所表现，有所创新，努力趋于与时代和人民结合，体现了散文诗的发展方向。不过，现代散文诗作家中的生活经验和思想感情，还是有不少差别的。由于客观的社会环境的限制，一些作家亲历身受的大多是黑暗的重压、深广的苦痛，他们的感情世界和艺术视野不能不被自己的出身、经历、教养所局限，因而有些人对时代与人民的呼声难免比较隔膜，有些人只能歌唱自我生活，有些人接受并发展了外国散文诗中一些消极的思想感情，这些后人应该引为鉴戒。

散文诗形式短小凝炼，表现手法丰富多样，要求作家要有高尚的思想

---

① 参见祝实明《新诗的理论基础》。

境界、丰富的生活积累和敏锐的艺术触角,才能捕捉形象,提炼诗意,写出深邃隽永、耐人寻味的作品。鲁迅、瞿秋白、郭沫若、茅盾等伟大的革命作家为我国散文诗开辟了广阔发展的道路,当代作家沿着先行者所指引的方向继续垦殖,发扬光大,当代散文诗的园地里一定能够结出更多的花果。

——《福建师大学报》1981 年第 3 期

《中国现代散文精粹类编》序言

 中国现代散文给文苑传留下来众多的优美篇章,当人们面对这些目不暇接的繁花硕果时,常会产生一种精选编集的心思。以往通常采用两种方式:一种是按时代来划分,如现代文学巨匠鲁迅和茅盾等所开辟的《中国新文学大系》那样,为的是便于检阅一个特定时期的创作成果。另一种是给成绩突出的作家编出合集。如阿英的《现代十六家小品》那样,便于考察各别作家作品的思想和艺术特色。给作家分别编出选集或作家自编选集的就更多了。我们现在换个角度,把中国现代散文按国运、世态、心境、情爱、人物、山水、风土、闲情、幽默、哲理等十类加以编选。当然,这十类不足以涵盖中国现代散文的全体,有些佳作也难以划定类别,但大体归类,择要选粹,还是可以做到的。这将有利于读者对同类题材的作品作纵向的联系,对不同题材的作品作横向的对比,从而获得较为全面的感受和更加深入的体味,也有利于人们分门别类地检阅现代散文多样共荣的实绩,总结前辈作家艺术创造的经验,从而为当前散文的繁荣发展提供历史的启示和有益的借鉴。

 中国现代散文具有自己的鲜明特色,这是有其主客观原因的。我国历史上现代阶段的政治、经济、社会局势,在特定时期中的地区分割,以及作家本身所具有的特殊条件,都是前所未有的。就时代来说,现代中国正处于从半殖民地半封建到独立自主的急剧、伟大的历史变革的过程之中,经历五四运动、三次国内革命战争和抗日战争;学生运动,工农革命,武装斗争,波澜壮阔,如火如荼。时代风雷给我国现代散文作家以丰富无比的社会生活和千载难逢的历史机遇。而惊心动魄的人生际会和生死存亡的国家命运,更激起他们繁复曲折的感情波涛。就地区来说,中国现代散文的发轫阶段,作家比较集中在京沪地区,随后向全国扩展;大革命失败后,成立了苏区,后来发展壮大成为连片的解放区;抗日战争中敌寇入侵,我国大片国土又成为沦陷区;国统区、解放区、沦陷区形成了地区分割,不同的政治情势、生活环境和作家心态,遂使文风殊途。就作家来说,中国现代散文的先行者多为学贯中西的学者、教授和文学编辑,这是中国现代散文界一支贯彻始终的中坚力量;此外,还有许多新进的大学生及刻苦自励的文学青年;革命队伍中也磨炼出许多工农作家;在这许多不同品类的作家群中都出现过不少杰出的女作家。战争环境与和平环境,分割局面与统一局面,其客观条件大不相同,而这时期作家学养的深厚和生活经历的丰富,也是其他时期作家所难以比拟的,因而他们散文佳作所呈现的气势、情调、意境、理趣和文采,至今还保持着它独特的、不朽的魅力。

中国现代散文作家如此普遍地关怀国家命运,这情况在文学史上也是空前的。本世纪的前半期,旧中国面临严重的局势,军阀割据,民生凋敝,列强侵略,具有爱国热忱的中国散文作家怎能不义愤填膺? 不论是先知先觉的革命家和投身革命洪流的文艺工作者,或是以文艺创作为职志的作家,大多拿起激情的笔,循着历史前进的脚步,谱写着焦虑、探索、希望和战斗的激越悲壮之歌。《国运篇》的作品以气势、力度和风骨见长,有着雄健、崇高、悲壮的审美效果。在关怀国运的同时,不少作家的笔锋还对着令人忧愤的世态:乡村的破产,城市的畸形,人民的惨状,社会各行各业人员的悲欢离合,擅长小说创作的作家如茅盾、老舍等写来最为得心应手,绘声绘影,情景毕现。散文家如夏丏尊、丰子恺等以冷隽的笔致,把世情刻画得入木三分,并以韵味见长。他如钱钟书以冷隽称妙,张爱玲以繁丽见奇。解放区作家以质朴语言推出人民的崭新生活,传出新社会的希望之光。当祖国处于艰难奋斗的时刻,作家们的苦闷、彷徨、追求、希望的心境,在散文中也得到充分的体现。20 年代的作家在探讨人生中透出寻路的心曲。到了30年代,更异彩纷呈:茅盾托物寄意,巴金袒露衷怀,众多的新进作家如何其芳、李广田、陆蠡、丽尼等,以细腻的感觉、新巧的构思和美丽的语言,传达出他们在寂寞中求索的心情与对光明的憧憬和呼唤,展示了浓郁的诗情。这个倾向在40年代的青年作家中又有新的发展。《国运篇》《世态篇》《心境篇》,视角不同,意趣有别,但骨子里都与祖国的兴衰存亡、时局的晦明张弛息息相关。这些散文,无异于一面镜子,从中可以体察到国家的进步,社会的变迁,人心的历程,这将加强我们建设社会主义祖国的自信心和责任感;而作家们在逆境中的创作心境和多样的艺术手法,也会增添读者的审美意趣。

有人说:"散文是真实的人生风景。"日常生活曾经是散文作家最热门的题材。男女之爱,骨肉之亲,人生至情,梦绕魂牵。《情爱篇》所选,佳作联珠:未恋心情,初恋意绪,热恋日记,痴情小札,生离幽恨,死别哀思,至于慈母恩深,严父义重,这些抒情佳作,以感觉敏锐、情感细腻见长,不少出诸鲁迅、郭沫若、郁达夫、徐志摩、沈从文等大师之手,则更见功力。《人物篇》多回忆师友之作,旁及社会各阶层人物。其中革命家和文坛巨匠的风范,永垂千秋。其中挚友相知,衷情缠绻,恩师教诲,刻骨铭心。此外还有不少佳作,为画师、塾师、邮差、佃工、车夫、和尚等小人物造像传神。这类作品以其勾勒人物的逼真鲜活,千姿百态,使人品味不尽。

人是大自然之子,流连风景,陶冶性情,写景抒怀,记游兴感,自在情理之中。《山水篇》所选多为游记妙品。其中朱自清、郁达夫、徐志摩、钟敬文等最擅胜场,海外名都,域中胜景,足迹所经,文思泉涌,或作山水长卷,或描景物小品,山、溪、洞、瀑、岩、石以及景中人,形神兼备,如画如诗。战时流寓,亦不乏佳制。乡情,使人如醉如痴,梦魂颠倒。《风土篇》所选则为民俗民情及地方风味之作。绍兴的女吊,西班牙的斗牛,常德的船,山乡的梨,北京的茶食,杭州的年节等等,或写故土风情,或记异乡奇俗,这类文章不只韵味浑厚,读者还可从中获得许多历史、地理、文化、民俗等知识,增广见闻。

劳作辛勤,人事纷繁,人们在精神生活方面必须有所解脱,有所升华。《闲情篇》选列的是有关花鸟虫鱼、琴棋书画、烟茶美酒一类消闲美文。花鸟怡情,茶烟涤虑,琴书解忧,这是人生的有机组成部分,能很好休息才能很好地工作。这类作品心态悠闲,笔致优雅,抒写性灵,意味深长。其间周作人、林语堂、丰子恺、梁实秋等多有精彩篇章。郁达夫认为幽默是中国现代散文的特征之一。并以为散文中幽默成分之加多是政治上高压的结果,而幽默又要含有破坏兼建设的意味,而非小丑登台仅博得观众的一笑。《幽默篇》所选,有鲁迅、郭沫若、王力、梁实秋、钱钟书等人的名作,以提倡幽默著名的林语堂、老舍等作品也留意选入。幽默,是智慧的表现,这类作品,笑中带刺,针世砭俗,弦外有音,耐人寻味。在散文中表现理趣是中国散文的传统,五四以后,作家肩负启蒙使命,更为自觉地在作品中表现自己对自然、社会、人生的思考。《哲理篇》所入选的作品,或据事说理,或托物寄意,或寓言假托,将人生哲理、人格修养、处世经验等等曲曲传出,流传自然,启人感悟,发人深省,使人爱不释手。

我们的选文由编委会通盘筹划,福建师大中文系教师和上海文艺出版社编辑密切协作,首先注意名家名篇,也留心其他作家的代表作。编排组合,既考虑时代的先后,也注意地区的分野,更顾及品类的多样,希望能较全面地反映中国现代散文的整体面貌。每编均附有后记,对编选意图和各编特色作简要的叙述。各类的外延固然有些交叉,但每类的内涵和特点还是清晰可辨的,从以上的概述中约略可见各类散文的联系和区别,尤其是同类作品的共通之处。

郁达夫在《中国新文学大系·散文二集导言》中说,中国现代散文有四个特征:个性的表现,范围的扩大,人性、社会性与大自然的调和以及幽默分子的加多。这些见解写于 30 年代中期,散文史的实际后来有了新的发展,但大体上说,这个概括还是很中肯的。文学是社会生活的反映,散文则以它短小灵活的样式多角度多侧面地抒写人生:男女之爱,骨肉之情,师友情谊,乡土之恋,年时感兴,花草闲情,社会百态,山水游踪,内心曲折,国运世情,举凡国家、社会、自然、人际关系、内心状态等各个领域,都是散文写作的对象。20 年代作家多摹写日常生活,即所谓身边琐事,30 年代以后,城乡社会成为散文家注目的焦点,抗战以后,与战争有关的题材增多。随着时势的发展,题材的范围和重点的变化,这是必然的现象。不过,我们在选编中可以看到作家在写作紧贴现实的重大题材的同时,日常生活的展现仍然一脉流贯,山川景,儿女情,并未成绝响。我们提倡作家深入生活,创作与时代主潮紧密配合的作品,但也应该鼓励散文作家写他们所熟悉的日常生活。散文的题材与主题有关,可又不是机械的对应关系,写任何事物,有心人都可以即小见大,勾勒出时代的动向,所有题材都能够写出对读者身心有益的作品来。人的物质生活和精神生活是多方面的,文苑也同大自然一样,需要生态平衡,有主有从,丰富多彩,这正是作者和读者所希望的。

中国现代散文在初创时期,作家们勇猛地打破封建礼教的枷锁,反对代圣人立言,不愿将自己的见解作违心的矫饰,喜怒哀乐,一本自己的个性,凭实感发出真情。真情实感成为衡量散文优劣的最基本条件。后来形势发展了,阶级意识的强化和国家观念的高扬,作家在自己的作品中也并没有消失他各自的个性,因为他们的个性与阶级意识、民族感情紧紧地结合在一起了。就像鲁迅早就谈到"遵命文学"时所说的:"……是我自己所愿意遵奉的命令,决不是皇上的圣旨,也不是金元和真的指挥刀。"的确,矫揉造作是写不出感人的作品来的,散文尤其如此。我们还应当看到另外的一面,即使在 20 年代日常生活题材当令的时候,富有社会责任感和爱国心的中国散文作家,在充分显示个性的身边琐事的抒写中也在传递着时代的信息。总的说来,散文具有丰富多姿的品性,而作者必须保持自主自由的心态,个性的表现是散文写作的灵魂。个性的形成需要学习、教养和锻炼,面对复杂广阔的人生,作家应该本着自己的良知对生活作出真实的表现和评价。可以这么说,中国现代散文佳作,无论它选择何种题材,采取何种表现手法,絮语、独语、解说或反语等语言形式,都是作家感受生活的心灵回音,也就是他个性的艺术表现。

中国现代散文还继承着古典随笔的传统,不拘形式;语体革新之后,状物传情,更为酣畅。自然朴素,韵味悠长,这才是中国现代散文的基本形态。随着城乡生活场景的广泛描写和内心探索题材的发展以及日本、印度、法国、西班牙、苏联等外国散文的陆续介绍,散文的小说化和诗化倾向有所加强。其实这种情况在前期就有,鲁迅杂文集中的散文和《朝花夕拾》《野草》中的作品就体现了三者并存,就是实例;后来,小说家和诗人更多地加入散文写作的行列,这个倾向就越加发展了。小说技法的引进,加强了散文的纪事功能;而诗艺的运用,如象征暗示,自由联想,意象组合,直觉情绪等,又为散文别开生面,增强了它的表现能力。此外,中国古典诗文对现代散文的影响仍然是巨大的深刻的,作家们从小就接受了我国文学艺术的熏陶,因而他们的散文的审美准则多以意境、神韵、情味、理趣、气势等为指归。这种中外散文艺术的交融,当是中国现代散文繁荣绵衍、佳作如林的重要原因。这在我们的选文中也可以明显地看到。

中国现代散文园地,可以说是万紫千红,众彩纷呈。许多不同性格和气质的作家随着时局和环境的变化,各自写出了不同题材、意趣和风格的作品。这一套《中国现代散文精粹类编》,虽不能说囊括了中国现代散文的全部优秀作品,但绝大部分脍炙人口的名作确是选编在内了的。这些作品所反映的时代,虽然已经过去了,但作品中的思想倾向、社会现实,还对我们有着启迪思想、认识历史的积极作用。同时,它们多姿多彩的艺术表现,既使我们获得很高的审美享受,也为我们提供了很好的写作借鉴。

最后,还有一点需要说明的是:因本套书所选作品均系写成于建国以前各个时期,由于历史条件、作家习惯的不同,在语法、用词上均有一些差异,为了保持时代特点和作家个人风格,入选的文章除明显的错字予以改正外,其余一律不动,以存原貌。

——《中国现代散文精粹类编》,上海文艺出版社 1992 年版

《中国当代散文精粹类编》序言

　　《中国现代散文精粹类编》十卷于前年出版后,颇爱读者的欢迎。因此上海文艺出版社决定配套再出版《中国散文精粹类编》的古代、近代和当代三个系列,并委托我们续编《中国当代散文精粹类编》十卷。我们本着原定的学术性、文献性和可读性兼顾的编纂原则,从中国当代散文历史发展的全局着眼,将当代散文精品按母题分为以下十类:即创业、世相、心态、情爱、人物、山水、乡土、域外、闲适、理趣。既大体延续现代编的体例,以见我国现当代散文的因承关系;又充分重视当代创作的新品类,映现新中国散文的时代风采;同时还选收台港散文的各类名作,力图整合中国当代散文的立体全貌。考虑到 90 年代尚未终结,所以这里只选编了 1949—1989 年间的作品,仍以写作先后为序分别辑入各类;写作时间不详的,则以发表或出版时间为据。

　　中国当代散文继承了"五四"以来散文革新的精神传统,沿着现代化民族化的轨道继续前进。建国后还健在的一大批现代作家,在当代文坛仍焕发着艺术青春,有的至今还健笔如飞;新中国造就的几代新进散文家,主要是接受现代文学的熏陶而成长起来的;台港散文家也大多师承"五四"新文学传统。现代散文所开拓的新题材、新品类,所形成的民族文化的新气象、新格局,在当代散文中大多得以继承发展。本世纪中国一直处于历史大变革的激流之中,无论是进行反帝反封建的民族民主革命,还是从事社会主义革命和建设,都是为了救亡兴邦,强国富民,推动文明古国的现代化进程。这就从根本上决定了 20 世纪中国散文的时代使命和发展方向,必须与中国社会变革相协调。因此,中国现当代散文必然具有一脉相承的精神传统和艺术课题,在不同时期里为建立、发展和完善新型民族散文作出了各自的历史贡献。

当然,中国当代散文的发展条件已不同于前半个世纪。新民主主义革命的胜利,中华人民共和国的建立,社会主义现代化建设的进展,开辟了中国历史的新纪元。当代中国已经走过 40 多年的艰巨而壮阔的道路,虽然还存在着海峡两岸骨肉分离的问题,发生过"十年内乱"的悲剧,至今在科学技术上还落后于一些先进国家;但从历史的眼光来看,新中国毕竟在阔步迈进,自强不息,中国人民已经站起来了,正在创造辉煌的业绩! 在新的社会历史条件下,当代散文正与时代同步奋进,在五六十年代它高唱创业自强的壮歌、日新月异的颂歌,在新时期它又高奏改革开放的进行曲、激流勇进的交响曲,大力弘扬高昂的时代精神和民族精神,创造和拓展了散文艺术的新境界。

当代散文的拓展和创新,突出表现在创业、世相、心态、人物诸类作品中,其他类别的代表作也因源于现实生活而富于当代气息。

创业是新时代的主旋律。当代散文一贯重视反映新中国的建设业绩和前进风貌,热情讴歌人民群众建功立业、激流勇进的英雄气概和崇高品格。创业篇的作品题材重大,立意高远,充满豪情壮志,富于阳刚浩气,无疑是当代精神的典型代表。世相、心态、人物诸篇中的作品,则广泛地采写当代生活的五光十色,或观照世态时尚的变幻,或剖示内心世界的意象,或勾勒各种人物的风姿。其中,有万象更新的颂词,也有激浊扬清的诤言,有社会转型的迹象,也有自我觉醒的心声,有英雄伟人的风范,也有平民凡人的面影,有轻快的欢歌笑语,也有深情的泪眼忧思,有质朴的传神写照,也有华美的精雕细刻。世道人心,因时流转;方寸田园,因人而异;各家散文,大多以淑世心怀拥抱现实人生,弘扬真善美,鞭挞假恶丑,饱含入世、参与、进取、向上的热情与信念,这跟当代中国的精神风貌是谐调统一的。

山水、乡土、域外诸篇,也令人耳目一新。当代人的记游写景,已较少浸染愤世嫉俗、退隐山林的名士情趣,更多地带上江山如画、古国新生的自豪感,和流连风景、陶冶性情的审美意趣,以及热爱自然、保护环境、珍惜文物、弘扬传统的自觉意识和人文精神。《乡土篇》所选,多为"人情同于怀土"的心曲,既充满着海内外游子那剪不断理还乱的离愁乡思,又洋溢着祖国大地别有风味的民俗风情,还伴随着文化寻根,发掘民族底蕴的意识。《域外篇》中的作品,从对第三世界国家命运的关注到对西方工业文明的观照,都具有泱泱大国的气度与襟怀,不卑不亢,既善于吸取,又敢于扬弃。这些作品对自然、乡土和世界的观察领悟,显然打上了新时代的印记,变得广阔恢宏、绚烂多彩。

情爱、闲适、理趣这些与人生关系密切的题材,在当代散文虽然一度受到冷落,但仍占有不容忽视的一席之地。《情爱篇》抒写人伦亲情,有的珍惜同志、朋友、师生情谊,有的体味父子、夫妇、兄弟亲情,有的袒露性爱心怀,有的关爱人间万物,有的对代沟、异化、隔膜、情变之类相当敏感;女性作家更偏爱儿女情长,善于絮语家常。当代社会节奏日趋快速,但忙里偷闲,闹中取静,依然是人生不可或缺的一种需求。因而,寄情花鸟,把玩书画,观剧听琴,品茗饮酒,种种赏心乐事,闲情逸致,在《闲适篇》里均留有余味;新兴的娱乐活动和消闲方式,又给闲适小品添加了新的色调。《理趣篇》所选,或妙语连珠,或哲理幽长,婉讽得体,有庄有谐,使人读来益智怡性。这三类散文,人情味浓郁,思辨性饱满,亲近日常人生,适宜雅俗共赏。

当代散文数量既多,品类又广,这里择要选萃,分门别类,计收 150 余家 300 多篇,虽不能说已囊括所有的名家杰作,但从中约略可见四十年来我国散文的历史进程和繁盛景观。新中国成立初期十七年间,大陆散文关注现实巨变,强调重大题材,推崇壮美文风,富有激情热力;台港散文此时惟有忆旧怀乡之作较为可观。大陆内乱之际,散文失真异化,一派荒芜;而海峡彼岸却兴起散文热潮,传统与现代的种种倾向争奇斗艳,恰好填补了大陆当代散文的这一段空白。新时期以来,随着改革开放政策的逐步深入,大陆的散文复兴勃起,不仅题材广泛,而且新人涌出,佳作如林,足与台港同期散文相媲美。综观当代中国散文,两岸既有分道扬镳、各有千秋的一面,又有殊途同归、互补共荣的一面。尤其是到了 80 年代,随着两岸关系的解冻缓和,祖国统一呼声的高涨,文化交流活动的加强,互补性、共通性一面也就越来越明显了。两岸散文家都在发掘现实人生的底蕴,关切当代中国的命运,弘扬中国散文的民族特色,从各个方面构筑和完善当代散文的艺术世界。检阅、总结和整合中国当代散文成果,使我们更加坚信散文艺术的创造力是鲜活、强韧、永在的,散文的发展道路必将越来越宽广。

当代散文既高奏时代的主旋律,又弹唱生活的交响曲。歌唱祖国的新生,抒写人民的业绩,追踪社会的进步,憧憬美好的未来,这是五六十年代散文的主潮,也成为新时期散文的强音。此类作品充分体现了新中国创建者的精神气概和道德情操,以雄健豪迈、崇高壮美的格调振奋人心。当然,其中也有些流于浮夸的赞颂和空洞的说教,经不起时间的考验。在观念转变、思想解放的 80 年代,个体化、心灵化的乐曲自由奏鸣,多样竞荣。当代散文才真正迎来了百花盛开的春天,但也令人不无遗憾地看到,雄健之风有所消退,轻靡之风开始泛起。这就提出了如何协调主旋律与多样化关系的严峻课题。史实昭示人们,没有协奏曲,主旋律则显得单调;缺少主旋律,多样化又显得嘈杂。文坛的生态平衡,既要有参天大树,也要有花草鸟虫,才显得生意盎然,美妙多端。

当代散文已让杂文和报告文学分立门户,留下记叙抒情部类的典型体式,如抒情小品、人事杂记、山水游记等,趋于狭义化、纯净化。文体上的分工愈细,特性愈明,当然便于艺术锤炼和理论探讨,有利于提高散文的抒情功能和艺术品位;但也妨碍了散文的自由创造和多样发展,限制了散文艺术的扩张、综合能力,致使当代散文走入狭窄的小胡同。从而,又有"大散文"的呼吁出而救治文弊。如果说,"大散文"并非无所不包的"广义散文"的翻版,而是在现代意义的文学范畴内强调文学散文应不拘一格,自由创造,扩大疆域,多方融汇,追求大格局、大气度、大境界,那么,这正是散文应具有的品格。散文与人生最为贴切;记事述怀,言情达意,理应自由不拘,无所不及。即便是狭义的散文小品,也不应满足于浅吟低唱,更应有"一粒沙里见世界,半瓣花上说人情"的穿透力和涵盖面。即便是自我的吟味独语,也不应只是咀嚼一己的悲欢得失,而应让自我的情思牵动着人群的心弦,让内心拥有阔大充实的精神世界,与人间万物息息相通。即便是潜心于精雕细琢，也不应只顾文辞的修饰，而应在炼意造境上多下苦功，力求质文并茂。这样，散文艺术或许才有希望走出象牙之塔，步入十字街头，与芸芸众生、天地万物融为一体，获取无穷无尽的创造活力，产生新的大家手笔和伟美力作。

当代散文艺术还有着继往开来、推陈出新的一面。40 年来，鲁迅、朱自清、冰心、巴金诸家散文一直是后学者师承的主要范本；在 80 年代，郁达夫、丰子恺、何其芳、周作人、林语堂、梁实秋诸家散文也得到应有的关注。前辈散文家的艺术哺育了一代又一代的文学后辈。此外，五六十年代的代表作家还重视吸取古典诗文的艺术滋养，在散文创作上追求诗情画意和民族风格；六七十年代台湾现代派诗人所掀起的散文革新运动，新时期大陆的一些新潮散文，则又积极借鉴西方现代文学的表现手法；加上当代散文历史已造就的一批名家范作，如杨朔、刘白羽、秦牧、孙犁、碧野、峻青、郭风等的作品，也深刻影响着同代人和后学者的艺术实践。这样，当代散文所承受的艺术遗产日益深厚，这不仅增强了发展的潜力，还进一步激发人们融会古今中外的散文艺术精华的决心，人们期望已久的中华散文振兴热潮，必将在神州大地迅速涌现。

——《中国当代散文精粹类编》，上海文艺出版社 1994 年版

五四时代散文的特色与评价问题

　　五四运动已经过去 60 年了。这场彻底的反帝反封建的革命群众运动所发扬的民主与科学精神，揭开我国现代散文新的一页。从五四运动到第一次国内革命战争时期，涌现大量的论说性、记叙性和抒情性的散文作品，确是佳作连篇，名家辈出，它是五四精神的生动体现。鲁迅在《小品文的危机》中回顾这时期散文的成就时说："到五四运动的时候，才又来了一个展开，散文小品的成功，几乎在小说戏曲和诗歌之上。"朱自清的《背影序》对五四散文也极为称誉。这时期的散文选集《中国新文学大系·散文一集》和《二集》，一共选了 33 家；阿英（钱杏邨）也编选一部《现代十六家小品》。这三本集子所选及的作家之多，就可略见当时散文的盛况了。

　　五四散文家思想解放，个性觉醒，他们冲决封建纲常的罗网和文言文的桎梏，努力创造散文的新内容和新形式，具有以下的鲜明特色：

　　题材十分广泛。五四运动初期，鲁迅、李大钊、钱玄同、刘半农等在《新青年》上发表《随感录》等议论性文章，首创反封建的战绩。后来，题材有较大范围的扩展，除社会批评和文化批评之外，有社会人生场景的广泛抒写，有个人遭遇的种种感怀，有山水游记，有书籍评介，以及鸟兽花草等小品。评说中外，谈论古今；宇宙之大，苍蝇之微，几乎都可成为题材。鲁迅既挥笔狠批北洋军阀老虎总长，也写《狗·猫·鼠》和《风筝》，朱自清既记叙《执政府大屠杀记》，也写《荷塘月色》和《背影》，冰心要"多在描写孩子上努力"，钟敬文则爱写留连景物的篇章，……写作的天地是广阔的，散文的园地里盛开各式各样的花朵。社会、文化批评固然是战斗；探讨人生问题、抒发个人牢愁，也表现着对旧的不满和新的追求；山水游记、鸟兽花草，不是不可以从某一角度上描写自然，揭示生活的情味和哲理。题材的扩大，是对封建文化专制主义的一种挑战；文章中所反映的广泛生活图景，所引起的活泼思想交流，使读者获得启发或教益。

思想感情非常真实。五四散文的许多作者，挺身为真理而斗争，抨击不合理的现象，抒写内心的感情，往往毫无掩饰。且不说论说的和抒情的文章，就是以记叙为主的游记，也大多跃动着作者的心。如郭沫若的《今津纪游》，在异国风光的领略中洋溢着浓厚的爱国热情和浪漫情思；钟敬文的《太湖游记》，抒写着美景的印象和怀古的幽情；朱自清的《桨声灯影里的秦淮河》，描绘灯月交辉的迷茫夜色和心中的听歌欲望与道德律的矛盾。这些游记既描写景物，也披露内心，作者总是将自己所想的如实地向读者倾诉。有些记事写人的文章，更着力表现浓厚的情愫。如冰心的《往事（七）》，讴歌着母爱；朱自清的《背影》，流露着父爱；叶绍钧的《心是分不开的》，表达了友情；作家所写的是他们胸中真实的感情经历，所以紧紧地牵引着读者的心弦。朱自清夫人陈竹隐在《忆佩弦》一文中，首先肯定她丈夫的老实态度，她以《执政府大屠杀记》为例，指出朱先生于愤怒揭露敌人的同时，坦率地承认自己心里有可耻的"怕"的感觉，朱夫人认为这就是一种科学态度。她说："他亲身参加了五四运动，并且一直坚持了五四民主和科学的精神。这是他一生的一个很突出的特点。"五四散文作家的思想境界虽然有极大的差别，而他们的文章大多表现着坦率和老实的特点。

风格力求多样。五四散文作家在题材的选择和主题的提炼上，在议论、说理、抒情、描写等表现手法的重点运用和加意配合上，在作品所要达到的诗情、画意、哲理等意境的设计上，在语言的平淡、繁缛、细腻、老练、清新、深涩、绵密、空灵等色调的运用上，常注意讲求自己的创造和特色。鲁迅的杂文锋利、生动，散文沉郁、优美；冰心选择儿童和自然的有关题材，在她古典文学修养的基础发展清丽的语体,表达她温柔的情思和爱的哲学;叶绍钧在描述社会和自然的题材中,以提炼了的口语和细致谨严的手法,探索人生的问题;郁达夫的记叙散文以简明老练见长,记游散文以清新为胜;周作人的杂文,则追求平淡自然的境界。五四散文作家以多种多样的风格,构成丰富多姿的文坛。朱自清在《背影序》中,述及这时期散文的风格时说:"但就散文论散文,这三四年的发展,确是绚烂极了:有种种的样式,种种的流派,表现着、批评着、解释着人生的各面,迁流曼衍,日新月异:有中国名士风,有外国绅士风,有隐士,有叛徒,在思想上是如此。或描写,或讽刺,或委曲,或缜密,或劲健,或绮丽,或洗炼,或流动,或含蓄,在表现上是如此。"五四散文作家在艺术上的成就,完成了对旧文学示威的任务,也奠定了新散文艺术形式的基础。

五四散文的上述特色是可贵的,反映了一个新时代的觉醒,具有蓬勃的朝气。它又是一个复杂的文学史现象,当时的许多作家是封建家庭出身、接受资产阶级教育的爱国知识分子,有较高的中外文化遗产的素养,在十月革命的影响和五四运动的推动下,有不同程度的觉悟,他们成为文化新军的文学艺术领域的生力军和同盟军,在文化革新运动中,在反帝反封建的资产阶级民主革命中,发挥了战斗的作用,做出了贡献。当然,由于他们的出身和教养,在作品中有的还存在封建的资产阶级的思想糟粕,在创作道路上因革命形势的发展,有的还出现徘徊观望、甚至落后倒退的情况,这是合乎规律的现象,不足为怪的。现在重要的问题是:我们分析五四散文的时候,要坚持历史唯物主义,根据作家的阶级基础,以及无产阶级文学运动尚未兴起等具体情况,对他们的作品,珍视其民主革命精神和其他优点,尽可能地发掘其中蕴藏的进步因素,批评其缺点错误,不应用脱离历史的过"左"要求,对之加以轻易的排斥或简单化的指责。

解放后,在一些文学史著作和作品选集中可以看到对待五四散文态度的变化。王瑶著的《中国新文学史稿》(1953)第五章"收获丰富的散文"中,介绍了鲁迅、陈独秀、钱玄同、瞿秋白、朱自清、叶绍钧、郑振铎、许地山、俞平伯、冰心、庐隐、孙伏园、孙福熙、郁达夫、郭沫若、周作人、林语堂、刘半农等18家的作品。刘绶松著《中国新文学史初稿》(1956),除专章叙述鲁迅外,介绍了瞿秋白、郭沫若、朱自清、叶绍钧、许地山等5家的作品。北大中文系56级4班编的《五四散文选讲》(1959)选了18人,其中有一部分党的作者和不知名工作者,选文主要突出政治标准,如朱自清入选的是《生命的价格——七毛钱》和《白种人——上帝的骄子!》两篇。山东八师专编的《中国现代文学史》(1978),除鲁迅专章叙述外,介绍了瞿秋白、叶绍钧、朱自清、冰心等四人。上述变化情况也可能出于书籍篇幅上的考虑,但可大致看出一种趋势:入选的作家越来越少了,选文的题材越来越窄了,对小资产阶级、资产阶级作家及其作品的批评,往往是简单化的定性加批判,这种"左"的倾向,既不能反映文学史的真实面貌,也妨碍人们对前辈作家创作的有益借鉴。

为什么曾被誉为"绚烂极了"的五四散文逐渐失去原来的光彩呢?主要原因由于人们受到多年流行的"左"的理论的影响,对身边琐事的题材,资产阶级的人性,有历史污点的作家,柔美的风格,都具有戒心,没有根据当时的历史条件来探求这些文章中可能存在的积极因素和进步意义。因此我们有必要澄清某些理论对五四散文评价的有害影响。

关于身边琐事的题材。散文题材的广泛性是其他文体所不可比拟的。作者可以根据自己的生活条件,自由地写出所见所闻所感。读者的兴趣也是多方面的,有人喜看金戈铁马,有人爱听玉瑟银筝,题材不应该成为写作中的问题。重大题材自然是必要的,五四散文有不少反映重大政治事件的篇章,鲁迅、瞿秋白如此,有些作家也不例外。叶绍钧在"五卅惨案"发生后的第二天,到惨案发生地南京路"参拜"伙伴们的血迹,写出有名的《五月卅一日急雨中》;朱自清亲身参加"三·一八"请愿,写出有名的《执政府大屠杀记》。可见,这时期有的小资产阶级作家就以深入斗争第一线反映重大题材作为他们的光荣职责。但当时的散文作家由于生活条件的限制,往往只能用身边琐事来表示自己的观感。问题不在于写什么,而在于怎样写,这是有道理的。叶绍钧的《牵牛花》写出了花的蓬勃生机,许地山的《落花生》写出果实的许多好处,两文都启示读者体味人生的哲理,所写的是极细小的身边琐事,可是主题是深刻的,人们把它作为传诵的名篇,便是最好的鉴定。诚然,热衷于身边琐事的某些题材可能成为一种不良的创作倾向。在大革命失败后，周作人择定草木虫鱼，追求闲适的趣味，形成了流派。对于这种不良倾向，可以用批评来抗争。五四散文中作者自由地选择花花草草的题材，并不构成什么危机，到了资产阶级叛变革命的新时期，不良的趋势扩展了，鲁迅于30年代才写《小品文的危机》作当头棒喝。同时，鲁迅指明生存的小品文，必须是匕首，是投枪，它也能给人愉快和休息，这仍然说明他对题材所取的灵活态度。

关于表现资产阶级的人性。五四散文有不少反映资产阶级人性的作品，如冰心文章中所写的母爱，解放后就常为人所诟病。可是冰心作品当时却获得不少读者的赞赏，这是什么原因呢？阿英的《谢冰心小品序》对此有颇为精彩的分析。他说："反映在作品中的冰心的思想，显然是一种反封建的，但同时也多少带一点封建性；……这种情形，正是在新文化运动初期，青年中普遍的情形。在旧的理解完全被否定，新的认识又还未能确立的过渡期中，青年对于许多问题是彷徨无定的，是烦闷着的。冰心作品所表现的，正是这种情形，她抓住了读者的心。"冰心作品所反映的：母爱的依恋，怀乡的感情，在读者面前展示了一个女子获得身心解放后所见到的新天地和所想的新问题，打破了封建礼教禁锢妇女的戒律，所以她的作品在要求进步的男女青年中产生了反响。虽然她的爱的哲学，后来因时代的发展而失去了社会基础，但在新文化运动初期就不能否定它的意义，解放后的文学史和文选中，往往严厉批评冰心作品的资产阶级思想感情，比如说她所极力夸张和宣扬的是虚伪的超阶级的爱等等，这就是定性加批判的简单化分析，因为它不能说明当时冰心作品获得读者的原因。我们怎能要求冰心当时就具有无产阶级的意识呢？阿英的《小序》是客观的，因为他分析了冰心作品的时代条件、产生社会效果的缘由和它当时的价值。

关于有历史污点的作家。时代在前进，斗争在发展，五卅运动、特别是大革命失败以后，有些资产阶级作家趋向倒退和没落，甚至走向反动。阿英对这情况也有所分析，他指出：由于黑暗现实的压迫，文学家大概有三条路可走。一是打硬仗主义，以鲁迅为代表；二是逃避主义，以"草木虫鱼"时代的周作人为代表；三是幽默主义，以林语堂为代表。阿英所指的是大革命失败后散文发展的情况。解放后的文学史和文选中,对周作人、林语堂这类作家,最初还提到,后来往往避而不谈,因为他们后来没落了。我们能否因此而否定他们曾经起过的作用呢? 以周作人为例,在他前期的杂文中,虽然已经存在追求趣味的倾向,但他对"三·一八"惨案,对李大钊的被杀,对 1927 年国民党的大屠杀,对帝国主义的文化侵略,有过不满和愤慨的表示,他论书评文的小品也还有一定的意义。阿英的提法是有分寸的,对周作人的批判突出"草木虫鱼"时代,对前期则是给予适当的评价,并指出其倒退的思想根源和创作道路的历史教训,这就采取了历史主义的态度。

关于柔美一类的风格。散文形式短小多样,是宜于形成风格的文体。风格是创作成熟的标志,作者要敢于追求艺术的完美,不断完善自己独特的艺术风格和不同题材作品的多样风格,加强文章的美感作用。五四散文作家多数受过丰富的中外文化遗产的熏陶,在创造风格上有他们的有利条件,他们的努力很值得借鉴。不过,也正是由于这样的原因,他们接受了一些封建的、资产阶级的艺术趣味,可能给某些作家带来副作用。

鲁迅在《小品文的危机》中号召作家发扬战斗风格,因为五四散文是萌芽于"文学革命"和"思想革命"的,在 30 年代风沙扑面、狼虎成群的时候,不能提倡和旧文章相合之点:雍容、漂亮和缜密。但我们不要把这个战斗号召绝对化。鲁迅并不抹煞这类风格在五四运动到第一次国内革命战争时期的作用。因为它"在表示旧文学之自以为特长者,白话文学也并非做不到"。这是从文学革命的角度来考虑的。可见,我们不能把柔美一类风格与战斗性对立起来,要联系时代要求和作家创作态度加以估价。鲁迅自己除了写许多辛辣锋利的杂文外,还写艺术性很高的优美、含蓄、隽永的散文,这说明柔美一类风格并不妨害战斗,何况风格的多样化,正是这场文化革新运动的生动表现。

经过"四人帮"多年推行文化专制主义之后,我们阅读五四散文,觉得当时的作家敢于表现自己的真情实意,没有禁条,无所忌避,洋溢着思想解放的文艺民主空气。过去我们头脑受了"左"的思想束缚,较多注意五四散文中所反映的资产阶级民主的缺点,没有根据革命的不同历史时期,作品的客观效果,作家创作道路的不同阶段,给予实事求是的评价。这样做,既不能还文学史的本来面目,也不利于发扬五四文学传统,促进文艺民主风气的进一步高涨。马克思在谈论希腊艺术时说:"为什么历史上的人类的童年时代,在它发展的最完美的地方,不该作为永不复返的阶段而显示出不朽的魅力呢?"五四散文出现在我国现代文学的童年时代,虽然发展未臻完美,但天真活泼,生机勃勃。在今天社会主义民主的新时代,它也将作为永不复返的阶段,向我们显示出一定的魅力。

——《福建文艺》1979年4—5月号合刊

鲁迅,中国现代
记叙抒情散文的奠基人

　　鲁迅是中国新文化革命的主将,他的一生对中国现代文学作出了卓越的贡献。他不但是中国现代短篇小说和杂文的开山祖,也是中国现代记叙抒情散文的奠基人。

　　鲁迅于发表著名的《狂人日记》和《随感录》之后,在1919年8月2日到9月9日的《国民公报》副刊《新文艺》栏上,他的《自言自语》随即发表了,这是中国现代散文的最早期作品,其中的一些篇章显然是《野草》和《朝花夕拾》中作品的雏形。

　　《自言自语》可以说是《自题小像》一诗的艺术诠释。《火的冰》,以冰凝固住的火焰来象征外表冷静而内心燃着烈火的爱国者,显示他们"寄意寒星荃不察"的孤独感和报国无门的痛苦。《古城》,以沙盖住古城为象征,深刻揭露因循守旧的老一代在生死关头还想窒息年轻人的求生意志。《螃蟹》,以老螃蟹脱壳为象征,诉说人们在成长过程中会遭到同行们的暗算。《波儿》以几个孩子急于事功的例子,指明做事不能指望立竿见影,明于责人而悖于责己,也不要以为做事的只有你一个人。这四节记叙抒情散文(或称散文诗),以象征的手法作恳切的内心表白,表现了鲁迅对国民劣根性的痛恨,对同行者暗箭的提防,对战斗的孤独感和对祖国前途的追求,在一定程度上表现他投身于新的革命潮流中兴奋而又警惕的心情。

《我的父亲》和《我的兄弟》都是写实,叙述自己对待父亲和兄弟放风筝的事的过失,内心抱憾,追悔莫及。这两篇散文与鲁迅的《我们现在怎样做父亲》一文写作的时间相近,道理相通。背着因袭的重担造成了心灵的创伤,必须解放幼者,清结旧账,开辟新路,这就是文章中所透露出的真诚愿望。

这几篇佚文的发现,使我们认识到鲁迅不但是现代杂文的开山祖,而且是记叙抒情散文的先行者。祖国的兴衰,人民的疾苦,时刻萦怀脑际,文章题材无不与崇高伟大的思想紧密地联系着,他给中国现代记叙抒情散文(包括散文诗)奠下基石。

《自言自语》分别运用象征手法和写实手法。用象征手法的四题,作者把自己的感触暗寓于奇特事物的描述之中:红珊瑚般的火焰结成了冰,波涛般的走沙淹没了古城,慌张地寻找穴窟脱壳的老螃蟹,希望新播的蔷薇子半天就抽芽的波儿,想象奇特,或相当夸张,或平中见奇,这种象征主义手法,浪漫主义色彩,在我国现代散文的草创时期在鲁迅的笔下就得到了成功的运用。情节单纯而有变化,词汇循环反复,富有诗的哲理意味。运用写实手法的两题,写的是习见的又往往令人熟视无睹的事,作者平实地描述了他不自觉地、习惯地按传统风习办事所造成的内疚,没有象征,并不瑰奇,真诚感情的流露,足使读者阅后思量而恍然若失,也别有感人的力量。

从鲁迅的《自言自语》,我们可以看到中国现代散文的最初形态,它的内容是崭新的,表现出新的时代精神。他在《小品文的危机》中说:"到五四运动的时候,才又来了一个展开,散文小品的成功,几乎在小说戏曲和诗歌以上。这之中,自然含着挣扎和战斗。"《自言自语》可以说是挣扎战斗的最初代表作,它是萌芽于思想革命和文学革命的。它的形式也是崭新的,同他的短篇小说一样,以"表现的深切和格式的特别"而激动人心。

回顾我国现代记叙抒情散文的滥觞时期,有短章诗化的情况,如早期冰心、许地山的作品,这种与散文诗难以分清的诗质散文在现代散文史上形成了贯彻始终的传统,在革命历史的不同时期抒写作者的心声而发挥它的作用。另一情况则是场景显示的小说手法的运用,这加强了叙事记人的效能。从文学史的角度观察,鲁迅在中国现代散文史上不但树立为人生而且改良这人生的创作思想,而且在散文形式和创作方法的多样化方面起了筚路蓝缕的先行者的伟大作用。

"五四"运动以后,文化界分化了,许多知识分子处于探索的苦闷时期。鲁迅一面求索,一面战斗,像他在《自选集·自序》中所说的,他根据不同的材料和心境,除了杂文之外,还创作了小说、历史小说,也写了散文诗《野草》和回忆记事《朝花夕拾》,这是他创作的极旺盛的时期。同样的主题,用不同的形式来表现,如父子两代人的矛盾,其正常的关系应该怎样,这是极有社会意义的主题,《我们怎样做父亲》是议论文,《古城》是记叙抒情散文(或称散文诗),《五猖会》则是记事散文。鲁迅这时期执着于深沉的战斗,又进行艰苦的探索和写作,袒露复杂变化的内心状态,《野草》是他当时多方面创作的组成部分。《野草》,共 23 篇,写作的时间从 1924 年 9 月到 1926 年 4 月,陆续发表在《语丝》上,它以瑰奇的技巧和形式而显示它的特色。

《野草》中的许多作品是有所指的。鲁迅在《〈野草〉英文译本序》里说:"现在举几个例罢。因为讽刺当时的失恋诗,作《我的失恋》,因为憎恶社会上的旁观者之多,作《复仇》第一篇,又因为惊异于青年之消沉,作《希望》。《这样的战士》,是有感于文人学士们帮助军阀而作。……"《野草》中的作品内涵极其丰富,《我的失恋》和《复仇》第一篇是针对社会锢弊的,《希望》是作家自我心灵的解剖,《这样的战士》又是战斗者韧的战斗精神的颂歌。总而言之,这些作品正如作者的自述所显示的都是有所为而为的社会批评。

《野草》讽刺和批评的笔锋针对着求乞者(《求乞者》),精神空虚者(《我的失恋》),精神麻木者(《复仇》),意志消沉的青年(《希望》),正人君子(《狗的驳诘》《死后》),负义者(《颓败线的颤动》),黑暗政权的主宰者(《失掉的好地狱》),圆滑处世者(《立论》),奴才(《聪明人和傻子和奴才》)等,这些都是旧社会中的可怜可憎的人物。他所礼赞的则是:刺着高天的枣树和扑向火光的小飞虫(《秋夜》),不倦向前的探索者(《过客》),叛逆的猛士(《这样的战士》《淡淡的血痕中》),被风沙打击得粗暴的灵魂（《一觉》）。

《野草》中属于内心解剖的篇章也有多种不同的情况，有追求美好理想的，如《雪》和《好的故事》；有追悔过失、严于自责的，如《风筝》；有表露勇于自我牺牲的豪情的，如《死火》《蜡叶》；还有内心阴影的解剖和扬弃的，如《影的告别》《希望》和《墓碣文》；其中有些是难于索解的篇章。这些篇章表现他对美好社会的向往，也表现了特定时期内矛盾的心境和勇于同旧我决绝的决心。

在写作《野草》的时候，他给许广平的信有这样的话："你好像常在看我的作品，但我的作品太黑暗了，因为我常觉得惟'黑暗与虚无'乃是'实有'，却偏要向这作绝望的抗战，所以很多偏激的声音。"（《两地书·四》）又说："我又无拳无勇，真没有法，在手头只有笔墨，能写这封信一类的不得要领的东西而已。但我总还想对于根深蒂固的所谓文明，施行袭击，令其动摇，冀于将来有万一之希望。"（《两地书·八》）《野草》是鲁迅对"实有"的"黑暗与虚无""作绝望的抗战"的心声，他的战斗是坚决的、坚韧的，对于胜利又没有把握，但又存在着希望，反映着他的思想质变前在探索中战斗的精神状态。

鲁迅在致萧军的信中说："我的那一本《野草》，技术并不算坏。"这话在自信中带着自谦，的确，《野草》是中国现代散文史上的神品。

《野草》鲜明的艺术特色是深刻的思想主题和多样化的表现方法的完美结合。其结合点就是他善于运用象征主义的手法，选取具有典型意义的物、人、事，发挥其中蕴藏极深的丰富的社会性和历史感，借它们来表述自己的思想感情。鲁迅杂文的典型化手法，在记叙抒情散文（或散文诗）中也得到又一种方式的完美体现。曾华鹏、李关元在《论〈野草〉的象征手法》中说："我们看到，他在作品里自如地交替使用现实主义手法，浪漫主义手法和象征主义手法的。"[①] 这篇论文指出《野草》基本采取现实主义手法，有《风筝》《一觉》；基本运用浪漫主义手法的，有《淡淡的血痕中》；大量则是采用象征主义手法写成的。运用得较多的是自然景物的象

---

① 见《纪念鲁迅诞生一百周年学术讨论会论文选》，湖南人民出版社 1983 年版。

征,如《秋夜》《蜡叶》《雪》;通过塑造具有象征性的人物形象来表现作者在现实生活中的"小感触"的,如《这样的战士》《聪明人和傻子和奴才》;有的还赋予某些故事以象征意义的,如《过客》《颓败线的颤动》;有时还运用一些宗教材料来象征自己的内心感受,如《复仇(其二)》《失掉的好地狱》;有时还采用扭曲客观事物的手段来曲折地表达自己复杂的内心感受,如《墓碣文》《影的告别》《死后》《死火》《狗的驳诘》等。这篇论文还指出:"上述的种种象征的艺术构思都不是脱离现实生活的纯主观意识的摹写,而是产生于现实生活的深厚土壤,有其特定的时代规定性。"又说:"鲁迅在《野草》里运用的象征主义的表现手法,又常常是和表达作者对生活的美好理想相联系的。""他只是根据拿来主义的精神,对象征派的艺术进行挑选、辨别和改造,吸取一些有用的手法,来丰富自己的艺术表现手段。"这篇论文的许多见解,对我们阅读《野草》很有帮助。

《野草》运用多样化的文艺形式,有诗,如《我的失恋》;有短剧,如《过客》;有抒情散文,如《秋夜》《一觉》;有生活片断的速写,如《死火》等以"我梦见"为开头的七篇短章;有散文诗,如《影的告别》《这样的战士》等。《野草》中的作品,鲁迅在不同的地方有不同的称呼。《〈野草〉英文译文序》称之为"这二十多篇小品",《鲁迅译著书目》称之为"散文小诗",《〈自选集〉自序》中称:"夸大点说,就是散文诗。"称呼的变化,可以看出《野草》中作品形式的多样,也可以表明作者在其文体上的变化。这说明了一个事实,即《野草》中的篇章,不管采用何种体式,往往具有浓郁的诗情和深厚的哲理,或深于情,或深于理,或情理兼擅。诗、散文诗、抒情散文自然是偏于情的,记事、速写则偏于理,但也情中见理,理中见情。孙玉石说:"内心矛盾的严峻解剖和象征方法的完美运用,构成《野草》这部散文诗充满诗意而又富于哲理,幽远奇峻而又凝炼深警的抒情特色。"①

《野草》的语言是美的,许多名篇精心锤炼,有口皆碑,如《秋夜》《希望》《雪》《好的故事》等。对于景物、事物、人物的描述,运用写实、象征、比喻的手法,联想奇丽,色彩缤纷,光华四射。对于内心的袒露,曲折缠绵,

---

① 孙玉石:《〈野草〉与中国现代散文诗》,见《纪念鲁迅诞生一百周年学术讨论会论文选》。

配以回环反复的节奏，令人反复吟味，一唱三叹。有些生活片断的速写，语言朴实，寓意精警。每篇文章，都给读者提供一个特别耐人寻味的艺术意境，富有诗的音节和旋律的美。《这样的战士》像宏伟的政治朗诵诗，《墓碣文》像感伤的咏叹调，《立论》像幽默的讽刺诗，《复仇》像对悲剧主人公的颂诗，《好的故事》又像优美的风景诗，……

《野草》的题材涉及政治、社会、道德、伦理和感情的许多领域，鲁迅运用多种的艺术表现方法、多样的文艺形式，来解剖内心的矛盾和表达自己的爱憎，写出了这一批精警的、瑰奇的、凝炼的艺术神品。《野草》结集的时候，时值"四·一二"反革命政变之后，鲁迅以愤怒的心情，写了他与旧我诀别的《题辞》："我以这一丛野草，在明与暗，生与死，过去与未来之际，献于友与仇，人与兽，爱与不爱者之前作证。"他跨过暗与死与过去的界线，向明与生与未来迈进了。鲁迅在《〈野草〉英文译本序》说："后来，我不要作这样的东西了，日在变化的时代，已不许这样的文章，甚而至于这样的感想存在。"确实，后来他没有再写。《准风月谈》中的《夜颂》和《秋夜纪游》，或许可勉强算作少有的续作，但情味大有不同。《野草》的影响是深远的。当时许多新进的青年作者在《语丝》上发表的散文诗，鲜明地带有《野草》影响的痕迹；30年代和40年代，出现过散文诗和诗质的抒情散文创作的热潮。在同样严峻的时代，作家们借鉴鲁迅的艺术创造而进行新的战斗。

记叙抒情散文在短篇小说集《呐喊》中也有，如《兔和猫》和《鸭的喜剧》，描写日常生活琐事，怀念离去的友人，称之为散文也是可以的。这两篇文章和《朝花夕拾》中的《狗·猫·鼠》和《藤野先生》，存在着某些相似之处。

《朝花夕拾》，鲁迅在他的译著书目中称之为回忆文。《小引》说："一个人做到只剩了回忆的时候，生涯大概总要算是无聊了罢，但有时竟会连回忆也没有。""这十篇就是从记忆中抄出来的，与实际内容或有些不同，然现在我只记得是这样。文体大概很杂乱，因为是或作或辍，经了九个月之多。环境也不一，前两篇写于北京寓所的东壁下；中三篇是流离中所作，地方是医院和木匠房；后五篇却在厦门大学的图书馆的楼上，已经是被学者们挤出集团之后了。"这段话说明了写作时的环境、心情和文体。他在女师大风潮、"三·一八"惨案和北伐战争的革命风浪中,在与"正人君子"斗争,遭受反动派迫害的流离生活中写作的。他在纷扰中寻出一点闲静来,反顾自己的经历,回忆故乡留存旧来意味的人事景物,所以《朝花夕拾》在鲁迅作品中有它的特殊地位。回忆性散文是传记文学的一个分支,于散记中综现整体,鲁迅在这领域进行领先的垦殖,郭沫若、郁达夫、巴金等著名作家继续开拓它的疆土,在先行者中,鲁迅有他的突出贡献。

以个人的生活经历来反映时代的侧面,探索历史的经验教训,这深刻的思想在《朝花夕拾》中有鲜明的体现。旧中国风雨如磐,他出身的封建士大夫家庭日趋没落,在变法维新风靡一时之际,他毅然走异路,逃异地,进洋务学堂,后来到日本学医,目的在于促进国人对维新的信仰。由于他在课堂上看到有强壮身体的国人,还得做被杀头的材料,愤而弃医学文,参加反清爱国活动。他欢呼辛亥革命,但戊戌维新的惨痛教训,又使他失望而陷入苦闷。《朝花夕拾》以个人的历史回顾,显示了晚清社会的落后腐败,封建思想枷锁的极端沉重,维新运动的劳而无功,日本帝国主义的自大骄横,辛亥革命的半途而废,这些旧民主主义革命时期的政治变故和社会状况,伴随他少年的生活历程得到形象的表现。这时期正是中国新旧交替、剧烈斗争的动荡年代,文化上的旧学与新学之争,旧思想、旧习惯势力的顽强存在,特别是辛亥革命失败和旧势力的复活,在《朝花夕拾》中都得到一定程度的反映。

《朝花夕拾》展现了一幅幅浓郁的江南乡镇的风俗画。过年节的规矩,赛会的盛况,目莲戏的热闹,旧书塾的规矩,治病的陋习等等,随着鲁迅的生花妙笔,再现在读者的眼前。鲁迅论及乡土文学时说:"凡在北京用笔写出他的胸臆来的人们,无论他自称为主观或客观,其实往往是乡土文学,……因此,也只见隐现着乡愁,很难有异域情调来开拓读者的心胸,或者眩耀他的眼界。"[①] 散文作品中有一批眩耀眼界、开拓心胸的异域情调的作品,也有一批隐现乡愁的作品,这两种题材成为现代散文作家开掘的无

---

① 《中国新文学大系·小说二集导言》。

尽宝藏。那异域情调伴随着弱国游子炽热的爱国心，给人以悲愤的反思和激励的希望；那悲凉的乡土回忆伴随着他乡游子淡淡的哀愁，给人以痛苦而又温馨的回味。《朝花夕拾》是以少年的乡土生活和青年时期的异国生活为题材的，它是散文园地里第一批绽开的并蒂花。

《朝花夕拾》精彩地描绘了上世纪末、本世纪初停滞的社会中劳动人民和知识界人士的面影：善良朴实而又迷信落后的保姆长妈妈，方正、质朴、博学而又守旧的寿老先生，固执严肃的父亲，故弄玄虚的名医陈莲河，负责认真的藤野先生，困穷凄苦的范爱农等。这些人物的音容笑貌，带有深厚的历史感进入散文的画廊。他们各以不同的社会身份和生活环境，带着旧社会打上的精神烙印，走着各自的人生道路。作者对这些人物有衷心的敬意和怀念，也有不满和痛惜。这些回忆散文不是令人思念不置的亲子之爱，师生之谊，朋友之情，它令人思索这些人物的命运，并进一步对造成他们命运的社会历史环境作更深入的思考。回忆性散文能于情见理，沈郁深刻，《朝花夕拾》确是高人一筹。

《朝花夕拾》中有些篇章，如《狗·猫·鼠》《二十四孝图》和《无常》，写法近乎杂文，以议论为主线，在议论中，穿插生动的描述，间或涉及时事。其他篇章，如《从百草园到三味书屋》等，则以叙事为主，写法近乎小说，以极省俭的笔墨，刻画人物形象，有时采用杂文笔法。总的来说，文章舒卷自如，穿插民情风习，历史掌故，寓言故事。其描述人物场景，叙事清晰，形象逼真；其议论抒情，思绪风发，冷嘲热讽，旁敲侧击，批判辛辣，爱憎强烈，情思感人。语言明快而优美，洗炼而深沉。

《朝花夕拾》之外和结集以后，鲁迅的记叙抒情散文作品在杂文集中也或有所见，写故乡习俗和幼年生活的，如《我的种痘》《我的第一个师父》《女吊》等；纪念师友的，如《记念刘和珍君》《为了忘却的记念》《忆韦素园君》《忆刘半农君》《关于太炎先生的二三事》等；这些都是传世的名篇。

《我的种痘》中说："我有时也会忽然想起儿童时代所吃的东西，好像非常有味，处境不同，后来就永远吃不到了。但因为或一机会，居然能够吃到了的也有，然而奇怪的是味道并不如我所记忆的好，重逢之后，倒好像惊破了美丽的好梦,还不如永远相思一般。"《我的种痘》等便是重温儿时美梦的作品。上世纪末的乡镇习俗给人们展现传奇般的色彩,龙师父异于流俗,比他的儿子道行更高;女吊富于复仇性,比一切别的鬼魂更美更强,这里都透露着鲁迅提倡反抗的一贯精神。对于陈源教授,"前进"的和竖着各种旗帜的文学家,鲁迅仍然没有忘记在文章中进行捎带的讽刺。

纪念师友之作,与《朝花夕拾》中的篇章有些异样,并不再现具体的生活场景,而有更浓烈的抒情,在抒情中又升华为高度的社会人生哲理的概括,这体现鲁迅思想的日益成熟,也是现代散文家纪念师友之文所望尘莫及的。如:

> 苟活在淡红的血色中.会依稀看见微茫的希望;真的猛士,将更奋然而前行。(《记念刘和珍君》)

> 夜正长,路也正长,我不如忘却,不说的好罢。但我知道,即使不是我,将来总会有记起他们,再说他们的时候。(《为了忘却的记念》)

> 是的,但素园却并非天才,也非豪杰,当然更不是高楼的尖顶,或名园的美花,然而他是楼下的一块石材,园中的一撮泥土,在中国第一要他多。他不入于观赏者的眼中,只有建筑者和栽植者,决不会将他置之度外。(《忆韦素园君》)

这类文章中脍炙人口的文字甚多。鲁迅以人民的革命立场,给师友们以确切、深情的评价,哲理性的抒情出之以诗一般的警句,昭示人们前进的方向,鼓舞前进的信心。高屋建瓴,言重九鼎,气盛言宜,铿锵有力,这是彪炳千秋的记叙抒情散文的力作。

同短篇小说和杂文一样,鲁迅是中国现代记叙抒情散文的奠基者。他的散文具有特出的社会广度和历史深度,他坚定的战斗激情是无与伦比的,他对散文艺术的创造也是光芒四射的。他才兼众体,他的散文分别具有杂文、短篇小说和抒情诗的成分,成为后继者散文写作的典范。

——《鲁迅与中外文化》,厦门大学出版社 1987 年 7 月版

周作人和他的闲适小品 ①

　　周作人是个复杂的人物,他对中国新文学运动有过重大的贡献,可是由于他的历史经历和文学主张,使他逐渐成为争议的对象,后来遭到许多人的谴责和讨伐。近年这情况有些改变,对他的是非功过重新评价,他的文化遗产又被人们所重视。在选析他的最为惹人注目的闲适小品之前,不能不就他的经历、思想、文学主张和闲适小品的有关情况花一点笔墨。

　　周作人,浙江绍兴人,1885 年生于一个破落的士大夫家庭,他是鲁迅的二弟。17 岁考入江南水师学堂,在管轮班学习 6 年,后考取官费留学,1906 年到日本,初入法政大学预科,再进立教大学,留学期间,与日本姑娘羽太信子结婚。1911 年回国,任浙江省视学,继为中学教员。1917 年至北京,任北京大学、燕京大学等校文科教授。"五四"运动时期,积极参加新文化运动,为著名的文学社团文学研究会的发起人之一。他执教之余,一边从事新诗和散文写作,一边进行文学理论批评和外国作品翻译,著作十分丰富。抗日战争爆发后,北大南迁,他留在北京,沦陷后,1939 年 8 月任北京大学文学院院长,1941 年 1 月出任伪组织华北政务委员会教育督办。抗日战争胜利后被国民党逮捕,囚于南京老虎桥监狱,1949 年 1 月出狱,经

---

　　① 　编者注:本文系《周作人小品赏析》的前言,曾改题为《现代闲适小品的肇始》发表于《文化春秋》1991 年第 1 期。

上海回北京定居，1967年病故。

周作人所著的散文集有《自己的园地》《雨天的书》等20余种，还有许多自选和他人选编的散文集、书信集、序跋集、诗集等。中华人民共和国成立后，他还写了不少短文，现经陈子善先生辑成《知堂集外文》出版。翻译的作品有《炭画》《日本小说集》《乌克兰民间故事集》等十多种，解放后翻译的就有《伊索寓言》、希腊神话和希腊悲剧喜剧、日本的《古事记》和《浮世澡堂》等。此外还有文学专著《中国新文学的源流》《欧洲文学史》《鲁迅的故家》等，自传则有《知堂回想录》。可谓著作等身，老而不倦。

从上述简略的介绍中，我们可以具体地认识到周作人对中国现代文学的贡献了。他经过民主与科学精神的洗礼，对学术与文艺有广泛的爱好，有着多方面的成就。他从小就读过许多经书、古文，看过唐代传奇和元明清的通俗小说，后来接触了俄国、波兰、芬兰等国的作品，又扩大了范围，对神话学、文化人类学、生物学、性心理、儿童文学、童谣、玩具、俗曲、浮世绘、乡土研究、医学史、妖术史、佛经、明清笔记等等发生了研究的兴趣，这些学识及其所受的思想影响不能不表现在他的散文中。周作人在《知堂回想录》中说到自己从古今中外各方面所得到的影响，他以为"在知与情两面分别承受西洋与日本的影响为多，意的方面则纯是中国的，不但未受外来感化而发生变动，还一直以此为标准，在酌量容纳异国的影响"。他以为自己的根本是儒家的精神，也就是以生的意志为本的那种人生观，而上述的许多杂学则为附属品，帮助自己更为健全些。这段自述对于了解他的思想和创作有一定的参考价值。

以周作人曲折的经历、杂多的学识、丰富的作品，又处在动荡的时代里，他之成为有争议的人物是必然的。在沦陷区，他接受了侵略者用刺刀扶植起的政权的职位，大节有亏，无可辩解。我赞赏钟叔河先生在《知堂集外文·序》里的一段话：

　　周作人已矣，其人固不得原谅，其文却似乎可传，因为它们所包含的知识和见解是文化史上的客观存在，而在文章欣赏上自有其美学价值。陈婆虽有麻子,所烧的豆腐固未尝不好吃也。

的确,厨师麻脸是一件事,所烧的豆腐又是另一件事,方今处于宽容的时代,作为文化遗产,周作人的散文,特别是他最知名又最为人们所诟病的闲适小品,不能作为禁果而阻止人们去尝一尝它的滋味。

周作人主张:"文艺只是自己的表现,所以凡庸的文章正是凡庸的人的真表现,比讲高雅而虚伪的话要诚实的多了。"(《自己的园地·旧序》)又说:"以个人为主人,表现情思而成艺术,即为其生活之一部,初不为福利他人而作,而他人接触这艺术,得到一种共鸣与感兴,使其精神生活充实而丰富,又即以为实生活的基本;这是人生艺术的要点,有独立的艺术美与无形的功利。"(《自己的园地》)他还认为:"我原是不主张文学有用的,不过那是就政治经济上说,若是给予读者以愉快,见识以至智慧,那我觉得却是很必要的,也是有用的所在。"(《苦茶随笔·后记》)他的文学观点:个人表现说,无形功利说,给读者以愉快说,是始终一贯的,反复宣言的。他的这种见解使他的散文带有明显的特色,以自主的意志,自由的心态,广泛的视角,冷静的态度,闲话的口气,平淡的文字,写出富有人情物理,有情思和有趣味的名篇。

由于他在散文上的成就,在新文学运动的初期,就奠定了他在散文流派上的地位。一般学者都认为"五四"时期的散文有两大流派,其一是以鲁迅为代表的社会文化批评派,以杂文创作为主;其二是以周作人为代表的言志咏物派,以谈风景、学术、书籍、琐事、草木虫鱼的小品为主。其实,周作人的一生中,言志咏物的闲适小品并不多,更多的是杂文。"五四"时期闲适小品稍常见,但连篇累牍的则是抨击时政、揭露国民劣根性和谴责帝国主义侵略的人事评论。30年代以后他的散文集出得更多,大多以读书录为主,内容更杂,有文献资料和生活轶事,自然界和人类社会中种种他感到兴趣的知识见闻都广为收录引用,继续反对封建礼教、批评专制神道,发挥他疾虚妄的见解。这类文章许多简直是文抄,读起来有些沉闷。他的盛名仍然在于那些言志咏物的闲适小品。

我们要了解周作人的散文,他的《两个鬼的文章》①这篇妙文不可不读,这里摘引几则:

> 人家看来不知道是如何?这似乎有两种说法。其一是说我所写的都是谈吃茶喝酒的小品文,是不革命的,要不得。其二又说可惜少写谈吃茶喝酒的文章,却爱讲那些顾亭林所谓国家治乱之原,生民根本之计,与文学离得太远。这两派对我的看法迥异,可是看重我的闲适小文,在这一点上是意见相同的。我的确写了些闲适文章,但同时也写正经文章,而这正经文章里面更多的含有我的思想和意见,在自己更觉得有意义。

> 我写闲适文章,确是吃茶喝酒似的,正经文章则仿佛是馒头或大米饭。在好些年前我做了一篇小文,说我的心中有两个鬼,一个是流氓鬼,一个是绅士鬼。这如说得好一点,也可以说叛徒与隐士,但也不必那么说,所以只说流氓与绅士就好了。

> 我自己相信,我的反礼教思想是集合中外新旧思想而成的东西,是自己诚实的表现,也是对本国真心的报谢,有如道士或狐所修炼得来的内丹,心想献出来,人家收受与否那是别一问题,总之在我是最贵重的贡献了。至于闲适小文我未尝不写,却不是主要的工作,如上文说过,只是为消遣或调剂之用,偶尔涉笔而已。

上列引文极清楚地说明周作人的散文大部分是正经文章,表现他关心国家治乱、生民根本的儒家思想,这些文章带有流氓气。少部分是闲适文章,只是一种调剂,带有绅士气。这证明,他的文学无功利说并未彻底躬行,在作品集的序言中时时反悔,说自己的文章"里边都含着道德的色彩与光芒"(《雨天的书·自序二》),对闲适小品,又"希望在我的趣味之文里也还有叛徒活着"(《泽泻集·序》)。周作人的文艺思想充满着矛盾,他的闲适小品其心情未必真的都那么舒适。

---

① 写于1945年11月16日,见《过去的工作》。

周作人在20年代写的体味生活情趣的小品,如喝茶、谈酒之类,可以说是闲适小品的正宗,符合他以为人"必须还有一点无用的游戏与享乐,生活才觉得有意思"这个主张,用以达到忙里偷闲、苦中作乐的目的。到了工农革命蓬勃发展的30年代,他转向草木虫鱼,一些可称为闲适小品的,已非正宗,倒有一点变调。他曾追忆说:"这样虽然对于名物很有兴趣,也总是鉴赏里混有批判,几篇草木虫鱼有的便有这种毛病。"(《两个鬼的文章》)又说:"大致由草木虫鱼,窥知人类之事。未敢云嘉孺子而哀妇人,亦尝用心于此,结果但有畏天悯人,虑非世俗之所乐闻,故披中庸之衣,着平淡之裳,时作游行,此亦鄙人之消遣法也。"(《秉烛后谈·序》)这两则自白道出此时他的闲适小品有的已别寓深意。到了身处沦陷区的30年代后期和40年代,在读书录中也可选些闲适小品,不但由正宗转入变态,简直走向它的反面了。他说:"闲适原来是忧郁的东西。"(《风雨后谈·序》)又说:"闲适可分作两种。一是安乐时的闲适,……一是忧患时的闲适,……这里边有黍离之感,有的也还不是,但总是在一个不很好的境地。"(《文载道文抄·序》)这时的某些闲适小品,貌似闲暇,实际上日子难过,其内心却苦闷至极矣,其散文集取名药味、药堂便是明证。所以,每一论及周作人的闲适小品,就以为那是风花雪月,玩物丧志,批得一文不值,未免过于简单化矣。

　　周作人以闲适小品知名,20年代确有许多名篇,30年代后的读书记中以叙事抒情为主的可称闲适小品的实在不多。本书所选尽量考虑具有闲适小品的特点,又能表现作者不同时期的特定心境,同时照顾到题材的不同品类——如日常生活、民俗风物、艺术、人物、动植物和读书记等,择其具有知识性、具有情思和趣味的篇章,以供同好。周作人学识渊博,其文章常有掉书袋的习惯,所以需要大体加以注释,并在赏析中提出文中值得留意的处所。希读者自行品味。

　　50年代初期,作者在报纸上发表了数量甚多的短文,每篇五六百字,所涉的范围极广,又回到闲适小品正宗的路上去了。文章虽短,思想活跃,兼顾知识性和趣味性,留给人们以思索和吟味的余地,这与20年代所作又有些不同,因此也选录几篇以见一斑。

作者为文,力求通达人情物理,使读者增益智慧,涵养性情。他理想的是平常而真实的人生,凡狂热与虚华者皆所不喜。他以为写文章切忌矜持,矜持就失去了天然之趣,不足以见性情;意思要诚实,文章要平淡。他自主、自由的文学主张,真诚、冷静的写作态度,表现情、意、理、知的内容要求,平和冲淡的表达方式,这些是他闲适小品具有独特风格和一定魅力的主要因素。

——《周作人小品赏析》,香港学林书店1990年3月版

谈郭沫若的文艺散文

　　郭沫若是我国现代杰出的诗人和戏剧家,也是杰出的散文家。他的散文在其创作中占有很大篇幅,据1957年起陆续发行的《沫若文集》编进的作品计算:文艺散文、调查记、通讯、自传、政论、杂文共有七卷,约在200万字以上。这些作品虽然比不上他"五四"时期的诗和抗战时期的历史剧那样引人注目,但它在我国现代散文史上的地位是不可忽视的。郭沫若的文艺散文抒写个人的生活感受来透视社会人生,激越奔放,真率流丽;他的调查记和通讯,作为人民的喉舌,报道了军阀混战、全民抗战和国共和谈等时期的政治事件,笔调细致,爱憎强烈;他的自传通过个人经历反映辛亥革命以至新民主主义革命时期的历史面貌,诗情史笔,酣畅淋漓;他的杂文发扬旺盛的战斗精神,在抗日战争和民主运动中,伸张正义,泼辣犀利。总之,郭沫若的散文具有较高的思想性,也不乏脍炙人口的名作。

　　郭沫若的文艺散文(指叙事抒情散文),分散收入《沫若文集》第七、八、九卷,和他的自传混合编集。这些文章写的是个人的日常生活。当然也可勉强算作传记的组成部分,但它们都单独成篇,与连续叙写特定时期主要生活事件的自传体散文有所不同。这类散文的篇数不多,写作的时间比较集中于1923年至1924年,1933年到1937年以及1942年,往往是他思想上或行动上处于紧张状态的时刻,作为精神上一种调剂或寄托而写的。他用潇洒的笔墨叙事见志,以凝炼的小品托物抒情,很好地发挥了这一文艺样式的效能。根据郭沫若文艺散文的写作实践来探讨这一文体的一些创作问题,也是颇有意义的。

郭沫若早期文艺散文的现实性倒是很强的。《今津纪游》(1922年2月10日)是他的第一篇文艺散文,那时他在福冈九州帝国大学学医,和鲁迅一样怀着"风雨如磐闇故园"的沉重心情。他特地到今津凭吊日人所赞颂的"元寇防垒"护国大堤,这个日本著名史迹触动了异域游子的家国之感。他用奔放的笔调,在记叙游迹中表现了强烈的民族自尊心。1923年春,他在医科大学毕业了,回到上海从事文学运动,又饱尝了生活的熬煎,收在《文集》第七卷里《集外》的篇章,是他对社会现实深怀不满的作品。如《梦与现实》,把理想与实际两者的矛盾做了形象化的对比:作者在泰戈尔诗集里读到的,是代表自然美的盲目女郎赠送诗人以花圈的适意梦境;而在大街上所见到的,却是被人们冷落的盲目女丐带着小女孩走着悲剧的人生道路。又如《昧爽》,作者满腔积愤,借臭虫来讽刺社会上的吸血鬼;《月蚀》,借他女人一个奇怪的梦来控诉那白骨造成的大都会。这时,郭沫若在诗集《前茅》中也吼出许多激越的腔调。

激昂的诗文既不能解决现实的问题,也无济于生活的贫困,郭沫若感到良心的苛责和进退维谷的苦闷。他于1924年4月又去日本,花了50天时间译完河上肇的《社会组织与社会革命》,他说:"这书的译出在我一生中形成了一个转换时期。"令人感到兴味的是在这个思想转换时期之后,却出现了"一个富于牧歌情趣的小品文时代"①。这个时代的代表作,就是记叙散文《山中杂记》和抒情小品《路畔的蔷薇》。

《山中杂记》包括五篇文章,作者回忆:幼时因母病摘取了天后宫里可供药用的芭蕉花而被责的往事(《芭蕉花》);在家塾中被塾师敲打头部的情景(《头盔》);离开日本冈山高等学校时卖去藏书被冷落的遭遇(《卖书》);此外,还记述家中养鸡所引起的悲欢(《菩提树下》《鸡雏》);郭沫若以宁静的心境抒写这些生活往事。《路畔的蔷薇》包括小品六章,作者以清丽之笔留下诗情画意的片断。记叙散文也好,抒情小品也好,比起

---

① 钱杏邨:《现代十六家小品·郭沫若小品序》。

1923 年所写的在社会意义上显然逊色了,思想的转换并没有在作品的思想性上得到直接的体现。

郭沫若文艺散文创作的这种情况,评论者有过许多解释。有的认为:"他个性解放的主张,在现实的碰击之下,有时甚至转而'率性高蹈',企图从历史的回忆和梦境的追寻中求得个性的解放。"有的说郭沫若这时"在理智上向往未来,但思想感情又往往留恋过去"。有的感到这是他的文艺思想尚有唯美主义因素的结果。这些说法各有一定的道理,但我以为更确切的应该从作家写作的环境和心境,从文体的特点等方面去寻找原因。

鲁迅的《朝花夕拾》是在思想转换期中写的,《小引》说:"我有一时,曾经屡次忆起儿时在故乡所吃的蔬果:菱角,罗汉豆,茭白,香瓜。……惟独在记忆上,还有旧时的意味留存。他们也许要哄骗我一生,使我时时反顾。"郭沫若《塔·序引》说:"无情的生活一天一天地把我逼到十字街头,像这幻美的追寻,异乡的情趣,怀古的幽思,怕莫有再来顾我的机会了。啊,青春哟!我过往了的浪漫时期哟,这在这儿和你告别了!"这两位伟大作家对过去生活的回忆和牧歌式生活的怀念,都是在特定的环境中产生的,他们在思想的纷扰中寻出一点闲静来,用文艺散文这种文体,对值得体味的事物,做一番重温。我以为这并非高蹈,也不算留恋,更不是唯美,这样的创作冲动,毋宁说是作者当时精神上的一种需要。

经过大革命的血和火的锻炼,又经历了失败后的流亡生活,郭沫若不得不暂离祖国,寄居日本。这时侵略者步步进逼,国内抗日的浪潮日益高涨,他远离祖国人民的斗争,内心却时刻关注着民族的命运。在日本宪警的监视下,他在从事学术研究和自传写作之余,仍然写些以记叙家庭生活和友朋往来为题材的散文。抗战开始后,郭沫若抛妇别雏,毅然返回自己的祖国,投身于伟大的民族解放斗争的洪流之中。他创作了大量杂文和著名的历史剧,呼号民主,反对投降,政治性是极强的。然而在历史剧创作大丰收的 1942 年,同时写了一些文艺散文,仍然是他过去的题材:小动物、花木和友人间的交往。

自然,由于革命形势的发展和作者意识的成熟,郭沫若的文艺散文有着更高的思想境界,如写于 1942 年的《芍药及其他》就是美和生命的赞歌。被抛弃的芍药经人的爱惜,它能开出粉红的花(《芍药》);水里的小石子极有内涵的美(《小石》);被敌机炸坏的石池会透出一片生命的绿洲(《石池》);在敌机滥炸后那焦结的骸炭中存在着母亲的爱(《母爱》)。这样的题材同作者过去所写的没有多大差别,但时代感更强烈了,内容更富于哲理性,他的文章能够使读者在黑暗中看到光明的憧憬,在残暴中看到爱的保护,在破坏中看到生命的跃动。

在郭沫若的作品中,文艺散文并不特别引人注意,与他别的散文体裁作品对比,也显然缺少浓厚的政治性,可是他表现作者特定时期的心情,是作者写作生活中的自然需要,不是其他文体所能替代的。文艺散文适宜于写个人生活的题材,这种题材具有真率亲切的特点,它是"五四"以来文艺散文的传统题材之一,作家写出不少感人肺腑的文章。郭沫若在这方面有着自己的特色,他描述日常生活所接触到的事物,表达他对善和美的向往。他的文章因思想的发展,内容有深浅之别,但总的倾向是一致的。他对母爱、家庭温暖、友谊、香花、欢跃的小生命等等,都深情珍惜,由衷喜悦;对体罚、贫穷、压迫、遗弃、疾病、偷盗等,则深恶痛绝。他把强烈爱憎寓于平淡自然的叙写之中。文章写的纵然是小禽、小兽、小花,却关涉着生死善恶的大事,在日常的细小的生活题材中,让读者体味着人生的真谛。这种题材,这样写法,是作者人格的自然流露,这些作品虽然没有他的历史剧、政论、杂文那样具有强烈的政治性,但对读者的情操有着潜移默化的作用。

郭沫若文艺散文的写作实践可以使我们明确这些问题:一是文艺散文这一文体有它的特性,在题材方面固然能够写社会生活重大题材,但也适宜于写个人的生活琐事;二是个人日常生活的细小题材,也可表现深刻的思想主题;三是作者思想意识的转变,在作品中并不一定都有直接的体现;四是作者的创作冲动是多方面的,他写政治性十分强烈的作品,同时也会写或需要写没有多大政治性的作品。这些认识对清除极"左"的文艺思想影响是有益的。

郭沫若叙事散文的笔调如行云流水,无所拘束,写人状物很有个人特色。他对事物的客观描写着笔不多,所留意的是主观感受的铺叙,写实与写意相结合,写实少而写意多,从而给读者以较深的感受。他的抒情小品自然更为精炼,对事物的正面描绘较少,更多的是写出他感受到的神韵。

郭沫若是我国的杰出诗人,其文艺散文的语言具有诗的素质。在《怎样运用文学的语言?》一文中,他说:"作家自己的语言依作家的气质而不同,有的偏于诗的,有的偏于散文的,过分的诗了,反伤于凝滞,局势便不能展开,描写也难于切实。过分的散文了,则伤于琐碎,局势便流于散漫,描写也不一定能够扼要。"用这些话来欣赏他文艺散文的语言也是确切的。他的抒情小品《路畔的蔷薇》接近于诗,但文中穿插长短错落的句子,故不伤凝滞;记叙散文《鸡雏》是散体,可是文中时或出现排偶回环的句子,故不流散漫。此外,他还相当注意语言的色彩和音响,讲究它的质感。他要求对语言、句调、章节都要锻炼,而且要锻炼到不露痕迹的地步。我们阅读郭沫若的文艺散文,语言顺畅,舒卷自如,似乎是信手拈来的,其锻炼功夫,需要仔细揣摩才能够有所领会。

——《榕花》1980 年第 3—4 期合刊

漫说朱自清的散文

朱自清是我国现代散文史上的一位大家,他的散文深受读者的喜爱。本文拟先就朱自清散文评述的代表性见解做一简单对比,然后在这基础上,对朱自清的散文做一番宏观的考察。

仁者见仁,智者见智

多年来,对朱自清散文的思想内容,相当着重于揭示它的社会意义。以近年出版得到好评的时萌著《闻一多朱自清论》为例。时萌指出朱自清写散文的宗旨即是"写人生",并就题材的角度,从四个方面加以说明。其一,朱自清是主张写血和泪的,他的笔也力图伸向生活,有些散文也确实一定程度地触及了生活的本质。如《生命的价格——七毛钱》《白种人——上帝的骄子》《执政府大屠杀记》等。其二,朱自清"写人生",不单是直揭社会痛苦,更多的是写自己个人,写家庭,这可以说是从侧面暴露人生黑暗。如《择偶记》《给亡妇》《儿女》《背影》等。其三,属于揭露自己对社会人生问题的思索的自白,还是显示了时代的症结的。如《那里走》《论无话可说》等。其四,朱自清描山画水的美文,往往是融景入情,深蕴着个人忧国忧民的寄托。如《荷塘月色》重在抒写时代忧思;《绿》《春》《匆匆》等则是抒写执着现实、向往光明与未来的乐观情趣。作者指出朱自清性格的矛盾和阶级的局限后说:"故而他的散文也还是不能成为十分明澈的烛照时代的镜子。""虽然如此,他的诗文毕竟还是在表现战斗,它们还是与五四运动的战斗传统一脉相承的。"①

有的论文,对朱自清散文的社会政治内涵做了更进一步的挖掘,如吴周文《论朱自清的散文艺术》②一文,以《荷塘月色》中"这令我到底惦着江南了"这句话,是含蓄地揭示出心理不宁的原因所在,因为江南时期的朱自清,在共产党的影响下,曾经以革命民主主义的姿态战斗过,大革命失败后使他陷入极度的苦闷和彷徨。作者为朱自清不宁静心理做了注释,用以加强这篇名文的政治意义。

对朱自清散文艺术的评述就更多了,举例往往是写景抒情或写人抒情的名篇,在情景、情理的关系上细究其手法上的特点,指出它的真挚美、绘画美、音乐美、理趣美,以及气韵境界的美,赞赏它的婉约多姿、丰腴醇厚的风格。这是人们熟知的,这里就无须列举了。

我们在朱自清的学生、友人的文章中,却可以看到另外的情况。比如:

其一,关于刹那主义。朱自清早期写的长诗《毁灭》发表以后,他的好友俞平伯写篇长论《读〈毁灭〉》,指出朱自清是"把他颓废主义与实际主义合拢起来,形成一种有积极意味的刹那主义"③。阿英在《朱自清小品序》里肯定了这种说法,他说:"这一篇长论,是很够说明朱自清思想路线的。"他又做了补充:"从他们的思想根底上,朱自清固然是很清醒的刹那主义者,但他的刹那主义,虽不是颓废,却不免是'欢乐苦少忧患多',这从《踪迹》里的散文之辑和《背影》全书里可以很清切的看到,是一种伤感性的清醒的刹那主义。"④ 所谓刹那主义,朱自清在给俞平伯的信里谈得不少,他的意思是,过去毋庸回顾,前瞻也不必筹虑,现在只管一步步走,最重要的是眼前的一步。

其二,关于玩世主义,季镇淮在《朱自清年谱》中引朱著《语文影及

---

① 见《闻一多朱自清论·朱自清论》。
② 《文学评论》1980年第1期。
③ 《小说月报》1923年8月号。
④ 见《现代十六家小品》。

其他》的自序后说:"这里先生回顾了他的整个时代,也提出了自己曾受玩世主义的思想影响。"所谓玩世主义,指的是讲究生活艺术、生活趣味,抱着无可无不可的态度。叶绍钧在《与佩弦》一文中,对他友人所云的玩世主义又有自己的见解,他写道:"你显非玩世,是认真处世。认真处世是以有情待物,彼此接触,就交付以生命,态度是热烈的。要讲到'生活的艺术',我想只有认真处世才配。"①叶绍钧根据自己的认识,用"生活的艺术"来排除"玩世"一词中的不健康内容。

其三,关于民主个人主义。吴晗在纪念朱自清逝世十四周年时,写了一篇朱自清颂,文章写道:"他是一个新诗人,散文作家,古典文学的研究者,在社会上有很高的声誉。但他对现实政治,不但采取逃避的态度,并且经常弄不清是非,到了逃避不了的时候,也有时站到错误的、反动的方面去。"最后一段说:"朱自清先生的一生是旧时代中国知识分子的典型,他钻进了'死路',成为中间路线的民主个人主义者,但是到了晚年,却由于现实的教育,党的教育,他毅然决然抛弃了中间路线,参加了反美反蒋的斗争,走到了美国帝国主义及其走狗国民党反动派的反面,他晚年的政治活动,表现了我们民族的英雄气概,朱自清先生永垂不朽。"②吴晗对朱自清的中年要求很严,这与时下的评价是不相同的。

在散文艺术方面,朱自清的友人则着重于他的口语化的成就。朱光潜以为,"就剪裁锤炼说,它的确是'文',就字句习惯和节奏说,它也的确是'语'。……佩弦先生的作品不但证明了语体文可以做到文言文的简洁典雅,而且向一般写语体文底人们揭示一个极好底模范。"③杨振声也说:"先生自始就注意北平方言,尤其几年来,他在这方面的成就很可观。在他的文章中,许多的语句那末活生生地捉到纸上去,使你感到文章的生动,自然与亲切。"④阿英还把朱自清与俞平伯的散文做了对比,作出了我们颇感意外的结论。他说:"在成果上是俞高于朱的,无论是在内容上,抑是文字上,

---

① 《文学用报》1925 年 9 月。

② 《他们走到了它的反面——朱自清颂》,《光明日报》1962 年 8 月 12 日。

③ 《敬悼朱佩弦先生》,《文学杂志》1948 年 10 月号。

④ 《朱自清先生与现代散文》,《文讯》1948 年 9 月号。

抑是对读者的影响上。要说朱自清有优于俞平伯的所在，那我想只有把理由放在情绪的更丰富、奔进，以及文字更朴素、通俗上。"①

同是一位作家的作品，由于时代推移，见仁见智，竟相去甚远，这里有批评者的标准与尺度各有所侧重的原因，也有对作者所处的时代和个人的性格是否全面了解的原因。鲁迅说："倘有取舍，即非全人，再加抑扬，更离真实。"我们考察朱自清的散文，应该建立在宏观的基础上，才能获得比较符合实际的结论。

朱自清散文纵横观

朱自清说："我所写的大抵还是散文多。"这里我想把他散文（叙事抒情散文）从纵的时期、和横的题材做一简括的介绍。

大革命以前，朱自清的散文具有"五四"运动时期"大伙儿蓬蓬勃勃的朝气"，他说，"那时是解放的时代，解放从思想起头，对一切传统都有意见都爱发议论，作文如此，作诗也如此，他们关心人生，大自然，以及被损害的人。"②《航船中的文明》《旅行杂记》《白种人——上帝的骄子》《执政府大屠杀记》等，就是这类作品。但这时也颇有些带着闲情逸致之作，如《桨声灯影里的秦淮河》《女人》《阿河》等。他说过，"那时正是玩世主义盛行的时代"，这类作品也仍然有着时代的印记。

大革命失败以后，朱自清认为这是旧时代正在崩溃，新局面尚未到来的时候，他在学术、文学、艺术这三者足以消磨精力的场所，选择了一条逃避的路，"国学是我的职业，文学是我的娱乐"，"我还得要写些，写我自己的阶级，我自己的过、现、未三时代。"③1927到1936年间，他散文写得较多，多为述怀、记游、叙事、怀人之作，如《荷塘月色》《梅花后记》《儿女》《看花》《给亡妇》《择偶记》《欧游杂记》《伦敦杂记》《松堂游记》等。他自己觉得到了中年，热气逐渐消退了，他又很谨慎，不愿意"用很大的力量去

---

① 《现代十六家小品·朱自清小品序》。

② 《你我·论无话可说》。

③ 同上。

写出那冒着热气和流着眼泪的话。"①

抗战以后,他散文写得较少,反映抗战中的流离和胜利后的复员等生活侧面,有《蒙自杂记》《飞》《回来杂记》等,但杂文却多起来了。朱自清评冯雪峰杂文集《乡风和市风》②一文里有一段话:

> 我们的白话散文,小说除外,最早发展的是长篇议论文和随感录,随感录其实就是杂文的一种型。长篇议论文批判了旧文化,建设起新文化;它在这二十多年中,由明快而达到精确,发展着理智的分析机能。随感录讽刺着种种旧传说,那尖锐的笔锋足以教人啼笑皆非。接着却来了小品文,虽说"天地之大,苍蝇之微",无所不有,然而基础是打在"身边琐事"上。这只是个人特殊的好恶,表现在玩世哲学的光彩里。从讽刺的深恶痛嫉到玩世的无可无不可,本只相去一间;时代的混乱和个性的放弛成就了小品文的一时之盛。然而盛极则衰;时代的路方渐渐分明,集体的要求渐渐强大,现实的力量渐渐逼紧,于是杂文便成了春天第一只燕子。杂文从尖锐的讽刺个别的事件起手,逐渐放开尺度,严肃的讨论到人生的种种相,笔锋所及越见深广,影响也越见久远了。

这一段精彩的概括,带着自我批评的口气,指出中国现代散文发展的简明轮廓,大体上也符合他自己的思想和散文写作的发展径路的。

朱自清的记叙抒情散文,就题材而言,其中虽有所交错,大体可分四类。一是写景物抒情的:有以写景物为主的游记和写景文,如《桨声灯影里的秦淮河》《荷塘月色》《松堂游记》等;有兼记社会风习或文物的旅行记,如《旅行杂记》《海行杂记》《欧游杂记》等;有以写地方史迹为主的地方志,如《南京》《说扬州》等。凡他生活过的地方,几乎都留有篇章。二是写人抒情的:涉及父亲、妻子、儿女、友人、佣人,如《背影》《给亡妇》《儿女》《一封信》《阿河》等,多为脍炙人口的名作。三是描述生活情趣

---

① 《那里走》,《一般》1928 年 3 月。
② 《语文零拾·历史在战斗中》。

的文章。李广田在怀念文章中说:"他是很有风趣的,他的风趣之可爱可贵之不同于一般的滑稽幽默,正因为他的有至情,爱真理,严肃而认真,常常和他接近,听他谈吐的人,大概都感到朱先生的风趣,而在他的作品中,又是随处皆是。如散文集《你我》中的《看花》、《谈抽烟》、《择偶记》等,都是最好的代表。"①这类散文,评论的人很少。四是社会性、政治性较强的题材,如《白种人——上帝的骄子》《执政府大屠杀记》等,这类文章多为早期作品。

上述我们可以看到两个基本事实:其一,从纵的方面看,朱自清原先是相当注意政治性与社会性题材的;大革命失败后则有意回避,他在《那里走》中说得十分详尽,这是在歧路上感到彷徨后的选择;到抗战后才逐渐有所改变。其二,从横的方面看,游记、旅行记、地方志中的见闻,父子、夫妇、朋友间的情愫,个人的生活情趣,重大的社会事件,都在他的视野之内。对于生活,他说:"我们要能多方面的了解,多方面的感受,多方面的参加,才有真趣可言。"②余冠英在悼念的文章也说,佩弦先生的美德是遇事认真,一丝不苟,于严肃地工作之外,也不乏闲情。③忽视朱自清对生活多方面的了解、感受和参加,忽视他追求生活的真趣,对他散文的了解就不够全面。

旅行记、怀友文与寄闲情的作品

人们欣赏朱自清的写景文,如《桨声灯影里的秦淮河》《绿》等,不注意他的旅行记和地方志;欣赏他的怀念亲人的文章,如《背影》《给亡妇》等,不注意他的怀友之作;而《看花》《谈抽烟》等描述生活情趣的作品,更避而不谈。其实,人们所较少注意的作品,倒反映了他思想的另一些情况,表现了他艺术的另一些才能。

朱自清的写景抒情散文,善于刻画对象,摸捉景物中自己的发现,描摹

---

① 《哀念朱佩弦先生》,《文学杂志》1948 年 10 月号。

② 《你我·"海阔天空"与"古今中外"》。

③ 《佩弦先生的性情嗜好和他的病》,《文学杂志》1948 年 10 月号。

比拟,着笔细腻。如我们阅读《桨声灯影里的秦淮河》一文,在汩汩的桨声中,从夜幕初垂、灯影朦胧、歌声断续的初程,到灯月交辉、笙歌盈耳的高峰,到疏疏灯火、素月依人的尾声,水光、灯影、月色、歌声,逼真尽态,色彩不同,音调变化,交织成极视听、动心弦、绚丽多姿的场景。他二三十年代的游记,多保持着这种写景的特色。有些文章或袒露内心活动,或联系历史风习,诱发读者设身处地和怀古幽情。

旅行记,朱自清写得比写景文还多,20 年代有《航船中的文明》《旅行杂记》《海行杂记》等,30 年代有《欧游杂记》《伦敦杂记》等,40 年代有《蒙自杂记》《飞》《回来杂记》等。这些文章自然也写旅程景色,但更多的是记述民情、风习、文化、艺术的观感,在艺术上也另有特色。

20 年代朱自清的旅行记有较明显的反帝反封建意识,表现了"五四"时期青年人的锐气。《航船中的文明》讽刺男女分坐这种文明古国的国粹;《旅行杂记》讽刺出席"中华教育改进社年会"的督军、省长的丑态和一些学人的无聊;《海行杂记》记述旧社会的行路难,讽刺轮船上茶房对旅客的刁难。作者以入微的体察,描摹具体场景中可笑可愕的一言一动,以练达的人情揭示古国人们精神上的痼疾。笔锋犀利,寓庄于谐,运用幽默、讽刺、揶揄等手法,表现了他敏锐的机智和强烈的是非感。

30 年代朱自清的旅行记,记载他到意大利、瑞士、荷兰、德国、法国以及英国的一些游览见闻,有意偏离时代大潮,避免"我"的出现。《欧游杂记》着重摹写著名的建筑物和博物馆的雕塑、绘画等艺术珍品,公园、花木的优美布局;《伦敦杂记》着重于记述与文化生活有关的人事和社会风习,人情方面写得较多。作者老老实实地写出他在欧洲旅行中的参观所见,让读者看到他们重视文化纪念场所和珍视文物艺术珍品的具体事实。社会风貌偶尔涉及,如维多利亚时代的上流妇人也改变不了没落的命运,而且外国也有乞丐之类,但"我"的议论确不多见。作者发挥他细磨细琢的功夫,对建筑物和艺术品的样式、线条、色调、方位等描摹得十分细致,充分发挥了他观察力和表现力的严密度和精确性。如写巴黎的花园:

> 场东是砖厂花园也有一个喷水池;白石雕像成行,与一丛丛绿树

掩映着。在这里徘徊，可以一直徘徊下去，四周那些纷纷的车马，简直
若有若无。花园是所谓法国式，将花草分成一畦畦的，各各排成精巧
的花纹，互相对称着。又整洁，又玲珑，教人看着赏心悦目；可是没有
野情，也没有蓬勃之气，像北平的叭儿狗。……

花园的环境、样式、布置写得明白如画，比喻奇巧，摄其神态，花草像叭儿
狗，谁想得出来？语言是提炼过的口语，清除了杂质，比 20 年代的旅行记
严整得多了。

　　40 年代，朱自清在战乱流离中辗转，《蒙自杂记》《回来杂记》等，也
可以算做旅行记。对国内的社会动荡不可能像对待海外事物那样忘情，何
况身处民族民主革命的大搏斗之中，避免"我"的出现的戒律被打破了。
例如《回来杂记》写着北京的变化：米贵了，地摊多了，公车汽车少、慢而
且挤了，名胜之区也萧条起来了；生活上闲，手头上紧，有人铤而走险了；交
通乱了，警察打三轮车夫了，马蹄儿烧饼夹果子也没有人愿意做了；这些都
是北京在晃荡的实证。而另一面，三轮车夫挨了拳脚以后，向着警察去后
的背影，竟这样地责问："你有权利打人吗？"这又透露出时代的一点影子。
随着时代的变化，他的旅行记恢复了 20 年代的社会性色彩。他说："胜利
突然而来，时代却越见沉重了。'人民性'的强调，重行紧缩了'严肃'的
尺度。这'人民性'也是一种道。到了现在，要文学来载这个道，倒也是
'势有必至，理有固然'。"[1] 意识到时代的要求，他的旅行记严肃起来了，比
之 20 年代的作品，严肃代替了幽默。

　　朱自清的纪游之作，还有一种类型就是地方志，如《南京》《说扬州》
之类，以叙述地方名胜、古踪、风俗、人情为主要内容。如《南京》，写他游
鸡鸣寺、台城，玩玄武湖，去清凉山，望莫愁湖，看夫子庙、贡院、明故宫、孝
陵、雨花台、燕子矶、中山陵，还上图书馆、茶馆，那六朝的兴废，王谢的风
流，秦淮的艳迹，经过自己的联想和体验，用美妙的文字来品评，具有浓厚
的历史感、美好的怀古情思和逗人的趣味。

　　写景文、旅行记、地方志是朱自清的纪游之作的三个分支。特别是旅

---

[1] 《标准与尺度·论严肃》。

行记的写作,他在编《背影》时,就有意地突出它的地位,放在乙辑。《序》里说:

> 郢看过《旅行杂记》,来信说,他不大喜欢我做这种文章,因为是在模仿着什么人;而模仿是要不得的。这其实有些冤枉,我实在没有一点意思要模仿什么人。他后来看了《飘零》,又来信说,这与《背影》是我的另一面,他是喜欢的。但火就不如此。他看完《踪迹》,说只喜欢《航船中的文明》一篇;那正是《旅行杂记》一类的东西。这是一个很有趣的对照。我自己是没有什么定见的,只当时觉着要怎么写,便怎样写了。我意在表现自己,尽了自己的力便行;仁智之见,是在读者。

从这里我们可以确认旅行记一类文字是朱自清的"另一面",而且就写作的持续性来看,它是值得重视的另一面。它不以情景交融胜,而以叙事胜。或寓庄于谐,或描摹精严,或随意挥洒。它不以细腻华赡的文字吸引读者,而是提炼口语,巧设妙喻,于质朴中透出甘醇。比之为人盛赞的写景文来,确是别有一番滋味。

朱自清为孙福熙的《山野掇拾》所作的序里说,他最爱读游记,在中学时期,就读了康更甡的《欧洲十一国游记》,读了柳子厚的山水游记,后来又见到记诸寺繁华壮丽的《洛阳伽蓝记》,和记山川城邑地理沿革的《水经注》,他所认为的游记,其范围比一般的要广些,包括《洛阳伽蓝记》和《水经注》在内。"这些或记风土人情,或记山川胜迹,或记'美好的昔日',或记'美好的今天',都有或浓或淡的彩色,或工或泼的风致。"可见朱自清的纪游之作的三个分支,继承了中外纪游文学的优秀传统,在实践中做出了自己的贡献。

朱自清的叙事抒情散文,叙述父子、夫妇间的深厚情意,娓娓动人。其特出之处在他善于表达内心世界,又往往以可感的形象加以表现。如《背影》,通过他父亲送他到火车站的事件和有关细节的描述以及对话中丰富的潜台词,由表及里地显示他父亲的爱子之心;同时又通过作者的几次流泪并诉说自己的悔恨,表达他深厚的怀念慈父之情。《儿女》,以真切的叙事,记述他儿女幼时种种幼稚烦人的情景,又不断追悔自己某些粗暴的举动,深自谴责。《给亡妇》,细诉亡妻生前对待自己体贴周到的一切,追悔自己对不起她、不体谅她的往事。作者把父子、夫妇的情状细细写出,又把自己的内心和盘托出,述实事,抒真情,益以世事多艰,"只为家贫成聚散",产生了骨肉亲人间的悲离欢合,故感人尤深。

朱自清怀友的文章写得更多,他写友人精神风度上的美,写与友人友谊的深厚,写他们之间互相谅解、体贴以及可资纪念的往事。读朱自清怀友之文,有如饮酒进入微醺的境界。"只有黄酒,如温旧书,如对故友,真是醺醺有味。"他的《怀魏握青君》一文,就是把对故友与饮黄酒并提的。在文章中,他鲜明地指出朋友性格上的美。韦杰三君,"他是一个可爱的人"。W君,"又冷静又热烈"。白采,"他真是一个好朋友"。S兄,"他是个有天真的人"。林醒民君,"他真是个值得敬爱的朋友"。魏握青君,"他有他的真心,他有他的锐眼,他有他的傻样子"。[①]自然他也委婉地写出他朋友的缺点,但主要优点总是突出地肯定的,这样友谊就有了可靠的基础。对于朋友的缺点很能体谅。如对魏握青,他写道:"他的玩世,在有些事情上,也许太随便些。但以或种意义说,他要复仇,人总是人,又有什么办法呢? 至少我是原谅他的。"[②]"天啊! 我怎样对得起这样一个朋友,我怎样挽回我的过错呢? "[③] 对友宽,对己严,这也是动人的地方。朱自清常从可资追念的时地人事的细致描述中表现友情。如《怀魏握青君》,由在雪香斋为其友去国远行饯别写起,说到饮酒看电影,让读者一下子感受到他俩感情的深厚。以后回忆相识的开始,和交谊加深后对他的了解,原谅他的玩世不恭,赞美他为人尽心竭力。"人之相知,贵相知心",友情在交往过程的体贴谅解中徐徐传出。接着写一个月夜谈心的场景:"这种月光,这种院子,这种柏树,这种谈话,都很可珍贵。"这像李商隐的话:"昨夜星辰昨夜风,画楼西畔桂堂东"一样,所有时空景物,都摄入记忆中作为友谊的具体影像而长存。临末记别后未履行诺言的内疚,又寄望于再会。柔情缭

---

① 以上引文见《背影》中的怀友文。
② 《背影·怀魏握青君》。
③ 《背影·白采》。

绕,余意不尽。作者还善于以通感的比喻来宣泄友情,如对 S 兄,他写道:"我说过大海,他正是大海上的一个小浪;我说过森林,他正是森林里的一只小鸟。恕我,恕我,我向那里去找你?"① 作者把情感具象化了,把诗的手法运用于散文之中。朱自清的怀友之文,给读者以一种超离势利、相知互谅的友情美,其优秀之作,比之《背影》《给亡妇》并不逊色。不同的是怀友文以淡笔写淡情,不似写骨肉之情那样浓烈,那样心酸泪落,梦绕魂牵,哀深痛巨,然别具一番蕴藉的醉人的情味。

序跋文可以说是朱自清怀友文的另一种形式,也是富有情致的。如收在《你我》中的《〈忆〉跋》《山野掇拾》《〈子恺漫画〉代序》等,给人的鲜明印象是他以强烈的友情,发现和欣赏他友人作品中在精神上、技巧上、语言上的美,这些美是朱自清所深深感受到的。他剖析入微,鞭辟入里,细磨细琢,以巧妙传神的比喻,吸取古典诗文评中的象征手法,给读者以富有情思的新鲜隽永的体味。如《山野掇拾》里这样写道:

> 这本书的长处,也就在"别的话"这一点;乍看岂不是淡淡的?缓缓的咀嚼一番,便会有浓密的滋味从口角流出:你若看过瀼瀼的朝霞,皱皱的水波,茫茫的冷月,薄薄的女衫,你若吃过上好的皮丝,鲜嫩的毛笋,新制的龙井茶,你一定懂得我的话。

这种可以意会而不可言传的《诗品》式评论,带有浓厚的抒情色彩,其中充满着对知友其人其文的亲切理解。

我们不应忘记朱自清散文中记叙生活情趣的作品,这种情趣本来就是当年知识分子生活内容的一个组成部分,正如他文章所说的:"没有笑,没有泪,只有冷脸,只有'鬼脸',岂不郁郁地闷煞人!"② 朱自清所记的情趣不是低级趣味,而是高尚的,读者无须忌讳。《朱自清文集》把《背影》中的《女人》,《你我》中的《谈抽烟》抽去了,这是一种误解。

《女人》记录一个老实人白水的自述,其实是作者夫子自道,真实表露

---

① 《背影·一封信》。
② 《背影·怀魏握青君》。

他对"艺术的女人"体态美的鉴赏心理。静观自得,陶醉其中。"这个陶醉是刹那的,无关心的,而且是在沉默之中的。"不涉色情,不是玩弄的态度,这同赞赏美丰仪的男子一样。在《低级趣味》一文里,作者说:"与低级趣味对待的是纯正严肃。……写作与阅读都不杂有什么实际目的,只取'无关心'的态度,就是纯,就是正经,认真,也就是严肃。"① 朱自清对一个本来容易写得庸俗的题目,出之以高雅的、严肃的态度,对读者日常的审美趣味,不能不是一种正确的引导。

《看花》,他写领略花的情趣的经过。从小喜欢栀子花,少年时期只知道吃桃子,而不懂得看开在树上的桃花。后来,在杭州的孤山看梅花,在白马湖S君家看紫薇花,重到北京,在清华园看菊花。"我爱繁华老干的杏,临风婀娜的小红桃,贴梗累累如珠的紫荆,但最恋恋的是西府海棠。"他觉得春光太短,看花要赶着看,狂风还是逃不了的。这篇文章,文笔优美自不待言,让读者懂得赏花,在人们的生活修养上也是不可残缺的一环吧!

最特别的算是《谈抽烟》,李广田回忆说,这篇八百字的文章,花了两个下午才写成。所谈自然是琐事末节,态度却是十分认真的。他把抽烟的情趣,说得淋漓尽致,入木三分。很少人会做这个题目,只有朱自清才肯写,而且写得那么入情入理,这真令人自叹勿如。

这些寄闲情的文章,谈不上什么社会意义,更没有政治意义,但它是人们日常生活的一部分,在花天酒地的旧社会,它也表现着一种人生态度,一种正经的、严肃的态度,对陶冶人们的性灵是有益的。忽视朱自清这类文章,就遗落了朱自清性格的一个重要方面,也就不能把握朱自清散文的整体。

一点感想

朱自清早期的诗,把革命成功后的俄国喻为红云,他对十月革命是怀着向往之情的,他关注国家人民的命运,痛恨反动的思想和势力,写过一些具有政治、社会意义的散文。他参加了文学研究会,这个团体的多数会员

---

① 《标准与尺度·低级趣味》。

有"为人生的艺术"的倾向。"为人生",当时是一个相当广泛的概念:反帝反封建,揭露社会黑暗,探讨人生问题,抒写人与人间的关系,欣赏自然风光,体味人生情趣等等,其内容是丰富的。自然,各个作家的着重点或有不同,但朱自清"为人生"的散文,其题材上的表现则是十分多样的。

在我国新民主主义革命的过程中,朱自清走着创作的路。大革命失败后,他彷徨了,逃避了。正如《那里走》一文中所仔细诉说的那样,当时的革命形势和前景,他是有所思考,有所认识的,衡量自己和家庭的各种条件,他做出了抉择。他以为自己的情调、嗜好、伦理与行为方式都是小资产阶级的,对于一些人由小资产阶级转变而为无产阶级,他以为他们是天才,或许是投机,而他办不到。这正是他重视"眼前的一步"的刹那主义思想的自然表现。大革命失败后的十年,他的散文基本不涉及政治性题材,社会性也很淡薄,小心避免"我"的出现。与同时代的小资产阶级散文家不同,既不探索前进的道路,也不憧憬光明的未来,又甚少抒发牢骚不平,在彷徨中他有意"离开时代的火焰或漩涡"。

他作出这样的抉择,自己是不愿意的,在一些文章中我们可以意识到。如《欧游杂记·序》里说:"书中各篇以记述景物为主,极少说到自己的地方。这是有意避免的:一则自己外行,何必放言高论;二则这个时代,'身边琐事'说来到底无谓。"又如《内地描写——读舒新城先生〈故乡〉的感想》一文中说:"过去的散文大抵以个人的好恶为主,而以都市和学校为背景;一般所谓'身边琐事'的便是。老是这样写下去,笔也许太腻,路也许太窄,内地描写却似乎还可以济其穷。"[1] 这两篇文章都是1934年写的,而他的这种想法和自己的写作实践是不一致的,这便是实非所愿的证明。他一直到抗战以后才有所改变。

朱自清的散文写作历程构成一个马鞍形,前后两期写了政治性、社会性较强的文章,中期则有意回避,题材以他一再批评过的"身边琐事"为主。他散文中表现着刹那主义和玩世主义的思想是不足为怪的。他执着现在,处事认真,遇到政治风险一度彷徨退避;他严肃而又风趣,对友宽容,

---

① 《太白》第1卷第5期。

对生活趣味不能忘情；这正是当时正直的小资产阶级知识分子的本色。他的可贵之处，在于面临民族危机空前严重之际，人民力量迅猛壮大之时，他抛弃了刹那主义和玩世主义，最终抛弃了民主个人主义。我以为评论朱自清的散文，应该根据他的思想实际和写作全貌来衡量。《荷塘月色》，宣泄了作家的不宁静心境；《给亡妇》《儿女》，表达了作家对亲人的思念和内疚；《绿》，惊诧于梅雨潭的美丽；它们本身就有存在的价值。朱自清的散文，并不完全表现战斗，对它作善意的引申或有意的遮掩，反把他思想的复杂性和题材的丰富性简单化了。

朱自清是个诗人、学者，才情横溢，知识广博，对世情有精细的观察和体验，具有多方面的艺术才能。他不但善于写景抒情、写人抒情，还能从容讽刺世态，精确描摹艺术珍品，细致表达人生情趣，他的旅行记、怀友文和寄闲情的作品理应得到人们的重视。他讲求艺术技巧，语言雅俗兼擅，后来刻意追求质朴的更高境界。30 年代他说过："谈话风的文章，正是我们所需要的。"[1] 他的挚友叶圣陶，对他文质并茂、全凭真感受真感情取胜的谈话风文章，给予更高的评价，认为后期的《飞》，达到了炉火纯青的境地。[2] 朱自清对谈话风散文的辛勤实践，于建设新散文是极有意义的。这种大巧如拙、味道醇厚的文章，我们对它的研究太不够了。在当前散文评论中，仅仅努力于钻研朱自清散文的炼句谋篇功夫和诗情画意特色，对理解朱自清和繁荣新散文，恐怕都会造成一些不利的影响。

——《新文学论丛》1984 年第 4 期

---

[1] 《内地描写》，《太白》第 1 卷第 5 期。

[2] 《朱自清新选集序》，《文艺报》1982 年 5 月号。

先行者的足迹

——读许地山的散文集《空山灵雨》

现代散文在其创业初期有一些先行者:鲁迅创造犀利的战斗杂文,周作人致力于平淡的絮语文体,冰心以清丽的抒情文见长,许地山以具有哲理意味的人物小品和散文诗当行。当代作家所写的散文作品,题材富有意义,主题深刻,结构缜密,语言修整,已经步入创作的成年。不过,先行者的足迹还是值得回顾的,他们在古典散文这座连绵不断的茂密森林之外,筚路蓝缕开辟出一片现代散文的新园地,研究他们创造性的劳动成果,往往会使我们受到鼓舞;他们创作的经验教训也可以使我们获得有益的借鉴和启示。

许地山,1893 年出生在台湾一个爱国者的家庭里,甲午战争后,他父亲把全家搬回祖国,宁可过着贫困的生活。他 13 岁肄业于广东韶舞讲习所,晓音律,通粤讴。由于家庭困难,很早就挑起生活的担子。1912—1917 年间。两度到漳州福建省立第二师范教书。1917 年进燕京大学,1920 年和瞿世英、郑振铎等发起文学研究会,大力支持改革后的《小说月报》。他先后毕业于燕京大学文学院和宗教学院,1923 年到美国,1924 年到英国留学,研究宗教史和印度哲学。1927 年回燕京大学任教,与校长司徒雷登意见不合,1935 年到香港大学任教,致力于社会文化活动,为民主、科学和抗日救国事业而斗争。1941年不幸病故。他的散文《空山灵雨》陆续发表在1922年的《小说月报》上，是现代散文的早期创作，1925年由商务印书馆出版单行本。

《空山灵雨》这书名看来似乎有点玄。开明书店出版的《许地山选集》（1951）杨刚序文里说："《空山灵雨》是那样一本缥缈无端的书，几乎全是幻想。"人民文学出版社的《许地山选集》（1958）的编后记对《空山灵雨》的评价，行文比较委婉，除肯定具有现实意义的小品《落花生》之外，对其中许多作品，则认为是宣传怀疑观点的人生哲理，缠绵缱绻的儿女情和虚无缥缈的佛教思想。许多评论者也都作如是观。倒是较早问世的茅盾的《落华生论》[1]有精辟之论，这篇论文采用主客问答体，告诉读者："落华生在'五四'时期的作家中，是顶不'回避现实'的人。""落华生虽然怀疑，却不消极悲观。""怀疑论者落华生不会相信宗教。"许地山作品中的某些人物，"不过在教义里拈取一片来帮助她们造成自己的人生哲学罢了。"显然这和上述两人的看法是不同的，应该说茅盾是许地山的知音。

《空山灵雨》不是缥缈无端的书。它的第一篇《心有事（开卷的歌声）》以诗的形式，表达了作者当时的思想：他心事抑郁，积怨成泪，独对空山的急雨，泪水和雨水交汇入海，他感到几乎要使赤县陆沉。他不望精卫能填海，只求它咒海成冰坚如铁。诗的象征意义颇为隐晦，但还是可以理解的。作者虽有孤独之感，怨恨之情，无穷的心事，但对神州的陆沉仍寄意于挽救。可以说这首诗是这本集子的主题歌，表达了20年代初期爱国的知识分子忧国感时而又看不到解放道路的内心状态。集子收有文章44篇，反映作者对人生问题进行以下三方面的深沉思考：人生的痛苦及其社会根源，爱情的欢愉及其所引起的痛苦和如何继续走人生的道路。灾难深重的旧中国给人民的生活带来不幸，作者让读者同他一起来思考"生本不乐"的原因和摆脱的办法，某些篇章不免带有怀疑的倾向，但集子的思想主流是积极的。在艺术上，作品用短小的形式，相当精彩地表现了构思和表现手法上的独创性。

---

[1] 《文学》第3卷第4期。

《空山灵雨》最富于批判意义的是揭示了人生痛苦及其社会根源的文章。开卷的歌声后的头一篇《蝉》,篇幅极短,发人深思。

急雨之后,蝉翼湿得不能再飞了。那可怜的小虫在地面慢慢地爬,好容易爬到不老的松根上头。松针穿不牢的雨珠从千丈高处脱下来,正滴在蝉翼上。蝉嘶了一声,又从树底露根摔到地上了。

雨珠,你和它开玩笑么?你看,蚂蚁来了! 野鸟也快要看见它!

这只蝉,它是古老社会弱小者在死亡线上挣扎的象征,是旧中国底层人民命运的缩影。这可怜的小虫遭到急雨的打击,丧失了求生和逃生的能力,免不了充当蚂蚁和野鸟的食粮。通过小虫透视人生,从题材的选择到主题的显示,不难看出作者对祖国人民苦况的深刻领会。

疯人是旧社会罪恶的产物。《空山灵雨》里写了三个疯人:一个母亲因迁居深山、孩子从山崖飞下去跌死而疯了,一个农妇因孩子被乱兵砍死而疯了,一个农村的人到城里做买卖失败而疯了。事件都很简单,由于作者的匠心,赋予作品以动人心弦的揭露黑暗社会的内容。《三迁》中的花嫂子,和传为美谈的三迁教子的孟母,恰恰相反,她操心的就是不让她孩子上学,以免重走她丈夫读书致死的老路。可是,旧社会容不得她有别的选择。她住在城市,孩子喜欢学警察、人犯、老爷、财主、乞丐,最常扮人犯挨打;她觉得不能再住下去了,搬到农村,孩子喜欢学做牛、马、牧童、肥猪、公鸡,最常扮牛被鞭挞;她又觉得不能再住下去了,搬到深山,孩子喜欢学鹿的跳跃,猕猴的攀缘,蝴蝶的飞舞,终于在山崖上飞下。自然要跌死,她疯了。构思是奇特的,幻想是植根于现实主义的概括之上的。不上学仍然没有孩子的活路,城市、农村存在着压迫和鞭打,深山大泽也不能让孩子健康成长,降临在善良的弱小者头上的深重灾难,读后回想,真够惊心动魄! 作者所写的事件看来有点荒诞,却是现实;叙述的语言十分平淡,却含义丰富;这篇文章渗透着作者对当时社会人生问题的沉思和发现。《万物之母》中不满 30 岁的寡妇,独生子被乱兵所杀,她被撕心的悲痛激疯了,仍然怀着坚强的挚爱,要上山顶摘星星,找香象,力图使孩子获得再生。这位农妇起死回生的幻想越强烈,给人们造成肉体和精神以巨大创伤的军阀就越令人厌恶。《乡曲底狂言》中出现的小商人致疯,则是从另一侧面对城市罪恶的揭露,同时反映了城乡人民对被损害者态度的冷漠。此外,如《小俄罗斯底兵》(人民文学出版社《许地山选集》改题为《荔枝》),是对侵略者、强权者作践平民的诅咒;《公理战胜》则是对帝国主义战神的冷嘲。

许地山对社会人生问题的思考,还深入到思想意识的领域,读一读简短的《面具》吧!

> 人面原不如那纸制的面具哟!你看那红的、黑的、白的、青的、喜笑的、悲哀的、目眦怒得欲裂的面容,无论你怎样褒奖,怎样弃嫌,它们一点也不改变。红的还是红,白的还是白,目眦欲裂还是目眦欲裂。
>
> 人面呢?颜色比那纸制的小玩意儿好而且活动,带着生气。可是你褒奖他的时候,他虽是很高兴,脸上却装出很不愿意的样子;你指摘他的时候,他虽是懊恼,脸上偏要显出勇于纳言的颜色。
>
> 人面到底是靠不住呀!我们要学面具,但不要戴它,因为面具后头应当让它空着才好。

表里不一,弄虚作假,这是一些文明人的通病。活人还得学面具,可又不能戴面具,多么意味深长的讽刺!又如《蜜蜂和农人》:蜜蜂酿蜜,大家帮忙,不误时光;农夫各人只为各人忙。比起彷徨的蜜蜂,农人似乎缺少那种互助的行动。这里闪烁着的思想火花,说明作者这时已考虑到对私有观念的批判。

《空山灵雨》涉及爱情的文章达三分之一,有少年爱的天真,有青年爱的追求和痛苦,有夫妇间爱的温存和纠纷、死别和悼亡。拨开作者在爱的罗网中交织的缠绵情愫和微妙矛盾,我们可以看出作者在揭示这令人陶醉的爱的领域也充满着"不乐"的因素,有爱的玩弄(如《爱底痛苦》等),有不称心的懊恼(如《爱就是刑罚》等)。五四时期一些作家以美和爱作为人生的理想,许地山却进行别具一格的探求。当然这类作品较少现实意义,但由此也可体会作者思考范围的广泛。

社会的黑暗,人性的弊病,人生的痛苦,作者找不到解决的办法和出路,十月革命的曙光没有进入作者的视野,所以他的某些作品不可避免地带着失望和虚无。如《死的光》，作者通过太阳下山的景象驰骋自己的想象：太阳垂着头，大地在叹息，众生并不承受阳光的益处，还有人诅咒，太阳带着抑郁的心情沉入大海。又如《愚妇人》，作者通过樵夫对一个不能生育而又渴望生育的妇女的规劝，宣扬无生是有福的哲学。不过这类完全反映着作者思想消极面的作品并不多，不少篇章是勇于面对现实，表现了积极的人生态度。

"但我愿做调味底精盐，渗入等等食品中，把自己底形骸融散，且回复当时在海里底面目，使一切有情得尝成味，而不见盐体。"（《愿》）"所以你们要像花生，因为它是有用的，不是伟大、好看的东西。"（《落花生》）"我所欠的是一切的债。我看见许多贫乏人、愁苦人，就如该了他们无量数的债一般。我有好的衣食，总想先偿还他们。世间若有一个人吃不饱足，穿不暖和，住不舒服，我也不敢公然独享这具足的生活。"（《债》）许地山散文中有许多类似的哲理性语言，表现了人们献身、利人、还债的思想，这正是作者人生理想的体现。作者没有把理想停留在口头上，他主张切实的行动。虽然是沉沉暗夜，不用灯也可走上归途（《暗途》）。虽然是茫茫大海，别谈论要尽管划桨（《海》）。且不理会雨丝零落，还是用些绸头布尾来补破衣，脸上的皱纹虽然挤出生的痛苦，但更能表明她乐享天年（《补破衣的老妇人》）。作者希望人们根据自己的现有条件，立即用具体的行动，在这"生本不乐"的世界里做一点有益于人的工作。

说《空山灵雨》是一本缥缈无端的书，那是不够确切的，它表现了一位爱国的民主主义作家的心声。作者还认识不到旧社会必须用彻底的革命进行改造，他的主张仅仅是对破衣的补缀，这更多是由于时代的局限。值得引起我们注意的是：作者看到了当时的现实充满着黑暗和矛盾，他对社会、人性、爱情等问题的沉思，虽然未得正确答案，但他勇于在作品中表达他的思考，并常把自己的思考提炼到哲理性的高度，促使读者一起来体味，这在我国现代散文的先行者中是有自己的特色的。

许地山对社会人生问题的思考，在艺术上也有它适当的表现形式。

最为突出的是作者丰富的联想和想象。他的文章有的是着重描述他所思考的具有内在含义的具体事物,如《蝉》《面具》《落花生》等;有的是通过某些事件、或组织某些事件来表达一定的思想,如《鬼赞》《三迁》等。这两种情况,在构思中没有灵活的联想与想象是写不出来的。文章的主题,有的用事物寓意,有的于"卒章显义",有的发自人物对话,无论采取哪一种方式,都是借助于具体形象的传达。如果作者没有灵活的联想,就不会在蝉的身上看出它所含有的社会性寓意,当然也不能把体会到的寓意通过细致的描写来体现;同样的也不会在落花生这一果实上看到它具备人的某些德性,当然也不能把体会到的德性通过人物的对话加以阐明。如果作者没有灵活的想象,就不会把他广泛观察和深刻思考的社会问题,用《三迁》的方式组织那样带有寓言意味的题材;同样的也不会把珍视生命加以尽情利用的思想,用《鬼赞》的形式从反面来加深表现。

许地山文章中丰富的联想与想象,给人以"几乎完全是幻想"的感觉,这是因为它不但灵活,而且特别瑰奇。如《万物之母》想摘天上的星星来补小骷髅的眼珠,《死的光》竟然让太阳也表露沮丧的情绪,《鬼赞》却指使鬼魂来歌唱,不止奇特,还有些荒唐。但我们不能不指出作者这种艺术手法加强了感染力,《万物之母》强烈地表现了母亲对婴儿再生的希望,《死的光》表示了善意不为人所接纳的沉痛,《鬼赞》用死的赞歌来反衬生命的可贵,奇特的联想和想象产生了效果,使文章的主题为读者所深刻感受。不过,也有少数篇章的联想和想象过于玄妙和神秘,如《香》中所说的佛法,《山响》中所猜的群峰的话语,那就未免使读者莫测高深了。《空山灵雨》中这种浪漫主义色彩,杨刚称之为"命定论的浪漫主义"[①]。林非认为:"整部《空山灵雨》,显出了一种消极浪漫主义的色彩。"[②] 其实,许地山文章中浪漫主义的幻想,其主要倾向不是企图脱离现实,而是立意于对现实的执着,产生于他对现实的认识与概括。

《空山灵雨》中的散文较少以我作为抒情叙事的主人公,常常描述以第三人称为主人公的生活片断,事件简单,多数通过对话来表现主题,这种

---

① 杨刚:《许地山选集·序》,开明书店 1951 年版。
② 林非:《现代散文六十家札记(一)》,上海文艺出版社《文艺论丛》第 4 辑。

表现形式在早期散文中是新的尝试。所以它发表在 1922 年的《小说月报》时,是摆在小说创作栏里的。以反映作者的思考为特色的散文,没有采取直接说教的方式,在极为简短的篇幅中,使哲理性的主题借助一定的形象来体现,在当时来说是一种可贵的创造。

我们读许地山这本早期散文集的时候,自然会想起鲁迅的《野草》,奇特的联想和想象蕴藏着曲折而深刻的内容,如《求乞者》《影的告别》《狗的驳诘》《死后》等作品所采用的艺术手法,在《空山灵雨》中就似曾相识。《许地山选集·编后记》(人民文学出版社)说:"他的文学修养深厚,善于幻想并发挥独到的见解,他的作品在题材与风格上是独树一帜的。"这对许地山早期散文的艺术是中肯的评价。

《空山灵雨》的发表已经超过半个世纪了,先行者的创作经验仍然值得我们珍视。这个集子的《弁言》说:"自入世以来,屡遭变难,四方流离,未尝宽怀就忧。在睡不着时,将心中似忆似想的事,随感随记;在睡着时,偶得趾离(按指梦神)过爱,引领我到回忆之乡,过那游离的日子,更不得不随醒随记。积时累日,成此小册。"时局多变,生活流离,使作者苦苦思索大千世界的许多问题,甚至做梦也在思索,固然他的思考受了他认识水平的限制,但这种对社会生活问题不断思考的精神,今天还是应该提倡的。巴尔扎克说过:"我以为一个作家,如果能够使读者思考问题,就是作了一件大好事。"(《致星期日报编辑书》)《空山灵雨》中一些篇章所提出的带有哲理性的问题,的确会引起读者深长的思索和品味。

把作者的思考化成作品,许地山有他的创作原则。他认为写作有"三宝":一是"智慧宝",要把个人特殊的经验有裨益于智慧或识见的片段描写出来;二是"人生宝",作品须含有人生的原素,作者纵然写一种不道德的事实,或虚无缥缈超越人间生活的事情,都要使之和现实或理想的道德生活相表里;三是"美丽宝",要有绮语丽词,才能表现思想美。这"三宝"可以作为阅读《空山灵雨》的钥匙,这本集子中那种虚无缥缈、超越人间生活的题材,其写作目的仍要使之对读者的智慧、识见和道德有所裨益。"三宝"所提出的创作原则,相当接近于我们今天所说的作品的认识作用、教育作用和审美作用。许地山是重视作品的认识作用和教育作用的,并把艺术美作为表现思想美的手段。

30年代,许地山在《太白》上发表了几篇记游速写,一变《空山灵雨》的风格,思想和语言都表现出前所未有的鲜明性。如《上景山》[①]一文中有这样的话:"所以我们要问在我们底政治社会里有这样的薰风和暖日吗?""皇帝也是强盗的一种,一个白痴的强盗。""明耻不难,雪耻得努力。"这类散文和他的小说《春桃》一样,显示了作者思想的进展,有了明显的政治倾向性,对社会人生问题的思考有了比较明晰的答案。但是,作品中瑰奇的幻想、浪漫主义的色调消失了;智慧宝、人生宝增进了,美丽宝似乎有点逊色。文学史上常有这样的现象,作家在其创作初期,思想上还处于探索的阶段,艺术上却闪烁着耀眼的光芒;思想趋于革命化了,艺术往往不能在原有的基础上取得进展。许地山过早地逝世了,"使他的绝代才华,没有得到充分的发扬"[②]。我们不能读到他更多的散文新作,研究他思想发展后独特风格相应发展的经验,这是多么令人惋惜啊!

——《榕树文学丛刊》1979年第1辑

---

① 《太白》1934年12月第1卷第6期。

② 郑振铎:《许地山选集·序》,人民文学出版社1958年版。

福建文化与冰心品格

　　冰心是我国五四新文学的先行者,对新文学运动作出了卓越的贡献,其优美作品和高尚品格赢得国内外人士的崇敬。她在福建生活的时间很短,但在散文中多次说到福州的人文环境对她少年时代的深刻影响。这事实使我想到:福建文化到底有什么特征? 它对福建作家到底起过什么作用? 福建新的文化趋势又将如何? 这些问题时常萦回脑际。多年来,国内兴起了一股文化热,有些省份的文化界热心探求并发扬本省的文化传统特色,如楚文化、吴越文化、晋文化、燕赵文化等等。福建文化的研究也有所开展,出现了“福建省闽文化研究会”的社团,致力于福建文化的探讨,我看到何绵山同志的《闽文化与福建作家》和谭华孚同志的《福建艺术文化通观》,言之有物,对读者有所启发。我对福建文化并无研究,本文试就一个代表作家的品格形成来表述我对福建文化的一些思考。

　　文化是一个广泛的概念,牵涉到人类创造的物质财富与精神财富的许多方面,范围缩小一些,专指精神财富,也涉及哲学、科学、教育、文学、艺术……直至武术、饮食、旅游等领域。我赞成这样的观点,一个地区的文化特质,还是决定于该地区人民的气质、风范,也就是说,研究地区文化可着眼于当地人民主导精神风貌的文化显示,无须过多地执着于其他文化形式。因此,本文想就与文艺创作主体关系最为密切的地区心理、文化行为、价值观念、审美观点等方面,概括一下福建文化特征,参照冰心散文中的自述,用以观察福建文化同她品格之间的某些联系。

福建三面环山,武夷、杉岭、博平岭,山深林密,一面靠海,太平洋波涛汹涌,省内山川阻隔。两晋末、唐末、北宋末战乱时期,多量中原人士避难拥来,其间官员、学士、文人也不少,带来了中州文化。宋、元、明、清四朝,科甲鼎盛,成为国内文化发达的地区。朱熹创立了具有全国影响的闽派理学。北宋起就有华侨到南洋的记载,明清时期浮海谋生的更多。福建沿海与海外的商业贸易相当发达,也受到外寇的入侵,外来的宗教也有相当规模的发展。以上情况形成了错综的文化交汇,福建文化具有中华民族文化的一般性,又有它的特殊之处。我粗略概括,约有以下几点:

1.浓厚的宗族乡土观念。中州文化原来就注意宗族郡望,到福建的外来户要在此地生根开花取得发展,更需要依赖宗族和乡亲的力量。繁重的耕种劳动和由之得来的报偿,增加了对土地的依恋。到海外谋生,也是如此,客居异地,乡情更浓。寻根访祖,成为传统。福建人对家庭、宗族、乡土的观点十分强烈。

2.坚强的开拓奋斗意识。福建有辽阔的海洋,宋元时期,泉州就成为举世闻名的东方巨港。明代航运事业有很大发展,港口更多,郑和下西洋,多次在长乐伺风开洋。明清以后,华侨外出日多,贫苦农民被招到海外充当廉价劳动力,千辛万苦,对居住地的经济文化做出贡献,有的人改善了自己的经济状况。现在福建有许多有名的侨乡,也产生过著名的华侨领袖。洋务运动中,福州开办了船政学堂,海军与福建人关系密切。海上交通的发达与向海外寻求出路,锻炼了福建人民开拓奋斗的意识。

3.重视子弟的教育。福建人除了过于贫穷者外,一般都重视子弟读书,至少要受启蒙教育。宋代以后,刻书业十分发达,有利于子弟学习。各地创立了书院,由著名学者主持,城乡星罗棋布许多私塾。据说代表全国水平的从祀孔庙的学者人数居国内首位。流行的少年启蒙读物《千家诗》《古文观止》的编印也与福建有关。维新运动以后,改书院为学校。民国以来各类专业学校和职业学校也兴办起来,华侨、教会办学的也不少。清末以来留学生人数居全国前列。家庭重视读书的风气一直延续下来。

4.尊重传统道德观念。南宋后福建成为理学重镇,封建伦理道德在长时期内成为人们立身处世的准则,各县儒学名臣、节妇坊甚多。这里面虽含有不少顽固保守意识,不过有些思想还是起了好的作用,如家庭间的慈孝,人际间的信义,工作中的敬业务实,国家政事间的气节操守等等。宋代以后,历朝福建都出过全国闻名的抗敌英雄。五四新文化运动后,吸收了民主科学思想,解放后普遍进行马克思主义教育,但传统思想在福建人民的头脑中仍占较重要的位置。

5. 热心接受新知。重视教育和海外交往的发达,形成了新知交汇的文化环境,激发人们学习新知的热情。从宋代起福建就出了不少全国知名的医学、算学、天文学、法医学、兵器学等科学家。佛教、伊斯兰教、基督教等的传播,也带来了一些新的知识。到了近代,文化交流更形活跃,福建出了林则徐、严复、林纾等名扬国际的传播新知造福国人的卓越人物。

6. 丰富的抒情意识。福建人与诗特别有缘,民间的曲艺、剧曲十分丰厚,家庭、祠庙、寺院,到处都有美妙的对联,民间日用品如扁挑、水桶上也写上诗句。少数民族,能歌善舞。知识分子群中,诗的倡和之风很盛,有些地方流行着"诗钟"。宋朝也出现西昆体、江湖体等诗坛领袖,还有明的闽中十才子,清的同光体中诗人,都是文学史上有名的。诗话著作也不少。福建特别富于诗歌传统,散文创作也比较发达,这与诗的抒情因素有一定关系。

上述地区心理、文化行为、价值观念、社会规范和审美观点的一些特色,乃由于传统继承、师长教育、社会习俗、特出人物的光辉事迹等多方面起作用并在长期积累形成的结果。上述几点福建人民精神风貌的特色,因时代变革、地域区分、社会阶层、家庭环境的不同,也会因时、因地、因人而差异。上列六点,其中似乎有矛盾的,但又是统一的。福建人既留恋乡土又热心外出,既尊重传统又接受新知,既质朴务实又灵敏洒脱,既多抒情因子又不乏理论思维,对立而并存,可合又能分,有很大的适应性和可塑性。山的凝重,海的奔涌,这就是福建文化越来越明显的双向特性的象征。

福建文化有其积极面,又有其消极面。就上述六点而言,积极面为:热爱乡土、热爱国家的观念,开拓进取的奋斗精神,读书向上的钻研风气,道德自律和敬业乐群的工作态度,探求科学新知的热情,致力于艺术创作优势的发挥等等。消极面为：地方主义与排外思想，崇洋和拜金观念，唯有读书高念头，封建保守倾向，盲目追求新潮，文艺创作力的偏枯等等。发扬积极因素，排除消极因素，是建立福建新文化的重要课题。考察福建文化的双向特性，就要妥善把握中外文化的交汇，处理得好，可以左右逢源，相得益彰。处理得不好，则顾此失彼，发生畸形现象；或左右为难，形成徘徊停滞局面。

卓如同志编著《闽中现代作家作品》，选了具有全国影响的福建作家20人，大约可分两个类型：属于福州地区的有冰心、郑振铎、庐隐、王世颖、梁遇春、胡也频、林徽因、林庚、邓拓等9人，其中少数出身于贫民家庭，较多的出身于具有浓厚古典文化传统的官吏、知识分子家庭，他们受传统文化影响较深，大多数是诗人和散文家。莆田地区的郭风接近于这一类型。属于闽南、闽西地区的有许地山、林语堂、杨骚、白刃、司马文森、蔡其矫、高云览、林林、马宁、林默涵等10人，大多数曾浪迹南洋等地，与华侨有一定关系，许多人参加了地下革命斗争，艺术上也较多外国情调，大多数是诗人或小说家。这两类型作家平分秋色，体现福建文化的总特征，又各有所侧重。

冰心于1900年10月5日生于福州，7个月后就离开了家乡，此后，仅在1911年冬回到福州，住了一年多，1956年冬参加全国人大代表团回福建视察一次。她写了许多怀念故乡的散文，极鲜明地表达出她在福州期间家庭文化环境对自己的熏陶。在《我的故乡》里写道："如我的伯叔父母居住的东院厅堂的楹联，就是：海阔天高气象，风光月霁襟怀。又如西院客室楼上有祖父自己写的：知足知不足，有为有弗为。这两副对联，对我的思想教育极深。"厅堂楹联用大自然景象来象征人们所应有的、或且说最理想的高远气度和磊落胸怀。客室对联表白了为学处事的准则。当时福建地区所常见的联语所显示的人生哲学，深深地印在冰心的脑海中了。

在人文环境中重要的还是人际关系，冰心家庭成员的风范起了极大的作用。冰心多次写到她的祖父："我的祖父谢銮恩（子修）老先生，是个教书匠，在城内的道南祠授徒为业。"（《我的故乡》）从上述自撰对联中，我们可以推想这位老人乐天拘谨的性格，这是当时深受儒家思想熏陶的读书人所一般具有的严于律己的品性。他对冰心讲到贫寒的家世，她写道："原来我们的曾祖父以达公,是福建长乐县横岭乡的一个贫农,因为天灾,逃到福州城里学做裁缝。这和我们现在遍布全球的第一代华人一样,都是为祖国的天灾人祸所迫,飘洋过海,靠着不用资本的三把刀,剪刀(成衣业)、厨刀(饭馆业)、剃刀(理发业)起家的,不过我们的曾祖父还没有逃得那么远!"(《我的故乡》)冰心在叙述她祖父所讲的先世所受生活的种种熬煎的情况之后说:"而我们的根,是深深地扎在福建横岭乡的田地里的。"她"不忘本","不轻农",填籍贯写着福建长乐,用以表明自己与乡土的紧密血缘。浓厚的乡谊乡情,贯串冰心的一生。去年当她知道长乐受强台风的袭击之后,就捐款千余元作为修理家乡学校的费用。

冰心的父亲,应她祖父的朋友严复先生之招,到天津紫竹林水师学堂当一名驾驶生,维新运动给一批批福建穷孩子以机运,他后来当上海军军官和海军学校的校长。在冰心散文中,我们看到了她父亲浓厚的爱国主义精神、愿为他人服务的精神、以及敬业的精神,这些都深深地感染了她。她愿意做一个海上灯台守,"抛离田里,牺牲了家人骨肉的团聚,一切种种世上耳目纷华的娱乐,来整年整月对着渺茫无际的海天"(《往事(二)》)。

母亲,在冰心作品里是神圣的代名词,她的散文作品许多就是对母亲的颂歌。她母亲14岁时父母就相继去世,跟着叔父过活,19岁嫁过来后开始就得轮流为大家庭做饭,这样一个普通家庭的主妇,以对子女深挚的爱哺育了冰心和她的兄弟。冰心家庭的家长,从农民、城市贫民,转而为知识分子,因时代的机缘逐渐上升为上流社会的人士,但他们身上仍保留上代的质朴遗风和敬业乐群的品格,以及对人的同情和爱。

19世纪末,作为新政的海军组建给福建人以特殊的机会,造就了大批海军人才,冰心的父亲受到海军名宿萨镇冰将军的器重,海军前辈的风范深深地影响了她。冰心在《记萨镇冰先生》一文中说:"萨镇冰先生,永远是我崇拜的对象……时至今日,虽然有许多儿时敬仰的人物,使我灰心,使我失望,而每一想到他,就保留了我对于人类的信心,鼓励了我向上生活的勇气。"我们读冰心这篇文章,所见到的萨将军风范,就是:廉洁奉公、体恤部下,认真周到、生活简朴、风趣洒脱。冰心还记得萨将军写赠她父亲的一副对联:"穷达尽为身外事,升沉不改故人情。"这副联语相当充分地表达了萨先生的胸襟。

冰心在福州期间，就经常翻阅她祖父的藏书，给她印象最深的是袁枚的笔记小说《子不语》，还有她祖父朋友林纾译的《茶花女遗事》，以后她竭力搜求"林译小说"。在山东烟台期间，她就看完《说部丛书》和《三国志》《西游记》《水浒传》《红楼梦》等小说名著，还读了《诗经》《唐诗》《论语》《孟子》和新旧散文等等。后来，因她老师（表舅父）的循循善诱，她如痴如醉地迷上了诗。

冰心少年时期所生活的家庭和所接触的人物，无论在烟台，或在福州，都属于较为典型的福州近代人文环境，具有浓厚的中国传统文化特征，它铸造了冰心品格的雏形，给她以后的思想和文学创作打下了良好的基础。她在《我的童年》中写道："说到童年，我常常感谢我的好父母，他们养成我一种恬淡，'返乎自然'的习惯，他们给我一个快乐清洁的环境，因此，在任何环境里都能自足，知足。我尊敬生命，宝爱生命，我对于人类没有怨恨，我觉得许多缺憾是可以改进的，只要人们有决心，肯努力。"这里提到仅为父母的影响。去年11月，在福州举办冰心创作学术讨论会，冰心女儿吴青同志在发言中详细谈到冰心对儿女的影响，主要是：热爱自己的国家，家庭成员互敬互爱，说真话，有同情心，多"给予"，超脱豁达，淡于名利，有毅力，爱自己的事业等等。她女儿的亲身体验，描述了冰心品格的全体。从这里我们可以感受到福建文化的优秀传统与她品格形成的内在联系，其影响相当充分和典型。

在这次讨论会上，参加者也讨论到闽文化对冰心的影响问题。"他们认为：福建地区对女子的宽容，福建历史上对散文有传统的注意，福建籍长辈朋友们卓有成效的中外文化交流，冰心家庭的家教和美育，在冰心文学创作道路上都留下了明显的烙印，造就和哺育了这位杰出的福建籍女作家。"① 这里除了第一项说得不很准确之外，其他的都很有见地。我觉得本文在福建文化特征部分可以对这个问题作相应的补充。

冰心是福建的优秀女儿，对家乡深情眷恋，写出了许多优美的散文。

---

① 舒乙：《具有开创性的冰心景象》。

她关怀福建的工农业生产,关怀福建的文学艺术,关怀福建青少年的教育和成长,她是福州近代人文环境哺育出来的,后来学习、工作在西风浓厚的环境里,又能较好处理文化中传统与外来的关系,她是不断随着时代前进的既平凡又卓越的人物。

福建文化是在长期历史发展中形成的,五四新文化运动赋予它新的内容,但传统观念仍十分浓厚。解放以后,广泛地进行马克思主义、毛泽东思想的教育,福建文化又受过新的洗礼。50年代在良好的党风吹拂下,福建文化传统中的优秀部分得到了较好的发挥。社会风气好,培育了大批顾大局、识大体、务实肯干的人才。只是极"左"路线有所发展,到了"文化大革命",传统文化中的糟粕部分反而有了一定程度的扩展,近十年,物质文明取得巨大成就,但封建思想的回潮与西方文化的侵袭,使部分人的头脑发生了变化,我们可以较为显明地感到有些人乡土、国家的意识淡化了,读书无用论滋生了,敬业奋斗的精神失落了,拜金观念扩散了,人格与文格分离了,等等。近年来,党和政府在强调改革开放的同时,努力恢复党的优良作风,重视中华民族的优秀文化传统的继承,这是十分及时而必要的。在建设有中国特色的社会主义文化的工作中,除了大张旗鼓从事宣传教育之外,仍需春雨滋润,用耳濡目染、潜移默化的功夫,留心文化环境的优化。福建新的文化特点是什么? 在地区心理、文化行为、价值观念、社会规范、审美观点等方面应该提倡什么,反对什么? 福建文化的优良传统哪些可以继承和改造? 西方文化哪些可以吸取、借鉴,哪些应该抵制、排斥,等等,都值得进行讨论研究,以期在家庭教育、社会教育、学校教育的具体实践中,根据当前人们思想动态有针对性地进行并取得实效。经过认真努力创建起来的有中国特色的社会主义文化,定能哺育出更多、更为优秀的人物。

——《福州师专学报》1991年第3期

略谈巴金的散文

　　巴金不仅是著名的小说家,也是著名的散文家。从 1927 年写的《海行杂记》算起,到现在已经出版 20 多本散文集了。解放前出的已不易搜集,好在大都收进《巴金文集》第 10 卷和 11 卷,读者可观全豹;解放后出的不难见到,建国 10 周年时,他编选了一本《新声集》,建国 30 周年,他又编选了一本《爝火集》,有了这两本自选集,阅读他解放后散文的代表作就更为方便了。

　　我们可以把解放前巴金的散文集大略分成两大类。一类是旅行记,如《海行杂记》(1927),《旅行随笔》(1933—1934),《旅途通讯》(1938—1939),《旅途杂记》(1940—1942)等,这些都已收入文集第 11 卷。除了《海行杂记》是述他去法国时海程中的见闻之外,其余的大多是通过旅途的广泛描述,再现旧中国人民的痛苦生活。国民党统治下的贫困、落后、骚动的城乡场景,日本侵略者狂轰滥炸下我国人民的流亡惨状,历历在目,勾起读者愤怒的、沉痛的回忆。在我国现代散文作家中,巴金是比较有意识地以旅行记的形式来勾划时代的面影的。作者有一条关于《海行杂记》的注释①,注释写道:"我后来还写过不少这一类的旅行记。这种平铺直叙、毫无修饰的文章绝非传世的佳作,但是它们保存了某个时间、某些地方或

---

　　① 见《赞歌集·谈我的散文》。

者某些人中间的一点点真实生活。倘使有人拿它们当'资料'看,也许不会上大当。"巴金是谦逊的,他没有提及自己作品的文学价值,但恰切地说出了这类旅行记的历史价值。

另一类是回忆、怀念和其他的叙事抒情散文,如《忆》(1933—1936),《生之忏悔》(1929—1934),《点滴》(1934—1935),《短简》(1935—1937),《控诉》(1931—1937),《黑土》(1939),《龙·虎·狗》(1940—1941),《废园外》(1938—1942),《怀念》(1938—1946)等,这些都已收入文集第10卷。这类文章中,作者回忆自己的过去,记述他的生活和思想历程;抒写内心的爱和憎,倾吐自己对黑暗生活的积怨。这些文章不但具有文学价值,而且也是研究巴金的思想及其文学活动的重要材料。

要把数量众多的巴金散文集进行严密的分类,那几乎是不可能的。他在旅行记中也诉说友情,如《旅途随笔·序》里说:"我是靠友情才能够活到现在的。"《旅途通讯》和《旅途杂记》的《前记》,都有类似的话。所谓回忆、怀念和其他的叙事抒情散文,其中也有旅行记性质的文字,如《黑土》中的《南国的梦》《在广州》等。分为两类只是按集子的中心题材而言,目的在于了解他散文集子的大略轮廓。

巴金解放前的散文作品,揭露黑暗的旧社会的罪恶,控诉凶恶的侵略者的暴行,歌颂友情,呼号反抗,相信前途光明,人民必胜,主题大多有着积极的意义。但是,由于作者曾经受过无政府主义的思想影响,在文章中确也有所体现,所以在作品的评价上曾经长期引起争论,甚至遭到不应有的严厉批判。新编的《巴金选集·后记》[1],作者以晚年回顾过去的坦率心情,对自己思想上的弱点做了比较详尽的自述。作者说,他早年接受了无政府主义,也阅读过一些19世纪七八十年代的俄国民粹派革命家的传记,他的初衷是离开官僚地主的家庭,到人民中去,做一个为人"谋幸福"的革命者,但自己又没有突破小资产阶级的圈子,安于那种自由而充满矛盾的个人奋斗生活。他相信旧社会要完蛋,新社会要到来,但他只是空谈革

---

[1] 见《读书》1979年第2号。

命,孤立奋斗,所以写出来的东西往往软弱无力,带有忧郁悲哀的调子。不过使读者得到一点并非消极的东西。我觉得这些话是说得很诚恳,很中肯的。

许多批评者说:巴金解放前的作品没有给读者指出明确的道路。这是事实,作者是正视的。不过,我认为读者对作品提出严格的要求是可以的,但应当根据革命的任务和作家个人的条件,对作家作品作出恰当的评价,不应高悬划一的标准对作品作出轻率的否定。巴金解放前的散文,作为无产阶级文学的同盟军,使读者不要忘记苦难的过去,就这一点,它的积极意义就无可争辩。他在作品中憧憬光明,虽然没有明确的目标;歌颂反抗,虽然没有有力的形式;眷念友情,虽然没有阶级的分析;他在友情的鼓舞下,以反抗黑暗的呼号来寻求光明的未来,比起先进的左翼作家,思想固然有些弱点,但那进步的、革命的倾向是不容抹煞的。我们要反对"非革命的急进革命论者",他们要求一切战士的意识都要十分正确,正像鲁迅所说的,这种彻底的批评,是出于情理之外的苛求。我们现在阅读巴金解放前的散文,可以看到旧社会中国人民的苦难,可以认识到老一辈作家探求革命道路的艰辛,他作品中美好的信念,在当时都起着鼓舞读者朝着光明方向前进的作用。

解放后,巴金的散文创作进入了新的时期。壮烈的抗美援朝斗争,频繁的国际文化交流活动,沸腾的社会主义革命和建设生活,成为他散文的新题材。《华沙城的节日》《生活在英雄们的中间》《保卫和平的人们》《大欢乐的日子》《友谊集》《倾吐不尽的感情》等,就是新题材的结集。与他解放前的散文相比,变化是深刻的。旧社会的黑暗景象让位于伟大的时代、壮丽的生活;抽象的友情呼唤、反抗号召让位于工农兵英雄业绩的热情赞颂;感伤的怀念、回忆让位于激动的欢乐的心情。巴金在《赞歌集·后记》里说:"我绝非为写文章而写文章,我有满腹的感情要倾吐,我有不少的见闻要告诉别人,我有说不尽的对新社会的热爱要分给别人,我才拿起我这支写秃了的笔。"解放给巴金带来力量和勇气,他决心跟过去告别,跟小天地告别,新的英雄人物是他的"良师益友",他的文字"沾了这个时代、这个生活的光"。建国10周年,巴金把选集名为《新声集》,

"新声"表明了他的散文作品发生了异于过去的根本变化。

我们能否说巴金解放后的散文作品比解放前的散文作品的思想性都要高呢？这就不能一概而论。当然，那些壮丽的朝鲜通讯所报道的英雄业绩和崇高心灵，至今还有力地激动着读者的心；而对社会主义建设的浮夸成就和国际文化交流的表面友谊，毫无例外的给予一味"赞歌"，显然经不起时间的考验。因为它只是片面地追求结合政治任务，并没有深刻地描述客观事物的复杂性和曲折性。一个热爱党、热爱社会主义的老作家，应该怎样理解文艺为无产阶级政治服务，这是值得研究的新课题。

巴金的散文，通常以毫无拘束的谈心口气，用舒缓的笔调，对客观的景物、事件的过程、人物的言行和心理活动，作比较细致的描述，其中贯串着他朴实的、真挚的感情，读起来使人们别具一种亲切感。这里我想用几篇不同体裁的散文作品作为例子来说明。

《海上的日出》(见《海行杂记》)，这是一篇写景文，文章很短，不过500字，写海上日出的奇观。作者按时间的推移，写了日出时的形状、颜色和光度的变化，以及太阳走进云堆、或从黑云后边出来时所引起的天、云、海的色彩变幻。观察和表现都极细致，词汇也极丰富，确是少年写景习作的良好范文。《海行杂记》是巴金22岁时的作品，是为他的两个哥哥写的，他要让哥哥了解他怎样在海上度过一些光阴，让他们领略一些海行的趣味，所以文章写的是日出奇景，而又出之于谈心的态度。

《月夜》(见《点滴》)，这是一篇抒情散文。作者写他1935年在日本横滨时月夜于小园散步所见到的景色，从而回忆起在厦门鼓浪屿时的"往事"，引起了新的感受。眼前的景色：月、灯、星、海；年轻的"往事"："龙眼花开的时候，我也曾嗅着迷人的南方的香气；繁星的夜里我也曾坐了划子在海上看星星，……"连用几个"也曾"概括朋友们的活动，接着写他们当时的兴奋和后来的绝望心情；新的展望还是由眼前望的月、海、星的景色引起，但已没有过去那样的感伤了，他朦朦地看到了希望。景物、事件、心情的抒写都是细致的，作者内心情感与景物、事件交织诉诸笔端。

《撇弃》(见《龙·虎·狗》)，这篇文章立意和表现手法颇似鲁迅的散文诗《影的告别》，但比较明豁。文章写一个凉夜里"我"和影子的长篇对话，"我"要寻找光明，而影子却用多种多样的理由企图把"我"拉向黑暗，影子不能得逞，终于离去，"我"仍在寂静中向前走去。整篇作品通过繁复的对话表现了细致的思想交锋。

《我们会见了彭德怀司念员》（见《生活在英雄们的中间》），这是一篇通讯。文章记叙是简洁的，细节却是丰富的。会见的全过程，彭总说话时的动作、神态，被会见的文艺工作者的心情感受，都写得具体细致。巴金在回忆这篇通讯写作的情景时说："我写这篇短文并不觉得自己在做文章，我不过老老实实而且简简单单叙述我们会见彭总的情形，就好像那天回到洞里遇见一位朋友，跟他摆了一段'龙门阵'一样。"[1] 朝鲜通讯本来是反映战斗的重大事件，但巴金在行文中仍然采用故友倾谈的态度。

巴金散文创作的体裁和写作方法自然是多种多样的，应该具体分析；以上述四篇为例，不过想谈一下关于他散文写作的一些基本特色。在上述这几种类型的散文特色中也存在着某些共同的缺陷，正像他在《谈我的散文》一文里有这样的话："我读过的韩（愈）、柳（宗元）、欧（欧阳修）、苏（东坡）的古文，或者鲁迅、朱自清、夏丏尊、叶圣陶诸先生的散文，都有一个极显著的特点：文字精炼，不拖沓，不啰嗦，没有多余的字。而我的文章却像一个多嘴的年轻人，一开口就不肯停，一定要把什么都讲出来才痛快。"作者是很有自知之明的，也是谦虚的，他把自己的文章同几位前辈作家相比，感到不够含蓄，不能给读者以更多的思索和回味的余地。当然，这种毛病应该是指某些文章，并不包括他的所有散文，比如上面举的四篇，就都写得很精炼。《撇弃》一文还带有浓厚的哲理性，耐人寻味。巴金对于他散文缺点的自白，使我们能够更好地取其所长，弃其所短；他这段话又启示我们应该杂取众家之长，从而使自己的文章获得多方面的有益借鉴。

——《语文》1979 年第 7 期

---

[1] 见《萌芽》1958 年第 9 期《谈我的散文》，这篇文章收入《赞歌集》时，删去了这一部分。

谈吴伯箫的散文

　　吴伯箫说:"在文艺战线上我只是一个民兵。写作业余进行,不脱产。"可贵的是,虽属业余写作,成果却颇为丰饶。吴伯箫是一位散文名家,他的散文已经结集的有《羽书》《潞安风物》《黑红点》《出发集》和《北极星》,《烟尘集》则是前三种的选辑。作者根据自己工作、生活的条件,选择题材,坚持写作,反映了30年代以来各个革命时期社会生活的不同侧面。文体主要是记事抒情散文和通讯,也有论说文。文章的构思和语言都有自己的特色。吴伯箫的散文是文艺百花园中的一丛花。我觉得,他的创作实践,对业余作者和文学青年特别有启发的作用。

一 《羽书》

　　吴伯箫 1925 年在大学学习期间就开始散文写作,到 1931 年,这六年之间大约写了 40 篇,结集为《街头夜》,准备出版,值"九一八"事变发生,未得实现。《羽书》是 1933 年到 1936 年间写作的结集,共 18 篇, 1941 年文化生活出版社出版。这时,强邻虎视眈眈,大兵压境,蚕食我国大片领土;在国民党统治下,中国人民过着屈辱的贫困的生活,群众的反抗斗争风起云涌。作者在山东的大中学校从事教育工作,《羽书》中的文章,表现他对生活的热爱,对祖国乡土的深情眷恋,对现实的不满,也透露出人民被压抑着的愤怒情绪。

翻开《羽书》，先会觉得有一股乡土气息扑面而来。你看那文章的题目，如《马》《啼晓鸡》《萤》《几棵大树》《荠菜花》，这些动植物是人们在乡村中习见的。如《山屋》《话故都》《岛上的季节》《我还没有见过长城》《边庄》《阴岛的渔盐》，这些地方的风物易于引起人们对乡土的怀念。如《夜谈》《说忙》，这都是人生的常事。《羽书》的取材就是人们生活中最为平常最为熟悉的事物，作者为祖国的山川、人情的美所陶醉。

"能憎才能爱"，作者有所爱，就是因为他有所憎。他厌恶都市的纸醉金迷的生活，向往农村的自然景物（《啼晓鸡》）；同情在垃圾堆里讨生活的野孩子，希望将来再没有像垃圾堆似的垃圾堆上的野孩子（《野孩子》）；憎恨压迫者和侵略者，追忆幼时农民惩治县长和量地委员的往事以及中国人民反抗异族统治者的历史（《羽书》）；他渴望收复失地，登临长城（《我还没有见过长城》）；希望中国人民觉醒起来，振奋起来（《说忙》）；为了祖国的自由解放，他愿当征战将军灯笼前的马前卒（《灯笼》）。文章以浓烈的感情，周详的笔墨，在抒写令人怀念的城乡生活之中，流露出抑郁苦闷的心情，对中国人民的奋起斗争，抱着迫切的期待。

《羽书》有鲜明的风格，作者运用他丰富的历史和生活的知识，展开广泛的联想和周密的铺排，读起来有充实、开阔的感觉。例如《马》，作者分别写他年轻在家乡时关于马的乐事，送姑姑、迎姐姐，大年初三四、上元、孟春、端阳时骑马，上学回家骑马，还跟随老祖父骑马出游；年纪大了，家乡变得苍老了，人事又总是坎坷，骑马的事就寥落了，可是历史上关于马的故事又令他神往。刘备的跃马檀溪，康王的泥马渡江，徐庶的走马荐贤，金陵年少的骑马倚长桥，旅人的敝车羸马，……一直到那龙城飞将的"不教胡马度阴山"。你看，文章中关于马的铺叙，确是淋漓尽致！广泛的关于马的个人生活体验引起人们对乡土风情的留恋，关于马的著名历史典实的罗列又引起人们对驱敌塞外的将军的怀念，内容似乎松散，题旨却不难领会。像《马》这样的结构和构思的方式，《羽书》中是颇为普遍的。

为了说明的方便，这里不妨引《夜谈》中的一段，来看看《羽书》记叙的技巧和语言的特色。

> 先是女孩子样的，大方而漫烂的笑，给每个矜持的灵魂投下一付定惊的药剂，接着那低微而清晰流畅的声调响起来，就像新出山的泉水那样丁东有致。说陷阱就像说一个舞女的爱；说牢狱就像讲一部古书；说到生活，说它应当像雨天的雷电，有点响声，也有点光亮，那怕就算一闪即过的短促呢，也好。说死就是另一种梦的开头，不必希冀也不必怕，那是与生活无关的。说奸细的愚蠢，说暴动的盛事，也说那将来万众腾欢的日子。一没留神，你看，各个人都从内心里透出一种没遮拦的欢笑了，满脸都罩上那含羞似的红光了。振奋着，激励着，人人都像一粒炸弹似的，饱藏着了一种不可遏抑的力。

这一段是描写革命青年秘密夜谈的。革命者谈话的内容、表情、声调和效果写得极为细致；形容比喻十分新鲜，富于想象力；词语具有色调和音响的美；短句和长句错落有致，朗读起来很有节奏；这使我们不能不佩服作者驾驭文字的能力。这种抒写手法，在《羽书》中是常见的。

文章的开头和结尾也很有讲究。开头常常开门见山，突兀、干脆，抓住读者心弦。如"就开头吧，这里说的是那绿的青岛的事。"（《岛上的季节》）"说不定性格是属忧郁一派的，要不怎么会喜欢了夜呢？"（《夜谈》）结尾常常展望光明，显示力量。如"明朝行时，但愿你满罩了一天红霞，光明里，照顾我到远远的天涯。"（《话故都》）"长城！登临非遥，愿尔为祖国屏障，壮起胆来！"（《我还没有见过长城》）

《羽书》是吴伯箫的刻意之作，作者发挥了他所熟悉的生活和知识的有利方面，来选择、组织题材；并把积极的主题包含在繁富斑斓的记叙之中；对文章的语言进行过细心的锤炼，下一番认真的打磨功夫；这些特点博得许多知识分子读者的喜爱。然而，也由此带来一些缺点，因为它是书斋中的作品，有些文章主题还不够明晰，它淹没在众多的风土文物的铺叙里了，有些语言也显出过分雕琢的痕迹。

二 《烟尘集》

吴伯箫于 1938 年 4 月到延安，11 月参加总政文艺工作组，出发到晋东南前方工作。1939 年 5 月回延安，先后在边区文化协会和边区政府教育厅工作，他参加过延安文艺座谈会，1943 年，曾到南泥湾等地参观。他充分利用在延安工作的方便条件，访问了各根据地到延安的党政军干部，听他们介绍抗战军民可歌可泣的英雄事迹。由于作家的生活环境有着根本性的变化，获得前所未有的生活源泉，因而他的作品也出现了崭新的面貌。

他抗战期间有作品集《潞安风物》和《黑红点》，其主要文章又选辑在《烟尘集》里。从抗战的酝酿，抗战初期的游击战争，抗战中期的敌后斗争，到抗日民主根据地的大生产运动，《烟尘集》中都有所反映。紧张壮烈的战斗故事，神奇的歼敌情节，智勇兼备的英雄人物，自己动手丰衣足食的情景，有力地激动读者的心。作者说："一道战场，像一部灿烂的史书，那丰饶的页数里是蕴蓄着无尽宝藏的。"《烟尘集》就是以人民的光辉业绩谱写抗战史中壮丽的篇章。

《烟尘集》的战地通讯报道了各式各样的战斗，如打伏击、打据点、严惩治安军汉奸、反扫荡等等，这些通讯的长处在于能够用比较短的篇幅写出一个战斗集体（如《神头岭》《响堂铺》）或几个人物（如《化装》《文件》）的战斗风貌。以《文件》为例，它写的"反扫荡中间的一件事情"，篇幅虽小，但青年连指导员、通讯员、连长、孙老汉的形象都十分鲜明。指导员在战斗中得了重伤，为了全连的安全转移，他拒绝了通讯员的救护，命令通讯员火速赶回报信，他用自己的鲜血和身体掩盖住埋在泥土中的文件和枪支。孙老汉发现了指导员的牺牲，不顾老命赶去找连长报告情况，村人像对待亲人一样给指导员郑重装殓。作者用简洁的场面，感人的对话，逼真的细节，把军民团结战斗的一片赤心和盘托出。

在许多通讯中，作者并没有放弃《羽书》里一些风格特点。比如在作品中穿插着历史故实，你看：《潞安行》就引述了北魏慕容氏曾在此建都，唐明皇曾当过这州的别驾，宋将陆登因失守此地而拔剑自刎；《路罗镇》引述了镇西北 30 里有黄巢岩,东北 30 里有王莽寨,汉高祖当年在此斩蛇起义;《神头岭》引述了比干岭,比干把心挖给妲己后,在此地买过无心菜等。这不是故意炫奇斗博,因为文章中穿插的这些古人古事,它浸润着华夏文明的色泽,会引起读者对祖国的土地、文化无限珍惜的感情,而历史传说的传奇色彩也会增添阅读的兴味。又如作品中也描述一些社会风习,你看那漫流河的社戏(《神头岭》),渑池的茶馆(《微雨宿渑池》),都写得十分逼真精彩。

《烟尘集》彻底改变了《羽书》的写作格局。它的内容是中华儿女浴血抗战的斗争实录,那些群众生活场景和历史掌故,只不过是点缀和穿插;作品以事件为中心,而不是许多分散的材料的组合,所以结构比较紧凑自然;有较多的群众语汇;文章充溢着坚定的胜利的激情。

三 《出发集》

日本侵略者投降以后,吴伯箫奉调离延安去东北,先后在几个高等学校工作,主要搞教学行政,因而作品的数量不多,到 1954 年,结集为《出发集》,收有记叙散文 7 篇,论说文 7 篇。

《出发集》关于教育方面的题材较多。作者以毛主席的教导,革命老教育家的仪型,和自己参加革命实践的体会,来教育青年一代,希望他们爱祖国、爱劳动、有理想、勤学习、勤写作。《出发集》的第一篇题为《出发点》,作者抒写他离开延安时的心情,满怀豪情地赞颂从延安伸出来的宽广大道,他决心用延安精神去从事新的工作。他相信:"事从延安出发,事是好事。人从延安出发,人是好人。"这句话也可以说是这个集子的主题。

《范明枢先生》是作者的一篇力作,他给读者详细地介绍这位老教育家的斗争风范。范先生不沽名,不钓誉,不计较职位高低,不与反动派妥协,追求进步,至于下狱。抗战后,这位 76 岁老人被选为山东省临时参议会议长,还参加游击队出发作战,82 岁参加中国共产党。作者以敬仰的心情写了范先生光明磊落的一生。此外,作者还给我们介绍新一代知识分子下乡参加生产劳动锻炼进步的情形(《十日记》)。并以古往今来的事例,鼓励人们努力读书:"读书吧,从书里找认识世界、改造世界的东西吧。"(《书》)还以文学作为教育的有力武器,希望读者"有意识地吸收作品底精华,接受书香的熏陶,藉以培养善良的爱好,崇高的品质。"(《文学——教育底有力武器》)作者对教育工作有着很深的感情,抗战前,他就在教育的岗位上。抗战初期,他带着一群青年学生流亡,感到前路渺茫,心情沉重,终于不得不各奔前程,作者也由此走上通向延安的路。经过八年战火的锻炼和党的教育,作者又走上从延安伸出来的路,回到教育岗位上,和青年在一起。屈辱的时代已经过去了,作者又履行着教育者的光荣职责,他希望青年不断地充实自己的知识,提高自己的思想,"替老百姓办事"。

《出发集》中的文章有三种体裁:有近于《羽书》的记事抒情散文,如《向海洋》和《书》;有近于《烟尘集》的通讯报告,如《范明枢先生》和《十日记》;还有一些论说文。作者的论说文在文体特点的制约下,仍然保持着他散文的个人风格的某些特色。论说文要求鲜明性,《出发集》中的论说文,其论题、小标题、段落中的论点,都显得十分醒目突出,这也是作者对问题明确认识的必然反映。此外,作者发挥他丰富的历史知识的特长,在记事抒情散文中用之于广泛的铺排,在通讯中作为适当的穿插,在论说文中则以之为论据,使行文具有说服力。文章的语言,作者常常发挥着长短句错落有致、富有节奏的特长,以记事抒情散文中加强其文艺性,在通讯中注意群众语汇,在论说文中则出之以平白晓畅的书面语。

四 《北极星》

1954 年,吴伯箫从东北被调到北京人民教育出版社工作,《北极星》是他 1954 年到 1962 年所写散文的结集。这个集子继续《出发集》的主题,颂扬毛主席《在延安文艺座谈会上的讲话》的伟大意义,赞美新中国社会主义建设的巨大成就。这个集子中最有光彩的篇章是 1961 年写的回忆延安生活的一组散文,那时,我国的国民经济正遭受到严重的挫折,所以作者特别着意于宣扬延安艰苦奋斗的优良作风和革命传统。

回忆延安生活的散文共 5 篇,从衣、食、住和文化生活等方面,集中反映这个革命圣地军民团结一致、战胜困难的乐观豪迈精神。"自己动手,丰衣足食。"结果粉碎了敌人围困的阴谋,取得抗战的最后胜利。这组散文,作者在新的思想基础上发展了《羽书》中的一些写作特色,以丰富的生活知识的铺叙,生动新颖的比喻,长短句结合的富于节奏感的语言,用深沉的向往的心情,抒写自己在延安时期的亲身体验和难以忘怀的生活场景,读者在艺术美的感受中,劳动战斗的热情不禁油然而生。

《记一辆纺车》是这组散文的代表作。作者以亲切的感情怀念他的纺车,在概述纺车当时特殊的战斗作用之后,分别从纺线的劳动量、技术、姿势和提高生产率、开展竞赛、思想收获等方面,做了饶有兴味的描述,最后点出"跟困难作斗争,其乐无穷"的主题。我们来读一段较短的自然段吧!

> 纺线,劳动量并不太小,纺久了会胳膊疼腰酸;不过在刻苦学习和紧张工作的间隙里纺线,除了经济上对敌斗争的意义而外,也是一种很有兴趣的生活。在纺线的时候,眼看着匀净的毛线或者棉纱从拇指和食指中间的毛卷里或者棉条里抽出来,又细又长,连绵不断.简直会有一种艺术创作的快感。摇动的车轮,旋转的锭子,争着发出嗡嗡嘤嘤的声音,像演奏弦乐,像轻轻地唱歌。那有节奏的乐音和歌声是和谐的,优美的。

不是对纺线有深刻的体验,就不会有如此真切的描述,作者把劳动的快感完全熔铸在自然优美的语言之中了。

《北极星》中另一组散文是描述社会主义时期的新生活的,如写天安门广场、铁路、名胜古迹等等。这组散文作者还是发挥他熟悉历史、民俗的特长,写得内容饱满,富有情趣。如《难老泉》一文,从美丽的太原说起,接着写晋祠、写难老泉。在描述晋祠三绝的美景中,穿插着"桐叶封弟"、"饮马抽鞭、柳氏坐瓮"和张郎沸油锅里取铜钱等故事。宏伟壮丽的建筑,精致细腻的艺术品,优美如画的自然景色,具有诚实、善良、勇敢美德的历史传说,画中有诗,画中有史,给读者以极为丰富的联想和美的感受。

《北极星》中还有一组杂文,比《出发集》中的论说文写得较为活泼。

作者沿着自己的生活道路不断地拓展散文的写作领域并发展个人的写作特色。这个散文集子表明作者能够以深邃的思想、诚挚的感情、缜密的构思、熟练的技巧来反映多样的生活,文章充满着乐观的精神和明朗的色调。《北极星》是作者散文艺术趋于成熟的标志。

吴伯箫的创作实践告诉人们,业余作者根据个人的工作条件,坚持创作,是可以取得良好成果的。吴伯箫对业余写作的意义有充分的认识,他深知要繁荣文艺事业,除依靠专业作家之外,还要提倡业余写作。对业余作者本身来说,他的见解尤为精辟,他说:"真实生活充实他底作品,写作成就又鼓励了他的工作,两者互相推动互相启发互相辉映,人生的意义也将为此双重劳动而愈益彰明吧。"[①]吴伯箫乐于从事这样的双重劳动,因此他的创作取得了多方面的成就。"四人帮"横行时期,他的创作被迫中断,"四人帮"被粉碎后,他又在业余写作的道路上迈进了。

业余作家需要有深厚的生活底子。吴伯箫生长在农村,"初小在本村,高小在县城,星期、假日都参加农业劳动;割麦,秋收,送饭,打场,放牛"。大学毕业后,从事教育工作,抗战期间,又受到革命熔炉的锻炼,这就使他的写作有了良好的生活基础。值得人们学习的是他能够充分利用他的生活积累:在《羽书》中,他运用所熟悉的社会生活和历史知识来写作;在《烟尘集》中,他运用自己亲历的和采访的战斗素材来写作;在《出发集》和《北极星》中,他就多写他所从事的教育工作方面的事情,写延安生活的回忆,写亲身经历的新社会生活。处于不同的生活环境,作者都能利用他的生活积累,写出对读者有益的、有特色的文章来。

作者的写作成就,和他对题材问题的认识有关。他说过:"'百花齐放'是繁荣创作的方针,在这个方针底下,提倡用各种文艺形式,表现各种文艺题材。各种风格的诗歌、小说,各种流派的散文、戏剧,可以写当前的政治斗争,重大事件,也可以写'儿女情,家务事'。是花就放吧,斗艳争芳地放吧。"(《北极星》)作者的头脑中没有重大题材的框框,所以写作的天地也

---

① 《出发集·谈业余写作》。

就广阔了。他可以写《延安》、《天安门广场》，也可以记纺车、记菜园、描写窑洞风景。业余作者对题材问题如果还有许多顾忌，那他就不可能放手写作。

作家风格的形成和发挥自己的特长很有关系。吴伯箫有丰富的中外文学素养，长期从事教学和编辑工作，知识面广阔。同时，他认为："好的文学作品，对祖国底历史、文物、土地、山川都会涂一层灿烂的彩色。"所以，他的初期作品就以铺排历史掌放风俗民情见长，后来，尽管他写作不同的题材和体裁，这个特点多少都保留着，因此他的作品有渊雅之致；加以语言错落多姿，在众家中尤显出独特的风调。所以，对于业余作者来说，要敢于发挥特长，表现独创。

"作为精神食粮，散文是谷类；作为战斗武器，散文是步枪。我们生活里常用散文。"① 文学青年要学写散文，吴伯箫的作品是习作的良好范本。他的散文集有多种体裁，便于读者学习掌握不同的样式；他文章中铺排的结构，可使读者思想开阔，言之有物；新颖的比喻，可使读者浮想联翩，多所取法；丰富的语汇，可使读者学会运用优美的书面语和口语。"我们实在应当多写些散文"，我们实在应当多读些名家的散文。

——《福建师大学报》1979 年第 4 期

---

① 《北极星·多写些散文（代序）》。

读《临窗集》

　　"五四"运动以后,我国叙事抒情散文(或称小品散文)乘思想解放的东风,在作家的辛勤劳作下有了很大的发展。探索人生问题,揭出社会病苦,寄情山水花木,一般以个人亲历为写作主要内容,行文不论质朴、洗炼、繁缛,大都直抒胸臆,自然流畅,似乎信笔所至。因之,感情诚挚,语言朴实,成为散文的基本要素。到了 30 年代前期,出现一批年青人,他们不满于前人的写作风习,打算有所创新。何其芳在《〈还乡杂记〉代序》里说:"而且我们⋯⋯觉得在中国新文学的部门中,散文的生长不能说很荒芜,很孱弱,但除去那些说理的,讽刺的,或者说偏重智慧的之外,抒情的多半流入身边杂事的叙述和感伤的个人遭遇的告白。我愿意以微薄的努力证明每篇散文应该是一种独立的创作,不是一段未完成的小说,也不是一首短诗的放大。"这批年青人在散文领域进行新的尝试,把叙事抒情散文当作一件艺术品刻意经营,发展了内心探索的题材和抒情艺术。另一批以创作小说为主的作家也给叙事抒情散文带来新的手法,他们用第三人称的场景描绘代替第一人称的叙述,发展了社会生活的题材和叙事艺术。正当叙事抒情散文风华正茂的时候,爆发了伟大的抗日战争,许多作家投身于抗战的洪流,转向报告文学的写作。人民力量的壮大,解放区的扩展,作家生活的变化,这些新情况给叙事抒情散文以新的机运,人民新生活新面貌题材和歌颂性主题开始产生。

全国解放以后，当代散文有了发荣滋长的适当土壤，涌现出一批名家，他们把 40 年代歌颂新社会新人物的题材和 30 年代刻意求工的艺术锤炼两方面传统结合起来，产生了一批名作。

何为同志的散文结集《临窗集》便是当代散文园地中的一枝花，它也具有这个明显的时代风格。这本集子所收的最早文章是 1956 年发表的名作《两姐妹》和《第二次考试》。作者把这一组文章称为"迟开的花拾存"，就当代散文史或作者的创作史来说，确实令人有姗姗来迟之感，但这批花和以后的许多花以特有的色和香博得读者的喜爱。

《临窗集》选编作者 40 篇文章，约有一半是"文化大革命"前九年（1956—1965）写的，另一半则是近三年（1976—1979）的作品。"四人帮"的覆灭，燃起作者巨大的创作热情。如果就题材的角度来看，《临窗集》至少有三点值得注意。其一，题材的来源是多方面的。集子中的文章，一部分是作者进行调查访问后写的，如革命历史传统和渔民生活等题材，另一部分是作家个人亲历所积累的一般生活题材，左右逢源，广泛的生活场景就奔赴笔下。我国古代散文家深知扩大生活视野的重要，希望"尽天下之大观"（苏辙《上枢密韩太尉书》），因为这对个人修养和文章气度有着密切关系。不过，忽视日常的一般生活的题材也是不妥当的，显然它具有特别亲切的素质，更便于倾吐作者的情怀。其二，掌握地理条件，发挥个人特长。作者在福建落户多年，闽西革命根据地和沿海渔区这一地理特点被充分利用了。他对知识分子比较熟悉，于艺术领域涉猎较广，所以在他的散文中，我们可以看到教授、作家、教师、园艺家、知识青年、少先队员等感人形象；对丰富多姿的色彩和音响能够表现得淋漓尽致。其三，善于选取引人沉思与遐想的题材。《临窗集·序》以酣畅的文笔回顾那些与自己文学生活有缘的窗子，读者从集子中也会注意到那些有特色的窗户。"树槐堂"一间明净的楼屋，"开着一扇画框似的小木窗，把窗外的山水阳光，连同光艳葱翠的绿色一齐带给屋子里，引起人们对遥远岁月的无尽遐思。"（《从苏家坡到古田会址》）在古田插队落户的女青年住处的那扇小木窗，"她的窗户是一幅神奇的流动的水彩画。"（《彩眉岭遐思》）作者回到故乡，住在沿街的小楼上，"从低矮的楼窗看出去，街上景物有点像配在框子里的家乡风土画。"（《小城大街》）在福州寓居的楼屋上有开向西湖之窗，"这扇窗户，展示了西湖的现实面貌，在遐想中也展现出西湖历史的演变。"（《湖畔》）……何为极善于选择一个基点，在特定的视野内看取生活，剪得引起沉思与遐想的人事、场景，又透过散文这一窗户，用他精选过的、饱蘸着情感的人事、场景去引起读者的沉思与遐想。何为说过："我喜欢含蓄、内在、深沉"，在选材上正表现出作者这一艺术个性。

我们可以把《临窗集》的文章简略地分为两大类，一类写他对所景仰、敬爱、怀念的人的想慕和回忆，如《临江楼记》《老师对我说》《遥寄梅花村》等，这类文章着意于揭示革命者的人生哲学。另一类写现实生活，如《第二次考试》《壶江新屋》等，"试图表现新中国年轻一代的道德风貌和青春的美"。这两类文章都立意高远，使人想得很多很深，看得更高更远。这也使他的作品具有含蓄、内在、深沉的特色。

读者还会注意到《临窗集》中的文章善于把人、情、景、物构成一个谐和的意境。如《临江楼记》，对毛主席，只写了一次握手和一个挥手这两个简洁的细节，无论是思想内涵或艺术手法都耐人寻味。一座楼、一条江、一棵树、一片菊花，这些景物，有广阔的空间想象，也有长远的时间联想。它既是历史的景物，使人缅怀往昔戎马倥偬的岁月；它又是现实的景物，使人神思飞越，展望未来，推动了抒情和议论。这些景物又与《采桑子》一词的情景相互辉映，人、情、景、物，配合无间，浑然一体。巧妙之处还在于日子不离重阳，从历史到现实，三次登临，感受不一。总之，人物具有造型的美，景物寓意丰富深刻，人景映衬，情景相生。结构修整，内容曲折。

《春夜的沉思和回忆》运用同样的手法。一幅照片、一盆水仙、一曲乐章、室外灯光，组成谐和的意境。周总理那一幅有名的最后照相居于意境的中心。水仙花扑鼻清香，交响乐奔放深沉，都带着深意和象征，而且它一直陪伴、衬托着沉思和回忆的过程，刻画着感情之流的波动。所思所忆的时间都是夜晚，在作者的沉思中出现两个春节：两年前那个哀伤的春节之夜，两年后这个温馨的春节之夜。作者年轻的朋友的回忆中也有许多夜晚，由难忘的历史小楼想起的1931年周总理在长汀那年岁暮的夜晚和其他战斗夜晚，人民大会堂小客厅1967年9月的一个夜晚。浮现在他们脑海里的是对周总理在不同历史时期的革命史迹的深情怀念。作者运用他的彩笔把人、情、景、物构成情调统一的整体。烘云托月,掩映生辉,情意绵长,欲言不尽,作者在这些地方是极具匠心的。

这种突出中心创造意境的手法,在"文化大革命"之前的作品中已露端倪,那时他比较注意于叙事,但已留心事物的象征性,如老乔手里的老式手电筒(《最初带路的人》),千佛山雨后的小树苗(《千佛山上的小树》)。他也刻意于背景的衬托,如久别相逢的两姐妹,在湖山如画的钱塘江畔谈心,等等。近三年,这类手法的运用更趋成熟,并且发展成一种鲜明的特色。

何为的近作丰富了散文的抒情艺术。散文运用悬念的开头,抒情语言的穿插,含蓄的、寓有象征意味的、或者是带着激情的结尾等等,《临窗集》有着许多出色的例子。特别必要指出的是作者善于把抒情渗透到写人写景中去。《临江楼记》中一握手、一挥手的场景,具有浓烈的抒情效果。这篇文章还运用了多种电影手法。这种例子在集子中颇为常见。如"汀江秋水与长天相连,浩渺旷远。在秋天夕照下,这一处处彩色缤纷的秋景令人目不暇接,而挥写一幅幅革命历史图景的伟大领袖毛主席,这时就站在山巅的百尺高楼之上。"(《松涛》)与《临江楼记》那幕全景不同,这是远景,前者亲切,后者崇高,中间都倾注着作者敬仰的情愫。借景抒情,即景生情,在《临窗集》中是屡见不鲜的。作者还善于移情,以物拟人,以人拟物。西湖,"她始终柔媚地,脉脉含情地,忠贞不渝地同我的生活交织在一起。"(《湖畔》)武夷溪水,"它一睁开眼就满身活力,立刻忙不迭地开始它漫长的奔波。"(《武夷山水》)这就给西湖和九曲溪水赋予人的感情。陈伊玲"宛如春天早晨一株亭亭玉立的小树"(《第二次考试》),司令员"像山上一株风霜高洁的苍松"(《不朽的"字帖"》),这就给人以物的风貌。以人拟物,以物拟人,新鲜而传神,这是作者寄托感情、抒发感情的高明之处。

何为散文的语言以华赡、优美见长,词汇宏富,琳琅满目。作者常以富于表现力的、优美的文言词语穿插在散行的文句中,使文章显得典雅流畅。还有重叠句式的运用,既可使语言在散中见整,又加重感情的色彩。

何为是受"五四"新文学的直接哺育而成长起来的作家,同时博采中外古今优秀文学艺术的养分,加以自己的创造,形成了他的创作特色。谈《临江楼记》的创作经验时,何为说:"我既注意继承古典文学优秀传统,又注意体现时代风格,有自己的特色,不落套。"从他文章的立意、技法和语言等方面,的确我们可以感受到他对古典散文的揣摩功夫。我这里想谈一谈的是他所体现的时代风格,我看那就是本文开头所说的解放后散文的那种主要趋势。

从政治上歌颂新社会是解放后叙事抒情散文的一种趋势,这显然与作家的时代感有关。"文艺无论如何要站在时代的前列,提出时代的症结,以感情的力量表现出来,激起大众强烈的爱憎,震撼千万人的心灵,知所奋发,那文艺才是时代需要的文艺。"(《老师对我说》)我们阅读《临窗集》的全部文章,有一个鲜明的印象,那就是作者有着强烈的社会责任感,他用自己的作品来回答时代对他的要求。他"希望作品所描绘的人物,能成为社会主义土壤上一朵绚丽的精神之花。"横扫"四害"之后,他痛定思痛,仍然鼓吹着革命人生的战歌。注意作品的社会效果,描绘人们精神上的美,这是何为体现时代风格的一个重要方面。艺术上的琢磨是解放后叙事抒情散文的另一种趋势。在重视思想内容的前提下,艺术上刻意求工,对于素材的概括和集中,立意的斟酌,意境的创造,抒情的手法,语言的推敲,把散文当作"一种独立的创作"来认真对待,这是何为体现时代风格的另一重要方面。

从史的角度来考察,解放后的时代风格给作家们以良好的创作风尚,这是应该加以肯定的,但它也有一定的局限。就思想内容来说,解放后流行一时的"左"的文艺理论和文艺政策,其实就影响了作家对现实的开掘,影响了作品的思想深度。散文的天地是广阔的,它对现实生活的描述抒写,可以涉及社会、历史、文化、道德、心理、哲学等问题,作家对这许多问题应该有所思考,有所是,有所非。歌颂新社会新生活,歌颂革命历史传统,这固然十分重要,过分注意了这一面,忽视了其他许多方面,就会限制散文思想性的幅度。就艺术方面来说,从文字上的素朴到技巧上的琢磨,几乎是文学流变的通例。李白《古风》诗云:"自从建安来,绮丽不足珍。

圣代复元古,垂衣贵清真。"李白绝不是否定技巧,而是反对雕饰过甚。解放后有些散文名篇,不免于斧凿痕迹,如素材的撮合,事件的巧遇,过于追求诗意等等,我看似乎是伤于工巧。

现在还有许多读者相当欣赏"五四"时代的散文。它的思想是纯真和诚挚的,虽然有时未免幼稚可笑,或许流于偏激,但作者思路极为广阔,表现了他们坦然的心胸。它的艺术是自然和质朴的,如良朋话旧,亲故谈心,无矜持之态,造作之词,有一种天然本色的感觉。我看作家们还可以从传统中获得一些教益。

何为散文中所表现的时代感是十分可贵的。现在正处于一个新的时代,不同于《第二次考试》、《临江楼记》的写作时代。思想解放要求作家向社会、文化、道德、心理、人生、哲学等领域,进行新的探索。何为的散文已经留意于上述的某些领域,如果有意发扬,对他作品的思想深度一定会有所增进。主题和题材的开拓,对含蓄、内在、深沉的特点不但不会削弱,可能还会达到一个更高的境地。

杜甫有一首有名的诗:"为人性癖耽佳句,语不惊人死不休。老去诗篇浑漫与,春来花鸟莫深愁。……"(《江上值水如海势聊短述》)前两句写出诗人对作品语言的千锤百炼,第三句突然一转,似乎老来只好随便对付了事,其实这是达到炉火纯青的地步。"浑漫与"比"语不惊人死不休"更上一层楼了。最有兴味的是第四句,春来了,令人"深愁"的季节已经过去,花应该自然开放,鸟应该自然歌唱。春天的到来,解除诗人精神上的压抑和束缚。"四人帮"覆灭了,我国大地上一片好春光。我希望何为同志的作品达到"浑漫与"的境界。题材开拓得更广,主题挖掘得更深,语言锤炼得更自然优美,他的散文必将更加引起人们的喜爱。

——《福建文学》1981 年第 2 期

略谈散文的体裁

散文是一个很广泛的概念。最大的范围是和韵文相对而言的,包括小说和话剧在内;其次的范围是和小说、戏剧相对而言的,包括记叙性的散文（一般的记叙文和报告文学）、抒情性的散文（随笔和抒情散文等）和议论性的散文（一般的议论文和杂文等）。其中有文学作品,也有一般的文章;再次的范围是和一般的记叙文、议论文相对而言的,包括报告文学、随笔、抒情散文和杂文等,这里都是文学作品;散文最狭义的概念是指抒情散文。本文所谈的散文包括记叙性的散文、抒情性的散文和议论性的散文三类,有文学作品,也有一般的文章。

就总的特征来说,散文是真实地描述和评价人物与事件,表明自己对事物的感受、见解或主张,它是迅速地反映生活的富于战斗性的文体。

散文中所有的题材都是必须真实的,不容许虚构,即以文艺性较强的杂文和特写而论,也没有例外。鲁迅《论讽刺》一文说:"非写实决不能成为所谓'讽刺';非写实的讽刺,即使能有这样的东西,也不过是造谣和诬蔑而已。"波列伏依《论特写》一文说:"无论如何,我个人二十年来的新闻工作经验,一个特写作者的实际工作经验,说明了特写是不容许虚构的。"

散文中无论哪一种文体都必须对所描述的人物和事件给予评价,以和小说相近的特写而论,也没有例外。波列伏依《论特写》一文又说:"特写作家则多半对所描述的事件给一个直接的估价,用议论、事实材料,往往还用数字材料,力求说服读者,政论式地揭示特写的思想,着重指出这思想的意义。"即使某些特写着重于描述事件,我们还可以从中认识作者对于生活的态度。

现代散文以当前的真实的现实生活为题材,以迅速发行的报刊甚至电讯为凭借,对广大的人民群众进行共产主义思想教育,极富于灵活性和战斗性。

散文比起诗歌、小说和戏剧等文体,有它相对的特殊性。在散文内部由于反映生活方面的重点(记事、抒情或议论)有所不同,文章的组织结构也有差异,语言也各有特点,因之产生了散文文体内部的特殊性。我们认识了某一文体的特征,它将提供我们以分析的线索。如果认为掌握了文体特征就可以分析作品,这种想法是错误的。一篇文章的写成和作者世界观、艺术构思和个人风格有很大的关系,体裁特征并不能概括作品内容的丰富性和风格的多样性。不过,我们了解散文文体的特征,还是有好处的,我们可以从它的特征入手来分析课文,此外,还可以更具体、更切实地指导同学进行散文习作。

记叙文就其反映的内容来说是要如实地描写(记)其人其事,或叙述(叙)其发展的情况,包括以记叙为主的日记、游记、传记、印象记、访问记、杂记等等。这些文体一般要求把时、地、人、事写得有条有理。有条就是有层次,记叙得有条不紊。有理就是有中心思想,表现作者的看法与感受。所记叙的东西必须紧密地围绕着中心思想进行。相应的要求语言的简洁和明晰。

例如,《伟大的自然改造者米丘林》这一篇传记,作者按时间顺序写米丘林在"向自然争取"的斗争道路上的五个阶段——四次的失败和最后的成功。旧俄时代,米丘林四次搬了园地,困难一个接着一个,他战胜了自然条件的限制,不慑于神父们的迫害,拒绝了美国人的引诱。十月革命以后,在苏维埃政府的帮助下实现了他的理想。时、地、人、事,层次十分分明。这些描述,为的是要表现一个中心思想,那就是表现米丘林不怕困难、不怕挫折、热爱祖国和顽强劳动的精神以及他在旧俄时代所受的磨难和在苏维埃时代的胜利。文章的语言是明晰的、简洁的,巧妙地引用米丘林的日记和有关的电报,真实而亲切地表现了米丘林的精神。

《在雅尔达》是一篇游记,作者按地点有层次地先描写克里米亚半岛南端雅尔达这个地方的美丽,在这样美丽的背景上描写了皇帝的别墅。由外到里,从花园、宫门、楼梯、楼上、房间直到走廊上一张石头做的长椅和靠手上所刻的狗头。以后,由里到外,疗养院的卧室、公共食堂、院长办公室、音乐室直到皇宫外面的御道。这篇文章主要写建筑物,而中心思想在于讽刺皇帝的懒惰、糊涂、野蛮和愚笨,并说明十月革命成功后,"工人和农民都做了皇帝了",成为国家的主人,享受着幸福的生活。

上述两篇,一篇是叙述米丘林一生的传记,一篇是描述雅尔达地方风景的游记,它们所写的对象是不同的。可是,它们也有共同点。它们都十分有层次地按时间、按地点叙述或描述人物、事件和景物,突出了中心思想,把无关的材料加以剔除,把人物、事件、时间和景物写得有层次有中心。所以说,这两篇文章基本上体现了记叙文的特点。

报告文学可以说是现代化的记叙文,是记叙文一种新的发展,它和现代化的报刊、电讯密切地联系着,时间性很强(一般的记叙文在时间性的要求上宽一些)。它具有鲜明的政治目的,需要迅速反映现实生活中有重大意义的人物和事件。它要反映社会的舆论,必须进行记者式的采访(一般的记叙文可以偏重于发表个人的见解)。报告文学可再分为报告、通讯和特写等类,这些是很近似的文体。扎斯拉夫斯基主编的《新闻学研究提纲》里对通讯和特写(或译为速写)有这样的说明:通讯是报纸的基本体裁,对新鲜事物的感觉是通讯员底极重要的品质之一,要善于看出社会现象的本质,在通讯中要叙述得切实、紧凑、明白和简单。对于特写则要求主题的社会政治意义和现实性,要有性格的描写和精细的文学修饰。波列伏依《论特写》里说:"如果说报纸上的论文、通讯、记事的目标是要明确叙述某一事件或现象,那么,特写的任务就是要显示这一事件。"这和上述引文是同样的意思。

我们分析通讯时可以注意:一是在内容上作者怎样反映了现实的本质和怎样地作出评价;二是在组织结构上怎样安排记叙的层次;三是在语言上的明晰、紧凑等特点。分析特写时还须注意描写人物形象中富于特征的详情细节。报告有特写的形象描写,也有评论,可以允许没有时间上的连续性和地点上的一致性。

例如,《谁是最可爱的人》是一篇通讯,它以三个典型事件来说明我们最可爱的人对祖国的爱,对朝鲜人民的爱,和在这基础上做一个革命英雄的荣誉心。作者开头提出了问题并断然地回答了问题:"我们的部队,我们的战士,我感觉他们是最可爱的人。"以后作者写三个故事:首先写松鼓峰战斗的故事,接着的是一小段问题式的判断;其次写马玉祥冒着火救朝鲜小孩的故事,接着的又是一小段问题式的判断;第三写战士关于"苦"和"祖国"的谈话,接着的是总的判断,证实了作者于文章开头时所回答的问题是正确的。结尾加深分析,提高了读者的认识,鼓舞了读者热爱最可爱的人的激情。语言是明晰紧凑的,并富于抒情和说服力,具有作者个人的风格。作者的另一篇特写《挤垮它》,就更注意于环境描写、人物刻画、气氛创造和语言的修饰。《包身工》是一篇报告,它不但形象地描写了包身工的劳动生活、劳动强度和劳动条件,以及他们在劳动中所受的磨难,而且在中间穿插着阐述包身工的来源,她们的工资制度,包工头对包身工的剥削和管理制度,以及帝国主义为什么要以包身工来代替"外头工人"等问题,既有形象描写,又有所议论,和上述两篇又略有不同。不过,通讯、特写、报告的区别仅是相对而言的,它们很难划出一条鲜明的分界,在有些理论性文字中这三者几乎是一个同义语。

抒情性的散文不像记叙文真实地记载一时一地的生活实感,也不像通讯、特写、报告那样必须反映现实中有重大意义的事件。它的题材是非常广泛的,更着重于就细小的事实上看出巨大的思想和问题,给读者以深思和启发。语文课本中比较常见的抒情性散文有随笔和抒情散文等。

分析随笔时可以注意:一是作者怎样组织片断的题材来表达深刻意义的中心思想;二是形象化的手法;三是语言的幽默和评论的因素。分析抒情散文时可以注意:一是取材的新颖;二是象征、想象和联想的手法的运用;三是浓厚的抒情及其层次;四是语言的优美和诗的因素。

《藤野先生》是一篇随笔,以许多片断的材料表现作者对藤野先生浓厚的情感,表现的方法也十分自由与广泛,糅合着风景描写、感想、人物描写、对话、说明、议论和抒情，极善于以轻松幽默的语言表现热烈而深沉的思想和情感。

《白杨礼赞》是一篇抒情散文，以白杨的形象为象征来歌颂我国北方农民的质朴和坚强，表现了鲜明的祖国爱和正确的阶级感情，取材十分新颖。抒情散文需要象征、联想与想象，像臧克家的《毛主席向着黄河笑》和鲁迅的《好的故事》都是这样，象征、联想和想象如果具有独创性就使文章富有新鲜的、无穷的情味。《白杨礼赞》抒情的层次安排得很巧妙，先是美丽的背景描写，接着是细致的对于白杨树的描绘，以后点出赞美白杨树的真正意义和目的，层层深入，显示了中心思想，语言清新优美。

议论性的散文要求论题鲜明，热情充沛，具有卓见（论点），论证严密，讲究文采。前三者，于分析政论性杂文和一般性议论文时都要注意。后二者，于分析政论性杂文和一般性议论文时就有所不同。政论性杂文在论证方面要求评事论人，一针见血。在文采方面要求：一是表现方法要形象；二是笔调要犀利隽永，语言具有赞颂或讽刺、幽默等因素。一般的议论文在论证方面要求论据和论证的充分和严密。在文采方面要求：一是结构的逻辑性；二是语言的精密和丰富等。

《我们不再受骗了》是一篇政论性的杂文，本文首先以鲜明的判断指出帝国主义进攻苏联的阴谋；以后以充沛的情感，简洁的、形象的和突出的事实，揭露敌人造谣的伎俩，勾勒出敌人准备进行新战争的恶鬼本相；最后指出无产阶级社会的将来，正确地昭示我们的态度和生路。语言锋利而明快。《只有坚决斗争才能保卫和平》是一篇社论，作者以充沛的情感，卓越的见识，提出大量的历史事实和国际形势，从正面和反面反复论证论题的正确，逻辑性极强，语言很精密。它在论证的方法和文采方面与《我们不再受骗了》有所区别。

作品是丰富多彩的，每一个作者写每一种体裁的每一篇文章的构思是多种多样的，我们绝不能以一种程式来肢解它们。但是每一种文体都有它们的一般特色，它可以提供我们以分析的线索，我们可以由体裁的特征探讨作品里的题材、结构和语言等问题，从而进一步揭示作品的思想意义和艺术特色。

以下我想谈谈和散文文体有关的几个问题：

第一，散文中的主题思想分析。散文的作者对于所描述的人物和事件大多是给予评价，或直接表明自己对事物的感受、见解、主张，所以一般来说，散文的主题思想是比较明晰的。例如有些通讯、杂文、论说文在文章的开头或结尾就直接点明主题思想。当然，许多散文并没有直接点明，如特写、随笔、抒情散文等。但我们还可以从作者对所描述的事件的态度来体会作品的主题思想。

第二，散文中的形象分析。在刻画形象的要求、手法等方面，散文和小说、戏剧等有显著的不同，就散文内部而言也各有差异。特写、报告对人物形象的刻画比较注意，其他的记叙文只是简洁的勾勒，杂文、随笔、抒情散文更重于写意和传神，至于一般的论说文只是运用形象性的语言来加强论辩的说服力。

第三，对散文习作的意见。散文要求有明确的中心思想，严谨的结构，简洁明晰的语言，它是习作的起点。我们分析课文要多样化，但谈到文体的特征时要指出各种文体的一般特色，使同学有规律可循，作为习作的阶梯，就像学体操必须先学基本动作一样。至于散文范围内习作的先后，我认为要先写记叙文和说明文，其次写随笔和抒情散文，第三才写议论文。

第四，散文文体的分辨问题。文体的分辨有助于课文的分析，但文体的分辨不是绝对的。虽然我们可以从文章的内容、组织结构和语言特征相对准确地分辨了文体，但是我们必须认识有些文章具备着多种文体的因素。如记叙性的散文中多一些抒情成分也可以称为抒情散文，多一些评论成分也可以称为杂文，如果有强烈的新闻性，也可以称为通讯。所以分辨文体时不能机械地划定，可以实事求是地加以说明。又分析作品时，应该对具体作品作具体的分析，文体特征只是一种参考，我们不能以文体特征去硬套。例如以议论文的特征去套一篇结构比较活泼的政论性杂文，一定要牵强罗列论点、论据和论证的方法，那是不切实际、徒劳无益的。

——选自《作品分析丛谈》，福建人民教育出版社 1960 年 3 月版

充分发挥作者品格的文体

　　散文,比之于其他文学样式,作者可以更充分发挥其自由、自主的品格,当然还需要经营、磨琢的功力。散文的题材非常广阔,前人说,宇宙之大,苍蝇之微,这是极其言之。诸如国运、世态、人生、心境、人物、民俗、情爱、山水名胜、草木虫鱼、星辰时令、起居饮食、屋宇器物等等,无不可以作为抒写对象。

　　我年青时候喜欢写点散文,后来因当了教师而放弃了,到了老年才重拾旧欢。我羡慕盛年作者的结客壮游,绮怀妙想,采笔华章,然而这些离我已相当遥远,不好冬行夏令。所以在写散文的时候,我根据自己的条件,在所熟悉的教学和日常生活中觅取题材,尽可能地发挥老年人人生阅历和理性思考的优势,发掘普通题材中具有深意的主题,偶尔顺带对某些世风作善意的温和的嘲讽。由于职业习惯和年纪的关系,我的叙事抒情结构比较单纯,语言倾向自然本色,并不排斥文言词语的使用,力图以意趣取胜。我知道这种传统写法并无新意,但不想也无力改弦更张。我不反对有些论者所提倡的表现现代人意识,强调表达个人的感觉和情绪,追求多义、朦胧的主题,交叉的结构和意识流的方法,吸收其他艺术样式的表现手法等等,但我并不认为这就是当代散文写作的出路。散文的天地宽阔得很,读者的口味也多种多样,选择生活基地或扩大生活视野,根据自己的品性、教养、才智、爱好和特长,保持自由自主的心态,用具有可读性的文字写出自己的真情实感来,扬己之长,这才是最主要的。

我省以散文的创作蜚声国内文坛,许多名家自有特色,青年作者也崭露头角。不过,现在许多省份都赶了上来。我对本省散文创作概貌并无研究,在印象中觉得不少作品比较偏于表现知识分子一己的悲欢,对特区、侨区、老区、渔区、林区的新貌,以及那里人民的业绩和心态,尚未有深入的尽情地开掘,因而缺少较有厚重的动人心魄的作品。我又以为散文中抒情因素的发舒自然极为重要,如果其中没有包含着深入的理性思考,那抒情也会流于飘忽,缺少情味与意味。我这印象可能不符合实际,但作为老人,我对本省散文创作的新局面寄予厚望。

——《厦门文学》1992年7月号

散文写作随想

　　散文,这个古老而又常新的文体,近年来常听到一些关于它的悲观论调,认为比起姐妹样式来,它显得较为逊色,有为之士遂多有更新之论。当前散文应该如何创新,这问题值得探讨,许多建议也值得重视与欢迎。不过,有些建议,似乎是反对一种模式,却又提倡另一种模式。提倡完全可以,我担心的是我们许多人有一窝风的脾气,一看"可乐"行时,就出现许多牌号的"可乐"。只是有的人就讨厌那种药味,又顾虑它含有咖啡因,觉得还是香片顺口。所以我以为散文的观念更新自无不可,要守旧倒也无妨。你爱喝"可乐",他喜欢品茶,只要质量过关,有人欣赏,茶叶也可不因"可乐"的行时而减产。就散文来说,有人呼吁在散文写作中运用一些现代艺术技巧,解除事物的逻辑因果关系,采用主客易位、物我交感、时空交错的手法,表现一个复杂的心灵世界。这确是一招。鲁迅、何其芳等散文大家用过现代艺术技巧,写出奇文成为散文史上的瑰宝。不过,他们写过一阵后就没有再写了:一是时代的气候使他们不愿重来,二是作者已经失去了当时的特定心境。就作品的接受对象来说,喜欢这类散文的可能只有一部分人,如果散文园地尽是这种花色,也会使人感到烦腻。比如在居民中要推广三餐食用维纳斯面包,可能就行不通。散文应该获得广泛的读者群,就要靠它的多样性和丰富性,兼收并蓄,老幼咸宜。散文,即使它的部属杂文和报告文学独立出去,它仍然是一种杂文学,不能把它搞得太纯,成为少数人专注的对象。失去了各阶层的读者群,散文会断送它发展的命脉。

新近我很兴趣地阅读了《香港散文的新序列》①,这篇文章使我知道了香港散文竟如此地贴近现实,它几乎与繁杂的都市生活、商品经济活动紧紧地拥抱起来了。文章写道:香港散文显示了信息和科技革命为香港带来了新的生活和前景——电气化家庭、现代交通网络、市场经济和现代化都市的营运方式和生活方式,也揭示了现代都市生活的痼疾——特别的住房心态、工业开发的盲目主义和公害综合症等等。由于内容的新变,香港散文体裁、形式和风格适应急促转运的社会节律和市民心理转机与要求,而产生了"快餐"散文、导游散文、警策小品文以及信息散文、广告散文、超微型散文、科技实用散文、口头散文、电视系列散文等更新更活的形式。你看,这个地方的散文并不醉心于梦和朦胧,不醉心于散文的纯文艺性。我们这里有人主张远离政治和社会,他们那里却甘心为商业活动服务,有那么多实用性散文在产生。这也叫做散文吗? 是十足的大杂烩,岂不有失散文家的身份! 平心而论,实用性散文中有些作品是可以传之久远的,散文与实用性结合不足为耻,许多流传千古的古典美文,如《兰亭集序》《陈情表》《陋室铭》等就是实用文,而《卖柑者言》所写的也是由于商业活动引发的。我没有阅读过香港散文新序列的具体作品,无法估计我们的同胞在另一种社会制度下的散文创作是否已找到了繁荣生发之路,以及他们的实践究竟对我们有多少启发价值。但至少可以说明散文写作在深入心灵之外,也可以在更为贴近社会生活的方向中找到更新之路的。

——《福建文学》1987 年第 10 期

---

① 见《当代文艺思潮》1987 年第 2 期。

散文的欣赏

　　散文是一组文体的总称，这里指的是记叙抒情散文。从字面上看，记叙抒情散文包括两个方面：一是对客观事物的叙述和描写，对象是人、事、景、物等；二是主观的抒情，表达作者的情、意、理、知等。主客观的结合，经过作者一番构思过程，进行选材、立意、谋篇，运用联想、想象、象征以及多样的修辞手段，用文字表达出来而成为作品。所以每一篇散文能够称得上作品的，即使篇幅不长，也是诸多因素的融合体。

　　在欣赏散文的时候，读者可以对散文构成的诸因素进行个别的审视。以对客观事物的取舍来说，有的主张选择贴近现实的题材；有的却主张远离现实，去写远古的年代和蛮荒的土地；有的以为散文主要的就是写人们的日常生活，也不废草木虫鱼。作者选择什么题材，擅长什么题材，就很值得注意。客观世界是丰富多彩的，姑且不说那五光十色的政治、社会生活，以比较单纯的个人生活而言，就有童年、少年、青年、老年的年龄差异，又有亲友、师生、同事、同学的关系不同，更有工作、劳动、学习、思索、休息等等行为区别，……就人、事、景、物中选取任一着眼点，就能够衍生出无穷尽的题材来，这的确足够读者去品味的。以主观意识方面来说，主要是情，散文要有真情实感，切忌虚情假意。古人云情，有喜怒哀乐爱恶欲，现代人的感情更其细腻，惶惑、希求、挣扎、忏悔、孤独、狂欢等等，不一而足。这情又往往混合着作者的意、理、知等，以情寓意，以理节情，或以意取胜，或以理见长，……文章中所体现的丰富而微妙的精神活动，有待于读者细细感知。对作品主客观诸因素的审视，可以作为散文欣赏的第一步。

更为关键的是第二步，即作者在融和主客观因素的构思过程中，怎样通过各侧重点的结合，如因物寓意，借景抒情，据事见理，怀人寄意，述物益知等等形态，运用写作程序和手法，写出有特色的文章来，读者可以考察这些细微的艺术现象，从而获得审美愉悦和趣味。许多优秀散文家在这方面各有其鲜明的特色：冰心以女性的满腔柔情讴歌童贞、母爱和自然美，用淡雅的文字，情景交融的手法，抒写她细密清隽的情思和博爱的胸怀。朱自清是学者，又是诗人，他善于写景抒情，写人抒情，还能从容讽刺世态，精确描摹艺术珍品，细致表达人生情趣，他讲究技巧，语言雅俗兼擅，以朴素而又清新秀丽的优美文章独树一帜。周作人对文艺与学术有广泛的修养，他的散文力求通达人情物理，使读者增益智慧，涵养性情，他采取冷静客观的态度，采用平和冲淡的笔调。郁达夫既有爱国爱民的思想，又有浪漫洒脱的精神，他能抒抑郁悲愤之情，萧散闲逸之情，慷慨严正之情，能作写影传神之笔，清丽潇洒之笔，喜怒笑骂之笔。丰子恺以佛教哲理来探讨人生底蕴，开拓发掘人生日常生活的题材，表现自我真情实感，在提高随笔散文的表现力和建设活泼有趣的文风上有独特的贡献。何其芳针对"五四"散文的一般倾向，别出心裁，打破身边杂事的叙述和感伤的个人遭遇的告白，用自由想象、梦幻冥思、象征暗示的手法，表现孤独者苦闷矛盾的内心，写出意象丰满、情调柔和之美文。我们在欣赏散文的时候，可以看到作者出于各自的品性，在选择题材、遣情达意、驾驭文字等方面都各有所侧重而显示其差异。散文作品所体现的作者运用写作手段而熔铸的主客观多样因素的组合体，给读者提供充分的欣赏天地。

单就组合这一程序来看，也就是从结构或谋篇、布局来看，也是很有意思的。每篇作品的结构是大不相同的，但每位作家也可能经常出现某一种组合样式。有人做过研究，以为：杨朔的散文结构一般是自然形象—人物形象—两者的融和合一；秦牧则是一根红线，一串珠子；孙犁是勾起回忆—进入回忆—跃入现实；峻青是铺叙—点化；等等。研究者的出发点是反对模式化，提倡性灵的自由挥洒；然而，结构样式是风格成熟的一种标志，它并不妨碍主客观因素的多样组合,而每位作家即使出现某种模式,也不至于千篇一律。如果再从作品中的想象、联想以及其他表现手法来考察,更是趣味横出,乐趣无穷了。

成熟的散文作家的作品,能够给读者在印象中构成一种统一的、和谐的美感;整合、回味这种美感,可以说是散文欣赏的第三步。统一和谐的美感主要表现在两方面:一是作品中主客观因素构成的融合体所表现的审美氛围,如情境、情趣、情味、情韵、情采、意境、意味、意趣、风神、风骨、理趣……说来十分抽象,联系、作品去体味,似乎又颇为具体,这是中国式的审美趣味。二是散文作品在语言上所构成的多样风格,如刚劲、酣畅、浑厚、简约、含蓄、明快、清新、淡雅、秾丽、委婉……几乎可以意会而不可言传了,这也是十足的中国式的欣赏情趣。我国的文艺欣赏,喜欢用简约的高度抽象化的词语概括作品的灵魂,揭示作家在作品诸多因素的组合中的各别侧重点体现在语言上所形成的特色,显示其作品语言的内涵、质感、色调、音节所造成的某种独特的美感。上述两个方面的感知,使我们把握到散文作品的整体美,单篇作品、一组作品或作家的某类散文的整体美。平淡质朴是散文最为本色的风格美,但我们也不应该排斥其他丰富的色调。

我们欣赏了散文的整体美之后,接着可以进入欣赏的第四步,思考创造散文美的原因。首先考察的自然属于美的创造者作者本人了。作者的品格、气质、学识、师承、年龄、性别、经历……都会在美的创造中起作用。女作家更具柔情和细腻的手法;年青人富于激情而倾心文采,老人崇尚理性而喜爱质朴;经历丰富者题材广阔,学识广博者博引旁证;气质刚者长于气势,气质柔者多具情韵;务实者多属思人生,耽于玄想者多留心艺术;小说家的散文善于场景配置,诗人的散文擅于意境营造;其间因果,文如其人。作家其人与作品其文的因缘,相当耐人寻味。

于作者的因素之外,还有许多可以注意的地方。时代风尚的归趋会有力地规范创作的倾向,所谓杨朔模式就是 50 年代风尚的表现,到了 80 年代中期出现了反对之论,也是文艺界新潮汹涌的结果。地理环境和地区文化背景对作家及其作品也会起一定的作用。鲁迅之与绍兴乡土,孙犁之与冀中场景,柯灵之与江南水乡,吴伯箫之与山东风物,冰心之与大海,沈从文之与湘水等等,把作品同作者生活、战斗过的乡土沟通起来欣赏,则将别有风味。作家对中国传统的吸取和对外国作品的借鉴也会对其作品产生作用,英国、日本小品的谈话风,西欧散文意象丰富的内心独白,都曾为我国现代散文作家所师法。中国散文作家对中国古典散文传统的吸收是自然而然的,从中借题、借意、借境、借词,常常会引起读者会心的微笑。

我这里所说的散文欣赏的步骤,不能视之为台阶式的,其间先后往往错综纠结,只是为着叙述的方便,给读者提供一点思考的线索。

散文的写作和欣赏,自古以来,就存在着两种不同的观点,"五四"新文学运动以后,壁垒更为明显。有所谓载道与言志,赋得与即兴,咒的文学与禅的文学,为人与为己,为公与为私,为人生而艺术与为艺术而艺术,讲求社会效果与自我表现等等,这两种观点反复出现在文艺理论的批评与论争之中。表现在散文写作方面,在选材、立意、技巧和风格上也有不同的趋向,前者多贴近现实,取材于社会人生,在描述生活与战斗中反映个人与时代的风貌;而后者多侧重于个人的想象和抒情,宣泄内心的情绪与感觉,讲求技巧。其实,两者并非水火不相容的,鲁迅的《朝花夕拾》和《野草》就分别体现两种美质。在30年代,反映革命斗争现实的左翼散文和知识分子内心探索的散文也各展风采。这两种各有长处与短处,只是在中华民族处于艰苦斗争的年代,浪漫的感伤和唯美的纤巧不合时宜,所以鲁迅后来不再写《野草》之类的散文,何其芳也随着抗战的烽火而转向。现在,形势有根本的变化,在注意作品的社会效果的前提下,应该允许散文美的多样追求,来满足不同层次的读者对于美的欣赏。

记叙抒情散文的美感在于情韵、风神、意境、理趣等方面,所以欣赏者需要一定的文艺修养。现在市场上诗歌、散文的集子颇为冷落,而色情、凶杀、破案的通俗读物却大行其道,这是文化鄙俗化的突出表现。要繁荣散文,作者思想和技巧的增进固属关键,而读者的文化水平和欣赏水平的提高也至关重要,这样,散文作品才能有更多的知音。

读《为了忘却的记念》

　　1931 年 2 月 7 日，我们五个革命作家李伟森、柔石、胡也频、冯铿、殷夫被国民党反动派秘密活埋和枪杀于龙华警备司令部，鲁迅即在"左联"的机关杂志《前哨》第一期纪念战死者专号里发表了《中国无产阶级革命文学和前驱的血》，最后一段这样写着："我们现在以十分的哀悼和铭记，纪念我们的战死者，也就是要牢记中国无产阶级革命文学的历史的第一页，是同志的鲜血所记录，永远在显示敌人的卑劣的凶暴和启示我们的不断的斗争。"这是鲁迅对当时革命同志的号召。这个号召的精神，也表现在两年后所写的《为了忘却的记念》这篇文章里。

　　鲁迅在《为了忘却的记念》里记述他和白莽、柔石的革命友谊，这种友谊的纽带就是他们在《奔流》杂志和"朝华社"所进行的文学活动。我们知道，这两个鲁迅所领导的文艺团体虽然为时不长，但是它曾团结了革命的文艺工作者，向广大青年介绍了苏联的文艺理论和创作，成为革命文艺的一支有力的战斗队。鲁迅回忆这些富有意义的文艺活动片断，就是要说明革命文学和艺术是怎样地在反动派的迫害和市侩们的剥削下发荣滋长：苏联和东北欧刚健质朴的文艺介绍过来了，上海滩上的"艺术家"被扫荡了，叶灵凤这纸老虎被戳穿了，无产阶级革命文学的前驱者在战斗中初试了锋芒。"左翼作家联盟"成立后，革命文学发挥了更巨大的力量，国民党反动派看他们的御用走狗失去了作用，就施行了血腥的杀戮。无产阶级革命文学的历史的光辉的第一页,又是"首先发出战叫"的前驱者的鲜血所记录。鲁迅号召人们以十分敬仰的心情来纪念我们的战死者,就是因为他们是无产阶级革命文学最初的旗手,并对无产阶级革命文学作出了巨大的贡献。

鲁迅还告诉我们:我们的战死者是中国的很好的青年。白莽热爱彼得斐的诗,就《生命诚宝贵》这首译诗,我们就可以看到他崇高美丽的理想。他和鲁迅见面之后的第二天就给鲁迅去信,表现了他坦率的胸襟。在"又一次被捕"得释后,大热天穿着厚棉袍找鲁迅,才告诉鲁迅他是一个革命者;还有,在"左联"成立后,鲁迅才知道他就是在《拓荒者》上做新诗的殷夫;这两件事告诉我们他是这样质朴而沉潜,丝毫没有表现自己。"又一次被捕"的"又"字,简沽地道出白莽对革命态度的无比坚定,鲁迅在另一篇文章《白莽作〈孩儿塔〉序》(《且介亭杂文末编》)里,对白莽革命的坚决性有更具体的记载。

柔石是无产阶级革命文学辛勤的播种者,也创作,也翻译,和鲁迅一起设立"朝华社",借钱出书,跑印刷局,制图,校字。"朝华社"不久倒闭,他拼命译书清还借款,负责认真,坚持到底。他对人信任,相信人们都是好的。他敬爱鲁迅,在走路时扶着,在囚中也去信暗示,担心鲁迅陷入罗网。对于学习又是那么认真,为了要转变作品的内容和形式,就坚决地学起来,不怕困难,在牢狱中还要向殷夫学德文。总之,严肃认真,善良刚毅,这就是柔石的优良性格。鲁迅说:"无论从旧道德,从新道德,只要是损己利人的,他就挑选上,自己背起来。"这是对柔石的最质朴、最亲切的赞颂。

这样的好青年啊! 可是国民党反动派把他们逮捕杀害了。特务们到处侦探、查问,企图扩大株连,而案情呢? "却谁也不明白"。牢狱折磨着他们,带上镣铐,没收衣物,连吃饭的碗也没有。他们受着酷刑,"冯女士的面目都浮肿了",可是真确的消息谁也不知道。以后,他们又被秘密地枪杀了,柔石身上竟中了十弹,而发表纪念他的文字的自由都没有。鲁迅用这些铁的事实,愤怒地揭露国民党反动派的卑劣和凶暴,冲破国民党反动派严密的封锁,向全国人民宣告:黑暗的中国究竟是一个怎样的世界!

鲁迅对于我们的战死者付给最大、最亲切的爱。对于白莽,鲁迅不但耐心地校改他的译文和译诗，还连续地把自己珍爱的书籍送给他。白莽又一次被捕得释后，大热天穿着借来的厚袍子，鲁迅"就赶紧付给稿费，使他可以买一件夹衫"。从工作、学习到生活都无微不至地关怀到了。对于柔石，鲁迅和他一起设立"朝华社"，平常针对他的性格，告诉他"人会怎样的骗人，怎样的卖友，怎样的吮血"，恐怕他在黑暗的社会里受到损害。这一切，表现了鲁迅对他们像慈父般的关怀。不幸，柔石等被捕了，鲁迅自己也在被搜捕的危险中，但鲁迅首先悬念的是柔石等的消息，抄下柔石的第一封信，又追悔自己没有抄下第二封信。天气愈冷了，鲁迅记挂的是柔石有没有被褥？洋铁碗可曾收到？鲁迅多么渴望柔石等能够活下来啊！可是，柔石等终于被杀害了，鲁迅得到了这个可靠的消息，在深夜里，沉痛地作了满腔悲愤的诗，同时，还陆续写出《柔石小传》《中国无产阶级革命文学和前驱的血》和《黑暗的中国文艺界的现状》等文章，倾吐着自己对革命作家的劳绩的赞扬和提出对反动派的凶暴的抗议。1931年9月《北斗》创刊时，鲁迅选了一幅珂勒惠支夫人的木刻《牺牲》，作为对柔石的悼念。柔石等死难后两年的纪念日，鲁迅还检看信札，寻找值得纪念的东西，书本旁的四行译文也没有放过，终于写出这一篇悼念的长文。从这一系列的记述来看，我们不能不感觉到鲁迅对于白莽和柔石的感情是如此地深厚和宽广，这正是阶级的同志爱的最具体表现。

鲁迅把这篇文章的题目叫做《为了忘却的记念》，当然，鲁迅是不会忘却的。在1936年3至4月，鲁迅还继续写了《白莽作〈孩儿塔〉序》《续记》和《写于深夜里》等文章悼念我们的战死者。在《白莽作〈孩儿塔〉序》里，鲁迅指出白莽的诗的意义说："这是东方的微光，是林中的响箭，是冬末的萌芽，是进军的第一步，是对于前驱者的爱的大纛，也是对于摧残者的憎的丰碑。"这表明鲁迅不但没有忘却，反而是迫切希望战死者的诗文广为流布，鼓舞青年继续进军。当时，鲁迅知道牺牲是不可避免的，战斗是长期而艰巨的，但将来的胜利却无可怀疑。他说："将来总会有记起他们，再说他们的时候的。"这样坚决的自信，付给人们以继续斗争的勇气和力量。

如果我们把《为了忘却的记念》和《记念刘和珍君》加以比较，这两篇文章可以反映鲁迅思想上的巨大进展。在《记念刘和珍君》一文中,鲁迅是悲愤、激昂的。这时,他对统治者的屠杀,尚感到意外,他想不到"当局者竟会这样地凶残"。他对于牺牲者的意义还估计不足,他认为这是中国女子的勇毅被压迫而没有消亡的明证,他认为血痕:"至少,也当浸渍了亲族、师友、爱人的心。"对于生者的激励也比较抽象,他说:"苟活者在淡红的血色中,会依稀看见微茫的希望;真的猛士,将更奋然而前行。"目标在哪里呢?这时还不曾有明确的指示。这说明革命民主主义者鲁迅的思想多少有一些局限性。《为了忘却的记念》一文就不同了,鲁迅的感情还是悲愤的,但又是沉静的。他对统治者的凶残看透了,对于牺牲者的意义有了正确的估计,对于斗争的道路和前途有了明晰的认识,所以他能够鲜明地揭示战死者在无产阶级革命文学历史上的光辉战绩,赞扬他们崇高的革命品质,揭露敌人的卑劣和凶暴,启示青年们不断的斗争,这就使《为了忘却的记念》具有更强的战斗力,闪耀着共产主义者鲁迅的思想光辉。

《为了忘却的记念》共有五节,十分灵活地按内容定其长短。第三节只有几行,然而内容很重要。就鲁迅和白莽、柔石的交谊来说,这一节所写的"左联"时期标志着他们新的革命友谊的开始,就事件的发展来说,这一节说明白莽和柔石一同被捕了,在结构上有承先启后的作用。由于内容上的重要和结构上的需要,虽然文字很短,也独立成节。前三节重于叙述,后两节重于揭露和抒情,前三节革命友谊的叙述是后两节战斗抒情的基础。

文章中无论是叙述、揭露和抒情,都表现了鲁迅杂文的写作特色。在叙述部分,鲁迅运用准确、简洁的形象描写技巧。如写白莽的外貌:"面貌很端正,颜色是黑黑的";写柔石的外貌:"前额亮晶晶的,惊疑地圆睁了近视的眼睛";这些都是抓住最突出的特征,"极省俭地画出一个人的特点",给读者以极深刻的印象。写白莽、柔石的文学活动和鲁迅与他们的交谊,也是简洁而突出地写着具有典型意义的事件。在文学活动方面,集中写白莽的译诗,柔石的出刊物、搞翻译,和他们在文学活动中的崇高目的与认真不苟的精神。在他们的交谊方面:白莽于大热天穿着厚棉袍汗流满面的样子,柔石于走路时扶着鲁迅,怕鲁迅被汽车或电车撞死的神情,生动、幽默而又严肃,他们之间的革命情谊跃然纸上,永不磨灭。

鲁迅对国民党反动派的揭露,在这篇文章里虽然写得比较含蓄,但仍通过柔石等被捕、受酷刑、被虐杀等一系列事件,用铁的事实,用战死者的亲笔信,尖锐地揭露国民党反动派屠杀革命作家的真相。在关键地方,鲁迅极善用点睛之笔。如柔石等为什么被捕呢? 鲁迅写道:"但怎样的案情,却谁也不明白。"柔石是怎样地被秘密屠杀呢? 鲁迅写道:"……他的身上中了十弹。""原来如此! ……"这些简洁的点睛之笔像匕首一样刺进敌人的胸膛,扯出敌人的黑心,使他们毫无掩饰的余地。

　　这篇文章带着极浓重的悲愤,像鲁迅所说的:"两年以来,悲愤总时时来袭击我的心,至今没有停止。"这样浓重的感情,鲁迅是屡次分明地、多方面地加以抒发。如文中写了对柔石等在囚系中的情况的记挂,对柔石等被害后的沉痛,对柔石的母亲的苦难的同情时,鲁迅用书信、诗、木刻、古人所写的赋,这些浓缩着情感的纪念品和艺术品,来证实、来补充饱含着情感的文字,这就要读者深刻的思索,从而给读者有力的感染。文章中抒情最强烈的最后一段,唐弢对它曾发表了很精辟的见解。他说:"从眼前几个青年的血,想到三十年来许多青年的血,而这血竟'层层淤积起来',将人'埋得不能呼吸';又把'写几句文章'作为'从泥土中挖一个小孔',透一口气。鲁迅把深厚真挚的情谊形象化了,使读者同样受到感情的重压,同样在'我不如忘却'的心境中激发起来。抽象的感情通过形象的表现产生了实际的力量,这是诗的力量。"(《鲁迅杂文的艺术特征》)这种抽象感情的形象化的手法,的确是鲁迅抒情文字的一个特色。

读《依依惜别的深情》

　　在我国古典文学的宝库中,有许多著名的惜别的诗,它洋溢着真挚的友情、爱情、骨肉亲情或乡土之情。为了时代的限制,这些诗歌的情感一般是抑郁的。古人为了糊口,为了功名,或因为战争,不得不抛妻别子,背井离乡。诗人倾诉了他们不幸的遭遇,透露了他们对于修明的政治与和平的生活的愿望,所以这些诗到现在还会打动读者的心。

　　现在我们阅读了魏巍的《依依惜别的深情》,中朝两国人民用鲜血凝成的生死情谊表现得如此深厚和宽广,那是古诗所不能比拟的。志愿军战士把友情、爱情、骨肉亲情和乡土之情建筑在崇高的无产阶级理想和伟大的国际主义精神上面,建筑在反抗侵略、保卫和平和建设社会主义的共同事业上面,突破了朋友、家庭和乡土的界限,发展了我国民族的优美和善良的情感。这也标明只有无产阶级战士的情感才是最真挚、最丰富和最崇高的。

　　文章可大略分四个部分,集中抒写中朝两国人民惜别的深情,揭示了这种深情的思想意义和战斗力量。

　　首先抒写的是中国人民志愿军对朝鲜人民军惜别的深情,作为深情的标帜是美化营地和赠送礼物。美化营地如此细心:墙上有几个泥点也重新刷过,一把水壶也要擦亮,房舍四围都镶了花边,院心都修了花坛,就是漱口池也砌上红日、雄鸡和祝辞。每一样布置都表现着最深厚的情意和最美好的心思。赠送礼物又是如此珍重：手帕、绣花袜底、瓷碗、荷包、合欢杯和腰带。每一件东西都是战士的"爱物"，都有一段美好的回忆。战士们说："我们既可以在朝鲜牺牲流血，还有什么舍不得的。"的确，在中国革命的历史上，朝鲜人民优秀的儿女不惜牺牲生命支持中国人民的斗争；在八年的抗美援朝运动中，中国人民优秀的儿女也为朝鲜的自由和繁荣贡献出青春。上述的深情说明了中朝两国人民的纯真友谊在撤军时又获得了新的发扬，也表现了志愿军对保卫社会主义阵营东方最前哨的朝鲜人民军给以最有力的支援。

其次抒写的是中国人民志愿军对朝鲜人民惜别的深情，作为深情的标帜是他们为当地父老们尽一点力。架石桥和板桥，挖水井，缮屋顶的新草，修裂缝的屋台，编筐篮，做活腿的小圆桌，为小孩们造小手枪、万花筒和小冰车，为老人家制龙头拐杖，为孤苦的妇人盖新房。为了朝鲜的老幼走得便当，住得安适，玩得痛快，志愿军的战士想得周到，做得细致，劳动得很起劲。这是八年来帮助朝鲜人民春耕秋收，修渠治水，植树造林，医疗治病，防疫救灾，和战后城市建设这些巨大的劳动热情以后所掀起的新的高潮。他们"不骄不懈，善始善终"，表现了无产阶级军队的本质。他们不但是中国人民的子弟兵，也是朝鲜人民的子弟兵。

再次抒写的是朝鲜人民对中国人民志愿军惜别的深情，说不尽阿妈妮和阿爸基对志愿军战士的热爱。杀鸡买酒款待，拔下银簪、取下戒指、拿出小铜铃相赠。就是瞎老妈妈也要把志愿军战士从头到脚摸了一遍，满头白发的诗翁写下洋溢着深情的诗章。朝鲜人民对于烈士的陵园尤怀着深深的感情。八年来朝鲜父老一直是无微不至的关怀和爱护着中国人民志愿军，在撤军开始后又形成了全民性的运动。这种难以叙述的深情厚谊，又一次地激起了志愿军战士由衷的誓言："如果美帝敢再动手，就是我活到八十岁，胡子三尺长，我也要带儿孙们来抗美援朝！"这是中朝两国人民的战斗友谊在撤军中获得了巩固和发展的新的证明。

最后抒写着离别的日子，在寒气袭人的晓风中，阿妈妮们、孩子们、姑娘们都来送行。他们先还忍着潮湿的眼睛不让流泪，但刚强而又多情多义的朝鲜人民终于倾洒着眼泪，在泪雨中行进的是互相搀扶的中朝两国的人民和战士,友谊的巨流形成了世界上最强有力的队伍,送别的场景是中朝两国深情厚谊和团结威力的一次大检阅。

全文贯串着对伟大的国际主义精神的歌颂。这种精神是中朝两国人民在长期的革命斗争中形成起来的,经过八年的严峻考验发展起来的,即使时光流驶,它也将万古常新。这种精神又是中国共产党、毛主席和朝鲜劳动党、金日成首相所教导的结果,我们志愿军战士坚持执行着毛主席所提出的"要爱护朝鲜一山一水一草一木"的指示,八年如一日。这种伟大的精神使中朝人民的力量成为不可战胜的力量。整篇文章是一幅美好生活的图画,弥漫着和平的气氛,无论是朝鲜的自然景色和人民的服装;志愿军所美化的营地,所采绘的房子,所赠送的礼物;朝鲜人民惜别的筵席、歌舞,送行的花束和枫叶;所有这一切,都五彩斑斓,带着极浓厚的和平生活的气息。文章里看不见战火,也闻不到硝烟,战火硝烟已给中朝人民扑灭了,美国炸弹片在战士手中已打成了镰刀。志愿军撤军这一事件表明了中朝两国人民对于自己的力量和对于维护和平的事业具有充分的信心,和平的力量战胜了战争的力量。

魏巍在有名的朝鲜通讯《谁是最可爱的人》里面这样地歌颂我们志愿军战士:"他们的品质是那样地纯洁和高尚,他们的意志是那样地坚韧和刚强,他们的气质是那样地淳朴和谦逊,他们的胸怀是那样地美丽和宽广!"这些崇高的性格在撤军的惜别情景中同样表现得十分细致和突出。朝鲜人民在敌人面前是"一把拉不断的硬弓,一座烧不毁的金刚";在志愿军面前则是慈祥的父母和友爱的兄弟;在撤军惜别的时刻,更是如此地多情多义。作者再一次歌颂了中朝两国人民的优美性格,他们是世界上一切善良和爱好和平的人民的优秀之花,他们是捍卫和平的战士,是美的生活的创造者,是诗人、画家、舞蹈家、建筑家和艺术家。

全文以惜别的深情为中心,分别铺叙,抒写了撤军中中朝两国人民惜别深情所表现的几个重要方面,牵涉各种类型的具有代表性的人物,这样既概括而又深刻地反映了这一伟大的历史性事件。每一重要方面所选择的抒写对象大都是与日常生活有关的事物,这些事物所具有的情感是人们最易于感受和普遍感受过的,所以十分有力地触动读者的心弦。

作者极巧妙地安排着抒情的乐章,我看来有以下几个特点:(一)一般的抒写和重点抒写的结合。如写中国人民志愿军与朝鲜人民军的惜别,先是一般地写,以后专写战士胡明富等三个同志亲手做绣花手帕的事;写中国人民志愿军与朝鲜人民的惜别,先也是一般地写,以后专写战士们给驼背的孤苦妇人修造房子的情景;写朝鲜人民与中国人民志愿军的惜别,方式基本上一样。这样写法既概括而又具体。(二)抒情的行动和抒情短诗、抒情谈话的结合。作者在抒写一件惜别的行动后常附着志愿军战士或朝鲜人民的短诗或谈话,如温井里22个老妈妈准备酒食请志愿军战士谈心那一段就是这样,抒情的行动和内心表白相配合,深情就越发动人。(三)抒情和优美的想象的结合。如文中穿插着朝鲜老妈妈对于天龙的梦境,东阳里居民对彩虹的传说。这些具有浓厚的民族色彩的想象,使文章意味深长。(四)抒情和评述的结合。如最后一部分集中抒写送别中的泪雨,抒情和评述糅合起来,把惜别深情的意义和力量揭示出来,构成了抒情的高峰。

文章以写情为主,语言是细致的,表现了作者特有的敏锐感觉。例如:"朝鲜父老们,他们白天做活也淡淡没有情趣,夜里不能安静睡眠。他们再三探问志愿军的行期,唯恐人们悄悄离开,一听见汽车声响,就要推开门窗来,张望一回。"这里绘声绘影,描述得很精致。他如写志愿军战士们美化营地的苦心,赠送礼物的红心,以及朝鲜父老们称颂中国孩子的心,都极富于色彩感。作者又善用排比的句子。例如:"呵,亲爱的、可敬的朝鲜人民!在纷飞的战火中,你是那样刚强!敌人把你的城镇变成了废墟,你没有哭;敌人把你的家园烧成了灰,你没有哭;……"这一段里几个排比的分句,有力地表达了深情,具有很感人的朗诵效果。

魏巍是抒情的能手,在抗美援朝运动中,他写了许多著名的充溢着深情的通讯,优美的抒情笔调,带着旺盛的战斗力量。《依依惜别的深情》也是这样,它激起读者对中朝两国人民生死情谊的珍爱,对中朝优秀儿女的崇高品质的景仰,和对中朝两国人民保卫世界和平力量的确信。作者的抒情才能和文章的流丽风格,对读者的习作也有很多宝贵的启示。

——选自《作品分析丛谈》,福建人民教育出版社 1960 年 3 月版

说长道短话散文

——答《文汇读书周报》记者问

一、俞教授,您在散文研究领域很有成绩,请问您在这方面做了哪些工作,取得哪些成果?

我在福建师范大学中文系任教,1980 年起组织一个四个人的学术梯队,进行以记叙抒情散文为主、杂文和报告文学为辅的中国现代散文系列性研究,经过几年的努力,先后完成了《中国现代散文理论》《中国现代散文史》《中国现代散文十六家综论》《中国现代散文诗选》《中国新文学大系 1937—1949·散文卷》和《中国现代散文总书目》的编著工作。前四种已出版,第五种已付排,第六种为社科院文研所所组织的中国现代文学资料丛书之一,已交稿多年。这六种包括论、史、作家研究、作品选和工具书这五个有着密切联系的不同方面,体现了系列性和整体性的特点。其中,总书目、作品选和理论文选属先行性的调查研究工作,这样就把作家研究和史的编著建立在比较可靠的基础之上。

二、您认为散文研究应该注意哪些问题?

散文的文体广泛,作家众多,作品分散,给研究带来一定的困难。我们是一个研究集体,在方法上可以发挥老中青的各自优势,因而可以全面出击、互相配合,这就有利于把握整体,避免片面,较快地搞出系列性成果。我以为在研究散文的时候,应该保持客观的、宽容的态度,尽量去发现不同作家、作品的优点。因为:散文中有一部分属于随心写来的杂文学,当然也包含有一部分刻意经营的纯文学;散文家在表达情、境、意、理、趣、采等方面各有所好、所长;加以题材的取舍、题旨的生发、结构的安排、语言的运用各有招数;再有时代风尚的归趋,地域文化背景的区别,继承传统和吸收外来影响的侧重,个人的气质,年龄的层次,性别的不同;凡此种种,都会十分敏感地表现在主体性很强的散文作品之中。一般的读者对散文可以各有偏爱,而研究者则应该具有历史观点和超脱态度,不可先存某种特定的审美意向,限制了对散文多样美的发现。

三、您今后有哪些打算?

我们打算归结一下中国现代散文的系列性研究,写一本《中国现代散文美学》,我们也正开展中国当代散文的研究。中国当代散文有一些很有特色的论题,如老年人散文,地区性散文,女性散文群体,杨朔散文模式和1979—1989 十年间的散文成就和缺点等等。不过我们在方法上仍然要继续上阶段所做的系列性和整体性研究,只是当前研究环境有所变化,研究者心态较为复杂,不像从前那么专心了。

四、您想继续研究当代散文,您对当前散文有什么看法和希望?

当代散文从解放后算起已有四十年了,其中经过不少变化。近年有散文没落和危机之说,不少人归罪于杨朔散文模式。许多论者提倡表现现代人意识,强调表达个人的感觉和情绪,主张吸收影视等新艺术手法。新变的愿望是好的,办法也可采用。我以为散文的特点就是散,多样,要着眼于扩大读者的范围,不能囿于狭小的圈子。其实,有许多读者倒喜爱传统意识,崇尚理性,欣赏民族风格,因而不能一概而论。散文较少体裁上的约束,这是它的优势。当今我们的国家正处于大展宏图的时代,散文作者可以充分发挥自己的品性、才智、爱好和特长,保持自由、自主的心态,让作品留给读者品评和时间考验,散文创作不但不存在危机,还可能引来一个众美纷陈的新局面。

——《文汇读书周报》1990 年 8 月 4 日

附

录

俞元桂传略

俞元桂,笔名桂堂。福建省莆田县人,1921年6月生。我祖父是乡村塾师,父亲由农民转为小商,少年时期在莆田城郊居住。随祖父熟读四书和诗文,这就种下了文学的根苗,想不到会把一生奉献给文学教学和研究事业。

1932年到1938年,在莆田中学和福州中学读书。国文科的成绩较好。1938年进私立协和大学中文系学习,在报刊上发表过一些新诗和散文,编辑过《协大校刊》和《协大艺文》。大学毕业后当了一年中学语文教师,1943年考入国立中山大学研究院中国语言文学部为研究生。师从钟敬文教授研究诗歌风格学。三年后毕业回母校协和大学中文系任讲师,讲授中国文学史、历代文选和《文心雕龙》研究等课程。课余继续风格论的研究。

1951年院系调整,协和大学和其他院校合并为福建师范学院,任中文系副教授。改授文学理论、中国现代文学史、中国现代名著选读等课程。参加文学界关于新文学史教学大纲的讨论,自编讲义。为当时国内主要的语文刊物《语文教学》撰写中国现代文学作品的分析文章,适应师范院校教学的需要,注意作品分析的方法论研究,辑成《作品分析丛谈》一书出版。

"文化大革命"期间,学校停办,下放到闽北山区,"文化大革命"后学校复办,改名福建师范大学,返校参加《鲁迅辑录古籍序跋集》的注释工作。并进行鲁迅与中国古籍方面的有关研究,与同事们合著《鲁迅与中外文学遗产论稿》出版。

1979 年,任中文系教授兼系主任,培养硕士学位研究生,并主持一个学术梯队,从事中国现代散文的系列性研究,主编《中国现代散文史》《中国现代散文十六家综论》《中国现代散文理论》《中国现代散文诗选》;参加编辑《中国现代散文总书目》《中国新文学大系 1937—1949·散文卷》。上述六种除《总书目》外,均已出版。这六种包括论、史、作家研究、作品选和工具书这五个有着密切联系的不同方面,体现了系列性和整体性的特点。其中,总目、作品选和理论文选,属先行性的调查研究工作,这样就把作家研究和文学史编著建立在比较可靠的基础之上。随后,我们继续进行中国当代散文的系列性研究,其成果将与中国现代散文研究配套。

为了发扬我国现代散文的优秀传统,我同时注意普及性读物的编写,应出版社之约主编《中国现代散文精粹类编》十卷本,还撰写《周作人小品赏析》《郁达夫游记赏析》《冰心散文赏析》。这些书将于近期陆续出版。

我的学术工作取得的这些成果,都是在 80 年代之内完成的,也就是在我 60 到 70 岁之间完成的。究其原因,一是受到改革开放时代的实惠,二是有学术梯队中青年成员的协助,没有这两条,我的系列性研究是难以成事的。当然,作为学术带头人,对研究课题的选择、大纲的拟订、步骤的计划与成果的总纂等方面,要付出一定心血。

作为一个高校的文学教师,理应在专题研究上花力气,不过,忽视自身的文学创作,终是一种憾事。"五四"时期的文学教授大多是当时的主要作家,后来分工愈细,文学教学、研究就与文学创作分道扬镳了。我想,这两者应该是互相促进的,得发扬"五四"文坛的好传统。1987 年以后我重温青年的旧梦,试着转向散文写作,四年来约发表 60 篇,结集为《晚晴漫步》印行。我生性内向,不怕寂寞,务实而缺乏幻想,拘谨而不喜趋时,所写作品未必为读者所乐见。我扬长避短,力求以意趣胜,因而某些文章也获得一定好评。

我的专业道路十分单纯,壮年在高校中文系教过不少专业课程,博而不专,可对自己的学术修养大有裨益。中年,由于客观的原因,浪费了许多大好时光,徒唤奈何。老年,才得就一个专题作系列性研究,清理出一片后人可以继续钻研的基地。我年轻时喜欢写诗和散文,教书后写作的灵性被窒息了,乃至于暮齿才得旧欢重拾,失之东隅,收之桑榆,实为人生之大幸。有生之年,我的散文研究、散文赏析和散文写作将一直进行下去。

我被列名国内一些名人录和英国剑桥传记中心之《世界名人录》和美国传记协会的《世界五千名人录》。

——《世界华人文化名人传略·文学卷》,

香港中华文化出版社 1992 年 9 月版

俞元桂著作编目

一 专著、文集

《作品分析丛谈》

评论集。福建人民教育出版社 1960 年 3 月第 1 版。内收:略谈抒情诗的阅读 / 略谈散文的体裁 / 谈短篇小说的主题思想分析 / 漫谈短篇小说的结构分析 / 谈短篇小说精读的一种方法——以《百合花》为例 / 读毛主席的《沁园春·雪》 / 谈《党和列宁》 / 谈《王贵与李香香》 / 谈《延安与中国青年》等新诗三首 / 读《为了忘却的记念》 / 读《依依惜别的深情》 / 读《红色儿女》 / 谈《老杨同志》 / 读李准的《参观》 / 论《红旗谱》的艺术特色 / 谈文学的自学与资料工作 / 后记。

《中国现代散文理论》

编著,主编。广西人民出版社 1984 年 5 月出版;台北兰亭书店 1986 年 10 月盗印。

《鲁迅与中外文学遗产论稿》

论文集,合作。海峡文艺出版社 1985 年 10 月出版。内收俞元桂论文:鲁迅辑录古籍的成就及其对创作的影响 / 从"回到古代去"到"遵命文学" / 《中国小说史略》的卓越史识 / 读《魏晋风度及文章与药及酒之关系》。

《中国现代散文诗选》

编著,主编。四川文艺出版社 1986 年 4 月出版。

《中国现代散文史》

专著,主编。山东文艺出版社 1988 年 11 月出版。

《中国现代散文十六家综论》

专著,主编。华东师范大学出版社 1989 年 6 月出版。

《周作人小品赏析》

编著。香港学林书店 1990 年 3 月出版。

《中国新文学大系 1937—1949·散文卷》

编著,主编。上海文艺出版社 1990 年 12 月出版;两卷。

《晚晴漫步》

散文集。海峡文艺出版社 1991 年 11 月出版。内收:自画像 /
文园花木记 / 木匠的手艺 / 过年 / 大桥灯市 / 买书记 / 闾巷小景 /
医院里的小花园 / 住院杂记 / 理发 / 抽烟漫记 / 饮茶谈 / 争春 /
迎春浮想 / 路,在我心中 / 回忆母校的国文课 / 相见时难 / 邵武读书
记 / 几许闽江情 / 仙师一年 / 山村在蜕变中 / 忽忽三十年 / 纪念册 /
我这十年 / 野炊记 / 师生情 / 佛跳墙 / 忆易园师 / 老树当风叶有声——
记黄寿祺教授 / 悼念绥之同志 / 悼念张英 / 我与以撒 / 依推嫂 / 乡思 /
小西湖之忆 / 湄洲岛剪影 / 鲤湖山水 / 飞瀑的思念 / 烟台山——老人的
山 / 初访森林公园 / 下沙度假 / 归根的落叶 / 鼓山极顶 / 福州——东南
海疆的历史古城 / 芦沟秋思 / 香山看雪 / 蛮风的遗留 / 晦气的禳解 / 征兆
的破译 / 《严复与家乡》序 / 《兴化揽胜》序 / 《现代莆仙人物志》序 /
灿烂的银河——《莆田市当代人物录汇编》序 / 《台湾近代文学丛稿》序 /
《文坛剪影》小引 / 《乡情》序 / 诚实人的心声——散文集《生命绿》读后 /
《酒吧小姐》印象 / 编后记。

《中国现代散文精粹类编》

编著,主编。上海文艺出版社 1992 年 5 月出版,10 卷。

《中国现代文学总书目》

与贾植芳教授共同主编,并负责《散文卷》。福建教育出版社
1993 年 12 月出版。

《中国当代散文精粹类编》

编著，主编。上海文艺出版社1994年12月出版，10卷。

《晓月摇情》

散文集。海峡文艺出版社1995年10月出版。内收：情系长安山／退休／书斋谈片／龙眼树／热浪／地摊／老人理发／忆启人师／忆叔夏师／家乡风味同窗情／被迫读书记／宾馆里的会见松／一瞥秦淮／西郊掠影／再造山城／重游玉华洞／沉醉泛金湖／永定圆形土楼／永定土楼印象记／天妃故里新姿／闽北情／路总会愈走愈明／征婚闲话／生活水平小议／娱乐文化漫谈／畅销书小侃／有益与有趣／贺年片与挂历／文化景观／转化传统智慧／含哂对西风／俗文化的魅力／导向与协调／四十年粉笔生涯／盛暑话教育／十四组／14组／《易学宗师黄寿祺教授纪念集》序／《滴石轩文存》序／《成语韵读800句》序／《书法创作论》序／《台湾社会与文化》序／《现代散文史论》序／《朱自清的艺术世界》序／《现代作家与闽中乡土》序／《中国现代诗潮与诗派》序／《论评·赏析·杂弹》序／《海洋文学名作选读》序／《中国现代散文精粹类编》序／《现代散文精品系列》序／《中国女作家散文选萃》序／《二十世纪中国女性散文百家》序／《八闽旅游诗文集》序／《林荫路上》跋／《蓝波集》序／《这一方热土》序／榕城文学老人的三部曲——《两岸故人集》代序／甘苦两心知——读《金婚岁月》／打赤脚上路——陈章汉《人生的履痕》读后／后记。

《桂堂述学》

论文集。福建教育出版社1996年12月出版。选收1938—1995年间学术论文60篇58万字，分为上、中、下三编：（上编）文文山先生蒙难中之文学作品／五言诗发生时期之辨伪／明诗派别论／吴声歌曲与西曲歌／汉唐千年间战争诗歌之风格／僧皎然诗式述评／《文心雕龙》上篇分析／作家与风格——读《文心雕龙·体性》刘勰对文章风格的要求／（中编）关于《中国新文学史教学大纲（初稿）》第二编／关于《中国新文学史教学大纲（初稿）》第三编／怎样发据语文课课文的主题／略谈思想教育与语文知识教育的关系／向传统学习／博览与专精／文学的形象性／谈文学的自学与资料工作／略谈抒情诗的阅读／谈《母亲》和《春》两首诗／谈《延安与中国青年》等新诗三首／谈《王贵与李香香》／谈短篇小说的主题思想分析／谈短篇小说的结构分析／谈短篇小说精读的一种方法——以《百合花》为例／谈《老杨同志》／论《红旗谱》的艺术特色／谈李准和马烽短篇小说的风格／鲁迅论文艺批评／从"回到古代去"到"遵命文学"——谈鲁迅1909至1919年的思想／《中国小说史略》的卓越史识——兼谈鲁迅1920至1925年的思想／读《魏晋风度及文章与药及酒之关系》——兼谈鲁迅思想的质变／鲁迅辑录古籍的成就及其对创作的影响／提高中华民族的自信力／唐仲璋院士诗词创作的艺术来源／谈文学史的编著问题／（下编）现代散文特征漫论／中国现代散文的理论建设／中国现代散文理论建设管窥／漫谈散文的生活广度和思想深度／中国现代散文发展概观／我国现代散文诗发展轮廓初探／《中国现代散文精粹类编》序言／《中国当代散文精粹类编》序言／五四时代散文的特色与评价问题／鲁迅,中国现代记叙抒情散文的奠基人／周作人和他的闲适小品／谈郭沫若的文艺散文／漫说朱自清的散文／先行者的足迹——读许地山的散文集《空山灵雨》／福建文化与冰心品格／略谈巴金的散文／谈吴伯箫的散文／读《临窗集》／略谈散文的体裁／充分发挥作者品格的文体／散文写作随想／散文的欣赏／读《为了忘却的记念》／读《依依惜别的深情》／说长道短话散文——答《文汇读书周报》记者问／俞元桂传略／俞元桂著作编目／编后记。

二　学术论文、文艺评论

《文文山先生蒙难中之文学作品》

　　《协大艺文》第9期,1938年12月。

《五言诗发生时期之辨伪》

《协大艺文》第 11 期，1940 年 6 月。

《明诗派别论》

　　本科毕业论文，1942 年 5 月 27 日定稿；指导教师：陈易园教授。

《汉唐千年间战争诗歌之风格》

　　硕士学位论文，1946 年 6 月定稿；指导教师：李笠教授、钟敬文教授。

《论诗歌风格的形成》

　　硕士论文之一章。《协大艺文》第 18—19 期合刊，1946 年 12 月。

《吴声歌曲与西曲歌》

　　《福建文化》(季刊) 第 3 卷第 1 期，1947 年 3 月。

《僧皎然诗式述评》

　　《协大艺文》第 20 期，1947 年 5 月。

《〈文心雕龙〉上篇分析初步 (六则)》

　　《协大艺文》第 21 期，1948 年 2 月。

《岑参与高适战诗风格的比较》

　　《协大艺文》第 21 期，1948 年 2 月。

《关于〈中国新文学史教学大纲 (初稿)〉第二编》

　　《新建设》第 4 卷第 6 期，1951 年 9 月。

《关于〈中国新文学史教学大纲 (初稿)〉第三编》

　　《新中华》第 14 卷第 24 期，1951 年 12 月。

《怎样发掘语文课课文的主题》

　　《光明日报》1953 年 9 月 1 日。

《谈"百家争鸣"的条件》

　　《福建日报》1956 年 8 月 21 日。

《刘雪苇"论文学的工农兵方向"的反动性》

　　《福建师范学院学报》1956 年第 1 期。

《鲁迅论文艺批评》

　　《福建日报》1956 年 10 月 19 日。

《文学的形象性》

　　《园地》1956 年第 4 期。

《培育"百花齐放"的春风春雨》

    《福建日报》1957 年 5 月 14 日。

《谈〈母亲〉与〈春〉两首诗》

    《语文教学》1957 年第 3 期。

《谈〈王贵与李香香〉》

    《语文教学》1957 年第 4 期。

《谈〈改变它,越快越好!〉》

    《语文教学》1957 年第 5 期。

《谈〈延安与中国青年〉等新诗三首》

    《语文教学》1957 年第 8 期。

《谈〈党和列宁〉》

    《语文教学》1958 年第 2 期。

《谈〈老杨同志〉》

    《语文教学》1958 年第 4 期。

《谈〈长江大桥〉》

    《语文教学》1958 年第 10 期。

《谈〈早晨的太阳〉》

    《语文教学》1959 年第 3 期。

《友谊巨流的赞歌——读魏巍的〈依依惜别的深情〉》

    《语文教学》1959 年第 7 期。

《高举着坚持战斗的红旗——读〈红色儿女〉》

    《语文教学》1959 年第 8 期。

《读〈为了忘却的记念〉》

    《语文教学》1959 年第 10 期。

《略论短篇小说的结构分析》

    《语文教学》1959 年第 11 期。

《略谈思想教育与语文知识教育的关系》

    《福建日报》1961 年 8 月 5 日。

《酿蜜要采许多花》

《福建日报》1961 年 10 月 15 日。

《向传统学习》

　　《福建日报》1961 年 10 月 22 日。

《语言的简练——散文阅读札记之一》

　　《福建日报》1961 年 11 月 11 日。

《博览与专精》

　　《福建日报》1962 年 1 月 25 日。

《作家与风格——读〈文心雕龙〉"体性"篇》

　　《热风》1962 年第 1 期。

《刘勰对文章风格的要求》

　　《文学遗产增刊》第 11 辑，1962 年 10 月。

《谈李准和马烽短篇小说的风格》

　　《文汇报》1962 年 2 月 25 日。

《现代散文特征漫论》

　　《福建师范学院学报》1963 年第 1 期。

《从"回到古代去"到"遵命文学"——谈鲁迅 1909 至 1919 年的思想》

　　《福建师大学报》1978 年第 1 期。

《〈中国小说史略〉的卓越史识——兼谈鲁迅 1920 至 1925 年的思想》

　　《福建师大学报》1978 年第 3 期。

《读〈魏晋风度及文章与药及酒之关系〉——兼谈鲁迅思想的质变》

　　《福建师大学报》1979 年第 1 期。

《五四时代散文的特色与评价问题》

　　《福建文艺》1979 年第 4—5 期合刊。

《先行者的足迹——读许地山的散文集〈空山灵雨〉》

　　《榕树文学丛刊》第 1 辑，1979 年 9 月。

《略谈巴金的散文》

　　《语文》1979 年第 7 期；改订后刊《中文自学指导》1987 年第 2 期。

《谈吴伯箫的散文》

　　《福建师大学报》1979 年第 4 期。

《谈郭沫若的文艺散文》

《榕花》1980 年第 3—4 期合刊。

《读〈临窗集〉》

《福建文艺》1981 年第 2 期。

《鲁迅辑录古籍的成就及其对创作的影响》

《鲁迅研究》第 7 辑，1983 年 1 月；收入《纪念鲁迅诞辰 100 周年学术讨论会论文选》，湖南人民出版社 1983 年版。

《提高中华民族的自信力》

《福建日报》1981 年 8 月 12 日。

《许地山的散文与小说》

《书林》1981 年第 5 期。

《中国现代散文的理论建设》

与姚春树等合作。《福建师大学报》1981 年第 1 期。

《中国现代散文发展概观》

与汪文顶等合作。《新文学论丛》1981 年第 3 期。

《我国现代散文诗发展轮廓初探》

与汪文顶合作。《福建师大学报》1981 年第 3 期。

《中国现代散文理论建设管窥》

与姚春树等合作。《文艺研究》1982 年第 1 期。

《老树当风叶有声——记黄寿祺教授》

评传。《海峡》1982 年第 1 期；收入黄寿祺《六庵诗选》，福建人民出版社 1986 年版；《福建文史资料》第 30 辑《易学宗师黄寿祺》，1993 年 8 月。

《漫谈散文的生活广度和思想深度》

《福建文学》1982 年第 7 期。

《毛泽东文艺思想永放光芒》

《福建日报》1983 年 12 月 5 日。

《读一点文学》

《福建日报》1984 年 10 月 26 日。

《"谁信风流张敝笔，曾鸣悲愤谢翱楼"——郁达夫散文综论》

《福建师大学报》1984 年第 3、4 期连载 ，收入《中国现代散文十六家综论》。

《"托身期泰岱，翘首望尧天"——郭沫若散文综论》

《抗战文艺研究》1984 年第 4 期 ，收入《中国现代散文十六家综论》。

《漫说朱自清的散文》

《新文学论丛》1984 年第 4 期。

《提高学生语文水平需要综合治理》

《福建教育》1986 年第 1 期。

《〈中国现代散文史〉绪言》

《福建师大学报》1986 年第 1 期。

《〈乡情〉序》

1987 年 6 月作，见林懋义《乡情》，黄山书社 1991 年 1 月版。

《鲁迅，中国现代记叙抒情散文的奠基人》

见《鲁迅与中外文化》，厦门大学出版社 1987 年 7 月出版。

《散文写作随想》

《福建文学》1987 年第 10 期。

《诚实人的心声——散文集〈生命绿〉读后》

《写作》1988 年第 11 期。

《〈酒吧小姐〉印象》

《福州晚报》1989 年 6 月 19 日。

《〈台湾近代文学丛稿〉序》

1989 年 8 月作，《台港文学选刊》1990 年第 1 期；见汪毅夫《台湾近代文学丛稿》，海峡文艺出版社 1990 年 7 月版。

《说长道短话散文——答《文汇读书周报》记者问》

《文汇读书周报》1990 年 8 月 4 日。

《打赤脚上路——陈章汉〈人生的履痕〉读后》

《福州晚报》1990 年 12 月 4 日。

《散文的欣赏》

《中文自学指导》1990 年第 12 期。

《现代闲适小品的肇始》

《文化春秋》1991 年第 1 期。

《谈文学史的编著问题》

《中国现代文学研究丛刊》1991 年第 3 期。

《福建文化与冰心品格》

《福州师专学报》1991 年第 3 期。

《甘苦两心知——读〈金婚岁月〉》

《厦门日报》1991 年 7 月 12 日。

《〈中国文学大辞典〉条目》

特约撰稿人,执笔现代散文条目 30 余条。天津人民出版社 1991 年 10 月出版。

《〈文坛剪影〉小引》

见李乡浏《文坛剪影》,甘肃少年儿童出版社 1991 年 12 月版。

《〈海洋文学名作选读〉序》

见吴主助《海洋文学名作选读》,人民交通出版社 1992 年 2 月版。

《〈现代散文精品系列〉序》

《漳州师范学院学报》1992 年第 1 期。

《〈中国现代散文精粹类编〉序》

《福建师大学报》1992 年第 2 期。

《〈林荫路上〉跋》

1992 年 4 月作,菲律宾《商报》1992 年 7 月 10 日。

《充分发挥作者品格的文体》

《厦门文学》1992 年 7 月号。

《〈蓝波集〉序》

见何骞《蓝波集》,华星出版社 1992 年 8 月版。

《〈八闽旅游诗文集〉序》

《福州晚报》1992 年 8 月 29 日。

《陈章汉〈根的魔方〉序》

1992 年 12 月作。

《〈中国新文学〉序》

　　《集美师专学报》1993 年第 1 期。

《〈书法创作论〉序》

　　见朱以撒《书法创作论》，福建人民出版社 1993 年 4 月版。

《〈中国现代诗潮与诗派〉序》

　　见游友基《中国现代诗潮与诗派》，广西师范大学出版社 1993 年 6 月版。

《〈论评·赏析·杂弹〉序》

　　见陈志泽《论评·赏析·杂弹》，华星出版社 1993 年 7 月版。

《〈这一方热土〉序》

　　《闽南日报》1993 年 7 月 2 日。

《〈中国女作家散文选萃〉序》

　　《福建日报》1993 年 8 月 26 日。

《〈现代作家与闽中乡土〉序》

　　见柯文溥《现代作家与闽中乡土》，福建教育出版社 1993 年 8 月版。

《〈20 世纪中国女性散文百家〉序》

　　见林薇《20 世纪中国女性散文百家》，福建教育出版社 1993 年 11 月版。

《〈滴石轩文存〉序》

　　见穆克宏《滴石轩文存》，海峡文艺出版社 1994 年 1 月版。

《〈台湾社会与文化〉序》

　　《福建政协通讯》1994 年第 1 期。

《〈作家忆影〉序》

　　《福建乡土》1994 年第 3 期。

《榕城文学老人的三部曲——〈两岸故人集〉代序》

　　见海峡文艺出版社 1994 年 5 月版《两岸故人集》。

《〈现代散文史论〉序》

　　《书城杂志》1994 年第 8 期；见汪文顶《现代散文史论》，福建教育出版社 1994 年 2 月版。

《〈中国现代女性文学审美论〉序》

　　见游友基《中国现代女性审美论》，福建教育出版社 1995 年 6 月版。

《〈朱自清的艺术世界〉序》

　　见陈孝全《朱自清的艺术世界》，福建教育出版社 1995 年 12 月版。

《唐仲璋院士诗词创作的艺术来源》

　　1995 年 11 月写于病榻上，收入《桂堂述学》。

三　散文、杂著

《新年的决心》

　　《协大青年》第 3 卷第 1 期，1941 年 1 月 15 日。

《〈协大青年〉三卷一期编后记》

　　《协大青年》第 3 卷第 1 期，1941 年 1 月 15 日。

《论文章入伍》

　　《协大周刊》第 12 卷第 4 期，1941 年 3 月 31 日。

《论研究自由》

　　《协大周刊》第 12 卷第 5 期，1941 年 4 月 7 日。

《社会问题与大学生》

　　《协大周刊》第 13 卷第 2 期，1941 年 5 月 20 日。

《"杯水车薪"》

　　《协大周刊》第 13 卷第 5 期，1941 年 6 月 2 日。

《临别赠言》

　　《协大周刊》第 17 卷第 8 期，1942 年 6 月 8 日。

《苏州行脚》

　　《福建时报·詹言》1947 年 1 月 4 日。

《平湖镇》

　　《福建时报·詹言》1947 年 1 月 19 日。

《回忆母校的国文课》

　　1980 年 9 月作，《莆田一中 75 周年校庆创刊号》1981 年 12 月

《对青年进行教育，老一辈责无旁贷》

　　《福建盟讯》1982 年第 2 期。

《建议对落实知识分子政策进行几项专题调查》

　　《福建盟讯》1982 年第 9 期。

《大好春光》

　　《福建盟讯》1983 年第 1 期。

《郑振铎》

　　人物志。《福建画报》1983 年第 2 期。

《为"长期共存，互相监督"方针的贯彻创造良好的条件》

　　《福建盟讯》1983 年第 2 期。

《充分发挥盟的智力优势》

　　《福建盟讯》1984 年第 3 期。

《〈兴化揽胜〉序》

　　1984 年 8 月作，《兴化揽胜》，福建人民出版社 1987 年版。

《金瓯完美帅旗红》

　　律诗。《福建盟讯》1984 年第 10 期。

《悼念张英》

　　1984 年 11 月作，原题《薪尽火传，艺术的辉光永不熄灭》，《福建日报》1984 年 11 月 20 日。

《悼念绥之同志》

　　见《薛绥之先生纪念册》，天津人民出版社 1985 年 8 月版。

《寄语》

　　《兴化报》1985 年 8 月 21 日。

《我爱，但不愿……》

　　《兴化报》1985 年 9 月 25 日。

《谈"创收"》

　　《福建盟讯》1985 年第 6 期。

《福州——东南海疆的历史古城》

　　1985 年 10 月作，收入中国展望出版社《中国古典名城巡礼》；载《福建乡土》1987 年第 1 期。

《〈现代莆仙人物志〉序》

1986 年 4 月作,见莆田乡讯社等编《现代莆仙人物志》。

《医院里的小花园》

《福州晚报》1986 年 9 月 7 日。

《野炊记》

《福建日报》1986 年 11 月 9 日。

《文园花木记》

《福建日报》1987 年 1 月 25 日。

《过年》

《福建日报》1987 年 2 月 8 日。

《大桥灯市》

《福建日报》1987 年 2 月 15 日。

《烟台山——老人的山》

《福建日报》1987 年 2 月 21 日。

《理发》

1987 年 3 月作,收入《晚晴漫步》。

《小西湖之忆》

1987 年 3 月作,收入《晚晴漫步》。

《几许闽江情》

《福建日报》1987 年 4 月 26 日。

《忆易园师》

1987 年 4 月作,收入《晚晴漫步》。

《仙师一年》

《福建侨报》1987 年 5 月 20 日。

《买书记》

《福建日报》1987 年 6 月 21 日。

《以强烈的使命感和高度的紧迫感重视和抓好我省的基础教育》

《福建盟讯》1987 年第 6 期。

《初访森林公园》

1987 年 8 月作,收入《晚晴漫步》。

《忽忽三十年》

　　1987 年 9 月作，收入《晚晴漫步》。

《阅纪念册随想》

　　1987 年 9 月作，《群言》1988 年第 2 期。

《我与以撒》

　　《湄洲报》1987 年 10 月 17 日。

《飞瀑的思念》

　　1988 年 2 月作，收入《晚晴漫步》。

《鲤湖山水》

　　《福建画报》1988 第 5 期。

《山村在蜕变中》

　　1988 年 5 月作，收入《晚晴漫步》。

《天妃故里新姿》

　　1988 年 6 月作，收入《晚晴漫步》。

《抽烟漫记》

　　1988 年 7 月作，收入《晚晴漫步》。

《邵武读书记》

　　1988 年 7 月作，《福建乡土》1989 年第 2 期。

《下沙度假》

　　1988 年 8 月作，《福建乡土》1989 年第 3 期。

《灿烂的银河——〈莆田市当代人物录汇编〉序》

　　1988 年 8 月作，见 1989 年 1 月版《莆田市当代人物录汇编》。

《路总会愈走愈明》

　　《福建日报》1988 年 9 月 4 日

《〈作文选萃〉序言》

　　见厦门大学出版社 1988 年 10 月版《作文选萃》。

《蛮风的遗留》

　　1988 年 9 月作，收入《晚晴漫步》。

《〈词海拾贝〉序》

见韩珍重《词海拾贝》,福建人民出版社 1988 年 12 月版。

《自画像》

《福建画报》1989 年第 1 期。

《芦沟秋思》

《福建画报》1989 年第 1 期。

《争春》

《湄洲报》1989 年 2 月 21 日。

《乡思》

1989 年 2 月作,收入《晚晴漫步》。

《晦气的禳解》

1989 年 4 月作,收入《晚晴漫步》。

《〈严复与家乡〉序》

《严复与家乡》,福州郊区文史委员会 1989 年 5 月出版,台湾《福州月刊》1990 年 5 月号转载。

《我这十年》

1989 年 6 月作,收入《晚晴漫步》。

《木匠的手艺》

《福建日报》1989 年 6 月 11 日。

《闾巷小景》

《散文世界》1989 年第 7 期。

《追根溯源　奇趣盎然——序韩珍重新著〈词海拾贝〉》

菲律宾《世界日报》1989 年 7 月 11 日。

《住院杂记》

《海内外文学家企业家报》1989 年 8 月 8 日。

《关于参政议政的发言》

《福建盟讯》1989 年第 3 期。

《教师生涯三首》

律诗。1989 年教师节作,《福建盟讯》1989 年第 9 期。

《路,在我心中》

　　1989 年 9 月作,收入《闽潮录——福建杂文选 1988—1991》,海峡
文艺出版社 1993 年 3 月版。

《相见时难》

　　《港台信息报》1989 年 12 月 9 日。

《归根的落叶》

　　《福建侨报》1989 年 12 月 10 日。

《严复〈旧拓麓山寺碑〉题跋》

　　《福建乡土》1990 年第 1 期。

《迎春浮想》

　　《海内外文学家企业家报》1990 年 1 月 25 日。

《师生情》

　　《福建日报》1990 年 1 月 14 日。

《鼓山极顶》

　　《福建画报》1990 第 2 期。

《湄屿天宫》

　　《港台信息报》1990 年 5 月 12 日。

《香山看雪》

　　《厦门文学》1990 年 6 月海内外福建作家散文专号。

《湄洲岛剪影》

　　《福建乡土》1990 年第 3 期。

《征兆的破译》

　　《文化春秋》1990 年第 7 期。

《饮茶谈》

　　《福建文学》1990 年 8 月号。

《佛跳墙》

　　《海内外文学家企业家报》1990 年 9 月 16 日。

《当年那棵桃树——子玖印象》

　　《厦门文学》1990 年 10 月号。

《宾馆里的会客松》

《福建画报》1991年第1期。

《无形的推动力》

《福州晚报》1991年1月14日。

《家乡风味同窗情》

《福州晚报》1991年2月17日。

《发展教育,振兴福建》

《福建盟讯》1991年第4期。

《永定圆形土楼》

《福州晚报》1991年5月3日。

《永定圆形土楼印象记》

1991年5月作,收入《晓月摇情》。

《教师——充满希望的选择》

《福建招生报》1991年6月6日第18期。

《忆启人师》

1991年6月作,收入《晓月摇情》。

《一瞥秦淮》

《海峡》1991年第2期。

《情系长安山》

《福建师范大学校刊》1991年10月校庆85周年创刊号。

《西郊掠影》

《福建日报》1992年1月12日。

《改天换地的游程（刮目看南平／重游将乐玉华洞／初访泰宁金湖）》

《福建文博》1992年第1期。

《字画与印章》

《文化生活报》1992年4月14日。

《重游玉华洞》

《福州晚报》1992年4月17日。

《再造山城》

《福建日报》1992年5月10日。

《沉醉泛金湖》

　　《福建画报》1992 年第 6 期。

《高等院校必须进入经济建设的主战场》

　　赵修复、俞元桂、吴大钟同志在福建省政协六届五次会议上联合发言，《福建盟讯》1992 年第 5 期。

《热浪》

　　《海内外文学家企业家报》1992 年 9 月 30 日。

《地摊》

　　1992 年 9 月作，收入《晓月摇情》。

《俞元桂传略》

　　收入《世界华人文化名人传略·文学卷》，香港中华文化出版社 1992 年 9 月出版。

《退休》

　　1992 年 10 月作，《泉州文学》1994 年第 4 期。

《陈剑的诗意画》

　　《文化生活报》1993 年 1 月 12 日。

《书斋谈片》

　　《福建文学》1993 年第 1 期。

《征婚闲话》

　　1993 年 3 月作，收入《晓月摇情》。

《十四组》

　　1993 年 3 月作，《福建政协通讯》1993 年第 1 期。

《〈易学宗师黄寿祺〉序》

　　见《福建文史资料》第 30 辑《易学宗师黄寿祺》，1993 年 8 月。

《〈成语韵读 800 句〉序》

　　见福建教育出版社 1993 年 8 月版《成语韵读 800 句》。

《畅销书小侃》

　　1993 年 7 月作，收入《晓月摇情》。

《娱乐文化漫谈》

1993 年 9 月作,收入《晓月摇情》。

《生活水平小议》

1993 年 10 月作,收入《晓月摇情》。

《有益与有趣》

《福建日报》1993 年 11 月 16 日。

《龙眼树》

《福建画报》1994 年第 1 期。

《老人理发》

《福建日报》1994 年 1 月 22 日。

《文化景观》

《福建日报》"双色菊"1994 年 1 月 28 日。

《迎春三祝》

《福建日报》"读书"复刊百期纪念号,1994 年 2 月 1 日。

《贺年片与挂历》

1994 年 2 月作,收入《晓月摇情》。

《14 组》

《福建政协通讯》1994 年第 2 期。

《转化传统智慧》

《福建日报》"双色菊"1994 年 2 月 20 日。

《〈商报〉俞元桂专辑(可怜的龙眼树/理发)》

菲律宾《商报》1994 年 2 月 21 日。

《闽北情》

1994 年 3 月作,收入《晓月摇情》。

《含哂对西风》

《福建日报》"双色菊"1994 年 3 月 17 日。

《俗文化的魅力》

《福建日报》"双色菊"1994 年 4 月 7 日。

《稳步前进》

见海峡文艺出版社 1994 年 4 月版《文学习作指导辞典》。

《叔夏师》

　　《福建乡土》1994 年 5 月第 2 期。

《导向与协调》

　　《福建日报》"双色菊" 1994 年 5 月 22 日。

《俞元桂传略》

　　1994 年 5 月作,收入《中国新时期散文百家传略》,成都出版社 1995 年 4 月出版。

《金婚》

　　1994 年 6 月作,遗稿;收入《俞元桂教授纪念集》。

《被迫读书记》

　　《福建日报》"读书" 1994 年 7 月 19 日。

《盛暑话教育》

　　《福建日报》"双色菊" 1994 年 8 月 18 日。

《让母校重放光彩》

　　《协大校友》1994 年第 9 期。

《四十年粉笔生涯》

　　《福建日报》"武夷山下" 1994 年 10 月 7 日。

《〈晓月摇情〉后记》

　　1994 年 11 月作,《福建日报》1996 年 1 月 30 日,《福建乡土》1996 年第 1 期。

《童年杂忆》

　　《福建画报》1995 年第 7 期。

《大学同乡》

　　《福建文学》1995 年第 8 期。

俞继圣　汪文顶　编

俞元桂先生的学术道路

先师俞元桂教授早就立志于一生研究学术，他自 20 世纪 30 年代末开始发表学术论文起，直至 90 年代病重卧床后还在写论文，的确把毕生奉献于学术圣坛。他早年专攻古典文学，中年转治现代文学，晚年在现代散文研究领域喜获硕果。代表作除了为人熟知的《中国现代散文史》系列著述外，还有最近汇编出版的 1938—1995 年间的论文选集《桂堂述学》。在先师逝世一周年之际，重温先生的教泽和遗著，我觉得最好的纪念还是要认真学习先生的治学精神和学术思想。

一

俞先生从小就在祖父的严格督教下学习古代文化经典，后来接受新式学校的正规教育，考入福建协和大学中国文史系、中山大学研究院中国语言文学部专修中国文学，打下了坚实而广博的专业基础。在大学阶段，他得到国学家陈易园教授和严叔夏教授（严复哲嗣）等名师的指导，已有研究习作《五言诗发生时期之辨伪》和毕业论文《明诗派别论》等出手，初露考辨爬梳、品诗治史的功夫。进研究院后，他师从著名学者李笠教授、钟敬文教授，主攻中国文学批评史，完成硕士学位论文《汉唐千年间战争诗歌之风格》，确立了研究风格论的专业方向。回协和大学执教后，俞先生讲授古典文学的多门课程,从事风格论的研究工作,对刘勰《文心雕龙》、皎然《诗式》做过专题研究。他早年这方面的论文,已搜集到9篇20来万字,辑入《桂堂述学》"上编"。

俞先生治古典文学,走的是新旧兼容的路子。他像前辈学者那样,搜罗文献,考辨史料,重实证,忌独断,脚踏实地做学问;又有青年学人敏于吸收新学、勇于发表己见的朝气,把当时刚传入的一些新批评方法和最新的学术信息融入自己的研究工作。

《五言诗发生时期之辨伪》写于1940年初夏,是俞先生就读大学二年级《中国文学史》课程时的一篇习作。关于五言诗起源于西汉景武年代的问题,前人已有种种质疑。俞先生在综述历代考据成果的基础上,依据文体发生学和进化论观点,从学理上推论景武时代还不可能产生五言诗,"前汉之五言诗,几于全部可疑","五言诗一面由乐府而滋长,一面由诗人之试作,历二三百年之久,至东汉末始成"。他把五言诗的形成视为渐进过程,从民间歌谣中发现其萌芽,从可靠的文人诗作里厘正其来源,既质疑辨伪,又另辟思路,有理有据,可作一说。写这样的考辨文章,虽说是大学阶段的"科研的模拟训练"①,却有扎实的积累和较高的起点,已力图把实证与思辨结合起来。

《明诗派别论》三万余字,是俞先生1942年在邵武写成的大学毕业论文。文末云:"本文之作,即常人之所忽,以求其变化盛衰之因果关系,虽其派别,风变云扰,好恶从违,摹拟抄袭,不能以论文章之正道,然返观今日诗坛之寥落,不亦重可慨也乎!"考其本意,并非专挑"冷门",而是有感于诗风与国运的关联,把明诗复古主潮作为诗歌史上的典型现象加以剖析,探讨其变化盛衰的因由与教训。首先,他揭露明代文化专制的两种手腕,一是"屡兴大狱","摧残文士",一是"奖励文教,大半用以网罗学者,科举取士一尚八股文",致使"士林不振,传注之外无思想,依傍以外无文章,惟伺息有司,以邀一时之宠禄,遂使三百年文化,局促小规模中,一代文学有如铸型,直唐诗、宋词、元曲之剩水残山,中国文学史中最消沉之时代

---

① 俞元桂:《晚晴漫步·忆易园师》,福州海峡文艺出版社1991年版。

也"。继而，他透视明诗繁荣表象的内里，"有明一代之诗，颠倒于门户抢攘之中，喜声调，尚性灵，入者主之，出者奴之，入者附之，出者污之，施及末流，其争益激，其学益乖，而国亦益不振矣"，"其诗率以摹仿为能事，无创造之精神，虚矫肤廓，浅陋已极"。于是，他历述各诗派的源流、正变、兴衰、得失，在具体的引证和点评中，发掘稍有创意、个性和独立气象的诗家，揭示摹拟承袭、门户相轧的流弊，触及中国诗史这段衰退期的某些症结。此篇习作，广采博收，提纲挈领，囊括明诗各派，探究来龙去脉，能从诗史的角度考察各诗派的流变和作用，尽管点评不免简略，阐述有待深化，但总体上看不失为一篇有分量的史论。

俞先生早年的代表作无疑是《汉唐千年间战争诗歌之风格》。这篇硕士学位论文是在战乱流离的三年中写成的，选题就与战争有关。他在《绪言》里说："战争引起我研究这个题目的动机"，"以身历八年的经验，来研究汉唐千年间诗人所讴歌的战争诗篇，这共通情感上的关联，将使作者与二三千年前的诗人感到非常的亲切了"。这种亲近感，不仅促使他一直葆有极大的研究热情，克服生活和工作中的种种困难，潜心结撰近十五万字的长篇大论，还有助于他感同身受地进入古代诗人的内心世界，体察入微地品评千年战诗的种种风味。他之所以选定汉唐战诗风格的研究课题，一是因为"代表求生的、壮烈的、刚强的"战争诗歌，在武功最隆盛的汉唐时代表现得最为充分；二是因为"以科学化的方法来整理昔贤所遗留下的文学遗产，风格的研究，它会更明白地给我们洞悉昔人和其创作的一切"。他从风格学的视角考察汉唐间战争诗歌的演变，力图把诗史研究与审美批评、微观剖析与宏观把握有机地结合起来，确立的课题是拓荒性、高难度和高水准的。

从本文研究提要的《绪言》可知，当年俞先生为这项研究工作做了充分的资料积累和理论准备。他花了两年时间，先把《全汉三国晋南北朝诗》《全唐诗》里的战争诗歌检抄出来，参照各家专集，以鉴定作者及作品。进而钻研中外学者的风格论以确定研究方法，阅读了英、法、德、美、日诸国和我国许多学者的有关论著，"研究的方法除以风格论为指导的原则外，采取美国 E. Rickert 的《文学研究法》，英国韩德生的《文学研究导论》，日本丸山学的《文学研究法》等"。不必说别的,光凭从千年诗海中搜寻并鉴别上千首战诗代表作和从中外学海里寻觅风格论的学理与方法这一点,就体现出一位青年学者的专注、耐心、气魄和眼力。

全文共十章,"第一章论诗歌风格的形成,是本研究处理材料方法的准绳;第二章至第七章,便是根据这个方法来分析研究所得的材料",历时考察两汉、魏晋、南北朝、隋唐战争诗风的通变和具体表现,即"风格的个别研究";"第八章至第十章,是本研究所得的结论",对战诗风格的演变、成因和共性作了扼要的概括和精到的阐发。体例上的史论结合,结构上的周密宏阔,论证中的旁征博引、条分缕析,评断时的实事求是、切中肯綮,在在可见才、学、识的统一。

俞先生治诗歌风格学,坚持历史与逻辑、实证与思辨相结合的方法论原则,既扬弃点评感悟的传统诗学,注重整体直观而力戒笼统玄乎,又吸取西方风格论的分析方法和推论方式,讲求明晰、系统而不流于空泛、独断,可说是融会中西,兼通古今,博识精鉴,有史有论。他论诗歌风格的形成,在综合中外古今主要学说的基础上,抓住思想、情感、想象、形式四要素,从作者、创作、作品三方面展开具体论述,探讨作家主体思想情感的来源及其对风格形成的决定作用,考察创作过程想象与意匠的功能及其对风格形成的深刻影响,剖析作品物化形态的各种形式因素,包括句式、意象、词藻、音韵诸因素与风格形成的密切联系,既研究作者与创作因素以见"风格的必然",又考究作品因素以见"风格的已然",建立起风格研究的范畴、尺度、模型和手段。就我所知,像这样全面、细致、系统地论述诗歌风格的成因、构成要素和分析方法的专论,在当时乃至于现在都是少见的。

在历时考察战诗风格演变的论述中,具体表现出俞先生治史衡文的功力。其精鉴细至一个音节、词汇、意象的品味,大到一类诗作、一代诗风的总评,时有独到之见。例如,对边塞诗人双璧岑参与高适的战诗,就通过同类诗作的具体比较,发现各自的风格特色;从情感、思想、意象、意匠、语言诸因素的差异,鉴别唐代初、盛、中、晚四个时期战诗"有典雅、壮丽、哀愁、尖巧的不同"。其博识,突出表现为知人论世,全局在胸。例如:对王维诗风从劲健隽爽到冲淡清和的转变,他了然于心;对主战、非战、反战和厌战诗旨的嬗变与诗风的推移,他都联系时势、处境、心态加以说明,并从战诗风格史的高度加以爬梳和估价。这样,微观坐实,宏观有据,引证翔实,论从史出,就水到渠成地进入历史的总结,寻绎出战诗共通的典型的风格形态,即"动"的、"显"的、"粗"的基本特征和普遍要求。其史识,得自对大量史实的精细分析和科学概括,就富于涵盖性、历史感和说服力。

《汉唐千年间战争诗歌之风格》的学术贡献,不仅开拓和深化了诗史和战争文学研究的内容,还改进和更新了风格类型史的研究方法。传统的点评妙悟,虽能一语中的,却难以说清所以然,也缺乏科学性、系统性、可操作性。俞先生自觉借鉴外国近代风格论的学理和方法,综合运用社会学、历史学、文献学、修辞学等研究方法,而着眼于风格的形成机制和构成因素,把风格研究落实到语言艺术的具体分析中,深入到意象、词藻、色调、节奏诸细微处,使传统的风格术语可以证实、诠释、阐发和界定,推进了风格研究向科学化、系统化发展。

俞先生坚持以科学方法整理和阐发我国古代的风格论遗产,在《僧皎然诗式述评》和研究《文心雕龙》的三篇论文中,既辨析传统术语的内涵和归属,又阐发其逻辑关系和理论意义。他从皎然"辨体十九字"中,厘定"可称为风格者有:高、逸、闲、达、悲、怨、力、静、远、诚。可称为风格之形成因素者有:气、情、思、意。仅为作者之性格者为:贞、忠、节、志、德。"进而发掘其风格论"重意、重情、尤重文外之旨、言外之情"的要义和影响。他在逐篇解读《文心雕龙》的基础上,着眼于刘勰风格论的整体把握,着重研究其风格的成因说和"八体"说。他认为:刘勰关于"才、气、学、习"与"情、理"、"辞理、风趣、事义、体式"之关系的论述,"构成了作家与作品风格成因的完整体系",在实践上具有引导作家扬长避短或加强全面修炼的重要意义。关于"八体"的分辨与评判,是"坚持内容与形式统一的原则",提倡"典雅、清丽、精约、显附",也不反对"新奇",较全面地阐述了文学的质文、正奇、通变等关系。这些看法,探赜索隐,揭示了刘勰风格论的理论价值和实践意义。

俞先生早年治古典文学,可以说是学有根底,术有专攻,新旧兼容,史论兼通,富于开拓精神,在文献史料上已有相当的积累和过硬的考辨功夫,在诗史和风格论研究上已有坚实的基础和一定的建树。倘若让他继续专攻古代文学批评史，窃以为其成就将不会在后来奉命改行的业绩之下。当然，俞先生早年的治学专长，对他以后的学术研究是有积极影响和促进作用的。

<h1 style="text-align:center">二</h1>

或许因为俞先生当年年轻有为，勇于开拓，所以一到建国初高校增设新课程之际，校方就安排他开新课；他跟当时一批中青年学人一样，只能遵命从古典文学专业转向现代文学新学科。他全副身心投入新学科的创建工作，很快适应了这一转折。

俞先生曾在《被迫读书记》一文中回顾道："当时正值新教材的草创阶段，没有现成参考书，一切从头学起。拟大纲，读原著，看作品，查有关评介，浏览与精读配合。每天看书不少于 300 页，夜以继日。还得写阅读笔记，编讲稿，印讲义，边教边学，经过四五年的艰苦努力，专业知识得到全面更新。"正因有这样的准备和拼劲，当 1951 年 7 月号《新建设》刊发老舍、蔡仪、王瑶、李何林四先生草拟的《中国新文学史教学大纲（初稿）》之际，他就率先连撰两文参与讨论，对大纲第二、三编的内容和体例提出了具体的建设性意见。从他初涉新文学史领域的这两篇文章，尤其是关于二三十年代文学分门别类与章节安排的设想，可见他长于治史，着意反映文学发展的脉络和概貌，辨析各类作家作品的动向和风格。当年他自编的讲义和教参，惜囿于客观条件而未能正式出版。院系调整后，俞先生结合师范院校的教学特点，为当年颇有影响的《语文教学》等刊物撰稿，于 1960 年结集出版了《作品分析丛谈》。70 年代中期，他参与《鲁迅辑录古籍序跋集》的注释工作，对鲁迅与中国文学遗产的关系做了专门的研究。这二十多年间，俞先生跟许多学者一样屡受折腾，难以从事正常的学术研究。但从《桂堂述学》"中编"所选收的 20 余篇论文，仍可见他的学术追求。

在作家作品研究中，他着重剖析文本的艺术技巧，把握作家的创作风格，探索鉴赏分析的方法和途径，既体现了师范院校重视语文教学的特点，又带有他早年治风格学的印痕。他常说:作为文学教师,对于作家作品,不仅自己要精于鉴别,善于导读,还要教会学生阅读和分析作品的基本方法,培养他们的自学能力。他不仅在教学上注重方法论的指点,还在讲授的基础上写了《谈文学的自学与资料工作》和关于抒情诗、短篇小说、散文各类作品分析方法与精读示范的系列文章,愿把"金针度与人"。他的"金针"并不神秘,却是实用、可操作的。例如,他教人用卡片随时积累资料、记录心得,并要经常加以分类整理;他强调作品分析要从形式因素入手,注意分析诗的情感、形象和语言,留心探讨小说的情节、场面、细节和结构,注重辨析各类散文的文体特征和鉴赏特点。他谈论的固然大多是常识性话题,但了解初学者的需要,深入浅出,循循善诱,循次渐进,引人入室,深受读者欢迎。特别是在学风也不免浮夸的五六十年代,他讲求资料积累和形式分析,保持了文学研究者的立场,以致当年与"文化大革命"中被批为"卡片专家""形式主义"。

俞先生探讨鲁迅的治学与创作的联系,也是发挥专长、独辟蹊径的。鲁迅早期"回到古代去"的学术工作,一直被人目为消沉之举。俞先生以其对鲁迅整理、研究古籍的成就和价值的深刻理解,在 70 年代末接连撰写了 4 篇论文:《从"回到古代去"到"遵命文学"》《〈中国小说史略〉的卓越史识》和《读〈魏晋风度及文章与药及酒之关系〉》三文历时考察鲁迅的学术生涯与思想发展,《鲁迅辑录古籍的成就及其对创作的影响》则综合研究鲁迅治学与创作的关系。这一组论文,不仅充分论述鲁迅的治学特点和学术成就,而且通过鲁迅的学术眼光和真知灼见透视鲁迅治学的深意与思想发展的连贯性,洞见鲁迅创作的深厚学养和民族渊源,认为"鲁迅这几年在寂寞中所从事的工作,虽然消失了青年时代'慷慨激昂的意思',但增加了深刻的思想和深沉的感情","使他纠正了思想上的一些偏颇,认清了主攻的方向,为他的呐喊做好了准备","其效果直接体现在他早期的短篇小说和杂文中,对他毕生的写作和战斗也有着深远的影响"。这就深入揭示出鲁迅钻研古籍的积极意义,也为鲁迅早期思想研究提供了一种从学术文化思想入手而顾及全人、贯通前后的思路。

这二十多年里,尽管俞先生转行迅速,并在逆境中尽力而为,却还是收获甚微,蹉跎了壮年大好时光。个中缘故当然是时势既不容人潜心治学,又束缚思想创造力。他从不安于打游击式的"零敲碎打",总想选定一个中长期课题而孜孜以求,埋头苦干。60 年代初,他就着手研究现代散文,收集了大量史料,并已发表数则阅读札记和长篇论文《现代散文特征漫论》,惜被"文化大革命"中断了。

<h1 style="text-align:center">三</h1>

"天意怜幽草,人间重晚晴",俞先生晚年常吟味李商隐的名句,感念改革开放时代给予自己回黄转绿的学术机运。这时,他年逾花甲,身患血液病痼疾,却决意重理被中断多年的现代散文研究工作。本着既出成果又出人才的宗旨,这回他召集几位弟子,在校内率先组建起老中青结合的学术梯队,遵循治史常规,脚踏实地向现代散文领域拓荒迈进。

谈起为何选择现代散文作为研究课题时,俞先生说:散文在我国文学史中有着十分突出的成就;"五四"新文学运动以来,开创期现代散文的成就在其他文体之上,后来仍在蓬勃发展。可是,建国以来的现代文学研究,"对现代散文的全貌和价值未能给予充分地阐述,这不能不说是学术上的憾事",在理论上又有轻视散文的偏见。其实,我国古典文学向来奉散文为正宗,它便于记事述怀,言情达意,在反映生活的广度和深度上有自己的独特方式,艺术上更鲜明地显示出它多彩的斑斓色调。"中国现代散文的成就,理应受到文学史家的重视而加以全面的发掘。不过,散文篇幅短小,体式杂多,文集浩繁,史料分散,要对它作全面深入的研究,还得花费更大更多精力,因而被人视为畏途。为了弥补过去对中国现代散文研究的不足,我们知难而上,希望发挥我们梯队老中青结合的群体力量,与同道的友军配合,给现代文学史研究工作清基垒石,添砖加瓦。"① 这说明俞先生的选题有着拓荒者的胆略,史学家的眼光,是着眼于学科建设的全局,立足于弘扬中国散文的优秀传统,以全面、系统和深入的研究为学术使命。从这一选

---

① 俞元桂:《晓月摇情·〈现代散文史论〉序》,海峡文艺出版社 1995 年版。

题,又可见出俞先生早年研究汉唐千年间战争诗歌风格的宏大气魄和拼搏精神。

俞先生治现代散文史,一如既往地从钩稽史料起步,带领课题组成员搜罗原始文献,编纂《中国现代散文理论》《中国现代散文总书目》《中国现代散文精粹类编》等,摸清现代散文的"家底",把散文史的编著建立在翔实可靠的史料基础上。正如田仲济先生为《中国现代散文史》所作的序言里说的:"这本散文史采取的方法是扎扎实实从完全掌握材料下手的,丝毫没有采取省力、取巧的手法,这五十来万字的史与论,是事事有据,处处有源的。"黄修己先生在《中国新文学史编纂史》里也论定这部散文史属于"真正下苦功夫详细占有史料,在坚实的基础上开始建房筑楼"的极少数新文学史著之一。这方面的工作情况我已另文述及。① 这里应结合《桂堂述学》"下编"选收的 20 余篇现代散文研究论文,着重介绍俞先生的散文观、史识和治史特点。

俞先生的散文观主要表述在《现代散文特征漫论》《中国现代散文理论建设管窥》《漫淡散文的生活广度和思想深度》和《〈中国现代散文史〉绪言》等长文中,散见于散文评论、序跋之中。他从古今散文的史实出发,界定散文"是多种文体的集合体","不是纯文学"而又"足与纯文学并驾齐驱";现代散文"包括记叙散文、抒情散文、杂文和新兴的报告文学","即使它的部属杂文和报告文学独立出去,它仍然是一种杂文学"。它以丰富多样、自由灵活的体式记事述怀,言情达意,"能迅速地感应现实","足以发挥个性、表现自己",具有多姿多彩的艺术风格。因此,研究散文应"保持客观的、宽容的态度,尽量去发现不同作家、作品的优点",应"具有历史观点和超脱态度,不可先存某种特定的审美意向,限制了对散文多样美的发现"。他针对当代散文界重抒情、诗意和工巧,而轻说理、实用和自然的偏向,一再引证传统和现代散文与诗相区别的散体属性,力矫以诗衡文、独尊一体的时尚,探求从传统文论借鉴气势、意境、理趣、神韵、文采诸

---

① 汪文顶:《只凭实证写心声——俞元桂先生的治学风范》,《中国现代文学研究丛刊》1996 年第 3 期。

范畴以建立散文的审美标尺。

作为史学家,俞先生对于史识,既有自己的理解,又有独特的追求。他认同"文学史是探讨研究文学发展的历史"的意见,但强调文学史"是文学史料和文学史观的有机结合","文学史结构的主体应该是史料,在史料的组合与评述中体现史识","文学史的独创性出诸较全面地掌握史料,用有理有据、有见地的史识对文学现象及其发展规律作合乎实际的描述和评析,就可能出现独创性"。① 显然,他是遵循史中见识、论从史出、实事求是、据实而言的治史规范,他的史识来源于搜罗详尽的史实,体现于史料的取舍、组合、评述和阐发,有的升华为对历史规律的洞见。例如:在《五四时代散文的特色与评价问题》这篇写于 70 年代末刚重理散文研究时的开篇之作,就以其对"五四"散文及其研究动态的全面了解,发现现代散文开创期的主要特点以及后来某些理论对"五四"散文评价的有害影响,从而以有理有据有见地的史识澄清"左"的思想遗毒,辨析身边琐事的题材、资产阶级的人性、有历史污点的作家和柔美的风格诸文学现象在"五四"散文变革中的作用和意义,为我们树立了"不贴标签分礼帽,只凭实证写心声"② 的示范。在《漫说朱自清的散文》中,他在辨析前人有代表性见解的基础上,凭着知人论世的实证,发掘出人们忽略的朱自清的旅行记、怀友文和寄闲情这三类作品的特色和价值。俞先生写论文,恪守学术规范,总是在钻研全部原作、摸清前人成果的基础上,有自得之见才下笔,力求对每一论题有所补充、辨证、深化和推进,决不凭空而论或炒人冷饭。

"在史料的组合与评述中体现史识"的治史特点,突出表现在《中国现代散文史》的编写上。这部著作史料的翔实丰满颇受同行称道,贯串其中的史识更值得重视。就整体构架而言,它借鉴纪事本末体和编年体史著的特长,以题材和体式的纵向梳理为经线,以分期、分类的横向铺陈为纬线,以各体各类散文的名家名作为重点,形成点、线、面交织的网络,展现出现代散文多样发展、前后贯通的历史风貌,从而得出可信的论断:"中国

---

① 俞元桂:《谈文学史的编著问题》,《中国现代文学研究丛刊》1991 年第 3 期。

② 俞元桂:《赠汪君迁居》,《俞元桂教授纪念集》,福建省政协文史资料委员会 1996 年编印,第 213 页。

现代散文并没有趋向衰弱，而是走着开创、兴盛、拓展的令人鼓舞的历程，它作为中国现代文学的一个重要方面军，有着自己的持续不替的辉煌的成绩。"由于散文题材来源于现实人生，深受时代制约，又取决于作家的艺术处理，这样对题材的分类整合，就给我们带来了诸多便利："它可以反映各个时期散文的主要写作倾向，并明显地看到它的发展线索；它有利于作家群体的发现，进一步探讨散文的风格和流派；它便于对作家进行不同时期作品的比较和作家与作家间各别的比较；它可以看到散文作家的多样笔墨、艺术特点和他们所继承的中外传统。"① 书中不少引人注目的创见、论断和评析，以及纵横比较的自如，来踪去影的明晰，索隐寻绎的独到，都与这"不设作家专章专节，专注于各时期散文不同的特点及其发展趋向的描述"的体制有关。王瑶先生就从史学高度予以肯定："此书体大思精，论述谨严，足见用力之勤，其有助于文化积累，盖可断言。"② 林非先生则从俞先生贯通古今的学养上加以探源："正因为对整部中国文学史发展和流变的线索及其深刻原因，有着相当准确的了解，所以他率领写出的《中国现代散文史》这些著作，才具有明显的历史流动感，充分地描述出他来自何处；在经过哪些猛烈的冲泻和洄流之后，又显出了哪些时代的风貌。对于这一阶段历史本身的发展脉络，也描述得相当清晰；对各种散文风格和流派的演变及其内在原因，都综合和分析得晓畅明白，头头是道，给人留下不小的启迪。"③

俞先生治现代散文，形成史、论、作家研究、作品选、工具书五类配套的研究格局，追求系列性、系统性和整体性。他认为中文学科建设应坚持"论、史、选、具、作"五方面配套的方针，他在现代散文这一分支中，堪称五行并作。不仅著史、立论，还以史家眼光选编理论和作品名篇，汇编总书目，把选本和工具书视为散文史学的有机组成部分，也亲尝散文创作的甘苦。这在同行中并不多见，这种持之以恒地构筑和完善学科体系的专注精

---

① 俞元桂：《中国现代散文史·绪言》，山东文艺出版社 1988 年版。
② 王瑶 1989 年 5 月 11 日致俞元桂信。
③ 林非：《丰碑——悼念俞元桂教授》，《厦门日报》1996 年 5 月 20 日，收入《俞元桂教授纪念集》。

神尤其可贵。

俞先生晚年倾注心血构建的现代散文史学自然是一项开放的宏大的学术工程。它既可下延考察当代的流变,上溯探寻古代的源流;又可横向拓展,与新文学其他门类和外国散文进行比较研究;还应在已有的垦殖上精耕细作,深挖现代散文的丰富蕴藏。这是俞先生留给弟子、寄望于同道继续开拓的学术课题。

追踪先师的治学历程,我不时默诵蔡厚示先生《悼俞元桂先生》其一的名句:"当风榕树身坚韧,越漠明驼志苦辛。"[①] 这不仅高度概括了俞先生的人生跋涉和人格精神,也能涵盖俞先生的学术跋涉和治学精神。俞先生少壮时的苦读精进,中年时的负重蹒跚,老迈时的登高望远,确乎有"越漠明驼"的艰辛、坚韧、功力和事功。我当铭记先师的遗赠:"来生细织豪华梦,此世永怀淡泊情"[②],勉力踵武,虽不能至,然心向往之!

汪文顶
——原载《艺文述林》第二辑《现代文学卷》,
上海文艺出版社 1997 年 11 月版

[①]　蔡厚示:《悼俞元桂先生》(二首),《俞元桂教授纪念集》,福建省政协文史资料委员会1996 年编印,第 191 页。

[②]　俞元桂:《赠汪君迁居》,《俞元桂教授纪念集》,第 213 页。

编后记

　　编读先师俞元桂教授的遗著《桂堂述学》，我不时想起 1995 年炎夏之际，俞先生委托我和学长国虬兄编印此书的情景。当时，先生病重卧床，无法亲自编纂这部论文集，就将全书初选篇目和原已搜集的部分论文复印件托付我俩编校，随后又拟定书名《桂堂述学》。先生明知大限将至，生前不一定看得到这部文集的问世，却不动声色，也从不催促。我俩又总想搜罗完备，力求使这部论集能汇映恩师一生的治学业绩。我们师徒间的默契，尤其是恩师的宽容，竟然无法让病魔发点善心，留点时日给老人与我们共享编书的甘辛，以致新书成遗著，这是我们难以接受的严酷事实呵！

　　俞先生本是谦谦君子，从不张扬自己，也很少在亲近的弟子面前谈论自己过去的著述。如果不是这次选编论文集，连我也不大清楚先师早年的学术生涯。幸亏本校图书馆保存了原福建协和大学的主要期刊和毕业论文手稿，尤其是黄修己教授费心从中山大学校史档案室找到俞先生当年在该校研究院完成的近 15 万字的学位论文，我才得以通读先生的全部著作。先生早就树立"研究学术是一生的事业"的志向，从 30 年代末开始主攻古典文学，50 年代初奉命转治新文学，直至 80 年代在现代散文研究领域喜获硕果，的确把毕生心血奉献给学术圣坛。先生博古通今，治学严谨，新旧兼容，史论兼通，重实证，求真知，忌武断，反空疏，始终保持着学问家的本色和风范，在学科建设上尤其是在开拓与深化现代散文研究上自有不可磨灭的建树。

《桂堂述学》选编俞先生 1938—1995 年间的单篇论文 60 篇,依据先生的学术历程和论题的范围分为三编。上编为早年钻研古典文学的收获,以风格论和诗歌史论见重。中编是改治新文学之后的成果,着重探求作品分析的方法与鲁迅的学术思想。下编是主攻现代散文时除专著之外的系列论文和有关评论,与其《中国现代散文史》《中国现代散文十六家综论》《中国现代散文理论》《中国现代文学总书目·散文卷》等一道构建了现代散文史学的基本格局。附录的俞先生著作编目,是在俞师母的协助下,由先生哲嗣继圣兄与我一道编就的,搜罗尚未完备。

本书的选目和编次,先师生前大多审定过,有的是后来找到补入的。遵奉师训,我们对各篇原作的引文和材料尽可能加以核对,对某些刊误和个别字眼做了必要的改订,在编辑加工中做了某些技术处理,也力求编校精细。但限于学力,难免留有纰漏,恳请方家指正。

汇编先师文集,承蒙许多师友同门的协助和指教。中山大学黄修己教授几费周折找到并复印了《汉唐千年间战争诗歌之风格》的完整手稿,真叫我们感动和惊喜。本校图书馆给我们提供复印《明诗派别论》手稿和旧报刊的便利。业师陈祥耀教授指导我们核校有关古文献。友人胡鸣在录入校对过程中给予通力合作。福建教育出版社在编印装帧上精益求精。还有各地学长的关切和支持。如此等等,都使我们深感人间有真情,先师可欣慰。

以上是为福建教育出版社 1997 年版《桂堂述学》而写的编后记。此次再版,保存原著全貌,仅就文字再做一番核对校订;并附录拙文《俞元桂先生的学术道路》,试对先师学术业绩做一粗略概述,仅供读者参考和批评。本书再版,承蒙人民出版社的鼎力支持,责任编辑的精心编校,福建师范大学文学院同仁的热心帮助,在此一并致以由衷的感谢!

汪文顶

2017 年 8 月 21 日